教育部哲学社会科学研究后期资助项目

受浙江大学文科高水平学术著作出版基金

中央高校基本科研业务费专项资金资助

中国当代文学史料丛书

文学评奖
史料卷

主　编　吴秀明
本册主编　傅异星

ZHEJIANG UNIVERSITY PRESS
浙江大学出版社

总　序

吴秀明

　　如果将 1949 年中华人民共和国成立看作当代文学的一个起点,那么当代文学迄今为止已走过风雨坎坷的六十余年历程。六十一甲子,苍黄一瞬间。在回顾和反思这段两倍于现代文学时长的历史时,愈来愈多的人开始认识到当代文学学科构建及其研究"历史化"问题的重要性。而学科构建和"历史化",就有一个文学史料的问题,也离不开文学史料的支撑。

　　众所周知,文学史料是学科构建和学术研究的基础,也是中国传统朴学和西方实证主义的精髓所在。文学史料意识有无确立以及实践的程度如何,不仅直接关系到研究的客观公允与否,而且在学术创新和学科建设中都占有举足轻重的位置。有时候一条史料的发现,可以推翻一个结论。因此,文学史料问题历来受到学界的高度重视,它也成为一门学科成熟的重要标志之一。古代文学研究之所以具有相对较恒定的学术水准,重要原因即此;五四和民国时期的一批学人如胡适、鲁迅、顾颉刚、郭沫若、陈寅恪、陈垣、郑振铎、闻一多、俞平伯以及嗣后现代文学领域的王瑶、唐弢等,之所以为我们留下了带有碑石性质的重要学术成果,也可从中找到解释。

　　应该承认,由于社会历史环境的制约和"贵古贱今"学术观念的影响,当代文学领域长期盛行的是"以论代史""以论带史"的研究理路;轻史料重阐释,将研究(包括立论和论证)建立在日新月异的"观念创新"而不是客观实在的文献史料的基础上,已成为主导这个学科的基本取向。这样一种研究理路在学科发展的某一特定阶段——如 20 世纪 80 年代即人们通常所说的"新时期",或许在所难免,且具有某种历史的必然性和深刻的合理性。因为那时刚走出"文革",累积的问题实在太多,思想观念的封闭、僵化和滞后问题显得很突出。所以在此情形之下,人们才高度重视并彰显思想观念的解放,并将其当作时代的中心任务;而思想观念的解放,它的确也给当代文学学科的确立和发展提供了很好的契机和重要的精神动力。但不必讳言,这样一种与文献史料"不及物"的研究及其空疏的学风,它本身是有问题的。一俟进入 90 年代,当人文知识分子由"广场"返回"岗位",其所存在的"思想过剩"和"理论泛滥"问题就显得更加突出。为什么当代文学研究领域中热点不断,却往往旋生旋灭,很快被历史所抛弃?为什么不少著述率性而为,无章可循,其研究往往变成无征可信的个人哲思冥想?对史料的漠视,不能不说是其中的一个"脆弱的软肋"。这也从侧面反映当代文学研究的浮躁和学科的不成熟。

　　针对上述这种状况,我认为在当前有必要强调和提出"当代文学史料学"问题,并藉此呼吁在这方面应该师法古代文学,从它那里寻找和借鉴有关的学术资源。王瑶先生早在 1979

年谈到"必须对史料进行严格的鉴别"时,就指出"在古典文学的研究中,我们有一套大家所熟悉的整理和鉴别文献史料的学问,版本,目录,辨伪,辑佚,都是研究者必须掌握或进行的工作"①。以后,马良春、樊骏、朱金顺等还对此作过更专门深入细致的探讨,提出了一系列很好的建议。② 最近几年,现代文学领域接连召开数次颇具规模和影响的学术研讨会,更是形成了一股不可小觑的"新思潮"。所有这些,对当代文学无疑是一个挑战,同时也为它提供了一个很好的参照。我们不赞同在当代文学研究中生搬硬套古代文学、现代文学史料的标准,却主张和倡扬从它们那里吸纳长期以来形成的、行之有效的学术规范和治学之道。已逾"甲子"的当代文学不是很年轻了,它留下了较之过去任何时代更为丰富复杂且永无止境的文学史料;其中有的还可堪称为"活态的文学史料",它留存在不少当代文学亲历者身上。而这些人因年事渐高,加上其他各种因素,不少史料实际处于随时可能湮灭的紧迫状态,可以说,抢救当代文学史料的工作已刻不容缓。

大量事实表明:目前,当代文学研究又处在一个重要的"十字路口",如何将"思想"与"事实""阐释"与"实证"融会贯通,从根本上改变上述所说的"思想过剩"和"理论泛滥"的弊病,这是一个需要我们严肃认真对待的问题。而从学科的角度讲,随着研究工作的深入,也是鉴于以往的经验教训,不少当代文学研究者已逐渐意识到单纯依靠或引进某种理论"漂浮物"是远远不够的,离开了真实可信的史料,正如恩格斯早就批判过的,这样研究所得的"历史至多不过是一部供哲学家使用的例证和插图的汇集罢了"③。其最终的结果,则不可避免地使"历史本质将被阉割,她的科学价值便不复存在,学科生命也随之窒息"④。

正是从这个意义上,我认为,"理论阐释"尽管在现实和未来的当代文学研究中仍将发挥它的重要作用,作为一种治学的方法和理念,它与"史料实证"之间的关系也不一定如我们想象的那样水火不能相容;但是就目前当代文学学科建设和研究现状来看,我们不得不对后者投以更多的关注,并认为它应从原来比较单一的"崇拜意义"或比较抽象的价值衡估的范式中走出来,向着包括"史料实证"在内的更加多元立体、更加开放宏阔的天地挺进,并把尊重历史客体、重视实证作为治学的基础,置于首位,在研究的思路、格局、向度和方法上进行一次带有革命性意义的重要调整。显然,这种调整对当代文学学科及其研究来说,不是个别局部和枝节的修残补缺,而是带有整体全局性质的一次重要的"战略转移"。它所内含的意义,不亚于 20 世纪八九十年代耳熟能详的"重写文学史"运动——如果说"重写文学史"运动所体现的"观念创新"是当代文学研究的一次意义重大的"战略转移",那么现在提出并强调对史料的重视则可说是研究的又一次重要的"战略转移",它表明当代文学研究在经过十余年的酝酿积蓄后,又进入一个新的历史阶段,正面临着一种新的、艰难而又美丽的蜕变,有望在整体学术水平和层次上有一个大的提升。

当然,这样说并无意于否认我们在这方面所取得的成绩。应当看到,60 多年来特别是

---

① 王瑶:《关于中国现代文学研究工作的随想》,《中国现代文学研究丛刊》1980 年第 4 期。

② 马良春:《关于建立中国现代文学"史料学"的建议》,《中国现代文学研究丛刊》1985 年第 1 期;樊骏:《这是一项宏大的系统工程——关于中国现代文学史料工作的总体考察》,《新文学史料》1989 年第 1、2、4 期;朱金顺:《新文学资料引论》,北京语言学院出版社 1986 年版。

③ 《路德维希·费尔巴哈和德国古典哲学的终结》,《马克思恩格斯选集》第 4 卷,人民出版社 1972 年版,第 225 页。

④ 《文学评论·编后记》,《文学评论》2006 年第 6 期。

近 30 年来，我们也陆续出版了一些文学资料，包括 20 世纪 80 年代由茅盾作序、众多大专院校合作编撰的《中国当代文学研究资料丛书》（现已出版近 80 种），也包括新世纪由孔范今等人主编的《中国新时期文学研究资料汇编》、洪子诚主编的《中国当代文学史·史料选》、路文彬主编的《中国当代文学史料文论选》、吴秀明主编的《中国现当代文学作品与史料选》（当代文学卷）等。但毋庸讳言，其存在的问题是突出的，也相当严峻：一、尚未普遍形成文学史料的自觉意识，崇拜理论、迷信主义而轻视史料仍有相当的市场；二、有关的文学史料工作，迄今基本停留在收集、整理和汇编的层次，且比较简单和零碎，明显滞后于研究，真正的研究似尚未有力地展开。

已有研究者注意到，当代文学史料尽管散落在各类图书馆、档案馆、纪念馆和各种杂志、文集、选本以及大量的拷贝、影像资料中，它们与当代近距离乃至零距离以及与政治几乎处于同构的存在，给我们的搜集、鉴定和整理带来为古代文学、现代文学所没有或鲜有的不少麻烦。这在一定程度上影响和降低了人们对它的积极投入，并由此及彼影响了对研究对象更加准确的把握。但正如福柯所说的，吊诡的是，这些历史档案并非如人们想象中的杂乱无章，那些看似混乱的资料堆积，其实就是一种有意图的历史分析。从本质上讲，史料的搜集、整理和编选就是建立在对历史"还原"基础上的一种再叙述，一种重返历史现场的再努力。所以，当研究者通过自己的搜罗爬剔的艰苦努力，从着重"观念创新"转向重视"史料证实"，将过去被隐匿或遮蔽的材料重新发掘、整理并公之于众，他实际上已越过官方或主流所设定的界限，不仅恢复了非主流话语和声音的旺盛生命力，而且有效地"拓宽当代文学的视域，重新梳理当代文学的历史线索，使当代文学的研究不再是对现代政党的真理性及文艺政策的研究，而是可以放在 20 世纪中国革命多重的历史抉择，放在全球性左翼文化的总体格局之中，客观和重新检讨当代文学的历史贡献及其教训，这样的研究在今天不仅不是梦想，不是虚拟的现在，而成为一种可能"①。这也说明当代文学史料校注、辨伪、辑佚、考订、整理、编纂，并非是简单的剪刀加糨糊的纯粹技术性工作，它内在地体现了编者的史识及其重构历史的动机。

当然，今天谈当代文学史料问题，不能满足于一般的呼吁，而应该在全面清理和总结既有成绩的基础上有一个整体通盘的考虑和实施计划。史料搜集、整理和编选不同于通常的个体化的学术研究，它相对比较适合于"集体合作"；而当代文学史料量大面广、丰富复杂的存在，也需要动员更多的有志者共同参与，需要投入很多的人力和物力，才有可能完成。当代文学史料与古代文学、现代文学史料之间有共同性，也有自己的独特之处。这里所说的独特，从纵向来看，大致可分"政治中心时代"和"经济中心时代"两个阶段；而从横向来看，大体则又分为两种不同的情况或曰两种不同的存在方式：

（一）一种当代文学史料，随着时间的推移，特别是政治意识形态的日趋松动和开放，虽未至禁忌尽除，却陆续公开或披露，它事实上已为学界所广泛接受，并对当代文学研究产生了影响甚至深刻的影响。这里包括官方、半官方的，也包括民间的。如中共中央党史研究室历经十六年编写的《中国共产党历史》《杨尚昆谈新中国若干历史问题》、薄一波的《若干历史重大决策与事件的回顾》、胡乔木的《胡乔木回忆毛泽东》、李锐的《大跃进亲历记》、李之琏的

---

① 程光炜：《"新时期文学"的再叙述》，《文艺报》2006 年 10 月 28 日；同时参考程光炜：《文学想象与文学国家——中国当代文学研究(1949—1976)》，河南大学出版社 2005 年版，第 185 页。

《共和国重大事件决策实录》、周扬的《答记者问》、张光年的《文坛回春纪事》、王蒙的《王蒙自传》、邓力群的《邓力群自述》(未刊)、贾漫的《诗人贺敬之》、梅志的《胡风传》、周良沛的《丁玲传》、朱正的《1957年的夏季:从百家争鸣到两家争鸣》、韦君宜的《思痛录》、涂光群的《五十年文坛亲历记》、邵燕祥的《人生败笔——一个灭顶者的挣扎实录》、陈为人的《唐达成文坛风雨五十年》、郭小惠等的《检讨书:诗人郭小川在政治运动中的另类文字》、聂绀弩的《脚印》、廖亦武的《沉沦的圣殿》,等等。前者(即官方、半官方的),由于出自政要亲笔或其子女亲属之手,带有政治解密的特点,不仅在"浮出地表"之初的当时格外引人瞩目(初披露时还带有某种震惊的效果),而且对当时乃至于今的文学研究和文学史写作产生深刻的影响。后者(即民间的),最具代表性的,恐怕要数被文学史家挖掘并命名的"潜在写作",这一带有个性化的概念尽管有不同的看法,但它的源于史料的提出的确扩大了文学研究的内涵和外延,为当代文学及文学史研究拓展了空间。当然反过来,概念本身也富有意味地照亮和激活了史料的收集、整理和阐释,这是一个双向互动的过程。① 此类史料主要集中于"十七年""文革"两个阶段,它很好地起到了"记录着特定时期现代作家的生存状态和心理状态,怎样想、怎样说、怎样做的思维方式、语言方式和行为方式"的作用。② 这也从一个侧面反映和说明这两个阶段文学政治化的特点尤为突出,文学在生成、传播和接受的过程中,它备受政治意识形态乃至政治权力的干预;而与之相对应,文学在备受干预的同时,也遭到了来自作家和民间或显或隐的抵制。

(二)还有一种当代文学史料,广泛存在于各类档案馆、出版物、图像音响资料,包括自传、回忆录、书信、日记、手稿、报告、讲话、批示、访问、传说、口述、录像、录音、实物、照片之中,它与版本学、目录学、图书情报学、文物博物馆学、新闻传播学、计算机以及现实的政治、历史、经济、文化等连结在一起,牵涉收集、整理、编写、保管、出版、传播等各个环节,形成一个非常复杂的系统。但由于诸多原因,有的露出"冰山的一角",有的沉潜或半沉潜于历史深处尚未跃出水面,若明若暗;即使初露端倪,也有很多不确定,还留下大片空白,需要进行鉴别、整理和拓展。应该说,当代文学史料的存在,更多是属于这种情况。它也是构成目前我们进行文学史料研究的主体和主要内容。有关这方面,笔者10年前在与人合写的一篇文章中曾将其归纳为八个方面、六种表现,并认为它在搜集、发掘和整理上存在六大困难。③ 这里恕不赘述。需要强调和补充的是,在所有这些文学史料中,与重大政治事件关涉的文学史料的搜集相对最难也较为棘手,也许现在它还不具备足够的条件,还没有到"把历史的内容还给历史"的时候,其中有的甚至长久封存在具有保密性质的档案馆,不会向公众开放。但这不应成为我们裹足不前、消极等待的理由。相反,它应成为激发我们学术探秘的内在动力。当代文学史料在当下的意义,最具意味和价值的也许就在于此。它的可行性和可能性,也只有作这样理解,才比较切实。

本丛书编选始于2010年,目的是想通过努力,为广大文学研究者提供第一手的史料,为

---

① "潜在写作"的文学史料及其相关情况,可参见刘志荣的《潜在写作1949—1976》,复旦大学出版社2007年版。

② 邵燕祥:《人生败笔》,河南人民出版社1997年版,第2页。

③ 参见吴秀明、赵卫东:《应当重视当代文学史料建设——兼谈当代文学史写作中的史料运用问题》,《中国现代文学研究丛刊》2005年第5期。

当代文学学科建设做点实实在在的基础性的工作,同时也为构建"当代文学史料学"作必要的准备。本丛书编选,主要强调史料的立体多维及其自身的独立价值,因此,进入我们视野的,除代表性或权威性论文外,颇多的是有关的文件决议、讲话报告、书信日记、思潮动态、会议综述、社会调查、国外(海外)信息等泛文本史料。这也是我们这套丛书的独特之处,它可藉此将我们的思维视野投向被一般文学史所忽略了的更隐秘然而往往对文学更有决定性作用的细枝末节,包括具有"中国特色"的一体化体制,从这个角度对当代文学史料进行全面系统而又富有意味的梳理和呈现。当代文学在60多年行进过程中,自身的确已累积了相当丰沛的史料。为了回应历史,也为了现实及未来发展的需要,现在是可以而且应该考虑"史料学"的问题了,有必要编选一套与其丰富存在相谐的、有特色的大型史料丛书。这也是时代赋予我们的一种责任。

迄今为止的文学史料基本都是按照"作家或文体"的思路进行编纂的,本丛书基于对当代文学史料的理解,当然也是为了打破这种传统的编纂思路和范式,有意在这方面进行尝试和探索,选择了"公共性文学史料""私人性文学史料""民间与'地下'文学史料""台港澳文学史料""影像与口述文学史料卷""文代会等重要会议史料""文学期刊、社团与流派史料""通俗文学史料""戏改与'样板戏'史料""文学评奖史料""文学史与学科史料"等11个契入点,也就是11册,用这样一种带有"主题或专题"性质的体例来编纂当代文学史料。因为是尝试和探索,缺少更多的成功经验的借鉴,也限于自身的视野和学识,肯定存在不少问题或缺憾疏漏之处,包括史料的来源可靠性与内容真实性,史料的内涵与外延,史料的层次与结构,乃至史料的分类,等等。事实上,在整个编纂的过程中,针对上述问题,我们也在进行着调整。我们恳望得到业内同行和广大读者的批评指正,以便将来有机会加以弥补,把它编得更好,更周全些。史料编纂,从根本上讲,就是为史料的呈现寻找一个合适的"箩筐",如果这个"箩筐"有碍于史料的呈现,那么就应及时调整这个"箩筐"而不是史料本身。总之,一切从史料实际出发,更好地还原和呈现史料,追求其多元性、学术性、前沿性的价值,是本丛书编纂的目标所在。

五年前,也就是2010年,我曾以"中国当代文学文献史料问题研究"为题申请国家社科基金重点研究项目,获得批准。在完成该项目的过程中,有感于史料的重要而又搜集不易,遂萌生了编纂一套大型文学史料丛书的动念。于是,在确定了该丛书的基本构架和思路之后,就邀请马小敏、方爱武、付祥喜、邓小琴、刘杨、杨鼎、张莉、南志刚、郭剑敏、黄亚清、傅异星(以上按姓氏笔画排序)等11位中青年学者加盟,主持各分册的编纂工作,并任分册主编。本丛书是我们大家通力合作的产物,一定程度上,它可以看作是国家社科基金重点研究项目"中国当代文学文献史料问题研究"的衍生物。需要指出的是,本丛书的出版,得到了教育部哲学社会科学研究的后期资助和浙江大学文科高水平学术出版基金的资助,浙江大学副校长罗卫东教授和浙江大学出版社有关领导鲁东明、袁亚春、黄宝忠等也给予了大力的支持。借此机会,我谨代表丛书编委会深表谢忱。曾建林、叶抒、傅百荣、宋旭华等责编,为本丛书的顺利出版付出了很大的心血,他们的严谨踏实及其对历史高度负责的精神,令人感动,在此也一并致谢。

2015年2月13日于浙大中文系

本卷编选说明

一、按照学科规定,本卷所收录的当代文学评奖史料,应始于 1949 年,然当代文学史上文学评奖活动基本是 1978 年后开展的。1978 年之前,文学评奖的匮乏与文学受到的评判和清理形成了鲜明的对比,除了儿童文学和电影所设立的少数几个奖外,其他文学奖阙如。直到 1978 年《人民文学》举办全国优秀短篇小说评选,才拉开中国当代文学评奖的大幕。到 20 世纪 90 年代,文学评奖则兴盛繁荣起来,各种文学奖项如雨后春笋般涌现,有全国性各类体裁的大奖,也有省区市作协设立的省级文学奖,有报刊杂志与出版机构设立的文学奖,也有民间学会机构举办的文学奖,商业性文学奖更是遍地开花。评奖多了,评奖的公正性、权威性、价值取向以及所体现出来的文学艺术观等受到普遍关注。这是我们所收集的史料集中于上世纪 90 年代后的原因。

二、在名目繁多、鱼龙混杂的评奖中,本卷评奖史料力图涵盖全国奖、地方奖、民间奖以及国际奖等多个层面的奖项。所选奖项着重于的文学奖项的影响力。所谓影响力,不仅仅是指奖项的社会关注度,如茅盾文学奖、鲁迅文学奖这样引起普遍关注的全国性大奖,更是指:(一)奖项所体现的独特的文学价值观和文学艺术观,如华语文学传媒大奖这样的民间性奖项;(二)对文学发展的影响,如生产出"80 后"一代文人的"新概念"作文大赛;(三)对评奖体制的影响,如首次采用评奖实名制的郁达夫小说奖。当然,每一个奖项的影响力并不是单一方面的,不过是在评价它时,我们更注意他某方面的价值罢了。为突显奖项的评奖理念、评奖制度,每一个奖项所选的史料一般与评奖过程相关,对于获奖作品的品评不收录在内。

三、因为篇幅的关系,本卷对收录的一些文章做了节选,一是因为原来文章篇幅过大;二是所省略内容与所选主题关系较远。所省略部分用"……"标出。本卷所录文章一般为原题目,个别题目上标"＊"号的,是为编者所加。所选内容来自不同文章,均标明原来出处。有些文章来自学报、期刊,其格式一律转为题目加正文,出处注明在文末,原文注释一律保留,编者不另加注。

四、因为篇幅的限制,一些史料不得不有所放弃。完全弃之,又十分可惜。因此在篇末附有《当代文学评奖史料编目》,编目是对正文编选内容的补充,按正文目录顺序编排。

囿于时间和编者的学识与视野,本书难免有疏漏之处,欢迎广大前辈、同仁不吝赐教,以期有机会再版时能编得更好。

傅异星

2015 年 6 月 8 日

目 录
CONTENTS

一　茅盾文学奖

二　鲁迅文学奖

三　全国优秀短篇小说、中篇小说、新诗、报告文学评奖

四　华语文学传媒大奖

五　郁达夫小说奖

六　《萌芽》新概念作文奖

七　评奖反响和反思

附一：诺贝尔文学奖

附二：斯大林文学奖

附三：中国当代文学评奖史料编目

一　茅盾文学奖

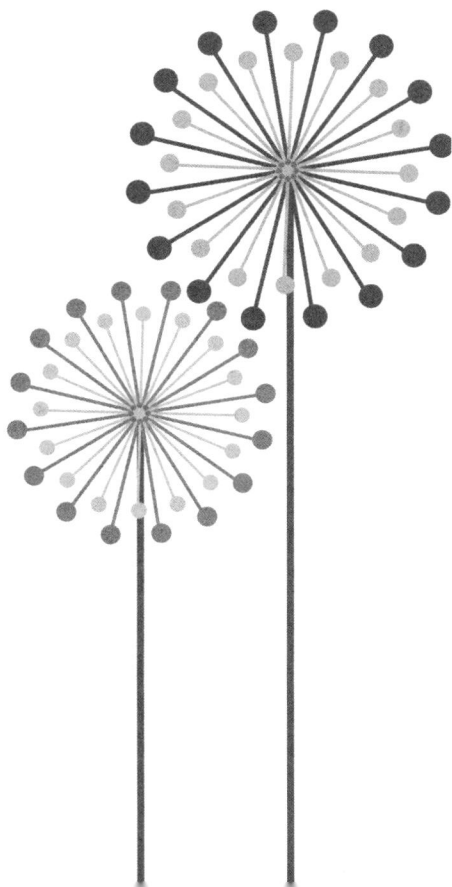

茅盾文学奖评奖条例(2011 年 2 月 25 日修订)*

茅盾文学奖是根据茅盾先生遗愿,为鼓励优秀长篇小说创作、推动中国社会主义文学的繁荣而设立的,是中国具有最高荣誉的文学奖项之一。

茅盾文学奖由中国作家协会主办。

一、指导思想

茅盾文学奖评奖工作以马列主义、毛泽东思想、邓小平理论和"三个代表"重要思想为指导,深入贯彻落实科学发展观,遵循文艺为人民服务、为社会主义服务的方向,贯彻"百花齐放、百家争鸣"的方针,弘扬主旋律,提倡多样化,鼓励贴近实际、贴近生活、贴近群众,坚持导向性、权威性、公正性,努力推出体现中国当代长篇小说创作思想高度和艺术水准的优秀作品。①

二、评奖范围

茅盾文学奖每 4 年评选 1 次。

凡评奖年度内首次公开发表、在中国大陆出版、体现长篇小说体裁特征、字数 13 万以上的作品,均可参评。②

鉴于评奖工作所受的语言限制和其他困难,用少数民族语言创作的长篇小说,应以其汉语译本参评。

多卷本作品,应以全书参评。

---

* 本文页下注均为编者所加,下同。

① 2003 年版为:弘扬主旋律,提倡多样化,坚持导向性、公正性、群众性,注重鼓励关注现实生活、体现时代精神的创作,推出具有深刻思想内容和丰厚审美意蕴的长篇小说。

2007 年版为:弘扬主旋律,提倡多样化,鼓励贴近实际、贴近生活、贴近群众、体现时代精神的创作,坚持导向性、权威性、公正性、群众性,坚持少而精、宁缺毋滥的原则,推出具有深刻思想内容和丰厚审美意蕴的长篇小说。

② 2003 年版为:凡评选年度内在我国大陆地区公开发表与出版的由中国籍作家创作的,能体现长篇小说艺术构思与创作要求,字数 13 万以上的作品,均可参评。评选年度以前发表或出版的、经过时间考验的优秀之作,也可由有关单位慎重推荐参评,通过初选审读组筛选认同并以无记名投票方式获得评委会半数以上委员的赞同后,亦可列入评委会备选书目。

2007 年版为:评奖年度内在我国大陆地区公开发表与出版的由中国籍作家创作的,能体现长篇小说艺术构思与创作要求,字数 13 万以上的作品,均可参评。

三、评奖标准

茅盾文学奖评奖坚持思想性与艺术性完美统一的原则。获奖作品应具有深刻的思想内涵,有利于倡导爱国主义、集体主义、社会主义的思想和精神;有利于倡导改革开放和现代化建设的思想和精神;有利于倡导民族团结、社会进步、人民幸福的思想和精神;有利于倡导用诚实劳动争取美好生活的思想和精神。对于深刻反映现实生活和人民主体地位、弘扬社会主义核心价值体系、体现民族精神和时代精神、塑造社会主义新人形象的作品,尤应予以关注。[①] 应重视作品的艺术品位,提倡题材、主题、风格的多样化,鼓励在继承中国优秀传统文化和借鉴外国优秀文化成果基础上的探索和创新,鼓励具有中国作风和中国气派、为人民大众所喜闻乐见的作品。

四、评奖机构[②]

茅盾文学奖评奖工作在中国作家协会书记处领导下,由茅盾文学奖评奖委员会负责。

茅盾文学奖评奖委员会成员应为关注和了解全国长篇小说创作情况的作家、评论家和文学组织工作者,均以个人身份参加评奖。

评奖委员会设委员若干名。由中国作家协会书记处聘请 30 名符合条件的人员;同时各省、自治区、直辖市作家协会和中国人民解放军总政治部宣传部各推荐一名符合条件的人选,由中国作家协会书记处审核聘请。

评奖委员会设主任 1 名,副主任若干名,由中国作家协会书记处聘请。

评奖委员会下设评奖办公室,承担具体工作。

---

① 2003 年版为:所选作品应有利于倡导爱国主义……对于深刻反映现实生活,较好地体现时代精神和历史发展趋势,塑造社会主义新人形象的作品,尤应重点关注。

2007 年版为:评奖作品应有利于倡导爱国主义……对于深刻反映现实生活、弘扬社会主义核心价值体系、体现民族精神和时代精神、塑造社会主义新人形象的作品,尤应重点关注。

② 2003 年版为:1. 评选工作由"茅盾文学奖评奖委员会"承担。2. 聘请文学界有影响的作家、理论家、评论家和文学组织工作者出任茅盾文学奖评奖委员会委员。评委会设主任 1 名,副主任若干名,委员若干名。主任、副主任人选由中国作家协会书记处提名。委员人选由中国作协书记处提出候选名单后,以随机抽取的方式,从候选名单中产生。候选名单一般应为评委人数的 2 倍以上。主任、副主任以及评委名单产生后,应由中国作协书记处批准,报请有关主管部门备案。3. 评委会的构成,应保证京外评委不少于评委总数的 1/3。

2007 年版为:1. 评奖工作由"茅盾文学奖评奖委员会"具体负责。2. 由中国作家协会书记处提名。遴选文学界有影响的作家、理论家、评论家和文学组织工作者组成茅盾文学奖评奖委员会评委库。评委库人数以不少于 40 人为宜。评委会设主任 1 名,副主任 2 名,委员 20 名。主任、副主任人选经中国作协书记处提名,分别由中国作家协会领导和专家担任;委员人选由评委会主任、副主任在中国作协纪检监察部门监督下以随机抽取的方式,从评委库中产生。主任、副主任以及评委名单产生后,应报请有关主管部门备案。3. 每一届评委会成员,须比上一届评委会更新 1/2(12 人)以上;评委会委员连任不得超过两届,年龄一般不应超过 70 岁。京外评委委员不少于评委总数的 1/3(8 人)。评委会委员和初选审读组成员不能交叉。

五、评奖程序

1. 参评作品的征集与申报。①

评奖办公室向中国作家协会各团体会员单位、中国人民解放军总政治部宣传部、全国各有关出版单位、大型文学杂志社和持有互联网出版许可证的重点文学网站等征集参评作品。

作者可向上述单位提出作品参评要求。评奖办公室不接受个人申报。

参评作品篇目经审核后向社会公示。如发现不符合参评条件的,评奖办公室有权取消其参评资格。

2. 评选和产生获奖作品。②

评奖实行票决制,评奖细则由中国作家协会书记处制订。

评奖委员会在对参评作品阅读、讨论的基础上,经 3 轮投票选出不超过 20 部提名作品;在提名作品中经 2 轮投票选出不超过 5 部获奖作品。

投票实行实名制。投票、计票在公证机构的监督下进行。

各轮获选作品篇目向社会公布。

评奖委员会主任负责主持评奖工作,不参与投票。

3. 获奖作品揭晓和颁奖。③

评奖结果经中国作家协会书记处审核后,由中国作家协会统一发布。举行颁奖大会,公布获奖作品评语,向获奖作品的作者颁发证书、奖牌和奖金;向获奖作品的责任编辑颁发证书。

---

① 2003 年版为:参评作品征集。征集工作由评奖办公室进行。办公室应在开评前向中国作协各团体会员单位、全国各有关出版单位和大型文艺杂志社发出作品征集通知,请他们在规定期限内向评奖办公室报送符合评选要求的参评作品。

2007 年版提出在开评前公布《评奖条例》,其他无甚变化。

② 2003 年版为:评奖办公室报请中国作协书记处批准,聘请熟悉长篇小说创作的若干评论家、作家和编辑家组成初选审读组,对推荐作品在广泛阅读、讨论的基础上,进行筛选,提出适当数量的作品,作为提供给评委会审读备选的书目。经由 3 名以上评委的联合提名,可在初选审读组推荐的书目以外,增添备选书目。全部备选书目应在终评前 1 个月在相关媒体上予以公布,以便广泛地听取读者意见。评委会在认真阅读全部备选作品的基础上,参考各界反馈意见,经充分的协商与讨论,最后用无记名投票方式产生获奖作品。投票分 2 轮进行:第一轮,对候选篇目进行初步筛选;第二轮投票,决定获奖作品。作品获得不少于评委总数的 2/3 的票数,方可当选。获奖作品的数量:每届评委会根据长篇小说创作的实际状况确定该届评选的获奖数量;为保证此项文学大奖的权威性,应坚持宁缺毋滥的原则,获奖作品为 3—5 部。

2007 年版对 2003 版进行细化:初选审读组提出的审读备选书目不超过 20 本,增添的备选书目需由 3 名以上评委联合提名,并得到半数(12 人)以上评委同意,增添的书目不得超过 5 本。获奖作品获奖票数为 2/3(16 人)以上,方可当选。

③ 2003 年版和 2007 年版均将"公布获奖作品评语"纳入评奖纪律。

六、评奖纪律①

1. 严禁行贿受贿等违纪违法行为和人情请托等不正之风。评奖委员会成员和评奖办公室工作人员，不得有任何可能影响评奖结果的不正当行为。如有违反，有关人员的工作资格和有关作品的参评资格均予以取消。

2. 评奖委员会成员和评奖办公室工作人员中，如有作品参评，或系参评作品的编辑、参评作品所属的文库或丛书的主编、参评作者的亲属、参评作品出版单位的主要负责人，应主动回避。相关人员可选择退出评委会，或相关作品退出评选。

3. 中国作家协会组成专门的纪律监察组监督评奖过程。

七、评奖经费

1. 茅盾文学奖创立经费由茅盾先生捐赠。
2. 茅盾文学奖评奖和奖励经费由中国作家协会书记处负责筹措。
3. 欢迎企业、团体、个人对茅盾文学奖予以赞助。

八、本条例由中国作家协会书记处负责修订、解释。

（引自 2011 年 3 月 2 日 http://www.chinawriter.com.cn）

---

① 评奖纪律方面，除字面上有些出入外，2003 年版、2007 年版与 2011 年版各版之间无实质性变化。

附：历届茅盾文学奖评委会名单

第一届

评委会主任：巴　金

评委会成员（共 15 人）：

丁　玲	韦君宜	孔罗荪	冯　至	冯　牧	艾　青	刘白羽
张光年	陈企霞	陈荒煤	欧阳山	贺敬之	铁依甫江	谢永旺

第二届

评委会主任：巴　金

评委会成员（共 18 人）：

张光年	冯　牧	丁　玲	乌热尔图	刘白羽	许觉民	朱　寨
陆文夫	陈荒煤	陈　涌	林默涵	胡　采	唐　因	顾　骧
黄秋耘	康　濯	谢永旺	韶　华			

第三届

（无评委会主任）

评委会成员（共 16 人）：

丁　宁	马　烽	刘白羽	冯　牧	朱　寨	江晓天	李希凡
玛拉沁夫	孟伟哉	陈荒煤	陈　涌	胡石言	袁　鹰	康　濯
韩瑞亭	蔡　葵					

第四届

评委会主任：巴　金

评委会成员（共 23 人）：

刘白羽	陈昌本	丁　宁	刘玉山	江晓天	朱　寨	邓友梅
陈　涌	李希凡	陈建功	郑伯农	袁　鹰	顾　骧	唐达成
郭运德	谢永旺	韩瑞亭	曾镇南	雷　达	雍文华	蔡　葵
魏　巍						

第五届

主　任：巴　金

副主任：张　锲　邓友梅　张　炯

评委会委员：

丁振海	马振方	玛拉沁夫	严家炎	李希凡	李国文	杨志今
吴秉杰	陆文虎	陈建功	郑伯农	柯　岩	凌　力	阎　纲
曾镇南	雷　达	蔡　葵				

第六届

主　任：张　炯

副主任：陈建功　王巨才

委　员：（以姓氏笔画为序）

王巨才	叶　辛	朱向前	仲呈祥	孙　郁	何开四	杨志今

吴秀明	张 帆	张 炯	张燕玲	玛拉沁夫	陈建功	李 星
严家炎	洪子诚	贺绍俊	郭运德	秦 晋	曾镇南	雷 达

第七届

主　任：铁 凝

副主任：陈建功　李存葆

委　员：（按姓氏笔画为序）

丁临一	牛玉秋	叶 梅（土家族）	包明德（蒙古族）	任芙康
次仁罗布（藏族）	吴秉杰	何向阳	汪 政	汪守德
张小影	陈晓明	胡 平	贺绍俊	郭运德
龚政文	阎晶明	谢有顺	赖大仁	熊召政

第八届

主　任：铁 凝

副主任：高洪波　李敬泽

委　员：（按姓氏笔画为序）

王必胜　评论家

王纪仁　评论家（上海作协推荐）	汪 政　评论家（江苏作协推荐）
王春林　评论家（山西作协推荐）	汪守德　评论家（总政宣传部艺术局推荐）
王炳根　评论家（福建作协推荐）	王彬彬　评论家
张未民　评论家（吉林作协推荐）	韦健玮　评论家（黑龙江作协推荐）
张志忠　评论家	东 西　作家（广西作协推荐）
张清华　评论家	叶 梅　作家
张蒋玲　评论家	包明德　评论家
陈世旭　作家	朱向前　评论家
陈晓明　评论家	刘 成　评论家（内蒙古作协推荐）
陈福民　评论家	刘复生　评论家（海南作协推荐）
苑坪玉　评论家（贵州作协推荐）	刘晓林　评论家（青海作协推荐）
周大新　作家	次仁罗布　作家
於可训　评论家（湖北作协推荐）	许 辉　作家（安徽作协推荐）
孟繁华　评论家（北京作协推荐）	麦 家　作家
欧阳友权　评论家	李国平　评论家（陕西作协推荐）
胡 平　评论家	李掖平　评论家（山东作协推荐）
柳建伟　作家	杨 杨　评论家
哈若蕙　评论家（宁夏作协推荐）	杨红昆　作家（云南作协推荐）
修忠一　评论家（新疆作协推荐）	吴义勤　评论家
施战军　评论家	吴秉杰　评论家
敖 超　作家（西藏作协推荐）	何 弘　评论家（河南作协推荐）
何向阳　评论家	高叶梅　评论家
傅 恒　作家（四川作协推荐）	高海涛　评论家（辽宁作协推荐）
彭 程　作家	郭宝亮　评论家（河北作协推荐）

彭学明	评论家	黄济人	作家（重庆作协推荐）
温远辉	评论家（广东作协推荐）	黄桂元	评论家（天津作协推荐）
程金城	评论家（甘肃作协推荐）	盛子潮	评论家（浙江作协推荐）
赖大仁	评论家（江西作协推荐）	龚旭东	评论家（湖南作协推荐）
雷　达	评论家	阎晶明	评论家

第八届茅盾文学奖纪律监察组组长、副组长名单

组　　长：张　健

副组长：梁鸿鹰

第八届茅盾文学奖评奖办公室主任、副主任名单

主　　任：胡　平

副主任：彭学明　何向阳

在茅盾文学奖授奖大会上的讲话

周　扬

　　茅盾文学奖授奖大会在目前情况下召开,大家的心情是高兴的。因为十二大刚刚开过,最近又开了五届五次人大,整个国家的形势、党的工作状况,都有很大的变化,各条战线都在努力开创新局面。而文学,是时代气氛和人民群众情绪的反映,不同的政治经济形势下会有不同的文学。现在全国人民有一种积极向上的精神状态,在这样一种精神状态下颁发茅盾文学奖,这对进一步繁荣社会主义文学创作,将是一个很大的推动。

　　设立长篇文学奖,这是茅盾同志生前倡议的。这是个很好的倡议。正如刚才周克芹同志所说,我们大家都怀念茅盾同志,一直到临终的时候他仍念念不忘入党的事,他吩咐他儿子韦韬同志要我向党中央转达,中央很快接受了他的遗愿,恢复了他的全部党龄。茅盾同志本来是个老党员,他的这种至死不忘党的精神值得我们学习。粉碎"四人帮"以后,文学创作呈现出繁荣的局面,几年来出版了400多部长篇小说,这是历史上从来没有的。很惭愧,我看得不多,这次得奖的长篇我只看了三四部。400多部,从数量上讲,是一个很大的数字,超过了"文化大革命"前17年长篇小说的总和。当然,文学作品不能单纯以数量来衡量;一部真正优秀的作品可以抵几十部、上百部平庸的作品。巴金同志说了,这些作品还有一些缺点,这也是事实。《李自成》已经有了广大的读者,在评论界也获得了好评,可以说是一部有分量的作品,虽然全书还没有写完,而且在评价上也有不同的意见。其他获奖作品也是同样,思想艺术水准或有高低不同,但总体来说是写得好的,有特色的。在6部获奖作品中,有四部是写"文化大革命"的,有的把矛盾写得相当尖锐,也比较深刻,比如《芙蓉镇》《许茂和他的女儿们》《冬天里的春天》《将军吟》这几部作品,都从正面写了"文化大革命",应该说写得不错,都有相当广阔的规模和深度,风格新颖,色彩浓郁。当然,也存在一些问题。我们常常听到一些议论,有些议论还是比较尖锐的。对此,要做具体分析。"文化大革命"时间这么长,灾难这么深,人们有很多感受,有很多意见,甚至还有很多牢骚,你不让他在作品中发泄出来,这可能吗? 只要不是单纯发泄个人怨愤,而是出于忧国忧民之心,真正做到恰如其分,忠于现实就好。我过去讲过,"文化大革命"一定要在文学中得到反映,不反映那是不可能的,不合乎事物发展规律。现在这4部长篇虽然还不能说已经达到了高度的艺术概括,但确已向这个方向迈出了一步,所以大家重视这些作品,推荐这些作品是有理由的。

　　由此,我又想到茅盾同志建议设立长篇奖的重大意义。现在这次评奖,评了一年,同志们花了许多劳动,评奖的目的是为了鼓励创作,为了发展和革新,并不是说获奖作品就完美无缺。评奖的同时也要讲评,要加以评论。文学这东西,必须在自由讨论中、在互相竞赛中发展,也就是用符合文学发展规律的手段来发展文学事业。这样才能促进而不会阻碍文学的发展,才能鼓励而不会挫伤作家的积极性。我们过去,包括我在内,没有注意经常做到按艺术规律办事,而是采取了简单化的手段,犯了许多错误,特别是1957年反右斗争,伤害了一些不该伤害的作家,许多事情,我们都是有一定责任的,不能推卸自己的责任。艺术创作需要一定的才能,这本来是简单的道理,不应当忽视,当然也要十分重视把才能引向正确的发展方向。有些有才华的作家,反右时被打成右派了;这些同志虽然有这样那样的缺点,但大都是很好的,是很有才能的。我是不是讲才能讲得太多了?不,文学艺术是需要才能的。

最近,我看了李子云同志给王蒙同志的信,我看这是一封写得很不错的信,里面分析了王蒙的作品,分析得不一定都很确切,都对,但用了艺术分析的方法,在作家、艺术家之间采取自由谈心的方式互相探讨,这种做法很好。同时我也看到了王蒙同志的一个发言,也很好。他是不赞成搞那么多专业作家的,这涉及文艺界体制改革问题,值得研究。发展文学艺术,必须用讨论的方法,评论的方法,竞赛的方法,这才是促进我们文艺发展的比较好的方法。这不是我的新的意见,毛主席早就讲过,归结到一点,也就是要贯彻"双百"方针。贯彻"双百"方针,一个重要问题是:艺术形式和风格问题可以和政治、思想有关系,但两者不是一回事,不能互相混淆。形式是由内容决定的,但它毕竟有相对的独立性。作家和艺术家有选择自己所擅长的形式和风格的充分自由。所以贯彻"双百"方针,要鼓励两个自由:一个是充分讨论的自由,一个是艺术的形式和风格发展的自由。学术上的问题,艺术上的问题,无论正确的还是错误的,都应该允许自由讨论,这就是百家争鸣。艺术的形式和风格越多样化越好,这就是百花齐放。因为"双百"方针宪法里没有写,引起了疑问,外国记者也问起这个问题。宪法的语言是一种法律的语言,"双百"方针毕竟不是政治的、法律的语言,不一定写到宪法里去。但"双百"方针是我们要继续坚持的方针。这不是自由化,而是防止自由化的一个有效的措施。资产阶级自由化当然要反对,现在反对,将来也要反对。但是,我们只有保证了充分的自由才能防止自由化;反过来说,只有反对资产阶级自由化,也才能保证真正的创作上的自由。这是一个很重要的问题,我们要做到使作家既意识到自己的社会责任感,又感到心情舒畅,如果心情不舒畅,他是写不出东西来的。所以艺术风格和形式上的问题,可以进行讨论和批评,但要采取慎重的态度。比如现代主义、现代派问题,比如说意识流的讨论,要使作家感到这种讨论没有什么危险,对创作还有某些好处,可以启发我们的想象。作家协会有的同志向我反映说,他们访问了高晓声,高晓声说:"我现在也知道没有问题了,对党的政策是放心的,但我拿起笔来总好像要左顾右盼。"他为什么会有这种心理呢?作家要有社会责任感,这是完全必要的,是一个有共产主义精神的作家的必要的品质。但却需要消除这种左顾右盼心理,这种心理仍然是心有余悸的表现。旧时代的优秀作家常常是批判现实主义者,对旧社会采取批判态度,有时甚至是十分激烈的。现在我们的作家也批评我们社会的缺点和阴暗面,但是根本立场不同,出发点不同,我们不是要否定这个社会,而是要不断改善它,改革它。我们是拥护党的领导,拥护马克思主义的。这是个根本的不同。所以对作家要十分慎重地对待,要关怀他们,使他们有一个良好的环境,需要有一点灵感和热情,你不能破坏他的情绪,使他根本不想动笔了。有些不正确的东西,当然要破坏,毛主席说过,资产阶级的、小资产阶级的、无政府主义的观点,那是要破坏的,那是毛主席《在延安文艺座谈会上的讲话》中说过的。现在我们对作家的思想情绪更需要正确的引导,要为国家培养人才,爱护和保护人才。爱护、保护是第一位。批评也是为了爱护。在我们的国家,什么是最可痛心的浪费呢?这就是人才的浪费。爱护人才是非常重要的,要保护人才,这是我们的责任,因为我们是当权的嘛!不像 30 年代,那时我们没有政权,没有法律机关,处在被压迫的地位,想保护也保护不了。今天不同了,我们已经变成了执政党,应该而且可以做到保护人才了。特别是对艺术形式和艺术风格的创造,需要有更多的爱护、扶植和保护。要鼓励创新,鼓励探索,允许走些弯路。京剧搞流派,已经是有多少年了,文学方面当然也可以有流派。我不赞成人为地制造流派,更不要说是搞什么宗派、山头。但我们可以支持流派、鼓励流派,只要不是人为地制造流派。对艺术上的问题,只要不涉及政治上重大原则的问题,应当有更多的自由讨论,不一定急于做结论,这对于我们文学艺术的发展是有利的。

这几年创作的文学作品,包括获奖的6部长篇,不能说没有缺点,但写出了这些长篇不能不说这是我们文学艺术的一个发展,一个前进。在这个意义上,我们应该祝贺,祝贺他们的成功,并且希望他们继续努力!

(原载《文艺报》1983年第3期)

在第八届茅盾文学奖评委会上的讲话

中国作协党组书记、副主席　李　冰

各位评委：

茅盾文学奖是我国具有最高荣誉的文学大奖之一，对于繁荣长篇小说创作、发展我国文学事业具有重要的推动作用。本届茅盾文学奖受到了社会的格外关注，修订后的茅奖评奖条例公布后，产生了热烈的反响。

长篇小说的成就是一个时代艺术成就的重要标志。近年来，我国长篇小说创作持续繁荣，数量急剧增长，思想和艺术质量不断提升。据粗略统计，此次评奖年限（2007—2010 年）内在中国大陆地区首次发表或出版的长篇小说就有 8000 部左右，这样的数量在世界上是独一无二的。这凝聚了作家们的智慧和心血，体现了他们的勤奋和敬业。作为专门为鼓励长篇小说创作而设立的茅盾文学奖，在如此巨大的数量中评选出几部获奖作品，如沙里淘金，难度可想而知。这就需要我们在评奖中，始终保持如履薄冰、慎之又慎的心态，不敢丝毫懈怠。

本届茅盾文学奖评奖工作，总的要求是要贯彻落实胡锦涛总书记"七一"重要讲话精神和在中央政治局第二十二次集体学习时的重要讲话精神，突出对创作的引导。评奖是引导和激励创作的重要手段，中央领导同志多次强调要加强和改进文艺评奖，建立健全科学的评价机制，不断提高评奖的导向性、权威性和影响力。我们要认真领会和落实中央领导同志的指示精神，从自己做起，从现在做起，不辜负中央领导同志的关怀和广大作家及读者的期待。

我们向来讲，评奖的原则是"公开、公平、公正"，这个原则是一定要坚持的。如果评奖不能做到"公开、公平、公正"，就没有公信力，对创作的引导作用也就无从发挥。"公开、公平、公正"的原则不仅要求评委有一种道德坚守，有一颗文学良心，同时还要有一套比较严格、严密的评奖程序，从制度上保证"公开、公平、公正"原则的落实。为此，中国作协书记处和创研部的同志们花了很多的时间和精力，在对茅奖评奖条例进行修订的基础上，认真研究、反复推敲，进行科学合理的制度设计，制定了有很强操作性的第八届茅奖评奖细则，尽量把各个环节规范化、程序化，让评奖全过程在阳光下运行。

各位评委的责任重大。在这里对大家提几点要求。

一、要坚持标准。关于茅奖的标准，茅奖评奖条例已经很明确。这个标准不是现在才有的，是茅奖设立以来一以贯之的。总的原则就是要坚持思想性与艺术性完美统一。具体来说，强调"四个有利于"，即有利于倡导爱国主义、集体主义、社会主义的思想和精神；有利于倡导改革开放和现代化建设的思想和精神；有利于倡导民族团结、社会进步、人民幸福的思想和精神；有利于倡导用诚实劳动争取美好生活的思想和精神。在评奖中，要关注深刻反映现实生活和人民主体地位、弘扬社会主义核心价值体系、体现民族精神和时代精神、塑造社会主义新人形象的作品。要重视作品的艺术品位，提倡题材、主题、风格的多样化，鼓励文学创新。希望评委们牢记茅奖的宗旨和传统,在这样一个标准下,慧眼识珠,好中选优,优中选优,在众多参评作品中把那些具有中国作风和中国气派,为人民大众所喜闻乐见,思想性、艺术性俱佳的优秀作品评选出来。

二、要勤奋阅读。本届茅奖参评作品多达178部,阅读量很大。社会上也很关心评委在投票之前是否阅读了作品。好在各位评委都是关注和了解全国长篇小说创作情况的,在平时就已经有了很多阅读积累,并不是现在才开始接触这些作品。按照评奖办公室的安排,此次集中前,评委们已有一个半月的时间阅读作品。为了保证评委的阅读量,在评选过程中还会专门安排两个时间段,让大家集中补读和精读。我们相信,通过大家共同的努力,阅读量大的难题是可以解决的。希望大家抓紧时间,本着对作者负责、对作品负责、对评奖负责的精神,认认真真地读作品。“读而后议”,“读而后评”,这既是对作家的尊重,也是对参评作品的尊重。

三、要勇于担当。实行评委实名制投票,虽然是本届茅奖评奖的一项改革举措,但在文学评奖中不是头一家、独一份,有的省文学评奖已经实行,效果不错。实名制投票的方式有利于增加评奖的公正性和透明度。这应该是评奖的一大趋势。同时,此次评奖向社会公布实名投票结果,这就意味着,群众随时可以监督评奖过程,随时可以评论每个评委的投票。这对评委来说,是一种压力、一种考验。因为评委在评价作品的同时,社会也在评价评委。既然我们承担了这样的责任,就要勇于面对,希望大家既不要有太多的顾虑,又要慎重对待。我相信,大家会对文学负责,对自己的专业操守和专业声誉负责,以坦荡公正的精神,以自己的文学鉴别能力,认真地投下神圣的每一票。

四、要有全局观念。本届茅奖的评委会由两部分专家组成,既有中国作协书记处提名推荐并聘请的专家,也有各省区市作协和总政宣传部提名推荐并经中国作协书记处审核后聘请的专家。不管是哪里推荐的,组成评委会后,就要从评委会的角度去考虑问题、去工作,立足于中国文学的全局。文艺评奖中的“小圈子”倾向,备受社会诟病。我们这次的评委来自五湖四海。希望大家务必放下各自的“小圈子”。要特别防止地方主义和本位主义,不能把“人情任务”带到评委会里来,更不允许在评委会中串联拉票。

五、要遵守纪律。评奖条例中关于评奖纪律有严格的规定,严禁行贿受贿等违纪违法行为和人情请托等不正之风,实行回避制度等,这些规定希望大家严格遵守。纪律监察组将对评奖全过程进行监督。此外还要强调的是,评奖纪律特别规定,评委不要在评奖过程中透露评奖细节和讨论内容。这是为了保证每一位评委自由表达意见的权利,保证评奖的公正性。评委会是一个整体,在评奖过程中,每个人都可以表达自己的观点和选择,但是,投票结果出来后,全体评委要共同向评选结果负责,这是基本的民主规则。所以,希望评委在评奖结束后不要发表同评委会的共同意志相违背的言论,维护评委会的权威。

同志们,评委会已经开始工作。各位评委都是在文学界有影响的作家、评论家和文学组织工作者,不少同志曾多次担任中国作协各种文学大奖的评委,有着丰富的经验。我们相信,在以铁凝主席为主任的评委会的辛勤努力下,第八届茅盾文学奖一定能够既有一个好的过程,也有一个好的结果,取得圆满成功,向社会交一份令人满意的答卷。最后,我代表党组和书记处对大家即将付出的辛苦表示衷心的感谢!

(原载《文艺报》2011年8月3日)

第三届茅盾文学奖之我见

朱　晖

一

新时期以来,文学评奖活动频频;而获奖作品中,至今依然获得人们认可的,十不足一。茅盾文学奖,亦不例外。究其原因,一是新时期的文学本身是在废墟上重建的,并且有过十余年的超速发展阶段;而每次的评选,只能针对其中某一段时间的文学佳作,所有受奖者能否为后来的文学实绩所印证和文学鉴赏者所认可,便大可置疑。二是每一次评奖,都不可能不受到当时文坛内外诸多因素的影响,以致当这些因素不再制约人们,那时的评选标准和评奖结果也再难被全部认可。三是评选者与被评选者都是活生生的并且有着许多人际纠葛的人,难免有文学以外的考虑直接或间接地介入最终的评选结果,何况,文学本身又是处处体现个性、人性的所在! 以之为鉴,我以为,第三届茅盾文学奖,固然可资重叙,却不必大惊小怪。

第三届茅盾文学奖与前两届相比,有许多不一样的地方。先是获奖篇目,包括路遥的《平凡的世界》(1—3)、凌力的《少年天子》、孙力和余小惠的《都市风流》、刘白羽的《第二个太阳》、霍达的《穆斯林的葬礼》、萧克的《浴血罗霄》、徐兴业的《金瓯缺》(1—4),多达 7 种计 12 册,比前两届获奖作品之和共 9 种计 10 册还多 2 册;其次,是首度设立了"荣誉奖",并且一口气授出了 2 例(即萧克和徐兴业),让人大开眼! 而第三点不同,也即最堪玩味之处,是独独在评选活动的组织实施上,就有以下 3 种区别——窃以为正是它们,可以把我们的思路引向当时的社会背景、文坛态势,而正是这样一些因素,直接或间接地影响着本届评奖活动和参评人员以致最终的评选结果。

第一,前两届评选,有见诸报端的评委负责人,如:第一届由中国作家协会主席巴金先生担任主任委员,第二届仍由巴金先生任主任委员,中国作家协会的两位副主席张光年先生和冯牧先生任副主任委员;而独独第三届评选未设这样的职务,仍然是中国作家协会主席的巴金先生,也没有出现在正式公布的评委名单之中,以致我们无从揣测这位中国作家协会的主席,以及其他一些曾经在前两届评奖中起过显著作用的文坛中人,对于此次评奖过程和评选结果的参与程度和认可程度。

第二,第三届评委的更新范围约为 3/4,从上两届评委中仅保留了"三个半人"(即冯牧、陈荒煤、康濯及因作品参评不得不中途回避的刘白羽),而由玛拉沁夫、孟伟哉、李希凡、陈涌等人取代了唐达成、谢永旺、韶华、陆文夫诸位;如果说,在第一、二届评选中,评委的人选虽有所调整,却更明显地表现出连续性与衔接性,那么,第三届评委"大换血",则更明显地表现出它的调整性或转轨特征。

第三，第三届评奖过程长达两年有余，相当于前两届评奖过程的两倍。例如，首届评奖，评选范围为 1977 至 1981 计 5 年，评选结果于 1982 年底公布；第二届评奖，评选范围为 1982 到 1984 年，计 3 年，评选结果于 1985 年底公布。而第三届评奖的评选范围为 1985 至 1988 年计 4 年，评选结果迟至 1991 年 3 月才公布。由此想见这一次奖评活动之艰辛曲折。

显然，这 3 个方面的统计数字，所证实的当然不仅仅是数字。它们提示了第三届茅盾文学奖的特定背景，即 1989 年的"政治风波"，它所导致的茅盾文学奖评选活动的承办者——中国作家协会的颇具规模的人事调整，与中国文学在发展态势上出现的某种阶段性的变异；如是变化，不仅迟滞了第三届茅盾文学奖的评选过程，而且赋予了这次评奖活动更为错综复杂的思想和人事的纠葛。无疑，这将使这次评奖活动在相当大的程度上疏离了前两届评奖所奠定的观念的和经验的前提，并且在一定程度上疏离了它的选评对象——1989 年以前的 4 年长篇小说创作和文学创作格局。就此而言，第三届茅盾文学奖的评选过程和评选结果，所证实的是一个非常特殊的"调整文学期"，它所隐喻的是："两极"的抵牾与不可能不出现的妥协。

二

从题材入手，评析一个时期的文学，至少在经验的意义上，在新时期的文学创作和理论批评实践中，独有其存在价值。同样，它也是我们重评第三届茅盾文学奖时有必要首先切入的一环。

在第三届茅盾文学奖获奖作品中，历史题材和革命历史题材创作成了重头戏，即有《金瓯缺》（1—4）、《少年天子》、《浴血罗霄》、《第二个太阳》4 部一并入选，而通常所说的现实题材创作，仅有《平凡的世界》1—3 和《都市风流》2 部小说获奖，比例为 2：1；而在第一、二届茅盾文学奖评选结果中，历史题材、革命历史题材与现实题材的获奖比例则为 1：2。倘若仅仅着眼于这种对比性变化，我们似乎应该说，1985 至 1988 年的长篇小说，现实题材创作在数量和质量上，大大逊色于历史题材和革命历史题材创作；或者说，在 1977 至 1981 年表现得不那么出色的历史题材和革命历史题材长篇创作，在 1985 至 1988 年间，有了一种戏剧性的突破与繁荣。然而这时期的长篇小说创作实态实绩又是如何呢？

让我们简略地回溯一下长篇创作在新时期的发展脉络：新时期长篇创作的时间起点是 1976 年，到 1989 年为止的 14 年中，其发展大体上可分为 3 个阶段。第一阶段的时间下限为 1981 年，这期间长篇小说的年产量首次达到 3 位数，形成了一支以中老年作家为主体的创作队伍，也产生了一批颇有口碑的代表作，如李準的《黄河东流去》上、张扬的《第二次握手》、莫应丰的《将军吟》、周克芹的《许茂和他的女儿们》、徐兴业的《金瓯缺》（1—2）、蒋和森的《风萧萧》、王莹的《宝姑》、张洁的《沉重的翅膀》、李国文的《冬天里的春天》等作品，即代表了这一个以承袭和完善"前十七年"长篇小说创作传统为基色的发展段落；在这一时期，创作模式更富有"传统"色彩却饱含了苍凉沉郁的悲剧意蕴和情感体验的作品占了绝大多数，而在长篇叙事艺术和结构形式等方面的出新与探索，事实上还没有来得及纳入小说家们的视界。尽管如此，由于现实题材小说创作的日益活跃与所谓"正宗历史文学观念"在长篇小说创作中孕育了代表作（如姚雪垠的《李自成》等），在审美意向方面更趋于抱残守缺、固守旧辙的革命历史题材长篇创作，彼时已有了难跨"五老峰"之讥。第二阶段的时间下限为 1985 年。在这一时期，长篇小说创作的宏观格局有了明显的改观："通俗文学"的崛起，派生了一批谋求娱乐效应的长篇小说;与此同时,又从问鼎文坛的中篇创作园地"溢"过来一批"小长篇"或曰"浓缩型长篇"(如刘亚洲的《两代风流》、水运宪的《雷暴》、海波的《铁床》、矫健的《河魂》等作品)。这两类新型长篇的出现,分别从创作旨趣和叙事模式两方面,打破了"史诗"在长篇小说创作和理论批评领域的一统天下;所谓"长篇即史诗"的传统模式和审美经验开始崩解,既是这一时期的发展特点,也是长篇创作有可能更自觉地扬弃传统、更彻底地建构未来的不可或缺的历史起点。应该说,在这一阶段,比较明显地吐露了这种创作主潮的,是业已挑起长篇创作"大梁"的中青年作家队伍与他们创作的许多现实题材的长篇小说,以及像《少年天子》(凌力)、《苦海》(王伯阳)这样几部历史题材的长篇小说;而革命历史题材创作仍然处在数量的增长大于质量的提高、细微地改良胜于大胆地出新这样一种不尴不尬的局面;"五老峰",依然是文学的理论批评家们谈及这一创作领域实绩时每每提到的顽症。

1986 至 1988 年,长篇创作承应着前一阶段的气势,进入所谓追新求异越发肆无忌惮的发展时期,相当一批作家作品对特定层面的追新求异达到了在程度的或成果的意义上的某种"极致"。这期间的主要代表作有:周梅森的《黑坟》、王蒙的《活动变人形》、莫应丰的《桃源梦》、柯云路的《京都三部曲》(1、2)和《嫉妒之研究》、张炜的《古船》、张抗抗的《隐形伴侣》、阮海彪的《死是容易的》、沈善增的《正常人》、马原的《上下都很平坦》、张承志的《金牧场》、袁和平的《蓝虎》、黄尧的《女山》、残雪的《突围表演》、忆沙的《遗弃》、李佩甫的《李氏家族第十七代玄孙》、莫言的《十三步》、张贤亮的《习惯死亡》、成一的《游戏》、贾平凹的《浮躁》、杨绛的《洗澡》、铁凝的《玫瑰门》、刘恒的《黑的雪》、范小青的《裤裆巷风流记》、邓刚的《曲里拐弯》、杨干华的《天堂众生录》、赵蔚的《长征风云》、黎汝清的《皖南事变》和《湘江之战》等。这些作品,大多出自中青年作家之手,而且是由现实题材的长篇创作担当了"重头戏"。尽管它们并不完美,却都能以自身的新意和质地,博得行家们的普遍关注与好评。当然,更重要的是,这样一批作家作品所喻示的合力、所烘托的整体态势和创作格局,代表着一种不甘抱残守缺、无意株守陈窠旧法,各种美学观念和形式因素争奇斗妍的历史景观,这才是这一阶段长篇创作的实态实绩,这才是新时期文学因而也是新时期长篇创作的发展状况。遗憾的是,革命历史题材的长篇创作,在这一时期不仅没有太大的改观,甚至少有引起关注之作,事实上处在创作队伍老化、青黄不接、创作态势趋于消解的困窘之中。

如果说,这样的文学景观和史的意蕴是通过相当一批作家作品的实践成果来印证的,那么,对这时期长篇园地任何作家作品的把握与评说,也就不能不参考这一阶段长篇园地的这样一种历史构成;否则,所谓把握,所谓评说,势必偏离文学的实况而拘于一己一孔之见。例如,谈到这一阶段的革命历史题材长篇小说创作,我们就不得不承认:就其思想容量、艺术探索和创作质量诸方面而言,不仅大大逊色于同期的现实题材创作和历史题材创作,而且,其主要成就和代表作,也基本上集中在纪实型创作(如《皖南事变》《湘江之战》《长征风云》等作品)的这一"偏实"之中,而不是在虚构型长篇创作领域。因此,要想真切地描述和界定 1985 至 1989 年的长篇创作乃至革命历史题材长篇创作,虚构型的革命历史题材长篇创作所能提供的参照,是相当模糊的;同样,历史题材的长篇小说创作,由于继续顽固地把主观上的"忠信史实"即客观上诱导出的纪实的创作模式引为"正宗",依然试图在与文学保持某种距离而与史料学联姻的状态下规范和延伸自身的未来,以致在这一阶段越发明显和普遍地暴露了自身的局限:理论家们仍在喋喋不休地争论"历史小说"创作该怎样有限地使用作为文学本性的"艺术虚构"与"虚构技艺"、"虚"(即艺术想象之所得)与"实"(即史料学家对文学作品的考据性印证)又该保持什么样的配比;批评家们仍在为历史小说家的艺术创作成果居然可以"无一字无(史料学确认的)来历"而大唱赞歌;众多的作家作品,宁愿为着笔下一位无足轻重的太监是否留过胡子而煞费苦心地引经据典,也不肯在历史意识和审美底蕴上、在小说观念和文体结构上、在情节调度和性格开掘上、在形式技艺和叙事语言上,求取创作个性和艺术突破,以致相互的差异,只在素材和题材一环,而冗赘芜杂、沉闷单调、叙述呆板、人浮于事、人浮于史、结构臃肿、体例庞大、不耐咀嚼、无由回味等等,则几近"公害"。也正是在这种背景下,像《少年天子》这样立足于写人写心写情而又写得细腻感人,写得映衬和凝聚了足够的审美底蕴的作品,是可以与同期长篇创作中的佳作相媲美的,并且由于是"历史小说"而势必博得更多掌声——当然,这并不足以消解一个事实:如果我们把历史题材和革命历史题材的长篇创作划定为长篇创作中的一个相对独立的阵营,而相应地把现实题材长篇创作视为另一阵营,那么,这两大阵营的质量的和发展态势的对比,既不是旗鼓相当,也更不可能存在 2:1 的对局。"单兵操练"如此,"两军对阵"亦如此!

三

事实上,辨析和评价活生生的文学创作时,题材所能提供的东西是相当有限的。例如,通常所谓历史小说,表面看上去,似乎是指历史题材的小说,然而它不是!因为"历史小说"恪守"忠信史实",反对把有案可查、有据可考的素材(历史人物、历史事件等)"虚构"得经不起史料学家的挑拣,"虚构"即使不能不允许在文学创作活动中存在,也必须无碍史实的照实陈述。显然,如是宗旨及其导致的创作实践,客观上隶属于文学中的纪实一脉,像报告文学、纪实小说等,便是文体学对纪实文学的几种分类。倘若我们把历史小说创作实践和理论批评置于这样的"文学系统",那么关于新时期历史小说我们就可以确立两条思路:一是历史题材的小说创作何必偏执纪实创作一隅,这种传统是否也该反省,也该突破?二是对一个时期的"历史小说"创作实绩的定位,不仅需要参看它的前一发展时期,更需参照同期的其他题材的纪实文学创作实绩,以及这时期人们在文学艺术规律方面业已普遍达到的认识水平。

又如,通常人们把"五老峰"的存在,视为所谓革命历史题材创作的一种顽症,由此造成的印象,是革命历史题材小说自成一类。然而细细想来,所谓老题材、老主题、老人物、老故事、老手法等,至少在新时期文学的最初几年,在各类题材和各类体裁的文学创作中是普遍存在的,因而,与其说这几"老"是由特定的题材造就的,毋宁说它们表明创作者对笔下的生活素材、对所欲驾驭的文体,无意或无能生成独特的和新鲜的审美眼力;在这一点上,革命历史题材创作与其他题材的创作相比,并没有多少差异。如果说有差异的话,那么所谓差异仅在于革命历史题材的长篇创作曾经在"前十七年"代表了文学的最高成就,因而在新时期的文学中,它的发展起点和它的发展速度,似该比其他题材的创作来得更有力才是。即使我们不用这样的高标准来要求它,对一个时期的或一位作家的革命历史题材创作进行评价,必需的参照系也该包括同时期其他题材创作以及前一时期同类题材创作的实绩。

由此,我们确立了评价作家作品的一种视域,即把一个时期的文学创作纳入文学的一段发展史之中,把具体的作家作品纳入这个纵向的和横向的"文学系统",茅盾文学奖既然是面对一个时期全国的长篇小说创作成果,无疑,相应的"文学系统"及其代表作便由此决定。同样,评价第三届茅盾文学奖的得失功过,也首先需要对 1985 至 1988 年间,长篇小说创作的

"系统",即它的整体的审美格局做出界定。

我以为,看取这一时期长篇创作的整体的审美格局,至少应该注意如下 7 个方面:

(一)历史感和新型史诗的营造。所谓历史感,是随着新时期文学创作的发展而提出的一个术语,它通常意味着某种寄寓于并多多少少地超越于作品描写具象的历史意识与审美意蕴,因而相对区别于那种以执守直观的对比去鉴照"真"与"实"的思维定式。这一审美观念的确立,有益于作家应用各种创作方法求取超越题材的审美韵味,从而为新型史诗的营造辟出通道。在这一"谱系"中,我们至少应该提到此前产生的《黄河东流去》《钟鼓楼》与这时期出现的《古船》《平凡的世界》《金牧场》《女山》和《长征风云》。

(二)纪实倾向和述史情结。这一"谱系"在新时期长篇园地最早和最基本的存现,集中于历史题材创作领域,以后,又逐渐扩展至现当代题材的创作中。其代表作,有此前产生的《李自成》与这时期的《金瓯缺》《少年天子》《庄妃》《皖南事变》和《湘江之战》。

(三)现实的鉴照意义和社会的政教效应。这是一种历史悠久的审美追求,其广义的理解和界定,足以囊括文学的全部创作活动和创作成果,因而这里仅限于指认其中的表现为作家的自觉追求与作品的突出特征的那一"谱系",如此前产生的《改革者》(张锲)、《新星》(柯云路)与这时期出现的《商界》(钱石昌、欧伟雄)、《都市风流》(孙力、余小惠)、《大上海的沉没》(俞天白)。

(四)地域风情和文化氛围。风情民俗和地域文化特征的描摹与渲染,几乎是长篇小说中必不可少的组成部分,这里仅限于指认被提升为一种相对独立的审美意识,并且表现为某些作家作品的显著特色的那一"谱系",如:这时期出现的《商州》(贾平凹)、《雾都》(曾宪国)、《桑那高地的太阳》(陆天明)、《曲里拐弯》(邓刚)、《荒林野妹》(李宽定)、《裤裆巷风流记》(范小青)、《天堂众生录》(杨干华)与《穆斯林的葬礼》(霍达)。

(五)拷问人性。这是新时期长篇创作领域的一种颇为惹眼的审美追求,如此前产生的《氛围》(俞天白)、《人啊,人!》(戴厚英),与这时期出现的《洗澡》《玫瑰门》《活动变人形》《死是容易的》《黑的雪》《游戏》《突围表演》《浪荡子》等。

(六)反讽。反省意识与批判态度,在新时期长篇创作中是贯穿始终的。这里所指认的是它的极致性"发挥",即由一种极为冷峻、不动声色、淋漓尽致的审美态度撑起的讽喻意味。如这一时期产生的《玫瑰门》《玩的就是心跳》《黑的雪》《十三步》《活动变人形》。

(七)消闲性与通俗化。这一"谱系"主要见诸通常所谓的"通俗文学"之中,即以求取适销对路和一时的市场覆盖率为目的、着眼于公众消闲解颐之需的文学读物,就这一时期而言,它包括某些种类的纪实文学和武侠小说、侦破小说、言情小说等,如权延赤所写的"红墙系列"便堪称这一时期这一"谱系"的代表作。

至此,我们已经很容易做出判断:第三届茅盾文学奖的评选结果,实际上回避了这一时期最有特征也最有活力的审美追求和创作趋向,它对于印证 1985 至 1988 年间长篇小说创作的实绩实态是极其苍白无力的。

四

"重要的是过程,而不是目的",这句名言所提示的思路,同样适用于我们对第三届茅盾文学奖的回顾。经得起检验的荣誉,势必在日后的文学中产生积极的影响,否则也只对荣誉的接受者具有"价值"。所以,从第三届茅盾文学奖中,真正值得研究和记取的,还是评选过程本身。

首先是由谁来评。按照惯例,茅盾文学奖系由"有关部门"任命评委。似乎没有理由怀疑评委们的鉴赏能力,正像我们深信"有关部门"在选择评委的时候,并非把鉴赏力放在首先的和唯一的位置。看一看三届茅盾文学奖评委名单,我们就会明白资历职务有多么重要。既然评委不是以鉴赏力为标准、通过公平竞争或民主选举产生的,其权威和权力是以"有关部门"的权威和权力为基础的,因而所谓评奖结果也只能是"有关部门"意志与个人鉴赏力相嫁接、相妥协的产物。这就很容易理解,为什么第二、三届茅盾文学奖评委的调整,足以与中国作家协会领导机构组成人员的调整相印证,并且在评选的指导思想和最终的评选结果上获得如此明朗的验证?为什么第三届茅盾文学奖的评奖结果,与其说反映了1985至1988年间长篇创作的实态实绩,毋宁说映衬了"有关部门"对这一时期文学创作的基本估价和认可限度!由此可见:茅盾文学奖与自然科学领域的评奖不同,后者的评判标准及其权威性来自公认的学科标准和评委的学术水平,无论评委是否担任行政职务,都只能凭着他们的专业知识和学术素养,对评选对象做出判断,因而这样的评奖和选评结果,所面对的是科学及其发展水平,而不是"有关部门"及其评委对某一学科的政治性把握;茅盾文学奖不同于电影界的"百花奖",后者是由愿意参加投票的观众决定评选结果,茅盾文学奖也不同于电影界的"政府奖",后者索性由电影行业的主管部门直接出面裁定;茅盾文学奖与电影界的"金鸡奖"相仿:"有关部门"将钦定的"专家""内行"推向评选的前台,至于社会公众和没有发言权的文学艺术家们则是地地道道的看客。就此而论,第三届茅盾文学奖评选结果,无非是以夸张的形态,暴露了这种评奖方式及其权威性所固有的败笔。

其次,是按着什么思路去评。文学界的领导者们有一句时常挂在嘴边的话:"评奖即引导即提倡,茅盾文学奖显然也不例外。"问题在于:既然说到"引导"、说到"提倡",我们就不能不讲清楚谁来充当"引导者"与"倡导者",也就是说,究竟是来自哪一方位的"呼声"。比方说,有来自公众对"消闲解颐"需求的"引导"与"提倡",以之为鉴,奖评作家作品的尺度和范围,就可以集中于可读性、故事性和畅销程度等,而思想深度、艺术的独创性和创新程度便可以忽略不计;又譬如,有来自政治领域或社会公益眼光的"引导"与"提倡",以之为鉴,奖评文学的尺度和范围,就更加注重于题材和内容是否有现时态的教谕意义、艺术上是否易读好懂,同时也就可以忽略文学自身的发展水准和艺术取向等;此外,还有基于某一文学团体机构或流派的以至个人情趣、个人权益、个人情谊的"引导"与"提倡"等等,以之为鉴,甚至可以将一项文学评奖活动操办得令局外人瞠目结舌……由此可见:阐明或明辨所谓"引导"、所谓"提倡"的来路,对于操办或识别一项文学评选活动及其奖评结果是何等关键!正如我们所看到的那样:第三届茅盾文学奖的评奖结果,全然回避了1985至1988年间长篇创作领域最富特点也最有艺术发展意蕴的实践成果,对那一时期许多很有艺术价值且艺术反响不凡的创作现象和作家作品,采取冷漠和忽视的态度;甚至在其客观上标志的评选范围和价值取向上,所选择的个别作家作品,也不堪与同期同类作家作品做比照相抗衡;以致即使我们愿意认定第三届茅盾文学奖评选结果中寄寓的种种"所导""所倡",具有永恒的和绝对的价值;参之以评选的结果,我们仍然有理由提出这样的问题:能不能为着表达"引导"而无视创作实践实绩,为着指认样板而在艺术标准上降格以求乃至指鹿为马,能不能借"引导"之名、行呼朋引友之实?据此,我们似乎可以就文学的评奖活动,归纳出一点结论:一旦评奖活动的真正的主持者和领导者所执守的种种"引导"与"提倡"，事实上是与作为评选对象的那一特定时期、那一特定范围的文学实践实态实绩相疏离的，那么，这一活动所由派定的视野与视线，就会变得极为偏狭；所能提取的评判标准，便会相当乏味，相当缺乏文学的"学科"意义上的和现时态创作状貌实绩方面的规定性，所能容纳的评选方式，便是"画地为牢"杂以"任人唯信"，所难避免的选评结果，便是鱼龙混杂乃至鱼目混珠。正如既定时期的全国的长篇创作状貌实绩，既然是茅盾文学奖的选评范围和评选对象，一切"引导"便理应由它来提供艺术规范和质量参照，一切"提倡"亦应由它确立艺术的基础和实践的范型。如果可资"引导"的范型和可供"倡导"的样板，被同期的创作实践映衬得苍白无力，那么，不仅所欲"引导"的东西成了空中楼阁，所欲"提倡"的东西势如一纸空文，而且"引导"者自身反倒事前事后地疏离了文学主潮，甚至……其对文学事业、对文学的实践运动、对文学的创作群体和社会鉴赏基础所施以的亵渎，所造成的损伤和危害，是远远超出"区区"一两度文学评奖活动的，更不是容易弥补的或可以弥补的。

第三，是按着什么标准去评。对一个时期的文学，可以有政治的质量认证，也应该有艺术的和审美的质量认证。认证的科学性和权威性，来源于且印证着特定专业的学术水平和实践技能。几十年间的经验教训告诉我们：几乎在每一时期，所谓政治的质量认证，标准的制定和运用，总是一目了然的，往往也是公之于众的且被不折不扣地执行的；而所谓艺术的和审美的认证，则不幸总是居于从属的和附加的地位；标准，也往往并不取自文学发展实践及其理论形态的最新的和最高的成果，而是体现了僵化的、"外行"的或者是以偏概全的、先入为主的眼光，因而不可能不是含混不清的和经不起辨析的，往往也只能是任由可以"说了算"的那一部分人"见仁见智"地制定和执行；以致在许多文学的评奖活动和评选结果中，所谓政治上合格而艺术上"过得去"的作家作品总是最容易被选中；而在艺术和审美上不同凡响、不拘格套的作家作品，即使侥幸不被忽略不计，充其量也不过是担当区区"点缀"罢了。所谓"政治标准第一，艺术标准第二"这种不合时宜的文学价值观和评判标准，事实上，在对文学做宏观的或微观的"评说"（其实重要的并不在"说"上或者仅仅意味着一家一人之"说"）时，至今依然居统治地位，继续为某些部门和某些文学活动的组织领导者所坚持所沿用；而文学的创作家和理论批评家，对所谓"本行当"及其状貌实绩，究竟拥有多少发言权和自决权，我们只消看一看茅盾文学奖这样一种"纯粹的"文学的学术活动，居然历来是在不予公开候选范围和候选条件的情况下圈定评委，居然历来是在不予阐明评选的艺术标准的情况下展开工作并敲定评选结果，拿出了第三届评选活动的奖评结果，就足以明了！至于评奖及其选评结果，是否经得起时间的检验，能不能成功地"引导"文学提高专业水准，倒也毋庸赘述了！

（原载《当代作家评论》1995 年第 2 期）

我所经历的第四届茅盾文学奖

胡 平

第四届茅盾文学奖评奖无论如何是历届评奖中用时最长、波折最多、最富戏剧性的一次,也是较为成功的一次评奖。其成功的主要意义在于它比较准确地反映了1989至1994年间中国长篇小说创作取得的成就,保持了迄今为止中国当代文学最高奖项——茅盾文学奖的荣誉。

说到难度,第四届茅盾奖评奖的难度不该超过第三届茅盾奖评奖。第三届茅盾奖读书班原计划于1989年6月7日在山东举办,但6月4日北京发生"政治风波",评奖工作中止。再行启动时已是1990年7月,1991年3月颁奖。这过程中虽有种种困难,而种种困难都是容易取得各方面谅解的,所以总体上仍可称为顺利。

按照茅盾文学奖评奖办法,评选一般应3年进行一次,必要时经中国作协书记处决定,可延长评选时间,最长不超过五年。第三届茅盾奖已延长一年评选年度,评选了1985至1988年的作品,那么第四届茅盾奖的评选年度最宽可延至1989至1993年,评选工作在1994年进行。但这项工作一再拖延,直到1995年中国作协党组主要负责同志更替后,才予启动。于是不得已将评选年度延伸为1989至1994年,跨度6年。

作品征集工作相当细致,各地作协、中直和国家系统文化部门、各地出版单位和大型刊物共推荐上来111部作品(后又补充1部作品,共计112部作品)。在长期的评选工作中,未发现遗漏任何重要作品。

评选委员会由23名成员组成,主任委员仍由巴金担任,副主任委员由刘白羽、陈昌本、朱寨、邓友梅担任。委员有丁宁、刘玉山、江晓天、陈涌、李希凡、陈建功、郑伯农、袁鹰、顾骧、唐达成、郭运德、谢永旺、韩瑞亭、曾镇南、雷达、雍文华、蔡葵、魏巍。

评奖办公室仍设在中国作协创作研究部,由陈建功任主任。

1995年10月15日至11月1日,同样由23名成员组成的审读小组(读书班)在北京社会主义学院完成了筛选工作,从100多部长篇小说中筛选出30部作品,又从30部作品中筛选出20部作品,将篇目提供评委会参考。

读书班主要由中青年评论家组成,以承担极为繁重的阅读任务。成员有蔡葵、丁临一、李先锋、胡良桂、白烨、林建法、张未民、朱晖、陈美兰、朱向前、张德祥、王必胜、盛英、周介人、陈建功、雷达、胡平、林为进、潘学清、雍文华、吴秉杰、牛玉秋。读书班办得既严肃又活跃,气氛和谐,这是一个十分公正而富于责任感的班子。在1995年底,所有来自各地的评论家竟然无一沾染社会上的庸俗作风,不考虑任何人情因素,力求把集体认为最好的作品篇目贡献给评委,以保持文学的纯洁性和评论工作的尊严,这一点在今天看来值得纪念。此届读书班面临的不仅是1989至1994年的创作,而且包括1977至1988年的创作,力求把以前未得到提名而值得提名的作品也考虑进来。应该说,读书班和评委会考虑问题的出发点不尽相同,读书班的职责主要是提供最重要的作品篇目，不使任何最重要的作品遗漏，评委会则在这个基础上考虑更复杂的因素，选拔少而精的，最合适的作品获奖。从最终评选的结果看来，读书班提供的基础性工作是可靠的。入选的 4 部作品全部包括在读书班产生的篇目上，其中《白鹿原》《战争和人》《白门柳》包括在 20 部作品目录中，《骚动之秋》包括在 30 部作品目录中。仅仅从最重要的作品的角度来看，无论 20 部还是 30 部作品目录，都概括了一个时期的创作。

读书班结束后，由于某种原因，评委会第一次会议延至 1996 年 5 月 8 日，会议在中宣部二楼会议室举行。中国作协党组副书记、评委会副主任陈昌本同志介绍了评奖工作的准备情况，主要是读书班的工作情况；中国作协党组书记翟泰丰同志就此届评奖工作发表了意见；评委们经过讨论，通过了《第四届茅盾文学奖评奖方案》。此后，在读书班提供的 30 部作品篇目的基础上，评委们正式进入阅读工作阶段。在 30 部篇目外，任何一名评委在有其他两名评委附议的前提下，有权提出其他作品供评委会阅读，以保证不遗漏值得关注的作品。111 部各地推荐作品总目录也提供给每位评委，评委们可随时调阅任何作品。

评委会第二次会议与第一次会议相距一年零一个月，于 1997 年 6 月 11 日在中国作协三楼会议室举行，会议的主要成果是经过讨论协商，进一步缩小了阅读范围，推出更为精简的重点篇目，当然，评委们仍然保留有提出新的候选作品的权利。

第三次评委会于 1997 年 10 月 22 日至 25 日在中国作协举行。这是一次关键性的会议，将最终决定第四届茅盾文学奖的获奖作品。

远在上海的评委会主任巴金再次重申了自己对茅盾奖评奖的一贯主张："宁缺毋滥"，"不照顾"，"不凑合"。全体评委一致赞成巴老的意见。

尽管如此，我想，当评委们迈进三楼会议室的大门时，心里仍然感到沉甸甸的，谁也没法预料会议将产生什么样的结果。

第四届茅盾文学奖的症结在于《白鹿原》。

任何奖项都有自己的形象。我认为，作为体现当代中国长篇小说最高成就的茅盾奖，其形象的核心是"厚重"二字，每届评选，必须有一两部堪称厚重之作的作品担纲，才能承受起该奖项的荣誉，这已成为惯例。毫无疑问，评委们责任重大，他们本身也是被评价的对象，如果他们不能评出令全国作家服气的作品，那么他们自己就会被全国作家所耻笑。

在 1989 至 1994 年间，被公认为最厚重也是最负盛名的作品首推《白鹿原》，这是一部深刻揭示封建家族和封建文化的本质，反映了一定历史时期的时代精神和社会生活真实，人物塑造成功，语言特色鲜明，结构完整，实际上这部作品在文学界的地位已有定论，是一部绕不过的作品。

应该说，从作品所描写的客观生活呈现出的历史发展趋势看，它不存在政治倾向性的问题，出现争议的地方在于，作品中儒家文化的体现者朱先生关于"翻鏊子"的一些见解，关于"国共之争无是非"的一些见解，虽然只是从一个人物之口说出，但采取客观角度表现之，可能引起读者误解。此外，一些与表现思想主题无大关系的性描写也可能引起批评。有了这两条，特别是第一条，在《白鹿原》通往茅盾奖的道路上荆棘丛生，吉凶难卜。谁也无法说清若评上会怎么样，若评不上又会怎么样。也许可以找到许多理由为它辩护，但又可能会出现同样多的理由制造反诘。尽管说起来作品的得失要由历史和人民评价，但目下就评奖而言权力全在 23 名评委。评委会上可能出现两种情况：一种是大家都回避这一敏感问题，投票上见;一种是亮开观点争执不休,最后还是投票上见。

出乎所有人意料的是,两种情况都没有发生,发生的是第三种情况,即会场上出现了全体评委各抒己见、相互协商的局面。

这里面关键的地方在于作协领导和会议主持者事先没有在《白鹿原》的问题上定调子。主持者即使提出倾向性的意见也不代表一级组织,一切仍然以全体评委的判断为准。这样,会场上便始终保持着"双百"式的宽松、活跃的气氛,并无剑拔弩张之势。

据我理解,讨论中人们发现大家的观点其实颇有接近之处,起码表现在两个方面:第一,都承认《白鹿原》是近年来少有的厚重之作;第二,都同意《白鹿原》不存在政治倾向性的问题。值得一提的是,一些享有威望的老评论家、老作家的意见是很公允的,对创造实事求是的学术氛围起到了重要作用。

于是,问题便集中在如何避免这样一部重要作品因小的方面的争议而落选上。我的印象中,后来多数评委以为对作品适当加以修订是一个可以考虑的方案,前提是作者本人也持相同看法。若作者表示反对,评委会自然会尊重作者意见继续完成一般的程序。

这里需要提一句,评选修订本,不是没有先例。第二届茅盾奖获奖作品《沉重的翅膀》(张洁著),就是经过作者修订后入选的作品。

实际上,此时《白鹿原》正准备由人民文学出版社重版,作者陈忠实也正准备借重版之际做一些修订工作,修订上的想法与多数评委的意见不谋而合,因此,问题便得到了顺利的解决。

第四届茅盾文学奖评委会对《白鹿原》采取的极为负责的、特殊的态度是绝无仅有的,大概很难有第二部作品受到如此待遇,仅从这一点看,也值得作者本人和文学界庆幸。某种意义上对《白鹿原》的评价已超越对个别作品和个别作者的评价,而关乎对一个时期长篇小说创作成就的总体印象,关乎国家积极鼓励和促进文学事业发展的基本精神,《白鹿原》的获奖影响较大,最大的影响在于体现了党的文艺方针政策,可以鼓舞广大作家以更高昂的情绪投入文艺创作。

在创作上,《白鹿原》的获奖明明白白地传达了重要的信息,即真正的荣誉永远属于那些扎扎实实、认真严肃、不愧对良心和职业责任感、在艺术上精益求精的创作,这对于克服当前文坛上流行的浮躁的作风、投机取巧的作风、急功近利的作风、把功夫用在诗外的作风无疑是一种警告,也是对那些至今保持宠辱不惊的态度,兢兢业业潜心创作的作家们给予的支持。

4部作品中,没有遇到什么争议便顺利获奖的是《战争和人》。

《战争和人》的第一部《月落乌啼霜满天》1990年就被送进第三届茅盾文学奖读书班。我记得当时读了便很喜欢,认为它取材角度独特,文化底蕴深厚,但当时第二、三部尚未见到,所以大家的意见是留待下届见分晓。结果这一次果然榜上有名。

《战争和人》通过国民党上层官吏童霜威及其一家的生活遭际,较全面地反映了抗日战争时期"大后方"广阔的社会历史状况,具有史诗规模。它几乎没有正面表现战争的激烈和曲折,但描写了国统区奇形怪状的种种社会动态,极为复杂的种种人际关系及人物心态,使人们更深刻地理解了抗战中的中国。小说对主人公童霜威的形象塑造尤为出色,他在历史转折和人生选择关头经历的心路历程,是特定历史时代的特定矛盾所造成的,既有丰富的历史文化内涵,又展示出鲜明的个性色彩,是一个少见而成功的艺术典型。

王火写《战争与人》用了近 40 年。"文革"中,120 万字的第一部初稿毁于抄家,"文革"后重新再写。创作第二部过程中由于意外事故患严重脑震荡,一只眼失明,另一只眼颇受影响,仍在艰难处境中坚持写作,三部曲的获奖是当之无愧的。

《白门柳》(1—2)的入选代表了这一时期历史题材创作的收获。

1989 至 1994 年间,历史题材小说的艺术质量远比现实题材小说占优,历史题材创作中,又以《白门柳》《雍正皇帝》和《曾国藩》3 部作品呼声最高。没有人怀疑第四届茅盾奖至少有一部历史小说中奖,反过来说,在这 3 部作品之间也会产生激烈的角逐。

平心而论,这 3 部小说各有优势,很难分出伯仲,《曾国藩》在其中属艺术性最弱的一部,但其社会影响最大。曾国藩这个人物本身极富文化背景和思想力度,作者对曾国藩的重新评价骇世惊俗(当然,也有人批评作者对主人公过于偏袒,有失公允)。不管怎样说,《曾国藩》就其文化品格、思想上的冲击力以及对长篇历史小说写法的创新而言,无法令人忽视。依我看,《曾国藩》的落选首先由于艺术上的粗疏(如"湘乡曾府沉浸在巨大的悲痛中""波涛汹涌的洞庭湖中,杨载福只身救排"等章节标题上即可看出文字上功力未逮)。作者唐浩明的另一部历史小说《杨度》出版于 1995 年,其艺术性被认为胜于《曾国藩》,所以评委们会觉得作者在下届评奖中有更好的机会。

倘若评奖没有太拖期,历史小说中获奖的有可能是《雍正皇帝》而不是《白门柳》。这里面有个运气问题。

1995 年底,《白门柳》还只出了第一、二部,作品的完整面貌尚未显现,根据评奖办法:"多卷本长篇小说,一般应在全书完成后参加评选,但个别艺术上已相对完整,能独立成篇的多卷本中之一卷,亦可单独进入评选。"这个"一般"使《白门柳》给人留下"下届评选更为合适"的印象,因为无人能断言它的第三部仍然保持相当水准。

《雍正皇帝》是一部当时未经过任何宣传,作者也不打算通过宣传奠定其地位的作品。二月河是位较耿直的作家,潜心创作而不愿把时间花费在社会活动上,他的书主要写给读者看而不敢奢望评论家的好评,读书班成员们从一大堆书里看到《雍正皇帝》时,起初以为只是一部普通的通俗读物,经过认真翻阅,才发现是一部不可多得的相当有分量的长篇小说。此作通过雍正夺嫡继位、励精图治、抱恨东逝 3 个人生阶段中一系列惊心动魄的政治斗争,全方位、多侧面地展现了从康熙末年到雍正王朝半个多世纪间中国政治、经济、军事、文化及民族生活的全景画卷。对雍正、胤祥、邬思道等数十名历史人物的刻画颇见功力。令人惊喜的是,这部书大雅若俗,在思想性、可读性、情节的曲折、细节的丰富、知识面的广阔等几乎所有方面"要什么有什么",是一部颇具民族特色的系列长篇著作,而且 3 部均已出齐。因此,它在读书班上就作为历史小说中的首选作品被提出来。

当然,《雍正皇帝》也有它的弱点,相对而言,第二、三部不如第一部写得精彩,在古体诗词的运用和某些情节的设计上露出些许破绽。更重要的是,至 1997 年 10 月,《白门柳》第三部已经问世,而且保持住其品位,这样,《雍正皇帝》便遇到了最强有力的竞争对手并且失去了最好的机会。如果作者愿意再下一番大气力将《雍正皇帝》彻底修改一遍,待下一届与《杨度》等作品再来一番竞争的话,还是有希望的。

刘斯奋的《白门柳》(1—2)以明末清初的社会巨变为背景,描述了著名文人钱谦益、黄宗羲、冒襄、陈贞慧、侯方域、方以智以及名妓柳如是、董小宛等人的生活道路,反映知识分子这一特殊群体在严重历史关头出现的动荡和分化,从文化的视角刻画传统知识分子的生存方式、命运变迁及人生选择中的复杂心态。以较大的历史真实再现了中国 17 世纪中叶的社会生活面貌,揭示了产生早期民主启蒙思想的历史根源,作品浸透东方文化的气韵和风采,格调高雅,人物形象生动,文笔凝重精致,是一部典型的文人历史小说。它在艺术上显得更圆满,正是适合中奖的作品。

4 部作品中较弱的一部是《骚动之秋》,它的获奖使许多人感到惊讶。但必须考虑到,1989 至 1994 年间,在长篇小说创作范围里,正面反映改革现实的作品不多,质量好的更少,而弘扬主旋律、鼓励贴近现实生活、体现时代精神的创作是评奖的一个指导原则,所以此次评奖中对这类题材作品无法要求太高。实际上,候选的同类作品还有《商界》与《世纪贵族》,相比《骚动之秋》都略显逊色。《骚动之秋》反映农村改革现实,属于最早出现的一批写改革的长篇小说。小说通过农民改革家岳鹏程在改变家乡面貌的努力中经历的种种生活上和心理上的激荡,反映了迅速变化中的农村现实,以及中国农民由传统走向现代化过程中发生的蜕变。作品较为成功地刻画了岳鹏程复杂的性格特征,写出了他开拓进取、顺应时代潮流的一面,也写出了他受封建观念局囿,逐渐落后于时代的一面,从而揭示出农村改革的深层意义。无妨指出,正面描写改革而且在艺术上卓有建树始终是长篇创作面临的一项重要任务,至今改革题材小说在套路上相比《骚动之秋》等作品还没有显著的突破,因此《骚动之秋》的获奖也还说得过去。

本来,有希望列入 4 部作品的也许还有《活动变人形》。这部作品 1987 年出版,已经错过一次评奖机会,这一次又失之交臂多少令人遗憾。此作对拓展长篇小说的表现对象与表述方式是有贡献的。它摆脱了长篇小说着重围绕外部大矛盾冲突安排人物、情节的惯常模式,从家庭视角切入,通过平凡人物日常生活的摩擦、龃龉,表现了中国封建文化、封建伦理道德落后于时代并继续对人们造成的心理负荷与磨难,也写出了中西文化的碰撞对人生产生的深刻影响。作品叙述机智幽默,结构自然完整;作者举重若轻,由生活化、文学化、世俗化的描述,开掘出比较凝重深远的题旨意蕴。从分量上看,这部作品不会降低而只会提高茅盾奖的声望。但机遇往往是稍纵即逝的,同《雍正皇帝》类似,它也错过了获奖的最好时机。普遍的事实是:任何奖项都不可能囊括文学上的全部成就,在获奖作品之外倘若不留有足以与获奖作品媲美的其他重要作品,也不足以显示一个时期的文学成就。

不平常的第四届茅盾文学奖评奖结果终于揭晓了。揭晓之前,曾经有人预测:这是一届没法评或不如不评的奖;评也好,不评也好,都难以讨好。但现在评出来了,就是一个重要的进展。知内情者,自会体验其艰难与成功之处。

在我看来,此次评奖中还有一个更重要的收获是值得纪念的。在评委会会议厅里,持各种不同文艺观点的委员们坦诚相待,彼此信任,怀着促进文学繁荣的共同心情交换意见,在讨论中使看法逐渐趋于一致,创造了团结、和谐的良好氛围,评委会结束的午宴上,评委们欢声笑语,频频举杯,互相庆贺,那一场面是令人感动和鼓舞的,预示着文学界一个新的局面的开端。

(原载《小说评论》1998 年第 1 期)

茅盾文学奖：在期待与遗憾之间

孙　郁

　　茅盾文学奖受到不同程度的批评，已不止一届了。普遍的不满与斥责里，其实隐藏着当下文学评判的差异。几乎没有多少年轻人对今年评选结果表示满意。这里呈现了以下几个问题：其一是茅盾文学奖的艺术评价体系，一直远离审美的纯粹性，更深地纠缠着社会学等非文学的因素；其二，入选的作品缺少创新性与高智性。整个评奖是一个妥协的过程，具有新风格和争议性的《檀香刑》的落选似乎证明了这两点。

　　在最初的入围名单里，有几部"遗珠"的作品是很有分量的。如《日光流年》，给人带来不少的兴奋。我以为如果有这样的长篇获奖，会证明当下作家的想象力和现实情怀还有着闪光之点。我们的阅读经验因这样的一种存在而获得了快感。《日光流年》是迄今为止我读到的最具有精神维度的佳作。除了像《尘埃落定》这样的作品外，能与之媲美的并不多见。然而这样的作品因年度上的问题遭到淘汰。"遗珠"系列的几部作品都遇到了同样的命运，这也可以说是在寻求公平机制的同时，由于特殊原因而出现的不公平的结果。

　　《檀香刑》的落选是评委意识的差异使然。有多数评委对其持一种保留的态度。一个普遍的看法是，茅盾文学奖传统是反映当下生活、具有史诗意味的宏大叙事，现实主义才是主调。而《檀香刑》一路狂欢的叙述语态，以及通篇的惨烈之气，和茅盾文学奖的审美意识相距甚远。在入围的二十几部作品里，莫言的小说是最具有阅读的挑战性的。他的故事呈现方式与语言色彩，都是对旧有长篇模式的一次冲击。莫言已渐渐摆脱欧化叙述的模式，中土文明的灰暗感被涂抹得淋漓尽致。这样的尝试是一种精神上的历险，它刺痛了记忆之门，释放出历史的鬼气。我由此而想起鲁迅对记忆的拷问，那是对当时"瞒与骗"文化意识的颠覆。茅盾文学奖一直与莫言、余华、格非这一类作家无缘，深思起来也是存在着相悖的思维习惯。在历届评选中，都有不错的作品落选，比如《古船》《活动变人形》等。而一些曾获过奖的作品如《骚动之秋》《抉择》等，现在很少有人再喜欢阅读了。茅盾文学奖从开始就是这样：心灵化书写为现实理性让步。先锋派因被视为非和谐之音，被主旋律淹没了。

　　其实在我的理解里，茅盾先生创建长篇小说奖，乃是为了繁荣这一文学样式。他最年轻时的写作，就具有一种向旧的叙述习惯挑战的实验性。《蚀》三部曲和《子夜》的写法，都为当时一些人所不容，长篇小说的创作空间在他那里却被打开了。但是不知为什么，后人对茅盾的理解，以及对这一奖项的定位，却凝固在一种写实主义的框架中，忽略了茅盾文学创作传统的前卫性，将茅盾艺术变成凝固的模式是一种曲解。茅盾文学奖在青年作家中的威信渐渐失去，或许从中可以找到一种注解？

　　近30部入围作品，经得起反复阅读的十分稀少。即便获奖的那几部，读完后大多难以再去翻阅。《张居正》是争议最小的一部，它的宏阔空间与非意识形态特征，显示了历史美学的另一种可能性。只是其历史观受到了儒家的影响，难以具有尤瑟纳尔和卡尔维诺式的浑厚和想象。《无字》是悲怆的咏叹，写女性的荣辱颇具匠心，然而冗长与繁复破坏了和谐。宗璞的《东藏记》是极为特殊的文本，学识寓于故事情境之中，可谓温润清澈，独步文坛。惟灵动不够，被一些批评家所讥。在入围的作品中，有诸多可圈可点者，《花腔》的叙述结构，点染出历史记忆的多重性与荒诞性，不足的是，雕饰痕迹过重，未有出神入化之态。贾平凹的《怀念狼》很有寓意，平淡语言的背后，乃大的悲欣。小说的气象被什么压抑了，不及他的《废都》一唱三叹。《白银谷》是引人入胜之书，开篇的不凡之笔，显出史家的胸襟，全书神奇诡秘，乃老中国儿女的心史。遗憾的是结局落入俗套，未能超越旧我。《音乐会》的故事惊心动魄，为战争题材中的罕见之作。作者用力过猛，张弛失度，使一部本应深切的作品从高台上滑落下来。几部反映当下改革的作品，都有生活原型，或特别的想象力，思想大于艺术，先验性的东西挤压了艺术的独立性，在修养上不及《张居正》《东藏记》，殊为可叹。这是入围之作中最弱的群落。

我觉得当代的长篇小说，其成绩还远不及中短篇作品具有力度。阅读这些作品，每每生出遗憾的感觉。语言普遍的粗糙，智性停留在先验的天地里。这里没有王小波式的幽默和有趣，亦无余华、格非式的机智。当选的与未当选的入围作品，都无太多夸耀的资本。检验文学的是读者与时间，评奖与写作并无多大关系。汉语言的书写遭到了历史惰性的钳制，和欧美与日本的长篇创作相比，我们应当感到惭愧。

（原载《南方周末》2005 年 5 月 12 日）

文学评奖及其他

赖大仁

问：第七届茅盾文学奖评奖前不久落下帷幕，听说你是本届茅盾文学奖的评委，请问你参与此次评奖有什么感想？

答：我曾参加过第三、四届鲁迅文学奖的评奖，而参加茅盾文学奖评奖还是第一次。有机会参与这样一项工作，一方面是担负一种责任，需要认真履行职责完成好所担负的任务；另一方面对自己而言，则是一次很好的学习机会，在那几个月评奖期间，除上课外我放下了几乎所有的事情，集中阅读了这些参评作品，还是很有收获的。有些作品以前读过，这次放到评奖的层面上，与其他参评作品进行比较阅读，又有一些新的认识、体会。

问：按规定每届茅盾文学奖可以评出 5 部获奖作品，为什么这一届只评出了 4 部呢？这个结果是怎么评出来的？

答：按茅盾文学奖评奖条例的规定，每届获奖作品为 3—5 部，即不少于 3 部不多于 5 部。获奖作品是由评委会投票产生的，评奖条例规定：评委会在认真阅读全部备选作品的基础上，参考各界反馈意见，经充分协商与讨论，最后采用无记名投票方式产生获奖作品。投票分 2 轮进行：第一轮，对候选篇目进行初步筛选；第二轮，决定获奖作品，必须获得评委总票数的 2/3 以上方可当选。这一届评奖经过 2 轮投票，有 4 部作品获得 2/3 以上票数当选。从以往各届的评选来看，有评满了 5 部的，也有未评满 5 部的。从本届评奖的整体情况看，评选出 4 部获奖作品应当说比较正常。

问：评选出的这 4 部获奖作品，是否可以说是这次参评作品中最好的？要不然为什么是这几部而不是别的作品获奖？

答：这个问题有点复杂。按我的看法，对于文学来说，恰恰适合套用那句广告词，就是"没有最好，只有更好"。我以为不能简单地说，获奖作品就是最好最优秀的作品，而未能获奖的作品就低一等。实际上，这批参评作品各有特点，彼此差异很大。比如题材差异，有写现实题材的，也有写历史题材的；有写乡村生活的，也有写都市与机关生活的；有写少数民族生活的，也有写军旅生活的，等等。再如写法上的差异，有的是朴素现实主义的叙事手法，有的是传奇式的叙事手法，也有的是荒诞象征性的写法，等等。还有文学风格上的差异，有的温情朴实细腻，有的波澜壮阔、磅礴大气，也有的婉转多讽充满反讽意味，等等。应当说各种题材风格的作品，都各有其艺术特色和审美价值，很难说什么是最好的。至于说为什么是这几部而不是别的作品获奖，唯一的依据就是按评奖条例规定，它们获得了应有的票数。当然这个结果也说明，大多数评委对这几部作品的整体性评价有一定的共识。

问：评奖结果公布后，社会上和媒体有种种议论，有的比较认同这一评选结果，也有的表示质疑，认为有的获奖作品并不怎么样，也没怎么听说过，还有影响更大或更受读者欢迎好评的作品其实更应该获奖，你对此怎么看？

答：文学界和各种社会舆论对评奖结果有不同看法和议论，这是很正常的事情。一方面，当今是一个开放多元的时代，人们的文学观念和审美趣味不同，当然就会有不同的认识看法；另一方面，文学这东西，本来就是见仁见智的，不像物质产品那样，可以确定某些具体客观的量化指标用来进行检验评比，以区分高下优劣，对文学则只能依据某种整体性的审美判断。可以断言，无论评出什么结果，都不可能被所有人认可，必定会有不同的看法和声音。事实上，即便是在评委会讨论中，对这些参评作品的评价也是存在不同看法乃至争论的，这同样很正常。我以为，文学评价固然需要把作品的社会影响和受欢迎程度考虑进去，但不能完全以此为依据，否则就只是大众评价而不是文学评价了。在评选中，对于一些在社会上影响较大比较受欢迎的作品，其实是充分注意到了的，只是由于作品或作者本身存在一些容易带来负面影响的因素，从而影响了对某些作品的整体性判断评价。

问：你上面说了，不同的作品各有其特点和审美价值，彼此差异很大，情况很复杂，那么究竟怎么来进行比较评价，依据什么标准尺度来进行比较评选呢？你是怎么考虑和评价的？

答：评奖条例中关于评奖标准有明确的表述，总的来说就是坚持思想性与艺术性完美统一的原则，重视作品的艺术品位，评选出具有深刻思想内容和丰厚审美意蕴的作品。这可以说是一个相当原则性的规定，作为评奖条例来说，看来也只能做这样原则性的规定。而在具体的评价中还要看评价者对这个原则如何理解把握。就我自己来说，我是这样理解的：既然是茅盾先生倡导设立并以其名命名的文学奖，就应当尽可能体现茅盾文学创作所代表的文学精神。这种文学精神是什么呢。我理解主要是一种现实主义文学精神，包括对现实生活的密切关注，对民族和人民命运的深切关怀，在特有的历史文化语境中表现我们的民族精神和时代精神。具体而言，在比较评价中我会主要考虑这样几个方面的因素：一是不管作家写什么样的题材和人物故事（如上所说，不同的作品题材差异很大，一般来说不应以题材来区分高下），都应当对这种生活特别熟悉，有对它的深切理解和准确把握，有对人物故事本身意义内涵的深入开掘，具有较强的思想穿透力，从而表现出较大的思想深度。二是要有丰厚的审美意蕴或审美张力，这不仅来自对题材和人物故事本身的描写与开掘，而且还取决于一定的审美超越性，即超越题材和人物故事本身的意义，表现出对社会、历史、人生、人性的深刻认识和独到感悟，能引发读者多向度的思考体悟，富于多方面的审美启示意义。此外，从小说的艺术性方面来说，还是应当要求构思巧妙、结构严整，故事生动、引人入胜，人物性格鲜明突出，语言叙事富有特色和审美韵味，等等。当然，这只是自己的一种理解体会和把握方式。

问：在进行比较评价时，是只根据作品本身进行判断吗？是否还会考虑其他方面的因素？

答：茅盾文学奖是一定期限内的长篇小说作品奖，当然主要是对作品本身进行判断评价，即作品思想性和艺术性在整体上是否够得上评奖的水准，不过在我看来，在这种整体性的判断评价中，同时也还应该考虑与此相关的两个方面的因素：一是作家的因素，在作品的艺术水准不相上下，或者说作品各有其特点和价值的情况下，应参照考虑作家历来的创作成就和影响，此外还有作家的人品和文品，也应当经得起检验；二是还要考虑读者的接受认同，评出来的获奖作品，应当被尽可能多的读者所接受。有的作品在申报参评前就拥有大量读者和不错的反响，这应是一个很好的基础。也有的作品由于各种原因在参评前并不引人注意，社会影响不大，但如果评选获奖，肯定会集中吸引人们的目光，如果这时仍不能得到读者的广泛接受,那就不太说得过去了。这两个方面的因素肯定都会在一定程度上影响到评选结果,比如有的作品就其本身来说是普遍看好的,但参考作家方面的因素就觉得有些问题;有的作品从专家的眼光来看是很不错的,但对于广大读者恐怕比较难以阅读接受,这使得评委们在综合性考量评价时就会各有考虑取舍,评判结果就不那么容易集中了。

问:上面说到评选中会兼顾考虑作家历来的创作成就和影响,那么在这次的参评作品中,有王蒙、史铁生、莫言、余华等著名作家的作品,为什么他们的小说没有获奖呢?难道是他们的创作成就和影响不够大吗?

答:话不能简单地这样说。就这些作家本次参评作品未获奖这一结果而言,如果简单回答,那就是未获得应有的票数,这是一个集体评判的结果。若是要追问他们未获奖的原因,那就值得做点具体分析。首先,谁都不会否认这些作家的知名度,他们历来的创作成就和影响也是人所共知的。但茅盾文学奖是作品奖而不是作家奖,它所评选的是近一个时段(4年)中相对比较优秀的作品,由此就有可能出现这样一种情况:在这个特定时段的众多作品中,某些著名作家的参评作品优势并不突出,或存在一些比较明显的不足;而且与他们以往的作品比较来看,其整体艺术水平甚至还不及以前的作品。在这种情况下,他们的本次参评作品要得到大家普遍认同而获奖就会比较困难了。至于他们那些更有代表性的作品在以前的相应时段内为何未能参评获奖,也许仍然是在那一个时段作品的比较中有所不足,或者在当时的背景条件下有什么别的情况吧,那就不得而知了。

问:不管怎么说,茅盾文学奖是我国级别最高、分量最重同时也是影响最大的一个全国性文学奖项,像王蒙、莫言、史铁生这类作家,他们的创作成就以及在文学界的影响那么大,却从未获得此项奖,而一些创作成就和影响远不如他们的作家却得了奖,这是不是有点不太公平?

答:我也觉得有这个问题。目前我国的全国性文学奖都是作品奖而不是作家奖,而且都是每个时段内(3年或4年一届)作品的评奖,由于每个时段特定的背景条件,评选时也许会有某些侧重考虑的因素,因而就难免会出现如上所说到的情况,未必能把整体上创作成就和文学影响大的作家,以及他们最有代表性的作品评选出来。因此我曾设想,如果我们有一个类似于诺贝尔文学奖这样的奖项,就有可能解决类似问题。我们都知道,诺贝尔文学奖评的是作家,然后再推出这个作家最有代表性的作品,这样的整体性判断评价可能更合情理一些。

问:你认为现在这样的文学评奖有什么意义,能起到什么作用?

答:按我的理解,文学评奖实质上是一种文学评价,而且是一种正面的、积极的、肯定性的评价。一方面,它是对获奖作家创作成绩的一种肯定、鼓励和褒扬;另一方面,它又并不仅仅是面对作家的,同时它还是面向社会的,对整个社会的文学实践具有相当的示范效应和引领性作用。从表面上看,文学评奖虽然最终要落到对某位具体作家和作品的评价上,是直接针对这一作家和作品做出的评判、褒奖,然而它的实际意义和影响,显然要远远超出对这个作家的肯定和鼓励本身。因此我觉得,从文学评奖的标准尺度,到评选过程中的比较考量,都实际上并不仅仅考虑某部作品的评价本身,而且要考虑它的示范效应和价值导向,即我们应当将文学往什么样的方向上引导?我们这个时代和社会的文学究竟应当追求什么样的精神价值?当然,我们的文学评奖实际上有没有或者能不能起到这样的作用,是值得总结和反思的。

问：你参与过几次全国性文学评奖活动，读了不少各种类型的作品，你对当前的文学创作有什么看法？你认为存在一些什么问题，或者说有些什么现象值得关注？

答：按现在比较普遍的看法，当前文学创作总体上呈现开放性、多元化的发展趋向，如前所说，不同题材、不同写法、不同风格的作品层出不穷，什么样的写作都有人去尝试，显示出当代文学创作的生机与活力。应当说在当今的文学写作中，已经没有多少禁区，写什么题材，采用什么写作手法，追求什么样的艺术风格，都已经不成为问题。然而在这种开放多元发展中日益凸显的问题，我以为主要是文学写作立场与价值取向方面的问题。在我看来，在相当一部分创作中，存在着审美理想缺失、审美价值迷乱的现象，值得文学批评界的关注和讨论。关于这方面的问题，已经超出了我们今天的话题范围，等以后有机会再谈吧。今天就谈到这里，谢谢！

（原载《创作评谭》2009 年第 2 期）

我所知道的中国茅盾文学奖

顾 骧

一

中国茅盾文学奖是根据茅盾同志生前遗愿,为鼓励优秀长篇小说创作,推动新时期社会主义文学的发展,提高中华民族的精神素质而设立的,我国具有最高荣誉的一项文学大奖。但是,80 年代举办的"茅盾文学奖"并非是历史上第一次。1945 年 6 月,重庆举行"茅盾 50 寿辰和创作活动 25 周年纪念"活动。在庆祝会上,正大纺织厂的陈钧(陈之一)先生委托沈钧儒和沙千里律师,将一张 10 万元支票赠送给茅盾,指定作为茅盾文艺奖金。茅盾在接受捐款时,表示自己生平所写的反映农村生活的作品不多,引以为憾,建议以这些捐款举行一次反映农村生活题材的短篇小说有奖征文。之后,"文协"为此专门成立由老舍、靳以、杨晦、冯雪峰、冯乃超、邵荃麟、叶以群组成的茅盾文艺奖金评奖委员会,并举行了一次有较大影响的有奖征文。(见《茅盾年谱》,山西高校联合出版社 1985 年版,第 708—709 页)因此,80 年代举办的"茅盾文学奖"应是现代文学史上的第二次。但是它的影响、规模、规格等是空前。从这次算起,茅盾文学奖迄今已举办了 3 届。目前第四届茅盾文学奖的评选工作正在进行中。根据我所知道的情况,将前三届"茅盾文学奖"做一回顾:

伟大的革命文学家茅盾于 1981 年 3 月 27 日逝世。他在病危期间,仍然深切关怀和期望中国文学事业的繁荣与发展。他在逝世前两周的 3 月 14 日,致函中国作家协会,捐献稿费 25 万元,作为设立一个长篇小说文艺奖金的基金。信由茅盾口述并签名,由韦韬笔录。信全文如下:

中国作家协会书记处:

亲爱的同志们,为了繁荣长篇小说的创作。我将我的稿费 25 万元捐献给作协,作为设立一个长篇小说文艺奖金的基金,以奖励每年最优秀的长篇小说。我自知病将不起,我衷心地祝愿我国社会主义文学事业繁荣昌盛!

致

最崇高的敬礼!

茅盾 1981 年 3 月 14 日

(信影印件见中国作家协会《作家通讯》1981 年第 1 期)

长篇小说,是文学中的交响乐,社会生活的百科全书,鲁迅称之为"一个时代纪念碑式底文章"。随着历史的发展与印刷术的发达,它往往标志着一个国家、一个民族文学发展的水平。茅公临终寄厚望于长篇小说这一文学的"重武器",此乃茅公的远见卓识。

1981 年 10 月中国作家协会主席团召开会议,决定立即着手进行"茅盾文学奖"(为了准确起见,将茅公原信中"文艺奖"易一字为"文学奖")评选工作。并批准陈企霞、冯牧、孔罗荪、韦君宜、谢永旺组成预选小组,作协创作研究室为茅盾文学奖评奖办公室,创研室负责人谢永旺具体负责预选方面事宜。顺带说明的是,中国作家协会以本会名义举办的各项全国性评奖活动,由作协有关部门和所属单位负责筹办。如中篇小说由《文艺报》社,短篇小说先由《人民文学》后由《小说选刊》杂志社,报告文学由《人民文学》杂志社,诗歌由《诗刊》杂志社,少数民族文学由《民族文学》杂志社,儿童文学由创联部,长篇小说则由创作研究室主办。

1981 年 10 月 15 日评选办公室向作协全国各地分会、各大型文学期刊、各有关出版社93 个单位发函,请推荐优秀长篇小说作品。本届评奖范围定为 1977 年至 1981 年间发表或出版的作品。多卷集作品,在此期间内发表或出版而又能独立成篇的部分也可参评。将篇幅达 10 万字以上的小说,界定为长篇小说。之后一共收到 58 个单位推荐的 143 部作品。

1982 年 3—4 月预选小组在北京香山举办了读书会,邀请 19 位评论工作者、编辑,对这些作品进行阅读、讨论、筛选。初步选出 18 部作品。5—6 月预选小组举行读书会,由张光年同志主持,全体预选小组成员参加,对初选的 18 部作品进行进一步阅读、筛选。

1982 年 9 月,"茅盾文学奖"评委会召开会议,增补预选小组成员为"茅盾文学奖"评委。全部评委名单为:主任委员巴金,委员(按姓氏笔画排列)丁玲、韦君宜、孔罗荪、冯至、冯牧、艾青、刘白羽、张光年、陈企霞、陈荒煤、欧阳山、贺敬之、铁依甫江、谢永旺。预选小组向评委会提出 8 部备选作品。同年 11 月茅盾文学奖评委会举行会议。主任委员巴金委托孔罗荪转述了"茅盾文学奖"宜"少而精""宁缺毋滥"的意见,并通过无记名投票选出 6 部作品:《许茂和他的女儿们》,周克芹著,《红岩》杂志 1979 年发表,百花文艺出版社 1980 年出版;《东方》,魏巍著,人民文学出版社 1978 年出版;《李自成》(第二卷),姚雪垠著,中国青年出版社1979 年出版;《将军吟》,莫应丰著,人民文学出版社 1980 年出版;《冬天里的春天》,李国文著,人民文学出版社 1981 年出版;《芙蓉镇》,古华著,《当代》杂志 1981 年发表,人民文学出版社同年出版。

第一届茅盾文学奖评奖,是对社会主义新时期最初几年长篇小说的一次检阅。这 6 部作品大体上代表了当时长篇小说的成就。新时期的文学发轫于诗歌,然后短篇小说兴起,继之中篇小说昌盛。在本届茅盾文学奖的评奖年度里,长篇小说整体上还是处于萧条状态。长篇小说创作周期长,在这一评奖年度的前两年,史称为"徘徊期"。实际上是"文化大革命"在组织路线方面已经结束,而在政治思想方面还是思想解放与两个"凡是"激烈搏斗的时期。所以,在这个长篇小说的刚刚复苏时期,本届茅盾文学奖,能够推出《芙蓉镇》、《李自成》(第二部)等就很了不起了。《许茂和他的女儿们》摆脱了阶级的框架,视点集中在人物命运;《冬天里的春天》最早尝试运用现代手法于长篇小说,也都很难得。

第一届茅盾文学奖发奖大会于 1982 年 12 月举行。周扬同志出席大会并在会上讲了话。

二

以上所述第一届茅盾文学奖情况,我并未亲自参与,材料是根据中国作家协会现存档案。1985 年初,我奉调至中国作协,主持创作研究室(后改称创研部)工作,创研室即为茅盾文学奖评奖办公室,从而立即接手第二届茅盾文学奖的评奖组织工作。

根据中国作协主席团意见,茅盾文学奖每 3 年为 1 届。第二届茅盾文学奖的评奖范围为 1982—1984 年这 3 年。在此期间出版的长篇小说约 450 部。第二届茅盾文学奖的评奖前期工作,在我主持创研室工作之前的 1984 年便已开始。1984 年 7 月由评奖办公室向各省、市作协分会、有关出版社、大型文学期刊发出推荐优秀长篇小说的通知,截至 1985 年 3 月,各地共推荐作品 92 部。界定长篇小说仍以字数在 10 万字以上的篇幅为标准。沿袭第一届评奖办法,多卷本作品,在此期间出版或发表,能独立成书的部分也可参评。另外,少数属上一届评奖范围的作品,仍可补报,这样,从本届开始就确立了茅盾文学奖范围有时间的下限无上限的办法。这个办法能够补救真正优秀的作品在某一届茅盾文学奖评奖时,由于种种原因被遗漏,但不致被埋没的缺憾。对于用汉民族文字以外的少数民族文字创作的长篇小说而无汉译本的,由于技术上原因,不予参评。本届评奖各地推荐的有 5 部少数民族文字作品,被转荐给"少数民族文学奖"备选。

从 1984 年 10 月开始,聘请了 20 位评论工作者、编辑组成第二届茅盾文学奖读书班,开始分散阅读推荐作品。

从 1985 年 3 月底至 4 月底,集中读书班的成员,补充阅读作品和对作品进行筛选。筛选出有竞争茅盾文学奖能力的作品 16 部。评奖办公室又根据各方面意见,补充了 3 部作品。最后,以 19 部作品作为评奖办公室提供给评委会成员阅读的备选作品。

1985 年 4 月,作协书记处提出第二届茅盾文学奖评委会成员名单。经作协主席团批准,6 月份在新闻媒体公布。第二届茅盾文学奖评委会名单为:主任:巴金,副主任:张光年、冯牧。评委会(以姓氏笔画为序):丁玲、乌热尔图、刘白羽、许觉民、朱寨、陆文夫、陈荒煤、陈涌、林默涵、胡采、唐因、顾骧、黄秋耘、康濯、谢永旺、韶华。共计 20 人。

9 月,在北京举行了第二届茅盾文学奖评委会第一次会议。会议由评委会副主任张光年、冯牧主持。评奖办公室向评委会汇报了评奖准备工作进展状况,介绍了 19 部备选作品。巴老因健康原因未能到会,但是对评奖工作提出了十分重要而精当的意见:"不要照顾,要艺术精品。"连带上一届评奖时提出的"少而精"与"宁缺毋滥",巴老的简赅而有针对性的意见,构成了历届评奖的指导性方针,保证了茅盾文学奖至今仍是质量较高,在群众中具有信誉的一项文学大奖。长篇小说追求"艺术精品",早在 12 年前就已提出来了。评奖中以鼓励创作为理由,进行各种"照顾",必然要降低作品的艺术质量。而"照顾"常常是评奖活动中习惯的做法。若要照顾"题材"则必得考虑:工业题材、农村题材、军事题材、少数民族题材、现实题材、历史题材……;若要照顾"作者"则必得考虑老的、少的、男的、女的、地方的、部队的、少数民族的,还有地区的……这样势必难以贯彻思想和艺术质量作为评选作品的唯一标准。对于评选标准,张光年同志具体化为四句话:反映时代,塑造典型,引人深思,感人肺腑。这四句话的具体标准,得到评委们一致赞同。评委们在讨论中认为,反映时代即是反映时代精神。反映时代精神必须得到重视,但对它必须宽泛地理解。现实题材、历史题材,现实主义手法、现代主义手法,运用得好,都可以反映时代精神。我以为,反映、体现时代精神,是已经举办了三届的茅盾文学奖的首要标准,它保证了历届茅盾文学奖的大方向,也便于鼓励艺术上创新与题材、主题、手法、形式的丰富与多样。

会上还议定设提名作品奖。

会上决定本次评委会暂缓投票产生获奖作品。让评委有一个充分考虑的时间,待下次评委会再专门进行投票。

1985 年 11 月,第二届茅盾文学奖评委会第二次会议召开,投票产生获奖作品与获提名奖作品。决议不预先确定获奖作品数目,采取无记名投票的方法进行两轮投票。第一轮,在 19 部备选作品中,投票选提名作品,每位评委投票数不超过 10 部。凡超过参与投票评委总人数的半数以上票的作品列入提名作品。投票结果有 8 部作品入选。然后,又在这 8 部作品中进行第二轮投票,每位评委投票数不超过 6 部,凡超过参与投票评委总人数 2/3 票的作品获本届茅盾文学奖。结果是李準的《黄河东流去》(北京十月文艺出版社出版)、张洁的《沉重的翅膀》(修订本)(人民文学出版社出版)、刘心武的《钟鼓楼》(人民文学出版社出版)3 部作品获本届茅盾奖作品。第二届茅盾文学奖评奖活动是成功的。工作认真、细致。反复酝酿,慎重遴选。获奖的 3 部作品,在读者中被认可,总体水平大有提高。既有《黄河东流去》这样具有厚重的历史意识与时代感的力作,也有体现对艺术创新鼓励的《钟鼓楼》。《沉重的翅膀》已在十几个国家翻译、出版。也许这是新时期以来在国外传播最广的一部长篇小说。

工作中也有不足。在另外 5 部提名作品奖问题上发生了一点曲折。评委会上临时有人动议:不设提名作品奖,理由是获提名作品奖的作品可能会因未获茅盾奖而获提名奖而不快、难堪、委屈。这一动议未得到充分讨论,被通过。今天看来,这是憾事,动议者对获提名作品奖作者的心理揣测未必准确。若是第二届茅盾文学奖除了 3 部获奖作品外,在又一个层次上有 5 部提名作品奖则更臻完美。回过头来看,当时选出的 5 部提名作品也还是比较优秀的,都有特色之处。这 5 部作品是柯云路的《新星》,孙健忠的《醉乡》,韦君宜的《母与子》,马云鹏的《最后一个冬天》和巴人(王任叔)的《莽秀才造反记》。《新星》在 1 年之后因改编为电视剧而轰动一时。《母与子》写了一位独特而典型的革命母亲,尤其是前半部很感人,这是一部未被充分认识的新时期长篇小说。《最后一个冬天》全景式的描写,在军事题材的长篇小说中还是较早的。傅作义的人物形象也较活,虽然这是前人已写过的题材。巴人在"文革"中被迫害惨烈,《莽秀才造反记》是他的遗著,这部书他写了 30 年。

从第二届茅盾文学奖评奖活动起,这项文学大奖声誉日隆,越来越被各方重视,受海内外瞩目。但是第二届茅盾文学奖的评奖活动很正常,也较顺利,没有受到非文学的外来干预,作家对这一活动的心态也较正常。据我所接触,除个别作家有请人说情外,没有请客送礼之类事情。我们办公室提出评奖工作贯彻民主、客观、公正的 3 条原则,得到了遵守。

到本届评奖活动,茅盾文学奖一整套的方法、制度、原则、程序、规定等基本上形成。1991 年中国作协书记处通过的《茅盾文学奖评奖办法》,即是对这一整套方法、原则的系统整理。本届评奖活动提出的,不预先设定获奖作品数目,而采取评委两轮无记名投票,最后一轮获得 2/3 以上票数的作品为获奖作品;而不是预设作品篇数,采用简单得票多数获奖法,是一个创造。这一做法,使得"少而精"的原则得到了贯彻,有利于得奖数目符合作品艺术质量的实际,还可有效地从方法上卡住可能产生的评奖中"走后门""拉关系"的不正之风。拉关系,要活动遍及 2/3 以上的评委,恐不是易事。

顺带说一说,本届评奖,在评委会讨论过程中,曾拟设提名作品奖,后未实行。茅盾文学奖迄今三届,从未设过提名作品奖。第四届茅盾文学奖尚未开评。目前常看到新闻媒体提到,××作品获第×届茅盾文学奖提名奖,这是没有根据的。在每届茅盾文学奖评奖准备过程中有一个环节:邀请若干评论工作者、编辑组成读书班,这些同志对长篇小说有比较专门的研究,做了十分重要的筛选工作,读书班是评奖活动中十分重要的一环。但是茅盾文学奖不是两级(初评、终评)评选。读书班是评委会的工作班子,任务是对各地推荐的大量作品进行筛选,提出供评委阅读的书目。读书班提出的阅读书目没有法的效力,没有荣誉意义。评奖办公室可以在读书班提出的阅读书目基础上增加书目供评委阅读（如第二届茅盾文学奖评奖活动），评委本身更可以建议增加阅读书目，只要经过评委 1 人提议、2 人附议的程序即成（如第三届茅盾文学奖评委活动）。

第二届茅盾文学奖颁奖大会于 1985 年 11 月在北京举行。本届获奖作品奖金为人民币 3000 元。

三

长篇小说，经两届茅盾文学奖的推动，80 年代中期以后，由复苏走向兴盛。随着创作趋势上升，许多理论性问题被提出来了。比如，何谓长篇小说？就是一个说不清的问题。难道只要写了 10 万字的小说就是长篇？时间跨度长、人物众多、事件复杂就是长篇？以这个从古典小说中概括出来的特征，比照一些现代派小说就未免尴尬了。长篇小说的审美特征是什么？长篇小说创作的发展，需要理论。在第二届茅盾文学奖颁奖之后的 1986 年，由我们作协创研部牵头，联合全国八大出版社在福建厦门举行了第一次全国长篇小说创作研讨会。事隔 10 年，出席会议并一贯关心长篇小说创作的荒煤同志已经与世长辞。出席会议的两位茅盾文学奖获得者周克芹、莫应丰先后英年早逝。还有一位当时是青年作家的西藏作协副主席秦文玉老弟，10 年后不幸在他当年出席会议的八闽大地上殒身，令人感伤。

按照规定，第三届茅盾文学奖应在 1988 年举行。长篇小说阅读量大，每届评奖工作大体上前后要经过 1 年左右的时间。1987 年 12 月，作为主办单位的我们作协创研部向作协党组、书记处提出着手筹备工作的报告。在 1985—1987 年的 3 年里，长篇小说的创作有了较大幅度的发展，不仅数量多，总体质量也大为提高。从题材选择，到艺术手法的运用，从概括、反映生活的深广度，到驾驭长篇这种艺术样式的熟练性，都出现了颇为可喜的景象。愈来愈多的作家重视并转向长篇的探索和追求，出现了一批比较优秀的作品，长篇小说创作已迈入一个新阶段。按时举行第三届茅盾文学奖的评奖活动是适宜的。

1988 年初，中国作协书记处讨论有关评奖工作问题。鉴于作协举办的全国性文学评奖活动项目过多，时间过频，决议各项单项文学奖合并，设立鲁迅文学奖，不是评单篇、单部作品，而是评作家的全部创作与成就。这项奖由作协主办，但建议由国家设立，由政府授予，作为一项国家级大奖。当然，这要向党中央、国务院报告，由中央考虑采纳。茅盾文学奖是茅盾同志个人捐赠专款作为奖励基金设立的文学奖，不便取消、合并，仍维持不变。这样，中国作协举办的文学大奖将是 2 项：鲁迅文学奖与茅盾文学奖。作协书记处还考虑，如果进行顺利，在隔年的 1989 年 10 月，国庆 40 周年时，举行这 2 项大奖的颁奖活动。所以决定第三届茅盾文学奖评奖活动推迟 1 年至 1989 年与拟议中的鲁迅文学奖一并举行。关于拟议的鲁迅文学奖后来未见下文。1988 年 12 月，我部又一次提出按预定计划开展第三届茅盾文学奖的筹备工作报告，并随即开展工作。程序一如以往。截至 1989 年 3 月，全国各地向评奖办公室共推荐作品 104 部。稍后，邀聘了 22 位评论家组成读书班。分散阅读推荐作品。1989 年 4 月评奖办公室提出评委会成员名单调整草稿，书记处研究通过后，上报主席团审定。主任委员当然仍请巴老蝉联。4 月 14 日我奉作协党组书记处之命去上海。在华东医院，向巴老汇报了评奖筹备工作进展情况，并征询续请他担任评委会主任的意见。巴老谦虚地说，读不了那么多书，就免了吧。我说，仍请您挂名。他笑着答应了：就再"挂"一次。

评奖的各项筹备工作按计划顺利进行。预定 1989 年 6 月 7 日在山东烟台,集中读书班成员筛选作品。然而在这前 3 天,北京发生了"政治风波"。骤然而至的事件,打断了工作进程。作协新领导班子成立后,1989 年年底,指示茅盾文学奖的评奖准备工作继续进行。前两届茅盾文学奖的评奖工作被肯定。一项补充决定是,鉴于情况变化,评奖工作拖延了时日,将本届茅盾文学奖评年,延伸至 1988 年,之后评奖办公室向各地发出补报推荐 1988 年出版或发表的优秀长篇小说的通知。1990 年初,作协书记处向领导部门,报送了第三届茅盾文学奖评委名单。经审定,名单做了大幅度的调整。调整后的第三届茅盾文学奖评委会成员:评委(以姓氏笔画为序):丁宁、马烽、刘白羽、冯牧、朱寨、江晓天、李希凡、玛拉沁夫、孟伟哉、陈荒煤、陈涌、胡石言、袁鹰、康濯、韩瑞亭、蔡葵。我未被列入评委名单。本届评委会未设主任、副主任。那么,评委会如何工作呢?作协书记处决定,由作协党组副书记、书记处常务书记、评委玛拉沁夫任评委会秘书长,我任评委会副秘书长。玛拉沁夫主持评委会工作,我协助。这样,我就成了不是评委了但是协助主持评委会工作的副秘书长。

1990 年 7 月在北戴河举办了第三届茅盾文学奖读书班,通过了提交评委阅读的 16 部作品书目,以及供评委参考的 5 部作品书目。后经一位评委动议、两位附议,又增加了一部《第二个太阳》。本届评奖实行了评委的回避制度(前两届未发生回避问题)。评委刘白羽因作品《第二个太阳》参评退出评委会。评委玛拉沁夫的作品《茫茫的草原》原列入参评书目,根据本人选择,作品从参评书目中取消。(《茫茫的草原》上部于 50 年代出版,下部于 1988 年出版,按照规定符合评奖的范围。)

1991 年 3 月,在京召开了第三届茅盾文学奖评委会,评定本届获奖作品。按照第二届评奖的投票方式,产生了本届获奖作品 5 部:《少年天子》(北京十月文艺出版社出版)、《平凡的世界》(中国文联出版社)、《都市风流》(浙江文艺出版社出版)、《第二个太阳》(人民文学出版社出版)、《穆斯林葬礼》(北京十月文艺出版社出版)(依得票多少排列)。整体上这几部作品反映了当时长篇小说创作的实绩。这些作品,题材广泛,风格多样,塑造了众多较为成功的艺术形象,显示了较强的时代精神。尤其是《少年天子》,我认为是新中国成立后 40 年,长篇历史题材小说最优秀的作品,是当之无愧的"艺术精品"。

本届文学奖设立一项荣誉奖。已过耄耋之年的老将军萧克的《浴血罗霄》,是一部具有个性特点的革命历史题材小说。作品是真正由老将军自己动手写出来,而非由别人代笔。作者从执笔写作到出版,前后经历了半个世纪。已作古的老作家徐兴业的史诗式的历史小说《金瓯缺》共 4 卷,约 140 万字,规模宏大,气势磅礴。作家从酝酿到写作到全书出齐也经历了近半个世纪的时间。评委会鉴于这两部作品的庄重、严肃与历史意义,特授予荣誉奖。

本届茅盾文学奖获奖作品每部奖金为人民币 5000 元。荣誉奖不发奖金。

颁奖大会在 3 月底举行。

值得一提的是,这一个评奖年度,还有几部为大家称道的作品。贾平凹的《浮躁》,恐怕是贾平凹迄今为止的最好一部长篇。因为该书已获美孚飞马文学奖,这也是一项重要的文学奖,茅盾文学奖就不考虑了。《月落乌啼霜满天》是王火的具有史诗规模的反映抗日战争的长卷《战争与人》的第一部,有较强的时代气息与浓郁的文化韵味,是值得认真看待的作品,但由于该书第二、三部即将出版,不如待其全璧,留待下一届茅盾文学奖评选,更可以显示其价值。还有宗璞的《南渡记》感觉细腻,时代色彩浓郁,但同样也是作者多卷本的第一部,刚开了一个头。杨绛的《洗澡》是继《围城》后又一部描写"旧"知识分子的佳作,取意含蓄,文体风度成熟。惜生活容量略嫌不足。

还要提一提的是,80 年代中期以后,现代主义从观念到方法,在文学领域有了全面的渗透、推进、尝试。长篇小说也出现了一批新作。这是几十年长篇小说艺术发展的重大变化与突破,得失其说不一。其中佼佼者为王蒙的《活动变人形》,其独特的开掘角度,丰富的思想艺术蕴含,显示了重要的艺术创新价值。当然要得到所有人的接受,还要待以时日。

我国茅盾文学奖评奖已经历了十几年的过程,倾注了许许多多人的心血、智慧,积累了不少经验,在国内树立了信誉,推出了一批优秀长篇作品,为新时期文学发展做出了贡献。先后参与评奖工作的陈荒煤、冯牧、孔罗荪、陈企霞、丁玲、冯至、艾青、沙汀、铁依甫江、康濯已先后故去。我想,只要我们按照客观、公正、民主、廉洁的工作原则,在商业大潮中保持茅盾文学奖的纯洁性,待以时日,形成一项具有国际声誉的文学大奖,如法国的龚古尔文学奖、美国的普利策文学奖、日本的芥川文学奖,是完全可能的。但是,长篇小说毕竟只是文学的一种样式,小说的一个分支,不宜抬得过高。长篇小说最忌急功近利,宜于惨淡经营,只有这样,才利于出精品,出杰作。

第四届茅盾文学奖准备工作正在进行中。我只是评委之一。评奖办公室工作由现任作协书记处书记、创研部负责人陈建功具体负责,我相信这一届评奖工作定会比以往任何一届做得更好。

(原载《中华读书报》1997 年 8 月 20 日)

我所了解的茅盾文学奖

雷 达

一、评奖概况

至今,茅盾文学奖已评过了八届。获奖的这些作品中,还是有一些能留存下来的。比如,前不久,中国社会科学院生态环境研究所、北京大学以及一些网站所做的调查发现,文学类长篇小说的第一名竟是路遥的《平凡的世界》。这里就以此为例。这是一部承继革命现实主义精神但又有很大更新的典型文本,路遥从他的文学"教父"柳青那里确实学到了不少精髓,在写法上却更接近批判现实主义的托尔斯泰、巴尔扎克、狄更斯模式,写了1975到1985十年间的陕北农村及城乡交叉地带的编年史。我们看到,在传统的农业社会里一旦诞生了一个新的个体意识觉醒的生命,就使这部作品具有了惊人强旺的生命力;也还因为它表达了最底层的、弱势的、沉默的、边缘人的真实本色的存在和挣扎图强的生命强力,它是植根于大地的,是有血有肉的,是用心灵和赤诚书写成的,它能够跟普通生活中的平凡人的心灵产生共鸣。只要想想孙少平与郝红梅永远是"最后打饭的学生"的那种窘迫,想想主人公外在的贫穷与内心的高傲,我们就无法不为一种苦难的美所感动。当然书中也有对"官"的仰视和比较轻易的理想主义。路遥是我的好朋友,这书出来以后,他希望得到我的好评,但当时我比较固执,对这个作品的反应偏冷,主要是认为,这个作品没有超越他自己的《人生》,只是把《人生》中的高加林在《平凡的世界》里化成了两个人,一个是留在乡下的高加林,一个是进了城的高加林,一个叫孙少安,一个叫孙少平,横切面展开了,纵深面开掘不够。现在看来是我部分地错了,我对这部作品厚实、顽强、宽广的生命力估计不足,特别是对它的励志价值、内蕴的现代性认识不足。但当时我就是这么认为的。我觉得高加林、孙少平就像中国农村的于连一样,介于鲁迅的启蒙主义者与西方资产阶级兴起时期的自我奋斗者形象之间,或者既像于连,又像保尔,还有点像堂吉诃德。现在看来,平凡的世界不平凡啊,是我们需要认真研究的问题,为什么这样侧重于传统现实主义的作品仍能拥有如此强大的生命力?

二、关注社会广阔人生的多个层面

文学是人学,关怀人是文学的根本要义所在。不管什么样的文学,假若缺乏人的深刻参与的话,那是没有什么意义的。然而,文学该如何关怀人呢?这又将内在地决定着文学的品质高低。实际上,茅盾文学奖还是关注了中国现实人生的诸多方面和诸多问题。有写社会变革大潮的,有写工业改革的,有写底层人苦斗奋争的,有写边远地区民族风情的,有写都市普通人的日常经验的,也有写尖锐的社会矛盾的,等等。

我认为,关怀人的问题始终先于关怀哪些人的问题。有道是,对弱者要关怀他们的生存,对强者要关怀他们的灵魂;关键在于你是不是真正在关怀人本身,关怀人的生存本身。加缪的《西西弗神话》《局外人》《误会》《鼠疫》,萨特的《恶心》《自画像》《苍蝇》,卡夫卡的《变形记》《城堡》《审判》之所以伟大,不是由于它们在描写和审视对象的选择上高人一等,而是由于它们诚实而深刻地面对了所有人的真实处境,关注了所有人心灵遭受的来自生活、科技、政治等的逼压、摧残与异化,人自身真实处境在这些作品冷静、肃穆的展示中触目惊心。不绕开问题,不把问题简单化,能看到问题的真相,能揭示问题的根本症结,这种关注无论什么人的姿态、眼光、胸怀体现着这些作品的价值,真切地关怀人本身是这些作品伟大的唯一原因所在。

在已经评出的茅奖作品中,以前六届为例,我以为《芙蓉镇》《李自成》《平凡的世界》《尘埃落定》《长恨歌》《白鹿原》等可能在读者中拥有更为广泛和稳定的影响。而一些没有获奖的作品,其影响力也丝毫不容小视,比如张炜的《古船》、王蒙的《活动变人形》、铁凝的《玫瑰门》,还有二月河的《雍正皇帝》、唐浩明的《曾国藩》、莫言的《酒国》等。也还有一些未获奖作品值得一说,如尤凤伟的《中国一九五七》、杨显惠的《夹边沟记事》,关注了一种政治行为对以知识群体为核心的一代人身心的折磨和摧毁,陈桂棣、春桃的《中国农民调查》,当然是报告文学了,它对最底层农民的疾苦和生存困境的关注值得关注。余华的《活着》《许三观卖血记》《在细雨中呼喊》关注了普通人的巨大苦难和苦难人生的简单和偶然,雪漠的《大漠祭》关注了生存本身的艰辛、顽强和苍凉;姜戎的《狼图腾》,在思想上或有明显偏颇,但它能够关注草原在人的道理和政治的道理之间的生态命运。不管这些作品关注了什么人,不管作品具体以哪个阶层的人来展开文本,无论笨拙还是巧妙,可以肯定的是,这些作品深切关注了人生,不是取巧粉饰,而是尽量诚实地关注了人生。

三、茅盾文学奖倚重宏大叙事

茅盾文学奖作为一项有影响力的大奖,有没有自己的美学倾向和偏好,这是个不太好回答的问题。我认为是有的,这并不是有谁在规定或暗示或提倡或布置,而是一种审美积累过程,代代影响。从多届得奖作品来看,那就是对宏大叙事的侧重,对一些厚重的史诗性作品的青睐,对现实主义精神的倚重,对历史题材的关注,等等。在历史上,文学与题材曾经有过不正常的关系,或人为区分题材等级,或把某些题材划成禁区,或干脆实行"题材决定论"。从今天来看,这些都是违反文学规律的。但是,也不可否认,重大题材还是有它自己的独特优势,特别是重大历史题材,由于阐述和重构了历史的隐秘存在和复活了被湮灭的历史记忆,既给当代社会提供经验和借鉴,又提升我们对人生、现实与世界进行有比较的审美观照与反思。

有鉴于此,茅盾文学奖非常关注重大历史题材。据粗略统计,茅盾文学奖获奖作品中,重点历史题材占了大多数。拿第六届来说,第一部是熊召政的《张居正》,长篇历史小说,4卷本,140万字。熊召政是湖北诗人,曾写过长诗《请举起森林一般的手》,和叶文福的长诗《将军,你不能这样做》并肩而立,名动一时,后来,他专攻文史,特别是专攻明代的历史,发现张居正此人身上有丰富的戏剧性,有很高的历史价值,于是,就用了五六年时间写了这部小说。张居正被认为是铁面宰相,柔情丈夫,他实行过著名的万历新政和一条鞭法,是一个封建社会的了不起的改革家,最后以悲剧收场,全家被抄,实乃人治社会的悲剧,这和我们这个时代某些负面现象有些相似。第二部是张洁的《无字》,3卷本,90万字,写四代女性的悲剧命运。张洁曾写过一篇很动情的散文《这世上最疼我的那个人去了》。我觉得长篇小说《无字》中最动情的部分是从那篇散文来的,那种刻骨铭心的依恋。她还写过一篇小说《爱,是不能忘记的》,写的是一种柏拉图式的爱,手都没有拉过,爱了几十年,只是远远地望着,默默地想着。《无字》当中,那个梦中的爱人似乎变成了生活中的伴侣,但现实中的那个叫胡汉宸的伴侣就显得很丑陋了。我觉得张洁在这部小说里倾诉了女性特有的痛苦,有人说这部作品是以血代笔。第三部是部队作家徐贵祥的《历史的天空》,现在拍成了电视连续剧,从纯文本立场看,这是一部较粗的作品,但整个作品还是比较大气,写了一群有性格的人,是革命历史题材小说的创新之作。它有一个特点是,重视偶然在历史中的作用,比如小说主人公梁大牙,身上有许多流氓无产阶级的痞子气,他本来是要投奔国军的,可不巧走错了路跑到新四军那儿去了,饿坏了,新四军给他做了一碗面鱼儿,吃完一碗面鱼儿后说能再给我吃一碗吗?新四军说可以,他就觉得新四军不错,虽然国军的粮饷好,但新四军的人情味似乎更浓,于是就加入了新四军。另外一对青年跑到国军那儿去了,他们的命运都不是按照什么固定的逻辑和规律发展的。不承想,这个满身毛病的梁大牙浑身是胆,能打仗、能吃苦、有智谋,终于成长为一个共产党的高级将领,跨度很大。我写过一篇评论《人的太阳照亮了历史的天空》,就是说,它不是写概念,而是写人的。第四部是柳建伟的《英雄时代》,柳建伟有个本事就是善于间接地体验生活,他写过一个电影剧本《惊涛骇浪》,写抗洪救灾的,得了大奖,他本人并没有到过水灾现场,但写得不错。这有点像歌曲《青藏高原》的作者并没有到过西藏一样。《英雄时代》的意思是,今天是一个群雄并起的时代,市场化大时代中各种力量涌动,今天的一个乞丐或小贩可能3年以后会成为一个大企业家,这是一个传奇的时代。有些评委认为,这部小说在捕捉正在进行中的社会矛盾,还比较敏锐。第五部是宗璞的《东藏记》,宗璞先生有家学渊源,她是冯友兰的女儿,是个著名的作家、学者。我们知道冯友兰先生的《中国哲学史》和胡适的《中国哲学大纲》都是很有名的哲学著作。宗璞1957年的短篇《红豆》名重一时,写知识分子情感世界和爱情矛盾颇有深度,却遭到了批判。她这部小说是四部曲的一部,写西南联大、抗日战争、南迁中的一群知识分子,他们的节操与人生选择,点缀其中的是昆明风情。其第一部叫《南渡记》,很不错,当时没有评上茅奖是因为当时要求一套书完成才能评,而现在新的条例评一本也可以。宗璞的中西涵养是一般作家达不到的,文化韵味很浓。这些作品从各个角度关注了重大的历史、社会、人生问题。

四、茅盾文学奖是否基本上反映了中国当代长篇小说的水平

从对茅盾文学奖的介绍来看,作品筛选和评定工作是有一定章法可循,入围作品都由全体评委投票决定其名次,获奖作品的得票数必须要超过全体的2/3才有效,然后按照票数排名。以第六届为例,这五部作品不是任何一两个人的意志可以左右的。因为各个评委欣赏口味不同,艺术观和价值观各异,找出一部能够受所有评委完全肯定的作品是不容易的。这次评奖也仍然是平衡的结果,实际上是很多人的意志合力促成的,对同时存在的很多作品进行全方位阅读、审视、辨析、对比、提取而做出的一个综合性选择。例如第五届评出后,读者认为《抉择》得奖是一个成功和进步,不再单纯从文学角度,而是从文化和社会民生角度来评

判作品,官方和民间都欢迎。但也有人不同意这个观点。

评奖也曾出现意想不到的"插曲"或特殊情况,例如第四届《白鹿原》修订本问题就是。我记得《白鹿原》在评委会基本确定可以评上的时候,一部分评委认为,作品中儒家文化的体现者朱先生对政治斗争用"翻鏊子"的说辞不妥,甚至是错误的,容易引出误解,应以适当的方式予以廓清,另外有些露骨的性描写也应适当删节。这种意见一出且不可动摇,当时就由评委会副主任陈昌本在另一屋子里现场亲自打电话征求陈忠实本人的意见,陈忠实在电话那头表示愿意接受个别词句的小的修改,这才决定授予其茅盾文学奖。这也就是发布和颁奖时始终在书名之后追加个"修订本"的原委。当然,评奖时和发布时是不可能已有了"修订本"的,改动和印书都需要一定时间,而发布时间又是不能等的。陈昌本打电话究竟是在投票后还是投票前,我竟然记不清楚了。历届评下来,评价不一,作为评委我面对某个作品,也时常有抱憾或无能为力的感受。但在总体上,我看所选的作品还是基本上反映了当代中国长篇小说的创作水平。

当然,说茅盾文学奖基本上反映了当代中国长篇小说创作的水平,首先就要了解评选作品的社会历史文化内涵、人性、思想深度、精神资源、文化意蕴和人类性,以及文本创新程度上达到了怎样的水平,它并不是在封闭之中的自我认可,而是参照古今中外的文学标准所得出的现实结论。同时,很难说其评奖就是"固守着传统现实主义",或者充斥着"牺牲艺术以拯救思想"的妥协主义。比如厚重之作《白鹿原》在艺术方面,有人说它有魔幻现实主义的色彩,有心理现实主义色彩,运用了文化的视角,都有道理。我觉得它的背景有俄苏文学的影响,受《静静的顿河》的影响,也有拉美文学的影响,总之它与传统的现实主义观念已相去甚远了。再如被认为在叙述方面开头的硬壳不好读外,整体上还是无可挑剔的《长恨歌》,表现了强烈的生命意识和文化意识。它通过一个女人的命运来写一个城市的灵魂及其变化,这在过去的文学观念中是不太好接受的。"恨"什么呢?其实就是一种人生长恨水长东的抱憾,生命有涯,存在无涯的悲情。一个女性在男权社会里始终不能达到自己对爱情、对幸福生活理想的追求,她所以有恨,她的命运与历史发展的错位,也有恨。恨的内容丰富,但只有用一种开放的文学观念才能正确理解它。还有其他的获奖作品如《尘埃落定》《钟鼓楼》《许茂和他的女儿们》《芙蓉镇》等,就是在今天看来,也仍有独特的价值和生命力。相反,也让人不无遗憾的是,贾平凹的《怀念狼》、莫言的《檀香刑》、阎连科的《日光流年》、李洱的《花腔》、二月河的《雍正皇帝》等在文本文体上是有突破的,是在全球化语境下小说创作走本土道路的新尝试,却由于种种自身原因或非自身原因落选了。当然,茅奖也有一些作品,当时轰动一时,时过境迁因艺术的粗糙而少有人提起。

五、对茅盾文学奖的质疑与未来期待

茅盾文学奖已经评了八届,在积累了丰富经验的同时,也引起了不少争议。作为文学奖的主办者,中国作协、茅盾文学奖评委会及评奖办公室,面对着来自方方面面的质疑、批评与诟病。比如,有一份资料提出:应该尊重评委们的资历、声望以及文学成就等等,但也不能无视历届评委会都存在着难以规避的局限:一是年龄老化,评奖不仅需要丰富的文学经验,还需要适度的身体素质,当评委们连阅读备选篇目都勉为其难时,又何来负责任的投票?二是由于其他原因,部分评委已经疏离文学工作,根本不熟悉文学的当代发展状况及与世界文学接轨程度,是不折不扣的"前文学工作者",他们又如何能公正地选拔当代"最优秀"的著作? 三是评委们不是由民主推选而是中国作协指定,来自北京的专家学者占绝对优势,却排除各地不同的地域文化氛围所培养的诸多学界精英,又如何能保证评奖的兼容性? 四是评委们观念陈旧,他们还牢固地抱持着"十七年"时期的现实主义,看重典型化、真实性、倾向性以及史诗性等传统因素,这种"独尊"情结潜在地抑制着当代文学的艺术创新,那又如何标示文学奖的导向意义? 五是评委会对程序的"越位",评奖条例规定,有 3 名评委联名提议,可增加备选篇目;质疑者认为,这一表面看来是为避免"遗珠之憾"实则极富"特权"色彩的"评委联名补充"程序,造成了数届茅盾文学奖的鱼目混珠,并增加了评奖的权利性、偶然性和人为因素。当然,也还有论者针对兼顾题材的"全面分配,合理布局",或者重点关注"反映现实并塑造社会主义新人形象"之作品,"审读组"与"评委会"之间的龃龉以及"过程不透明",要求实行实名制,有人把这些概括为"平衡机制",它们共同损害着茅盾文学奖的"公信"形象和权威价值,等等。据我所知,这些意见中的合理成分,在近几届评奖中已有了较大改变。无论评委的年龄,组成方式,外地评委比重,评奖方式,甚至实名制问题,都与此前有所不同。

处在一个如此文化多元的时代,权威的消解似乎是必然的,它时时受到挑战。相应地,茅盾文学奖也只能在面对历史的挑战中求生存,在顺应历史的潮流中图发展。时代在变,审美观念也在变,评奖的标准必然也要发生变化,这样才能保证茅盾文学奖与时同行。当然,评奖在更加走向开放、走向多元的同时,要使评奖具有权威性,要使评出的作品得到社会各方较为一致的认可,尤其要经得起时间的淘洗与检验,我以为有这么几条还是要坚持的:第一,我们要坚持长远的审美眼光,甚至可以拉开一定距离来评价作品,避免迎合现实中的某些直接的功利因素,要体现对人类理想的真善美的不懈追求。第二,一定要看作品有没有深沉的思想含量和文化含量,有没有人性的深度,特别要看有没有体现本民族的思想文化根基。第三,要看作品在艺术上、文体上有没有大的创新,在人物刻画、叙述方式、汉语言艺术上有没有独到的东西。第四,长篇小说是一种规模很大的体裁,所以有必要考虑它是否表现了一个民族某个特定时期的心灵发展和嬗变的历史,尽管有人认为,现在已从再现历史进入个人言说的时代,但在根本上,文学就是灵魂的历史。

我希望,茅盾文学奖的路越走越宽。

(原载《解放日报》2011 年 9 月 23 日)

关于茅盾文学奖的"评选内情"

任东华

一、评奖程序是如何形成的？

2003 年，"茅盾文学奖评奖委员会"终于推出了"评奖条例"的"修订稿"。经过一至五届的评选实践，"条例"不但在当代文学背景上形成了对茅盾"遗嘱"所期待的评选标准之体系化理解，而且还建立了规范并行之有效的评奖程序。就评奖的实际情况而言，尽管由于对评选结果不满而引发对评选标准及其具体操作的诸多非议，却基本认同了评选程序的可行性及其完善化努力。

从"条例"来看，茅盾文学奖的评选程序可分为 5 个步骤：一、由中国作协书记处聘请文学界有影响的作家、理论家、评论家和文学组织工作者组成评委会。二、评奖办公室向中国作协各团体会员单位、全国各有关出版单位和大型文艺杂志社征集作品。三、评奖办公室聘请熟悉长篇小说创作的若干评论家、作家和编辑家组成评选审读组，或由 3 名以上评委联合提名，为评委会提供备选篇目。四、评委会经过两轮无记名投票，以 2/3 以上票数决定获奖作品。五、颁奖。——这些程序是如何形成的，是否为集体智慧并经过大的改动，或者借鉴了其他评奖经验？在此，我们回到第一届的评选现场，从被遗失与湮没的历史雾霭中理清它们的来龙去脉。

1981 年 4 月 20 日，中国作协召开主席团扩大会议，由张光年和巴金共同主持，通过了巴金为作协代理主席，成立茅盾文学奖金委员会，以作协主席团全体成员组成委员会，巴金为主任委员等议程，并听取了孔罗荪、冯牧、严辰关于中篇小说、报告文学、诗歌评奖工作汇报。茅盾文学奖评选程序正式启动。

作为第一届长篇小说评奖，无论是为纪念伟大先驱茅盾，还是就检阅新时期以来的文学成就而言，中国作协都极为看重。然而，文学评奖不仅需要态度与辛勤劳作，更需要评奖经验进行切实可行的操作，才能真正有效、公平、权威性地推出当之无愧的获奖作品，并能接受读者与历史的考验。好在从 1978 年起，《人民文学》就开始举办"全国优秀短篇小说评选"活动并确定了它的评选标准与评选办法。就评选标准而言，主张"凡从生活出发、符合六条政治标准，艺术上具有独创性的作品，不拘题材、风格，皆可推荐。提倡那些能够鼓舞群众为新时期总任务而奋斗的优秀作品"。而就评选办法而言，由于它的成功经验，则为后来的文学奖提供了可操作的、严格并规范的评选程序之基础与框架。

1978 年第 10、11、12 期的《人民文学》所登载的"举办 1978 年全国优秀短篇小说评选启事"以及"仅供领导参考，不公开发表"的附件《初步设想》，鉴于以前文学工作的两种领导方式如行政方式和评论方式的缺陷,决定采取专家与群众相结合的办法。既热烈欢迎各条战线上的广大读者积极参加推荐优秀作品,也恳切希望各地文艺刊物、出版社、报纸文艺副刊协助介绍、推荐,最后,由《人民文学》编委会邀请作家、评论家组成评选委员会,在群众推荐的基础上,进行评选工作:首先,《人民文学》编辑部安排专人负责初选,提出初选篇目,交评委会审定;其次,评委会由《人民文学》邀请作家、评论家等5人组成(拟请茅盾、张光年同志主持)负责审定,选出当选的优秀作品。在最后评选时,评委会增加到9人,具体篇目是编辑部根据评委会的两次会议精神确定的。

1980年,受中国作协委托,《文艺报》举办"全国优秀中篇小说评选"活动,《文艺报》第11期刊发的《文艺报中篇小说奖启事》在借鉴短篇小说评选办法的基础上规定:(一)确定评奖时限和名额。(二)由国内文学团体(各地作协分会)、文学杂志社、出版社根据作品的社会实践推荐,而且一个单位推荐数量不得超过10部。(三)为有利于评奖的全面、公平、公正、公开,由《文艺报》聘请著名作家、评论家和著名编辑组成评奖委员会主持评奖工作。为搞好中篇小说评奖,《文艺报》决定在召开评奖委员会之前,聘请若干关注中篇小说创作和从事评论的人士进行初评工作并称之为"中篇小说读书会"。读书会18人来自全国各地的出版社、文学杂志社、报刊编辑部以及高校,于1981年2月12日起进行为期1个月与外界隔绝的全封闭式的集中阅读、讨论、研究,以"二为方向""双百方针"为指导思想,推荐备选篇目。在此基础上,编辑部又举办了"中篇小说创作座谈会",对它们进行讨论。进入终评时,评委会综合考虑初选名单在政治方面的可容纳性和艺术成就的高下优劣等因素,确定获奖名单。

两次成功的小说评奖特别是操作程序,再加上第四次文代会所提出的"评奖要群众、专家、领导三结合"方针,《文艺报》编辑部于1979年和1980年两次举办的"长篇小说读书会",都为第一届茅盾文学奖积累了丰富的评选经验。1982年,中国作协委托"创研室"举办第一届茅盾文学奖的评选工作。在作协书记处的直接领导下,创研室主任谢永旺负责评奖的日常事务。与第二至第六届相比,第一届评奖并未形成明确的"条例"之类,评委会理所当然地认定马克思主义文艺观作为指导思想,并以"现实主义回归"作为具体的把握标准,张光年对评选要求则做了原则规范,即作品要"反映时代、创造典型、引人深思、感人肺腑"。在第一阶段(1981年4月至1982年2月),创作研究室要求各省市作协分会、出版社、大型文学期刊编辑部等共58个单位初步推荐符合评奖要求的长篇小说共143部作品。第二阶段(1982年3月至12月)办公室邀请各地有经验的评论工作者和文学编辑组成读书班,19位评论工作者于3月初至4月底发扬民主、认真评议,共推荐了18部作品供评委会参考。由于评奖委员、主席团成员大多年事已高,很多人明确表示既无精力大量阅读,又对近年的长篇小说创作不太熟悉,其中,艾青、冯至等还是诗人。所以,在评委会之外,又聘请陈企霞、韦君宜、孔罗荪、冯牧、谢永旺(非中国作协主席团成员)等5人组成评奖预选小组,负责审议读书班所推荐的18部作品。5月至11月,预选小组成员与作协副主席张光年讨论,向评委会工作汇报,听取委员们的指导意见并正式为之确定6部备选篇目。11月23日,张光年主持评委会,经过讨论,对预选小组所提出的候选篇目进行无记名投票并全票通过。12月15日,经过隆重的授奖大会之后,第一届茅盾文学奖评选终于结束。

从第一届的评奖过程来看,评选程序如组成评选机构、征集作品、聘请各地的专家举办"读书班"进行初选、由评委会对候选篇目进行终评以及授奖等等,都很好地参照了短篇小说和中篇小说的评选经验与"长篇小说读书会"的讨论模式,并且,它们都在第二至第六届评奖中得到切实地规范和遵循。当然,根据评委会的实际情况和长篇小说的文体特征,在读书班和评委会之间的"预选小组"则随着评奖制度的完善而未再设置。还值得一提的是,评委会主任巴金不但为评奖确定"少而精""宁缺毋滥"等原则,他还和其他评委一起,阅读了所有的获奖作品并热情洋溢地为授奖大会写来书面发言《祝贺和希望》,无疑对第一届及后来评奖都起到强烈的精神感召作用。

第二届茅盾文学奖评选(1984 年 7 月至 1985 年 11 月)基本遵循第一届的评奖办法并形成了一整套的方法、制度、原则、程序、规定,至 1991 年终于整理为《茅盾文学奖评奖办法》并获中国作协书记处通过。①

二、评选过程的"权力性"

尽管第一届评奖成型了比较规范的评选程序,但在具体的操作时,它会不会遭遇权力干预而发生偏差,会不会在利益驱动之下出现"暗箱行为",会不会因偶然疏忽导致"遗珠之憾"?假若如此,茅盾文学奖又何来公正性呢?事实上,从第三届起,有关茅盾文学奖的争议已沸沸扬扬,在评委会构成、评选标准与文学史价值等若干个关键问题之外,评选过程也遭到广泛质疑:如任意改变评选时间,相关人士的幕后活动,评奖进程未及时公布以及结果出人意料等等。其中,质疑主要体现在三个方面:权力性、偶然性与公正性。

权力性。任何文学评奖,首先都会遇到一个异常敏感的问题,即是否有权力干预?在大多数人看来,权力干预不仅会破坏游戏规则,使参与者无法公平竞争,而且还会摧毁整个社会对文学评奖的信心和热情,使文学评奖成为有计划的权力角逐和文化资源分配,不过是了无意义的闹剧而已,对真正的文学繁荣则无济于事。所以,面对号称"最高"的茅盾文学奖,他们期望在权力的真空中,实现纯粹的文学评奖。如果觉察到权力的威胁或评奖被非文学因素所左右时,他们会以"神圣"的名义挺身而出,甚至做出过度反应。如某些媒体曾耸人听闻地曝出"胡乔木力挺《将军吟》","中央某主要领导人称赞《沉重的翅膀》写得好,说这样的文学作品应该获奖","某作家用 8 万元买断茅盾文学奖,将竞争对手挤逐出局"等"评奖内幕"。它们不但曾煽起过不明真相的读者们的愤怒、批判和指责,而且也引起评奖办公室的严重关注并赶紧辟谣,称绝无此事,评奖是严肃、公平和负责的,也不可能存在所谓的"权力"现象,等等。

我们无须理会媒体此类夸张的或捕风捉影的广告宣传,但对评奖办公室申辩的"不存在权力现象"却值得认真辨析。美国政治学家丹尼斯·朗把权力概括为:作为个人具有的属性或品质,权力可能被视为人们追求的、甚至是人类奋斗的基本目标。最普通的用法是作为影响、控制、统治和支配的近似同义语。既然在一切大规模的复杂的"文明"社会里,权力在群

① 此处重点参考:刘锡诚:《在文坛边缘上——编辑手记》,河南大学出版社 2004 年版。杨志今、刘新风主编:《新时期文坛风云录(1978 —1998)》(上下),吉林人民出版社 1999 年版。张光年:《文坛回春纪事》(上下),海天出版社 1998 年版。以及茅盾文学奖评奖办公室在《文艺报》所公布的历届评奖简介;另外,笔者还先后访问过:雷达(中国作家协会创作研究部前主任,第四、第五届茅盾文学奖评奖办公室副主任,第六届评奖办公室主任),谢永旺(中国作家协会创作研究室第一任主任、第一届茅盾文学奖评奖办公室主任),吴秉杰(中国作家协会创作研究部主任、第五届茅盾文学奖评委会委员),牛玉秋(中国作家协会创作研究部研究员、茅盾文学奖评奖办公室工作人员)等人,对他们不吝赐教表示衷心感谢。

体之间分配不均,这些社会的文化就会反映和体现这种不平等,用时髦的话来说,控制其他群体的某些群体的"霸权"一定会转译在他们的一切活动和表现方式之中,包括人类最杰出的创造物和占有物语言在内。① 所以,福柯才断言权力是一种网络关系,无处不在。以这个角度来看茅盾文学奖,权力效应就显而易见的了。从权力"作为个人具有的属性或品质"而言,任何中国作家都可以通过自己的创作活动角逐茅盾文学奖,每个人的机会是均等的。从权力"作为影响、控制、统治和支配的近似同义语"而言,上述的媒体报道自然属于"无稽之谈",不足与信。

从第一至第六届的评奖实际而言,"权力"现象仍然存在,这主要体现为:一是提供创作保护。1963 年,姚雪垠在困境中完成了《李自成》第一卷并在中国青年出版社正式出版,当"文革"开始,毛泽东便指示武汉市委,"对姚雪垠要予以保护",让他把《李自成》写下去。1972 年,姚雪垠直接上书毛泽东,并得到胡乔木和邓小平的鼎力相助,得以在乱世之中顺利创作第二卷并取得成功。② 这是个特例,与《李自成》第二卷获奖有内在关联但并未直接影响茅盾文学奖的评选过程,可以说是"前权力效应"。二是直接干预茅盾文学奖的评选结果。1982 年 11 月,茅盾文学奖评委会经过讨论,确定 6 部小说获奖之后,由于《湘江文艺》控告了莫应丰,张光年决定派党组副书记唐达成与党组成员谢永旺持中宣部介绍信征询湖南省委常委负责同志意见,问是否同意莫应丰获奖,后经胡乔木出面才得以解决。③ 这种特殊境遇下的"权力干预"恰恰是为了维护茅盾文学奖的评选尊严。上述两种情况此后都没有并且也不可能再出现了。三是中国作协书记处聘请文学界有影响的作家、理论家、评论家和文学组织工作者出任评奖委员会委员,3 名以上评委联合提名,可增添备选篇目,以及读书班与评委会的审美差异或者冲突,最终还得以评委会 2/3 以上票数为准,等等,都显出"权力"的强制性与支配性。不过,某位领导、某个机构、某些评委或"有关人士"以自己的意志指定获奖作品或取消获奖作品,从评选实践来看,陈建功等人认为这是不可能的,这也反映出权力的受限性。

茅盾文学奖为突出"直面现实,反映时代"的特色,从第三届起,评委会在读书班推荐的篇目之外所提名的《都市风流》《骚动之秋》《抉择》《英雄时代》都相继获奖,使主办者的意图得到成功贯彻。而不少确实优秀但未符合"条例"标准的作品意外落选,也应该属于权力的隐蔽推动,如有的评委就认为《许三观卖血记》即是如此,这样的作品即使没有获奖,它的价值也是不容否认的。

应当说,茅盾文学奖确是无法摆脱权力效应的。不过,保障每个作家、每部作品的被选权,反对个人、机构对评选过程的干预权,平等施予主流意志的影响权,这是茅盾文学奖对权力的基本要求,也可以说是保证茅盾文学奖的权威性、公正性与导向性的前提所在。

三、评选过程的"偶然性"

文学评选毕竟不是体育竞赛,它的评奖标准是十分复杂的,"思想与艺术完美统一"仅仅只是一个方面,整个评委会的审美趣味、主旋律的内在要求、文学潮流的影响与推动以及内

---

① [美]丹尼斯·朗:《权力论》,陆震纶、郑明哲译,中国社会科学出版社 2001 年版,第 3 页。
② 魏敬民:《毛泽东与姚雪垠的〈李自成〉》,《党史天地》2003 年第 1 期。
③ 张光年:《文坛回春纪事》(下),海天出版社 1998 年版,第 404—405 页。

涵丰富所可能引起的主题争议等等,都将潜在而有力地影响评奖进程与结果。何况,"完美统一"程度也并非可以精确地测量,不同艺术观点的人对同一部作品的判断甚至会有天渊之别。所以,任何文学评奖都充满着风险与诸多不确定的因素,茅盾文学奖也不例外。

在第五届茅盾文学奖评选结束之后,吴秉杰曾十分感慨地谈到,尽管评奖活动充满着规律性、权威性及公正性,但其中也处处难以避免偶然性。① 检视第一至第六届茅盾文学奖,这种偶然性恰恰导出了它的争议焦点——"遗珠之憾"与"一流平庸"的真相。在评奖中,除去若干作品在社会与经济效益、读者与专家反应以及"主流"的态度等都"好评如潮"并毫无悬念地摘冠之外,偶然性主要表现在这些方面:

一是有争议的作品获奖。从中外的文学经验来看,任何伟大的作品都在于它的内涵丰富,充满着巴赫金所说的复调效果、众声喧哗,能诱使读者从不同角度、不同时代、不同语境等对之深入并仁者见仁、智者见智,它所引起的争议甚至潜在地实现着它的价值大小。相对茅盾文学奖而言,"争议"与复调并不构成评奖障碍,问题在于这种"争议"是否会触及当代文学的"政治"底线,而它的标准却又非一目了然,这就使某些文本的评选之途荆棘丛生。如《白鹿原》尽管被认为是评选年度之内最厚重的领衔之作并且无"方向"问题,但"性描写"与"国共之争无是非"等不当之处,仍使它命运难卜。② 如果不是陈涌的权威评价与力荐,评委会在评选期间与作者沟通,人民文学出版社迅速出版修订本,作者承诺修改某些易让人误会的地方等等,也许《白鹿原》与茅盾文学奖就可能失之交臂。

二是未经读书班的作品获奖。指由 3 名评委联合提名的《第二个太阳》《骚动之秋》《抉择》《英雄时代》在第三至第六届茅盾文学奖的评选中绕过读书班直接进入终评并且获奖。从评委会所撰写的颁奖辞或具有这种性质的评论文章、评奖委员对评选过程的回顾以及评奖办公室对获奖作品的介绍,可以看出,这些作品在"思想与艺术"的统一方面还差强人意,甚至存在思想深刻但艺术粗糙的诟病,它们能够获奖,既在于茅盾文学奖的宗旨倡导"反映现实",也在于尽管"条例"强调兼顾题材但不照顾题材,但属于重大题材与现实题材仍然使它们拥有评奖优势。显然,假若茅盾文学奖不提倡"时代性",不讲究"多样化",仅以思想与艺术的统一为准的话,很难说茅盾文学奖仍会如此呈现。从某种方面而言,茅盾文学奖存在题材的偶然性。

三是"优秀作品"意外落选。文学评奖是集体意志的产物,并非一个人或一部分人所能左右;茅盾文学奖规定以 2/3 以上票数当选,更给某些"优秀"但尚未被正确评价的作品设置高不可攀的樊篱,所以,"遗珠"之"憾"与"痛"总是强烈地刺激着读者与社会。如张炜的《古船》,即使从今天苛刻的眼光看来,无论从内容深厚还是艺术精湛而言,它都无愧于同期的获奖作品,但在当时,就有不少评委批评它的"概念化"或者"观点问题"而导致落选。王蒙的《活动变人形》被普遍认为是"经过时间考验的优秀之作",且在第四届评奖中被读书班慎重推荐,但终因一票之差而未进入终评。理由是某些评委认为评选年度以前发表或出版的作品参评将导致标准失措,也将会给年度以内的作品带来不对称竞争,尽管这种竞争符合"条例"精神,但评委们却认为应该修改这种规定。二月河的《雍正皇帝》尽管在"思想性、可读性、情节的曲折、细节的丰富、知识面的广阔等几乎所有方面要什么有什么",但它在"古体诗

---

① 吴秉杰:《评奖的偶然性》,《钟山》2001 年第 2 期。

② 胡平:《我所经历的第四届茅盾文学奖》,《小说评论》1998 年第 1 期。

词的运用和某些情节设计上的破绽"以及第二、三部的功力不逮,特别是遭遇《白门柳》的最强有力挑战,[①]所以抱憾而归。莫言的《檀香刑》则被认为宣扬暴力叙事而被评委会否决。如果我们以专业眼光来看,这些理由并不妨碍它们的文学史价值或地位,但评委会的审美选择却最终使它们与茅盾文学奖无缘。

四是非"主旋律写作"难以获奖。尽管一定时期的社会潮流、文学潮流、审美潮流对于评奖都会发生作用,并且处于"潮流"中的创作更易于被理解,甚至会占些便宜,"潮流"之外的作品,则要经受更为严格、挑剔的目光;[②]但从第一至第六届的评奖来看,情形并非如此。也可以说,茅盾文学奖没有如实反映近 30 年的文学发展。从"85 后"所出现的新文学潮流如"新写实小说""先锋文学""个人化写作"等就完全被茅盾文学奖拒之门外。事实上,非"主旋律写作"即使"经受更为严格、挑剔的目光"仍然难以获奖,根源在于茅盾文学奖对史诗性、宏大叙事、现实主义手法以及正面价值等规范的坚守、所形成的美学原则,以之为参照对其他文学形式与创新的评价和诠新理念等,所以,这类作品即使被读书班看好,也会被评委会否决。如陈染的《私人生活》就被认为由于止于个人、身体的体验与悲欢,缺乏责任感与使命感,缺乏直面现实的勇气和底层关怀精神,缺乏自我反省意识,所以,与其说它因不够2/3以上的票数而被"偶然"掉了,不如说永远属于1/3以下票数的"必然"之内。

五是外界对评奖的干预。这是特指《将军吟》的获奖。假若没有张光年、唐达成、谢永旺等人的据理力争与捍卫真理的勇气,没有胡乔木的秉公而论,没有新时期的思想解放运动,《将军吟》能否顺利获奖则难以预料。

六是荣誉奖的设置。第三届茅盾文学奖在 5 部获奖作品之外,又评选了 2 部荣誉奖:《浴血罗霄》与《金瓯缺》。将军萧克创作《浴血罗霄》近半个世纪,"文革"时期又遭受过手稿遗失的挫折,但他矢志不渝,终于把它写成、出版并引起了强烈反响。在评委会看来,花费作者一生心血的《金瓯缺》并不逊于《李自成》,但在茅盾文学奖进行第一至第二届评选时,《金瓯缺》并未完成,且情节还未充分展开。当 1988 年进行第三届评选时,《金瓯缺》第 1—4 册已全部出齐且足有实力问奖,但徐兴业已经逝世。由于茅盾文学奖只奖励在世作家,为鼓励这种执着于文学事业的献身精神并避免"遗珠之憾",所以,评委会决定授予其荣誉奖。

哲学上认为偶然性与必然性是相互关联的,以上所述,也仅仅只是评奖偶然性的突出方面,并且,有些偶然情形也不可能再次出现,如上述的外界干预和荣誉奖的设置。但新的偶然情况仍会层出不穷,评奖就是要把偶然性限制在允许的范围与程度之内,使它不至于影响与冲击由必然性所确定的评奖之公正性。

四、评选过程的"公正性"

其实,在我们的讨论中,已经涉及茅盾文学奖的公正性问题。任何文学奖都是逐步完善的,茅盾文学奖的评选程序从第一届成形到第二至第六届规律化,评选时间与进程的相对调整,并非暗箱操作,实是因评奖经验及主办者的人事变动造成的,与评奖的公正性并无技术关联。权力性与偶然性可能会对评选过程有所影响,但无法根本改变评奖局面;并且,正是

---

① 胡平:《我所经历的第四届茅盾文学奖》,《小说评论》1998 年第 1 期。
② 吴秉杰:《评奖的偶然性》,《钟山》2001 年第 2 期。

在公正性的基础上,权力性与偶然性才显示出它们对评奖的存在意义。第六届茅盾文学奖评委会负责人陈建功在回答有关记者质疑《檀香刑》的落选问题时说,"我们的评委都非常权威,评审过程也是非常严格的。必须得票数超过 2/3 的作品方能获奖。虽然每届可以有 5 部作品获奖,但如果只有 4 部作品令人满意,我们就评 4 部,宁缺毋滥,茅盾奖永不会贬值。"①

相对于当代文学而言,茅盾文学奖的公正性还被认为体现在:

一是评选对象的广泛性。"条例"规定,凡评选年度内在我国大陆地区公开发表与出版的由中国籍作家创作的,能体现长篇小说艺术构思与创作要求,字数 13 万以上的作品,均可参评。其中,由于茅盾文学奖的社会主义性质,"大陆地区"主要体现出党对文学的领导。"公开发表与出版"则不包括通过互联网、内部杂志、非法刊物或者以私人名义等发表、出版的作品。"中国籍"则面向港澳台以及旅居海外但积极投身于当代中国文学发展与繁荣的中国作家。每届评选,评奖办公室向中国作协各团体会员单位、全国各有关出版单位和大型文艺杂志社征集参评作品,根据它们的推荐名单,评选年度内的优秀小说,不论何种潮流、风格、手法等,都难以遗漏。即使对茅盾文学奖持批判态度者,也承认这种"征集"方式在目前是适当的,具有广泛的代表性;读书班"慎重推荐"的备选篇目,则真正呈现了当代文学的"高峰走势"。为避免"遗珠之憾","条例"还规定了评选年度以前的"优秀之作"也可推荐参评,用少数民族语言创作的长篇小说以出版的汉译本参评,这都说明了茅盾文学奖的评选资格是广泛的、文学化的和全国性的。

二是评选标准的方向性与原则化。综观世界任何有影响的文学评奖,关于如何确定评选标准是个难题。既要遵循设置者的意愿,又要应对文学不断地变革并体现出自己的独特性。标准过严,让文本削足适履无疑会使文学奖先在拒斥大批优秀之作,也会自毁它的权威性;标准过宽,也将使文学评奖失去准则,在鱼龙混杂之中使严肃的评奖活动变成沽名钓誉之举。茅盾文学奖为避免这种双重困境,既强调评奖总的方向,即以马列主义、毛泽东思想、邓小平理论和"三个代表"重要思想为指导,坚持文艺为人民服务、为社会主义服务的方向。关于文学的两个关键问题"写什么"和"怎么写",则把标准原则化,由干预变为引导,"弘扬主旋律"并反映现实,或有利于倡导爱国主义、集体主义、社会主义;改革开放和现代化建设;民族团结、社会进步、人民幸福;用诚实劳动争取美好生活等思想和精神;在文学层面上,茅盾文学奖对它们完全放开,主张贯彻"百花齐放、百家争鸣"的方针,兼顾题材、主题、风格的多样化。所以,在倾向性与宽容方面,茅盾文学奖的评选标准对所有被征集的作品而言,都是一视同仁的。

三是读书班、评委会的公正无私。胡平在回顾第四届茅盾文学奖评选时,曾充满感情地说:"读书班是一个十分公正而富于责任感的班子,所有来自各地的评论家竟然无一沾染社会上的庸俗作风,不考虑任何人情因素,力求把集体认为最好的作品篇目贡献给评委,以保持文学的纯洁性和评论工作的尊严。"②就笔者所采访的其他评委会、读书班成员如谢永旺、雷达、吴秉杰、牛玉秋等人来看,他们也认为事实基本如此。这既与他们的品格、知识分子的素养与良知及其对文学的虔诚有关,也在于"条例"规定了严格的"评奖纪律":如实行评委名

① 陈建功:《茅盾文学奖永不会贬值》,《天府早报·文娱新闻》2005 年 7 月 27 日(b03 版)。
② 胡平:《我所经历的第四届茅盾文学奖》,《小说评论》1998 年第 1 期。

单以及评委会评语公开制度；评委会委员、初选审读组成员以及评奖办公室成员，一律不得参与任何有可能影响评选结果的不正当活动，杜绝行贿受贿和人情请托等不正之风；实行回避制度。他们不以个人好恶来决定某部作品是否当选，而是遵循读书班、评委会的集体决议；他们也不为社会舆论所左右，而是遵循文学的审美精神与个人独立的趣味、观念。所以，尽管茅盾文学奖总被批判有"遗珠"之嫌，但结果及经过"两级会选"所确定的30部以内的作品，确实可成为读书班、评委会公正无私的见证。

四是评选结果被普遍认为代表了同等条件创作的最高水平。应该承认，尽管评选标准为茅盾文学奖树立了"公正"的标高，但作为评选标准的实践者——评委会所形成的评奖理念才真正决定着"公正"的实现程度。从新时期文学还处在"现实主义回归"阶段来看，第一、第二届茅盾文学奖名副其实地代表了新时期文学的最高水平。但从第三至第六届来看，审美多元化已在强有力地冲击着现实主义的"一体化"格局，但评委会却始终固守着现实主义理念，所以陈晓明、洪治纲等人尖锐地指出，茅盾文学奖已非当代文学的"存在真相"，而仅仅只是现实主义的"一家之言"，因此存在着很大的局限性，如在审美观念上缺乏必要的艺术宽容，尤其是对各种新型审美范式没有给予公正的评定；在价值判断上缺乏对文本自身艺术质地的关注，尤其是对各种先锋文本的探索意义没有给予合理的认同；在审美内蕴上缺乏对人性的深刻提示，尤其是对一些表现人们在现代生活中种种情状和心理的作品没有给予充分重视——守旧的姿态使其无法保持真正的客观与公正。[①] 不过，茅盾文学奖的评委们也认为，即使从现实主义出发，茅盾文学奖仍代表同等条件下创作的"最优秀"，如每一届的获奖作品，就是同类题材被普遍认可的"上上之选"，而现实主义文学在当前的总体创作中仍是成就最大的。因此，即使从这种"有限"的"评选空间"来看，评委会仍然是"公正"的。

五是对"生命创作"的尊重与褒扬。从《李自成》《平凡的世界》《白门柳》《张居正》《无字》等几乎熔铸着写作者一生心血和精力的作品来看，茅盾文学奖如胡平等论者所言，尊重那些不慕虚荣、不事浮华、兢兢业业、保持知识分子的良知和对世界的热爱，以创作为生命或用生命进行创作的作家，他（她）们在艺术上精益求精，在处世态度上宠辱不惊，潜心创作并坚决抵制浮躁、投机取巧与急功近利等不良作风。从对创作劳动的褒扬而言，茅盾文学奖是公正的。

茅盾文学奖并非绝对公正，其实，这对于任何事物也是不可能的。雷达曾经说过，评奖只能是平衡的结果，每个评委的欣赏口味不同，艺术观和价值观各异，找出一部能够受所有人完全肯定的作品是不可能的。因此，在细节与局部难以避免的权力性与偶然性以及整体与宏观上的公正性是不可分的，这才是茅盾文学奖的真相。呈现出它们互相纠缠的全貌，正是为了力避茅盾文学奖的人为失误，并以最大的公正程度树立起茅盾文学的导向、权威和典范的形象及效应。

五、反思与期待

经过六届评选，茅盾文学奖已在评选程序的规范化和评选过程的公开化方面积累了丰

---

① 陈晓明：《请慎重对待第五届"茅盾文学奖"》，《科学时报》1999年11月27日。洪治纲：《无边的质疑——关于历届"茅盾文学奖"的二十二个设问和一个设想》，《当代作家评论》1999年第5期。

富的经验。然而，与第一、二届相比，所引起的争议也越来越多并损害着它的权威性。症结在于：评奖程序的科学化要求、潜在地崇尚现实主义的评奖理念与当代文学的审美观念多元化、创新机制及全球体验之复杂性的错位。面对如此困窘，许多有识之士认为，茅盾文学奖今后突围与发展的关键在于：一是评选还应该增加透明度，保证最大限度的公开、公正、公平，坚决杜绝走后门、请客送礼以及托关系等不正之风。① 一是要转换并拓展评奖理念，第六届茅盾文学奖评奖办公室主任雷达在接受记者采访时说，处在一个文化多元的时代，权威的消解是必然的，它会时时受到质疑，受到挑战。因此，茅盾文学奖只能在历史中生存，在面对历史的挑战中生存，在顺应历史的潮流中生存。时代在变，审美观念在变，评奖的标准就必然要发生变化。② 我们还可以对许多成功转型的世界文学奖进行借鉴。如西班牙的塞万提斯奖原来只针对国内文学，影响力弱且被其他的文学奖挤兑得濒临取缔，后来举办者把它面向西班牙语文学并相应地改革了它的评奖机制，现在，它已成为西班牙语最高的文学大奖。当然，无原则地改革茅盾文学奖，既不现实也没必要，回到茅盾文学奖的"标准"现场，评委会对"标准"的具体操作，至少应该在"现实主义"之外，也同样尊重并实践其他的潮流、主题、风格；是否可以考虑增设国外、汉语奖项等等，因为它们将深化并继续完善茅盾文学奖的评选机制和评选过程，也将有力地促进茅盾文学奖的世界化。我们期待着，评委会会在恪尽职守同时又与时俱变，通过茅盾文学奖托起当代文学奋进腾飞的翅膀。

（原载《粤海风》2006 年第 5 期）

---

① 顾骧：《茅盾文学奖应增加透明度》，《钱江晚报》2004 年 10 月 14 日。

② 《雷达答记者问：追问评奖：是你自己没有权威，还是别人不信你》，《今日名流》2001 年第 2 期。

茅盾文学奖成为中国最受关注的文学奖

田志凌

从 1981 年茅盾立下遗嘱设立长篇小说奖以来,茅盾文学奖已经度过了 27 个春秋。而刚刚落幕的第七届茅盾文学奖余音未绝,再次激起人们对这一奖项的观察和思考。自 90 年代中期以来,关于茅盾文学奖的争议之声就一直不断。因为每届获奖者都在地位上获得很大提升,因为茅奖实际上是国家文学最高奖的地位,使得这个奖项在饱受瞩目的同时,也引来种种诟病。

从评选程序到评委组成,从评选标准到评选结果,批评声持续不断。回到 20 世纪 80 年代,这个奖最初是如何创立的,那种尊崇现实主义、重大题材的倾向最早如何形成,各种争议又究竟来自何处? 早年的历史或能从另一角度告诉我们答案。

一、缘起于新中国多年缺乏优秀长篇

1981 年 3 月,身为中国作协主席的茅盾自知病将不起,在病床上他做了一个决定。14 日,在他口述、其子韦韬笔录下,茅盾先给中共中央一封请求在他去世后追认为中共党员的信,之后又口述了一封给中国作家协会书记处的信:"亲爱的同志们,为了繁荣长篇小说的创作,我将我的稿费 25 万元捐献给作协,作为设立一个长篇小说文艺奖金的基金,以奖励每年最优秀的长篇小说。我自知病将不起,我衷心地祝愿我国社会主义文学事业繁荣昌盛。"

两周后的 3 月 27 日,茅盾去世,享年 85 岁。4 月 24 日,中国作协召开主席团会议,会上决定推举巴金为新任中国作协主席,同时决定成立茅盾文学奖金委员会。10 月 13 日,中国作协第二次主席团会议决定启动评奖,定名为"茅盾文学奖",这是第一个以个人名义命名的文学奖。首届评奖的作品范围为 1977—1981 年间发表的作品。

"这并不是茅盾第一次设立文学奖。"负责第二、三届茅盾文学奖具体评奖工作的顾骧说,茅奖的历史可追溯到 1945 年。这一年的 6 月 24 日,重庆举行"茅盾五十寿辰和创作活动 25 周年纪念"。在庆祝会上,正大纺织厂的陈钧经理将一张 10 万元支票赠送给茅盾,指定作为茅盾文艺奖金。茅盾表示自己生平所写反映农村生活的作品不多,引以为憾,建议以这些捐款举行一次农村生活题材的短篇小说有奖征文。之后,由老舍、靳以、杨晦、冯雪峰等人组成茅盾文艺奖金评奖委员会,举办了一次农村题材的短篇小说征文活动,反响很好。

时隔 30 多年,茅盾临终前再次设立文学奖,这一次他奖励的对象是长篇小说。"茅盾曾经说过,长篇小说代表一个国家一个时期文学创作的水平。"负责第一届茅盾文学奖具体评奖工作的谢永旺说,当时中国作协已经有全国优秀短篇小说奖,全国优秀中篇小说奖,全国优秀报告文学奖等(90 年代初这些奖被统一为一项"鲁迅文学奖"),唯独缺了长篇小说的奖项。加上中国多年缺乏优秀长篇作品,从 1949 年到 1979 年的 30 年里,仅有《创业史》《林海雪原》《山乡巨变》《保卫延安》《红旗谱》《青春之歌》等几部长篇引起过反响。茅盾自己在新中国成立后创作的长篇《霜叶红似二月花》也一直未能完成。或许正是念及这些因素他才决定设立长篇小说奖项。

"在第一届茅盾文学奖评选的时候,长篇小说整体上还是处于萧条状态。"顾骧回忆说,"新时期文学先是发轫于诗歌,然后是短篇小说、中篇小说兴起。"后来参评的长篇小说大多写作于"文革"末期。李国文写《冬天里的春天》时"文革"还未结束,"当时还不知道未来是怎样的天下,写出来也没有地方发表"。1979年刚摘掉右派帽子,李国文将书稿试投人民文学出版社,马上出版了。周克芹写完《许茂和他的女儿们》初稿是在1978年,1980年《红岩》杂志全文刊发,小说表现极"左"路线对农村和农民生活的巨大破坏,立刻引发反响。《将军吟》讲一位将军对极"左"路线的抵制,作者也是在"文革"中顶着风险写成。

二、开始奖金都出自茅盾25万元的利息

曾任三届茅盾文学奖评委、两届茅盾文学奖评奖办公室主任的文学评论家雷达,80年代初的时候还在《文艺报》工作,30岁出头。那时他真切地感受到拨乱反正、百废待兴的时代氛围,有一种创造历史的兴奋感。"我怀着这种兴奋写了很多东西,包括1978年王蒙还没彻底平反,我就采访了他,写了《春光唱彻方无憾》,相当于是帮他鼓吹。"他还谈到《文艺报》那时也是走在文艺界的前沿:"1978年9月,《文艺报》组织开了一次为'伤痕文学'叫好的会议,刘心武、卢新华都参加了。"

茅盾文学奖是粉碎"四人帮"后的第一个大奖,也是对新时期文学的第一次检阅。1981年古华的长篇小说《芙蓉镇》在《当代》杂志第一期刊载后,受到全国各地读者的注意,数月内《当代》编辑部和作者收到了数百封来信。评论家雷达当时在《文艺报》工作。1982年第一届茅盾奖颁奖时,雷达是大会的工作人员,帮忙登记、招呼代表什么的。"那时代表们住在东四的一个宾馆,我去找古华,他是很得意的。现在看来,《芙蓉镇》在艺术上比较讲究,后来又拍成电影扩大了影响,生命力要更长一些。"得奖对于古华个人来说也是迈上了一个大台阶,他后来成为湖南省作协副主席。"《芙蓉镇》面世的时候正是'清污'时期,古华还担心会受批判。我就对他讲,你的小说这么好,有什么可担心的,我给你写一篇评论。"

"'四人帮'粉碎后,文学的主要任务是恢复五四文学的传统,也就是现实主义的传统。因为在'文革'期间这个传统被打断了。当时文学界关心的问题是如何真实、大胆、深入地反映现实。"谢永旺说,很多作品和当时拨乱反正的社会主潮结合得很紧,像第一届茅奖的获奖作品《芙蓉镇》《许茂和他的女儿们》《将军吟》《冬天里的春天》等,都是对"反右"或"文革"极"左"路线的反拨。

1981年7月,谢永旺从《文艺报》社被调到中国作家协会,建创作研究室。10月13日,中国作协开第二次主席团会议,正式决定评奖定名为"茅盾文学奖"。由创作研究室为茅盾文学奖评奖办公室,负责具体评奖工作。谢永旺回忆,"当时的决定是,作协主席同时就是评奖委员会的主任。作协主席团的成员丁玲、艾青、冯牧、冯至、欧阳山、张光年等同时就是评委会的委员。在我的印象里,没有制定具体的评奖标准,暂定三年评一次"。

谢永旺说,茅盾的捐款主要是用于奖金。"25万在当时是很了不得的,那会儿我们的工资才几十块钱。奖金是从这笔钱里出,评奖过程的费用主要由作协出。"曾任第五、六届茅盾

文学奖评奖办公室主任的雷达则说,茅奖起初几届是用那 25 万的利息,而现在已经不够,从筹办、征集、评审及奖金,费用都已经由国家来付了。

三、第一届得奖顺序不是按照得票多少决定的,而是协商决定

1981 年 10 月 15 日,评奖办公室向全国各地作协、文学期刊、出版社等 93 个单位发函,请他们推荐优秀长篇小说。这个函件中同时界定,10 万字以上为长篇小说。"1982 年 3、4 月间,我们一共收到了 143 部作品。然后由创研室邀请 19 个评论家、编辑和高校教师搞了一个读书会。在香山住了 1 个多月的时间阅读这些作品。"最后读书会筛选出 18 部作品,交给评委会。

"18 部作品全让评委读也是不可能的。因为第一届的评委会委员都是主席团成员,都是德高望重,年纪又大。而长篇又都很长,有的是两三部,几十万、上百万字。巴金、丁玲他们还是读作品的,但也不能全读,像艾青、冯至等好几个老作家,就说长篇小说他们可读不了那么多,他们的眼睛看不了。这时就由作协领导决定,成立一个预选组。"谢永旺说,第一届茅盾文学奖等于做了 3 层筛选。预选组由 5 人组成:冯牧、陈企霞、韦君宜、孔罗荪、谢永旺。这 5 人后来也加入评委会。40 多岁的谢永旺是其中最年轻的一个。

1982 年 5 月到 6 月,5 人预选小组在一个招待所住了 1 个多月,对初选的 18 部作品进一步阅读筛选。"我们 5 个人的意见基本一致。当时对于文学的看法大致上没有什么分歧。现实主义是那时唯一的也是备受尊崇的文艺形式。"

第一届没有规定明确的评选标准。这个问题在读书会的时候就有人提出来,大家总要遵循一点标准吧。于是在一次讨论会上,张光年总结了 4 句话:反映时代、创作典型、启人心智、感人肺腑。"这四句话贯穿了一个现实主义的原则,深入反映现实,兼顾思想性和艺术性。大家也都同意,于是就这样办。"谢永旺说。

作为评委会主任,巴金并不参与具体的评选工作,但谢永旺回忆,巴金阅读了很多作品。"《许茂和他的女儿们》《芙蓉镇》《将军吟》,他都读过。我们提出名单时,他也觉得这些作品不错。"当评奖办公室向巴金征询评选原则时,巴金委托孔罗荪表达了"少而精""宁缺毋滥"的意见。

"第一届评选还没有无记名投票,规则是第二届以后慢慢成熟起来的。"谢永旺说,经过预选组 5 人的商量,推举了 6 部长篇交给评委会审定,分别是周克芹的《许茂和他的女儿们》、魏巍的《东方》、莫应丰的《将军吟》、姚雪垠的《李自成》(第二卷)、李国文的《冬天里的春天》、古华的《芙蓉镇》,都是一致通过。

最后还有一个排序问题。"第一届的顺序不是按照得票多少决定的,而是协商定下来的。把《许茂和他的女儿们》排在第一位,原因是我们要提倡文学及时反映我们时代的生活。许茂正是反映"文革"后期和当时的农村问题、农民生活。《芙蓉镇》有一些小小的争议,有人认为'芙蓉仙子'胡玉音的形象似乎不够典型,不是很规范的人物,所以放在 6 部作品的最后。"

1982 年 12 月 15 日,第一届茅盾文学奖颁奖大会在人民大会堂的小礼堂举行。全国的作家、文学编辑、文学青年等 600 人到会,周扬在现场作了一个讲话,会上还发表了巴金的一个祝词,提出小说创作要"深一些、新一些"。6 位获奖者每人获得 3000 元奖金,一个茅盾头

像的奖章和获奖证书。

四、以前没什么作家走后门，后来未开始评奖就有人托关系

"从第二届茅盾文学奖开始，评奖的一整套方法、制度、原则、程序基本形成。"顾骧说。1991 年中国作协通过的《茅盾文学奖评奖办法》是对这套方法的系统总结，包括：采取评委两轮无记名投票，最后一轮获得 2/3 以上票数的作品为获奖作品；不预先设定获奖数目；采取读书班和评委会两层筛选，但评奖办公室和评委可以在读书班提出的阅读书目基础上增加书目。

第二届茅奖于 1984 年 7 月启动，1985 年 11 月选出获奖作品。这一届获奖的 3 部作品包括张洁《沉重的翅膀》、刘心武的《钟鼓楼》和李準的《黄河东流去》。"《沉重的翅膀》当时是有很大争议的。因为小说写早期改革的内容，有一些很尖锐的、当时忌讳的话。出版这本小说之前经过了审查，提了很多修改意见，出了修订版。"顾骧说。评选的时候，《沉重的翅膀》是以修订版入选的。

"茅奖的规则是不断细化的。后来几届又增加了一些条目。原来北京的评委多，后来就规定必须有不少于 1/3 的外地评委。最近还规定 70 岁以上不参加评委，参加过两届以上不参加。"谢永旺说，包括 3 到 5 部获奖作品数目，也并非开始就定下来，"是在评奖过程中逐渐确定的。"

在谈到历届茅盾文学奖获奖作品时，雷达说："这些作品中还是有一些能留下来的。"比如上世纪末，中科院、央视等联合作的调查发现，读者选出的"20 年内影响最大的书"长篇小说中排第一名的竟是路遥的《平凡的世界》，第三届茅奖作品。

这大概是很多当初选这部作品的评委没有想到的。顾骧就说："从一个专业作家的角度来看《平凡的世界》没那么好。当时我们几个评委都有同样的感觉：在看到第 40 页之前小说都很沉闷。而到了 90 年代末，我到外地出差发现年轻的大学生都在看这部小说，感到非常奇怪。"雷达称他最初也不看好《平凡的世界》："这是一部现实主义的典型文本，有点接近批判现实主义的托尔斯泰、巴尔扎克、狄更斯模式。这是我们需要研究的一个问题，为什么这样的传统现实主义作品还能有这样强的生命力？"

雷达举出的"能留下来"的茅奖作品还包括《芙蓉镇》《李自成》《尘埃落定》《长恨歌》和《白鹿原》。而同一时期没有获奖，影响力又很大的作品，他举了张炜的《古船》、王蒙的《活动变人形》、杨显惠的《夹边沟记事》、余华的《活着》《许三观卖血记》等。"无论笨拙还是巧妙，可以肯定的是，这些作品都深切地、尽量诚实地关注了人生。"而入选的多数作品影响力并不持久。"有的作品在当时起到非常大的影响和作用，后来时代变迁，人们对那个时代的事情不感兴趣，隔膜，这种情况也很多。"谢永旺说。

茅盾文学奖引发广泛争议是从第四届开始的。标志性的事件是 1999 年青年评论家洪治纲发表长文《无边的质疑——关于历届"茅盾文学奖"的二十二个设问和一个设想》。他的质疑集中代表了后来人们对茅奖的不满：过分强调史诗性，过分偏爱现实主义作品；"对叙事文本的艺术价值失去必要的关注；对小说在人的精神内层上的探索，特别是在人性的卑微幽暗面上的揭示没有给予合理的承认"等。

雷达承认茅盾文学奖对重大题材的倚重。"对题材的重视是整整一个时代的文艺思潮

和评论标准。"顾骧说,在他经历的前几届评选中,评委们会首先考虑那些能够对现实起作用的作品。"第三届评选中,本来按照投票数多少排第一的是凌力的《少年天子》,第二是《平凡的世界》。但当时的观念是觉得历史题材不如现实题材更有意义,所以将《平凡的世界》放在了第一位。"

"现实主义独尊"在前两届基本没有引起争议。争议出现在 1985 年之后,马原、刘索拉、格非、残雪等一批中国先锋派作家和作品出现。他们的创作与茅盾文学奖倡导的传统现实主义、宏大题材、史诗叙事看来格格不入。顾骧回忆,在 90 年代初第三届茅奖评选的时候,事实上已经有一批优秀的现代主义手法的长篇引起了文学界的反响,包括王蒙的《活动变人形》、张抗抗的《隐形伴侣》、张炜的《古船》等。这些小说没有进入读书班推出的 15 部初评书目名单中,顾骧作为当时的评委会副秘书长,曾提出增加 5 部手法较为现代的小说作为备选,其中就包括这几部作品。"但最后好像都没有提到评委会去讨论,或者拿过去就给否定了。在那个时候,先锋派作品根本无法通过,评委根本接受不了。"

"多年来,评委的年龄和知识结构都受到限制",谢永旺解释这种情况时说,"第一届中我算是年轻的,在我们求学的年代受的都是俄罗斯 19 世纪文学的影响,现代派的东西根本看不到"。不过谢永旺认为情况在变化,"年轻的评委越来越多,最近的第七届,我看到已经有很多青年评论家参与了,评委构成的改变肯定会带来变化"。

雷达认为,从后几届的评奖看,很难说茅奖就是"固守着传统现实主义"。比如《白鹿原》《尘埃落定》在艺术方面有魔幻现实主义的色彩,又有心理现实主义色彩。比如《长恨歌》通过一个女人的命运来写一个城市的灵魂及其变化,这在过去的文学观念中是不太好接受的。

茅奖备受关注,还与获奖作家有太多利益大有干系。有人指出,历届茅奖得主几乎都成了各地文联作协的领导。顾骧说,从第二届起,茅奖的声誉日隆,开始受到各省市的重视,成为地方政绩。路遥获奖后,回到西安是省委领导到机场亲自迎接。第三届天津作家的《都市风流》得奖,书是浙江一家出版社出的,结果责任编辑被提拔成编辑室主任,还分了一套房子。"还有个作家曾给我写信,信里直接说他们领导说了,如果他得了茅奖,马上升文联副主席。"顾骧说,第二届茅盾文学奖评选时,来说情走后门的作家只有一两位,第三届时请吃饭、送礼的就开始多起来了,到了第四届,评奖工作还没有启动就有关系托过来了。不过他认为,各种评奖规则卡住了这种不正之风,比如 2/3 以上票数入选的规定,"要活动遍及 2/3 以上的评委,恐怕不是易事"。

关于意识形态在评奖中的影响也是备受争议。"虽然茅盾文学奖并非政府奖,但实际上它就相当于政府的最高奖项。"顾骧说。正如评论家邵燕君所说,作协的身份决定了茅奖同时具有"官方奖"和"专家奖"两种属性,"按照这两种要求,评奖既要具备政策导向性,又要具备艺术权威性。茅盾文学奖并非纯粹的艺术奖"。

(原载《南方都市报》2008 年 11 月 16 日)

记得当年毁路遥（节选）

周昌义

……

《当代》的老编辑像刘茵、章仲锷、何启治、朱胜昌等，都是著名编辑，他们给我们的教导，都是要体谅作家，维护作家，帮助作家。《当代》这么多年，一没美女编辑，二不趁人上厕所抢走手稿，三不提密码箱拍现钞，能够发表那么多好作品，不是没有道理的。

路遥要是直接给秦老写封信，《当代》会派一个老编辑，有可能是个副主编，领着我这个小编辑直奔陕西，直奔路遥家门。陈忠实的《白鹿原》写好之后，就给《当代》去了信。以陈忠实当时的名气，远不如路遥。我记得大家在朝内大街 166 号掂量，都不敢抱期待，不认为陈忠实一定能够写出一部好的长篇来。但还是决定，派人奔赴西安。是为了拿到好稿，不是为了赚钱。那时候《当代》发行量五六十万册，不考虑经营问题，内部管理也还是大锅饭，没有奖金差别。那些老编辑不管以什么方式组稿，为的都是编辑的荣誉感，比我们现在的编辑真的更崇高。

那些年，作家的作品都是通过刊物产生影响，读者还不习惯直接阅读图书，所以作家都寻求刊物发表。还有，作协那位副主席，是个好同志，他问我有没有兴趣时，对路遥有极其充分的保护。他说，路遥新作没给《十月》《收获》，也没给《当代》的领导，是为了寻找知音。之所以问及我，是认为我会是路遥作品的知音。副主席说，路遥新作，是写底层生活的，很多人不一定理解。但路遥相信我能够理解，因为我也出身底层。尤其重要的是，路遥新作写有煤矿生活，而我，恰好就是矿工子弟。路遥一生都在贫困中生活，陈泽顺的《路遥生平》一文中讲述了一件事，说路遥的穷，不是一般的穷，是穷得没内裤穿。他到了《延河》编辑部工作以后，有朋友去看他，他起床，不敢直接从被窝里爬起来。因为他光屁股，必须要在被窝里穿上长裤才能起床。我自己十几岁就当民工，抢大锤，打炮眼，拉板车，抬石头，什么苦都吃过。跟路遥也有的一比。都是苦孩子。这么一说，路遥把《平凡的世界》给我看，真是托对人了，你怎么会毁人家呢？

副主席还有一席话，说路遥还有一线希望。如果《当代》要用，希望满足三个条件：第一，全文一期发表；第二，头条；第三，大号字体。苛刻吗？不苛刻。有的作家还会有"一字不改"。和副主席谈过之后，当天下午，在陕西作协的办公室里，和路遥见了一面，寒暄了几句，拿着路遥的手稿回到招待所，趴在床上，兴致勃勃拜读。读着读着，兴致没了。没错，就是《平凡的世界》，第一部，30 多万字。还没来得及感动，就读不下去了。不奇怪，我感觉就是慢，就是啰唆，那故事一点悬念也没有，一点意外也没有，全都在自己的意料之中，实在很难往下看。

再经典的名著，我读不下去，就坚决不读。就跟吃东西一样，你说鲍鱼名贵，我吃着难吃，就坚决不吃。读书跟吃饭一样，是为自己享受，不是给别人看的。无独有偶，后来陈忠实的《白鹿原》，我也没读下去。得了茅盾文学奖，我也没再读。

那些平凡少年的平凡生活和平凡追求，就应该那么质朴，这本来就是路遥和《平凡的世界》的价值所在呀！可惜那是1986年春天，伤痕文学过去了，正流行反思文学、寻根文学，正流行现代主义。这么说吧，当时的中国人，饥饿了多少年，眼睛都是绿的。读小说，都是如饥似渴，不仅要读情感，还要读新思想、新观念、新形式、新手法。那时候的文学，肩负着思想启蒙、文化复兴的任务，不满足读者标新立异的渴求，就一无是处。那些所谓意识流的中篇，连标点符号都懒得打，存心不给人喘气的时间，可我们那时候读着就很来劲，这就是那个时代的阅读节奏，排山倒海，铺天盖地。喘口气都觉得浪费时间。这不是开脱，是检讨自己怎么会铸成大错。

为了创作《平凡的世界》，路遥住到煤矿，每天写到通宵达旦，然后睡觉到下午。路遥有篇回忆文章的标题就叫作《早晨从中午开始》。写完之后，就像大病了一场。妻离子散没有，呕心沥血的确。所以，我不可能对他说我根本就看不下去。我只能对副主席说，《当代》积稿太多，很难满足路遥的三点要求。

出差前，我就知道，正发稿和待发的长篇不少。我列举给你听：张炜的《古船》、柯云路的《夜与昼》、陆天明的《桑那高地的太阳》，还有李杭育那部后来被封杀的长篇。以当时的眼光看，都比路遥的《平凡的世界》更值得期待。就算《平凡的世界》被看好，也不可能保证头条和几号大字，更不能保证全文一次刊登。路遥三大要求倒是退稿的好理由，这就不用说你看不下去了，还给路遥留了面子。严格说，不是我给路遥留面子，是路遥给我备好了台阶。很多著名作家提出过分的要求，并不一定非要实现，而是特意给编辑退稿准备台阶。避免编辑难办，大家难堪。要不然，只好说看不上，说不够发表水平，那就太残酷了。很多时候，表面过分，其实厚道。创作《平凡的世界》的作家，就不该是提过分要求的人。

退稿的时候，如果是无名作家，我们肯定就再见面了，我一定会把我的感受如实地告诉他，希望对他有所帮助。路遥是著名作家，轮不到我帮助，他要不主动听我的感受，我不会找上门去，自作多情。那位副主席希望我千万要保密，对文坛保密，对陕西作家，尤其要保密。那是应该的，稿子被你一个小编辑随手就退了，传出去怎么也不好听。

我在西安期间，还真有人不时问我一句：看路遥的稿子吧？那神情，有时会感觉古怪。路遥创作这部长篇，费时多年，应当是陕西文坛的一件大事，受大家关注很应该。可我的感觉是问及这事的作家都不看好这部稿子，似乎都不相信路遥在《人生》之后，还能写出更好的东西。要泄密出去，会有人幸灾乐祸吗？不会有这么严重。尽管到哪儿都会有文人相轻，到哪儿也都会有兔死狐悲，同病相怜。当时陕西有贾平凹和路遥两杆旗帜。贾平凹鬼才横溢，无人能学。路遥才气平平，但有生活，能吃苦，肯用功。他和大多数陕西作家有相同的创作路数。他的成功和失败都会对陕西作家有巨大的影响。所以，从这个角度说，大家也不会盼着他失败。

陕西地处西北，远离经济文化中心，远离改革开放前沿，不能得风气之先。想要创新，不行；想要装现代，不行；想要给读者思想启蒙，更不行。所以，那些年，陕西文坛面对新知识爆炸、新信息爆炸、新思想爆炸的整个文坛，都感到自卑。80年代中期，是现代主义横行，现实主义自卑的年代。陕西恰好是现实主义最重要的阵地，也该承担起现实主义的自卑重担。一是在陕西文学最自卑的年代，二是在路遥最自卑脆弱的刚完稿时候，我那一退稿，的确很残忍。

可惜我一个毛头小伙，愣头青，哪有这么心细。我退完稿，出门逛街，看上一辆有铁丝网还有轱辘的婴儿床,向孙见喜他们借了钱,高高兴兴买到手,扛上火车,就去了成都。当时我闺女她妈身怀六甲,我正准备给我闺女当爹。

回到《当代》,好像还有些得意,因为自己替领导化解了一道难题。那时候主持工作的副主编是朱盛昌,我们叫他老朱。老朱只是轻描淡写地说:你应该把稿子带回来,让我们退稿。那样,对作家也好些。老朱是个厚道人,不过,我还是扪心自问:我怎么忘了带回北京,让领导处理呢?这么著名的作家,我怎么就这么擅自处理了呢?退稿之前,我怎么不打长途电话回编辑部请示领导呢?路遥说是给我看,其实是给《当代》看,我怎么就擅自代表《当代》了呢?别的老同志,像刘茵、老何、老章他们,知道这事儿以后,也都提醒我,应该把稿件带回来,让领导退稿。在《当代》,提醒几乎就是最高级别的批评了。我在《当代》错误不少,有些还是政治错误,连提醒都很少遭遇。《当代》的老同志,都习惯言传身教。

《平凡的世界》的倒霉,还没完。听老同志的批评,我还感到点欣慰。老同志们批评的仅仅是退稿程序,没有人说不该退,只是说不该由我退!86 年的文学期刊,包括四大名旦,都已经开始长达 20 年的漫长衰退期。《花城》因为地处边远,危机感比《当代》《十月》《收获》都强。他们的编辑的组稿愿望非常强烈,为作家提供的服务也特别周到。打个比方,他们常常把作家请到广州,住当时最豪华的白天鹅宾馆。不是住三天两天,而是三月两月,住里面写小说。《花城》不拥天时,不占地利,只好努力寻求人和。当《花城》编辑,注定了一个命运:比《十月》《收获》《当代》付出多,收获少。无论他们为作家付出多少,作家给他们的稿子,还多是作家本人的二流稿子。有好稿子,作家还是要留在京沪,住白天鹅也不管用。作家不论个人性格如何,品行如何,在作品问题上,通常都是"势利"的,就跟家长总恨不得把孩子的脑袋削尖了去钻名牌学校一样,作家也希望给自己的作品寻求更有影响力、更有话语权的刊物。整个中国文学包括期刊,都开始了边缘化进程,而地处边远地区的文学和期刊理所当然是在边缘化的前站。正在经济中心化的广东也不例外。《花城》同行的努力,其实是在同边缘化的命运抗争。那些"势利"的作家,应该是先于我们感觉到了《花城》的边缘化命运。

《花城》从《当代》得知路遥有长篇新作,他们的新任(副?)主编谢望新,立刻从北京飞往西安,把《平凡的世界》带回广东,很快就刊登。而且,很快就在北京举办作品研讨会,雷厉风行,而且轰轰烈烈。那时候,《花城》和《当代》的关系很亲近,花城出版社和人民文学出版社的关系也亲近。《平凡的世界》的研讨会,就是在我们社会议室开的。很多《当代》编辑都去了。我没去,但不是没好意思,多半是因为没受到邀请。如果邀请到我们小编辑层次,会议室需要扩大两倍。我记得散会之后,老何率先回到《当代》,见了我,第一句话是:大家私下的评价不怎么高哇。听了这话,我松了一口气,还不止松一口气,《花城》发表了这一部之后,居然就没发表后面部分。后面部分居然就没了音信,几年以后,才在《黄河》上登出。《黄河》好像是山西文联或者作协的,比《花城》还要边缘啊。有传说,在《黄河》上发表也不容易,也费了不少周折。对路遥,对《平凡的世界》,算不算落难?

第三届茅盾文学奖,是 90 年评,91 年 3 月 9 号颁发的。那是评价最低的一届茅盾文学奖。刚刚经历 1989 年的"政治风波",有关方面都很小心谨慎,比较起来,《平凡的世界》还是获奖作品中最好的。我知道有一种传说,说路遥得到的奖金远不够到北京的活动支出。注意这个传说背后,其实是路遥的悲凉。要知道,路遥在生活中,所得稿费可以忽略不计,他是生活在贫困之中,根本不可能拿出什么活动经费。就算他真的拖着病体在北京活动过,也不是他的耻辱。要知道,别的作家活动茅盾文学奖,都不用自己掏钱,都由地方政府买单,一次活动经费要花好几十万。即使在谣传中,路遥的所谓活动,也是微不足道,只能衬托出路遥的悲凉。

说实话,当我听见那些传说的时候,我也是欣慰的。路遥就在那些传说中突然去世了。路遥是死于肝病,陕西的朋友说起路遥,都叹息他的心事重,他的病跟他压抑的性格有关系,跟他的心情有关系,他的心情当然跟《平凡的世界》的遭遇有关系。

路遥就这一部长篇,如同《白鹿原》耗尽了陈忠实毕生功力一样,《平凡的世界》也耗尽了路遥毕生功力。《平凡的世界》一路坎坷,路遥没法高兴。假如我当初把稿子带回《当代》,假如《当代》分两期刊登,人民文学出版社自然会出书,自然会送选茅盾文学奖,同样会得奖,而且不会有活动的传说。就算要活动,也该是人文社出面。我不知道外界怎么传说的,据我所知,人文社都不活动。这么说很难让人相信,甚至会让作家失望。但我敢保证,我们"周洪"成员——包括洪清波、脚印——参与责编的那些获奖长篇,比如《尘埃落定》,比如《历史的天空》,都没有所谓的活动。假如我当初把《平凡的世界》带回北京,真有可能一帆风顺,而且堂堂正正,路遥的创作心境和生活心境都会好得多。路遥和《平凡的世界》的命运是天定的。我老周也是受天意指使。说来很残酷,上天给了《平凡的世界》转机,但这个转机却是路遥的英年早逝。

在路遥逝世之前,《平凡的世界》于1988年先是在中央人民广播电台广播,然后在全国很多地方都广播过,已经很火了。那是耳朵的感受,不能代表眼睛的感受。小说是写给眼睛看的,要看作品在图书市场的反应。因为路遥的去世,才带动《平凡的世界》的销售。当时,我还真有这样的想法:人都死了,还不让书火一把?问题是《平凡的世界》不止火一把,它成了长销书。去年,我们社费了九牛二虎之力,把版权买到手,现在还时不时重印。

我感觉路遥的性格,是不善于和人交往那类,决定了他不会有很多朋友。《平凡的世界》的长销,就不可能是文坛什么人两肋插刀的结果,而只能是它本身的力量决定的。一部作品,颠沛流离,20年以后还在走好,没有力量能行吗?我承认不承认,事实也摆在那儿。而且,20年前,我这个刚进北京不久的外省青年被路遥引为知己,那是路遥的误会。但在今天,无数和我当年一样的外省青年,真成了《平凡的世界》的读者,成了路遥的知己。坦白地说,《平凡的世界》已经成了外省和外地青年的经典读本。前不久,出差去外地,在火车上坐了两天,下决心带了《平凡的世界》读,突然发现,跟当年的感觉不一样啊,不难看啊!当年改革开放,思想解放,文学的价值在于启蒙。20年过去了,文学启蒙的任务也过去了,价值标准也不同了。现在的文学,注重体验;现在的作家,有机会平等地讲故事了;现在的读者,有心情心平气和地感受人物的命运了。作为编辑,退掉了茅盾文学奖,退掉了传世经典,怎么说,也是错误,怎么开脱也没用。当然,我也不后悔,后悔也没用。我个人不可能超越时代,再给我一次机会,我还得犯同样的错误,不可能更改。当然,除了星移斗转,时过境迁,我个人的阅读习惯也顺应了潮流。当年毛头小伙,心浮气躁,如饥似渴。现在老了,知道细嚼慢咽了。

《平凡的世界》最早的版本是1986年文联出版公司的,责编是一个姓李的编辑,是那位在西安苦等了一个月的女编辑,她后来写有文章,说拿回出版社以后,也还遭遇了不小的麻烦。领导也缺乏信心。领导知道《当代》和人文社曾经退稿,就更缺乏信心。当然没有点名,她在文章中只说"一家很有影响的大刊物和大出版社",真给留情面啊!

……

（原载《文艺理论与批评》2007年第6期）

道是无情却有情

——从《古船》《九月寓言》《白鹿原》的命运看新时期
文学破冰之旅的风雨征程(节选)

何启治

……

实际上,我们当初把《白鹿原》看作很严肃的文学作品,并没有把它当作畅销书,所以初版只印了 14850 册,稿费也只按千字几十元付酬。到盗版本蜂起,我们才手忙脚乱地加印,到同年 10 月已进入第 7 次印刷,共印 56 万多册;为维护作者的权益,也才重订合同,按最高标准的 10% 版税付酬。此后,作为雅俗共赏的常销书,《白鹿原》每年都要加印,迄今总印数已达 200 多万册(含修订本、"茅盾文学奖"获奖书系、"百年百种中国优秀文学图书"书系、1993 年原版本和精装本等)。陈忠实自己掌握的资料显示,《白鹿原》的盗印本已接近 30 种,其印数也已接近正版。如此看来,说《白鹿原》的实际总印数迄今已有 400 多万册,当不为过。

……

1993 年 7 月,在好评如潮的情况下,我理所当然地组织了一些评论家写文章,并将朱寨的《评〈白鹿原〉》和蔡葵的《〈白鹿原〉:史之诗》2 篇短文送首都某大报。清样都排好了,就要见报了,却终于被退了回来。原来是某领导机关有一位负责人不喜欢《白鹿原》,指示不要宣传《白鹿原》,于是批评或赞扬《白鹿原》的文章便都不让发表。(这 2 篇文章后来收入 2000 年 7 月人民文学出版社出版的《〈白鹿原〉评论集》,已经在报纸禁发 7 年之后了。)

1993 年 11 月,人文社奉命以《当代》杂志编辑部和当代文学一编室的名义,就《白鹿原》的组稿、审稿、编辑、发行等情况向上级领导机关写一报告。几乎同时,中国作协创研部也受命向上级写过关于《白鹿原》的报告。期间,新上任的某领导机关一把手曾约人文社前总编辑屠岸,听取他对《白鹿原》的评价和意见。好在这些报告和谈话虽然反映了某些批评意见,但总体上都是充分肯定《白鹿原》的。屠岸还明确指出《白鹿原》是新时期人文社出版的最优秀的 4 部长篇小说之一(另外 3 部为:《芙蓉镇》《南渡记》和《活动变人形》)。这件事以后并没有下文,但领导机关如此郑重其事地关注一部长篇小说,在我的工作经历里是绝无仅有的,也是十分罕见的。

1996 年 4 月下旬,有关领导机关在福州闽江饭店召开"繁荣长篇小说出版专题研讨会",全国各文艺出版社均有代表参加,我代表人文社与会。会议的总结报告认为,"弘扬主旋律,提倡多样化"是二为方向和双百方针的具体化。而"主旋律"的含义是很丰富的,即指"一切有利于发扬爱国主义、集体主义、社会主义的思想和精神,一切有利于改革开放和现代化建设的思想和精神,一切有利于民族团结、社会进步、人民幸福的思想和精神,以及一切有利于用诚实劳动争取美好生活的思想和精神",认为这"四个一切"就为长篇小说的出版提供了广阔的天地。会议的主持一开始就传达了当时最高领导人提出的意识形态工作的四项任务,即著名的"以科学的理论武装人,以正确的舆论引导人,以高尚的精神塑造人,以优秀的作品鼓舞人"。整个会议对于《白鹿原》这样在市场上长盛不衰的作品不予置评,肯定了一批作品,批评了一批作品,可就是不提《白鹿原》,仿佛它不存在似的。我在讨论发言中只好说,我拥护"以优秀的作品鼓舞人"的提法,但决不赞成以是否鼓舞人作为判断作品是否优秀的标准。试问《静静的顿河》《安娜·卡列尼娜》《红楼梦》等公认的中外优秀的长篇小说,难道能用是否鼓舞人来判断它们是否优秀吗?这种似乎是另类的意见,自然在会议上也得不到呼应。

这种状况到了1997年还没有好转。这年5月,在天津开会评"八五"(1991—1995年)优秀长篇小说出版奖时,我以评委的身份联合另外两位评委(雷达、林为进)建议把《白鹿原》列入候选作品的名单中,却意外地受到临时主持人的粗暴干预。我也由此明白,到那时候,某些主管官员的心目中,长篇小说《白鹿原》竟是连评奖候选的资格都没有的。

就这样,不管读者怎么喜欢,不管文艺评论界如何赞赏,《白鹿原》在长篇小说评奖中却连候选的资格都没有,在报纸上也不让宣传,真是如同被晾在无物之阵里,让人深感压抑而无奈。后来,我从一个在新闻界工作的朋友那里了解到,原来是某领导机关的一位领导人在一次什么会上说了批评《白鹿原》,不要再宣传《白鹿原》的话。这样,就真的把《白鹿原》晾起来了。不管什么正式场合和活动,《白鹿原》竟成了敏感的、可能招祸的、不能碰的话题了。

和这种暗地里的压制不同,某业务主管部门的负责人王枫倒是很直白地说出了他对《白鹿原》的不满。他说,写历史不能老是重复于揭伤疤,"《白鹿原》和《废都》一样,写作的着眼点不对"。并指出,"这两部作品揭示的主题没有积极意义,更不宜拍成影视片,变成画面展示给观众"[1]。其立场鲜明,态度坚决,只是其简单粗暴,也一目了然。后来,又听说有位领导干部听取手下某下部汇报对《白鹿原》的看法时,有"你认为《白鹿原》这么好,那你说说它能鼓舞人吗?"的诘问。可见我的"《白鹿原》猜想"其源有自,并非无端猜测。如果《白鹿原》没有获得茅盾文学奖,那就不仅仅是这一奖项的悲哀,而是整个中国当代文学的悲哀了。

我曾经明确地说过:"在我看来,《白鹿原》不仅是中华人民共和国成立以来,而且也是五四新文化运动以来,继承了现实主义文学传统的最优秀的长篇小说之一,是当代中国最厚重、最有概括力、最有认识和审美价值,也最有魅力的优秀长篇小说之一。它荣获当代中国长篇小说的最高奖项——茅盾文学奖,是当之无愧的;相反,如果它没有获得茅盾文学奖,那就不仅仅是这一奖项的悲哀,而是整个中国当代文学的悲哀了。"[2]

让我们回过头来,先看一看《白鹿原》诞生以来在各种评奖活动中的情况吧。

1993年6月10日,《白鹿原》获陕西省作协组织的第二届"双五"最佳文学奖。

1994年12月,人民文学出版社由一批资深编辑组成的评委会通过认真讨论和无记名投票,一致同意授予《白鹿原》以"炎黄杯"人民文学奖(评奖范围为1986—1994年人民文学出版社出版的长篇小说)。

此外,在相当长一段时间内,《白鹿原》在比较具有官方色彩的评奖(例如"国家图书奖")活动中,均告落选。如前所述,在"八五"(1991—1995年)优秀长篇小说出版奖的评选活动中,它连候选的资格都被粗暴地勾销了。

在这种情况下,《白鹿原》要想冲击中国当代长篇小说的最高奖项,真是谈何容易啊!

第四届茅盾文学奖的评议从1995年启动,到1997年12月19日揭晓,历时两年多,其

---

[1] 常朝晖:《王枫提出〈废都〉〈白鹿原〉不能上银幕》,《羊城晚报》,转引自《金陵晚报》,1993年12月13日。

[2] 何启治:《〈白鹿原〉档案》,《出版史料》,2002年第2期。

中的麻烦和复杂不难想见。

《白鹿原》先在 23 人专家审读小组(读书班)顺利通过,却在评委会的评议中出现了不小的分歧,以致评委会副主任陈昌本在评议过程中不得不打电话给陈忠实,转达了一些评委要求作者进行修订的意见。这些意见主要是:"作品中儒家文化的体现者朱先生这个人物关于政治斗争'翻鳌子'的评论,以及与此有关的若干描写可能引出误解,应以适当的方式予以廓清。另外,一些与表现思想主题无关的较直露的性描写应加以删改。"①

对上述修订意见,陈忠实表示,他本来就准备对书稿进行修订,本来就意识到这些需要修订的地方。于是,忠实又一次躲到西安郊区一个安静的地方,平心静气地对书稿进行了修订:一些与情节和人物性格刻画没多大关系的、较直露的性行为的描写被删去了,如删去了田小娥第一次把黑娃拉上炕的一些性动作过程的描写(可参看《白鹿原》原版 136、137、138页),还删去了鹿子霖第二次和田小娥发生性关系的过程的描写(可参看《白鹿原》原版 258页)。关于国共两党"翻鳌子"的政治上可能引起误读的几处,或者删除,或者加上了倾向性较鲜明的文字。总共不过删改两三千字的修订稿于 1997 年 11 月底寄到人民文学出版社,修订本于同年 12 月出版。

据说,在评委会对《白鹿原》的评价出现明显分歧时,延安抗大、鲁艺出身的老评论家陈涌(杨思仲)对它的肯定起了重要的支持作用。

无疑,陈涌对《白鹿原》的肯定对它的获奖起了重要的作用。陈忠实自己也很看重陈涌的意见,因为是否评上茅盾文学奖是一回事,《白鹿原》是否存在"历史倾向性问题"又是另一回事。所以,当我打电话告诉陈忠实,说陈涌对某位评论家坦言,《白鹿原》不存在"历史倾向性问题",这个看法已经在文学圈子里流传开来以后,陈忠实坦言,"我听了有一种清风透胸的爽适之感"。② 当然,陈忠实本人适当的妥协和对《白鹿原》所做的并非伤筋动骨的修订,对它的获奖也是重要的——毕竟,每个评委只有投一票的权力,哪一票都可能起关键的作用啊!

总之,陈忠实的长篇小说《白鹿原》(修订本)就这样终于榜上有名,荣获中国当代长篇小说的最高奖项——茅盾文学奖。1998 年 4 月 20 日,它的作者陈忠实终于登上了人民大会堂第四届茅盾文学奖的颁奖台。

关于《白鹿原》经过修订才获得茅盾文学奖,当时文学圈内颇有一些对作者不理解的甚至有所贬损的话。对此,我当然不能认同。一方面,作为《白鹿原》的组稿人、终审人和责任编辑,我由衷地赞赏《白鹿原》,在写于 1996 年 11 月的文章中,我就完全自觉地用了《永远的〈白鹿原〉》这样的题目,文章的结尾也激情难抑地喊出了"啊,《白鹿原》,永远的《白鹿原》,具有惊人魅力的《白鹿原》,你是中国当代文学不朽的诗篇,你是千万读者心中永恒的歌"这样的赞美之辞③;另一方面,作为有点阅历的文学编辑,我也深知在我国具体的政治环境下,在中国文坛的具体状况下,《白鹿原》能登上茅盾文学奖的颁奖台,是多么难能可贵,值得我们珍惜!

……

(原载《延安文学》2012 年第 5 期)

---

① 见《文艺报》1997 年 12 月 25 日第 152 期"本报讯"。

② 陈忠实:《何谓益友》,《文学界(专辑版)》2008 年第 9 期。

③ 何启治:《从〈古船〉到〈白鹿原〉》,《漓江》1997 年第 1 期。

回忆首届茅盾文学奖评选读书班

陈美兰

1982年初春，天气仍是乍暖还寒，我从武汉到了北京，揣着中国作家协会创研部的通知走进位于香山的昭庙，向在这里举办的茅盾文学奖评选读书班报到。记得首先接待我的是作协创研部主任谢永旺，他除了表示欢迎外就是向我交代读书班的任务，接着，就分配一批让我读的长篇小说。

于是，我还来不及环视一下周围的环境，也来不及打听一下读书班内有哪些成员，就开始了工作——因为我是最晚的一个报到者。

这一切对我来说，是那么兴奋，又是那么陌生。

其实，在接到参加读书班通知之前，我就从报刊上获知了设立"茅盾文学奖"的消息。1981年春，我们所尊敬的文学前辈茅盾先生，这位为中国现代文学的发展奉献了毕生精力的文坛巨匠，在他临终之前留下遗言："为了繁荣长篇小说的创作，我将我的稿费25万元捐献给作协，作为设立一个长篇小说文艺奖金的基金，以奖励每年最优秀的长篇小说。"记得我获悉这样的消息时，心中确实难以抑制的激动，这位为中国现代长篇小说创作园地做出了开拓性贡献的作家，在离开我们之前，仍然对我国文学事业寄予厚望，作为文学后辈能不为这种博大的胸怀所感动吗？

当年秋天，中国作协就做出了启动评奖的决定，并将这一奖项定名为"茅盾文学奖"。这是新中国成立后由政府部门批准设立的第一个以个人名义命名的文学奖，可知它的意义非凡；而长篇小说又是被人们称为衡量一个国家文学水平标志的重要文学门类，所以这个奖的重要价值也是不言而喻的。但我真的没想到，我竟然有机会来参加这个奖项的初选工作。尽管我上世纪60年代初就开始留校任教，涉足当代文学领域，也写过几篇肤浅的小评论，但经历了"文革"的10年寒冬，却使我在春天到来之际不得不重新起步。"文革"刚结束，由于接受了教育部编写当代文学统编教材的硬性任务，迫使我那几年重新系地读了一些五六十年代的小说，也满怀兴致地读了一些七八十年代之交新创作出版的长篇作品。或许是对两个时段小说创作的同时接触，更激起我对当时新近出版的长篇新作的兴趣和敏感，也就情不自禁地写了好几篇评论，大概这就是我受到邀请的一点缘由吧。而在我来说，这是第一次参加如此重要的全国性的文学评奖活动，心中自然是既紧张又兴奋，能有这样的条件集中时间阅读作品、接触最新的创作态势，这种难得的机会又怎能轻易放过呢？

在我稍稍整理好该读的书籍后，我才开始环视一下周围陌生的环境。原来我们住宿和工作的地方并不是正式的招待所，更不是什么"宾馆"，实际上是一座藏汉混合式的喇嘛庙。经打听，我才知道这个昭庙原是乾隆四十五年（1780年）为了迎接西藏六世班禅来京祝贺乾隆七十大寿而建的，故称班禅行宫。200多年来，遭受过两次大破坏，早已是残垣断壁，后来修复的一些房舍也已变得破旧不堪。不过周围环境倒也十分清静，特别是周边耸立的几棵高大繁茂的古油松,似乎在显示其历史之不凡。作协把读书班放在远离京城的这里,我想大概是为了节省京城宾馆的昂贵开支,更主要的是可以排除外界干扰,让我们在这里闭门潜心细读吧。当时一心想为我国刚刚复苏的文学事业重新振兴尽把力的我们,哪里还会去讲究什么住宿环境和工作条件呢!我记得当时我和王超冰住的是大堂偏旁的一个小房间,两张窄窄的硬板床,中间放着的是一张油漆斑驳的旧书桌;住在我们隔壁的是湖南作协理论研究室的冯放先生。大概是优待我们两个女同志和年纪稍大者吧,其余十多位读书班成员,都住在大堂外面隔着一条通道的一排低矮的平房里。这排低矮的平房,可能是当年班禅行宫杂务人员的宿舍。我还记得,当时从我们房间的窗口望过去,这里晚上常常是灯火通明,而且不时还会传出激昂的、热烈的争吵声——那是为讨论一部作品或一个文艺观点而争论不休。直到现在每每想起那样的情景,我都会无限感慨:一群"文学志士"为了迎接文艺事业的新春,可能根本就忘记了去计较自己是身处高楼大厦抑或低矮简陋的平房了。

在交往中,我逐渐熟悉在这里的十多位"班友",他们都是当时文学界的非等闲之辈。其中有来自北师大于今已是终身教授的文艺理论家童庆炳,有来自《上海文学》后来在评论界有很高声誉却英年早逝的周介人,有《文学评论》的资深编辑蔡葵、《文艺报》评论部的孙武臣,有来自陕西作协的资深评论家王愚、河南作协理论室的孙荪、江西作协理论室的吴松亭,有来自山东师大的宋遂良、中山大学的黄伟宗,来自杭州大学的吴秀明是读书班上最年轻的一位,大家都亲切地称呼他"阿秀"。这几位大学的同行,后来在当代文学领域都成了知名的教授。来自南通师院的吴功正,在美学界也颇有名气。读书班上还有当年北京的中学教师、后来进入中国作协评论部至今仍活跃于文坛的著名评论家何振邦!吴福辉则是一位身份颇特殊的成员,他那时是作协创研部的工作人员,既参加读书班研讨,又是读书班的资料总管,20多年后,他除了研究成果丰硕,还担任了中国现代文学馆的副馆长,我笑他这回真正成为中国现代文学的"资料总管"了。当时就是这样一批中青年评论家,刚刚经历了"文革"的严冬,现在从四面八方汇聚到这里!沐浴在我国文艺领域的早春气息中,怎能不让自身的青春活力尽情释放?对于拨乱反正时期文艺问题的探讨、释疑、争论、交流……往往从会议桌上延伸到饭桌、寝室、延伸到香山昭庙四周的宛转小道上。也许每个人都把文学当作自己最心爱的事业,所以一旦汇聚,很快就成了熟悉的朋友,加上被我们称为"老板"的谢永旺,既是一位资深的评论家,更是一位富有经验且性格风趣、平易近人的行政领导人,由他所带领的这个临时集体,除了严肃的研讨外,更少不了欢声笑语!而这个时候,王愚和宋遂良往往就成了"主角",这两位在"文革"中因文艺问题而吃尽苦头的正直善良的"书生",一唱一和、绘声绘色地说起"文革"中所遭遇的种种荒唐事,常引起大家哄堂大笑。当然,这种笑声自然也夹杂着辛酸和叹息。

这次读书班的任务用现在的眼光来看似乎并不繁重,首届茅盾文学奖评选的范围是1977至1981年之间出版的长篇小说,那时的年产量根本不像现在那样的数以千计,所以当时由全国各协会、出版社、大型文学杂志编辑部推荐上来的作品只有134部,但是,如何在这134部作品中挑选出代表这个时期创作水平的作品,对当时读书班来说却是一件不容易的事。记得当时班上有一个不约而同的认识:一定要仔细研读作品才能做出高下、优劣的判断。经过一段日子的"挑灯夜读",才开始作第一轮淘汰,在反复交换意见后,134部作品中有两人以上阅读认为可考虑的作品是26部。在进入第二阶段工作后,研讨活动就更频繁了,为了认清一部作品的价值或问题,大家常常会把话题拉开到对当时整个文学态势的谈论,为此,读书班还专门举行了多次规模较大的研讨会,除读书班成员外,特别邀请了冯牧、唐达成、刘锡诚、阎纲等同志与会,希望在交流中扩大视野,从而评选出在当时来说最有价值的作品。

对我来说,那样的交流实在太难得了,它不仅让我在鉴别作品时更有把握,同时更引发了我对当时文学发展过程中一些问题的思考。至今我还保留着对"班友"们一些发言的深刻印象。蔡葵从小说的内容、人物塑造的多样性、丰富性、表现手法的创新等方面,比较了七八十年代之交的创作与"十七年"文学的许多不同点和所显示的一些"新质";也对当时一些作品缺乏时代精神做了认真分析。童庆炳从"真"与"美"的角度,谈到了那几年长篇创作的不足,他特别强调长篇小说应具有很高的审美素质,而不止于写生活的具体过程,见事不见人,见物不见美。应该把社会生活内容溶化到审美的内容中去,写出人情美、道德美、伦理美。周介人也指出,过去总喜欢用"史诗"的规模来反映阶级斗争的历史,排除了用个人心灵历程来映衬时代的可能性,现在出现的一些优秀作品说明,通过个人的命运、家庭的悲欢离合同样能够让我们感受到时代风云、社会世态,而且往往更为动人,毕竟,历史是由无数普通人的命运书写的。这样一些见解,在上世纪 80 年代之初,思想战线的拨乱反正还在进行中,自然显得十分"前卫",其实即使到了今天,它们对我们的文学创作仍然有着重要的启发意义。当时在参评作品中,历史小说有着相当数量,像《李自成》《金瓯缺》《戊戌喋血记》这样一些作品大多创作于"文革"的动乱时期,反映了作家们在文化专制的环境下借用历史所抒发的人生感悟和爱国情怀。当时吴秀明、宋遂良即以高度的敏感对这批作品的艺术经验做了认真的概括。他们特别指出,这批作品在熔铸历史时所体现的强烈的主观色彩,人物形象内涵复杂,融进了作者丰富的感情寄予,许多作品迸发的是一种从低谷中奋起、逆流而上的民族精神。他们当时中肯的发言也预示着两人后来确实成了研究历史小说的著名专家。

在昭庙里所进行的这些研讨和交流,它的意义无疑远远超出了孤立地选出某一两部作品。因为那时正是中国文学处在一个重要的转折时期,我们的文学不仅要走出 10 年文化专制主义和"帮派文学"的阴影,更要面向未来选择自己新的发展方向,事实上,这个时候所进行的文学评奖,也在某种意义上体现了我们文学应该建立什么样的价值基准和理论追求。记得唐达成同志在研讨会上就曾明确地提出了这样的观点:我们的许多理论认识应该要用创作来回答。这种观点也更坚定了我后来的科研追求:不搞那种空对空的理论演绎或阐释,理论研究一定要认真关注创作实践,关注具有创新活力的创作实践,要着力于在创作丰腴的田野上去发现、提升理论的亮点。

日子一天天过去,读书,研讨,没有外界电话的干扰,更没有什么"饭局"的诱惑,安静的昭庙里仍然是一片繁忙。当我们对文学创作发展势态有了全面的观照,有了对文学作品价值基准的共识,在选拔作品时就顺利多了,意见也很容易统一。经过读书班的讨论,26 部作品又进行了一次淘汰,留下了 17 部。这时,各人如何从中选出六七部获奖的推荐作品,自然就需要更加审慎了。这段时间,从昭庙透出的灯光在夜空中也更加漫长——大家都在准备拿出自己的推荐意见。

翻阅一下我当年所做的笔记,我个人当时比较推崇的是这么几部作品:《许茂和他的女儿们》《芙蓉镇》《将军吟》《沉重的翅膀》《冬天里的春天》《漩流》《黄河东流去》《李自成》和《金瓯缺》。

我选择这几部作品是基于当时这样的认识。反映"文革"时期社会动荡生活的《许茂和他的女儿们》(周克芹)和《芙蓉镇》(古华),前者把一个普通的农村家庭被政治风暴所撕裂、亲人的爱被践踏,把一批善良的农村人对走出生活阴霾的渴望,写得相当感人;后者则以一个清纯、勤劳的农村女性在极"左"思潮笼罩下悲惨的命运和叛逆抗争,不仅反映出政治斗争的残酷,也写出了人性尊严之不可侮。它们在当时大量涌现的反映"文革"时期农村生活的作品中显得异常突出。《将军吟》(莫应丰)是以军内生活为背景,相当真实而直接地描写了一批坚持真理和正义的我军将士对倒行逆施的"四人帮"及其路线所做的激烈斗争,体现出刚烈无畏的凛然正气,尽管作品艺术上稍微粗糙,但作者能在黎明前的黑暗日子里如此秉笔直书,其胆识不能不令人敬佩。

在反映 20 世纪上半叶历史生活的作品中,我特别喜爱《冬天里的春天》(李国文),这可以说是长篇小说中最早吸取意识流艺术手法的一部作品,30 年的时间跨度和历史事件,是以主人公希望破解当年在游击战中妻子被谋害的疑团所做的 3 天行程为基本线索,并以主人公的意识流动穿插其中来组结作品的,这种叙述方式在当时确实给人以耳目一新的感觉。加上在意识流动中所传递的阵阵情感热浪,更强化了读者的阅读感受。《黄河东流去》是李准在电影《大河奔流》题材基础上重新创作的一部长篇小说,描写了抗战时期国民党以黄河决堤阻挡日军进犯从而造成 1000 多万民众流离失所的大灾难。我之所以推荐它,是因为我感到作者是力图跳出以往那种以阶级斗争的二元对立方式组结作品的思路,力图还原为生活的原生态来表现人物、家庭的命运遭际,在浓郁的生活汁液中让人们感受到时代的动荡,历史的无情。我认为作家做这样的转型实践,是值得鼓励的。《漩流》(鄂国培)也是以 20 世纪 30 年代生活为背景的作品,在当时引起关注,是因为他选择的题材有所突破,正面地描写了长江航运上民族资本家朱佳宾为振兴民族企业所做的艰苦拼搏和所受的磨难,这在七八十年代之交仍以工农、知识分子为主体的创作中无疑独出一格,作者对航运生活领域的熟悉和细致的描写更使作品有一种别开生面的感觉。

《沉重的翅膀》的作者张洁是当时最当红的作家之一,所以她的第一部长篇自然让人关注,更重要的是,这是一部最切近现实、最直接反映当时社会情绪的作品,描写了"十年内乱"后,我国社会重新踏上现代化建设途程所遇到的错综复杂矛盾与起步的艰辛,笔锋犀利,情绪激越,很容易引起渴望迅速改变旧有体制束缚的读者的共鸣。我读了也是激动万分,所以毫不犹豫地推荐它。

至于反映古代历史生活的作品,我当首选《李自成》(姚雪垠)。记得还是 1977 年夏,在《李自成》第二卷刚出版风靡全国之际,湖北省作协就曾邀请我在当年李自成遇难的九宫山,参加了一个作品研讨班,花了整整一个月的时间研究这部小说并写出第一批评论文章。这部作品当时可以毫不夸张地说受到了亿万读者的欢迎,除了因为它最早满足了广大民众十年的文化饥渴外,还因为它在历史观念和创作艺术上有着明显的新意,崇祯这位明朝末代皇帝的形象,李自成农民起义队伍中像刘宗敏、牛金星等许多复杂人等,都被他塑造得真实可信、意蕴丰盈。加上作者在长篇小说艺术结构上的刻意创新,使它在当时大量涌现的历史小说中稳占鳌头。

在我考虑推荐作品时还有这么一段插曲。当时参评的历史小说中,我还把《金瓯缺》(徐兴业)也作为我个人推荐的作品,这当中自然有我特殊的感受。这部小说以 12 世纪北宋抗金的历史为题材,彰显了马扩、岳飞等爱国军民为国家的完整所做的不屈斗争。小说分四册出版,当时只出了一、二两册,作者写得相当严谨但也过分冗长,艺术灵气确实欠佳。我当时不愿把它排除在我视野之外，主要是被作者的创作精神深深感动了。徐兴业早在抗战期间就开始酝酿这部小说的创作，其意图是明显的，以历史上军民的爱国精神来激励正在与日寇浴血奋战的我国民众，抨击腐败无能的国民党政府。但因种种原因直到20世纪50年代才开始动笔，当时他妻子到了国外，多次以优厚的物质条件动员他离开祖国，而徐兴业却始终不为所动，他向妻子这样表白："我写的是中国的小说，是写中国历史的小说，是写一部旨在激发中国人民保卫自己国家的小说，我的主要读者是中国人，我的写作土壤在中国，我离不开我的祖国。"尽管他知道会伤了妻子的心，却仍然坚持在清贫孤独和恶劣的政治环境下，完成了小说的第一、二卷。1981年小说出版，他专门给远在巴黎20年没见面的妻子寄上，并附上一封十分感人的信，当中有这样的话："我的感情没有改变，空间和时间的距离，思想意识和社会地位的距离都不能成为我要改变感情的理由，我的爱情是忠贞的。"当时在读书班，我在《海峡》杂志上读到徐兴业这封《给巴黎的一封信》，真有说不出的感动。这样一个凄美的传奇故事深深吸引了我，我为我们文艺界竟有如此执着于自己的理想、职责而主动放下爱情、家庭和物质享受的作家而无比敬佩，这种精神太值得珍惜了。"真希望这部小说能获奖。"那段时间我经常对"班友"们这样鼓叨。但在正式讨论时，我的意见却为大多数人所不接受。他们仔细分析了作品的许多不足，认为作家的创作精神当然可贵，但作为创作上的奖励还是应该以作品的质量为依据。这可以说是我在读书班所受到的一次教育：评价作品要更理智，不能感情用事。

读书班对作品的筛选和研讨，就是这么反复地、多次地进行着。我记得当时的作协党组书记张光年同志还专门到昭庙来了解读书班的工作进展情况，听取大家的推荐意见。张光年同志的到来，自然使我这个尚属文艺领域的"新兵"无比激动。这倒不是因为见到了作协的最高领导，而是因为我立即想起了《黄河大合唱》，想起了那首歌曲在我心灵曾无数次的强烈回响，现在，这位曾用自己的笔唤起亿万民众爱国豪情的文艺领域"老战士"来到了我们中间，与我们一起谈论着文学的创作，谈论着文学的理想，这种亲切感确实使人难以忘怀。我记得就在昭庙的一个权当会议室的房间里，大家坐在随意摆开的木凳上，光年同志认真地听着各人对一些作品的评价。他本人作为茅盾文学奖评委会的副主任（主任是巴金先生）除了强调评奖应掌握的原则外，绝无对评选的作品画任何框框。这种民主、平等的作风，是中国新文学界应有之风。可惜后来就慢慢淡漠了，记得1990年在北戴河举行的第三届茅盾文学奖读书班上，就听到传下来的一些既不让说理更不能违抗的"指令"：某某作家的书不能评奖，哪怕它受到广大读者好评和读书班成员的一致推荐。这种强制性的"文艺暴力"而造成对一些优秀作品的"遗弃"，曾使我们读书班成员扼腕痛惜，甚至无言流泪。这是后话。

光年同志在昭庙的座谈和对话，更增添了我们对评选工作的责任感。临别时他与大家一一握手，当他来到我面前，听到谢永旺介绍我来自武汉大学中文系时，立刻说："啊，你是晓东的老师！"我当时不好意思地回答：他是我们中文系的学生。其实那时我还没给他儿子所在的77级上过课，所以不能随便承认是他儿子的老师。但他尊重教师的态度，却深深感染了我。

经过了一个多月的反复阅读和讨论，最后以读书班名义推荐给评委会讨论的作品，根据我笔记的记载是17部，最后自然由"谢老板"交评委会定夺。第一届评委会的评委全部是由作协主席团成员担任，有巴金、丁玲、艾青、冯至等等，规格相当高。巴金先生是当然的主任委员，据说当时已是78岁高龄的他也读了不少作品，如《许茂和他的女儿们》《将军吟》《芙蓉镇》等等,真不容易。但后来听说许多评委因年事已高,无法阅读那么多长篇,于是又成立了个预选组,提出一个获选书目交评委会商议。至于后来更细致具体的工作程序我们就不知晓了,因为读书班早已完成了任务,成员们都回到了各自的单位。大概到了 1982 年秋季,我在报上看到公布的获奖书目是:《许茂和他的女儿们》《李自成》《将军吟》《冬天里的春天》《芙蓉镇》《东方》等 6 部。我心中有说不出的高兴:获奖作品全部在读书班推荐的范围内。而且也暗暗自喜:我个人推荐的作品(除《东方》外)都没有落空。

在昭庙度过的 50 天是难忘的,我们不仅认真地、负责任地挑选出能够代表当时文学风貌、创作水平的优秀作品,同时通过“班友”们的相互交流和对具体创作成果的探讨,使我对正在出现的新的文学观念和文学转型,有更深切、敏锐的领会,这是我在书斋里很难感受到的。当我带着这些收获走出昭庙、离开香山时,那里已经是遍山嫩绿、百花盛开,这盎然的春意似乎在呼唤着我,以新的活力尽快融汇到迎接文学春天的行列中。

(原载《武汉文史资料》2013 年第 10 期)

二　鲁迅文学奖

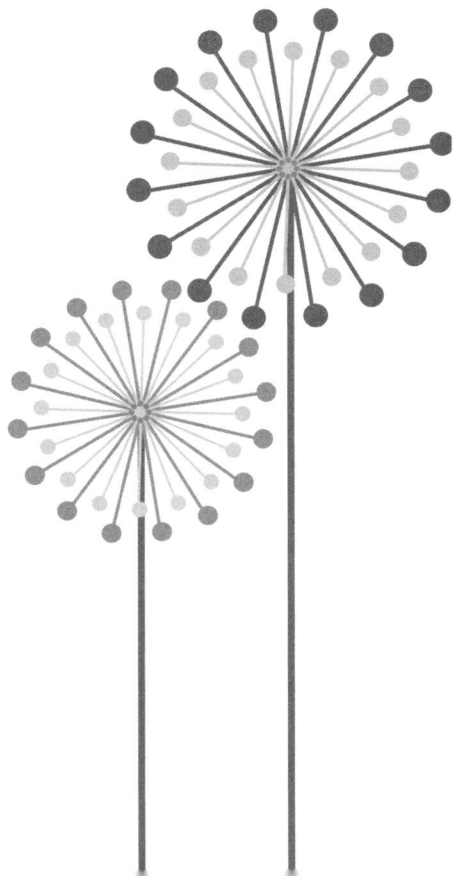

鲁迅文学奖评奖条例①

（2014 年 2 月 27 日修订）

鲁迅文学奖是中国具有最高荣誉的文学奖之一，旨在奖励优秀中篇小说、短篇小说、报告文学、诗歌、散文杂文、文学理论评论的创作，奖励中外文学作品的翻译，推动中国文学事业的繁荣发展。②

鲁迅文学奖由中国作家协会主办。

一、指导思想③

鲁迅文学奖评选，坚持社会主义先进文化前进方向，坚持中国特色社会主义文化发展道路，坚持以人民为中心的创作导向，全面贯彻文艺为人民服务、为社会主义服务的方向和百花齐放、百家争鸣的方针，体现社会主义核心价值观的要求，弘扬主旋律，提倡多样化，坚持公开、公平、公正的原则，推出体现民族精神和时代精神的优秀作品。

二、奖项设置④

1. 鲁迅文学奖每 4 年评选 1 次。

2. 鲁迅文学奖设置如下奖项：中篇小说奖、短篇小说奖、报告文学奖、诗歌奖、散文杂文奖、文学理论评论奖、文学翻译奖。每个奖项获奖作品不超过 5 篇（部）。

---

① 本文注为编者所加。编者收集到的正式公布的评奖条例有 4 版，其他 3 版为 2004 年版，2007 年版，2010 年版。

② 2004 年版和 2007 年版为：以中国新文化运动的伟大旗手鲁迅先生命名的鲁迅文学奖，……鼓励优秀外国文学作品的翻译，推动社会主义文学事业的繁荣与发展而设立的，是我国具有最高荣誉的文学大奖之一。2010 年版在前两版的基础上改动：……鼓励优秀中外文学作品的翻译，……是中国具有最高荣誉的文学奖项。

③ 2004 年版为：鲁迅文学奖评选工作以马列主义、毛泽东思想、邓小平理论和"三个代表"重要思想为指导，遵循文艺"为人民服务、为社会主义服务"的方向和"百花齐放、百家争鸣"的方针，鼓励贴近实际，贴近生活，贴近群众，弘扬主旋律，提倡多样化，鼓励贴近实际，贴近生活，贴近群众，体现时代精神，坚持导向性、权威性、公正性，坚持少而精、宁缺毋滥的原则，评选出思想性、艺术性俱佳的优秀作品。

2007 年版大体同 2004 年版，增加"深入贯彻科学发展观"等文字。

2010 年版为：……提倡多样化，体现民族精神和时代精神，坚持公开、公平、公正的评选原则，推出思想性、艺术性俱佳的优秀作品。

④ 2014 年起鲁迅文学奖评奖时间由 3 年改为 4 年，并规定每个奖项获奖作品不超过 5 部。

三、评选范围

1. 鲁迅文学奖评选体裁和门类包括：中篇小说、短篇小说（含小小说）、报告文学（含纪实文学、传记文学）、诗歌（含旧体诗词、散文诗）、散文杂文、文学理论评论、文学翻译。①

2. 参加鲁迅文学奖评选的作品，须于评选年限内由中国大陆地区经国家批准的报纸、刊物、出版社和网站首次发表或出版，符合评选体裁、门类要求。②

3. 中篇小说、短篇小说，以单篇形式参评；小小说、诗歌、散文杂文、文学翻译，以成书形式参评；报告文学、文学理论评论，以成书或单篇形式参评。结集作品，出版年月前四年内创作的内容须占全书字数 1/3 以上。不接受多人合集、个人多体裁合集、合译与重译作品参评。③

4. 用少数民族文字创作的作品，以汉语译本参评。

四、评选标准 ④

坚持思想性与艺术性统一的原则，获奖作品应有利于倡导爱国主义、集体主义、社会主义的思想和精神，有利于倡导改革开放和现代化建设的思想和精神，有利于倡导世界和平、

---

① 2014 年版相比之前 3 版，对体裁的规定更具体而宽泛，短篇小说中包含了小小说，报告文学包含了纪实和传记文学，诗歌包含了旧体诗和散文诗。

② 2004 年版，2007 年版为：凡属评奖年度内在国家批准出版发行的报纸、刊物、出版社发表和出版的上述文学体裁、门类的作品，均可参加评选（单篇作品以首次发表的时间为准，书籍以版权页标明的第一次出版时间为准）。

2010 年网络文学进入评选范围，其版本为：凡评奖年限内由国家批准出版发行的报纸、刊物、出版社发表和出版的上述文学体裁、门类的中文作品，由国家批准拥有互联网出版许可证的网站发表的上述文学体裁、门类的中文作品，均可参加评选（单篇作品以首次发表的时间为准，书籍以版权页标明的第一次出版时间为准）。

③ 2007 年版对结集出版的作品做了规定：以结集参评的作品，应在评奖年度内出版且出版年月前 3 年内的作品应占全书字数的 2/3 以上，方有参评资格。

2010 年版对结集出版的作品规定为：结集参评的作品，应在评奖年限内出版且其间创作的作品应占结集字数的 1/3 以上。不接受多人作品合集、选集参评。

④ 2004 年版为：1. 坚持思想性与艺术性统一的原则，所选作品应有利于倡导爱国主义、集体主义、社会主义的思想和精神，有利于倡导改革开放和现代化建设的思想和精神，有利于倡导民族团结、社会和谐、人民幸福的思想和精神，有利于倡导用诚实劳动争取美好生活的思想和精神。对体现时代精神和历史发展趋势、反映现实生活，塑造社会主义新人形象的催人奋进、给人鼓舞的优秀作品，应重点关注。要兼顾题材、主题、风格的多样化。2. 重视作品的艺术品位。鼓励在继承中国优秀文学传统和借鉴外国优秀文化基础上的创新，尤其鼓励那些具有中国作风和中国气派，为人民群众所喜闻乐见的富有艺术感染力的作品。3. 重视作品的社会影响力。各奖项评委会可根据本条例，结合该文学体裁门类的特点，听取读者意见，提出具体要求。

2007 年版相比 2004 年版基本无大变，不过在"应重点关注"的作品内涵中增加"弘扬民族精神"字样。

2010 年版改动为：……有利于倡导世界和平、国家统一、民族团结……对弘扬民族精神、体现时代精神，反映人民群众主体地位和现实生活，塑造社会主义新人形象的优秀作品，应重点关注，并增加"中国风格"的字样。

国家统一、民族团结、社会和谐、人民幸福的思想和精神,有利于倡导用诚实劳动争取美好生活的思想和精神。对反映人民群众主体地位和现实生活,塑造社会主义新人形象,讲述中国故事,表现中华民族伟大复兴中国梦的优秀作品,应重点关注。兼顾题材、主题、风格的多样化。重视作品的艺术品质。鼓励在继承中国优秀文学传统和借鉴外国优秀文化基础上的创新。尤其鼓励具有中国特色、中国风格、中国气派,人民群众喜闻乐见的富有艺术感染力的作品。

鼓励关注中国当代文学的理论评论作品。鼓励追求信、达、雅的翻译作品。

五、评选机构①

1. 鲁迅文学奖评奖工作在中国作家协会书记处领导下进行,按奖项分别设立评奖委员会。

2. 中国作家协会书记处聘请作家、理论评论家、编辑家、翻译家和文学组织工作者担任鲁迅文学奖各奖项评奖委员会委员。委员年龄一般不超过70岁。

3. 鲁迅文学奖各奖项评奖委员会设主任、副主任,由中国作家协会书记处确定。

4. 设立鲁迅文学奖评奖办公室,负责评奖的事务性工作。

---

① 2004年版为:1. 鲁迅文学奖各奖项的评奖工作由按文学体裁、门类分别组成的各奖项评奖委员会承担。各评奖委员会下设该奖项的评奖办公室,处理评奖的具体工作。2. 各奖项评奖委员会委员由中国作家协会聘请文学界有影响的作家、理论家、评论家和文学组织工作者担任,人数以11人为宜。担任各奖项评奖委员会委员者不应交叉。每一届评委应比上届更新1/2以上。京外评委应占评委总数的1/3以上。评委名单由中国作家协会书记处在广泛征求意见的基础上确定,并报告主席团,同时报请上级主管部门备案。3. 中国作协成立鲁迅文学奖评奖办公室,协调各奖项的评奖以及负责评奖结果的发布和颁奖大会的组织工作。4. 各奖项评奖委员会组成后,须认真讨论评选标准,重申评奖纪律,统一思想,以确保评选工作的导向性、权威性与公正性。

2007年版相比2004年版,提出"鲁迅文学奖评奖工作在中国作家协会书记处领导下进行","评委一般不超过70岁",其他无变。

2010年版在前两版的基础上,新变化为:评委分为初选评委和终选评委,聘请的专家中增加编辑家,并规定:评委"一般要有副高以上职称","评委在同一奖项连任不得超过两届"。

六、评奖程序①

1. 鲁迅文学奖评奖办公室制订评奖工作细则,经中国作家协会书记处批准后实行。

2. 鲁迅文学奖评奖办公室发布公告,向中国作家协会各团体会员单位、中国人民解放军总政治部宣传部艺术局及有关出版社、报刊社、有互联网出版许可证的网站征集参评作品。

3. 申报参评的作品,经评奖办公室审核后公示。如发现不符合参评条件的,取消其参评资格。

4. 各评奖委员会委员阅读本体裁或门类的参评作品。

5. 各评奖委员会分别举行会议。在认真讨论的基础上,经逐轮投票,产生不超过 10 篇(部)提名作品。

6. 提名作品公示,广泛听取社会意见。

7. 各评奖委员会经充分讨论,投票以不少于 2/3 票数产生获奖作品。

8. 实行实名投票。产生获奖作品的实名投票情况与评奖结果一并公布。

9. 产生提名作品和获奖作品的投票由国家法定公证处公证。

10. 评选结果经中国作家协会书记处审定后统一发布,举行颁奖活动,宣布获奖作品评语,向获奖者颁发证书、奖牌和奖金。向获奖作品的责任编辑颁发证书。

---

① 2004 年版评奖程序为:1. 参评作品征集。经中国作协书记处批准后,由中国作协评奖办公室向中国作协各团体会员单位、解放军总政治部艺术局以及全国省级以上出版单位和文艺杂志社发出作品征集通知,请他们在规定期限内向评奖办公室推荐符合评奖要求的参评作品。2. 推荐备选作品。各奖项评奖办公室报请中国作协书记处批准,聘请若干评论家、作家和编辑家组成审读小组。审读小组的组成,应具有广泛的代表性,其中京外人士应占 1/3 以上。审读小组在广泛阅读、认真讨论的基础上,对参评作品进行筛选,提出适当数量的作品,作为供评委会审读备选的篇目。经由 3 名以上评委联名提议,亦可在审读小组推荐的篇目外,增添备选篇目。3. 投票产生各奖项的获奖作品。评委会在认真阅读全部备选篇目的基础上,经充分协商与讨论,最后投票产生获奖作品。投票采用无记名方式进行。获得不少于评委会总数 2/3 票数的作品,方可当选。4. 评委会的评选结果报中国作家协会书记处审定,由中国作协统一发布。对获奖者,颁发奖牌和奖金;对出版、刊登获奖作品的出版社、杂志社及其责任编辑颁发证书。

2007 年版在“增添备选篇目”增加了“获得评奖委员会半数以上委员同意”的条件,其他与 2004 年版同。

2010 年版在前两版的基础上新规定:1. 参评作品在媒体上公示 15 天。2. 终评评委增补作品:各奖项提名增补的作品不得超过 2 篇(部),并须在全体终评委员审读过作品后获得 2/3 以上终评委员同意。3. 进入终评的作品均要在媒体上公示 30 天。

七、评奖纪律①

1. 杜绝行贿受贿等违法违纪行为和人情请托等不正之风。评奖委员会及评奖办公室成员,不得有任何可能影响评选结果的不正当行为。如发现此种行为,有关人员的工作资格和有关作品的参评资格均予取消。

2. 参评者及其亲属、参评作品的责任编辑及其亲属等直接关系人,不得担任各评奖委员会委员和评奖办公室工作人员;参评作品发表和出版单位的负责人、参评作品的特约编辑、参评作品所在丛书的主编,不得担任该作品参评奖项的评奖委员会委员。

3. 设立纪律监察组,监督评奖工作。

八、评奖经费②

鲁迅文学奖评奖经费由中国作家协会负责。

九、本条例由中国作家协会书记处制订、解释

（转中国作家网 http://www.chinawriter.com.cn）

---

① 2004 年版为:1. 确保评奖的权威性与公正性。鲁迅文学奖各奖项的评奖委员会要坚持评奖标准,实行评委名单公开、评委会评语公开制度。2. 杜绝行贿受贿等违法乱纪行为和人情请托等不正之风。评委会、审读小组及评奖办公室成员,不得有任何可能影响评选结果的不正当行为。一旦发现此种行为,有关评委或工作人员的资格将被取消,有关参评作品的资格也将取消。3. 实行回避制度。评委会成员若有作品参评,或与参评作家作品有较为密切的关系(如系作品的责任编辑、参评作者的亲属等),必须回避。若发现有隐瞒者,取消评委资格,并不得再参加鲁迅文学奖评奖工作。

2007 年版相比 2004 年版,在回避制度上,有字面上的变化:有作品参评的评委会成员,或系参评作品的责任编辑、参评作者的亲属、参评作品推荐单位的负责人等一切有可能影响评奖公正的人员,必须回避。若发现有隐瞒者,取消评委资格,并不得再参加鲁迅文学奖评奖工作。其余无变。

2010 年版增加"设立纪律检查组。纪律检查组对评奖工作进行全程监督"一条

② 2004、2007、2010 年版均为"鲁迅文学奖评选活动经费由国家拨款及接收社会赞助等方式解决"。

共识的形成

——关于短篇小说奖的笔记

李敬泽

1. 1997 年 12 月 19 日,1995—1996 年鲁迅文学奖单项奖之一:全国优秀短篇小说奖的评委会以至少 2/3 的多数票选出了 6 篇获奖作品:史铁生的《老屋小记》,迟子建的《雾月牛栏》,阿成的《赵一曼女士》,陈世旭的《镇长之死》,毕飞宇的《哺乳期的女人》,池莉的《心比身先老》。

2. 很难统计 1995—1996 年间公开发表的短篇小说究竟有多少,那肯定是个令人晕眩的数字。各地作协、各行业作协、各文学期刊及总政文化部经过审慎甄拔向评委会推荐的作品为 180 篇。

由 180 到 6,这显然是一个艰难的、苦心孤诣的筛选过程。

3. 在不到 1 个月的时间里,由张志忠、胡平、马相武、王力军、冯教、陈汉萍、李敬泽、赵则训、杨泥、宁小龄、程绍武等 11 名批评家和资深编辑组成的初选组阅读了全部推荐作品,投票产生了包括 18 篇小说的备选篇目。

4. 现在,最终的结果已经揭晓,回头再看,6 篇获奖作品也正在这个按票数多少排列的备选篇目的前 7 名之内。

也就是说,当评委们认定这 6 篇是 1995—1996 年间最好的短篇小说时,他们表达了范围广泛的共识,不同年龄、资历,不同知识背景的作家、批评家和编辑们做出了相同或相近的选择,似乎他们不约而同地发现,用"6"这个数字可以除尽 1995—1996 年间那个庞大的未知数。

5. 当然,那个未知数是不可能被除尽的,会有许多人为所喜爱的作品未能入选而感到遗憾。但在 90 年代的文化语境中,评奖的真正意义不是排座次,不是论定兵器谱,而是为我们的文学、为小说探索具有公共性的尺度,由此可以判断哪些是公认的"好"小说。

6. 在评委会的第一次会议上,评委们就曾慨叹标准之难、尺度之难,所"难"者在于小说的审美价值似乎失去了起码的可通约性。

很多人认为,这种情况是正常的。他们习惯地宣称,这是趣味无限多样而又无可争辩的时代,个人的审美体验具有绝对的价值,每个人的感受都是不可上诉的终审判决。

这种观点可能使人谦恭谨慎,充分尊重他人的感受和判断;也可能使作家和特定的读者在自我膨胀中认为小说的写与读都是师心自用、不假外求的"任性"。

7. 一篇小说的发表意味着一个或大或小的公共的阅读空间的形成,这其中没有什么不是个人的,也没有什么不是公共的。因此,虽有尺度之难、标准之难,尺度和标准依然存在。这种尺度和标准并非源于某个权威,而是形成于范围广泛的商谈、争辩、交流。

8. 所有这些获奖作品,最早的发表于 1995 年 1 月,最晚的发表于 1996 年 9 月,至今已选经转载,并且均曾获得各种不同的奖项,所以,鲁迅文学奖短篇小说奖不仅是评委和初评组的判断,也是更大范围、更长时间的公众商谈的结果,它反映了 90 年代的文化语境中纯正的、普遍性的趣味。

9.《老屋小记》:

这是史铁生的"追忆逝水年华华"。几间老屋,岁月以及人和事,如生活之水涌起的几个浪头,浪起浪伏,线条却是简约、单纯。

简约和单纯无疑是短篇小说的基本价值,当人们不厌其烦地反复谈论短篇要"短",谈论"剪裁",谈论"空白"时,实际上都是在要求简约和单纯。但短篇小说不是一门榨干水分,比赛枯燥的艺术,它的至高境界毋宁是简约而繁复,单纯而丰饶。

——《老屋小记》庶几近之,所以它是唯一获得全票的作品。

10.《雾月牛栏》:

有的评委认为,《雾月牛栏》"很难挑剔"。失忆的、弱智的孩子,他的继父、他的母亲、他的妹妹,每个心灵都被漫天的雾所遮蔽,在雾的深处,一个秘密被忘却、被保存。

的确很难挑剔——迟子建将几个相互隔阂、难以交流的视点围绕着一个关于人性弱点的事件精密地编织起来,由这个事件弥漫出刻骨的伤痛和温情。

要有雾,雾霭将润泽万物,在雾中,感性遭到限制,但被限制的感性更为单纯专注。

11.《赵一曼女士》

这是本届获奖作品中最短的一篇,阿城在相当小的尺度内安排了三重声音:由现实对历史的追问、沉思,历史的现场叙事,还有史料的拼贴。在这三重声音沉着从容的合鸣中,人们看到了一位英雄和圣女。

"他指着石碑说,'赵一曼?'""我说,'对,赵一曼。'"

——这也许就是《赵一曼女士》的秘密,平静的宏大叙事。相对于它的题材,它是如此"朴实",这给评委们留下了深刻的印象。

12.《镇长之死》

当《镇长之死》被有的评委称为"典型的现实主义作品"时,人们所想的是那个一头痛痢的镇长。在 1995—1996 年的短篇小说中,镇长或许是最生动的、能够被长久记住的人物。

真正的性格永远是有魅力的。但性格及它在环境中的战斗,这一切似乎已被消解,只余一些碎片随波逐流。这些碎片在很大程度上是理论话语的绞肉机的产物,我们没有耐心、勇气和能力使它重获生命。

所以,《镇长之死》是可贵的。

13.《哺乳期的女人》

母爱是人类最基本的神圣情感,适合以田园诗般的抒情调子咏唱,但《哺乳期的女人》所写的是关于"母爱"的犹豫、猜疑,因此这是富于激情的"爱"的故事,更是严厉的关于"爱"的禁忌的故事。

——但这也许还未能说尽。毕飞宇敏感但又不动声色地让一个女人和一个孩子身处繁复的对话关系:与"水面"远处的"时代"、与"街巷"上的人群。由此我们看到了"欲望"对单纯的"爱"的侵害。

《哺乳期的女人》很清澈,但也像水一样深沉难测,这是它的魅力所在。

14.《心比身先老》

"心比身先老",这是一种现代性的焦灼。我们很难想象,也不会忘记一个骑手纵马"由草原冲出来,横切公路,直奔机场",这是一个美丽的童话,镶嵌在童话里的是一群"既不能负责又不敢承诺"的现代人。

池莉的语言蓝天白雪般明朗轻盈,这使这个很长的短篇在阅读中的感觉出乎意料地迅速,她所着力的并非沉思的深度,而是尖锐清新的对比。

像马一样快的小说,这在眼下一大堆灰扑扑、慢腾腾的小说中是如此醒目。

15. 所有这 6 篇小说,代表着短篇小说目前达到的稳定、完善的艺术水平,也就是说,它们既非尖新的"先锋",亦非陈腐的"后卫"。在小说的阵图上,它们正好是沉着、雄厚的中军。

因此,它们所体现的价值包含着一些尺度,这其实也正是任何一个具有一定审美能力和当代小说阅读经验的读者所通常持守的标准:

单纯、繁复、迅速;

真实、震惊、伤痛;

等等。

16. 1995—1996 年间发表的短篇小说与获奖作品之间在数量上的对比想必会使人印象深刻。无疑,这透露了评委会对于这两年间短篇小说创作整体状况的评价——评价较低。正如有的评委指出的,即使在初选入围的作品中,许多也经不起"纯粹"和"完美"要求的推敲。

17. 无论两年前还是现在,短篇小说都已经成为一种相对"边缘"的体裁。在文学的生产和消费中,90 年代以来一种新的体裁秩序已经形成,这种秩序中贯彻着无情的市场逻辑,决定着作家的想象力和艺术才能的分配,结果就是,现在很少有专写短篇小说的作家,短篇小说正在成为一种"余事"。

18. 其中一个原因是,短篇小说由于它的规模限制,正在失去向大众提供故事资源的功能,在媒体的全面竞争下,它甚至很难唤起对于"片断"的凝视,而这似乎是它的最后阵地。

19. 所以,对于 1995—1996 年间短篇小说整体状况的较低评价也是对短篇小说这种体裁面临的危机的警觉。

20. 当然,当我们谈论危机的时候,总会有人摩拳擦掌,认为机会来临。实际上,一种处于"边缘"地位的体裁同时也具有更大的自由,可以更活跃地探索和创新。在这个意义上,我本人还愿意记住 1995—1996 年间的其他一些作品,比如余华的《我没有自己的名字》、李大卫的《出手如梦》、李冯的《十六世纪的卖油郎》、王芫的《旗袍》、朱文的《达马的语气》,还有毕飞宇的另一篇:《是谁在深夜说话》。

（原载《人民文学》1998 年 3 期）

与时代共同进步　与人民血脉相连

——中国作家协会负责人就第四届鲁迅文学奖评奖答记者问

问：能简单介绍一下鲁迅文学奖的历史以及本届评奖的基本情况吗？

答：以中国新文化运动的伟大旗手鲁迅命名的这一文学奖项，是为鼓励优秀中篇小说、短篇小说、报告文学、诗歌、散文杂文、文学理论评论作品的创作，鼓励优秀外国文学作品的翻译，推动社会主义文学事业的繁荣与发展而设立的，是我国具有最高荣誉的文学大奖之一。

鲁迅文学奖始创于 1997 年。第一届鲁迅文学奖评选范围是 1995—1996 年间的作品，此后改为每 3 年评奖 1 次。第二届评选范围是 1997—2000 年间的作品，第三届评选的是 2001—2003 年间的作品，本届（第四届）评选的是 2004—2006 年间的作品。

鲁迅文学奖的评奖工作一直在中国作家协会书记处的领导下进行。本届评奖于 2007 年 9 月底启动，至 10 月 17 日完成评奖工作。

问：能否介绍一下本届鲁迅文学奖评奖工作的指导思想及评奖过程？

答：本届鲁迅文学奖评选工作以马列主义、毛泽东思想、邓小平理论和"三个代表"重要思想为指导，深入贯彻科学发展观，遵循文艺"为人民服务、为社会主义服务"的方向，贯彻"百花齐放、百家争鸣"的方针，弘扬主旋律，提倡多样化，鼓励贴近实际、贴近生活、贴近群众，体现时代精神，坚持导向性、权威性、公正性，坚持少而精、宁缺毋滥的原则，评选出思想性、艺术性俱佳的优秀作品。

第四届鲁迅文学奖的评奖工作分 3 个阶段。

第一阶段是征集推荐作品阶段，时间为 2007 年 8 月 21 日—9 月 21 日。在这一阶段，由第四届鲁迅文学奖评奖办公室向中国作家协会的各团体会员单位、解放军总政治部宣传部艺术局以及全国各大文艺报刊社、出版社发出推荐作品的征集通知，希望他们广为推荐参评作品。征集工作得到了这些单位的有力支持，许多团体会员单位的党组、作协主席团、出版单位的领导专门召开会议，研究推荐事宜。9 月 21 日，征集阶段结束。共征集到有效参评作品 1113 件，其中中篇小说 230 件，短篇小说 224 件，报告文学 125 件，散文杂文 169 件，诗歌 143 件，理论评论 164 件，翻译作品 58 件。

第二阶段是筛选审读阶段，时间为 2007 年 9 月 26 日—10 月 5 日。我们按照京外人士占 1/3 以上的原则，组成专家组，对报送推荐的作品集中审读，进行初步的筛选。此时正值十一长假，筛选小组的同志们牺牲了节假日休息，其敬业精神是很令我们感动的。通过筛选，每一个奖项都提出备选篇目 20—22 篇，推荐到评委会，进入终评。

10 月 8 日—15 日，为评奖的第三阶段，即终评阶段。各奖项的评委会分别集中，先学习《鲁迅文学奖评奖条例（修订本）》以统一思想、明确标准、严格程序、申明纪律，随后，进入评奖。按照《条例》要求，为避免遗珠之憾，经由 3 名以上评委联名提议，获得评奖委员会半数以上委员同意,可在审读小组推荐的 20—22 篇(部)作品之外,增添备选篇目。为此,首先进行的是进入终评的增补程序。诗歌、散文杂文、报告文学、短篇小说、理论评论等奖项,都有 1—2 篇(部)作品增补进来。此后的 1 周时间里,各奖项评委在认真细致阅读评审的基础上进行无记名投票,评选出了获奖作品。其中中篇小说、短篇小说、报告文学、诗歌和理论各 5 (篇)部,散文杂文 4 部,翻译 3 部。获奖作品均获得了 2/3 以上评委的赞同票,符合《条例》要求。有两个奖项未能评满,散文杂文只有 4 部,翻译奖只有 3 部作品获得 2/3 以上票数。由此也可以看到这次评奖的严肃性。

问:第四届鲁迅文学奖评奖工作的主要特点是什么?

答:第一,注意导向,坚持思想性、艺术性相统一的评奖标准。

鲁迅文学奖的评奖,文学界关注,社会上关心。我们的评奖结果在文学界具有倡导作用。因此,无论是筛选工作还是终评工作,我们都要求评出导向、评出水准、评出公平公正的好风气。中国作家协会书记处特别建议评奖委员会,要关注那些时代精神高昂,践行"三贴近"、讴歌人民伟大业绩、富有理想、追求美好生活的好作品。要注意把那些能体现民族精神和时代精神的、思想性艺术性俱佳的作品选出来。以此激励文学家积极投身讴歌新时代的文艺创作活动,体现广大作家与社会共同进步、与人民一起前进的风貌。

第二,严格遵循《评奖条例(修订本)》,照章办事,一丝不苟。

《鲁迅文学奖评奖条例》从鲁迅文学奖设立以来,不断吸取评奖的经验教训,经过了多次修订。每一次修订都使评奖条例有所完善。比如我们规定评委会构成中,每一届评委必须更新 1/2 以上,京外评委占评委总数的 1/3 以上。这次的修订本,又要求评委年龄一般不超过 70 岁,规定了增补进入终评篇目的办法(要有 3 名评委联名提议,获得半数以上评委同意方可增补),还就以结集参评的作品的年限做出了具体的规定(以结集参评的作品,应在评奖年度内出版且出版年月前 3 年内的作品应占全书字数的 2/3 以上,方有参评资格)。这一届评奖,特别强调遵循《评奖条例(修订本)》的严肃性。我们强调,《条例》是应该不断修订、完善的,但经过修订通过的《条例》,就要严格执行。本次评奖就是按照修订后的《条例》进行的。我认为,这是增加一个奖项权威性和公正性必不可少的条件。

第三,严肃评奖纪律,廉洁自律,公平、公正、公开。

大家知道,任何一个评奖,最重要的是要坚持公平、公正、公开的原则,这是它得以取得社会公信力的基础。因此,严肃评奖纪律,完善评奖制度,是本届评奖工作的重要话题之一。我们多次组织评奖参与者学习《条例》,强调评奖纪律,希望参与者自重自爱,共同维护鲁迅文学奖的声誉,实行《评奖条例(修订本)》规定的"评委名单公开、评委会评语公开制度"。

问:第四届鲁迅文学奖获奖作品的主要特点是什么?

答:总体上看,这些作品主旋律突出,关注新生活,讴歌新时代,体现了 3 年来广大作家、文学工作者与时代共同进步、与人民血脉相连的精神风貌。比如党益民的报告文学《用胸膛行走西藏》。为了讴歌西藏线上埋葬的数千个筑路和护路英雄的英灵,他 36 次穿越西藏,为此才有了这部感人的作品。而朱晓军写的《天使在作战》,充分体现了报告文学的战斗性,对关乎国计民生的重大问题敢于秉笔直书,是很有震撼力的作品。王树增的纪实文学《长征》和黄亚洲的诗歌集《行吟长征路》。这些作品或叙事宏大、波澜壮阔,或直抒胸臆、微妙精细,都为我们提供了精神的鼓舞和历史的思考。

这些作品,表现了变革时代社会精神生活和人民情感世界的嬗变,展示了纷繁复杂、多姿多彩的时代风貌。范小青的《城乡简史》以精巧构思,凸现了当代城乡变革中人性的复杂性;潘向黎的《白水青菜》则以精巧的笔致,书写了当代人道德选择上的反思与抉择;李浩写的《将军的部队》,写了不可忘怀的历史和人生的回望;蒋韵的中篇《心爱的树》写的是经历风雨的爱情;田禾的诗集《喊故乡》,是在现代文明进程中爆发的热烈而深沉的乡村谣曲……请原谅我只能在自己的阅读视野中列举这些作品。他们用多彩的笔触,反映了当代中国人的心路历程,成绩是显著的。

这些作品,显示了3年来作家和文学工作者致力于艺术探索和创新的努力。这次的获奖作品,在风格的多样、艺术表现的特色方面是突出的。短篇小说《吉祥如意》的作者郭文斌,是宁夏青年作家群的一员,第二届鲁迅奖,宁夏的石舒清以《清水里的刀子》引人注目,因此获奖。这次郭文斌仍然身手不凡,评委会认为,郭文斌以"优美隽永的笔调描述乡村的优美隽永,净化着我们日益浮躁不安的心灵"。诗人林雪以诗集《大地葵花》呈现了她的诗风变革。而韩少功的散文集《山南水北》呈现了他沉潜生活多年的思考与感悟。南帆《辛亥年的枪声》则把审美情感与智性审视融汇,拓展了中国散文的审美空间。

需要说明的是,以上概括,是我个人的读后感而已。虽为评奖工作的负责人,我不可能看完7个奖项的全部作品。因此我的概括尽可能吸取了各个评委会的评语,但仍只能算是管中窥豹而已。有很多好作品也不可能一一提及。此外,我认为,获奖作品尽管从众多的作品中脱颖而出,并非完美无缺。一本获奖图书里所选作品,也存在着质量水平参差不齐的问题。因此,在做好评奖工作的同时,开展健康的文学批评,以推荐佳作、改进不足,也是非常必要的。

最后,我要说的是,感谢新闻界的朋友长期以来对中国作协工作和鲁迅文学奖的支持和关注。当前我们正在认真学习贯彻党的十七大精神。我相信,在各位的支持下,我们的鲁迅文学奖评奖颁奖活动一定会得到广泛积极的宣传,大家在文学界共同营造团结和谐、昂扬向上的良好氛围,多出精品,多出人才,更加自觉、更加主动地推动社会主义文学的大发展大繁荣,为迎接社会主义文化新高潮而贡献力量!

(原载《黄河文学》2007 年 11 期)

关心民瘼　记录时代

——第四届鲁迅文学奖全国优秀报告文学评奖手记

李朝全

　　报告文学是一种不断行进中的文学样式,它的发展与时代变迁、社会生活及民族进步,与文学审美新变、受众阅读情趣品味变化等都有着相当密切的关系。报告文学因其文体的独特性和追求高度真实性而具有其他文体所难以企及的力量。长期以来,它都是深受普通读者欢迎和喜爱、深受社会各方面高度重视的文学样式。这可以从 2007 年发生的这样几件事上得到验证。在 2007 年度中国作家协会重点扶持文学创作项目中,报告文学继续占据重要地位和分量,共有 30 部作品获得扶持,占扶持作品总数的 1/4。其中,关注 2008 北京奥运会、新农村建设、香港回归 10 周年、建军 80 周年等重大题材的创作大受作家青睐;而为了迎接改革开放 30 周年,一些贴近现实生活、反映改革开放带来社会巨大变迁的作品也受到了重点关注。在 9 月公布的第十届全国精神文明建设"五个一"工程奖获奖文学作品名单中,只有纪实文学(报告文学)和长篇小说平分秋色,《长征》《护士长日记:写在抗非典的日子里》《山高水长:回忆父亲聂荣臻》《中国新教育风暴》《丛飞震撼》《三十七孔窑洞与红色中国》《记者调查:非洲踏寻郑和路》等一大批报告文学作品入选。在 2007 年中国作家协会举办的第四届鲁迅文学奖评选中,报告文学同样占有重要分量,备受各界瞩目。

　　鲁迅文学奖下设诗歌、中篇小说、短篇小说、报告文学、散文杂文、理论评论和文学翻译 7 个奖项。1995—2005 年 10 年间,鲁迅文学奖全国优秀报告文学奖曾先后评选颁发过 3 届。第一届评选 1995—1996 年度发表的作品,《锦州之恋》(邢军纪、曹岩)、《灵魂何归》(亦名《没有家园的灵魂》)(杨黎光)、《黄河大移民》(冷梦)、《黑脸》(一合)、《恸问苍冥》(金辉)、《没有掌声的征途》(江宛柳)、《东方大审判》(郭晓晔)、《温故戊戌年》(张建伟)、《淮河的警告》(陈桂棣)、《大国长剑》(徐剑)、《敦煌之恋》(王家达)、《共和国告急》(何建明)、《走出地球村》(李鸣生)、《开埠》(程童一等)、《毛泽东和蒙哥马利》(董保存)等 15 部作品获奖。第二届评选 1997—2000 年间发表的作品,《落泪是金》(何建明)、《远东朝鲜战争》(王树增)、《西部的倾诉》(梅洁)、《中国 863》(李鸣生)、《生死一线》(杨黎光)等 5 部作品获奖。第三届评选 2001—2003 年间作品,《中国有座鲁西监狱》(王光明、姜良纲)、《宝山》(李春雷)、《瘟疫,人类的影子—"非典"溯源》(杨黎光)、《西藏最后的驮队》(加央西热)、《革命百里洲》(赵瑜、胡世全)等 5 部作品获奖。其中,杨黎光蝉联 3 届鲁奖,(作家们习惯上将茅盾文学奖简称为"茅奖",将鲁迅文学奖简称为"鲁奖")何建明、李鸣生则两度折桂。

　　第四届鲁迅文学奖评选 2004—2006 年间发表的作品,要求每个奖项最终获奖作品不多于 5 部。

一、启动评奖程序

前 3 届鲁奖 7 个奖项都是分配到中国作协所属各个报刊社等去具体承办,《文艺报》《人民文学》《小说选刊》《中国作家》《诗刊》,外联部分别承担理论评论、报告文学、中篇小说/短篇小说、散文杂文、诗歌、文学翻译的评奖。据说,文学界有人对这样的承办方式提出了质疑,认为可能会影响评奖结果的公正与公平。2007 年初,在总结往届鲁奖评选经验的基础上,中国作协书记处确定创作研究部作为第四届鲁奖唯一承办部门——评奖办公室设在创研部,从本届起鲁奖全部 7 个奖项的评选将统一由创研部具体组织评选。8 月 21 日,《文艺报》、中国作家网刊发消息,面向全国征集第四届鲁迅文学奖参评作品。创研部开始向中国作协 43 个团体会员单位、全国各文艺报刊、出版社发函,征集 2004—2006 年间发表的各种体裁文学作品,征稿期限 1 个月。8 月 23 日,创研部召开部门全体人员会议,强调评奖纪律:除了以评奖办公室名义见报的消息之外,全体参加评奖工作的同志不得接受记者采访,不得对文学界同仁透露评奖信息。8 月 23 日—28 日,中国作协团体会员单位负责人培训班在北戴河举行,会上向各单位负责人分发了征集作品通知函。中国作协与绍兴市方面协商,初步确定 10 月 28 日在绍兴颁奖。评奖进入倒计时。

9 月 18 日,鲁迅文学奖评奖条例(修订本)在中国作家网等媒体上发布。对终评评委提议增加候选篇目增加了 1 项要求:除了原先规定的须有 3 名以上评委联名提议,还须经过全体评委表决,只有半数以上评委同意方可在初选入围作品之外增补作品。

9 月 21 日—28 日,作为报告文学评奖组联络员,我对各地应征上来的报告文学作品进行登记造册,本届共收到中国作协 24 个团体会员和全国 32 家文艺报刊社推荐的符合评奖条例的报告文学作品 125 篇(部),有些作品同时被 2 家以上的单位推荐。另有 6 篇(部)不在评奖年限内或缺乏推荐单位等不符合评奖条例、评奖通知要求的作品。其间,联络员分别与不符合要求的作品的推荐单位或作者去电,要求补充相关资料。因为有的联络员留下了自己的姓名,有位作者便将补充材料直接寄给联络员,并在信封中附寄了 3000 元钱。这事当即被报告给了评奖主管领导。遵照主管领导的意见,联络员及时与作者取得联系,批评了他的这种做法,同时将钱全数退还作者本人。这件事,还有评奖期间发生的其他一些事使我们全体参加评奖工作的同志都引以为戒,更加注重评奖纪律,严格要求自己,严肃对待评奖。

9 月 23 日,我们每位联络员分别拿到了各自负责联络的评奖委员会审读组成员和评委名单。每个奖项初选组分别有 7 位成员,其中 3 位是京外专家;每个奖项分别有 11 位评委,其中 4 位是京外专家。也是在这时,我才真正得知自己将担任报告文学奖评委,同时还将和李炳银老师一起,作为评委参加初选组的审读工作——每个奖项都有 2 位评委要参与第一阶段的审读工作。联络员开始分头与名单上列出的那些专家联系以确认其能否参加评奖工作;同时明确告知全体专家:在获奖名单正式公布之前务请注意保密,不要对外透露自己的评委或审读组成员身份,不要透露有关评奖的任何信息,不要接受媒体采访。个别专家因故无法出席而及时调换了他人,个别专家自称对所参加奖项作品不熟悉而被调整到其熟悉的文体门类。到了 25 日左右,全部参评专家一一落实、确定,26—28 日京外审读组成员陆续来京报到。

二、初选审读

9月28日—10月4日,报告文学初选组7名成员在北京杏林山庄封闭集中,对全部征集上来的作品进行认真审读。这次,报告文学组同散文杂文、短篇小说组审读专家都住在一个宾馆,但彼此不在一处讨论。专家们首先对不符合评奖条例的6篇报告文学作品交换了意见并表决,认为其不具备进入终评的实力,不再进入第二轮讨论。9月29日下午,中国作协党组成员、副主席、书记处书记陈建功,中国作协党组成员、副主席、书记处书记高洪波,中国作协党组成员、书记处书记张胜友代表中国作协党组书记处与全体初选组专家一起学习了鲁迅文学奖评奖条例,强调了评奖纪律和要求。建功以文学同行和朋友的语气同大家谈心式的讲话给人留下深刻印象。其大意是:诸位都是各方面的专家,是有学识的方正之士,相信大家一定能秉持公正、公道、公平的原则,选出真正贴近现实、反映时代、讴歌人民、具有强烈艺术感染力,思想性、艺术性、观赏性俱佳的优秀作品。他特别强调,希望各位专家遵循"游戏规则",会上可以畅所欲言、各抒己见,会后不要传话,不要把其他专家在会上发表不同意见的情况透露出去。会后,报告文学评奖委员会主任张锲,副主任张胜友、李炳银同初选组专家座谈,希望大家按照作协党组书记处要求,圆满完成审读任务。从当天开始,初选组即分成3个小组对作品进行审读,每组承担35—50篇的初选任务,通过3天左右的审读,各组分别提出1/3左右的篇目提交全体会议讨论。各组审读完后,召集了一次全体会议,3个小组分别提交了10—16部推荐备选作品。会上有关专家又增补了数篇作品进入第二轮。会后,有专家又提出增补那些未入选第二轮的、但已获得第十届全国"五个一工程奖"的作品或中国作协重点扶持作品6部。其间,接到有关方面通知,《东方哈达》(本已进入初选第二轮审读讨论)一书因为存在一些知识性的差错,已动员作者徐剑自愿退出本届鲁迅文学奖评选,建议他对原作进行修订,允许其以修订本参加下届鲁迅文学奖的评选。这样,共有42篇(部)作品进入初选第二轮。其中,李林樱和何建明分别有2部作品入选。7位初选组专家每人都认真审读了这42部备选作品,并充分交换了意见和看法。通过投票,选出得票前20名的作品进入终评。对每部入选的作品,审读专家都撰写了简短的审读意见,一并提交给终评评委参考。

从初选入围的作品来看,既有刻画时代英雄、伟人的纪实作品,如蒋巍、徐华的《丛飞震撼》,丰收的《镇边将军张仲瀚》,满妹的《思念依然无尽:回忆父亲胡耀邦》,也有表现普通人惊天动地、感人泪下的生命和心路历程,具有较高文学性的作品,如徐风讲述紫砂工艺大师蒋蓉曲折动人一生的《花非花》,秦春(彭学明)叙述飞机失事幸存少年王嘉鹏和他母亲的《两地书·母子情》。既有表现重大历史题材的,如邓贤重审报告1938年国民党炸毁花园口事件的《黄河殇》,康纲联讲述川藏线风雨50年修路护路官兵无数感人事迹的《百战奇路》,李新烽的《记者调查:非洲踏寻郑和路》,姜安追寻记录当年毛泽东撤出延安辗转陕北先后住过的三十七孔窑洞及其主人今昔故事的《三十七孔窑洞与红色中国》;也有贴近现实、贴近社会,聚焦热点难点问题,关注国计民生,充满人文关怀的作品,如李林樱注目黄河沿线万里生态灾难与环境危机的《啊,黄河》,杨晓升调查、讲述、反思独生子女意外死亡后留给家庭和社会巨大不幸的《只有一个孩子》,"反贫困作家"黄传会聚焦2000万农民工子女严峻的教育难题的《我的课桌在哪里?》,蒋泽先关注农民医疗困难的《中国农民生死报告》,魏荣汉、董江爱考察反省农村基层政权建设和民主化进程的《昂贵的选票》，王立新描绘科学发展、可持续循环经济示范区发展历程的《曹妃甸》。入围的 20 部作品，或因题材内容、主题思想具有创新性，或因审美特质富于个性风格而受到审读专家的推崇与好评。其题材几乎涵盖了工业、农业、军事、教育、医疗、环保、历史等方方面面，大部分作品具备较强的文学性和可读性，许多作品催人泪下，感人至深，因此能够代表最近 3 年来报告文学创作发展的基本状况。

三、终评票决

10 月 8 日，广东作协副主席吕雷、《小说选刊》主编杜卫东因为回避，被调整到报告文学终评组当评委。初选入选作品、也是唯一进入终评的短篇报告文学《两地书·母子情》作者秦春（彭学明）因担负第四届鲁迅文学奖评奖办公室副主任一职，自愿退出终评。原任鲁奖评奖办公室主任蒋巍因有作品《丛飞震撼》初选入选自愿辞去评奖办主任。这样，进入终评的作品共有 19 部。

10 月 8—13 日，报告文学奖终评会在北京中央民族干部学院举行。11 位评委开始全体对入选的 19 部作品进行认真审读，此次征集的 125 部报告文学作品名册也同时被提供给各位评委以便他们参阅并提出增补篇目。这次，报告文学还是同散文杂文、短篇小说组评委住在一个宾馆，但彼此亦不在一处讨论。9 日上午，陈建功、高洪波等与全体评委一起认真学习评奖条例，重申评奖纪律、要求等。建功基本上将在初选组会上讲的话又讲了一遍——同样的学习、相同的话他还要在另一个宾馆另外 3 个组（中篇小说、理论评论、诗歌）的评奖大会上再重复一遍。随后，报告文学终评组召开全体会议，听取了参加过初选工作的评委李炳银和我介绍初选情况及初选入选的作品，初步交流了意见和看法。

张锲、周明、傅溪鹏和吕雷等评委，分别提议《挥戈落日》（彭荆风著）和《突破北纬十七度》（伊始等著）增补进入终评。全体评委对此进行投票表决，这 2 部作品均获过半数选票进入终评。

经过 3 天多的审读，12 日下午，全体评委对入选的 21 部作品充分交换意见，通过预投选出 10 部作品进入正式投票。随后，评委们对这 10 部作品进行投票表决，选出了 5 部超过 2/3 选票、通过终评的作品，并分别撰写了 100 字以内获奖作品评语，提交中国作协书记处批准。10 月 22 日，中国作协书记处审批了获奖篇目。5 部优秀报告文学作品获奖。其中，何建明成为继杨黎光之后第三次获奖的作家，王树增则是第二次获奖。次日开始联系获奖作者，请他们提供照片、200 字以内个人小传、100 字以内获奖感言等。

本届鲁迅文学奖获奖的 5 部报告文学基本上可以归入主旋律范畴。我对主旋律作品的定义是：表现或体现社会主义核心价值体系，踏准时代前进的鼓点，关心国计民生和人间冷暖，反映人民心声，弘扬真善美，鞭挞假恶丑。这 5 位获奖作家或讲述红色经典故事，或摹写共和国峥嵘岁月，或表现反腐败主题，或抒写英雄赞歌，或展望教育变革前景；5 部作品全都深深印刻着作家感时忧世、爱国爱民、人文关怀的情结，书写历史，记录时代，关心民瘼，惩恶扬善，体现和贯彻着报告文学作为"文学轻骑兵"积极呼应时代、参与生活、反映现实的伟大禀性；作品情节细节丰富，生动好读，感人至深，具有小说等虚构文本所难以企及的震撼人心的力量。获奖作品中，朱晓军《天使在作战》讲述的是一位女医生陈晓兰对医疗腐败的顽强抗争。9 年来，她一次次陷入极度被动的境地，两次被迫离开挚爱的医疗岗位，柔弱的身体遭受到一次次的戕害,但她始终没有放弃自己一个人的战争……何建明《部长与国家》则是一部追踪独臂将军、原共和国石油部长余秋里历史足迹和大庆油田发现始末的报告,再现了新中国石油工业的峥嵘岁月和不朽精神。党益民《用胸膛行走西藏》讲述了发生在川藏线上、发生在西藏的、发生在武警交通部队官兵身上的一个个感人至深的故事。跟随作者虔诚的脚步行走在天路上,感受到的是诗性浪漫和铁血豪情,是久违的理想信念和灵魂天堂。王宏甲《中国新教育风暴》则全方位真实记录当今中国教育正在发生的重大转型,提出了全新的教育理念,可以引领一场深刻的教育变革风暴。《长征》是一个永远讲不完的故事,一个世代传诵的传奇,作者王树增以大量翔实的历史资料和生动丰富的细节、恢宏壮阔的气势再现了长征这一历史史诗与人类壮举,突出了不灭的精神追求、理想信念的珍贵。

评奖是权威性与表彰性的统一。权威性一是来自主办单位和冠名者的权威性,二是来自评委的权威性。鲁奖每部获奖作品奖金都是1万元,物质奖励不算高,低于国内现有的许多文学奖项。因此,鲁奖更重要的可能还是一种表彰。应该说,本届获奖作品反映并能够代表最近3年报告文学创作的成就。当然,任何评奖都有遗珠之憾。一是受到获奖总篇目的限制,只能有五部作品得奖。二是评选过程中的遗憾。有的是由于作者或出版单位等根本就没有申报而大多数评委也没有关注到好的作品。譬如,我个人认为范稳的纪实作品《雪山下的朝圣》描写藏族信仰的圣洁,颇具震撼人心滋润心灵的力量,但这部作品根本就没有申报。有的则已通过初选,但终评时因为考虑到可能带来的来自各方面的质疑等原因而未能当选,譬如中篇报告文学《昂贵的选票》反映农村基层民主政权建设问题,情节一波三折、引人入胜,不可谓不好看,题材涉及亿万农民生存不可谓不重要,《只有一个孩子》也具备这样的优点,但这些作品的主题实在比较敏感,难以把握。有的则因为同一杂志已有更精彩的作品入选而未能通过初选。如张雅文《4万∶400万的牵挂》以自己的生死经历刻画一位优秀医学家刘晓程,一是与《天使在作战》同为《北京文学》首发,二是主人公同《天使在作战》一样是一位医生。

10月25日,中国作协在中国现代文学馆举行新闻发布会,宣布第四届鲁迅文学奖全部获奖篇目、作者、责任编辑、发表出版单位,同时发布获奖作品评委会评语、获奖作家感言等。陈建功、张锲等出席。

10月28日晚,在绍兴鲁迅故里举行隆重颁奖仪式,得奖作家坐着乌篷船上岸领奖。

四、评奖后的思考

此次报告文学评奖提出了一个尖锐的话题,也就是报告文学的评价标准问题。各位评委可谓各持己见,标准难一。我个人认为,对报告文学作品优劣、高下的评价明显区别于其他文体。首先,它是把新闻性包括真实性和信息性放在首位的。尤其真实性更是报告文学的生命线,也是报告文学创作的底线。一篇带有虚构成分的作品从根本上就失去了作为报告文学的资格,因此它不应该也不可能被划入报告文学范畴。而如果作品不具有新鲜的信息性,亦即不能带给读者新的信息、新的资讯、新的思想,这样的作品也很难被归入报告文学范畴。作品能够提供信息的多寡、厚薄有时也被用作衡量标准。譬如,有评委认为,《我的课桌在哪里?》《丛飞震撼》都很感人,很有现实意义,但作品内容比较轻,不够"厚重"。第二个标准是独创性或首创性。一篇优秀的报告文学作品有些类似新闻报道,追求独家消息独家新闻、独特发现和独有题材、独到见解及独立看法，总之是要追求一个"新"字。而要寻找新颖题材，作家往往需要机遇并付出较大努力；要表达独到见解，则更可能带来一定风险。比如在本届鲁迅文学奖评选过程中，初选曾以全票入选的邓贤《黄河殇》，是一部重新审视1938年国民党炸毁黄河花园口事件，文学性、可读性很强的作品。但作品的主题思想显然与传统教科书上的结论不尽相同，有新意和独到见解，书写抗战题材也很重要。但在终评评委们讨论时对作品的新见解提出疑虑，加上作品个别地方有虚构痕迹，最终没能通过终评。第三个标准是艺术性。报告文学是文学，衡量文学的标准自然适用于它。报告文学同样应该追求丰富而绚丽的想象，追求诗情画意、文化意蕴和历史底蕴，追求优雅汉语表达、美和文采，要能产生震撼人、振奋人、感动人、催人泪下、启人省思的作用。第四个标准是社会价值标准。在社会价值与艺术价值的权衡（或称作品的思想性与艺术性的权衡）上，社会价值经常被放在第一位。即举"大叙事"与"小叙事"相比较为证。大叙事主要是描写国家重点工程、重大举措、重要突破，包括一切与国计民生息息相关的重要事件。小叙事则更多地关注个人、个体、小人物的传奇命运、人生经历等。报告文学既然被要求承担更多的社会责任，看重其"参与生活"的禀性，那些直面现实特别是就现实尖锐问题发言、能够产生较大社会反响的大叙事作品，便常常被研究者等认为具有更高的社会价值，也就更易受到推崇。相对而言，小叙事作品尽管可能具有很强的文学性、很高的艺术价值，也会被认为其社会价值较低而屈居次席。在本届鲁迅文学奖评选中，徐风描写紫砂艺人蒋蓉人生经历的《花非花》，被普遍认为具备很好的艺术性、生动感人，是近年来为数不多的优秀人物传记之一，在初选时也曾获得满票通过。但在终评时就因其主要是描写"小我"的小叙事，社会价值、现实意义略为逊色而被取下。最终得奖的5部作品几无例外都是描写重大工程、重点题材，与国计民生关系密切的重要事件的"大叙事"作品，都是能够也应该产生较大社会影响的作品。第五个标准是可读性和受读者欢迎程度。作品的观赏性、印数发行量及社会反响大小也被用来权衡报告文学作品的高下。报告文学是直面现实、关注人生的文学，如果一部作品发表后，阅读者寥寥，社会反应平平，这样的报告文学恐怕很难被归入优秀之列。

我参与此次评奖的第二个感受是，报告文学作为一种特别能直面社会现实的独特文体，近年来也面临着生存发展的危机。一方面是创作者队伍萎缩，青黄不接，特别是青年作者匮乏——本届获奖者中4位已年过半百，最年轻的一位也已44岁；一方面是树碑立传式的广告文学、宣传文学、媚俗媚世文学的冲击，报告文学作品的战斗性、参与现实的热情及能力大大降低；另一方面是发表园地消减，许多文学报刊不设报告文学栏目，基本不发报告文学作品。与此同时，我们也欣喜地看到，《报告文学》《北京文学》《中国作家·纪实》等杂志坚守着报告文学的阵地，每期都有精彩、好读的报告文学作品推出，且不断有作品被广泛转载，或作为单行本出版，或改编成影视，产生了较好的社会效果。2007年10月下旬在江苏常熟召开的全国报告文学理论研究会第五届年会上，与会报告文学作家和评论家普遍反映，报告文学作家和刊发报告文学作品的文学报刊几乎都遇到了生存的困境，有时创作或发表一些带有广告性的作品实属无奈；当下在报告文学研究领域，专业的理论建设和创新明显匮缺，深入的报告文学作家个案研究明显不足。

我参加评奖的第三个感受是，本届评奖确实遵循和体现了"四公"原则，即公平、公正、公道和公开。评奖乃天下公器，何况是一次以鲁迅之名进行的评奖。鲁迅是中国文学的一面旗帜，这样的评奖活动必须要与鲁迅精神相契合，获奖作品必须符合或体现鲁迅精神。对鲁迅精神,毛泽东、周恩来、瞿秋白等都有过很好的概括。在我看来,鲁迅精神最重要的是人间情怀和现实关怀,是情系芸芸众生的大爱大悲悯,是中国文学和中国士子/知识分子的优良传统,亦即:爱国忧民、感时忧世,天下兴亡匹夫有责,先天下之忧而忧后天下之乐而乐,富贵不能淫、贫贱不能移、威武不能屈的高尚气节,仁义礼智诚信的人格美德,勇于担当、勇于做时代的良知和民族的良心……

第四届鲁奖已结束。当然,此次评奖由于颁奖日期预先确定导致时间仓促,因此也存在一些不足或缺憾。我个人认为,今后鲁奖可以在这些方面进行改进:一是可以借鉴茅盾文学奖和全国"五个一工程奖"等的经验,将初选入选作品篇目向社会公布,公示一个月,充分听取各方面意见;二是在征集作品、初选审读阶段可以吸收读者参与,允许作者个人自荐作品,借助网络征求读者意见等,克服鲁奖作为单一专家奖的局限;三是可以在颁奖前后召开一次近年文学创作态势的综合研讨或分文体研讨,分析获奖作品得失,对今后创作进行引导。此外,应加大宣传力度,在评奖启动时也可以召开一次新闻发布会等。

(原载《报告文学》2008年第3期)

鲁迅文学奖理论批评奖评选感言

郜元宝

今年 10 月中旬,本人参加第四届鲁迅文学奖理论批评奖的终评,一个星期集中看了初评入围的 20 多部论著,也拿到一份各地推荐的理论批评论著的原始目录,对近 3 年来文学理论和批评的情况,大致有了个印象,再对照评选结果,觉得这次评奖,有以下几个特点。

首先,是倾向于那些关注当下文学运动的论著,对长线的注重学术积累的论著,只好多有割爱。

这显然是为了倡导、激励评论家们对正在发生的文学现象进行及时的跟踪式研究和批评,但并不等于说,我们的文学批评在关注当下、介入创作方面已经令人满意了。相反,密切关注当下,推动文学创作的繁荣,仍然是理论家批评家们一个必须经常强调的课题。如果知道评奖结果是运用一种极不平衡的具有明显倾向性的评选标准的产物,是在排除大量具有深厚学术积累的论著的前提下,将有限几篇(部)相对比较出色的批评论著披沙拣金般地筛选出来,理论批评同行们就应该承认自己做得还很不够。

这次申报机制的确也成为议论的话题。有人说,由各地作协和报刊出版系统推荐,没把高校拉进来,这种办法很不理想。但也有的看法恰恰相反:各地作协和报刊、出版单位的理论批评资源已经包括了——甚至主要就依赖——高校中文系以及其他相关系科;经过作协和报刊出版这一层的遴选,高校理论批评资源与当下文学创作的相关部分倒是被有效地凸现出来,如果不经过这一关,直接由高校自行推荐,那么整个推荐篇目的底盘势必会庞大到目前的评委力量无法承受的地步,也势必会偏向于和当下文学创作比较疏远的学术论著那一方面。何况评委中来自高校的也不少,他们还可以在初评入围的作品之外,以 1 人提议 3 人附议半数评委通过的形式另外推荐新作品,因此所谓遗珠之憾,应该不会很大。

以上虽然是题外话,却从另一面说明,若要为批评的不振辩护,理由将比较微弱。

其次,这届评奖特别鼓励个性化的批评和研究。这不仅包括介入文学的角度和评价文学的价值参照的独特,也包括批评文体的个性化。理论批评的文体应该多种多样,应该生动活泼,与文学创作共生,和创作一样散发出浓郁的生命气息。评论家敏锐地把握文学发展的脉动,积极介入文学发展,不是高高在上,在隔膜状态品头论足,这样,他的批评文体必然趋向个性化。话虽这么说,事实上自有现代批评以来,真正有个性的批评文体并不多见,流行的还是那种一呼百应、人云亦云、千篇一律的板结状态的缺乏个性的滥调文章。可以说,文体的个性化是批评家的全人敢于站出来的标志,也是批评建立诚信、走向成熟的保障。李敬泽《见证一千零一夜》虽然是给《南方周末》撰写的专栏文章的结集,但作者从丰富而切近的编辑与阅读经验出发,有意识地抗御强势媒体流俗化、艳俗化、平面化的规约,不仅在批评理念和文学精神上独创一格,也始终有意识地惨淡经营他的文体,显示了强烈的个性。这部书得票最高,多少反映了评委们对批评文体个性化的期待。有人甚至戏称之为"敬泽体",这或许还为时过早,但批评界果真再多一些冠以批评家姓名的"某某体",岂不妙哉?

无论是陈晓明的《无边的挑战》,还是雷达的《当前文学创作症候分析》,都说明大家正在期待文学批评的大视界。

"当代文学"已经有半个多世纪的历史,"新时期"以来的文学也走了将近30年的旅程。评说这一历史阶段的文学,越来越需要既有历史深度又能对未来有所展望的宏观研究,而不能满足于流于浮面、片段和碎片化的把握。其实这也是世界文学研究与批评的通例。每当文学发展到一定程度(不一定非要经过某一固定时间跨度的积累),读者就自然期待批评家们进行整体的和概观的阐释。整体的概括性批评的出现,不仅显示批评的功力和气势,也是文学自身达到一定成熟度的表征。

《无边的挑战》是陈晓明在20世纪80至90年代对当时"中国先锋文学"进行同步研究的系列论文,渊博而不失锐气,新颖而不失持重,深刻灵敏而又不回避琐碎繁重的材料梳理。陈晓明对先锋文学的许多开创性说法,尤其是他从先锋文学的研究出发,对整个中国文学从新时期到新时期以后一些关键性转折点的分析,今天读来,仍觉可贵——尽管很不幸,先锋文学作为一种运动,并没有和陈晓明的先锋文学研究一样历久常新,不过这似乎也从另一方面衬托出那种认为批评只是创作的附庸的传统说法是多么狭隘。《无边的挑战》属于新时期以来中国文学批评界少有的收获之一。

最近几年,无可否认批评经过一段不太成功的迟疑、调整、适应之后,出现了明显的疲惫、倦怠、松弛甚至衰竭的征兆。有些文章,单从口气上看,好像就已经无可无不可,"没感觉"了。一直在评坛辛苦支撑的资深批评家雷达,意外地从中央发力,贡献了一篇概观性的佳作。并且他并非论功摆好,而是一上来就抓住问题不肯放手。不管他所论"症候"是否准确,也不管他的"症候分析"是否到位,这种直面问题毫不宽假的态度,在浑浑噩噩不知所云的一片暮气中,实属难得。不过,挺枪跃马、昂然出阵的,竟是老将黄忠,这对含毫濡墨之际顾虑深重、一味持平的青年,不能不是一个刺激。

在文学批评需要重整旗鼓的现在,对一些重要作家进行深入研究,也显得特别重要。如果因为注重宏大问题的研究而忽略对作家的个案探讨,批评就会流于空泛。这次选中洪治纲评论贾平凹的长文《困顿中的挣扎》,就是为了鼓励批评家放下顾忌,甚至也暂时放下这么多年以来所积累的耸听之危言,动听之美词,与作家展开真诚的对话。如果一味从面上宏观地去把握文学,而避免对尤其是个别重要作家做直接爽快的评骘,必然会"见林不见树",也必然会从根本上放弃批评之所以为批评的职责。一个时代的文学是由一个一个具体的作家组成,如果缺乏具体的、有深度的作家个案的研究,仓促之间推出的各种命名,各种"说法",都会据地全失,沦为笑谈。在这个意义上,传统的"作家论",或者略加改装的现代或后现代的"作家论",或许是保证创作与批评良性互动的基础。当然,"作家论"的工作量很大,要求批评家要长久地跟踪某个作家的创作历程,反复地玩味他的几乎每一部作品,水到渠成,厚积薄发,"有什么话说什么话,话怎么说就怎么说"。这样的"作家论",某种程度上也是可遇而不可求,作家邀约,主编点将,急就章成,就不是那么回事了。现在很多以"作家论"为名的批评,其实并非真正意义上的"作家论"。我个人非常希望通过这次评奖,推动"作家论"的写作,打好文学批评的基础。而且我也很高兴地看到,在此前后,已经有不少杂志行动起来,为"作家论"留出了越来越多的版面。当然,这也还是一个形式的问题,作家论的风气起来了,如果内容上仍然无非"当代作家审判"或"当代作家表扬",那也照样无济于事。前者简单蛮横,堵塞言路,自愚而愚人,后者一个劲地歌功颂德,树碑立传,其实是给已然昏迷的作家大灌迷魂汤,无异于操刀进毒,促其速亡。这些自然都还算不上真正的"作家论"。

我们说,评论家要真诚,要有勇气,作家也需要有雅量。和谐的文学环境不是以取消批评为条件。恰恰相反,只有诚恳、认真乃至热烈的批评,才能创造文坛的和谐。漫无边际的说辞、停留在表现的印象、不敢说真话,都只能导致批评的枯萎,最终反而有损于文学环境的和谐。和谐不是让人们战战兢兢、哆哆嗦嗦、唯唯诺诺,而是要有真诚大方、坦率无伪的交流。这才是文学的希望所在。

这次还选中了欧阳友权的《数字化语境中的文艺学》。不能说这本书已经多么圆满,而是因为作者近年来持之以恒地致力于这方面的研究,在少数同类著作中尚属翘楚。对网络虚拟世界和后现代媒体的研究,在我们这里是后发的,应该具有更大的理论拓展空间。这本书虽然也有它的某些遗憾,但仍然选中它,无非是希望评论家们能够大胆介入和把握新的时代出现的新的问题。

(原载《南方文坛》2008 年第 1 期)

扩大评奖范围　增加公示环节

——第五届鲁迅文学奖评奖启动

中国作协新闻发言人陈崎嵘答本报记者问

记者：请您介绍一下本次评奖范围。

陈崎嵘：按照修订后的《鲁迅文学奖评奖条例》（以下简称《评奖条例》）规定，第五届鲁迅文学奖评奖范围为 2007 年 1 月 1 日至 2009 年 12 月 31 日期间由国家批准出版发行的报纸、刊物、出版社和由国家批准拥有互联网出版许可证的网站上发表或出版的中文文学作品。翻译奖包括外译中和中译外作品。网络作品发表的时间以网站上传的时间为准。

记者：与往届相比，本届鲁迅文学奖有哪些新的变化？

陈崎嵘：一是评奖范围扩大。凡是由国家批准出版发行的报纸、刊物、出版社和由国家批准拥有互联网出版许可证的网站上发表或出版的作品，均可参评；明确了小小说（亦称微型小说）可以结集形式参加短篇小说类评奖。二是初评程序有所改变。将原来的初选审读组改为初评委员会，将原来的审读组成员改称为初评委员。并要求初评委一般应具有高级专业职称，应是文学界有影响的作家、诗人、理论家、评论家、编辑家和文学组织工作者。三是评奖程序增加公示环节。即全部参评作品和初评入围作品均实行公示；在终评委提名增补作品方面，进一步作了数量限制，即每种体裁不得多于 2 篇（部）。

记者：哪些文体的作品可以参评？评选的标准是什么？

陈崎嵘：中篇小说、短篇小说、报告文学、诗歌、散文杂文、文学理论评论和文学翻译等 7 种体裁、门类的作品可以参评。获奖作品应有利于倡导爱国主义、集体主义、社会主义的思想和精神，有利于倡导改革开放和现代化建设的思想和精神，有利于倡导世界和平、国家统一、民族团结、社会和谐、人民幸福的思想和精神，有利于倡导用诚实劳动争取美好生活的思想和精神。

获奖作品思想性和艺术性应该完美统一，具有较高的艺术品位和较大的社会影响力。那些弘扬民族精神、体现时代精神和历史发展趋势、反映人民群众主体地位和现实生活，塑造社会主义新人形象的优秀作品，会受到重点关注。

记者：网络文学作品是否可以参评？参评程序有什么要求？

陈崎嵘：可以。已在网络上完整发表的作品，可以通过发表该作品的网站申报。前提是该网站须拥有国家批准的网络出版权，并与作者签订了独家版权合同。

记者：旧体诗词可以参评吗？

陈崎嵘：近年来，旧体诗词创作十分活跃，社会影响较大。我们欢迎旧体诗词参评鲁迅文学奖。但与新诗一样，旧体诗词必须以结集形式参评。

记者：作家个人如何推荐自己的作品参评？

陈崎嵘：作家个人可以通过其所属的中国作协团体会员单位、解放军总政宣传部艺局或者刊发其作品的报刊、出版社、网站等机构向评奖办公室推荐自己的作品。

记者：参评时需要报送哪些材料？

陈崎嵘：需要两方面材料。一是参评作品5至10份。属作品集的需注明每篇作品创作或发表时间。二是参评作品推荐表。内容包括作者简介、作品简介、在网上公布简介材料的授权等。作者简介和作品简介需同时报送电子版文本，发至评奖办公室指定的邮箱。

记者：哪些机构可以推荐？每个机构推荐作品数目为何要限制每类5篇（部）？

陈崎嵘：中国作协各团体会员单位、解放军总政宣传部艺术局，国家批准出版发行的报纸、刊物、出版社和拥有网络出版权的网站，均可推荐。拥有推荐权的单位比较多，其范围覆盖各个方面。

根据往届习惯做法，每类奖项最终评出的获奖作品不超过5篇（部）。为提高评奖效率，故对每类参评作品的申报数额作了适当限定。鉴于部队作家和作品数量较多，故解放军总政宣传部艺术局推荐的数额略有增加。

记者：本届评奖要进行2次网上公示，能否介绍一下这样做的目的？

陈崎嵘：第五届鲁迅文学奖将进行两次网上公示，即：所有参评作品公示，所有初评入围作品公示。为什么这样做？是因为鲁迅文学奖必须坚持公开、公平、公正原则。进行网上公示，就是希望扩大读者的参与面和知情权，接受文学界和其他社会各界对评奖的监督，扩大鲁迅文学奖在国内外的影响。同时，通过网上公示可以了解社会公众对参评作品的评价，使获奖作品更具群众性。中国作家网和新浪、TOM等网站将公示第五届鲁迅文学奖全部参评作品和初评入围作品，还将设立评奖活动专栏，敬请广大网民予以关注。

记者：我们注意到本届评奖明确小小说以结集形式参评，能否介绍一下这方面的情况。

陈崎嵘：小小说（亦称微型小说）是短篇小说的一个品种，近年来得到长足发展，深受读者欢迎和喜爱。本届评奖特别明确小小说以结集的形式参评，是为了适应其特点，更好地激励小小说创作，推动小小说创作的进一步繁荣发展。

记者：中篇小说、短篇小说、小小说的界线是怎么确定的？

陈崎嵘：关于中篇小说、短篇小说和小小说的区分，其实是约定俗成的，通常根据作品的格局来划分。为了在评奖过程中便于操作，一般把2.5万字以内的小说确定为短篇小说。其中，2000字以内的小说为小小说；把2.5万字以上、13万字以内的小说确定为中篇小说。当然，体裁并不是简单靠字数硬性规定的，有的作品虽只有10万字左右，但从格局上看却可以称之为长篇小说，相信作者和推荐单位会适当把握。

网络小说体裁也参照这个字数标准确定。

记者：诗集、散文杂文集、小小说集为什么要规定新作比例不得少于1/3？

陈崎嵘：因为第五届鲁迅文学奖评选的是2007—2009年期间发表的作品，要求是新作。考虑到诗歌、散文杂文、小小说结集出版时所收集的作品时间跨度可能较大，也为鼓励精品作品集的出版，因此允许收录部分旧作。但明确规定，在评奖年度内创作的作品或首次发表的作品不得少于1/3。要特别指出的是，结集中哪些是新作，哪些是旧作，若原书中没有标明，作者应注明每一篇作品的创作或发表日期，并经推荐单位确认证明，以获得参评资格。因网络作品目前尚无在网上结集出版的规范形式，故本届网络作品仍以单篇（部）的形式参评。

记者：评委是怎么确定的？有无熟悉网络文学的评委？

陈崎嵘：根据《评奖条例》，由中国作家协会聘请文学界有影响的作家、理论家、评论家、编辑家和文学组织工作者组成评委会。评委会成员一般应具有高级专业职称。我们已注意到您关注的问题，会聘请多年跟踪研究网络文学的专家出任评委。

记者：如何确保评奖活动的公开、公平、公正？

陈崎嵘：确保第五届鲁迅文学奖评奖活动的公正性和权威性，是我们追求的目标。为此，我们采取了一系列措施。主要有：一是设立纪律检查组，从评奖启动至颁奖活动结束，实行全过程监督。二是认真执行《评奖条例》，严格实行评委回避制度。三是实行网上公示，接受社会公众监督。四是对初评委和终评委的权限进行制约。如：增加初评委人数；终评委提名增补作品不得超过2篇（部），且须在全体评委审读过拟增补作品后，有2/3以上评委同意方可增补。五是通过新闻发言人，随时向媒体公布评奖工作进展情况，解答媒体提问，力求使评奖全过程公开、透明。我们欢迎文学界和广大读者广泛参与，欢迎新闻界和社会各界监督评奖工作。

记者：评奖过程中如何听取和吸收读者的意见？网民怎么参与评奖？

陈崎嵘：让更多的读者和社会公众关心评奖工作，参与评奖活动，是我们重点考虑的问题之一，我们也很乐于听到这方面的建设性意见。现初步考虑：一是设立评奖办公室和各奖项联络邮箱，接收读者（网民）的邮件，并及时整理反馈给评委会；二是进行两次网上公示，广泛吸纳网民意见。网民可以在网上留言，也可以直接向评奖办公室寄发邮件，推介作品，发表对评奖活动和参评作品的看法、意见和建议等；三是据我所知，已有一些网站准备开展网上和手机竞猜，参与评奖。我们支持这一做法，将与有关网站合作，设立竞猜奖，给予适当奖励。

记者：颁奖时间和地点可以预告吗？

陈崎嵘：颁奖时间初步定于今年11月上旬，颁奖地点定在鲁迅故里绍兴。

记者：鲁迅文学奖与茅盾文学奖有何不同？

陈崎嵘：茅盾文学奖评选的是长篇小说，4年一届。下一届（第八届）应在2011年评选。鲁迅文学奖评选的是除长篇小说、儿童文学外的其他7个门类的作品。茅盾文学奖和鲁迅文学奖都是我国具有最高荣誉的文学奖项。

记者：最后，请您介绍一下本届评奖在经费和社会赞助方面的情况。

陈崎嵘：《评奖条例》规定，鲁迅文学奖评选活动经费由国家拨款及吸收社会赞助的方式解决。本届鲁迅文学奖的评选得到了香港李嘉诚基金会的大力支持，李嘉诚基金会一次性资助人民币500万元。这笔款项将专门用于奖金和评选费用。绍兴市政府也将为第五届鲁迅文学评奖和颁奖活动提供支持。这从一个侧面反映出社会对文学事业的关心和厚爱。我们对此表示赞赏和感谢！

（原载《文艺报》2010年3月3日）

越写越长是时代的病症

——访第五届鲁迅文学奖评奖办公室主任胡平

胡　平

　　第五届鲁迅文学奖(下简称鲁奖)评选活动刚刚揭晓,围绕评选的动态与细则,以及鲁奖所折射的中国当代文学的发展,社会上涌现了不少有意思的话题。本届鲁奖评奖办公室主任胡平,日前就其中有代表性的问题,接受本报记者独家专访。

一、关于网络文学

　　记者:第五届鲁奖首次将网络文学纳入参评范围,引起了网友的广泛关注,但31篇(部)参评网络作品到最后只有1部(《网逝》)进入终评作品。有人说这是因为海量高产的网络文学还缺乏精品力作,也有人说评委的传统文学观念有待进一步开放、参选条件有待进一步放宽。怎么看这个问题?

　　胡平:鲁奖吸纳网络文学参评,受到多数网民肯定,被称为"破冰之旅",说明网络文学越来越成为不可忽视的存在。在31篇(部)网络文学参评作品中,《网逝》比较突出,它表现的关于网络暴力等内容,很有新意,富有网络文学特色。《网逝》等作品使我们看到了新鲜的生活面,这也是我们需要网络文学的原因之一。文学创作主要由专业作家从事的时代已经过去。网络文学作家在技巧和专业训练上也许不及专业作家,但就生活经历总和而言,显然有过之而无不及。

　　但是,鲁奖有鲁奖的规定,如规定中篇小说的篇幅在2.5万字到13万字之间,短篇小说在2000字到2.5万字之间,这是约定俗成的,有着内在的艺术规定性。网络文学的中短篇小说情况不同,中篇一般在60万字左右,短篇也较长,主要是由于网上阅读一般前10万字不收费,作品太短了文学网站无法经营。所以,网络文学和鲁奖之间有一个兼容问题。今年,许多优秀的网络中篇由于篇幅限制不能参评,申报并符合参评条件的有31篇(部),入围的只有1篇,主要原因是还来不及按照鲁奖的规定准备作品,相信下一届情况可能会有改变。能否把鲁奖的中篇篇幅标准放宽呢?那是没有必要的。超过字数按长篇对待,参加长篇小说文学奖角逐就是了,长篇是没有上限的。今天,传统文学和网络文学间的藩篱正在拆除,网络文学带来了一些新的文学观念,但它毕竟还是文学,文学的本质并无改变,所以应该相信评委的眼光。如果要说眼光的差别,主要在于纯文学与通俗文学两大类文学的不同趣味上——这是由来已久的话题。评委们会充分考虑到网络文学的特殊性,也乐于看到网络作品获奖,更何况网络文学中不乏纯文学作品。

　　记者:现在是一个全民写作的时代,有人认为网络文学的价值应由点击率与下载量衡量,而非获奖。如果网络写手过分关注得奖,写作上反倒会失去特色——你怎么看呢?

胡平：全民写作的说法有一定道理。最起码，网络文学有着前所未有的开放性，体现于作者的开放性和题材的开放性。无门槛发表吸引了大量文学圈外人士进行短期或长期写作，这些作者中有些还是精英，有着高等学历、一定的写作能力和各种各样的特殊经历，有些经历可转化为很有价值的写作素材。网络作者没有自我审查意识，不回避现实矛盾，书写自由，匿名制又使网络作者可以完全开放的姿态披露私人生活和内心秘密，这些都成为网络作品吸引读者的重要因素。

网络文学属于大众写作，这种定位决定了观察点击率和下载率是有意义的。但衡量网络作品的价值不能简单看"两率"，成熟的公民社会不会这么看。譬如，格调低下的性文学和暴力文学，也会获取相当点击率，但是并不说明问题。应该考虑到，文学阅读有时不是文学性的阅读，阅读率和获奖也是两回事，奖项代表社会导向，代表公共价值观。一部真正优秀的网络文学作品获不了奖是没有道理的，除非社会出了问题。所以不宜把点击率和得奖对立起来。当然，一心奔着获奖，把读者不当回事的创作，也难以获奖。

二、小说为什么越写越长

记者：小小说登陆鲁奖显示了一种新的气象，但实际创作中仍是长篇小说更有吸引力。很多作者下笔动辄上百万字。什么原因导致文章越写越长？

胡平：小说越写越长，散文越写越长，报告文学越写越长，甚至诗歌也越写越长，是时代的病症，反映了浮躁的社会氛围。问题不在于篇幅与规模，而在于含金量。我有个判断，虽然长篇小说是传统文学的主战场，集中了最优势的兵力，从 20 世纪 90 年代开始，打了一场持久的攻坚战，现在年产达 3000 部作品，但在总体质量上，中短篇小说要比长篇小说强。为什么呢？因为写中短篇的作家基本是出于对艺术的喜爱和追求而写作，从而使中短篇创作成为整个文学版图中最成熟、最考究、最少遭人非议的部分。长篇创作的动机有时就比较复杂了，譬如，一些人认为长篇小说更有艺术地位、更受关注、更易宣传、更可能被改编成电视剧等，有意无意把作品越写越长。问题在于，长篇小说又是难以把握的，它往往不是写几个人，一两件事，而是写几十人、几十年，这就需要大的结构，关系到作者把握历史与时代的能力，需要作者拿出世界观——如果他的世界观并不成熟，甚至缺乏信仰，作品自然就成问题。攻克长篇小说是一个进程，近年来虽有进展，出现了不少优秀作品，但由于浮躁等各种原因，今天的作家写作时间多，学习时间少，向生活学习的时间也少，容易写出与篇幅和愿望不相称的作品。

三、"单篇名世"还会诞生吗

记者：单篇名世，在文学史上是常有的事，为何散文与诗歌不设单篇奖，而要以集子参评？

胡平：这是一个遗憾。我国古代有些散文、诗歌名篇，篇幅都很短，比如《陋室铭》，总共81 个字，字字珠玑，拿来参加今日的鲁奖评选，应该可以获全票和头名。古代文人把写作当作千古事，孜孜以求，不遗余力，名作佳篇可世代流传。今人要学的东西很多，据说许多小学生一天的阅读量，包括文字、影像、广告等，大约在 20 万字左右，已超出了 15 世纪一位成年人一年的阅读量,这使得人们很难像古人那样专心习文。社会对文学的关注度也在下降,散文家和诗人很少能靠一篇作品、一首诗成名,而是需要不断积累。评奖时以单篇作品抗衡一部集子的分量也是不容易的。鲁奖3年才评1次,多少要考虑作家的实力和贡献,结集参评是有道理的。不过你提的问题也很重要,为了提倡精品力作,将来应该考虑允许单篇作品申报,激励以一计百的创作。

(原载《人民日报》2010年10月21日)

鲁迅文学奖诗歌评奖记录
高红十

题记：生活中每年每月发生那么多事情。有的如花开花落，雾散云开；有的则落地成钉，当下入史。亲历的个人，没本事把握评判事情的价值，却有能力记录并将记忆保存。

一、受聘

2010 年 8 月 6 日，接中国作家协会创研部郑苏伊女士电话，邀我参加鲁迅文学奖初评工作："什么门类？""诗歌。""哟，好多年我与诗歌渐行渐远，很陌生。""鉴赏力总有吧。""这话我爱听。"于是——犹豫了 3 秒钟，答应。

这就是我参加中国作协第五届鲁迅文学奖评奖的开始。中国作协共有 4 项文学大奖：茅盾文学奖(4 年一届，只评长篇小说)，鲁迅文学奖(3 年一届，包括中篇小说，短篇小说，报告文学，诗歌，散文杂文，文学理论评论和翻译共 7 项)，全国优秀儿童文学奖，全国少数民族文学创作"骏马"奖。从覆盖的广度看，鲁奖有着其他大奖不及的影响力。

20 世纪 80 年代我参加过中篇小说评奖的初评。那时中短篇小说一起评，没有名目，按年代计。那可是文学影响全民的特殊历史时期，问问那个时代过来的年轻人，谁没读过刘心武、王蒙的小说和会背两句北岛、舒婷的诗？

从 1986 年开始，中国作协把各门类分散评奖统一为鲁迅文学奖。评奖过程大致分初评和终评，评奖也越来越规范。

开头几届的初评参加者叫"初评审读组"成员，每个门类一般 7 个人。第五届"审读组"变成"初评委员会"，每个门类设 13 个初评委员，初评委和终评委的名单与获奖作品一起在媒体上公布，这样做是为了提高初评委的积极性和责任感，以保证评奖质量。

初评委的标准，年龄一般不超过 70 岁，有高级专业职称，在同一奖项连任评委不得超过两届，外地评委必须占评委总数的 1/3 以上(此次诗歌初评委 6 名来自外地，占 4 成以上)。

二、读书

第五届鲁迅文学奖征集参评作品工作于 2010 年 2 月 28 日启动，2010 年 4 月 30 日结束。评奖办公室对报送参评的作品进行资格审查，查明作品的版权，出版数据，推荐参评作品的提要和评语，并在网上公示 15 天，最终确定 1009 篇进入初评，其中参评诗集 127 部。也就是说 13 名初评委要首先阅读这 127 部作品，再通过轮投票，逐轮淘汰，最终确定 20 部作品。

时间只有 10 天（8 月 23 日至 9 月 3 日）

阅读量不言而喻："超大啦！"

有过以往评中篇的经验，我知道要趁脑瓜清醒早读快读多读作品，因此我在多数人参差报到的 8 月 23 日当天，就从苏伊女士手中抱回 30 多本诗集——干活喽！开始干活喽！

顺便说及，本届鲁奖诗歌初评委主任是著名诗人雷抒雁（便于初评和终评衔接，他也是终评委副主任），开始读作品前他召集大家开会，讲纪律，签署"保密协议"。

127 部作品我都是第一次读。按照以往做过诗歌编辑的经验，特别差和特别好的作品好办，可以早早挑出来放一边。难在不分伯仲中间一类，要花些工夫读，还要写下取或舍的意见，以备投票时用。

可以说，开始阅读还是享受，有些好诗给人以陶冶，但随着时间紧任务重，更多是当计件工作一本本翻读；五花八门林林总总……也算补了我对近年诗歌创作现状缺乏了解的课。

127 部诗集当中，写重大题材的占 1/5，包括奥运，60 年大庆，上海世博会，廉政建设，改革开放 30 年，青藏铁路，汶川地震；写英模人物长篇叙事诗（一本诗集一个人物）3 部；旧体诗 9 部（以往鲁奖诗歌不评此类诗。为了保证此类诗歌质量的认知，评委当中有中华诗词学会副会长），也有新旧诗合集的。女作者占 1/5 强，1/4 弱，相当一批女作者很有实力。从年龄看，有 80 以上耄耋老者，也有 80 后的年轻人。

所有鲁奖 7 个门类初评委加上工作人员有百多人，都住在北京北边一家叫鸿翔的宾馆。宾馆条件可以，但外边环境较差，被评委"誉为"城乡接合部，每天饭后的溜达就在城乡接合部的马路边嗅着汽车尾气进行。餐厅、马路，各门类初评委打头碰脸时，问一句，看的怎样了？眼睛疼，头晕。报告文学评委说诗歌评委好，文字排列稀疏，回行多，好读。诗歌评委羡慕小说，有故事，好读。多数人"同情"理论评委，不好读。

三、投票

2010 年 8 月 28 日下午，开始诗歌初评的第一轮投票。目标：127 进 64。

诗歌组的纪检监察组成员是四川省作协的党组副书记，副主席，凡诗歌组投票他必到场，尽职尽责，一场场投票后他签字负责。

第一轮投票采取简单多数，也就是说从高票往下排，在第 64 位上打住。

第一次投下来，过半数的有 57 部，往下 13 部并列 6 票，于是对这 13 部投了第二次和第三次票，最终通过 7 部，合计 64 部。

完成诗歌初评的第一轮投票。

评委心里都明白，越往后越难投。

经过两天复读，2010 年 8 月 31 日上午，开始诗歌初评的第二轮投票：64 进 35。

投票前雷抒雁主任发言，强调鲁迅文学奖是国家奖，不同于个人，团体奖，有自己的标准，比较全面。他说，如果有作者以前获过奖，此次又有作品入围，可横向比较其他作者，也纵向比较他以前的获奖作品，质量特别优秀的可考虑上，如果不行，把机会让给其他年轻人。雷主任再次强调评奖纪律和人人都签过的保密协定。

其他人做了简单发言。

9 点 45 分第二轮投票开始。按有效 35 票（可少不可多）计票，发现从高到低有 34 部作品过 7 票(含 7 票),往下又是 6 部并列 6 票。

经过评委举手表决,决定本轮投票打住在 34 部作品。

本以为很困难的第二轮投票,结果很快结束。

留给第三轮投票前的复读时间,只有 31 日下午和 9 月 1 日上午两个半天。

第三轮投票的难度在于,通过作品不是简单多数,要达到评委数的 2/3,也就是说 9 票上,8 票下。评委个人意见会在此次投票过程中凸显和坚持,形成票数分散很难集中之局面。

雷抒雁主任在投票前做了简单发言,他建议大家再看 10 分钟,这次投出的 20 部决定最终当选的 5 部作品,希望两次投票能完成任务。

此次目标:34 进 20。

本轮投票未如雷主任所愿,不是 2 次,而是 6 次,有效 3 次。

第一次过 9 票的有 12 部作品。离 20 部还差 8 部。

第二次没有作品过 9 票。

第三次改变投票方式,过了 7 部。还差 1 部。

又一次投票仍没有作品过 9 票。

之后投了 2 次,有 1 部作品胜出。

完成总共 20 部初评诗集的确立。

事后细看,最终获得鲁迅文学奖诗歌大奖的 5 部诗集全在第一次通过的 12 部作品当中。

9 月 2 日,留给评委撰写当选 20 部诗集的评语。能者多劳,有评委一人写三四部作品,我写一部。

合影。聚餐。散伙。各回各家,各找各妈。

可以公布初评委名单了(见《文艺报》10 月 20 日 2 版)。

主任:雷抒雁,副主任:郁葱。委员排序按姓氏笔画:王久辛,方文,龙彼德,朱晶,刘福春,李秀珊(女),杨志学,张永权,赵京战,高红十(女),蒋登科。

初评诗集名单见 2010 年 9 月 8 日《文艺报》2 版。

一定要提到的是诗歌组工作人员郑苏伊,她是大诗人臧克家女公子,为人温润谦和,工作细致耐心,有苦劳,更有功劳。

四、增补,公示与终评

2010 年 9 月 4 日至 6 日,也就是初评委离会一天后,终评委入住同一家酒店,开始对初评作品进行增补(习惯称之为"捞"),依据《鲁迅文学奖评奖条例》,目的是怕有遗珠之憾吧。规矩是这样的,11 名终评委,需有 1 人提名,两人附议联名推荐某部作品(从初评落选名单中产生),经全体终评委阅读和讨论,无记名投票表决,2/3 票通过,票数不够者不予增补。

增补结果是:短篇小说 2 篇,报告文学 2 部,散文杂文 1 部,总共增补 5 部。据说,诗歌有人提出增补篇目,但未能最终通过。保留初评 20 部作品不变,体现初评委工作的质量及终评委对初评委工作的高度认可。

7 个门类总共 130 部作品从 9 月 8 日至 10 月 8 日在《文艺报》和《中国作家网》公示。

这期间,评奖办公室发函给中国作家协会会员,就130部作品征询意见,收到1522名会员回函。

2010年10月19日,鲁迅文学奖评奖办公室发布第4号公告称:2010年10月13日至10月17日,鲁奖终评委对经过公示的130部作品进行认真评审,通过无记名投票,产生30部获奖作品,其中中篇小说,短篇小说,报告文学,诗歌,散文杂文,文学理论评论各5篇(部),文学翻译空缺。

诗歌获奖者如下:刘立云《烤蓝》,车延高《向往温暖》,李琦《李琦近作选》,傅天琳《柠檬叶子》,雷平阳《云南记》。

一并公布诗歌终评委名单——主任:高洪波,副主任:雷抒雁、李松涛,委员(按姓氏笔画排序):朱先树、吴思敬、郁葱、荣荣(女)、查干(蒙古族)、曹纪祖、韩作荣、褚水敖。

五、车延高,郑玲,鲁若迪基和刘希全

谁也没有想到,评奖门类一贯比较冷门的诗歌被网络热炒,被炒者车延高。我是在车被炒的时间段才知道车延高是武汉市纪委书记,他被炒作品是写徐帆的一首诗(其实是该诗片断),也由于此诗被冠以他名字谐音"羊羔体"。

一时间有关"羊羔体"的报道甚嚣尘上。连笔者80多岁几乎不看诗的老母亲也点着报纸文章质疑笔者:这么差的诗你们也评鲁奖?

事实是:一,《徐帆》非获评鲁奖的诗集。二,《向往温暖》——向往温暖遭遇地冻天寒——是一部不错的诗集。三,相信网上发帖跟帖者绝大多数没有看过诗集《向往温暖》。

之所以车延高的诗引起轰动,一是社会上极为普遍的仇富仇官心态,二是对所有带官方色彩评奖的不信任。问题复杂一言难尽,此不赘述。

车延高在鲁奖颁奖典礼上受到多家媒体围堵,一不留神成了"最耀眼明星":他躲着不说,有媒体人说:我报版面已留出,你不说,我就编着写;还有媒体人说,你不说,我来的机票都没地方报!

这都属于诗之外、鲁奖之外的花絮了。

需要提到几位入围20,未进5的诗人诗作:郑玲,80多岁老太太,当过右派,经历坎坷,却诗心未泯,诗作硬朗、明亮。从诗集名字《走自己的独木桥》可见郑女士至情至性。

鲁若迪基,来自云南丽江普米族诗人,诗集名为《没有比泪水更干净的水》,略见其抒情的民歌体诗风。

特别要提及初评时高票入选的诗人刘希全和他的诗集《慰藉》。刘希全是《光明日报》高级编辑,调《诗刊》月余,很想把《诗刊》办好,有更大的发行量,有更多的爱诗读诗人。天妒英才,刘希全猝死于初评公示的9月21日,离中秋节还差1天,享年48岁。按照鲁奖评奖规则,去世者不再参评。愿他的诗歌慰藉更多活着的人。

经济建设高速发展的社会,诗歌排位永远在生存、温饱之后,但是在已不湛蓝的天空,除了波音、空客的喧嚣,不可能也不应该没有诗歌煽动的翅膀。

(原载《档案春秋》2011年2月10日)

热闹背后看"门道"
——第五届鲁迅文学奖评选热点聚焦
李 蕾

　　众所瞩目的第五届鲁迅文学奖获奖作品已经揭晓,90 名初评委和 76 名终评委经过近两个月的认真审读和评选,最终选出 30 篇(部)获奖作品。虽然各奖项已尘埃落定,由此引发的争论却一时间甚嚣尘上。对于这个拥有 25 年历史的国家最高级别文学大奖,一直以来,人们有疑惑也有期望。尤其在这个日益多元化的现代社会中,文学版图日渐广阔而斑斓,评判标准渐趋多样,存在不同声音在所难免。但热闹背后看门道,鲁迅文学奖评选过程是什么样的? 如何看待获奖作品和鲁迅文学奖本身? 评奖中凸显中国当代文学存在哪些问题? 这些蕴含其中的重要议题,值得我们深入探究。

一、"工作做得最细的一次评奖"

　　"可以说,第五届鲁迅文学奖是工作量最大、工作做得最细的一次评奖。"参与评奖全程的第五届鲁迅文学奖办公室主任胡平感慨。据他了解,为严肃对待 1009 部申报作品,本届评奖专门加强了初评机构,将每门类评委由 7 人增加到 13 人,分成 4 个组。第一轮筛选中,两组交换审读书目,保证每部作品都经 6 人以上阅读,并在 13 人委员会上讨论,确保不使任何一部作品被随随便便筛选下去。"评委们夜以继日地工作,诗歌初评委员会每人都阅读完了全部 127 部参评作品。"胡评说。

二、"获奖作品基本能够代表中国文学创作的总体水平"

　　"这次评选出来的备选作品,以及最终获奖作品,堪称佳作,真实反映了中国社会的主要方面,题材、体裁多样化,突出了主旋律,能够代表 2007—2009 年间中国文学创作的成就与水平。"胡平对获鲁迅文学奖的作品给出了这样的评价。上届鲁迅文学奖获得者、宁波市作协主席荣荣是诗歌类终评委之一。荣荣说,以诗歌类评选来说,获奖作品可以说已经将反映创作水准的方方面面都考虑进去了。比如部队诗人刘立云的获奖作品《烤蓝》,展现了军营生活的朝气和活力;60 多岁的重庆女诗人傅天琳在 20 世纪 80 年代已在全国颇具影响力,此次获奖作品《柠檬叶子》体现了她"心灵写作"的深度,也反映了中国女性诗人的创作水准……

　　然而,是评奖就有遗憾。胡平坦言:"本次评奖还是有些好作品没有评上来,这种遗憾是很痛切的。文学属于艺术,不能像对自然科学那样用数字和仪器测量,而是凭艺术眼光打量,而艺术眼光千差万别、各具个性,没有绝对的标准,只能以票数为准,没有获奖的作品不一定比获奖的作品差。评选要考虑到获奖作品的整体结构、代表性的结构；要考虑到主旋律，也要考虑到题材、体裁和风格的多样化，如农村题材创作即使都写得很好，旗鼓相当，也不能都上，还要照顾其他题材，所以，遗珠之憾是难免的。"

三、"引起猜测和质疑是文学的福分"

本届鲁迅文学奖揭晓后，争议最多的当属诗歌组获奖作者、湖北官员车延高。他的两首旧作《徐帆》和《刘亦菲》由于太过直白，被网友戏称为"羊羔体"，网上议论纷纷，对鲁迅文学奖的公信力和公正性提出质疑。对此，中国作协新闻发言人、中国作协书记处书记陈崎嵘表示，评委们在评选的时候根本不知道车延高的身份，而车延高获得鲁迅文学奖的诗集《向往温暖》中并没有收录《徐帆》等诗，这些诗不在评委的评鉴视野内。《向往温暖》诗集中多数诗作的水准是较高的，其文学和审美价值达到了鲁迅文学奖评选的标准。作为诗人，应允许其有探索的、不成熟的作品，不可能苛求每一篇都是精品。

对于文学评奖的各种议论，中国作协主席铁凝则认为，即使是批评，也没有必要回避甚至害怕。"像鲁迅文学奖、茅盾文学奖这样重要的奖项，引起人们评头论足，是再正常不过的事情。要看到批评的积极作用，并善于从批评中汲取对事业有益之处，变成工作上的主动，以促使我们今后的文学评奖工作更科学、更公正、更具权威性。"

还有学者表示，引起猜测和质疑也恰恰反映了公众对鲁迅文学奖的较高的关注度，同时又为认识问题带来一些启示，应该说是文学的福分。

四、"文学翻译领域应加强自律"

此次鲁迅文学奖首度出现文学翻译奖空缺现象，翻译界和出版界一片哗然。文学翻译类终评委员会委员张冲指出，中国的外国文学翻译在近一二十年间的发展，其成就在任何书店里都可见一斑，选材广泛、题材多样、与国际接轨迅速，超过了以往任何时代。然而表面的热闹之下，能感动读者、令人信服的文学佳译却似乎不多，粗制滥译的反倒并不少见，很多译本经不住显微镜观察，甚至硬伤累累。在这样的背景下，第五届鲁迅文学奖文学翻译奖空缺，实际上是一种必然。

文学翻译类终评委员会主任蓝仁哲认为，严肃的文学翻译遭遇到了图书市场的商业化，是造成这种状况的主要原因。"一旦瞄准选题买下版权，便尽快找人译出进入市场，这样难免出现抢译、赶译的现象。"

蓝仁哲指出，文学翻译应是一门精致的艺术，匆匆忙忙进行语际转换、文化移植，难以保存原著的深刻意蕴、文学性与审美特征。文学翻译领域应加强自律、规划与监控。"优秀的外国文学作品不是任何粗通外文的学人都能胜任翻译的。鉴于目前翻译队伍青黄不接、良莠不齐的状况，出版社或可公开选拔译者，并给予足够翻译时间，慢工出细活儿。"

五、"坚守纯正的文学品质"

"太多的喧嚣、太多的炒作、太多消费文化的影响，左右着文学传播，使很多人的文学品位都被泡沫和喧嚣搞坏了,也导致今天的文学境遇正变得越来越复杂艰辛。文学评奖,往大了说,是为一个民族留存一段文学记忆,往小了说,是一种必要的提醒——提醒那些对文学还怀有感情的人,重视那些创造者的努力,张扬纯正的文学品质。"一位文化学者一语道破了文学评奖的意义所在。

此次鲁迅文学奖的获奖者中,就有很多不懈坚守纯正文学品质的人。军旅作家彭荆风为了创作纪实文学《解放大西南》,纪录 60 多年前亲身经历的那场战役,从 20 世纪七八十年代开始搜集素材,阅读战史,找人采访,又历经 12 年时间创作。"不断地增加删改,也是不断地加深我对那场大战的认识,从而能去粗取精,更趋完善。人生有限,在我 60 年的文学生涯中,却有近八分之一时间在忙这一作品,虽然辛苦却充满了激情与愉快。"回忆起创作过程,古稀之年的彭荆风依然激情澎湃。

凭借中篇小说《国家订单》获奖的打工作家王十月,是这样诉说自己的文学理想的:"我的文学承载的是我的文字理想,是我感悟苍生肉身和灵魂之痛后想说的话。我希望,能让他们看清一些事情背后的真相,而获得前行的力量。"

(原载《光明日报》2010 年 11 月 3 日)

鲁迅文学奖是否有点滥了

顾　骧

　　虽说它与鲁迅无关,鲁迅九泉之下并不知晓,但是既然扛着他老人家大名的牌子,也难说与鲁迅无干系。这样以鲁迅冠名的文学奖可能会被作践。

　　据东方网 8 月 21 日消息,记者日前在上海书展现场发现,在茅盾文学奖揭晓后 1 小时,新华传媒的各地出版馆内迅速设立"茅盾文学奖专区",除了"二刘"获奖作品因出版社没有备货外,专区内几乎陈列了入围茅盾文学奖前 10 名的所有作品。不过,令人有些遗憾的是,对于这个设在黄金位置的专柜,读者们似乎并不领情,从现场的情况看,很少有人驻足停留,更少有人买这个专区的书,茅盾文学奖似乎成了被人遗忘在角落里的一种尴尬。这让人联想起了去年"鲁迅文学奖"的一些情况。

一、关于文学评奖的缘起

　　"文革"结束后,人们不仅感到物质的极度匮乏,更感到精神文化的极度饥渴。在文学园地,文学创作的势头如钱江秋潮,奔涌而来。四次全国文代会后,文联与作协恢复活动,主要的任务是支持、扶助、鼓励文艺创作。这个方针是对的。鼓励文学创作的措施之一就是举办文学评奖活动。

　　按照文学发展的路径,那几年中国作协先后举办了"全国优秀短篇小说奖""全国优秀中篇小说奖""全国优秀报告文学奖""全国优秀诗歌奖",由于杂文在"文革"前是一种危险的文学样式,人们有所顾忌,稍晚点才列入"全国优秀散文杂文奖"。此外还有"全国优秀儿童文学奖""全国优秀翻译文学奖""全国优秀少数民族文学奖"等。但是没有设立过"全国优秀文学理论评论奖"。据我与荒煤、冯牧同志接触,他们的思想很明确:"文学理论评论奖"不能设立,不能碰,这一点是明智的。设想,在那时候,由几十年"左"倾思潮形成的思维定式下,能评出什么被当局认可的"优秀文学理论奖"来?

二、关于"鲁迅文学奖"的提出

　　到 20 世纪 80 年代末,文学评奖走过 10 年的路,取得了很大成绩,也发现了一些问题。当时一个突出问题是文学评奖工作太繁重,作协感到不胜负担。到 80 年代后期,作协一直酝酿着文学评奖改革。

　　据我的记忆,1988 年的下半年,中国作协召开了一次专门研究文学评奖改革的会议。我记不清是作协办公会、还是书记处扩大会,或是研究文学评奖改革的专题会议。我记得讨论时一致意见是设立一项"鲁迅文学奖"。以我的回忆,讨论的意见可归纳为:一、设立一项以中国现代文学奠基人、中国新文学的伟大作家鲁迅命名的国家大奖"鲁迅文学奖",将现有的各项单项文学奖合并。二、鲁迅文学奖由国家颁发,由中国作协承办。此奖项须呈报中央。三、评奖办法是评选作家个人全部文学成就,全部文学业绩,不是只评单篇、单部作品。四、"鲁迅文学奖"每年评选 1 次,每次评选 1 人。这里可以看出,大家的思路是参考、仿效诺贝尔文学奖的办法。这里有一个问题:当时"五四"一代和 30 年代成名的老一辈文学大家还有多人健在,如冰心、叶圣陶、巴金、曹禺、丁玲、艾青、夏衍等,他们理应首先获得此项文学奖的殊荣。那么,何年何月才能轮到当下作家参评呢? 讨论的意见是,设立"鲁迅文学奖·荣誉奖",授予一批文成名就、德高望重,且在文学史已有定论的文学大家,了却历史积案,尔后,从兹开始评选当下作家。

尽管回忆有亲历性特点,但也常有不准确、不确切之处。不过,我自信回忆无大讹误,是因为直接关联我当时担负的工作任务计划的变动,所以印象深刻。我当时担任作协创研部负责人兼茅盾文学奖评奖办公室负责人。会上讨论了将要设立"鲁迅文学奖"与已设立的"茅盾文学奖"关系问题,一致认为,"茅奖"不能裁并,谁也无权裁并。因为这是茅公个人捐款作为基金设立的一项单项文学奖。长篇小说向来认为是具有时代纪念碑式的文学样式,它以茅公命名,又以巴金担任评委会主任,具有重要地位与影响。这次会议议定,关于"鲁奖"经有关方面批准后,经过 1 年筹备,设想在来年即 1989 年国庆 40 周年时,举行颁奖活动;因此,决定"茅奖"延期 1 年,待来年国庆 40 周年大庆时,同时进行"鲁奖"与"茅奖"双奖颁奖活动。

时势难以预料,20 世纪 80 年代末,中国作协党组进行了"调整",新的领导班子上任,设立"鲁迅文学奖"一事被搁置。而第三届"茅奖"因为一切筹备工作已就绪,得以照常进行。但是对原有工作要进行审查,其中一项重要变动是对已经按作协章程通过的第三届"茅奖"评委名单进行"调整",大撤大换。我被剔除在"茅奖"评委名单以外,按照规定,我这"茅奖"办公室负责人,当然应是评委。更不可思议的是还将本届评委主任巴金也从名单上取消了。是何理由,无法得知。

三、"鲁迅文学奖"正式设立与质疑

林花谢了春红,太匆匆。转眼之间 5 年过去了,我这时已是处"江湖之远"的"散淡人"。2006 年的一天,忽然从报上读到一则消息,中国作协将举办"鲁迅文学奖"评奖活动。一看内容,我大吃一惊,彼时的主持人、决策人真是有气魄啊,有一种举重若轻烹小鲜的气概。"鲁迅文学奖"这么复杂的大事,就这样简单解决了:将原来的几项单项文学奖,都套上一顶"鲁迅文学奖"大帽子了事。我的直觉是,这样的"鲁迅文学奖"十年八年后就将满天飞了,不值钱,可能会太滥了。虽说它与鲁迅无关,鲁迅九泉之下并不知晓,但是既然扛着他老人家大名的牌子,也难说与鲁迅无干系。这样以鲁迅冠名的文学奖可能会被作践。我与几位文学界朋友交换意见,都有同感。虽然已居江湖之远,我仍然难以忘却那一份"责任心",有话便说,我起草了一份短简,送达有关意识形态方面领导官员。联署共 8 人:许觉民、袁鹰、王蒙、丛维熙、何西来、张抗抗、白烨、顾骧。我在电话中将信稿向他们通报了,征得同意。

这封信,我请白烨改写一条简短的消息,发表在上海出版的《文学报》上。好像该报的标题是"王蒙等作家对中国作协目前举办的'鲁迅文学奖'持异议"。一小块豆腐干文章,排在一个角落,可能未引人注意。这封信好像是递送给一位姓丁的官员。后来听说此信批转给了中国作协。据说,那位主持人答复:"鲁迅文学奖"事已定,已由新闻媒体向社会宣布,无法更改,云云。就这样不屑地将建议宕开了,因为此函并非由我领衔签署,处理过程,未直接找到我头上,我们的话说了,也就作罢了。

转眼间,又 15 年过去了。15 年,"鲁迅文学奖"已举办了 5 届,全面地说,"鲁迅文学奖"评奖活动取得了很大成绩,这一点不容抹杀,也不应抹杀,但无可否认,它存在过滥的隐忧也已显露。"鲁奖"5 届共评选出多少作品、多少人获奖,"鲁奖"办公室无准确统计数字,恐已超过 3 位数字,其中有数人已三四次获奖,这是大家知道的。这样的"鲁奖"在获奖作家心目中,在读者心目中,作用会是怎样,可以想见了。

"鲁奖"改革势在必行。

(原载《社会科学报》2011 年 9 月 1 日)

对鲁迅文学奖的若干思考

万安伦

鲁迅对当代文学与文化的影响既表现在深刻的思想层面,也表现在多种形式上,"鲁迅文学奖"即如此。作为中国文学唯一的级别较高的综合性奖项,并以鲁迅的名字命名,该奖不但在继承和弘扬鲁迅精神方面还有很远的路要走,也远没有达到其应有的文学声望和预期的社会影响,而且负面和质疑之声越来越大。在褒贬不一的评奖历程中,在社会各界长时间关注和每届颁奖都引起不同程度的讨论甚至争论的情况下,深入地考察其历史背景和现实意义,系统地研究其奖励机制,冷静地思考该奖存在的问题并探讨一些新的更优的评奖机制和体制,显得必要和迫切。

一、"鲁迅文学奖"是个什么奖?

"鲁迅文学奖"最早可以上溯到 1942 年解放区创办的"鲁迅文艺奖金",活动主办单位是晋察冀边区文学艺术界联合会鲁迅文艺奖金委员会,魏巍长诗《黎明的风景》等获奖。这项活动虽然与此后的"鲁迅文学奖"没有直接关系,但毕竟同是用鲁迅的名字命名的,也可以把它看作是半个世纪后"鲁迅文学奖"的先声或尝试。公众或许也期待着这两者之间与鲁迅精神方面的某种契合。

有感于"诺贝尔文学奖"等的巨大影响力和创作推动力,中国从 1978 年《人民文学》成功举办"全国优秀短篇小说奖"开始,全面构建文学奖励的机制和体制。孟繁华认为"1978 年短篇小说奖的设立,其意义也许不在于评选了多少作品,更重要的是,它首次以制度化的形式确立了文学奖项"[1]。接着,《文艺报》准备筹办"全国优秀中篇小说奖"。"中国作家协会党组感到各个杂志社各自为政,各搞一套,于文学事业不利,便加以规范,改成统一由中国作协主持"[2]。1981 年,在中宣部领导下中国作协创设了长篇小说(茅奖)、中篇小说、报告文学、新诗和儿童文学五大全国性的文学奖项,基本建立了多种文学体裁的奖励机制和体制。但好景不长,没几年,除"儿童文学奖"和"茅盾文学奖"外,其他文学奖项基本停办。这些奖项的停办不但给文学事业带来损失,而且对刚刚建立起来的国家文学奖励的体制和机制带来严重影响。为了改变这一状况,文学界及社会各界的有识之士不断呼请恢复这些文学奖项,由于此前各奖项水平不一、名目太多,给外界参差混乱之感。1995 年,中国作协党组报请中宣部同意,决定除长篇小说由作协单设"茅盾文学奖"、戏剧文学由文联与剧协单设"曹禺戏剧奖"之外,设立一个名为"鲁迅文学奖"的相对综合性的文学奖项,三年一评,按文学体裁和

---

① 孟繁华:《百年中国文学总系——1978 激情岁月》,山东教育出版社 1998 年版,第 240 页。
② 刘锡诚:《在文坛边缘上:编辑手记》,河南大学出版社 2004 年版,第 537 页。

样式设 7 个子项,除接续已停办多年的短篇小说奖、中篇小说奖、报告文学奖、诗歌奖、散文杂文奖,还另设了文学理论评论奖和文学翻译奖,这七大文学类别鲁迅都有较高的文学成就,从这一点说奖励名称和奖项类别的设置应该是说得过去的。该奖 1997 年启动首届评奖,1998 年首次颁奖。至此,"茅盾文学奖""鲁迅文学奖""曹禺戏剧奖"鼎足而立的文学奖励的形式格局基本形成。

"鲁迅文学奖"的创办,不仅标志着停办 10 年的若干单体文学奖的部分功能得到了再接和延续,同时也标志着中国国家的文学奖励机制和体制得到一定程度的恢复和重建。起初,文学界和社会各界对"鲁迅文学奖"抱有极大的期待和热情,主办者一直希望把该奖办成中国最高荣誉最高级别的综合性文学大奖,直到现在,也仍然是这样对外宣称的:"鲁迅文学奖是我国具有最高荣誉的文学奖项。"①但准确地说,目前中国还没有名副其实的"最高荣誉"的"国家文学奖"或"国家级文学奖"。"鲁迅文学奖""茅盾文学奖""曹禺戏剧奖"等实事求是地说只能算作"较高荣誉"的中国作协级别的文学奖。这个结论,对比已颁发 10 届的"国家最高科学技术奖"是很容易得出的。一是体制和机制建设差别较大,前者是在中国作协下设立临时性工作室,后者由国务院成立"国家科学技术奖励工作办公室"负责评审和奖励的日常性工作;二是奖励单位级别相差甚远,前者是中国作协,只是一个部级建置,后者是中华人民共和国,级别规格是国家最高级,由国家主席签署获奖证书并颁发奖金。三是颁奖典礼的规格差别很大,前者邀请一个全国人大或全国政协的领导颁奖已经算是较为难得了,后者由国家主席率国务院总理等政治局常委颁奖。四是奖金数额相差极大,前者只有 1 万元左右,甚至只有几千元,还基本上要靠"化缘"取得,后者每位奖金 500 万元,直接纳入国家财政预算。所以,严格意义上说,目前只有中国作协级别的"较高荣誉"的文学奖励。这种现象的出现,说到底是中国自"洋务运动"以来重实业轻精神,迷信"实业救国"的又一体现。

从与国家科技奖励机制体制建设的对比中应清醒看到中国国家文学奖励机制和体制建设的任重道远。文学奖励要真正演变成一种国家的文学制度,"鲁迅文学奖"要真正与宣称的"最高荣誉"匹配,不仅中国作协及相关领导部门要更加高度地重视"鲁迅文学奖"的意义和作用,应该从国家文学制度建设的高度来看待该奖,比照国家科技奖,提高该奖的行政级别,把"鲁迅文学奖"办成真正意义上的"国家文学奖"或"国家级文学奖"。然而,行政级别固然重要,任何文学奖励能否办好,办出影响,办出价值,最根本的还是所奖励的作品是否立得住? 是否优秀? 能否经得起考验和淘洗? 能否得到广泛认可和认同? 说白了,就是人们的口碑和心碑才是最有价值的奖杯。很多作家获"诺奖"前寂寂无声,一旦获奖声名鹊起,找来他们的作品细读,确是"实至名归",这也就是为什么该奖虽然偏见很大问题很多,但分量仍然沉甸甸的原因。

二、"鲁迅文学奖"的评奖标准与社会评价

纵观五届"鲁迅文学奖",第一届评选的是 1995—1996 年两年间的作品,史铁生的《老屋

---

① 《关于征集第五届鲁迅文学奖参评作品的公告》,http//www. chinaw riter com. cn,2010 年 2 月 28 日中国作家网。

《鲁迅文学奖评奖试行条例》(2010 年 2 月 25 日修订),见中国作协官方网站"中国作家网"(www. chinaw riter com. cn)。

小记》等 95 部（篇）作品获奖，数量庞大，设奖也不规范，散文杂文奖，分拆成"荣誉奖""散文奖"和"杂文奖"3 项，翻译奖也拆分成"彩虹奖荣誉奖"和"彩虹奖"2 项；从第二届开始 7 个子项不再分拆，设奖基本固定下来，评选的篇数也大致固定在每个子项 5 部（篇），第二届评选的是 1997 年—2000 年 3 年间的作品，刘庆邦的《鞋》等 35 部（篇）作品获奖；第三届评选的是 2001 年—2003 年 3 年间的作品，王祥夫的《上边》等 29 部（篇）获奖；第四届评选的是 2004 年—2006 年 3 年间的作品，蒋韵的《心爱的树》、范小青的《城乡简史》等 32 部作品获奖。第五届评选的是 2007 年—2009 年 3 年间的作品，乔叶的《最慢的是活着》、车延高的《向往温暖》等 30 部作品获奖。5 届获奖总数达 221 部（篇），是百年"诺奖"的 2 倍还多，是 7 届"茅奖"31 部的 7 倍多。奖励的范围和人次不能说不广泛，但给读者留下深刻印象的获奖作家和作品并不多。这是值得反思的。

造成这种情况的原因有很多，但该奖缺乏具体明确的评奖标准则是重要原因。在文学奖励机制的诸多要素中，最为重要的是"评奖标准"及执行标准的"评委"。文学奖励通过特定标准的制定和评委的构成，可以达到倡导某种文学风格、引导某种文学思潮、推进某种文学运动的目的。"鲁迅文学奖"的原则性标准是：坚持"二为"和"双百"方针，"弘扬主旋律，提倡多样化，鼓励贴近实际，贴近生活，贴近群众，体现时代精神，坚持导向性、权威性、公正性，坚持少而精、宁缺毋滥的原则"。具体评奖标准有三条：一是"坚持思想性与艺术性统一的原则"；二是"重视作品的艺术品位"；三是"重视作品的社会影响力"。三条标准都过于宽泛并与其他文学奖雷同。

"诺贝尔文学奖"在坚守自己确定性的评奖标准方面值得"鲁迅文学奖"学习，根据诺贝尔遗嘱，该奖"奖给在文学界创作出具有理想主义倾向的最佳作品的人"。"理想主义倾向"的评奖标准的确是瑞典文学院长期真诚坚守和严谨遵循的，为此，不惜将他们认为缺乏"理想主义倾向"的"无政府主义者"托尔斯泰、"自然主义者"左拉、"否定主义者"易卜生、"缺乏宗教伦理基础者"哈代等文学大家拒之门外，正是用这样内涵清晰的评奖标准延伸出来的价值取向和审美尺度，筛选出百年来以昂扬向上为基本精神风貌的优秀获奖作品，同时也成就了一长串光辉灿烂于世界文坛的名字：海明威、肖洛霍夫、罗曼·罗兰、萨特、福克纳、川端康成、叶芝、加缪、罗素、泰戈尔、艾略特、萧伯纳、聂鲁达等。该评奖标准在执行近百年后的 1990 年经瑞典国王批准，改为授予"近年来创作的或近年来才显示出其意义的具有文学价值的作品"。① "文学价值"代替"理想主义倾向"不知是福是祸。

应该看到，"鲁迅文学奖"在整合和接续已经中断 10 年的诸如短篇小说奖等多种全国性文学奖项方面居功至伟，是我国级别较高的综合性文学大奖，对于国家文学奖励的机制和体制建设均卓有贡献。但更应该看到，该奖的社会评价一直不高，质疑之声不绝于耳，未能达到预期的影响和效果，受到社会和公众的怀疑和冷待。第一届揭晓后就有人认为是"完全失败"；第二届揭晓有人在网上发表《为第二届鲁迅文学奖而呕吐》的长文；第三届获奖名单在中国作家网上公布不到一天就删掉了，引来"暗箱操作"的猜测，有记者撰文批评："鲁迅文学奖也是信息'匮乏'的一个奖项。"② 更有人撰写《鲁迅文学奖值多少钱？》等文章在网上抨击；第四届揭晓，陈量在《中国教育报》发表题为《鲁迅文学奖：集体的突围还是整体的衰落？》等

---

① 焦国伟、贾玉娇：《世界最有影响力大奖：诺贝尔奖》，吉林人民出版社 2009 年版，第 12—13、22 页。

② 陶澜：《文学评奖能否找回失落的权威？》，载《北京青年报》2005 年 3 月 1 日。

批评文章,认为:"以中国新文化运动伟大旗手鲁迅命名的鲁迅文学奖却迟迟找不到它的精神命名。"[1]这些批评的基本态度是认为"鲁迅文学奖"与"鲁迅精神"无关,"缺乏具体标准","暗箱操作","钱奖交易"等。第五届刚一揭晓,因身份特殊并曾写作"口水诗"《徐帆》《刘亦菲》的武汉纪委书记车延高获奖备受争议,被网民戏称为"羊羔体"。网上的文章,没有太多的事实依据,观点也过于偏激,但他们对"鲁迅文学奖"的失望和指责是代表相当一部分人的观点和情绪的。对于这些文学批评和社会批评,我们还是应该以开放和宽阔的胸怀对待,这毕竟比什么声音也没有的"两间余一卒,荷戟独彷徨"的死寂要好很多。

三、"鲁迅文学奖"应无愧于鲁迅的名字

"鲁迅文学奖"一直希望办成"最高荣誉"的综合性国家文学大奖,但四届的实践和努力没有达到预想效果,反而引来众多的质疑和非议。人们对该奖失望的原因,除客观上该奖有点生不逢时,主观上的原因也不容忽视。

其一,"鲁迅文学奖"与"鲁迅精神"关联不紧密而且评奖标准不具体。有论者指出:"什么是好作品,判断好作品的标准何在?标准不全是条条框框,可也不能少了条条框框。如果一直用大话来定位鲁迅文学奖,那'鲁奖'的价值何在?再次要问的是,'鲁奖'和鲁迅先生的精神关联何在?难道仅仅是因为鲁迅先生在小说上曾创作过短篇吗?如果没有明确答案,以鲁迅先生的名字冠名的资格何在?'鲁奖',只能是形同虚设。'鲁奖'成为行业内的自我狂欢。"[2]"鲁迅文学奖"与"鲁迅精神"关联何在?这样的追问是一针见血的。"鲁迅文学奖"应该奖励敢于直面现实、勇于批评社会的作品,具有独立思考的人文精神并对人类有大爱的作品。可根据参评作品与"鲁迅精神"的关联度,制定诸如"社会批评""现实情怀""人类关爱"等具体切实可把握的标准,评委据此来评判作品的价值追求和审美倾向。只有这样,"鲁迅文学奖"才无愧于鲁迅的名字。

其二,该奖"办奖体制的稳固性"没有得到根本解决,这是最值得忧虑的。"鲁迅文学奖"4届颁奖的时间地点都不确定,原定3年1届,也没有严格执行,评奖活动的不规范不稳固和颁奖仪式时间地点等的不确定,大大降低了该奖项的社会影响力和文学促进力,也影响了"期待效应"的形成。该奖1998年2月在京首颁;3年半后的2001年9月第二届在绍兴颁奖;4年后的2005年6月第三届在深圳颁奖;2年后的2007年10月第四届又回到绍兴。从不能按时颁奖,到首届冠名"资产新闻杯",第二、三、四届寻找地方政府协办,每届都要寻找"买单"者,可以判断,该奖没有从根本上解决资金问题。其评奖条例也印证了这一点:"评选活动经费由国家拨款及吸收社会赞助的方式解决。""吸收社会赞助"正说明该奖的经费不是很充足(应该注意的是,接受社会赞助要以不干扰正常评奖为底线)。"诺贝尔奖"和"茅盾文学奖"建立奖励基金的办法值得借鉴,可设立鲁迅文学奖奖励基金(会),以国家拨款为基础,同时吸纳个人捐资和企业赞助,建立起长效的而不是临时的财政保障机制和体制。

其三,该奖"征评机制的科学性"没有得到保证。"鲁迅文学奖"必须拓展征选视野,构建"提名""申报"和"推荐"三大征选体系,组织委员会和评审委员会必须建立科学完善的长效评奖征选制度,像"诺奖"一样,在接受相关组织和专家"推荐"的基础上,还可以安排专门人

---

①②　陈亮:《鲁迅文学奖:集体的突围还是整体的衰落?》,载《中国教育报》2007年11月3日。

员全方位搜寻初选对象进行"提名",并可以比"诺奖"更开放,允许并接受作家自己"申报"。这样就可以建立起自上而下的"提名制"和自下而上的"申报制"及平行的第三方"推荐制"三者相结合的全方位多渠道的征选体系。而现在"茅盾文学奖"和"鲁迅文学奖"的征选体系基本沿用了过去的相关组织"推荐制",这是计划经济体制留下的模式,需要改革。"科学性"原则要得到保证,还必须改革现行评审机制,将评奖的权重分成"领导意见""专家意见"和"群众意见"3份,各占一定比重,这样既能博采众长又能扩大影响。专家、领导、受众既相互尊重也相互博弈,在竞合中达到最优。

其四,该奖"设奖评奖的最优秀性"没有得到体现。"鲁迅文学奖"的价值和影响难与"诺奖"比肩,甚至还比不上"茅盾文学奖"。5届221部(篇)获奖作品,超过百年"诺奖"总和一倍多,丧失了该文学奖项原本应该具备的"最优秀性"原则。"诺奖"全球年度的唯一性;"茅奖"差不多1年1部,算是中国年度唯一,而且是分量较重的长篇小说,这些确是它们的影响力超过"鲁迅文学奖"的重要原因。设奖应与创作实绩一致宁缺毋滥。7个子项的奖项设置数量太大应该至少归并减少到4个,改为小说奖(中短篇,也可以有长篇)、诗歌奖、散文奖(含杂文和报告文学)、文评翻译奖,每个奖项5部(篇)获奖数量太多,应该严格控制在两部之内,这样"鲁迅文学奖"每届获奖总名额控制在10人或10部次之内甚或更少,用控制数量的办法来控制质量,以达到评奖的"最优秀性原则",同时也可以通过减少获奖数量来提高获奖者奖金,每届可以设大奖1名,像科技奖那样奖以重金。另外,现在评奖的对象是近三年来某作家的具体作品,这种评奖办法的弊端是"只见树木不见森林",不利于体现"最优秀性"原则,应该改现行的"作品奖"为"作家奖",总观该作家近年来的创作实绩和社会影响,这样有利于剔除一些"昙花一现"和用情不专的文学过客。

值得注意的是,在文学评奖中要充分尊重作家的创作自由,不能搞行政命令,更不能搞权奖交易或钱奖交易。只有这样,才能把"鲁迅文学奖"真正办成"最高荣誉"的"国家级文学奖",甚至是"国家文学奖",使其影响和作用更加突出和明显,也真正与"鲁迅"这个伟大的名字相称。可以说,"鲁迅文学奖"的机制和体制建设好了,当下中国国家的文学奖励机制和体制就建成了大半,毕竟这个文学奖包含的内容太丰厚了。

(原载《鲁迅研究月刊》2010年第12期)

三　全国优秀短篇小说、中篇小说、新诗、报告文学评奖

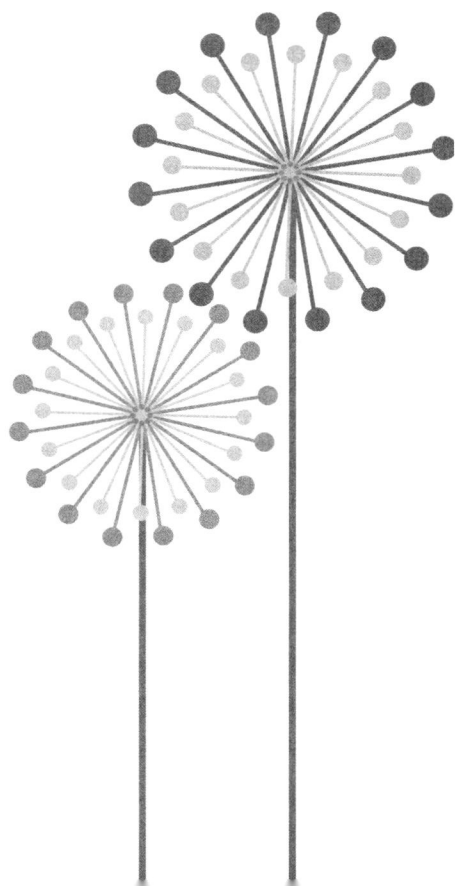

关于举办 1978 年全国优秀短篇小说评选启事

　　遵照英明领袖华主席为《人民文学》题词的精神，繁荣社会主义文学创作，为新时期总任务、为加快实现四个现代化服务，促进短篇小说创作的"百花齐放"，本刊决定举办 1978 年全国优秀短篇小说评选。希望得到全国各文艺团体、文艺作者和广大读者的热情支持。现将评选的有关事项列下：

　　评选范围：从 1976 年 10 月至 1978 年 12 月止，在此期间全国各地报、刊发表过的优秀短篇小说，均在评选范围之内。

　　评选标准：凡从生活出发、符合六条政治标准，艺术上具有独创性的作品，不拘题材、风格，皆可推荐。提倡具有鼓舞群众为新时期总任务而奋斗的优秀作品。

　　评选办法：采取专家与群众相结合的方法。热烈欢迎各条战线上的广大读者积极参加推荐优秀作品。恳切希望各地文艺刊物、出版社、报纸文艺副刊协助介绍、推荐；最后由本刊邀请作家、评论家组成评选委员会，进行评选工作。

　　评选结果，将于 1979 年上半年在《人民文学》上公布。

　　请将意见填入本期付印的《评选意见表》或另纸写出寄给我们。评选意见截止日期是 1979 年 1 月底。

《人民文学》杂志社

1978 年 9 月 7 日

　　附一

1978 年全国优秀短篇小说评选的初步设想

（此件仅供领导参考，不公开发表）

　　《人民文学》遵照英明领袖华主席给本刊题词的精神，为了贯彻"百花齐放"的方针，繁荣社会主义文艺创作，准备从 1978 年起对全国优秀短篇小说逐年进行评选。有关评选范围、办法的初步设想如下：

　　评选范围：

　　1978 年评选，从 1976 年 10 月至 1978 年 12 月止（以后每年一评），在此期间全国发表过的优秀短篇小说均在评选范围之内。

　　评选标准：

　　提倡反映当前现实斗争生活的作品，反映革命历史斗争的佳作也可入选；

　　提倡题材、风格的多样化；

提倡篇幅短、生活新、思想深而又富有独创性的作品：

提倡革命现实主义和革命浪漫主义相结合的较好的作品；

主要是推荐新人作品，有老作家的短篇佳作也可入选。

评选办法：

采取专家与群众相结合的方法。请各地文艺刊物、出版社和报纸文艺副刊推荐并发消息；在《文艺报》及其他报刊发消息；在《人民文学》上发启事。（在本刊10月号上登"启事"；并附《评选意见表》），发动广大群众推荐。

《人民文学》要安排专人负责初选，提出初选篇目，交评委会审定。初步设想每年选出优秀短篇小说20篇左右，按质量分别为一、二、三等。在明年3月号《人民文学》上公布评选结果，并酌情给当选者精神上和物质上的奖励。

评选委员会由《人民文学》邀请作家、评论家5人组成（拟请茅盾、张光年同志主持）负责审定，选出当选的优秀作品。

奖励办法：

（1）一等奖作品如未在《人民文学》上发表过的，可予转载；全部获奖作品建议由人民文学出版社出单行本；

（2）请获奖作者到北京来开座谈会，请领导同志接见；

（3）获奖作者每人发给纪念性的奖状或纪念册；

（4）获奖作品按一、二、三等奖，分别给予100元、80元、60元的奖金或书籍及其他纪念品；

（5）设想奖金预算2000元。一等3篇300元；二等5篇400元；三等12篇720元。做纪念章或纪念册，600元左右。

（原载刘锡成《文坛旧事》，武汉出版社2005年版）

附二

1979—1980 年全国新诗创作评奖办法

为了发扬成绩,总结经验,促进新诗创作的进一步繁荣,中国作家协会委托诗刊社举办 1979 年—1980 年全国新诗创作评奖活动。

一、自 1979 年 1 月 1 日至 1980 年 12 月 31 日,凡在国内报刊上发表的新诗均为评选对象,旧体诗词、歌词、曲艺唱词、搜集整理的民歌不在评选之列。

儿童诗因已举办了第二次全国少年儿童文艺创作评奖,故不再列入评选范围。

二、评选新诗要求具有较高思想和艺术水平,在群众中反映较好,影响较大。题材、形式、风格不拘。要求每首(组)篇幅限 500 行以下。

三、评奖采取读者投票、有关单位(报刊、出版社、文化单位)推荐、专家(组成评奖委员会)评议相结合的方法。评奖委员会除诗刊编委外并邀少数诗人、评论家组成。他们是:艾青、田间、阮章竞、严辰、李瑛、克里木·霍加、邹荻帆。邵燕祥、赵朴初、张志民、柯岩、臧克家(以上是诗刊编委)、公木、白航、冯牧、李元洛、张光年、闻山、贺敬之、谢冕。主任委员艾青,副主任委员臧克家、严辰。

评奖委员的作品不参加评奖。

四、凡参加推荐和评奖的个人和集体单位,请填写推荐表,如果推荐作品较多,或对推荐的作品附有评论意见,均请另纸写出,寄给我们。推荐日期截止于 1981 年 1 月底,4 月公布评奖结果。

(原载《诗刊》1980 年第 11 期)

在1978年全国优秀短篇小说评选发奖大会上的讲话

茅　盾

我作为评奖委员会主任,工作做得很少。我声明一下,我因为眼睛不好,只看了少量作品,大部分工作是其他同志们做的。我只听过许多汇报。对于这次评奖,我觉得很好。得奖的25位同志中,有老年的,中年的,而绝大部分是年轻人,是"文化大革命"以后开始写作的,是新生力量,是我们文学事业将来的接班人。他们在文艺上跨上了长征的第一步。我相信,在这些人中间,会产生未来的鲁迅、未来的郭沫若(李季同志插话,也产生未来的茅盾),李季同志把我拉上来,实际上我是不足道的,没有写出什么好的作品。我们应该向鲁迅、郭沫若学习。

鲁迅、郭沫若为什么能够有这样高的成就呢? 据我看,他们都是博览群书、学贯中西的。而且,他们两位都学过医,有科学知识作基础。我们现在要反映四个现代化,不懂些科学知识,恐怕是不行的。因此,我们向鲁迅、郭沫若学习,也就要像他们那样,掌握多一些科学知识。

我们感到非常遗憾的是,现在还没有一部完整的《中国通史》。对于本国的历史,年青的一代所知不多。范文澜写过一部《中国通史》,可惜只写了一半,他就去世了。郭老主编过一部《中国史稿》,也只出了一半(2册),"文化大革命"一来,这个工作就搁起来了。我想,中国人总不能不晓得中国的历史吧? 还有,既然是搞文学的,总不能不晓得中国文学发展的历史吧? 刘大杰写过1本。不过,现在很难看到,希望出版单位能把这本书重印。也希望别人也来写中国文学史。因为中国文学史上的问题很多,对各个时代有名作家的评价,大家有不同的意见。所以,可以来个百家争鸣。

鲁迅、郭老对外国文学是很有研究的,可是,到现在,我们还没有一本欧洲文学史,还没有一本从古代希腊到19世纪末叶,直到20世纪30年代(不用说直到现在了)这样的外国文学史。如果你要从事文学写作的话,向外国的文学借鉴也是需要的,正如毛主席指出的:我们决不可拒绝继承和借鉴古人和外国人,哪怕是封建阶级和资产阶级的东西。鲁迅也讲过:我们批判地看人家的东西,把它好的东西拿过来,这就是"拿来主义"。如果是这样的话,你光看文学史还不够,还得看作品。新中国成立以后,我们翻译过一些外国的作品。可是就连这一点点译作,"四人帮"的愚民政策也不放过。他们把这些作品统统称为有毒,不让人看,已经出版的,也不再出版。过去翻译作品少,这与人手不够也有关系,我们还没有把该翻译的外国名著都翻译过来。沙俄时代和苏联早期的作品,翻译得比较多,欧洲其他国家的作品,就比较少。古代希腊两部有名的史诗,被人家称为欧洲文学之父的《伊利亚特》和《奥德赛》,就始终没有全部翻译过来,翻译这两本书不是轻而易举的事,不过,如果认真组织力量,还是可以翻译出来的。我记得,新中国成立以前出过傅东华从英文翻译的《奥德赛》,但后来没有再版过。

傅东华这个人,在抗战时有一段时间表现不好,人家说他做了汉奸。但是,对翻译作品来说,不应以人度文。我想,在还没有代替的译本的现在,重印他的译本,还是可以的。但丁的《神曲》翻译出来了。莎士比亚的作品也统统翻译出来了。莎的剧作是朱生豪翻译的。他在抗战前就开始翻译,后来我们把它出版了。我想,这些作品都应该看看。当然,这是繁重的工作,

要付出一定的劳力,可是我们既要向人家借鉴,要想吸收他们的精髓化为自己的血肉,我们就必须付出一定的劳力。

我们的文学既要反映四个现代化,如果没有一点科学知识,的确很困难。当然,到某些地方看看,听听汇报,也可以勉强对付。但是,如果自己有一定的科学知识,那就更好。介绍科学基础知识的通俗读物,我们还很少。这个工作,已经有人在那里做了,有些同志已经取得了很好的成绩,我们盼望在短时期内看到更多的成果。所以,一方面搞创作,一方面要尽量挤时间多读书,使自己具有丰富的各方面的知识。杜甫说过:"读书破万卷,下笔如有神。"当然,我们还要补充一句还得深入生活。事实上,杜甫的好作品,并不只是读书破万卷,而是在他和老百姓接近,了解他们的生活、情绪、愿望以后,用现代的话,就是深入生活以后,才产生的,例如《三吏》《三别》这样的好作品。以上是我要说的第一点。

第二点,这次优秀短篇小说评奖活动,的确是空前的、过去没有做过的。这工作只有在打倒"四人帮"之后,才有可能搞起来。过去也有过短篇小说选,但不是经过群众评选的,这一次是经过群众评选的。实践是检验真理的标准。这一次,作品是经过群众来检验的。由于大家努力,结果很好。以后,每年都搞一次评选。我们也要总结评选工作经验。现在经验还不多,将来经验就越来越多。总结经验,可以使评选工作做得更好。得奖的同志们,也要总结自己的写作经验,然后再迈开新的步子,写出更好的作品。我祝诸位在创作方面取得更大的成就。在你们中间,我相信,肯定有未来的鲁迅和郭沫若的。

(原载《人民文学》1979 年第 5 期)

文学要给人民以力量

——在 1980 年全国优秀短篇小说评选发奖大会上的讲话

周　扬

我对最近发表的文学作品看得不多,讲不出很多的意见。好在光年同志刚才讲了话,他的意见我都同意。临时要我讲话,我就讲几句,来表示对得奖的同志们的祝贺,并借此互相勉励吧!

一、文学评奖是好事,要经常化,制度化

近年来文学艺术各方面都举行过评奖,效果是好的。这次短篇小说评选得奖的作者,不但有许多是中、青年作者,特别是青年作者,也有如谢冰心同志这样的最老一辈的作家,真正做到了老、中、青三结合,而中、青是主力军。得奖的同志以自己优异的创作成果做出了贡献,许多没有得奖的,也都在创作上做了努力,各有大小不同的贡献。这说明我国的文艺正在兴旺繁荣。老作家中许多人,仍然精神抖擞,没有放下笔。但是整个来说,引人注目的作品,是出自有才华的中、青年作家的手笔,他们已经大踏步地跨进文坛,成为一支举足轻重的力量了。这实在是值得欢欣鼓舞的事。评奖就是对我们的作家们的出色的创造性劳动的一种鼓励。评奖是促进文艺繁荣和科学进步的一种有效的良好方法。我们要把评奖这种活动经常化、制度化。当然,目前限于经济条件,评奖的奖金是很微薄的。但是我们革命的作家,绝不是为了金钱而写作,评奖的真正的意义是精神鼓励。通过评奖,表示我们对这些作家们的辛勤劳动和心血结晶的酬谢和评价,让更多的读者来注视这些大都是后起之秀的作者,鉴赏他们的创作。物质鼓励和精神鼓励两者都需要,但最重要的还是精神鼓励。对一个作家来说,最大的荣誉、最大的鞭策,最大的鼓励和安慰,莫过于他的作品在人民中间得到承认,得到赏识,引起共鸣又能起鼓舞和教育人民的作用。今年是鲁迅诞生 100 周年,有不少同志建议设立"鲁迅文学奖金",我们认为这个建议是好的,也是可以实行的。我们今后要把对文学艺术创作的奖励经常化、制度化,并且使之逐步完善起来。

是不是所有得奖的作品都是无瑕可指,完美无缺的呢? 当然不能这样说,也不能这样要求。但总的来说,得奖作品应该是好的或比较好的,有值得奖励之处。我曾讲过,评奖也可以叫奖评。经过读者推荐,专家评判而得奖的作品,还是可以批评的,而且越是得奖的好作品,就越应该经得起批评。所以我说评奖也可以叫奖评。既然要评论,当然可以说好,也可以说坏,绝不要拒绝批评,即使是不公正的批评。我们在过去几次文代会的报告中,都曾列举过一些较好作品的篇名,以引起舆论界和社会上的重视,这是有好处的。但也有缺点,往往品评不当,挂一漏万,容易给人一种印象,似乎这些作品都是经过领导认可的,这就不好了。作品只能由千百万群众认可,而且是要经得起历史的考验。评论得奖作品,既不要有溢

美之词,也不要有过苛之论。一个作品得了奖,要有评论,如果舆论界毫无反应,那就未免使作者感到太寂寞,也显得我们评论太不活跃了。如果你评奖选出的是不好的作品,那就更应该评论,应该坦率地批评。

粉碎"四人帮"以后四年多来,特别是党的三中全会以来,正如中央所指出的,文艺是很有成绩的部门之一。但同时也无可否认,文艺工作中错误缺点不少,问题很多。现在无论党政领导或社会舆论,都对文艺工作很关怀,有鼓励也有批评,有时甚至是严厉的批评。今天得奖的作品仅仅是目前文艺创作的一小部分,我们不能以偏概全,认为我们的所有作品都已达到同样水平了。就是这一小部分,也不能认为就是尽善尽美的。毫无疑问,你们的作品对于我国的文学,增添了新的财富,发出了新的光彩。但是,你们要以整个人民和国家的利益,整个社会主义文艺事业的利益为己任,绝不可以因为个人取得的一点小小成就而沾沾自喜,踌躇满志。百尺竿头,更进一步,这就是我对大家的希望。

二、真实和忠诚

近年来,关于文艺真实性的问题,议论得很多。强调重视文艺的真实性,强调要恢复和发扬现实主义传统,这是完全正确的。这就纠正和弥补了我们过去在这个问题上的过失、偏颇和不足。应该承认,真实是艺术的生命,尽管"四人帮"把这句本来正确的话当作修正主义批了好多年。大家都知道,任何文艺作品,凡是不真实的都不能打动人心,都没有生命力,这是经过人民和实践的检验,为世界文学历史所证明了的。毛泽东同志说,文艺是社会生活在作家头脑中的反映,这是唯物主义的反映论在文艺上的应用,也是文艺上的现实主义理论的哲学基础,这是科学真理。一个革命作家不忠实于人民的生活,就写不出真正反映人民生活,真正代表人民利益的作品。文艺要真实,这是天经地义的。但是,在关于真实性的问题上,也有些观点是我们不能赞同的。第一,有的人利用我们过去在现实主义的理论和创作实践上的某些缺点错误,而把真实性加以绝对化,对之任意地做了主观片面的解释,借此来贬低和否定新中国成立后 30 多年来我们在文学上的巨大成就,似乎我们过去的作品都是不真实的,只有那些揭露社会阴暗面的作品才是真实的。当然,我们的文学中有过许多不真实的作品,这是任何国家,任何民族的文学中都不可避免的。比较起来,从根本上讲,真正反映人民的生活和斗争的作品,才是最真实最有价值的。难道那些真实反映了工农兵斗争生活的,充满了血和泪的,描写我国民主革命、土地改革、合作化运动等的大量作品,不是我国革命的忠实纪录,而竟是瞒和骗的文学吗?

香港的某些刊物上有的文章说,我国现在的文学是新现实主义,好像我们过去从未有过现实主义,有也是旧的。如果这是指我国社会主义新时期的文学,现实主义当然也可以加个"新"一字。但是他们的意思不是这样,而是说过去的作品不真实,都不是现实主义的,甚至都是瞒和骗的文学,这就不对了。这是对我国具有光荣传统的革命文学的诬蔑。可惜的是,我们自己的有些作家,也认为自己过去写的一些革命作品都不真实,也都错了。似乎是错听了某些领导人的意见,上了经常变化的政策的当,不免带着一种懊恼和忏悔的心情,这是不对的。革命难免要犯错误,甚至是路线的错误,不管这个错误在于自己或在于领导,都需要认真总结经验,取得教训,而不是什么忏悔。如果你是真心实意投身于革命的,革命是正义的行动,为什么又要忏悔呢? 我们所需要的只是更高的自觉和独立的思考。

其次，我们说真实是艺术的生命，这只是一种比喻的说法，说明真实对于文艺之重要，犹如生命对于人一样。但是对于一个有头脑有思想的人来说，世界上也还有比生命更宝贵的东西。鲁迅在怀念诗人殷夫的文章中，曾引用过诗人喜爱的裴多菲的以下诗句："生命诚可贵，爱情价更高，若为自由故，二者皆可抛。"这位匈牙利爱国诗人为了民族的自由独立，不惜抛出了自己的生命，这正是他的伟大之处。我们今天的革命作家，难道不应该把忠于人民的事业、党的事业、社会主义事业看得比自己的生命更宝贵吗？这正是我们的信念和理想之所在。对现实生活的忠实和对革命事业的忠诚，革命现实主义和理想主义应当密切结合，这就是我们的革命观，也就是世界观。10 多年前，当时还很年轻的一位女作家曾对我说过，她从小在革命队伍里长大，党从来教育她要诚实，要讲真话。我告诉她，讲真话是应该的，我也相信她讲的是真话，讲真话有人不喜欢，但还是要讲。不过，你现在是一个作家，要反映和判断革命过程中的复杂的事物，也不要太自信自己的观察正确，还是要多听取别人，包括领导的意见。由于"四人帮"灭绝人性的文化专制主义的流毒，现在有些作家，特别是青年作家，喜欢讲什么不可捉摸的"良心"，而不喜欢讲可以实际考察和检验的对于革命事业的忠诚，以及对人对事的出以公心。他们只喜欢讲什么抽象的超阶级的人性，而不喜欢讲党性、革命性和科学性。他们对于千百年来封建阶级、资产阶级世世代代因袭的陈腐语言津津乐道，而对无产阶级的、马克思主义的科学语言却避之唯恐不及，有的同志甚至说出什么"艺术家有良心，政治家没有良心"这类奇谈怪论来。我们权且用"良心"这个旧字眼吧。没有良心的所谓政治家是有的，旧社会有，新社会也有。资产阶级政治家，特别是那些政客，争权夺利，互相倾轧，损人利己，哪里谈得上什么良心。林彪"四人帮"及其帮派残余、打砸抢分子、违法乱纪分子、严重的官僚主义分子，他们的问题根本不是良心好坏的问题，也根本不配称为无产阶级的政治家，他们只是革命队伍中的败类。许多革命的政治家，虽也有这样那样的缺点或错误，但都经过长期的革命的严峻考验，他们用自己的行动证明他们是忠于人民的，是很有良心的，用马克思主义的科学语言来说，是很有党性的。如果笼统地说政治家没有良心，那么，反过来问，难道艺术家就都是有良心的吗？我们文艺家在长期革命过程中，在"十年动乱"日子中，固然绝大多数表现是好的，经得起考验的，但是难道就没有少数败类卖身投靠，一点所谓的良心都没有吗？无论对于政治家也好，艺术家也好，都不是什么有无良心的问题，也不是他们自认为有良心的问题，而是要根据他们实际行动的表现——他们对待革命、对待人民、对待同志、对待朋友是否正派，是否真诚地来评判他们的是非功过，这才是判别一切人和一切事物的唯一正确的标准。

一位以擅长描写新旧交错时期的农民而受到文艺界称赞的作家高晓声同志，他在新近发表的一篇文章中说得很好，无论你写什么东西，总要给人以力量。我们的作品无论如何不应该使人感到消沉颓丧，而应使之振奋精神，增添勇气。一个时期流行所谓"伤痕"文学，这是 10 年残酷现实的必然产物和反映。描写自卫反击战争的小说《西线轶事》，也不免刻画了战士心灵上的深刻伤痕，但它并无损于祖国而死的无敌勇士的形象，使人受到极大感动和鼓舞。我们不赞成尽写所谓"伤痕"。但是写了"伤痕"的作品并不就是所谓"伤痕文学"、"暴露文学"，更不等于宣扬感伤主义的文学，只要写得好，只要作者的思想感情是健康的，仍然可以给人以力量。对于"文化大革命"这段历史，需要从更高的思想角度和更广阔的历史背景上来进行高度的艺术概括，这是一项有待付出艰巨劳动的工作，不能一蹴即就。我们要求作品表现更多积极的正面的力量，也并不是说，作品只能写正面人物，不能写反面人物，也不是说只能写积极现象,不能写消极现象。"四人帮"鼓吹的什么"根本任务"论、"高大完美"论之类。我们提倡作品题材要多样化,要写各种人物,出身、遭遇、教养、个性都要各有不同,这样才能构成我们文学中多种多样人物的丰富画廊。我们的文艺创作要致力于培养社会主义新人。但什么是我们所需要的社会主义新人呢?他应当具有社会主义思想和现代科学文化知识,他敢于解放思想、破除迷信,富于实干精神、改革精神、创业精神。他们是新人,但并不是"完人"。这种新人在某些人眼中来看,可能还是"异端"。"乔厂长"式的人物所以受到广大读者的称赞,主要就是由于作者表现了这种精神。当然,这并不是说我们的作品都要创造这种新人的形象,而只要求他们的创作能有助于培养这种新人,赋予他们为社会主义现代化建设发愤图强的力量,提高他们共产主义的精神境界和道德品质。这样,我们的文学就能给人以力量,而这种力量,只能从人民中来,从作家对于人民的深刻了解、高度信任和无限热爱中来,从作家对党、对社会主义、共产主义事业的崇高理想和坚强信念中来。"十年浩劫",我们党和社会主义在人民中的威信受到了空前的损害。今天我们要恢复党和社会主义在人民中的威信,就需要进行大量的艰苦细致的工作,在这个工作中,我们的作家、艺术家,也负有不可推卸的责任。

在文艺战线上,"左"倾思潮,其渊源之久,传播之广,危害之深,都需要我们继续清理和批判,同时我们又要严重注意当前文艺界某些自由化的倾向。这种倾向主要表现为企图摆脱党的领导,脱离社会主义轨道,这是很危险的,必须加以反对和克服。现在我们有的文艺作品,包括戏剧、音乐、绘画,特别是电影、电视剧,不但缺乏社会主义思想,也缺乏爱国主义思想,甚至连起码的民族自尊心、自信心都没有了。当然这样的作品为数极少,但要看到问题的严重性。舆论界和文艺界有不少同志对这种现象提出了批评,这应该引起我们的注意。我们的作家一定要在党的领导下,坚定不移地走社会主义道路,坚持人民民主专政,坚持马列主义、毛泽东思想。这是任何时候也不能动摇的。当然我们一定要用三中全会所确立的思想、政治路线来坚持这些原则,而不应采取教条主义或实用主义的态度来对待这些原则。

党中央提出要加强党的领导,改善党的领导。我们这样一个大国,大党,混进一些野心家、投机分子是不奇怪的,他们总是妄图从内部来破坏和颠覆我们党。林彪、"四人帮"就是这样的危险的人物。现在他们虽然被人民打倒了,但他们的帮派残余势力还在,一遇到合适时机,他们就蠢蠢欲动,妄图东山再起,对此我们是绝不可以掉以轻心的。我们作家应该紧紧地团结在党中央周围,进一步密切党和广大人民的联系,为保卫党的队伍的纯洁,为实现四化和安定团结而共同奋斗。

也许有人认为,提倡对党忠诚就是提倡愚忠,提倡奴隶主义,这是完全不对的。我们说一个人要忠实于自己,忠实于自己的亲人和朋友,那么为什么不把这种感情扩大,把思想境界更加提高,忠诚于人民、忠诚于党、忠诚于祖国、忠诚于民族,那岂不是更加高尚吗?

三、勇气和虚心

最后讲一讲作家、艺术家要有勇气,又要谦虚的问题。勇敢和谦虚要很好地结合起来。一个作家,艺术家,他所进行的是高度创造性的劳动,而且是要影响千百万群众心灵的劳动,他既要谨慎,也要勇敢。首先要相信党,相信党中央的领导,相信群众,紧密地联系群众,依靠群众,这样我们的文艺创作事业就有了最坚实的基础,我们自己也有了勇气,我们的信念就不会轻易动摇了。现在社会上，包括文艺界有一种风气不好，就是喜欢听小道消息，并且不加思索地传播这些消息，以致往往以讹传讹，无事生非，庸人自扰。我们的作家千万不要听到一点什么风吹草动就精神紧张，神经过敏，惶惶不安。我们许多作家、艺术家都经受了十年动乱的考验，还有什么可害怕的呢？我们的党正在研究和总结新中国成立以来30多年的历史经验，从中吸取极为宝贵的教训。像"十年浩劫"那种恐怖的日子绝不会再降临到我们头上来了。我们要清醒地看到我们党虽然承受了空前巨大的创伤和灾难，但也比过去任何时候都更加成熟，更加坚强。三中全会以来的方针路线，已经并将继续被证明是正确的。现在的党中央是完全可以信赖的。我们要坚信党的领导，坚信群众的觉悟水平和识别能力，即使小道消息满天飞，甚至真的刮起了什么歪风，我们也要不为所动。在这种时候，我们更需要独立思考和批判精神。我们要坚决拥护党中央的方针路线，维护安定团结的局面。凡损害安定团结的行为，一定要抵制并坚决与之斗争。如果你的作品是真正来自人民生活、反映人民利益的，你就不怕别人批评，别人也批评不倒你。作家自己却应当虚心听取别人的批评意见，对的要接受，批评得不对的，也可有则改之，无则加勉。如果你只是投机取巧赶浪头，那么即使你可以哗众取宠于一时，即使别人不批评，你终究是站不住脚的。艺术创造和科学研究一样，都需要勇气，需要坚韧不拔、百折不回的努力。文艺和科学，代表一个国家的精神文明。人才不可多得，对于作家、艺术家，我们要特别加以爱护。要鼓励他们的积极性和勇于探索的精神，要重视和正确地评价他们的成就。也不要盲目地吹捧他们，为他们护短，或掩盖他们的错误，也要对他们提出严格要求，以促使他们不断前进。如果他们犯了错误，即使是政治上的错误，也要耐心帮助他们改正。我们每个共产党人都难免讲过错话，做过错事，对他们也不能过苛地要求。有些事情，我们做领导工作的同志还要多为他们承担责任。作家、艺术家进行艺术探索，也需要勇气，应允许他们有更大的自由，要支持和鼓励他们的探索精神，绝不可挫伤他们的这种积极性和勇气。至于在探索过程中说了错话，一时迷失了方向，党组织要采取正确的方针，积极地帮助他们改正错误。对待人民内部矛盾，特别是思想分歧，要坚持采取实事求是、与人为善、治病救人的方针。这是我们党的正确政策和优良传统。只有这样，我们的国家，我们的文艺事业才会更加生气勃勃，兴旺繁荣起来。要相信我们文艺界的绝大多数同志是热爱党，热爱社会主义祖国的。我们摧毁了"四人帮"的文化专制主义所造成的长期闭塞状态，采取了向世界开放的政策。随着现代科学技术的引进，世界上各种现代资本主义的反动思潮和流派也都不免要纷纷乘虚而入。我们的许多青年，包括青年作家，由于缺乏本国和世界的历史知识，缺乏批判的能力，往往容易受到这些文化中的消极因素的感染和毒害。这也是对"四人帮"长期禁锢政策的一种反动和惩罚。有些文学、艺术方面的东西，在西方已经过时了、陈旧了的，我们的一些青年还视腐朽为新奇，把它们当作新鲜事物来欣赏。对这类问题，应当经过分析批判、互相竞赛和自由讨论来解决。艺术是要探索和描写人的内心世界、灵魂深处的，但绝不能离开影响和支配人们行动的客观环境来描写。一个作家、艺术家，懂得一点心理学，是有好处的。但是我们的文学艺术如果不面向客观世界，而一味沉溺于主观世界，那就只能引导我们的文艺走上歧途，陷入绝境。一个作家，在艺术的探索和表现方法上走错了路，不要轻易说他是反党，反社会主义。那可能是创作方法、思想方法不对头，创作经验不足，表现技巧不成熟，因而在创作上招致了不利于人民、不利于社会主义的后果。要帮助他们认真学习，提高思想和艺术水平，从创作实践中去改正。

　　前面已经说过，作家不只要有勇气，还要虚心。勇敢和谦虚两者要很好地结合起来。只有勇敢而没有谦虚，那就要流于莽撞和狂妄。青年人容易骄傲，是不足为怪的。但如果写了一两篇东西，尾巴就翘得很高，不准别人批评他的作品，或不发表他的东西，就说是打棍子，是压制了新生力量，这就不对了。任何有组织的社会生活中，行政干预都是不可少的。比如走路，就要受交通警的指挥。如果闯了红灯，就要受干预。交通警察就是最有权威的干预者。如果没有这种干预，秩序就不能维持。当然，指导文艺创作，这比指挥交通复杂得多，不能相提并论。经过三中全会，重申了"双百"方针，发扬了政治和艺术民主，文艺界许多人都受了思想解放的洗礼，不大那么容易崇拜偶像，接受别人的任意指挥了。但是，绝不可以把党对文艺工作的必要的正确的领导，都说成是粗暴的行政干涉。实际工作中，粗暴干涉是有的。党中央提出的加强党的领导和改善党的领导，特别是改善党的领导，改善党和作家、艺术家之间的关系，这就是从根本上反对和防止粗暴干涉的重要措施。党的负责人和文艺家之间，在工作关系上有一种领导和被领导的关系，但在同志关系上，又是一种平等的关系。去年胡耀邦同志倡议召开的剧本创作座谈会，整个说来，是成功地开创了一种领导和作家、艺术家共同商讨，平等地自由地交换意见的民主风气。我们今后还要坚持采用这种方法。既要尊重作家、艺术家的创造，鼓励他们创作的勇气，又要劝告他们谦虚，力戒骄傲。文艺家要尊重党的领导，对领导的意见要认真思考，不要拒绝领导和群众的批评意见。即使这些意见中有某些不恰当的地方，也都值得我们重视和深思。虚怀若谷，就是要象深谷一样，能容纳得下各种人的各种不同意见，博采众长。我们文艺工作者和文艺工作的领导者，都应该采取这种态度。让我们以此互相勉励吧！

（原载《人民文学》1981 年第 4 期）

报春花开时节

——记 1978 年全国优秀短篇小说评选活动

本刊记者

在粉碎"四人帮"以后两年多的时间里,出现了一批好的和比较好的短篇小说。这些作品,传播着一个新的文艺春天的气息,受到广大读者的欢迎和重视。

为了促进短篇小说创作进一步繁荣和发展,以适应广大群众在新的历史发展时期的需要,本刊编辑部从去年 10 月开始,举办了 1978 年全国优秀短篇小说的评选活动。评选启事公布后,迅速得到四面八方的热烈反响。读者普遍认为,这次评选活动是发现和鼓励有才能的新作者、发展和壮大文学创作队伍的好方法。本刊印发的"评选意见表",被很多读者称为"选票",他们怀着喜悦的心情,纷纷把"选票"投给自己喜爱的短篇小说佳作。

"选票"和来信在编辑部的办会桌上堆成了小山。编辑同志们兴致勃勃地拆阅、摘录、统计。截至今年 2 月 10 日,共收到读者来信 10751 件,"评选意见表"20838 份,推荐短篇小说285 篇。参加这次评选活动的,有工、农、兵、学、商各行各业的群众和干部。大多数以个人的名义写信和推荐作品,也有以整个单位的名义和联名的方式来信和推荐作品的。这些来自全国各个地区的信件和"选票",表达了广大群众对于社会主义文艺的热爱,寄托着他们对于短篇小说创作的深情厚谊。合肥市一位工人在来信中说:早就想把自己对近来一些优秀短篇小说的赞美和感激之情表达出来,可是找不到方法,这次评选活动,真和读者想到一块儿了。很多来信热情洋溢地颂扬了两年多以来的短篇小说,诉说了那些优秀作品如何深深地打动了自己,使自己受到多么大的教育和鼓舞。很多来信对于作者们挣脱"四人帮"制造的精神禁锢,冲破各种文学"禁区"的勇气和胆识表示钦佩,对于他们在艺术上刻苦探索、努力创新的精神表示赞扬。很多来信热情地欢呼短篇小说新作者的大量涌现。很多来信指出,近年来出现的短篇小说佳作,反映了人民的生活,表达了人民的心声,以革命的锐气提出并回答了广大人民普遍关心的问题,在题材、风格和手法上真正体现了"百花齐放"。远在海外的读者,尽管不能看到很多国内小说,也十分关心这次评选活动。一位华侨读者,仅就他所能看到的短篇小说作了推荐,并遥祝作者迅速成长,创作出更多的好作品。这次评选活动还得到全国各地兄弟报刊、出版社,图书馆、文化馆的热情支持和帮助,他们都把搞好这次评选当作自己义不容辞的责任。许多单位专门组织了读者座谈会,通过座谈进行评选、推荐,有的还寄来了会议记录。河南省图书馆为了协助做好这次评选工作,开辟了宣传专栏,举办了短篇小说阅读周,把近两年来全国各地出版的文艺刊物,设专架陈列,供读者阅读,为读者评选提供条件。今年 1 月中旬,他们特别邀请了 30 多位业余文艺工作者、新闻工作者,大中学教师、青年读者举行座谈会,进行评选和推荐。正巧那几天郑州地区大雪,冰天冻地,天气奇寒,但不少人闻讯自动赶来,参加座谈的竟达 50 多人,这充分反映了人民群众热情关怀这次评选活动。

　　本刊编辑部认真阅读了群众推荐的每一篇作品。在充分吸收群众意见的前提下,经过多次反复比较、研究和讨论,初步选出一批优秀作品,提供评选委员会参考。这个初选篇目中的大部分作品,都是群众"投票"最多和较多的。此外,由于考虑到各省、市的报刊发行面较窄,很多读者看不到,因此,各省、市报刊上登载的优秀的作品,尽管获得的"选票"不多,也被收进这个初选篇目中。

　　评选委员会由23位作家和评论家组成。他们当中的大多数同志或在文艺战线担任繁重的组织领导工作,或在进行创作,有些同志的身体很不好,但他们都抽出了宝贵的时间,怀着极大的热情,积极参加了评选工作。老作家张天翼长期患半身瘫痪症,已失去语言能力,他在病床上认真阅读了全部初选和备选的作品。当编辑部同志登门向他征询意见时,他的眼睛闪着喜悦的光彩,向着指给他看的许多作品的篇名点头赞赏,同意入选。年高八旬的女作家谢冰心也十分认真地阅读了全部预选作品,并且按照自己的意见开列了选目,供评选委员会研究。住在上海的中国作家协会副主席、老作家巴金不能来京参加评选会议特地把预选篇目中他认为好的作品一一圈出,迅速寄来。中国作协副主席、老作家刘白羽和老诗人、评论家张光年正住在医院治病,仍然对这次评选活动十分关心,都提出了许多宝贵意见。远在广东休养的老作家曹靖华接到评选委员会开会通知,因为来不及赶回参加会议,特地写信表达意见,并向评委会请假。

　　3月6日,评选委员会正式开会进行评选讨论。这次会整整开了一天,到会的一个个老作家、评论家精神焕发,毫无倦意。中国作家协会主席、年逾八旬的茅盾首先讲话,林默涵、沙汀、冯牧、严文井、草明、孔罗荪、唐弢、魏巍、袁鹰等相继发言。大家热情地赞扬了粉碎"四人帮"以来短篇小说创作的新收获,新突破;并以十分喜悦的心情,赞扬了文学创作新生力量的大量涌现,茁壮成长,认为这是文学方面走上新长征的第一步取得的新成绩。

　　评选委员会在群众评选的基础上,经过反复交换意见,最后评选出优秀短篇小说25篇,确定为当选的作品。

　　3月26日,在北京举行了评选发奖大会。当选的25篇小说的作者,除周立波、张有德同志因病因事未到外,都参加了大会。文艺界、新闻界、出版界200多人参加了大会。会场里喜气洋洋。本刊主编李季首先报告这次评选经过,宣布了被评选为优秀短篇小说的篇名和作者,向25位作者表示热烈的祝贺,并向对评选工作给予热情支持的读者、各兄弟报刊、出版社和有关单位,以及评选委员会的同志们,表示衷心感谢。期望大家以辛勤的创造性劳动,写出更多更好的、无负于我们伟大祖国、伟大时代的作品来,为祖国美好的明天,为社会主义现代化的实现,也为文学艺术的更大繁荣,文学艺术的黄金时代更快的到来,做出新的贡献。

　　中国作家协会主席茅盾在会上做了重要讲话(全文另发)。在热烈的掌声中,茅盾、李季同志,分别把印有鲁迅头像的纪念册和奖金发给了25位得奖的作者。

　　短篇小说《班主任》的作者刘心武代表得奖作者讲话。他说,我们要把党和人民给予的奖励,当作前进的动力,督促自己在新长征的文化队列中,更好地发挥轻骑兵的作用!

　　中国作家协会副主席周扬也在会上发表了热情洋溢的讲话。他说:我们对小说评奖,这是头一次。这种方式,是一种鼓励,一种促进。打倒"四人帮"后,文艺的各方面都有了新气象,短篇小说的成就更明显,不少的短篇小说引起了广大读者的注意,受到了广大读者的欢迎。这次评奖的小说,确实写得很好,因此我很赞成开这个评奖会,奖金量不多,但"礼轻情意重",代表了广大读者对你们所取得成果的欢迎和感谢。

周扬同志指出:作家要对党、对人民、对自己负责,有许多问题要认真思考。真实,不是一下子就能认识清楚的,要代表人民,也不那么简单。人民意见也不一致,有多数意见、少数意见;有时少数人的意见恰好是正确的,而多数人的意见却是错误的,要判断正确或错误,也不那么容易。现在我们处在向"四个现代化"转移的时期,处在一个历史的转折时期,我们作家一方面要坚持自己所见、所感、所信的真实,要考虑自己坚持的是否真实;另一方面,也要考虑到,讲出来对人民有利还是无利。怎样讲?怎样表现真实?我觉得这是一个根本问题。

周扬同志说:我看了一些短篇小说,觉得确实写得不错。刘心武同志刚才说,短篇小说是轻骑兵。是哪一种轻骑兵?我看是侦察兵、是哨兵,侦察我们的社会、革命,发生了什么变化。刘心武同志的《班主任》就对人物的心灵做了一番侦察:不仅有外伤,还有内伤,并且用独特的艺术语言、艺术形式表达出来,有感人的力量。这种侦察兵侦察到人的内心,对人民就有帮助。我希望你们不要侦察错了,要侦察得确实一点、深刻一点。要做这种侦察探求的工作。应该探求,文学总是要用新的语言说出新的事物。可能开始讲的不怎么深刻,但是第一个讲出来的,用新的方式讲出来的新事物,这就了不得。《放下你的鞭子》有什么了不得?日本帝国主义侵略中国,它表现了整个中华民族的愤怒和抗议,所以了不得。《兄妹开荒》,第一个反映了大生产运动,所以了不得。在这里我们看到,作品的流传,就在于它讲了人民所想讲的话,用一种新的方式、新的调子讲了出来。这里有个革新的问题,短篇小说将来恐怕也要革新,所以要探求,要做侦察兵,开路先锋。短篇小说写得短,但作用大,长篇小说概括一个时代,一段历史,有短篇小说所不能起的作用,但短篇小说也有长篇小说所不能起的作用。

发奖大会之后,《人民文学》编辑部邀请获奖作者,举行座谈。作者和评委们聚集一堂,促膝谈心,畅叙粉碎"四人帮"以来文艺战线的大好形势,并围绕着作家在新的历史条件下的光荣职责、百花齐放以及文艺的生活、文艺对青年的教育作用问题等,进行了热烈的讨论。几天来,会议开得生气勃勃,思想非常活跃。

在座谈中,文艺界的领导同志,老作家、评论家魏巍、沙汀、草明、唐弢、陈荒煤、孔罗荪、林默涵等同志都作了专题发言。这许多老同志怀着满腔的激情,热烈欢迎新的战友,希望他们写出更多更好的作品。

座谈会期间,各位作者心情十分振奋,他们纷纷表示,返回自己的战斗岗位后,深入生活实际,与人民打成一片,为人民而创作,决不辜负党和人民对自己的期望和鞭策。

（原载《人民文学》1979年第4期）

第三个丰收年

——记 1980 年全国优秀短篇小说评选活动

本刊受中国作家协会委托,第三次举办全国优秀短篇小说评选,受到了广大读者更为热烈的欢迎和支持。年初以来,寄到编辑部的群众推荐票数疾增猛长。截至 2 月 10 日统计,共有 400353 张,比 1979 年增长近六成,为七八年推荐票数的 20 倍,真是盛况空前。

随推荐表一起寄来的评论信件或文章也大幅度增加。很多读者把评选优秀作品看作建设精神文明的一项很有意义的社会活动。他们满怀激情,饱含兴味,利用业余时间,重新翻检期刊,回忆阅读印象,认真填写意见。对优秀短篇小说表达了由衷的喜爱与热烈的赞扬,也对创作中存在的缺点提出了诚恳的批评与殷切的期望。

寄自江南、塞北各条战线的一张张推荐票、一封封来信,有力地表明:人民群众是文艺作品最辛勤的培育者,最有权威的鉴定人。正是广大读者,首先充分肯定了短篇小说创作的成绩,给予文艺工作者以巨大的鼓舞。三七九〇一部队的张仕斌同志写道:"如果说 1979 年是短篇小说创作丰收的一年,那么 1980 年更是遍地花香、果累枝头的一年。这是我接到评选通知,激动不已地回巡我国文坛近一年来短篇创作后,得到的头一个感受。这洗涤灵魂、振奋精神的感受,恰似醇酒清香,荡漾心头,久久不散。"他概括分析了所荐作品的思想艺术特色,认为"这些作品不仅使我们丰富了文化生活,而且充实了精神力量,这些作家不愧为人类灵魂的工程师"。他"向为繁荣社会主义文艺做出卓著成绩的作家致以亲切的问候和战斗的敬礼,祝愿他们创造出更多更好的具有强大生命力的不朽之作,为社会文明当好先行"。河南省西峡县供销社杨海涛同志来信说,"优秀作品是搅动我激情浪花的桨,使我得到精神享受,得到宝贵的教益。陶冶了情操,增强了修养,丰富了智慧,开阔了视野"。他"希望评选活动更好地开展起来,以激发更多的人对文学发生兴趣,养成多读书、读好书的习惯,从而为改进社会风气起到良好的作用"。像这样的读者来信,成百上千。群众的热情推荐,为评选工作打下了坚实的基础。

和往年一样,专家的评议是在群众推荐的基础上进行的。以中国作家协会主席茅盾为主任的评选委员会,由 25 位著名作家、评论家组成。1 月 20 日,本刊主编张光年主持,召开了第一次评选委员会议。会上,许多专家发言指出:在党的三中全会精神鼓舞下,在百花齐放、百家争鸣方针指引下,继 1979 年取得较大成就后,1980 年短篇小说再获丰收;于立题、题材和风格等方面,又有新进展,又见新突破,为人民服务,为社会主义服务做出了新贡献;鉴于卓有特色的短篇新作,数量与质量都有显著进展,大家提出,今年评选应适当增加篇数。

此次会后,本刊评选工作人员访问《人民日报》文艺部,《中国文学》《文学评论》《文艺报》等编辑部和中国社会科学院文学研究所,听取了专业文艺工作者们对评选的意见。群众推荐票数统计结束时,我们以票数和来信情况为依据,综合吸取文艺界兄弟单位各方面意见,经过多次讨论,反复研究,拟定了初步的备选篇目,提供评选委员会参考。

从 1 月下旬到 3 月上旬,除了部分因病因事难以参与的同志,评委们满怀热忱和高度责任感,对照群众推荐的统计材料和本刊所拟备选篇目,认真阅读与仔细研究了作品。其间,本刊评选工作人员分头拜访在京的评委,通过书信或电话跟在外地的评委联系,听取、交流和协调了他们对备选篇目的各种意见。评委之间也互有会晤或电话交谈,进行了磋商。

3 月 11 目,评选委员会再次开会。正式评议备选篇目。张光年同志首先发言,表示希望当选作品从总体上看,确实能够反映过去 1 年短篇小说创作的新水平。接着,林默涵、冯牧、草明、唐弢、沙汀、严文井,王蒙,袁鹰、陈荒煤、孔罗苏、葛洛等同志相继发言,进行了认真的评议,本刊评选工作人员汇报了身在外地的巴金、丁玲、欧阳山,孙犁,和因病未能与会的谢冰心、魏巍等同志对这次评选的意见。对获得群众票数多、各方面都曾推荐的优秀作品,评委们一致表示赞赏。对某几篇作品的讨论,有时出现分歧,甚至发生争议,评委们各抒己见,最后或者取得一致意见,或者保留不同看法。会议以多数意见为准,基本上确定了当选作品。会后,本刊评选工作人员归纳评委意见,调整个别选目,排列入选名次。又经送请评委斟酌修订,于 3 月 16 日最后确定了当选的篇目。

两次评委会议都曾谈到,评选的目的是促进短篇小说创作的进一步提高与发展。评选的意义,不仅止于表扬一批作家作品,更重要的还在于它对整个创作的今后趋向将产生深远的影响。因此,我们采取了群众推荐与专家评议相结合的评选方法。一方面,印发优秀短篇小说推荐表,以调动广大读者的兴趣,了解更多群众的意愿;另一方面,又不完全取决于群众的票数,推荐票并非选票,而是在充分尊重群众广泛推荐的基础上,经由专家反复评议确定当选篇目。

群众推荐一般来说侧重于个人爱好,侧重于对具体作品的估价,专家评议则更着眼于文学运动的全局,有所倡导,有所调节。为使当选作品既有高水平,又有代表性,看推荐票数量,还要看影响推荐票数量的各种因素,考虑到推荐票难以显示的某些问题。例如:在水平大致相当的一批堪称优秀的作品之内,应该适当注意主题、题材与风格的多样化。在人才辈出的创作队伍之中,应该着重推举文坛新秀;同时,也不可忽视老作家的新创造,更要重视中年作家出色的新贡献和可贵的新探索。刊物发行数量和宣传评介情况不同。作品的读者面与社会影响各有不同,这就需要考虑周到,多方比较,审慎选拔。可见,实行群众与专家相结合的原则,无疑是较为全面和妥善的,更有利于推进文学运动的健康发展。

在粉碎"四人帮"后的文艺评奖活动中,优秀短篇小说评选是最先进行的。几年来的实践证明,群众与专家相融合原则的实施,并没有出现群众推荐与专家评议互不相容的矛盾。1980 年当选作品情况,跟 1979 年一样,大部分都是得"票"最多和较多的。《西线轶事》遥遥领先,得"票"25910 张,也就是当选作品的第一名,按得"票"顺序排列的前 12 名中,只有一篇没能入选。其原因,也只是考虑到对蝉联三届者应有更高的要求。虽然复杂的文艺问题难以用简单的数字表示,但这数字也能反映出来:群众和专家有着十分和谐的、很高程度的一致性。

本刊总结群众推荐与专家评议所谈意见,检阅了本届当选作品的思想艺术特色。我们欣喜地看到,这一批优秀短篇小说,具有较前更为强烈的现实意义。其中许多篇章,及时反映了现实生活中的重要方面与重大斗争,揭示了历史新时期出现的新问题,描绘了党的新政策带来的新风貌,展现了调整的步伐、时代的进程。一幅幅鼓舞人心的画图,正发挥着"帮助群众推动历史的前进"的战斗作用。

　　与前两届相比,1980年当选作品更多更好地塑造出了一批社会主义新人形象,为国捐躯的英雄气概令人景仰,献身四化的崇高品德促人学习,逆境中坚韧不拔的革命意志催人奋起。一个个体现着时代精神的人物感召读者,按照历史新时期所需要的面貌改造自己和"改造自己的环境"。

　　对现实生活的深入探索,1980年结出了新人耳目的成果。当选作品中,有的通过鲜明而复杂的人物性格,有的透过曲折中前进的生活历程,既让我们看到了起飞的艰难,又使我们意识到了调整的重要。或痛切针砭时弊,或总结历史经验,除旧布新,发人深省。

　　题材扩展是1980年短篇的突出成就,这成就突出表现于当选作品。1978、1979两年获奖小说,只有4篇农村题材,这一次达到10篇,且有出色的篇章。人民军队的英雄业绩,也得到了比以前更充分更生动的反映,军事题材作品当选头名,足证其中消息。此外,有的作品,在题材面上另有新的开拓。

　　当选作品风格的多样,手法的创新,引人注目。既有民族传统,又有"洋为中用";既有壮阔的画卷,又有精巧的一斑;既有庄重的格调,又有轻快的情趣。争奇斗妍,蔚为大观。

　　每届评选都会推举出一批新人,1980年新人数量超过以往。青年业余作者柯云路以处女作获一等奖,崭露头角,出手不凡。何士光、张贤亮等80年代知名于世,起点颇高,大有潜力。蒋子龙、张抗抗等近年活跃文坛的中青年作家,日臻圆熟,屡创佳作。来自解放区,跟新中国一起成长,50年代就颇有影响的作家马烽、徐怀中、王蒙、高晓声等,各具特色,成就斐然。我国现代文学的前辈、五四时期的老作家谢冰心同志,八旬高龄依然命笔,工力精湛不减当年,爱国之情愈见深笃。她的当选,尤为可喜。

　　在评议过程中,评委们肯定作品优点的同时,也指出了存在的缺点和不足,认为它们从整体上看不愧当选,但其某些方面欠妥之处,应该给予中肯切实的批评帮助。大家还谈道,此次评选尽管力求全面公允,总会难免遗珠之憾。可以肯定,在30篇之外,一定还有不逊于乃至超过它们的优秀作品。评选以后,如能出现各种不同的新选本,乃是有利创作繁荣的大好事情。

　　3月24日,评选结果揭晓,发奖大会在京举行。来自全国各地的获奖作者欢聚一堂,同评选委员和应邀与会的作家、评论家、文艺界各方面负责人见了面。周扬、夏衍、张光年、贺敬之、陈荒煤、林默涵、刘白羽、艾青、曹靖华、沙汀、严文井、孔罗荪、魏巍、舒群、罗烽、唐弢、赵寻、王子野、袁鹰、朱子奇、阮章竞、韦君宜、贾芝、秦兆阳、刘宾雁、严辰、张僖、葛洛、李清泉、刘剑青等,以及文艺界人士500多人出席了大会,会场上洋溢着团结兴旺、喜庆丰收的热烈气氛。

　　本刊副主编葛洛同志宣布获奖作家作品名单后,张光年同志致开幕词。对获奖作家表达了诚挚的祝愿(全文另发)。在热烈的掌声中,周扬、夏衍、张光年向获奖作家颁发了获奖证书和奖金,中共中央宣传部副部长、全国文联主席周扬同志,在会上发表了重要讲话(全文另发)。何士光同志代表获奖作家发言。他表示:是蓬勃前进的生活为我们提供了写作的源泉。这次大会又增进了我们对所处时代和所负职责的了解。增强了我们用文学创作来为四个现代化建设贡献力量的信心。今后一定不辜负这次大会对我们的勉励,不辜负党和人民对我们的期望,为反映伟大的历史进程、为塑造社会主义新人付出更大的努力。

　　发奖会后,从25日至29日,获奖作家进行座谈,就共同关心的问题交换了意见,交流了经验。座谈会期间,周扬同志到会,听取了获奖作家的发言,与大家亲切交谈,针对提出的问题讲了话。这使大家进一步认清了形势与任务,增长了创作的勇气和信心。张光年、秦兆阳、刘宾雁等同志分列参加了会谈,并作了长篇发言。

1980 年全国优秀短篇小说评选活动已于 3 月 31 日结束。我们预期和祝愿:新的一年里,在三中全会路线和"双百"方针指引下,在调整步伐、加强武装后,我们的作家,将以更大热情和辛勤劳动进一步提高作品质量,为实现四个现代化和建设精神文明做出新的贡献。莫道眼前春色好,且春来年花更红。蓬勃发展的短篇小说创作,定会日益兴旺,连获丰收。

(原载《人民文学》1981 年第 4 期)

春花秋月系相思

——短篇小说评奖琐忆（节选）

崔道怡

……

1978 年 6 月，中国作家协会正式恢复工作，张光年出任党组和书记处书记，诗人李季接任《人民文学》主编，他有感于短篇小说创作在思想解放运动中所起的重要作用，提出了对短篇小说佳作进行评奖的动议。经请示张光年同意，又取得茅盾支持，李季决定就由《人民文学》主办，对短篇小说创作中涌现出来的优秀作品进行全国性评奖。

新中国成立以来，在文学领域，对优秀作品进行评奖，只有一次：1954 年 6 月，中国人民保卫儿童全国委员会为促进儿童文艺创作，举办评奖。此外，除了《大众电影》举办过电影"百花奖"，再没有任何文艺评奖了。而今，为了促进文学创作繁荣与发展，为了促使文学创作在思想解放运动中发挥更大作用，评奖活动势在必行。但首创者，无疑须有相当的胆识与魄力。作为文学评奖"始作俑者"，李季同志可谓功莫大焉。倡导小说评奖，其意义与作用，绝不仅仅限于小说。此后至今，20 多年，这样那样，争奇斗妍，各种评奖，从而滥觞。

一、第一簇报春花

（一）

第一次评奖，名为"一九七八年全国优秀短篇小说评选"。从 1978 年 10 月起，《人民文学》连续刊登"评选启事"，说明评选范围：自 1976 年 10 月至 1978 年 12 月止，在全国各地发表的作品，均在备选之列。评选方法：专家与群众相结合，由评选委员会在群众推荐的基础上评议，经过投票选定。为此，随"启事"一起，印发了读者"评选意见表"。

评奖活动得到了诸多专家和广大读者的热情支持：一批全国著名的作家、评论家，欣然应邀担任评委。一篇又一篇读者"评选意见表"，源源不断寄到编辑部。我作为参与评选的工作人员，切身感受到了这项活动蓬勃进展的盛况。

现在回想起来，简直不可思议，那时候人们对文学事业竟如此厚爱。我无意也无力对这种特殊情况进行评议，只有一点感触至深：文学与政治密不可分，一时间人们把小说看成了思想解放的艺术先声。而那时候，中、长篇都还在孕育中，唯有短篇小说，成了侦察社会的"轻骑兵"。当时还是唯一的中央级刊物《人民文学》，发行数量 150 万份。一篇短篇小说，就可以引得社会性的反响。

相对于读者的热情来说，"评选意见表"设计得未免简单，每张表格只开列了推荐一篇的空格。而多数读者是不只推荐一篇的，这使工作人员不得不把桌子拼起来，把纸张接起来，像统计选票似的,一个人唱票,一个人往被推荐的那一篇题目下画"正"字。每天,这两个人都从早忙到晚。登记办公桌上那堆积如山的来信和"评选意见表"。由于评选并不打算全按得票多少决定,所以编辑部没有称"评选意见表"为"选票"。但许多读者仍然称之为"选票",说是怀着喜悦的心情,把"选票"投给自己最喜爱的短篇小说。

这项活动还得到了全国各地报刊、出版社、图书馆、文化馆的帮助,许多单位专门组织了读者座谈会,有的甚至寄来了会议记录。河南省图书馆为此举办了短篇小说阅读周,把近两年的文学刊物设专架陈列,给读者推荐提供条件。

1978年除夕,京城飘扬大雪,读者意见一如雪片,纷纷飞落《人民文学》。而我因在雪中骑车摔倒以致股骨颈骨折,只能在医院里编辑《解放区短篇小说选》和《建国三十年短篇小说选》,未能参与这首次的评选揭晓和发奖大会。

(二)

《人民文学》记者关于此次活动的报道《报春花开时节》中说,"截至1979年2月10日,共收到读者来信100751件,评选意见表200838份,推荐小说1285篇"。"本刊编辑部认真阅读了群众推荐的每一篇作品,在充分吸收群众意见的前提下,经过多次反复比较、研究和讨论,初步选出一批优秀作品,提供评选委员会参考。这个初选篇目中的大部分作品,都是群众'投票'最多和较多的。"

这个初选篇目是:刘心武的《班主任》,王亚平的《神圣的使命》,邓友梅的《我们的军长》,莫伸的《窗口》,卢新华的《伤痕》,刘心武的《爱情的位置》,宗璞的《弦上的梦》,陆文夫的《献身》,童恩正的《珊瑚岛上的死光》,刘富道的《眼镜》,王蒙的《最宝贵的》,孔捷生的《姻缘》,李陀的《愿你听到这支歌》,士敏的《虎皮斑纹贝》,贾大山的《取经》,成一的《顶凌下种》,萧平的《墓场与鲜花》,徐光耀的《望日莲》,张承志的《骑手为什么歌唱母亲》,于土的《芙瑞达》,白桦的《秋江落叶》,张有德的《辣椒》,陆柱国的《不灭的篝火》,王愿坚的《足迹》,萧育轩的《心声》。

篇目次序基本上是按得票多少排列的,但以上排列截止于2月10日,此后陆续收到更多来信,篇目又经修订,增加了周立波的《湘江一夜》,贾平凹的《满月儿》,祝兴义的《抱玉岩》,关庚寅的《"不称心"的姐夫》。刘心武的《班主任》不仅名列第一,而且票数遥遥领先,比名列第二的多出了一倍。

首届评选委员会,是由《人民文学》邀请的23位著名作家和评论家组成的。主任:茅盾。副主任:周扬,巴金,刘白羽。委员:孔罗荪,冯牧,刘剑青,孙犁,严文井,沙汀,李季,陈荒煤,张天翼,周立波,张光年,林默涵,草明,唐弢,袁鹰,曹靖华,谢冰心,葛洛,魏巍。

他们都抽出了宝贵的时间,怀着极大的热情,积极参加了评选工作。老作家张天翼半身瘫痪,已失语言能力,在病床上认真阅读了全部备选作品。当编辑部同志登门向他征询意见时,他眼睛闪着喜悦的光彩,向着指给他看的许多作品的篇名点头赞赏,同意入选。年高八旬的女作家谢冰心也十分认真地阅读了全部备选作品,按照自己的意见开列了选目。巴金未能参加3月6日举行的评选讨论会,专门致函李季等《人民文学》负责评选事宜的同志:"我因患感冒,好些天不能工作。关于短篇评选,我把我读过觉得好的作品,选了17篇,现在寄上选出的篇目,供你们参考。"他在初选篇目上的17篇作品名字前面画了圈,并在这张"选票"上署名"巴金选"。

（三）

在李季主持下,评选小组工作人员综合评委会专家们的意见和读者群众所投"选票"的情况,最后提出 25 篇备选。经评委会认可,这 25 篇短篇小说即为本届评奖当选作品。评奖最初曾经准备设立 3 个等级,后来因为实际操作难度过大,主要是因作品水平不易区分,索性不分等级。但前 5 篇,是特定的。正如有些评委所指出的,前 5 篇在思想、艺术、作者、题材等方面,各有其特别和出色之处。

"《班主任》提出宋宝琦这样的青少年问题,同时着重地写了谢惠敏,揭开了一个由'四人帮'流毒造成的更为深刻、更为严重、更为使人痛心的社会问题。一表一里,一显一隐,一浅一深,用前者带出后者。单凭这点,小说就有坐上第一把交椅的资格。""《神圣的使命》是一曲颂歌,我们年轻的作者对一个老公安人员为了平反冤案,终于献出了生命的行为,倾注了时而激昂时而脉脉的深情"(唐弢《短篇小说的结构》)。"《窗口》名列前茅,是值得高兴的。这篇小说跟它所塑造的人物一样,具有一种朴素自然的美……小韩是一个雷锋式的人物。《窗口》是一篇'适当其时'的作品"(林默涵《读〈窗口〉》)。"我们也需要《我们的军长》《湘江一夜》《足迹》这样的作品,作家们满怀崇敬和挚爱,将老一辈无产阶级革命家的艺术形象屹立在文学作品里,留在我们心头,成为一代又一代珍贵的精神财富"(袁鹰《第一簇报春花》)。

前五篇之后,大体上就按得"票"多少为序。《珊瑚岛上的死光》虽然得"票"不少,但因它是另外一路,属于科学幻想小说,所以放在最后。

1979 年 3 月 26 日,发奖大会在京举行,新华社为此发了专稿报道:"在一片热烈的掌声中,评选委员会主任、中国作家协会主席茅盾,把印有鲁迅头像的纪念册和奖金,发给了得奖的 25 篇短篇小说的作者。他希望在他们当中产生出未来的鲁迅。""中国作家协会副主席周扬也在会上讲了话。他说,我们正处在一个历史的转折关头,短篇小说要起侦察兵、探索者和开路先锋的作用。"刘心武代表得奖作者发表了题为《心中升起了使命感》的讲话,他表示:作家"应当成为人民的神经,党的侦察兵,既是革命事业的歌手,也是前进道路上的清道夫,这使命,的的确确是神圣的啊! 我们要虚心地、刻苦地向老作家们学习,要有接续着他们去进一步发展中华民族革命新文化的雄心壮志,要有这样一种使命感!"

二、欣欣向荣又一春

（一）

若大旱之望云霓,历经"斗争"天天讲、"文革"大劫难的中国人民,早就期盼着把国民经济搞上去的日子快些到来。《人民文学》复刊号的头条,推出蒋子龙的《机电局长的一天》,之所以引起那样巨大的反响,根源就在于此。

1978 年冬,党的十一届三中全会决定把全党工作重点移到现代化建设上来,扭转了历史的航向。将文学仍看作社会发展之侦察兵、探索者的作家、读者,等待着小说创作对此做出及时的反应。身为作家与读者间之桥梁、纽带的编辑,自然应把组织这样的稿件,当作首要任务。

李季是一位具有远见卓识的主编,果断提出小说创作也可以"命题作文",而能与《人民文学》相呼应并出色完成此项任务的作家,首推曾经塑造过为经济建设献身之领导干部形象的蒋子龙。如此行动,绝非那种"主题先行",因为这样的主题与人物,早就活在工人出身的作家蒋子龙心中。

我自 1978 年 9 月起,承担小说稿件的复审,不再领有地区管界。1979 年春,天津地区责任编辑王扶来到蒋子龙家中。双方"一拍即合",再次引起轰动反响的《乔厂长上任记》应运而生。如果说《班主任》中的谢惠敏是首开揭示心灵"伤痕"先河的形象,那么《乔厂长上任记》中的乔光朴则是第一个为新时期改革家写照的典型。一封封情真意切的读者来信,表达着广大群众的普遍呼声。有一家工厂的一批工人甚至发出吁请,要乔光朴到他们那里去当厂长!

1979 年是思想解放运动在各个领域都初见成效的一年,反映在文学创作方面,或者说文学创作对这种社会生活景象的反映,是敏锐及时、丰富生动的。《乔厂长上任》前后,焕然一新、别开生面的短篇小说,如雨后春笋,破土而丛生,竞相媲美,各展风姿。这也为短篇小说的第二届评奖,拓展了新局面。

从第二届起,评奖由中国作家协会主办,具体工作仍由《人民文学》杂志社承担。自 10 月起,刊物发出"评选启事"和"推荐表"——这次不叫"意见表"而叫"推荐表"了,并在表中开列 5 篇空格——仅仅一个月,编辑部就收到了远远超过去年总量的读者来信和"选票"。我奉命在 12 月号刊物上对此盛况进行前期报道,摘编了各种来信的各样心声。"它们是和煦的春风,吹拂文苑百花争妍;是美好的祝愿,期望文艺兴旺发达;是鼓舞的力量,推动评选活动蓬勃展开。"

(二)

1979 年秋,中国作家协会第三次会员代表大会上,茅盾在其讲话中指出:"短篇《乔厂长上任记》描写了向四个现代化进军的斗争生活,是文学方面反映党中央提出的工作重点转移这一划时代号召的初期的作品。"

毫无疑问,《人民文学》7 月推出迅即取得轰动反响的《乔厂长上任记》,必然稳拿此次桂冠。于是,一股风从天津吹过来,说这篇小说带有"抄袭"之嫌!

"抄袭"是一个幽灵,它一直回荡在文学创作之中,时隐时现,若明若暗。完全照搬,犹如盗窃,那倒简单而好办了。问题在于有一种说不清道不明的特殊情况,有时也被打上引号称之为"抄袭",事情便复杂而难办了。该如何评说那种带引号的"抄袭",我或许另文表述个人观感,如今只说这一具体"事件"。

"事件"缘起于首届评奖,1978 年度获奖作品中的《"不称心"的姐夫》,在发奖大会举行过后,曾被"揭发"为"抄袭"之作。《人民文学》编辑部为此曾向该稿原发刊物《鸭绿江》及作者所在单位进行调查。1979 年 6 月 22 日,《鸭绿江》编辑部出具公函,说明如下:

关于短篇小说《"不称心"的姐夫》的"抄袭"问题,我们曾向省委宣传部和作家协会党组作了汇报……综上所述,我们认为:小说先于散文,且从构思到定稿,人物关系、故事情节均未做更大变动,证明小说不是抄袭那篇散文。那篇散文只二千余字,而小说则一万二千多字,虽在主题和人物关系上有相似之处,但小说作者所撷取的素材和基本故事情节是从生活中来的,就其整篇来说,不能视为模仿或抄袭那篇散文,小说后边那几段议论文字,确有模仿、抄袭那篇散文之弊。检举者的看法是正确的,但不能以局部否定全作。尽管如此,我们仍对作者进行了严肃、诚恳的批评教育。

与公函一起,附来了作者所在单位和该稿创作过程知情人的证明。同时,还有一份作者本人的《检查》。我之所以具体说明这一事件,并将作者所写材料标以书名号而没有用引号,是因为我希望有关人士能够知道,那时候对这种事是何等重视。尽管只是"几段议论文字确有模仿、抄袭之弊",作者还是痛心地做了检查,承认自己"创作态度不够严肃"。此后几次评奖,还曾经发生过与之类似乃至更甚的情况,然而无论单位还是本人,再也未见有这样认真诚恳的态度了。

至于 1979 年度评奖,议论到蒋子龙这一篇的情况,《人民文学》编辑部的几个经手人,都是清楚的。小说的构思,跟责任编辑王扶谈过。作品原名《老厂长的新事》,是小说组组长涂光群改定为《乔厂长上任记》的。发稿时经由我加工润色——将其前言性文字大为凝缩,对全篇进行梳理分段并加上了小标题——这怎么可能是"抄袭"之作呢?莫非故事情节跟某篇成品,有所雷同、近似甚或套用、移植?也许像那篇《"不称心"的姐夫》那样,有些句子确系"抄袭"?空穴来风,事出有因,但又没有具体检举,我们不便正式调查。编辑部具体负责评选事宜的副主编葛洛,便向天津文学界的有关领导侧面打探,不久得到回函:

天津这里传言很多,怀疑成风,这篇是抄袭的,那篇是剽窃的,但又提不出真凭实据来,弄得思想混乱,众说不一。有些人的目的,是想把蒋某人搞臭,把支持他的作品的人也搞得灰溜溜的。

据说,有人首先提出:《乔》是模仿苏联两篇小说,拼凑成的,但谁也不知道是哪两篇作品;提出的人也说不清楚,说不具体。纷纷议论、猜测,成了无头案。

又有人传说,《乔》是模仿苏联剧本《外来人》(载上海人民出版社出版的《礼节性的访问》)。前天我找来看了看,可以说风马牛不相及,什么也安不上。既不是模仿、套用,更不是剽窃、抄袭。你们也不妨看看。由此看来,有些传言,不可轻信。

以上情况,仅仅只是评奖过程之中一个小小插曲,由此倒可反证,评奖活动在文学界具有何等影响?还有一个微妙的细节,也可以从相反的方向证明,评奖活动在一些作者的心目中占有何等地位?——那就是出现了"拉选票"的小动作。

评奖收到"选票"之多,令人振奋。但也有个特殊现象,令我生疑:一篇作品短时间内得到来自同一地区大量"选票"。虽说本地读者对于同乡作者未免偏爱,但这些"投票者"无不都把这一篇小说的名字填写在 5 个空格的第一栏里,这种不约而同就让人奇怪了。我请工作人员将这一篇另行统计:对那些来自同一地区的"选票"进行甄别,凡涉嫌拉票的,一律作废。

(三)

如果说第一次的评奖,重大意义在于其首创性,那么这第二次的活动,其群众性和权威性则可谓空前了。我所写的报道《欣欣向荣又一春》中记载着:截至 1980 年 2 月 10 日,100 天内共收到"选票"257885 张,比上次增长 12 倍以上;推荐小说 2000 篇,比上次多 700 余篇。有的"投票人"表示,"深知填写推荐表这件事的分量,所荐作品都是曾为之感动得流泪,至今还在脑子里留有清晰印象的"。解放军某部政治处组成了有副政委、宣传和新闻干事参加的评选小组;山东、贵州、四川等省总工会向所属地市厂矿企业工会和文化宫行文转发了推荐表;丽水师范专科学校中文系团支部将团徽同推荐表一起寄来,献给当选作者,"希望他们焕发青春活力,写出更多更好的小说";远在美国、德国的华侨和留学生也积极赞助这次评选;四位不同性别、职业的日本朋友寄来了推荐表;其中,水间清先生还附信说明推荐意见,表达对我国人民和文艺事业的良好祝愿。

评选仍然采取群众推荐与专家评议相结合的方法,中国作家协会批准建立了由25位著名作家、评论家组成的评选委员会。中国作家协会主席茅盾为主任,周扬不再参与,除上届评委连任外,增加了丁玲、王蒙、贺敬之为评委。

1980年1月11日,评委会举行第一次会议,就评选工作的方针问题交换了意见。会议由李季主持,他首先通报了未能与会的评委情况。然后请大家畅所欲言。以下便是我据当年个人笔记整理出的部分评委发言摘要——

贺敬之:评选应表现出我们的倾向性意见:一,对于描写新人的、积极向上的作品,要提倡。为什么"乔厂长"受欢迎,这和时代、和人民的愿望有联系。二,干预生活的作品也要选,文学有这个战斗任务。但要注意避免片面性,注意社会效果。我个人认为:《乔厂长上任记》应选为首篇,它比《班主任》更强烈。

草明:评选应该在艺术技巧上讲求质量,不可降低艺术标准。对《乔厂长上任记》,就要坚持法制、民主和艺术规律。如果只有某些问题,就不给作品以第一,便没有了艺术民主。

唐弢:首先得是艺术品,要看艺术质量。去年考虑到刊物,有所照顾,今年只就作品本身而言吧。《人民文学》发行量大,好作品愿意到这儿来发表,多选一些不必顾虑。今年最好还是25篇,评选相对稳定为宜。

袁鹰:时间越久,意义看得就越清楚,去年评选,的确推动了短篇创作,今年则不仅是简单接续,三中全会开创了一个新的时期,评选要体现全党工作转移的精神,这是一个出发点。因此,我支持《乔厂长上任记》为首篇。

孔罗荪:不能完全依靠票数,票数不能完全表现质量。《李顺大造屋》,30年来第一个这样写农村的。(冯牧:这个人了不起,1979年发了11篇,大多非常精彩。)但这一篇所得票数,比不上《我应该怎么办》。当然,主要方面是群众投票还是可保证的,"乔厂长"身上就寄托着人民的希望。

冯牧:选票反映了一定的群众意见,但不能全面准确地反映作品思想艺术的实质。我们不能把评选仅仅看成是表扬,还要有所倡导。25篇当选作品之中,大部分应该是能唤起崇高与美好精神情感的。

1月24日,《人民文学》编辑部评选工作小组根据"选票"多少排列篇目,先在内部进行一次"投票",从而列出了一个基本上是以读者"票"数多少为序的备选篇目:蒋子龙的《乔厂长上任记》,陈国凯的《我应该怎么办》,李栋、王云高的《彩云归》,张弦的《记忆》,孔捷生的《因为有了她》,韩少功的《月兰》,金河的《重逢》,叶蔚林的《蓝蓝的木兰溪》,方之的《内奸》,茹志鹃的《草原上的小路》,张洁的《谁生活得更美好》,左建明的《阴影》,张天民的《战士通过雷区》,刘真的《黑旗》,王蒙的《夜的眼》,陈忠实的《信任》,中杰英的《罗浮山血泪祭》,高晓声的《李顺大造屋》,邓友梅的《话说陶然亭》,陈世旭的《小镇上的将军》,艾克拜尔·米吉提的《努尔曼老汉和猎狗巴力斯》。后又根据"选票"补充进了:樊天胜的《阿扎与哈利》,刘心武的《我爱每一片绿叶》,冯骥才的《雕花烟斗》,包川的《办婚事的年轻人》。

3月5日,评委再次开会,对评选工作小组提供的初选篇目进行正式评议讨论。会议历时一天，开得认真而热烈。兹将部分评委发言摘要如下——

草明：不能因人照顾，一个天才也并不是篇篇都写得好的。今年评不上就垮了，那这人就不是天才。

沙汀：写东西是写侧面，但一定要摆在全局中写。《黑旗》就有很大偏激，还有八字方针嘛！《内奸》作者爱憎分明，因事说事，夹叙夹议，写得很随便。

冰心：短篇越来越离奇了，情节太多。写东西有人生哲学在，眼光应远些，不要让人看了觉得中国没有希望了。我认为作者应是拥护社会主义的爱国者。一年选一次，不能搞世袭。每年都有，能上不能下，奖也就没什么意义了。

刘白羽：文学总是要推动历史前进的，现在我们非常需要表现坚持原则既有魄力又有才智的闯将。《乔厂长上任记》得了那么多票，说明人民的渴望，对文学关怀而且有要求。此外，我认为《彩云归》《阿扎与哈利》是特殊作品，写得很美。

贺敬之：我们应对读者欣赏趣味进行引导，选的时候百家争鸣，最后还请李季定音。具体意见：《李顺大造屋》艺术上沉闷；《剪辑错了的故事》比《黑旗》好；《重逢》接近《阴影》，内容没什么错误，但考虑到客观影响可不选。这类题材中长篇可以写得更深。我主张去掉《因为有了她》，只有她才搞"四化"，是不行的。

唐弢：我认为《内奸》写得好，特别是上半，商人确实是商人，写得可信可亲。《阴影》让人看了不舒服，《黑旗》也可不选。

王蒙：有些意见，跟前辈有些距离，所以及早汇报。总的来说，今年是去年的继续与提高，不是纠偏，应有一定的连续性，不要给人这样的印象：有强大的风，所以对一些作品评价上有大变化。从发展角度看，希望今年的作品精神境界高些，能高，揭露得再尖锐也不可怕。《内奸》《话说陶然亭》看完后感到正气凛然，是中国人民的正气。《李顺大造屋》不可多得，我佩服高晓声。我对《陈奂生上城》五体投地，那是五味橄榄。对所有作品，都不能求全责备。要反映全局，但断面就难免片面。我认为不能说《因为有了她》是写只为一个人想"四化"，这一篇充满了幽默感，是明快的，也有分寸。《黑旗》是出气之作，所以境界不高，但要求它写八字方针，也不好理解。毕竟小说不是历史。《彩云归》我也看不出那么好来。

袁鹰：同意王蒙对《彩云归》的意见，写法、结构、语言，都是港台味儿，看来收集不少材料，很能叫座，但编织痕迹很重。对刘心武、邓有梅，同意冯牧意见。

孔罗荪：今年作品着重写了人物，《内奸》把商人写活了，不回避唯利是图，但精神境界很高。《草原上的小路》写得好，最后的几句话很有深意。

陈荒煤：评委中青年少，老头子对年轻人喜欢的不大了解，因此我注意了票数。《怎么办》怎么办？投票的年轻人多，要理解他们的心情，我认为应摆上，作为时代烙印，无妨留存下来。《因为有了她》也无可非难，并没有说就不好了。

我们始终反对把社会动乱归罪于文学，但对确定不好的东西要批评。同时，我们还要肯定这些青年作者，可以看得出来，他们是在思考。没有思想解放，没有气魄胆量，就不会敢于揭露消极面。

没了她别人就不搞"四化"了。对于过去得过奖的作家，我有不同看法。我认为应实事求是，当然也是从今年水平与全国水平相比，不应要求今年一定高过去年。《我爱每一片绿叶》很难说比《班主任》差多少，题材、主题有其独特个性。作品提出了独特个性问题，也有时代的痕迹。《重逢》比《阴影》好，揭露比较尖锐的社会问题，我们还是应该选上。最后就由编辑部定。要有胆量下判断。

从第二次评奖起,我参与了历次评委会议,留有一些个人笔记。这里所摘,只是一小部分。仅此引述,可见当年评奖情况之一般。

……

（四）

1979 年全国优秀短篇小说评选当选作品,前 5 篇:蒋子龙的《乔厂长上任记》,陈世旭的《小镇上的将军》,茹志鹃的《剪辑错了的故事》,方之的《内奸》,高晓声的《李顺大造屋》。它们既是得"票"最多的,又是受到评委一致赞赏的切近现实社会课题之作,而且在写作的现实中,继续发挥着开路先锋的作用;另一方面,揭露"四人帮"罪恶和探讨"十七年"教训的作品,在深度和广度上都较前有所进展。因而,这一次公布得奖名单时,便将这前 5 篇突现出来,隔一个行,下面才是那后 20 篇。此后虽又不再空行,但也形成一种惯例,前 5 篇实际上也就是"一等奖"。

然而,那后 20 篇得奖作品,有些在各方面都并不比前 5 篇差,有的甚至还强胜"一等奖"。另有未能得奖之作,后经实践检验证明,却是特别优秀的小说,这就需要另外探讨了。在此只说造成这种状况的因素之一:每位作家每次评选,只能 1 篇佳作获奖,同样质量高、得"票"也很多的,即使比其他得奖篇章更好,也会榜上无名。例如这一次,茹志鹃的另一篇佳作《草原上的小路》,就是由于这样的原因,初选时便没有列入篇目。

我在这里不准备对获奖作品进行全面回顾评价,只想仅就我所经见的个别篇章,介绍一些当年情状,那就是刘心武的《我爱每一片绿叶》。

这篇小说最先是寄给我的,我看后觉得很好,不是一般的好,而是在思想意蕴和艺术情味上,都又有新进展。但我早已不再承担北京地区责任编辑任务,便把它交给了有关同志处理。没有想到,这篇小说在复审时未能通过。为此我提出详细意见,极力争取能得留用。最后勉强留了下来,但排版时放在最后。1979 年 6 月号《人民文学》所发八篇小说,只有 2 篇出色之作,却都没有放在头条二条。叶蔚林的《蓝蓝的木兰溪》居第 4 位,刘心武的《我爱每一片绿叶》,屈居第 8 位。

我至今不知道,安排版面者是事先听闻了风声,还是心灵与那一股风相通。《我爱每一片绿叶》发表之后,果然受到了批评。幸而那批评再也不可能是依势压人的"大批判"了,到评选时这篇小说仍然被提上了议程。最初是读者,将相当数量的"选票"投给了这一篇。最后是冯牧、陈荒煤等评委,给予它充分肯定。但在评选的中间环节上,对这一篇当选起着关键性作用的,可以说是本人。我的工作日志上记载着:1 月 24 日《人民文学》编辑部讨论备选篇目时,只有我一个,坚持要保留《我爱每一片绿叶》。

品味一下此次评选各位评委的发言和信件,就不难发现:围绕着《我爱每一片绿叶》,存在分歧。概而言之,约有两端:一是对待一些青年作家的态度,一是在"表现社会阴暗面"上的看法。现在回想起来,那时确实有一股风,以致不只在这两个问题上发生分歧,乃至对整个评奖都有了一种否定的意见。1 月 24 日,编辑部讨论备选篇目时,我作为具体负责评选事宜的工作人员,曾汇报情况,将评选概括出十大优点、二十项成绩,不料遭到批评。我说的什么,没记下来,对我的批评,言犹在耳——

怎么能说是空前的?超过 30 年?能把"十七年"都压下去了?难道《乔厂长上任记》是

30 年来第一篇？要肯定成绩，但不要绝对化！罗列了十大优点、二十项成绩，只有四点缺陷？这样评选，是不妥的！

幸而当年在编辑部具体负责评选事宜的不是此公，否则不仅《我爱每一片绿叶》等篇不可能被列进备选篇目，恐怕整个评奖都有可能被置之于"十七年"下去了！

（五）

3 月 25 日，评选结果揭晓，发奖大会在京举行。来自全国各地的获奖作家欢聚一堂，同评选委员和应邀与会的作家、评论家、文艺界各方面负责人见了面，大会堂洋溢着一派团结兴旺的喜庆气氛。《人民文学》副主编葛洛主持会议，宣布获奖作品篇目。在一阵阵热烈的掌声中，中国作家协会第一副主席、老作家巴金向获奖作者颁发了纪念册和奖金，并致祝词。他指出："创作是复杂的艰苦的精神劳动，需要具备各种条件，才能写出好作品。那种不分青红皂白，把作家一律赶下去的'一刀切'的生活方法，实践证明是行不通的。""除了向生活、向人民学习之外，还应该强调一下向书本学习。"

中共中央宣传部副部长、全国文联主席周扬出席大会，并讲了话。周扬的这篇讲话，不知是否曾发表过，我想即便发表过，也不一定有我所记这些内容。作为历史资料，仅作一些摘录，却又未必准确，仅供参考而已——

经过群众推荐和专家评议，这些作品被选出来，说明它们是好的和比较好的。但也不可能十全十美，所以评选过后还应该再评论，欢迎大家再评论。评选委员会要开个风气，允许发表不同意见。不要以为这是包办的、钦定的，评选还要选评。这是我要讲的第一点。

"四人帮"时形势是空前的坏，现在可以说是空前的好。不管出现什么样的坏作品，讲文艺形势好并不为过。为什么有些人有意见呢？因为确实有些作品反映消极的阴暗的东西多了……有伤痕，现在还没有平复，为什么不能反映呢？问题是如何反映得更好，不能得出结论：凡是伤痕就不反映。鲁迅评谴责小说，还是肯定它的，讲它的缺点是言过其实、投合时好。所谓投合时好，也要分析，群众也是从"四人帮"时过来的嘛！写"文化大革命"，应该不只有一部长篇。长篇比只写一个消极片段要好些。冤案还有比刘少奇更大更惨更不公平的吗？堂堂国家主席，党的第二把手，你写这个有什么用呢？太悲惨了。所以作家要更多想一想，要考虑一下发表的时间、地点。要反映伤痕，但第一要真实，第二要考虑真实的效果。

我同意小平同志提的，不再继续提文艺为政治服务。这样有好处，因为这看法本身有缺点，把政治划成了个框框，划成为局部的工作方针。还有个口号，文艺干预生活，其实就是干预政治。应不应该干预？应该！但我不赞成这个口号，不提倡这口号为文艺的普遍方针。文艺干预生活；是把文艺摆在支配地位，如政治支配文艺一样：你要干预他，他就干预你，他比你厉害，他说你反党，你就吃不消。所以，不提这口号为好，应习惯不提口号的生活。

才能确实有，不要提倡它，但要发现它，要爱护它。问题是才能向哪个方向发展。才能要与党、人民、革命、社会主义结合起来。这次写简历，"文革"如何写？一种写法是不置可否，一种写法是受审查，一种写法是受考验，胡耀邦就是这样写的。不要那么怨气冲天，怨气不能解决问题。

希望寄托在你们身上，希望将来会出现超越前人的杰出作家。

发奖大会之后，25 日至 29 日，获奖作者举行座谈会，畅谈创作中的体会，探讨共同关心的问题。陈荒煤、冯牧、秦兆阳等老作家、评论家参与了座谈会，分别作了长篇发言。这些发言,也许后来成为文章,但我所引,是即席笔录,或更有其原汁原味——

陈荒煤 3 月 27 日的发言:

评奖不可能使大家都满意,但我们尽了力量。我们的心是好的,愿在促进文学创作繁荣上做点事。评委对某些作品至今仍有不同意见,但名单经过反复讨论,基本上是妥帖的。前两天接到匿名信,要求公布票数,意思是说你们没有以群众为准。票数所反映的毕竟是一部分群众,有其局限性。

形势很好,并没有收。出了少数不好的作品,没什么了不起。一个伟大的思想解放运动,不可能没有这样那样的毛病、偏差。有一些东西,是有不好的倾向,但文件上不用"倾向"文字为好。多少年来,一用"倾向"二字,就不好了。

我们始终反对把社会动乱归罪于文学,但对确实不好的东西要批评。同时,我们还要肯定这些青年作者,可以看得出来,他们是在思考。没有思想解放,没有气魄胆量,就不会敢于揭露消极面。

25 篇中,写"伤痕"的不少。"浩劫十年",文艺反映两三年就不反映了?这个时代伤痕的烙印,今后还不会消失,可能比现在反映得更全面、更深刻。文艺要反映生活的真实,凡是在 生活中发生过的影响到党和国家命运的事件,确有感受就不能不写。作家创作的过程,也是个思考摸索的过程。要容许作家在思考过程中,有错误,走弯路。一个工程浪费那么多没多大事儿,科学试验可以几百次失败,为什么作家一出错就要打棍子?每篇作品拿出来都百分之百准确,是不可能的。这样要求,只能使作家谨小慎微。应该谅解作者,特别是年轻作者。

冯牧 3 月 27 日的发言摘要:

火焰本来在燃烧,现在似乎掩盖于浓烟之中。我们有义务给处于惶恐不安状态的作家以帮助,使他们的目标更明确起来。胡耀邦早已发誓:决不会再发生只因一篇作品就把人打成反革命的事儿了。

决定性的是人才,要发现、培养、爱护。埋没、摧残人才,有时只消一句话!

25 篇获奖作品表明,3 年来我们的成就是伟大辉煌的。出了人才出了作品,两次评奖,涌现 45 位作家。一批是 1957 年后受了 22 年考验的,一批是 10 多年在极其复杂曲折斗争中成长起来的。

3 年来有些成就,比"十七年"有创造性的突破,这个突破是党的思想政治路线的发展带来的。以思想家自命的作家,有责任站在历史高度上对特殊的年代给予回顾。

秦兆阳 3 月 28 日的发言摘要:

时代的镜子、人民的心声、革命的要求,这 3 句话可以概括 25 篇乃至整个创作。有个观念颠倒了过来,不是干预生活而是生活干预。这么多年弄得我们不能正常生活,一旦出现新局面,人的头脑不反映是不可能的,必定要说生活的话,要为生活说话。所以,是正反两个方面的生活,干预了文学。

前两年是急于突破,现在应该更多思考。对 25 篇,有一个总印象:写事写问题为主,不是以写人为主。已经很好,还要更好,更好的途径在于更好地塑造人物性格。反映时代离不开问题,问题成堆,一吐为快,但从文学特征、社会效果、教育作用来考虑,应该是写事为着写人,事件挖掘人的灵魂。25篇有的触到了内心状态,如再加以发挥就更好了。《小镇上的将军》站在樟树下,为什么这样站着?通过这一动作,深入挖掘内心,人物会更丰满。你就写站在樟树下的将军,可不可以?通过人物内心深处,反映生活的真实。什么叫真实?忘记了时代的生活的历史的性格的逻辑性,真实性就失掉了标准。每一个时代都离不开历史的逻辑性,相信历史总要前进就是最大的真实。25篇有一个共同点,每一个作者都有寸草之心,都渴望阳光、歌颂光明。这一点,希望你们保持下去。

作者不可避免地总会把自己写进去,如果自己的主观是符合客观的,个性再怎么强也不要紧。文学通过个别表现一般,自己也是个别,忘记了这一点,就不会去发挥创造性。到底是席勒还是莎士比亚?片面了解妨碍我们形成自己的风格。尤其是我们这个时代,莎士比亚也并不是不说话的。但要注意形象跟思想的关系。

文学界领导和专家们的讲话,使大家在思想和写作上都得到了切实的帮助。第二次评奖活动结束,80年代第一春,文艺园地又一新春,也已经开始。

(六)

1980年3月后,《人民文学》主编仍由张光年担任。6月11日,他邀请部分评委和工作人员到他家去,就刊物和评奖问题交换意见。他说:"关于评奖,我表示个人的鲜明态度:要继续搞下去!要坚决地毫不动摇地排除万难地搞下去!实践证明,效果很好,出现了一批新人新作,这是一件很好的事情。不能搞了两年就停下来,否则我们对不起李季同志。短篇小说评奖还是由《人民文学》来办,作家协会今后可以办鲁迅奖。"

在这次会上,张光年提出了创办《小说选刊》的设想。

1980年10月,《小说选刊》创刊。茅盾7月27日所写《发刊词》指出:

粉碎"四人帮"以来,春满文坛。作家们解放思想、辛勤创作、大胆探索,短篇小说园地欣欣向荣,新作者和优秀作品不断涌现。大河上下,长江南北,通都大邑,穷乡僻壤,有口皆碑。新中国成立30年来,曾未有此盛事。

中国作协委托《人民文学》编辑部连续两年举办全国优秀短篇小说评奖,海内外文艺界人士交口赞许。为评奖活动之能经常化,有必要及时推荐全国各地报刊发表的可作年终评奖候选的短篇佳作。因此,《人民文学》编委会决定编辑部增办《小说选刊》月刊……此亦争取短篇小说创作的更大繁荣之一道。

披沙拣金,功归无名英雄;名标金榜,尽是后起之秀。

(原载《小说家》1999年第1期)

关于 1985—1986 年中篇小说获奖的问答

丹 晨

一、《小鲍庄》《红高粱》《你别无选择》一类新潮作品的入选，是出于什么考虑？

这个问题似乎早在七八年之前，即在 1987 年完成 1985—1986 年中篇小说评奖之后就应有了回答。那时的传媒报道这些获奖作品时主要强调了注重艺术风格、流派的多样，兼容并包，因此列入排名榜。评论界在此之前，众说纷纭，颇多争议。这种分歧同样也反映在该届评委会的讨论过程。但是，最后终于为大多数人所接受。其实，还有更为深层复杂的内涵，很久以来，好像还未为史家们所注意。因此，现在重新拾起这个话题还是很有意义的，也值得我们重新回顾思考。不过，就我而言，也未必能说清楚个中的奥秘。

中国的文学界自 70 年代末以来，在汹涌的思想解放潮流冲击下，开始走上了一条反思、再生、自新、重建的道路。但在行进途中，布满崎岖曲折，可谓潮起潮落，激荡不已。但是，我们仍然可以辨别出一条清晰的线索，即在 70 年代末，是高扬现实主义大旗，扫荡过去几十年来占据统治地位的假大空的政治化文学。当时大声疾呼"写真实"，不仅仅是一个口号的问题，而是要求回到为中外文学史所证明了的艺术规律上去，恢复文学自身的本来面目，获得真正的生命。其次，也反映了整个民族的心声，人们对于虚伪、浮夸、非人性化的社会现象和风气深恶痛绝，渴望走出这种意识形态的阴影，重建真正理性的诚实的和平的生活。"写真实"的呼声在当时可谓切中时弊，即使在后来 10 多年的社会变革发展中，仍然有力地证明"写真实""讲真话"对于重塑民族灵魂具有何等重要、特殊的意义。

问题在不于当时争论的现实主义是否已经过时，现代派是否就是中国文学的方向这样一些有明显偏颇的命题，而是这个时期的文学创作路线较之前几十年固然有了巨大改变，但是内在的观念、精神并没有完全摆脱正统的文化意识形态，仍然固于旧有的思想、艺术框架之中，只不过继续努力进行一些较为合情合理的诠释而已。但在思想解放潮流进一步深化时，就显得捉襟见肘，难以为继了。这些新潮作品（或谓"先锋""前卫"云云）却应运而生，成为当时必然会出现的一种文学现象。

新潮作品刚刚出现时，不为多数人理解和接受，这是很自然的。因为它们与人们司空见惯的熟悉的常规的观念和文学艺术格格不入。它们几乎是以一种异端的面目横冲直撞闯入文坛的。因此人们感到陌生、惊愕，甚至怀疑、指责，还有个别人舞弄锈迹斑斑的刀斧进行大批判。总之，引发了种种争论和冲突。

其实，大多数的新潮作品在表现形式、手法、技巧等方面，几乎都可以从西方现代文学中找到某些踪迹和线索,诸如意识流、变形、荒诞、魔幻等等,它们未能避免模拟、仿造的过程。但是,无论如何,它们给沉闷、单调的文坛注入了一股新鲜的活水,有了耳目一新的感觉。即使由此引起过一场"看得懂""看不懂"的争论,这也并不重要,重要的是有了这样新的实验和尝试,使文学的路子再也不可能回到封闭的状态,而将处于不断更新、变化、发展的充满活力的潮流中。

在这方面更早进行尝试的是诗歌和戏剧(高行健的作品)。小说方面则见之于王蒙等人的作品。我以为,那时的小说试验基本上还是在原有的观念、话语系统中增枝添叶,主要还是限于艺术形式方面。到了《小鲍庄》《红高粱》《你别无选择》以及《爸爸爸》《棋王》等一大批作品出现时,就远远不只是一个形式问题了,而是内在精神上出现了完全不同的深刻的变化。它对于旧有正统的文化形态的疏离、消解以至颠覆,是从未有过的。那些被认为神圣的崇高的严肃的认真的正面的……到了他们的作品中都被消解了,成为无意义的,无所谓的,被轻蔑的,被随意揉搓撕碎的。这是完全不同于以往文学的另一个话语系统。从文体到内在精神观念都是对既有的文学秩序的挑战,是截然不同的价值取向。这个世界不再有偶像可供膜拜。它渴望拾回人的生命意志和本能,是对个体生命的张扬和高蹈。因而,这些作品一出现,在青年读者中尤其有着广泛影响,它们在相当程度上传递了年轻一代的精神呼喊。尽管我们可以嫌它们幼稚、病态、偏颇,过于消极,缺乏正面的建设等等。

这些新潮作品的精神影响所及,一直绵延至今。现在文坛最活跃、写作最丰的三四十岁一辈作家们,虽然在艺术表现形态方面有着诸多不同的新的花样和变异,但是思想状况和文学观念几乎莫不由此沿袭而来,对于个体生命的张扬也达致另一个极端。究竟应该怎样评估这样的文学现象是另一回事,但是它对于拓展、深化、丰富中国当代文学的意义却是毋庸置疑的了。

如果,我们对于"写真实"的理解不是拘泥于细节的真实等狭小范围,那么,新潮作品中的许多优秀之作与此也是相通的,通过变形、荒诞、意识流、魔幻等一样可以,也要求达到真实的彼岸。真正的文学,只要不介入政治权力和商业金钱的外来杂质,无论何种艺术形态、观念、方法、流派,都不应是排他性的。它完全可以两峰对峙,双水分流,各行其是,各极其妙。既不必以为前人创造是祖宗家法动不得,也不必以为已经过时而生鄙薄之心;既不必对新的尝试怀有莫名的恐惧和戒备,也不必以为时髦而露骄矜之色。何况,在一个高明作家手里,既可化腐朽为神奇,更有气量广为吸纳百川。那些企图独尊于一家,自以为唯一正确的最好的,无论以弘扬民族传统为名,还是打着新潮、先锋的旗号,反倒显示了自己的浅薄和狭隘。

我想,正是在这种情况下,评委们尽管对具体作品各有所褒贬轻重,但绝大多数都投了赞成票,显然是一种明智的选择。

二、用今天的眼光看这些获奖中篇,你有什么新的评价?

《小鲍庄》《红高粱》《你别无选择》等不只在当时新潮作品中有代表性,而且也是王安忆、莫言、刘索拉等人的代表作。特别是王安忆、莫言后来又写了许多很好的新作,但都未能抹去或取代这些作品的代表意义。也许,他们会说,这是他们描红时代留下的印迹,但就小说文本而言,这些作品中的虔诚、认真,而又流溢着新鲜亮丽的率真和激情都是后来创作中不易见到的。像王安忆近作《纪实和虚构》中那样冗杂琐细的叙述语言使人无法产生和保持细读的耐心和欲望。莫言后来的某些作品的想象固然恣肆，但却时有流于邪僻之弊。至少，我个人是不很欣赏的。

三、在文学走向多元的现实面前，评奖是否更难把握？

我以为这个问题本身是不能成立的。世界上许多国家在不同层次上（国家的、民间的、文化界的）都有各种文学奖。它们的"多元"也许已经存在很久，似乎从未听说由此发生疑问和困难。尽管主持评奖者都有各自的审美、评选标准，有其特定的文化视角来取舍作家作品。10 多年前，中国文坛开始举办评奖，其初衷可能是为了对抗长期来对文学界只有打击、整肃，没有鼓励、嘉奖的恶劣现象。经过许多年的工作，本应使评奖走上更加规范的道路和更高的层次，但是，现在的文学评奖多如牛毛，大多数的活动带有明显的商业性、政治性的甚至夹杂着人事派系的因素，因此愈来愈引起公众的冷淡和厌烦。这样的现实才是文学评奖面临尴尬而缺乏公信的原因。

（原载《当代作家评论》1995 年第 3 期）

第二届新诗评奖有感

蒋　力

不久前揭晓的第二届优秀新诗（诗集）奖，大体上标志着中国现代新诗的发展水平，这项活动也是诗歌界的一桩肯定将载入史册的大事。

较之上一届获奖作品，这次评奖对诗集的独特艺术风格的鼓励意图，似乎是相对明确了一些，因而，我们欣喜地看到新边塞诗的代表性诗人杨牧和周涛。一辈子执着追求的牛汉和曾卓，人虽已老，诗仍清秀的陈敬容等人的入选，这本身便可看作是"保证诗歌界应有而长期没有的生态平衡"的一种努力。同时，我们也看到，上届获奖者艾青、邵燕祥、李瑛、张志民 4 位诗人蝉联获奖。基于对新诗发展的现状及未来所抱的积极态度。我们没有理由不对这四位诗人提出更高的要求。按理说，蝉联获奖，应当是他们的诗的生命的延续、发展和更趋成熟的标志，而不是缓步移动或原地踏步的认同，但实际上，这 4 位诗人此次获奖的诗集，并没有在诗的观念或形式上出现明显的突破或超越。为了避免误会，我想还应强调一点，诗的数量上的丰产和累积的递增，并不能完全代表诗的生命的发展，至多只能表明某种延续而已。以老诗人艾青为例，《雪莲》中有大量以出国访问所见所感为题材的诗，在读这组诗时，我总在联想他收在《归来的歌》中的《欧罗巴圆舞曲》《墙》和《古罗马的大斗技场》，那些诗中所反映出来的诗人睿智的目光，一直令我格外折服，但在《雪莲》里的这组诗中，除了《红色磨坊》之外，几乎很难再找到那样震撼人心的力作！再如邵燕祥，平心而论，《迟开的花》显然不是他近年来诗歌中的上乘之作，读者们更赞赏的是他发于 1982 年前后的几首抒情长诗，我认为那几首以思维结构的重新组合为标志的长诗，是他诗歌创作生涯中的一次可观、可贵的突破。而到了《迟开的花》这仲秋时节，那流淌在血管里的"真诚的血"（邵燕祥语）似乎却日见缓滞了。

这里，我斗胆提出第二个问题：新诗（诗集）的评奖班子是否有老化的倾向？据闻，评委中的一些同志已多年不写诗、不读诗，虽然还在文学界圈子里搞其他工作，然终与诗有了一定的距离，难以弄清新诗发展现状的脉络，恰恰形成对比的是，诗歌评论家所占的比例则相当小。另外，评委中年龄在 70 岁以上的恐怕为数不少，我丝毫没有怀疑他们对新诗发展曾做出的贡献和价值，但我怀疑像这样的高龄，对诗的敏感、对诗中的变革意识，到底能理解多少？能在多大程度上引起他们的共鸣？这是不能不令人忧虑的。我们都知道，新诗的主要作者和读者都是青年，而在这样一个高龄的、颤颤巍巍的评委班子面前，又有多少青年人喜欢的诗集可以得到他们的正视呢？我希望诗歌界能够出现一种但开风气不为师的新鲜气象。

由此而想到的另一个令人困惑的问题，便与青年诗人密切相关了。

这几年，诗集的出版是相当不景气的，尽管不少人在呼吁，尽管数得过来的几家出版社咬牙坚持出了几本诗集，而优秀的诗集，尤其是青年诗人的诗集，想尽快得以出版，还是件十分困难的事。一些青年诗人自费出书的举动似乎尚未引起诗歌界足够的重视。3 年前,我们还可以拿出《双桅船》这样颇有特色的青年诗人的诗集来参加评奖,而今天,有成就的青年诗人的阵容远远大于 3 年之前,几年前就已在诗坛引起很大反响的北岛、江河、杨炼、徐敬亚等人,严格地说,都已开始跨入中年的行列,一批 20 岁上下的、被牛汉同志称作"新生代"的青年诗人,正在给诗坛注入一股新鲜的气息,我们的出版社却拿不出几本他们的诗集来。

稍稍回顾一下新时期文学的历史,人们大概不会忘记,目前这场中国文学大变革的序曲,最初正是来自诗坛圆号般嘹亮的呼声。然而,在一段时间里,由于过去旧的文学观念的束缚,人们过多地习惯性地注意的是那呼声中的非文学因素,因而,当一些诗歌评论家和诗人敏锐地指出这批诗歌作品的美学价值以及对其在整个文学变革所起的影响作用的估价时,便引起了一场颇具规模的论战。正是这场论战,使我们看到,一个有千余年诗歌传统的古老国度,一旦想挣脱传统观念的制约,重新正确认识我们的传统,审视自身所处的位置,并在中亚文化交融的背景下启动继续前进的步伐,是多么的举步维艰!但是,毋庸置疑,已经不再如一潭静得扬不起风帆的湖水般的诗坛上,年轻的诗神正在寻找和冲撞着新的而不是唯一的渠道,以使这诗之波汇入当今的文学大潮。

(原载《文学自由谈》1986 年第 4 期)

无法弥补却必须承认的缺憾

龚丘克

　　第四届优秀中篇小说和第八届优秀短篇小说评奖在推迟了一年之后总算揭晓了。当我仔细地逐个逐篇地将获奖篇目与初选备选篇目相对照时,我突然发现一个令我惊诧迷惑的问题:那些具有鲜明的文化寻根倾向的优秀作品及作家可以说全部落榜。这是个可能也应该引起作家们和评论家们特别关注的大缺憾。

　　我原以为,任何一届小说评奖都是对那届所限定时间内的最优秀最突出的作家和作品的褒奖和肯定。这似乎是无异议的。然而,本届中短篇小说的评奖结果却使我发现并非如此。假如,我们能步入历史,重新置身于 1985—1986 年那两年中去全面观察当时中短篇小说创作状况,就必须承认那两年的中短篇小说创作热点和高潮是文化寻根,最突出最引人注目的是以文化寻根文学的倡导者韩少功为核心的湖南青年作家群,还有北方的郑万隆、郑义、冯骥才和贾平凹等一批中青年作家。他们南北呼应,不仅提出了文化寻根文学的理论主张,还创作出大量文化寻根中短篇小说,其中有不少作品无论在思想上还是在艺术上都可推为上乘佳作。如初评出的备选篇目中的中篇小说《三寸金莲》《老井》《爸爸爸》、短篇小说《老棒子酒店》《归去来》。这些佳作以前所未有的深度,将其锐利的思想锋芒探入人类及本民族生存状态和生命形态的深层结构中去,既寻被鲁迅赞为"民族脊梁"的优根,也寻被鲁迅斥为"国民性"的劣根,是对中国传统文化所进行的整体审视和反思,并且在语言和文体上各具特色,出新超俗,从而在那两年的文坛上引起强烈震荡,这是客观的史实。无论今天的作家们和批评家们对当时的文化寻根新潮是肯定还是否定,都应该也必须承认:文化寻根文学的作家们的创作成果和理论主张,或多或少地影响了一大批中青作家,引起了中国文学界在五四新文化运动过去 60 多年之后,又一次开始对我们的民族性格、民族文化、民族文化心理及其生存状重新认识重新评价,这不能不说是文化寻根文学作家们对中国当代文学的贡献。因而,我想,无论是编写我国的新时期文学史,还是续写现当代文学史,文化寻根文学及其代表作家和代表作都是不可缺少的一个章节。因为,1985—1986 年这两年我国中短篇小说创作是以文化寻根为主要特征的。对这点,也许众作家、文学批评家和文学史家是不会有异议的,如果不是有意贬低和抹杀的话。然而,像这样一种在这两年的小说创作中占显著地位,并产生过广泛而深远影响的文学新潮(或叫流派),其优秀代表作及代表作家却不能在那两年的优秀中短篇小说获奖金榜上哪怕只占一席位置,恐怕,这应该说是本届评奖稍稍有失公平的一大缺憾?

　　对文化寻根文学应该如何肯定? 我看不能仅仅由文学批评家和文学史家在理论上和文学史中给予肯定,既然有评奖这种形式,也就应该给予文化寻根文学以此种形式的肯定。众所周知,具有世界影响的诺贝尔文学奖,尽管每届虽面对全世界无数作家,作品却只评选一位作家,但它常常将这种荣誉给予对世界文学的丰富和发展产生过深广影响的某一文学流派或新潮的优秀代表作家及代表作。相比较之下,我国现行的文学评奖及其有关规则却未能注意和实行这一点。这并非是说外国怎样评文学奖,我们就一定要怎样评,而是说,我们若重视并实行这一点,一定能促进我国文学的不断创新和发展。道理很简单:奖励除有表彰的意义外,主要还有鼓励和肯定的意义。中国作协奖是目前我国文学的最高奖,理应给予文化寻根文学的优秀代表作及作家以获奖的殊荣,可惜,他们却与本届优秀中短篇小说奖无缘。

那么,文化寻根文学的优秀代表作及作家不能获奖的根本原因是什么呢? 我认为并不在于他们的作品水平不够。如若把上述落选的 3 部中篇小说和 2 篇短篇小说,与获奖的那12 部中篇小说和 19 篇短篇小说相比,我看绝不应列在中篇小说奖第 12 名和短篇小说奖第19 名之后。但这 5 篇佳作确实全部名落孙山而榜上无名了。其根本原因我以为有两点:一是评委们欣赏口味儿的问题,二是本届评奖的指导思想的问题。对于评委们的欣赏口味儿,我觉得不好苛求,因为,这纯属个人的事,即便是诺贝尔文学奖的评委们也不可免。唯一有效的办法或许就是增添一些较年轻较能接受新鲜东西的评委,以便从整体上增强评委会对文学新潮及其优秀代表作,还有那些具有创新意义的优秀作品的接受能力。而对于本届评奖指导思想的问题,我觉得很有必要多说几句。

本届评奖的指导思想在两奖的评奖启事和通知中都明确写出:为促进中短篇小说创作的发展和进一步繁荣。这只是个大原则,而具体内容却是:要"尤其注重那些深刻反映现实生活,充满时代精神的作品和文学新人的作品,同时对创造性的艺术探索也给予充分注意。"①评奖结果当然是以符合这个指导思想的作品为多数了。中国作协一位领导者在 6 项文学评奖工作结束后的新闻发布会上总结说:"这次评奖结果表明,我们的作家如实对汹涌澎湃的改革大潮密切关注,积极参与。"②我认为,这不符合史实。假若这位领导对那两年的中短篇小说创作状况不曾失却记忆的话,应该记得,那两年的中短篇小说创作的主要倾向恰恰是与现实、与生活拉开距离,甚至背向现实生活,呈现出超然其上其外的静观和透视状态,并产生了许多具有创新意义的上乘佳作。而那两年的改革文学或反映现实生活的中短篇小说创作则呈现不景气的低谷状态,除极少的几篇外,多数作品在报告文学的衬托下,都显得干瘪瘦弱毫无光彩。这种不景气状态引起从中央到地方,从文学界内到文学界外的焦虑,一而再、再而三地呼吁作家要"面对现实,拥抱生活"。我列举这些并非是不赞成这个口号,而是想说明在那两年里,改革文学和反映现实生活的中短篇小说创作是不景气的,那两年大放异彩的并不是这类小说。但是,在两年后的今天的评奖中,却偏偏要给予这类不景气的小说"尤其注重"的优惠,而对在那两年里大放异彩的文化寻根小说则苛刻得近于无情。我认为这不是出于客观的历史的和艺术的态度,而是出于一类实用性、引导性、示范性极强的目的:即以评奖的形式来引导小说家们去"面对现实,拥抱生活"。如果这个目的是作为下届中短篇小说评奖的一条原则预先提出,还不能说完全没有道理。但是,作为评选两年前的那两年优秀中短篇小说奖的指导思想或目的,就难免不是拐子里拔将军,就难免不将一些在思想和艺术上具有创新意义的优秀作品摒于两奖金榜之外。这就无法全面"看出一定时期文学发

---

① 《中国作家协会第八届(1985—1986)全国优秀短篇小说奖初评揭晓》,《文艺报》1988 年 3 月 19 日。
② 《中国作协六项文学评奖工作全部结束》,《文艺报》1988 年 5 月 7 日。

展的水平和趋势"，①也无法达到"企望通过评奖的示范作用，推动我们向往的文学上百花齐放的局面的形成"②。反而，有可能挫伤作家们的创新和探索精神，损害我国中短篇小说创作自 1985 年开始出现的多题材、多风格、多流派的新艺术格局。这不能不令人为之担忧。

（原载《文学自由谈》1988 年第 5 期）

---

① ② 《中国作协六项文学评奖工作全部结束》《文艺报》1988 年 5 月 7 日。

《将军，不能这样做》评奖始末

亚思明　　徐庆全

　　1978 年后中国社会转型的 10 多年间，伴随着意识形态导向的摇摆，一向被称为"政治晴雨表"的文艺评论界也时常在这种摇摆中遭遇尴尬：一篇原本广受赞誉的作品突然招致严厉的批判；作家也忽而被捧上了天，忽而被重重地摔落在地。围绕叶文福的诗作《将军，不能这样做》能否得奖的激烈争论，即是一个例证。《将军》一诗曾因"触到了政治的痛处"而产生了非比寻常的轰动效应，但也终因太过直接的针砭时弊而锋芒易折。文学在那个年代承担了过于沉重的负荷，其热度在八十年代的骤然升温以及其后的急转直下，亦可在《将军》的高调冲奖和黯然退场中觅得先声。

一、"诗人，应该这样说"

　　叶文福的《将军，不能这样做》最早发表在《诗刊》1979 年第 8 期上。作者在小序中写道："据说，一位遭'四人帮'残酷迫害的高级将领，重新走上领导岗位后，竟下令拆掉幼儿园，为自己盖楼房；全部现代化设备，耗用了几十万元外汇。"全诗就是围绕着将军的特权展开批评的，激情饱满，朗朗上口，目标直指官僚腐败，尤其是结尾处那一声语重心长的劝谏"将军，/不能/这样做！"更是将诗歌与反特权腐败的呼声联系到了一起。

　　据叶文福回忆，这首诗缘起于他某天到距中南海不远的朋友家吃饭。朋友家住在"一进大杂院就挪不了脚"的"很破烂"的"一间不到 10 平米的小屋子"，而"从新华门一直到西单，外面都是灰墙"。朋友说，"里面在修房子呢，花了两个亿"，并给他解释这两个亿的价值，说相当于当时"全国所有的干部提三级"。叶文福说自己"当时就傻了"。他的创作灵感也就随之而来，在公共汽车上就开始构思，回到家后，一气呵成地完成《将军，不能这样做》这首诗。①

　　诗中的"将军"当然是虚构的，但诗作前的小序，用的又是"据说"语气，且评议对象为将军，内容更指涉官员以权谋私的社会现象。叶文福也知道，这首诗可归为政治讽刺诗的范畴，对于发表也很谨慎。在不断的修改过程中，《诗刊》第五期刊发了诗人骆耕野的《不满》，令叶文福看到了希望。他回忆说：

　　在当时的情况下，谁也不敢说对这个时代不满。但是社会和历史就是在不满中前进的。骆耕野的诗作为重点诗发出来后，我看了后非常激动，觉得他的诗写得特别好，特别有哲思。我试着想把《将军，不能这样做》拿到《诗刊》去给朋友们看看。但是又有顾虑。一直到了 7

---

　　①　叶文福：《我是这方土地上长出来的一株骄傲》，《社会科学论坛》2011 年第 5 期。叶此处的回忆，与他当年所写的《到底写的谁——〈将军，不能这样傲〉是怎样写出来的》略有不同。

月,我要到中越反击战的战场上去采风,我就给已经在《诗刊》工作的韩作荣打电话说了,他说可以,拿过来看看吧。已经在《诗刊》做编辑的李瑛的女儿李小雨看了我的诗说:"这个诗写得好,可是你送晚了。8月号明天就要送印刷厂了,要发只能等9月号了。"第二天,韩作荣打电话对我说:"好消息,昨天连夜把排好了的8月号撤了。把你这首诗放上去,因为你这首诗长,把好多诗拿下来了,为了搞平衡,还专门找了一首铁道兵叶晓山歌颂首长的诗《师长下连来》。"我听了一下就激动了。①

时任《诗刊》编辑部主任的邵燕祥也记得这首诗的发表情况,他回忆说:这首诗是他"经手最后编排发稿的","具体办理,可能是韩作荣等同志操作的。韩是作品组编辑,负责部队来稿,又是叶在工程兵时的同事,一起写诗的诗友。叶文福的回忆,整体是可信的"。②

当时的《诗刊》在诗歌界稳坐头一把交椅,能在这份极具影响力的刊物上发表作品意味着其文学价值尤其是思想内涵都已得到了权威人士的高度认可,也难怪叶文福"一下就激动了"。

诗作一经发表,就在当时引起了巨大震动。《诗刊》第八期8月27日出版,9月4日《解放军报》转载;9月8日《文汇报》转载;9月13日《辽宁日报》转载,并配有当时的著名诗人白桦的一篇拍手称快的热评;9月23日《青海日报》转载,并配有《劝君莫当大渡河》的评论。仅《解放军报》一家就收到关于这首诗的"两麻袋"的读者来信;更令叶文福高兴的是,"当时《诗刊》副主编柯岩和编辑部主任邵燕祥两个人联名给我写了一封信说,我们大家都认真地感谢你为中国的前途写了一首高质量的负责任的诗"③。

从诗作发表到1981年夏,评论界对这首诗都是异口同声地叫好。《人民日报》在有关当时文学创作成就的小结中,提到这首诗都是推崇备至:"新诗《将军,不能这样做》,……就引起了社会上强烈的反响"④;"《人妖之间》《将军,不能这样做》等作品的出现是使人深受启发和鼓舞的,因为我们从这些作品中,不但看到腐蚀我们党的肌体的毒菌,而且增强了战胜这些毒菌的决心和力量"⑤。

评论界的龙头老大《文学评论》发表李拔的文章:《诗人,应该这样说——读〈将军,不能这样做〉有感》。李拔首先对诗作选定的"课题"表示赞赏:"挥笔开篇,作者就在自己的诗笺上以短小有力的序言,严肃地诉说了新长征中一个许多人敢怒不敢言或者只敢在私下小声嘀咕而不敢在作品中大胆抒写的'新的课题'。这是多么令人心痛而为难的历史课题啊。"他认为:"在这铿锵的诗篇中,诗人通过对一位'高级将领'下令拆掉幼儿园为自己建造'安乐窝'的错误行为的诉说与批评,表达了广大人民群众的义愤和呼声。""对于将军本人,作者是有着深深的热爱和崇高的尊敬。他并没有忘记,在那'硝烟弥漫'的年代,正是将军这些革命老一辈艰苦奋战……然而,仅仅因为这些就能原谅将军在今天的过错吗?不!恰恰相反,正是因为这些,我们的诗人'更应该说'!诗人坚定地站在无产阶级和

---

① 叶文福:《我是这方土地上长出来的一株骄傲》,《社会科学论坛》2011年第5期。
② 2012年12月8日邵燕祥给本文作者的邮件。
③ 邵燕祥在致本文作者的邮件说:"叶文福说收到柯岩和我联名的信,我已不记得,但是可能的,而且在这种情况下,多半是我受命起草的,叶不知保存了原件没有。当时此诗产生轰动效应,柯也是最高兴的。"
④ 《文艺战线思想解放的丰硕成果——一九七九年文艺一瞥》,《人民日报》1980年5月21日。
⑤ 《积极干预生活推动社会前进——推荐刘宾雁的特写〈人妖之闻〉》,《人民日报》1979年10月9日。

人民大众的立场上,一连串地借用了十六个深沉有力的问句,对将军的错误思想和行为进行了尖锐的批评。"①

刘志洪在《诗人,应当这样做》中指出:"这篇诗作正确处理了歌颂与暴露的关系,站在正确的立场上对待所揭露的这个内部矛盾,诗中既有对将军往昔光荣的战功和英雄气概的深情歌颂,也有对将军今日大搞特权的危险思想的有力揭露,爱之愈深,痛之愈切。"②

高洪波在《展现这个火热的时代——记叶文福》中写道:诗人在"谈及这首诗的创作过程时说:'……我斗胆去写将军,是由于对党的爱护,我是党的孩子,更是党的战士。我要社会主义,但决不爱社会主义的各种弊病,我爱我们的党,但决不爱由于历史局限造成我们党的某些缺点错误。'正是这种高度的革命事业心和责任感,促使他完成这首诗的创作。"③

由于叶文福这首诗获得了广泛好评,叶文福的作品也成为各报刊的"抢手货",包括《人民日报》在内的报刊陆续发表了他的其他一些诗作,《鸭绿江》和《芒种》还刊发了他的谈《将军,不能这样做》的创作体会④;中央电视台也邀请他去朗诵,一些大学也邀请他去演讲。一时之间,叶文福成为文学界冉冉升起的一颗新星。

在对《将军,不能这样做》的一片赞扬声中,时任中宣部副部长、文艺界的"巨头"周扬的看法很老到。他对叶文福说:"文福,这首诗是好诗,就是那个小序,我不是说它不好,而是距离太近了。你假如稍微朦胧一点就好了,诗是好的,谁也不敢说它不好,但是诗和政治是两回事,你触到了政治的痛处了。"⑤

因为"触到了政治的痛处","明星"叶文福只在主流媒体上风光了一年多,到了1981年,在"反资产阶级自由化"的浪潮中,他就被推到了风口浪尖上,《将军,不能这样做》也就成为自由化的标靶而遭到批判。

1981年掀起的"反资产阶级自由化"运动,在头一年年底就已定下了调子。1980年12月,邓小平在以经济调整为会议主题的中央工作会议上做了题为《贯彻调整方针,保证安定团结》的重要讲话,又一次"重申"⑥了"四项基本原则"。1981年1月29日和2月20日,中央接连颁布了两个文件,即《中共中央关于当前报刊新闻广播宣传方针的决定》和《中共中央、国务院关于处理非法刊物非法组织和有关问题的指示》,指出"坚持四项基本原则的核心是坚持党的领导","这是四个现代化能否实现的关键",要求传播媒体"认真进行关于四项基本原则的宣传",⑦此后,"四项基本原则"便被作为"立国之本"⑧而写进了宪法⑨。

————————

① 李拔:《诗人,应该这样说——读〈将军,不能这样做〉有感》,《文学评论》1980年第1期。

② 刘志洪:《诗人,应当这样做》,《湖北日报》1979年10月14日。

③ 高洪波:《展现这个火热的时代——记叶文福》,《诗探索》1981年第2期。

④ 叶文福:《到底写的谁——〈将军。不能这样做〉是怎样写出来的》,《鸭绿江》1979年第11期。叶文福:《解放思想的阵痛——〈将军,不能这样做〉发表之后》,《芒种》1979年第2期。

⑤ 叶文福:《我是这方土地上长出来的一株骄傲》,《社会科学论坛》2011年第5期。

⑥ 《解放军报》1981年4月17日的社论《坚持和维护四项基本原则》用了这一说法。

⑦ 《中共中央关于当前报刊新闻广播宣传方针的决定》,中央文献研究室编:《三中全会以来重要文献选编》,人民出版社1982年版,第683页。

⑧ 《解放军报》1981年4月17日的社论《坚持和维护四项基本原则》运用了这一说法。

⑨ 1982年11月召开的五届人大五次会议正式通过将"四项基本原则"写进宪法。

　　如何看待十一届三中全会所确立的方针政策与四项基本原则的关系问题,就成为思想理论界的重大话题。有人认为,三中全会路线倡导思想解放;四项基本原则则给思想解放划定了一个框框。强调要坚持三中全会路线的人,认为应该继续反"左";强调四项基本原则的人,则认为现在应该"反右"。"三四左右"之争导致思想界、文艺界意见纷争。就整个文坛而言,对这些问题的不同认识,以及对党的新文艺方针和政策的不同阐释,使得高层领导——周扬、夏衍、张光年、陈荒煤、冯牧和王任重、林默涵、刘白羽等人之间产生了重大分歧。能够体现这种分歧的表层看点就是对一部作品的褒贬不一——譬如,对刘宾雁的《人妖之间》、白桦的《苦恋》、叶文福的《将军,不能这样做》。

二、刘白羽的反对意见

　　当年,针对《人妖之间》和《苦恋》存在的问题,报刊上已经开始了轮番批判。而对于《将军,不能这样做》则尚未有公开批评文章见报,异议和顾虑都是在中国作家协会委托《诗刊》编辑部举办的"1979—1980 年全国中青年诗人优秀诗歌评奖"活动中展现的。据叶文福回忆:

　　评选采取专家评审和读者投票相结合,37 个得奖者中,其他人每人只有 1 首诗得奖,我一个人有 3 首:《将军,不能这样做》评了第一,第 4 名是我的《祖国啊,我要燃烧》,第十一名是我写天安门的一首诗,这首诗写得很一般,组委会为了平衡我的诗才选的,因为《将军,不能这样做》太厉害了,所以入选一首我正面的诗。按照组委会规则,一到三名是一等奖,4 到 10 名是二等奖,11 到后面是三等奖,我是一等奖的第一名,二等奖的第二名,3 等奖的第一名。我在评委会有"内应",每一天的票数他都提前告诉我。《将军,不能这样做》一直是第一。发奖的头一天,我已经知道了这个结果。

　　但是,我已经知道刘白羽写信给作协,说这首诗诽谤污蔑军队高级干部。作协没办法,头一天晚上 7 个副主席找我谈心,带队的是《黄河大合唱》词作者张光年,还有艾青。他们说,《祖国啊,我要燃烧》评上了,祝贺我。《将军,不能这样做》这首诗本来很好的,但是有些人有不同看法,别的也没说透。①

　　刘白羽时任总政治部宣传部部长,也是中国作协的副主席。而叶文福当年的身份是工程兵政治部文工团的创作员。工程兵属于军队建制,叶文福也就算作军旅作家。因此,刘白羽对这首诗作获奖提出了反对意见。他当年写给评奖委员会的信只是在评奖委员会、作协领导层内部传阅,未见公开发表。这里将信函内容披露如下:

　　严辰、邹荻帆、柯岩同志并转诗歌评奖委员会:

　　诗刊受作家协会委托举办的 1979—1980 年中青年优秀诗作评奖活动,目前正在进行。据告,现已初步选出 35 篇诗作,提供评委评选参考。4 月 17 日,严辰、邹荻帆、柯岩 3 位同志给我写信,征求我对准备入选的四首部队同志的诗作(叶文福《将军,不能这样做》、雷抒雁《小草在歌唱》、纪鹏《战火中记事》、白桦《春潮在望》)的看法,询及可否入选,并愿听到具体意见。我经认真考虑,觉得其中《将军,不能这样做》这首值得研究,遂委托李瑛同志代我向 3 位同志分别转达了对此诗的具体意见;李瑛同志自己也表示了同样的看法。现在,评委会已

---

　　①　叶文福:《我是这方土地上长出来的一株骄傲》,《社会科学论坛》2011 年第 5 期。

经开过,《将军,不能这样做》一诗,仍被初选为获奖作品;会后,邹荻帆同志向我介绍了评委开会的简况,说是待向作协领导报告后再最后确定。

从以上情况看,诗刊和评委会负责同志对这首诗的处理是严肃的,慎重的。只因为这首诗是部队作者所写,内容又是写部队的将军的,我觉得有必要正式地再次表达我的意见,这样或许对做好此次评奖工作有所助益。

总政文化部的同志和我认为,《将军,不能这样做》列为 1979—1980 年优秀诗作,给予评奖是不妥当的,理由如下:

一、《中共中央关于当前报刊新闻广播宣传方针的决定》(即中央七号文件)中指出,对于人民解放军"注意维护他们的尊严和荣誉,非确有必要不宜对他们进行公开的批评"。许多同志认为,对于干部搞特殊化,文艺作品可以而且应该批评,但这个作品所做的批评不是实事求是的,作为表述创作动机的小序所指责的"一位军队的高级干部'耗费了几十万元外汇'为自己盖现代化的楼房",纯属无中生有。小序采用新闻报道的手法,却又不遵循真实准确的原则,显然,这不是一个常识性的错误,它至少说明,对于这样具有重大政治影响的问题,作者的态度是不严肃的。我们认为,这首诗的小序中歪曲和捏造的具体事实,蒙蔽了许多不明真相的读者,起了不利于安定团结的作用;同时,也由于它歪曲事实,激起了另一些明了事实真相和有鉴别力的读者的不满。这对于维护人民解放军的尊严和荣誉造成了不利的影响。特别应该指出,作者的这种错误还在继续恶性发展,在不久前发表的另一首诗《将军,好好洗一洗》(《莲池》1981 年第 1 期)中,叶文福同志再一次捏造事实,在诗的小序中又说"一位高级将领竟动用一个施工连(再配属相应的机械分队),花一年多时间,在他的私人住宅的地下,修了一座辉煌的地下室,其设计要求是全天候——抗得住原子弹的冲击和 9 级以上的地震。仅地下室的澡室里一个现代化的澡盆就花了近 1 万元人民币!"其影响是十分恶劣的。考虑到以上情况,我认为在中央七号文件下达后的今天,给这首诗以奖励,是不适宜的。

二、为介绍《将军,不能这样做》这首诗的创作情况,叶文福同志在诗发表后又相继发表了两篇文章:《到底写的谁——〈将军,不能这样做〉是怎样写出来的》(《鸭绿江》1979 年第 11 期)、《解放思想的阵痛——〈将军,不能这样做〉发表之后》(《芒种》1979 年第 2 期),文章中说,"四个现代化和人民无权干预的官僚的尖锐的对峙"使作者"痛楚地想起了秦二世,想起了杨广";文章还认为,"党的各级领导者"有一种"落后的阶级属性"。"要用历代造反者那样短浅的目光来侵蚀我们这个无产阶级政党","封闭式的政治,把人民当傻瓜,其恶果是人民什么也不知道,总是天真无邪地在那里唱赞歌"等等。此外,叶文福同志在一些座谈会上的发言中还提出了"在党内有产生官僚主义的土壤"的看法。这些错误观点,都是不符合四项基本原则的。因此,我们认为对《将军,不能这样做》这首诗不宜孤立地看待,应该联系以上两篇作者自己所谈创作意图、作品主题的文章来考虑。如把它列为优秀作品,给予奖励,从整体来看,可能会产生模糊原则是非的作用。

三、当前,一部分群众,特别是在一部分青年中,在反对官僚主义,特殊化的问题上,存在着某种偏激情绪和片面性。曾受到中央批评的人民大学的一些师生,为了要求二炮退还校舍所组织的游行示威中,一些群众曾把这首诗写在大纸上,张贴在街上和二炮领导同志的宿舍门前就是一例。这种情况说明,《将军,不能这样做》这首诗的社会效果,实际上是助长了那种偏激情绪和片面性。此外,近一年来国外一些报刊,也极力利用叶文福的这首诗和他的有关文章,挑拨我党群关系、军民关系,别有用心地进行所谓"要民主、要自由、反官僚、反特权"的煽动。如香港《争鸣》杂志 1980 年 27 期就刊登了题为《将军拍案骂诗人》《民主与特权的对峙》两篇文章,详细介绍了叶文福《到底写的谁》一文的错误观点,并加以赞扬;这些文章还提出"民主与特权的尖锐对峙,往往表现为干与群之间、党与民之间的矛盾","对叶文福的支持就是对某些将军们、高干们的特权的谴责"等等。鉴于当前贯彻中央工作会议精神的重要任务之一,就是政治上要进一步安定,赵紫阳总理最近也提出,今年"八一"建军节前后要搞一次军民团结的教育,在这种形势下,对《将军,不能这样做》给予评奖,也是不妥的。

四、此诗发表不久,即受到中央和军委一些领导同志的多次批评。在作者围绕此诗所写的两篇文章发表后,特别是在作者又发表了《将军,好好洗一洗》之后,更引起部队广大同志的反感。《将军,不能这样做》这首写部队的诗,在部队上下有这样的反映,却在全国性首次诗歌评奖中获奖,从全局看,恐怕无论在社会上或在军队内部,都不能不产生不好的后果。

基于以上原因,我们觉得即使以后删掉原诗发表时本有的作为创作此诗的事实根据和创作思想动机的小序,又为避免过于突出,对获奖名单采取按发表先后顺序来排列等措施,也均不能使问题得到实质性的解决。

当前,部队正在深入学习和贯彻中央工作会议精神和不久前所发的七号文件,中央号召要积极主动、理直气壮而又有说服力地宣传四项基本原则,对违反四项基本原则的错误思想和言论,要进行批评和必要的斗争。《将军,好好洗一洗》这首诗发表后,普遍反映不好,军内外许多同志都认为是不利于安定团结,有损于我们党、国家的形象,有损于我们人民军队的尊严和荣誉的。根据中央文件精神和这首诗所产生的客观效果,我们拟于最近对他进行公开的、严肃的批评,批评时势将部分涉及《将军,不能这样做》,这里,也愿将这一情况,予(预)先告知,以便进行工作时参考。

以上意见望评委会作决定时予以郑重考虑,如感到处理确有困难,亦望将我们的意见报告作协党组,并通过作协党组报告中宣部,以求妥善解决。

叶文福同志过去曾写过一些较好的反映部队生活的作品,但是近几年来创作中出现了不好的倾向。为了帮助他克服缺点错误,鼓励他写出真正为人民服务,为社会主义服务,为提高部队战斗力服务的好作品,我们希望文艺界的同志支持和帮助我们,做好这方面的工作。

此致

敬礼

刘白羽

一九八一年五月五日

从刘白羽的信函来看,4 月 17 日,《诗刊》编辑部的 3 位负责人严辰、邹获帆、柯岩曾就部队人选的四篇诗作主动向刘征求意见——地方上的活动若涉及军方人员,都会向部队主管领导征求意见,这也是延续以前的惯例,刘委托李瑛转达了反对意见。《诗刊》编辑部没有接受刘的意见,只是就刘提出的若干条意见对这首诗的评奖做了若干调整,譬如,删掉诗作前的"小序";因为这首诗得票第一,为避免过于突出,公布获奖名单时,不采取按得票数多少的顺序而是按发表时间顺序的方式公布等。

刘白羽信中特意提到了李瑛:"李瑛同志自己也表示了同样的看法。"李瑛时任总政文化部副部长,也是著名的诗人。按道理来说,刘白羽这封申述"总政文化部的同志和我"的反对理由的信,应该和李瑛联署才对。但信上没有李瑛的署名,而且在我们目力所及的关于此次评奖活动所留下的资料上,也没有看到李瑛的踪影。这或许与李瑛当时的处境有关。

据叶文福回忆,叶文福道出,李瑛是"伯乐"。叶文福初写诗时,李瑛的作品就是模仿的范本——"那个时候我的诗还有点李瑛味道"。1972 年,叶文福向《解放军文艺》投稿,李瑛是诗歌组组长,正是他慧眼识珠,将叶文福的一组诗在《解放军文艺》上刊登。同时,李瑛还给叶文福"写了一封长信,说这组诗写得不错","鼓励"他"继续写下去"。① 李瑛是诗人,也懂得诗人,他很爱才。在协助创办大型文学刊物《昆仑》后,他把雷抒雁、叶文福、韩作荣等有创作苗头的人借调来工作,以此培养青年诗人。② 李瑛与叶文福这样密切的关系,使他不便出面说话。

还有一个因素或许也应该考虑到。李瑛的女儿李小雨此时正在《诗刊》任编辑,她读了《将军,不能这样做》后,兴奋地给叶文福电话,认为"诗写得好"。③ 显然,李瑛女儿的意见与刘白羽的意见相左,他就更不便出面说话了。

三、《诗刊》编辑部据理力争

刘白羽对这首诗获奖提出异议,在一些人看来并不意外。譬如,当夏衍得知叶文福和白桦的诗作都在《诗刊》这次评奖活动的范围之内,就担心会因此而与刘白羽等人"矛盾激化"④。《诗刊》及评奖委员会却不想做和事佬,他们当中的绝大多数人并不赞同刘白羽的意见。

既然刘白羽信中要求"如感到处理确有困难,亦望将我们的意见报告作协党组,并通过作协党组报告中宣部,以求妥善解决",《诗刊》的负责人便只好向时任作协党组书记的张光年汇报此事。

5 月 11 日下午,朱子奇、邹荻帆和吴家瑾(《诗刊》编辑部副主任)冒着"风沙"来到张光年家。从总体上来说,张光年希望《诗刊》接受刘白羽的意见。他的理由是:刘白羽反对叶文福的诗获奖,但并没有反对白桦"歌颂三中全会的诗获奖"(指白桦的诗《春潮在望》——引者),"为维护团结,避免矛盾激化",他主张放弃《将军,不能这样做》。张光年保白桦而舍叶文福,或许是因为《解放军报》和《时代的报告》已在对白桦进行严厉的批判,刘白羽对白桦获奖也会提出异议,但刘未提白桦只提叶文福,让他有些意料之外的欣慰。另外,把奖颁给正在受到批判的白桦。显然要比颁给风头正盛的叶文福更有意蕴一些。

邹荻帆和吴家瑾有保留地同意张的建议,他们提出,放弃《将军,不能这样做》可以,但叶文福一定要获奖,可以"另选叶的一首"。邹、吴做这样的力争,大致是考虑到《诗刊》及评奖委员会的态度。他们之所以要到张光年这里来讨论,显然是因为《诗刊》及评奖委员会是否定刘白羽意见的——从下文所引的《诗刊》给作协党组的信更能看出这一点;他们最大的担心是:即便如此,恐怕也难以安抚《诗刊》及评奖委员会。张光年认为,"要说服评委,首先要

---

① 叶文福:《我是这方土地上长出来的一株骄傲》,《社会科学论坛》2011 年第 5 期。

② 参见李小雨:《用诗诠释自己的一生——记我的父亲李瑛》,《解放军报》2011 年 1 月 12 日。

③④ 张光年:《文坛回春纪事》(上),海天出版社 1998 年版,第 246 页。

说服艾青,使评委会最后一次会上不致分裂"。他为此当场给时任中宣部副部长的贺敬之打电话,谈自己的意见,"贺表示完全同意"张的"意见",并认为"设想得很周到"。朱、邹、吴三人决定晚饭后即"同去艾青家"做工作。①

艾青的工作是否做好?不得而知。但《诗刊》及评奖委员会对以"另选叶的一首"取代《将军,不能这样做》似都不同意。5月14日,《诗刊》编辑部已经起草了一封给"中国作协党组"的信,批驳刘白羽陈述自己的意见。5月15日下午。朱、邹、吴三人又来到张光年家"谈诗歌评奖问题"。吴家瑾将"《诗刊》及作协内外许多同志对撤下《将军》一诗不能接受的意见"告知张光年;张"重申了避免分裂、可以讨论的原则"。② 看来,朱、邹、吴三人并没有带来昨天已经起草的信,还是口头陈述意见——或许也可看作是来探探张光年的口气,然后再决定是否将信送上。

可能考虑到《诗刊》的要求比较坚决,张光年的意见似乎比11日松动了一些——在"避免分裂"的情况下,《将军,不能这样做》是否获奖也"可以讨论"的。言外之意是,你们《诗刊》和评奖委员会也可以陈述自己的意见。这个结果显然令朱、邹、吴三人兴奋。于是,当天回去后即将信上报作协党组,"以求妥善解决"。此信当年被"作协内外许多同志"传阅过,似未见有人披露。此信很长,为存史全文收录如下:

中国作协党组:

12日上午,我们召集编辑部同志开会,讨论了白羽同志给诗歌评奖委员会的信件。信件传观后,一致不同意对《将军,不能这样做》一诗的评价,强烈要求评委会坚持评选。有不少同志(包括搞朗诵和美术的同志)认为,如果为群众所公认的好诗《将军》不予评奖,这次评奖就毫无意义,建议取消。有同志说,如不评《将军》,《诗刊》何以面对广大读者? 还有同志认为,评不评《将军》,不是对一首诗的评价问题,而是是否捍卫文学的革命现实主义原则问题。同志们普遍认为信中对叶诗的批判是站不住脚的,尤其对引用叶文福的文章时断章取义,做了明显歪曲十分不满。大家一致要求《诗刊》领导将编辑部的意见,如实向作协领导反映。

现将会上的意见整理汇报如下:

《将军,不能这样做》是近一二年来新诗创作的重要收获之一,也是打倒"四人帮"四年多来被广大读者所公认的优秀诗篇之一。这首诗在1979年8月号《诗刊》上发表后,《解放军报》《文汇报》《辽宁日报》《青海日报》纷纷转载,一些电台也纷纷向听众广播推荐。不少评论家和诗人在谈诗的文章中也都给予了充分的肯定,影响所及,正如《鸭绿江》文学月刊1979年11月号所披露的一封读者来信指出的那样:"常读诗的人喜欢它。不常读诗的人甚至根本不读诗的人也喜欢它,它和读者的心贴得这样近,它和生活连得这样紧。"的确,它的影响,已远远超出了诗歌领域,而深入到广大人民群众的精神世界。一个时期内,《将军》一诗,成了人们普遍议论的话题。作为一首诗歌,发生了如此深广的影响,在迄今60多年的新诗史上也是少见的。

到现在,近两年的时间过去了,《将军》一诗所显示出的战斗的革命现实主义精神历久不衰。在《诗刊》社受中国作协委托而举办的全国中青年诗人优秀新诗评奖活动中,它所得到

---

① 张光年:《文坛回春纪事》(上),海天出版社1998年版,第247页。
② 张光年:《文坛回春纪事》(上),海天出版社1998年版,第249页。

的读者投票数,位居第一。

三中全会以来,党中央在强调加强和改善党的领导的同时,曾不断指出克服特权思想和官僚主义的迫切性。广大读者和人民群众之所以那么强烈地欢迎《将军》一诗,主要是因为这首诗的主题涉及我党和人民群众所普遍关切的问题。《将军》这首诗虽然是揭露和批评性的,但是,作者的态度是严肃的,与人为善的。作者以真挚的同志式的满腔热情,对当年为共产主义出生入死,立下汗马功劳,今日却陷入封建特权泥沼的将军进行了规劝和忠告,殷切地希望我们这位将军,珍惜往日的光荣历史,重新唤起当年革命英雄主义豪情。为四化建设继续奋斗! 诗作所反映的生活和要表达的主题,是有生活根据的,又完全符合毛泽东同志历来所倡导的批评和自我批评原则。

因此,像《将军》这样的说真话、抒真情、和人民的爱憎息息相通,表现了无产阶级文学党性原则,捍卫了我党我军光荣传统,因而受到专家和人民群众普遍好评,在国内外引起巨大反响的优秀的革命现实主义诗篇在这次评奖活动中,是理所当然地应当给予奖励。

经过评委会第一次会议讨论,多数同志明确表示,这首诗应该评奖。第一次评委会之后,我们从评选活动之外,听到了信中所述不同意见,为此,我们觉得有必要申述我们的意见。

一、这首诗的内容是否与《中共中央关于当前报刊新闻广播宣传方针的决定》(即中央七号文件)精神相抵触问题。中央文件规定的对解放军要"注意维护他们的尊严和荣誉,非确有必要不宜对他们进行公开批评"。对此,我们应贯彻执行。但首先,文艺作品不同于新闻报道,它是社会生活的集中和概括,《将军,不能这样做》写的虽然是将军拆除幼儿园,为自己盖房子,但它的思想意义是在批评一种社会现象的某些干部搞特殊化,对于这种社会现象,我们党也正好在干部中通过批评和自我批评的方法进行处理。党中央通过在干部中学习贯彻《准则》和报刊上的公开表扬和批评都是为的这个目的。其次,《将军,不能这样做》的内容和作品的感情倾向是健康的,是对犯有搞特殊化错误的干部的一种善意的批评和规劝,态度是真挚诚恳的。如何认识党内存在的"不正之风"? 应该如何对待群众的批评意见? 黄克诚同志在《关于党风问题》的文章中讲得十分清楚。黄克诚同志指出:"群众对我们的监督是非常必要的,非常好的! 要知道这是群众对我们的好意,是关怀爱护我们,是不希望我们脱离群众。"可见,善意的批评绝不是对被批评者威信和尊严的损害。更何况批评个别将军也不等于批评解放军整体。因此,即以现在的宣传口径看,这首诗和中央的根本精神(包括十号文件)并无抵触,我们应该给予支持和保护。

有同志指出,《将军,不能这样做》这首诗的小序:"一位军队的高级干部耗用了几十万元外汇为自己盖现代化的楼房","纯属无中生有",指责小序采用新闻报道手法,却又不遵循真实准确的原则。我们认为作为诗的小序,它既然不指名道姓,没有明确指出生活中的某单位某人,当然就不是新闻报道,而是作品本身的一个组成部分,它仍然可以看作是虚拟的,并不存在"歪曲和捏造"具体事实的,小序也正是为了增加这种艺术真实性而采用的一种表现手法。这也的确是一个"常识性"问题,不必多加指责。当然我们从艺术表现上看,去掉这个小序可能会使诗的艺术表现上更完整,而不会使不完全懂得小序这种艺术表现方式的读者另生误解。但这绝不能说明由于加了小序,就可以认为这首诗是捏造事实。"对于维护人民解放军的尊严和荣誉造成了不利的影响。"这既非对一首诗的艺术上的正当指责,也是不符合实际情况的。诚然,小序中提到了"外汇",有不合情理处,《新华文摘》转载时,即已删去。从本质上说，浪费公共财产的错误并未改变。

二、作者关于这首诗的创作动机是否有问题。我们是主张动机和效果统一的。一个作者即使有了好的创作动机，如果写出来的作品不好，仍然是不能为广大群众接受的。我们看作者的创作动机，绝不能离开作品来谈。《将军，不能这样做》，作者在诗中表现的感情是真挚的，他是在尊敬革命前辈的前提下来批评他们的某种缺点的，目的是希望我们党、我们革命事业更健康发展，更兴旺发达，这一点无可指责，而作品在群众中的反映也是好的。我们现在主要是对作品本身进行评价，就只能从作品本身出发来研究。作者的确是在诗发表后，相继发表过两篇谈这首诗写作情况的文章。我们认为这两篇文章的某些感情有偏颇处，对我们社会弊病如特权问题看得过重。忧虑过深，言辞过于激烈，但基本的方面还是正确的，特别是他能把特权这种弊端放在十年浩劫、"四人帮"对我们的党风党纪严重破坏的前提下来谈论的，而且明确指出他批评的是党的各级干部中的"某些坏人"，"他们中的少数人"的一些问题，因此是有分析的，而不是笼统地不满我们的党和各级干部。作者谈到所谓"封闭式的政治，把人民当傻瓜"时所指出的"最使人痛心的例子，莫过于敬爱的周总理病危时受'四人帮'非人道的残酷迫害，而几亿热切盼望他老人家早日病愈的人民都不知道"。因此，这些话，并不能简单地以此定为是"不符合四项基本原则"。另外，应该说明，我们的评奖主要从作品出发，而并不是要全面分析评价作者的整个创作思想和创作道路，党的政策是不能因人而废作品，作者即使写过别的不好的作品或发表过什么错误言论（但还不是敌我矛盾）而因此把他的好作品也全盘否定，这并不是孤立地看问题，而恰好是坚持了辩证的观点。

三、关于这首诗是否助长了偏激情绪，挑拨党群关系、军民关系问题。当然，我们的党群关系，军民关系，是经受过几十年革命斗争考验的，"四人帮"制造十年灾难，这种关系受到了新的考验，但也终究没能破坏了，由于三中全会以来，党的一系列正确方针的贯彻实施，这种正确关系正在逐渐恢复和发展，这说明它是任何异端和敌对势力都破坏不了的，这一点充分为实践所证明。对此，我们也应有坚定的信念。至于一首小诗，即使它真是有意要挑拨这种关系，结果也只能是无济于事的。而《将军，不能这样做》，我们认为，它不但不是挑拨党群关系、军民关系，而正是维护这种关系。如果我们的党群、军民关系还存在着某种不正常的东西，而原因只能是我们的各级干部中的少数人由于这样或那样的工作或生活中的缺点错误所造成的，只要我们正视这种问题，努力揭示和解决这个问题，是不难解决的。《将军，不能这样做》这首诗发表后，的确引起了一些人的震动，有同志来信反映一个部队的负责同志读了这首诗很受感动，他把这首诗从报纸上剪下来压在自己办公桌的玻璃板下，以激励自己。我们相信，像这样的党和军队的干部是绝大多数，他们受到人民群众的尊敬和爱戴，他们将是真正维护党群关系、军民关系的带头人。我们认为这是这首诗所起的积极作用和影响。至于少数人或国外报刊要利用它作文章，那不是这首诗本身的问题，即使没有这首诗，他们也仍然会找到别的题目作文章的，我们看问题，总得从全局整体上来看，而不能只从消极的方面去考虑。

四、信中说："此诗发表后不久，即受到中央和军委一些领导同志的多次批评。""引起部队的广大同志的反感。"对此情况，我们并不了解，也没有听到过任何正式传达。相反，我们倒是听到来自全国各地广大读者的普遍赞扬，包括部队不少指战员来稿来信赞扬（真正听到说有的将军对这首诗也是肯定的），而批评意见则很少。

基于以上看法,我们认为《将军,不能这样做》是应该评奖的。当然,评奖也并不是说这首诗是十全十美的,更不是我们所有的诗歌创作都要以此为范例,我们仍然要提倡题材、内容和形式风格的多样化,努力促进诗歌创作百花齐放。在当前为了促进安定团结,鼓舞人民群众同心同德为实现四化努力奋斗,我们还提倡多反映我们生活中积极向上的东西,同时也不排斥其他内容,这是我们所要努力的方向。但今天是在昨天的基础上发展过来的,我们不能用今天的标准来否定昨天的一切,不能因为今天的现实生活发展对文艺提出的新要求,来否定过去曾经有过好的影响,起过好的作用的作品。我们认为《将军,不能这样做》就属于这样的作品,对这样的作品,给予评奖就是给予它以历史的肯定,这是广大读者的意愿,也是生活的逻辑。我们相信这样做是完全正确的。否则倒会导致相反的结果。那样,倒是不符合党和人民群众的根本利益的。

以上意见,希望领导在研究这首诗和评奖时,能充分予以考虑。

《诗刊》编辑部
1981 年 5 月 14 日

与刘白羽的信相比,《诗刊》编辑部的信要言辞激烈得多。不仅逐条批驳刘信的意见,而且甩出"撂挑子"的话来——"如果为群众所公认的好诗《将军》不予评奖,这次评奖就毫无意义,建议取消"云云。

针对刘信中的一句话:"此诗发表后不久,即受到中央和军委一些领导同志的多次批评",此信还专门进行了回击。其实,刘白羽这样的说法并不是空穴来风。在 12 月召开的中央工作会议上,的确有人对包括这首诗在内的一些文艺作品提出批评。1981 年 1 月 7 日,在第一次文艺界领导核心会议上,周扬在讲话中透露了这一信息,他说:"中央工作会议大家对文艺批评相当强烈。对电影、报告文学、《将军,不能这样做》都有意见。"①

矛盾又转移到了作家协会党组。

四、尾声:"祖国"取代"将军"获奖

《诗刊》编辑部据理力争的态度,似乎让作家协会党组很是为难。"三项评奖"(中篇小说、报告文学、诗歌)颁奖时间是 5 月 25 日。据张光年日记,5 月 21 日,贺敬之到张光年家,"谈周扬同志和他对评奖篇目的意见"。这次谈话,话题都在前两个奖项,并基本上敲定获奖名单,却对诗歌获奖人选只字未提。不过,日记中倒有"严辰来电话,说明天偕获帆去看刘白羽"一句话。② 显然,还在沟通协调当中。

据邵燕祥回忆:"刘部长来信是给诗刊三位主编的,多半是邹获帆出面对付的。柯岩避免直接与刘对面。严辰同志年纪大了,也不大出面。"③看来,为了和刘白羽沟通,并说服刘接受《诗刊》及评奖委员会的意见,严辰也不得不亲自出马。

但即便如此,刘白羽仍然拒绝做出让步。《诗刊》编辑部只好转而劝说评委及一些诗人,接受 11 日在张光年家讨论的结果:撤下《将军,不能这样做》,另选一首叶文福的诗。

① 根据与会者顾骧的记录。
② 张光年:《文坛回春纪事》(上),海天出版社 1998 年版,第 250 页。
③ 2012 年 12 月 8 日邵燕祥给本文作者的邮件。

据邵燕祥回忆,这种调解工作还是比较艰难的:"我同意做某种程度的妥协。但诗人舒婷讽刺我说:'你们过去老是号召我们斗争,斗争,现在,你们(在这里是指的我——邵)又告诉我们要妥协'。我向舒婷解释,为了评奖能继续进行,要做些必要的妥协"①。

妥协的结果是:《将军,不能这样做》一诗换成了《祖国啊,我要燃烧》。而且,最后公布出来的获奖名单,也是按照诗作发表的时间顺序见报的。

从叶文福回忆来看,他知道《将军》一诗因为刘白羽的反对而被撤下,但对上述《诗刊》编辑为争取这首诗获奖所付出的努力却未必知晓。或许,作协党组了解叶文福的性格——用邵燕祥的话来说,"叶的性格气质,是自以为是的'浑不吝',非常容易激动,出以情绪化的言行"②。叶文福形容自己是"发飙"。所以,当以"祖国"取代"将军"获奖时,作协才有"7位副主席"在颁奖的前一天找他"谈心",做解释性的工作。但叶文福并不买账。他说:"明天的发奖大会上,我肯定要捣乱的,你们劝不动的,你们回去告诉刘白羽,我肯定是要捣乱的,我就不买这个账。在闲谈之间艾青问我,我说我已经做了充分的准备,我把刘白羽的《长江三日》和散文集,以及一副细纱的手套都装到挎包里,准备用突然的方式把他的书砸在他的头上,然后扬长而去。艾老听了我的话,说了一句话,让我特别感动,他轻轻地说:'打人犯法。'意思叫我别用书砸他,免得授人以柄。"

在5月25日的颁奖大会上,叶文福还是"发飙"了一回。他回忆说:

第二天刘白羽没到场,我们都坐在前排,一位武汉诗人在我身边,我说等下领奖的时候你别叫我,我有安排,他说好。当时,中国作协贺敬之和7个副主席发奖,站成一排,喊到我的名字的时候,我站起来,取下军帽"啪"的一下甩在桌上,然后坐下来,不作声。大家都没辙,颁奖活动进行不下去了,颁奖的8个人晾在台上。这下大家都拉着我,最后是谌容来劝我,她说我以大姐的名义劝你,你应该这样做,你不这样做中国文坛也太没骨气了。但是够了,这个会议来得不容易你也知道,你得替中国作协考虑一步,你如果再这样,你就不是文学家了。她几句话把我说软了。我就从这边上台,大家都站起来给我让路,我在台角上站了好一阵儿,痛苦地说了一句:"我从写第一行诗开始,我就不是冲着这讲台来的。"然后,会议才接着进行。②

至此,夺奖呼声甚高的《将军》黯然退场。1981年10月至1982年间,《解放军报》和《解放军文艺》等报刊开展了对叶文福诗的批判。③ 一些批判文章指责他"歪曲我军将军形象","违反文艺为人民服务、为社会主义服务的宗旨","是对我们的党和国家,对我们的社会制度""表露了怀疑和不满"。④ 但官方的禁忌成了民间流行的广告标语。叶文福在公众中受到了超出诗歌范围的拥戴。譬如,据北岛回忆,1984年秋天《星星》诗刊在成都举办"星星诗歌节"时,叶文福"受到民族英雄式的欢迎。他用革命读法吼叫时,有人高呼:'叶文福万岁!'我琢磨,他若一声召唤,听众绝对会跟他上街,冲锋陷阵"。⑤ 另据《星星》诗刊的朋友讲,此次诗

---

① 2012年12月8日邵燕祥给本文作者的邮件。

② 叶文福:《我是这方土地上长出来的一株骄傲》,《社会科学论坛》2011年第5期。

③ 批判文章主要集中在叶文福的另一首诗《将军,好好洗一洗》,对于《将军,不能这样做》只是偶尔在文中提到。盖因《将军,不能这样做》在社会上影响太大,批判者担心若批此诗恐在社会上震动太大。

④ 参见洪子诚、刘登翰:《中国当代新诗史》,北京大学出版社2010年版。第143页。

⑤ 北岛:《朗诵记》,《书城》2002年第7期。

歌节由于叶文福的出现而异常火爆,其风头竟然盖过了当时在全国颇为走红的、一同被评为十佳青年诗人的北岛、杨炼等人。①

　　80年代中期以后,中国新诗开始回归语言自身,曾经洛阳纸贵的"将军诗"似乎已然淡出了时代的视野,未能逃出"黯然退场"的命运。

(原载《新文学史料》2013年第3期)

---

① 　参见韩作荣:《告诉你一个真实的叶文福》,《北京文学》2001年第6期。

四　华语文学传媒大奖

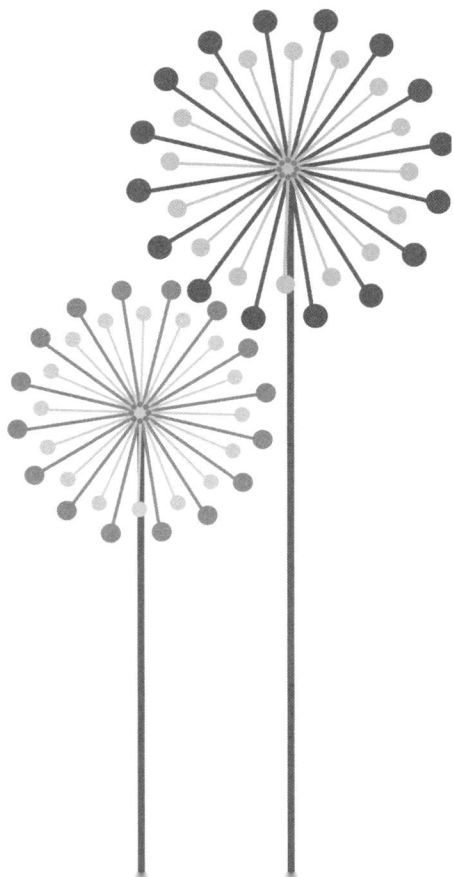

华语文学传媒大奖评奖章程①

一、奖项设置：

"年度杰出作家"1 名，奖金 15 万元；
"年度小说家"1 名，奖金 3 万元；
"年度诗人"1 名，奖金 3 万元；
"年度散文家"1 名，奖金 3 万元；
"年度文学评论家"1 名，奖金 3 万元；
"年度最具潜力新人"1 名，奖金 3 万元。

二、评奖宗旨：

遴选出当年度最优秀的华语文学作品和文学人物，发掘其潜在的文学力量，站在民间的立场，以新的审美标准对当下的文学状况做出崭新的描述，提供新的文学眼光，塑造新的文学灵魂，最终把这个奖办成华语文学界每一年度最为重要的发布。

三、评奖范围：

当年度在海内外(包括大陆、港台及其他地区)正式出版或公开发表的所有华语文学作品。(注：发表在民间诗歌刊物上的诗歌作品也可入选，但原则上还是以正式出版发表为主。)

四、评奖程序：

(一) 11 位提名评委经 3 轮投票决出包括"年度杰出作家奖"3 名候选人，其他奖项各 5 名候选人的最终提名名单。
(二) 在报纸和网站公布最终提名名单。
(三) 组成终评评委专家库，每届评选从专家库中抽取 7 名组成终评评委阵容。7 位终审评委集体研读、讨论获提名作品，然后在国家公证员的监督下投票产生获奖作家作品；

---

① 在编者视野里，华语文学传媒大奖在第十届之前都不曾公布评奖章程。但每一届公布《华语文学传媒大奖基本构架》，它包括奖项奖金、组委会、终审评委会和推荐评委会。

（四）公布结果并举办颁奖典礼,颁发各类奖项。

五、评奖规则:

（一）参评作品必须是当年度在海内外正式出版或发表的作品(发表在民间诗歌刊物上的诗歌作品也可入选,但原则上还是以正式出版发表为主);

（二）一个作家只能获得一个奖项的提名,获奖者从最终提名名单中产生。(取消杰出作家落选自动成为其他奖项提名的规定)

（三）一个作家可在不同年度重复获奖;(删去杰出作家奖1人只得奖1次的规定)

（五）若公布的提名作家作品出现重大遗漏,经5名或5名以上的终审评委联合提名,此作家作品可列入提名,直接进入终审评奖;(以前为3名)

（六）在公证员的监督下,经民主讨论,终审评委投票选出获奖者;

（七）终审投票实行2次投票制:第一次投票先从提名作家作品中选出2位入围者;第二次投票再从这2位入围者中选出最终获奖者;

（八）2次投票,候选人都只需获简单多数票即可胜出;

（九）终审评委在投票时实行记名投票制;

（十）若出现票数相同者,终审评委经民主讨论和商议后,可再次投票,直到出现有候选人获简单多数票胜出为止;

（十一）终审评委投票决出结果后,在颁奖以前,获奖作家作品若出现政治性等人力不可抗拒等问题,终审评委经民主商议后可重新投票产生新的获奖者;

（十二）终审评委集体为获奖者写出授奖词。

六、投票须知

一、提名委员会构成:

第十届华语文学传媒大奖提名名单经3轮投票产生,提名由提名评委分组进行,提名委员会架构为:

主任:李少君(总召集人)

小说组:黄平、胡传吉、张莉、涂志刚

诗歌组:李少君、荣光启、余旸

散文组:周立民、申霞艳、戴新伟、丁杨

二、投票方法

第一轮提名方法为:提名评委根据所属小组提供年度小说家(或年度诗人、年度散文家)候选名单10名,其余5个单项则每项提供5—10名。组委会汇总票数,得出每个单项15名左右的初步候选名单(年度杰出作家6名左右)。

第二轮提名方法为:根据初选名单,提名评委选出每个单项各10名候选人(年度杰出作家4名),要求各单项之间,候选人原则上不重复。组委会汇总票数,得出每个单项各10名的候选名单。

第三轮提名方法为:根据第二轮候选名单,提名评委每个单项各选出5名候选人,组委会根据票数得出最终的提名名单。

三、特别提示

1. 提名作品须为 2011 年度出版或发表的新作。

2. 所有奖项，一个作家可在不同年度重复获奖。

（转凤凰网文化 http：//culture.ifeng.com/wenxue/detail_2012_04/05/13672176_1.shtml）

附：华语文学传媒大奖评奖制度完善记

本卷编者

2003 年第一届华语文学传媒大奖：

2003 年 3 月，由南方都市报斥资的"华语文学传媒大奖"正式启动，并确立为一年一届。评委会由两级组成，推荐评委会和终审评委会。程文超、马原、林建法、陈朝华、谢有顺 5 人组成终审评委会。26 名国内重要的文学传媒负责人组成推荐评委会。由推荐评委会推荐并投票产生提名名单，5 位终审评委以实名方式投票选出最终各奖项的得主。国家公证人员全程监督。

2004 年第二届华语文学传媒大奖：

此届由《南方都市报》联合《新京报》一起主办。各单项奖奖金由原来的每人 1 万元提高到每人 2 万元，大奖总奖金达到 20 万元。推荐评委会增加了来自中国香港、美国、澳大利亚的华文编辑。终审实行 2 次投票制。获"年度杰出成就奖"提名而未能获奖者，将自动进入单项奖的角逐等。

2005 年第三华语文学传媒大奖：

此届与《新京报》联合主办。终审评委和推荐评委名单都有小的变动，但总人数、总奖金没有变化。其中终审评委程文超因病逝世，北京大学教授洪子诚加入终审评委会。从本届起终评会评委的讨论对媒体公开，并在报纸公布。自此基本建立起了实名制投票、国家公证员监督、评审公开、报纸公布终评实录的"透明、公正"的评奖程序。

2006 年第四届华语文学传媒大奖：

自本届起由《南方都市报》与《南都周刊》联合主办。推荐评委会有小的变动。

2007 年第五届华语文学传媒大奖：

终审评委有较大的调整，由原来的 5 人增加到 7 人。北京大学教授洪子诚退出，新增程光炜（中国人民大学中文系教授）、程永新（《收获》杂志副主编）、李敬泽（《人民文学》杂志副主编）3 人为终审评委。

2008 年第六届华语文学传媒大奖：

本届将华语文学传媒盛典从一个单一的奖项变成一个连续性的文学周活动。推荐评委会增加了《小说选刊》《文艺研究》《当代》《十月》《小说界》《诗歌月刊》《当代文坛》《中西诗歌》等 8 家重要刊物的主编。在提名程序上也有所变动，将推荐评委会的 36 位主编分成了小说、诗歌、散文、评论 4 个专业组，可以交叉提名。

2009 年第七届华语文学传媒大奖：

本届在提名环节上有所调整和变化，成立了提名委员会代替往届的推荐评委会。新成立的提名委员会由 9 位国内著名大学中文系的青年学者构成。提名工作和终评工作分开，提名部分由李少君和黄兆晖来负责。提名名单经过了 3 轮投票产生，前 2 轮由提名委员会投出，第三轮由终评委员会和提名委员会的专家共同完成。

2010 年第八届华语文学传媒大奖：

　　本届新增 3 名重要媒体的读书版编辑进入提名评委的阵营。提名评委允许跨组提名。终审评委增加《文艺报》总编阎晶明。

2011 年第九届华语文学传媒大奖

　　本届李敬泽的名字在终审评委会中消失。

2012 年第十届华语文学传媒大奖

　　本届大奖在制度上进行了较大的调整和完善。一、奖金提高。奖金总额提高到 30 万，其中"年度杰出作家"奖金 15 万，"年度小说家""年度诗人"等其他 5 个奖项奖金各 3 万。二、终审环节调整，在 7 名终审评委之外，邀请了著名的作家、文学评论家加入终审评委阵容，组成终审专家评委库。每届评奖将从专家库中抽取 7 名专家组成终审评委阵容。三、评奖范围，扩大了"年度诗人"奖的入选范围，发表在民间诗歌刊物上的诗歌作品也可入选，当然，原则上还是以正式出版、发表为主。三、评奖规则变化。1. 取消了"年度杰出作家奖"原则上 1 人只获奖 1 次的规定，一个作家可在不同年度重复获奖。2. 取消"年度杰出作家奖"的落选者自动成为其他奖项的候选人规定。3. 对增补入选作品做出更为严格的规定，需经 7 名终审评委中的 5 名联合提名，这一作品才能进入终审评奖，而之前是规定 3 名。

　　至第十届，华语文学传媒大奖的评奖制度基本完善，第十一、十二届评奖无制度上的调整和变化。

我们想做中国文化界的"诺贝尔奖"

——访《南方都市报》总编辑 程益中

记者：在设立了电影、音乐、广告传媒大奖之后，《南方都市报》又将设立"华语文学传媒大奖"，请您谈谈这个内容日益丰富的传媒系列大奖的意义。

程益中：作为一个企业，最低目标是赢利，最高目标则是社会责任。当一个企业处于不赢利的时候，它别无选择，赚钱是它的准生证；可当它获得巨大的利润，不再为生存而苦恼的时候，就有多种的选择，就有升华的可能，就有高贵起来的理由。《南方都市报》已经拥有坚实的经济基础和稳定增长的利润空间，不会为了眼前小利和生存压力做出投机短视的行为，它应该有更大的抱负，有向上走的自觉，去做一些有利于社会物质文明建设、精神文明建设和政治文明建设的事情，去推动社会的进步，塑造自身品牌形象。传媒大奖正是基于《南方都市报》平台，对年度优秀的华语文化产品加以褒扬。这一系列的"传媒大奖"具有很高的定位，我们想把它做成《南方都市报》留给历史的有影响的活动，做成中国文化界的"诺贝尔奖"。它的操作非常规范，有自己的标准和特色，不受任何艺术以外因素的影响。

记者：作为中国文化界的新锐奖项，有人对"传媒大奖"的权威性提出质疑，您怎么看？

程益中：权威的唯一简直就是供我们嘲讽。"传媒大奖"的设立正是可以颠覆一下所谓的权威。"金鸡""百花奖"权威吗？看它们的规格和受到重视的程度，好像挺权威的，可是人们一提起它们就想发笑。那些所谓的权威没有对艺术起码的尊重，而是居高临下地以泛意识形态的东西粗暴地践踏艺术，它们早已遭到有良知的优秀的文化工作者甚至一般爱好者的唾弃。"传媒大奖"是依托《南方都市报》广泛的影响力和知名度，联络最优秀的文化界人士共同创立的奖项，它不会让读者失望。我们不奢望大奖的标准得到每个人的赞同，可我们会坚持独立、公平、艺术的原则，听从内心深处的召唤，忠于自己的内心世界。

记者：《南方都市报》以不小的花费设立"华语文学传媒大奖"，是出于什么样的考虑呢？

程益中：一个民族要尊重自己的遗产，留下自己的记忆。这是一个民族自尊和高贵的表现。文学是继承民族传统、留传民族记忆的重要形式。《南方都市报》作为一个新锐主流媒体，愿意而且也有义务承担这个责任。中国的语言文字拥有概括无垠的美感和韵味，对它的传承和传播使《南方都市报》获得意义，承担这个责任让我们感到很自豪。

（原载《南方都市报》2003 年 3 月 3 日）

以专业保障公正

——访"华语传媒文学大奖"评委会秘书长　谢有顺

记者：相较于国内其他的文学奖，"华语文学传媒大奖"的最大特点是什么？它对作家有何特别的吸引力？

谢有顺：一个优秀的作家最关心的就是两个：一是作品在读者中的影响力，二是作品在文学专家眼中的地位。"华语文学传媒大奖"能够很好地将二者结合起来，既关注作品的艺术创造力，又关注作品的社会影响力。这在国内是独一无二的。当然，巨额的奖金对作家也会有很大的吸引力。每年颁发的 10 万元大奖，总数 15 万元的奖金，以年度计，这是目前中国个人所得奖金最高的文学大奖。

记者：这个奖会不会以传媒的眼光，而不是文学的眼光来评选作品呢？

谢有顺：不会。艺术才是最高的标准。传媒只是提供一个有资金保障、有广泛影响力的平台，我们要做的还是文学的事情。《南方都市报》的领导层做出这个决策的初衷，也是为了文学的发展和繁荣。再说，这么多评委，都是重要的文学专家，做的也必将是专业的事情。评委们将根据自己的专业眼光和艺术良知做出读者可以信赖的选择。

记者：评委的构成有何特点？

谢有顺：评委的构成主要是从操作的有效性上考虑的。推荐评委 20 几名，都是国内最重要的文学传媒（各种文类的著名文学报刊几乎被一网打尽）的负责人，他们一直工作在文学的第一现场，对文学的现状是最了解、最有发言权的。由他们的推荐按得票多少产生候选人，再交由终审评委讨论、投票产生最后的获奖者。终审评委 5 名，学者、作家、编辑家、传媒负责人、青年评论家各 1 名，这将是一个民主、高效而专业的工作群体。

记者："华语文学传媒大奖"有何具体的目标？

谢有顺：短期的目标是，遴选出年度最优秀的华语文学作品和文学人物，发掘其潜在的文学力量，站在民间的立场，以新的审美标准对当下的文学状况做出崭新的描述。这个描述是艺术性的，跟意识形态、商业利益和人情世故无关；长期的目标是，逐渐建立这个奖项的权威性，不断地把文学的创造性转化成文学的影响力，提供新的文学眼光，塑造新的文学灵魂，最终把这个奖办成华语文学界每一年度最为重要的发布。我相信这个奖能凝结当年度最有价值的文学记忆。

记者：当下国内众多文学奖项，最受到质疑和诟病的就是评选的公正性？"华语文学传媒大奖"是如何保证它的公正性的呢？

谢有顺：伤害文学评奖公正性的 3 个致命要素是：利益、人情和思想压迫。要保证一个新的文学奖的公正性，就是要努力反抗低级的利益诉求、暧昧的人情文化和庸俗的思想压迫。公正性是《南方都市报》的责任感的重要体现，一份影响巨大的传媒不可能花钱办一个损害自身声誉的奖项，这是常识。但我们也警惕人的局限性，所以这个公正性还需严密的程序保证。整个评奖将严格按照既定程序和规则进行运作。并且,评委的作品一律不得参选。我们要使这个文学奖真正起源于文学,也终结于文学。

记者:有信心将这个奖办成中国的"诺贝尔文学奖"吗?

谢有顺:如果你说的"诺贝尔文学奖"指的是一个专业、权威和影响力的代名词,那我不否认这是我们追求的目标。但我想提醒大家注意的是,最了解中国文学的只能是中国人自己,而绝不会是远在瑞典的马悦然先生,也不会是那些并不高明的欧美汉学家们。有些中国作家缺乏基本的自信,轻易地将文学的评价标准拱手相让,迷信汉学家的看法,用汉学家的话来给自己脸上贴金,这是极其荒谬的。一个不在中国的文学现场的人,怎能奢望他们对中国文学做出准确的判断呢?"华语文学传媒大奖"是由生活在文学现场的文学专家评选出的奖项,其准确性、公正性、全面性、权威性肯定将大大超过诺贝尔文学奖的评委们对中国文学的评价,因为我们比他们中的任何一个人都更清楚汉语内部潜藏的秘密,以及正在发生的秘密。

(原载《南方都市报》2003 年 3 月 3 日)

它表达的是文学价值的分裂

——专访"华语文学传媒大奖"评委会召集人、中山大学教授　谢有顺

一、实践比空谈更重要

南方都市报：华语文学传媒大奖到今年已经走过 10 年历程，回顾以往，你最大的感受是什么？

谢有顺：我最大的感受是，实践比空谈更重要。做成一件事情，做好一件事情，都不容易。坐而论道，是知识分子的强项，但空谈多了，最终你就会什么事情也不想做，会觉得个人的力量多么渺小，我无论说什么、做什么，都无济于事，那就干脆不做了吧，顶多发发牢骚，于是，知识分子就开始气馁、放弃，开始退出公共空间，局面就会进一步恶化下去。

我参与"华语文学传媒大奖"，从创办至今，整整 10 年，它使我意识到一个真理：现状是可以改变的，只要我们付出努力。

10 年前，文学奖在中国，根本不足以成为一个公共话题，也没有人会在设计评奖规则和保证程序公正上耗费心神；10 年之后，如何评文学奖、评什么样的文学奖，已经成为对任何文学奖项的拷问。我不敢说这个风潮肇始于"华语文学传媒大奖"，但我相信，"华语文学传媒大奖"所建立起来的坐标至关重要。

南都：10 年，不长不短。对于一个文学奖来说，已足够从幼稚走上成熟。华语文学传媒大奖的现状，是否符合你们当初的设想？还有什么不够的地方？

谢有顺：观察一个文学奖成熟与否，一是要看你评出了什么样的作家作品，二是要看你贡献了什么样的评奖文化。前者是艺术标准，可以有争议，但后者是游戏规则，必须接受公众的追问。我不断言"华语文学传媒大奖"已经成熟，因为没有文学奖可以趋于完美，但我为这个文学奖设定了最低限度的标准——可能会有应该获奖的作家没有获奖，但绝不能让不该获奖的作家站在领奖台上。文学奖未必能表彰所有的好作品，但它应该阻止错误和粗陋。包括在评奖规则上，至少要反抗一切形式的利益诉求和暗箱操作。我们可以承担艺术审美偏失的责任，但绝不能背负人情和利益的罪债，那是一种耻辱，是一种人格的崩溃。就此而言，"华语文学传媒大奖"基本实现了原初的目标，至少，直到今天，它还在被关注、被信任，也还在被期许。

我们也注意倾听各种意见，也在不断校正该奖的方向。但我已经深深意识到，自己或许正在做着一件可能永远也做不好的事情。在世界范围内，有哪个文学奖是让人普遍钦服的？国外的诺贝尔文学奖，国内的茅盾文学奖，声势如此浩大，也不过是一团乱麻而已。因此，我告诫自己，不要迷信完美，缺点永远是暴露出来之后才被改正的。不做才能完美，无是最大的完美——但它是空洞的。

我的意见很简单,总要有人去做,去实践,总要有人作为目标,被人赞美或咒骂。静默不会给社会带来任何进步。

二、我现在最警觉的是惯性

南都:你去年曾谈到,希望能"重申一种理想主义"。对于一个成熟的文学奖,"理想主义"是否还有其他的内涵?

谢有顺:当一个社会迷恋于"灵魂革命"的时候,身体的解放是一种理想;当一个社会充斥着身体话语的时候,灵魂的召唤又成了一种理想。当一个国家的文学缺少民间奖时,民间是一种理想;当民间奖遍地的时候,权威又成了另一种理想。这说明了什么?说明所谓的理想,就是不断地与这个时代做着相反的见证。拒绝被同化,拒绝被惯性拖着走,坚持文学是个人的私见,并大胆表达对这一私见的守护,一个文学奖的个性才不会被抹平,它才不会沦落到众多文学奖中而显得面目模糊。

我现在最警觉的是惯性。惯性本身蕴含着一种力量,会卷着你往前走,但真正的理想是反抗惯性和传统的,它的方向应是朝向未来的,是不断地提供新的可能性。

南都:但我们是否也不能把文学奖过于理想化?

谢有顺:是的,文学奖是已经存在而且还会继续存在下去的一个事实,既不必把它过分理想化,也不必对它怒气冲冲。有人写文章说"文学奖造就不了文学的繁荣",这话是对的,可这话也可反过来说,没有文学奖也造就不了文学的繁荣啊。这就好比一些人对任何文学奖所出示的结果都是不满意的、持批评态度的,可当他们自己筹办一个文学奖或者参与一些文学评奖之后,也不见得就有什么建树。

文学评奖是一次集体作业,必然是一种妥协和平衡的结果,它其实很难贯彻、践行个体的理想。把一种个体的审美和一种集体的审美相对应,肯定是会有差异和冲突的,但妥协未必就不是一种美德,差异也未必不值得尊重。理想常常是因为有了必要的妥协,才成功转化成现实的。

三、不刻意鄙薄文学界,也无意讨好它

南都:也有很多文学奖评了几届就消失了,撇开具体的现实原因,是否也和缺乏理想主义精神有关?

谢有顺:很多文学奖之所以中途夭折或者饱受诟病,固然有资金短缺、政策变动等客观原因,但也不否认,更多的是因为它失去了价值信念,或者说,它所要坚持的价值极其混乱,无从取信于人。何以一些文学奖每一届都在变,都在修改章程,都在被动应对外界的质疑?原因就在于它没有自己的价值观。

如何保持一种值得信任的价值观的连续性和稳定性,是一个文学奖如何才能走得更远的关键所在。但很多文学奖,由于缺少建立一种新的评奖文化的雄心,过度放纵个体的艺术偏好,也容易流于小圈子游戏,这同样是一种需要警惕的趋势。必须清楚,文学写作是个人的创造,文学评奖呢,则是对文学现场的一种检索和观察,它应该最大限度地分享文学的公共价值。过度意识形态化,和过度个人化、圈子化,其实都是一种评奖危机。

南都：你觉得除此以外，还有什么危机特别值得警惕？

谢有顺：还有一种更隐秘的危机，就是渴望这个奖能获得文学界的普遍誉美。这是一种诱惑，也是一个陷阱。我并不刻意鄙薄文学界，但我也无意讨好它。在一个价值失范，甚至连谈论理想主义都成了笑话的时代，要想获得一个群体对你的赞美，你往往需要向这个群体谄媚。文学奖的命运也是如此。这么多人在写作，这么多声音在回响，你应该倾向谁？又应该倾听哪一种声音？假如你没有价值定力，你就会六神无主。你谄媚了一群人，会获罪于另一群人，你听从了一种声音，会屏蔽更多种声音，最后，你即便疲于奔命，也无力改变你卑微、恭顺的可怜命运。

你只能做你自己，文学奖也只能做有自我的文学奖。因此，它不必惧怕文坛的噪音，尤其不必惧怕来自传统文学界的围剿，如果你认定你的价值信念是有力量的，你就要坚持，哪怕是孤独前行，你也终将胜利。

四、在精神的表达上，还可以更孤立

南都：你似乎对现有的文学秩序有一种不满，对所谓的文坛也缺乏热情？

谢有顺：重要的是，所谓的文坛，早已经分裂。一统天下的文学时代已经结束了。今天，纯粹的行政官员都可以兼任作协主席了，专业作家都可以被号召去为三流企业家写传了，被主管领导召见一回就把合影照片印在书的扉页上了，作家的个人简历都打上"国家一级作家"这种并不存在的称号了，连1000册书都卖不出去、甚至连上网都还没学会的作家都敢嘲笑点击率过千万的网络作家了，这样的文坛还有什么值得留恋和信任？作家、评论家的人格还可以降得比今天更低吗？难道我们耗费无数财力和智慧所创办的文学奖，就是为了讨好这样的文坛吗？让他们继续玩他们的游戏吧，我却提醒自己要坚决远离这种腐朽的气场。

因此，文坛不过是一个幻梦，文学才是唯一的真实。"华语文学传媒大奖"要守护的是那份对文学原初的爱，对艺术近乎偏执的坚守。当庸众成为主流，当商业和权位都可以凌辱文学，真正的艺术不应该害怕孤立。我觉得，"华语文学传媒大奖"在精神的表达上，还可以更孤立，还可以更清晰地显露自己对一种腐朽秩序的轻蔑。就现在的情势而言，孤立是一种价值，也是一种光芒，"华语文学传媒大奖"不应该让这种光芒消失。

南都：你是在担心"华语文学传媒大奖"会失去锐气，而陷入其他老牌文学奖那样的状态？

谢有顺：从骨子里来说，我其实并不担心，因为这个奖从出生开始，就没有那些老牌文学奖的基因，你要它长出老牌文学奖的面容，很难。但这并不意味着它有了一种天然的免疫力，就可以一直"独立、公正、创造"下去。尤其是创造力，在评奖过程当中，既表现为发现的能力，也表现为冒犯的勇气。通过发现，你能分享文学独有的那份光耀；通过冒犯，你开始建立新的价值体系。你不能跟风，你要永远走在前面，这才是创造的真义。但从目前的情形看，"华语文学传媒大奖"在重塑文学价值的方面还明显胆识不够，表面看起来，它并没有破绽，还在张扬着属于自己的理想，但深究下去，有些抉择更像是为了实现一种微妙的平衡，某些文坛俗见，似乎也还在发挥作用。

五、不能和他们同流合污，必须重新出发

南都：今年的"华语文学传媒大奖"在规则上有了较大的调整，是否就是为了打破这种平衡和俗见？现有的调整是否符合你的预期？

谢有顺：也不完全是。所谓的调整，几乎每年都在进行，今年不过是更明显一些而已。但外在的变化，比如奖金的增加、评委的扩充、个别规则的修改等，其实并不重要，重要的是艺术旨趣是否更具活力、更富创新精神了。比如，从前两年开始，我就特别强调对新的文学趣味的辨识，因我意识到，一个新的文学时代正在来临，旧有的文学遴选标准，已经无法包容业已变化了的文学现场，这就需要突围，甚至需要有一种自我否定的精神。未必是为了迎合，但至少表明我们没有忽视。

现在看来，这样的努力开始见效。比如，这次的提名名单，普遍认为水准很高，像诗歌和散文这两组，终评时大家都觉得难决高下，这就表明好作品、不同风格的作品，都被提名进来了。一旦有了抉择的两难，就会有争论，有争论就会有一个互相说服的过程，这个彼此说服的过程，可能就是对自己艺术趣味的更新，对一个新的文学世界的进入。这样的调整才是内在的，才是一个文学奖在精神气质上的转变，它也是"华语文学传媒大奖"当下最需要的。

南都：这次的评奖结果，你觉得也有惊喜之处？

谢有顺：至少它表达出了一些不同的价值观。比如赵越胜、李静这样的作家和批评家获奖，是尖锐的。你能想象，他们会站在别的文学奖的领奖台上吗？而谁又能说，他们的作品不是优秀的、不容忽视的？他们的获奖不仅证实了独立、创造的写作能获得表彰，更让一些人看到了我们到底要张扬什么、表达什么。

遍览文坛，不乏那些令人昏昏欲睡的文字，一些文章，我看三五行就知道是出自谁的手笔，因为他的词语如此贫乏，以致他评张三或评李四，语调都是一样的；一些作品，苍白到失血的地步，在千篇一律的研讨会上，也可以获得一致的颂扬，难道这不是一种怪诞？现状已经变得如此糟糕，我觉得，文学奖的存在不该再表达文学价值的联盟，而应该表达文学价值的分裂。这种分裂甚至是无法弥合的事实。所以，不能和他们同流合污，必须重新出发。

南都：最后，请你对"华语文学传媒大奖"未来10年做一个预想，你希望它在20年时，是个什么样子？

谢有顺：未来10年，我希望它还在被关注、被讨论，甚至被斥责，只要它身边的目光没有沉默，就意味着它还活着。沉默就意味着它已板结，板结就等于死亡。我也希望，10年之后，我还有激情谈论文学，并能够庆幸自己没有被团结或被消化，而是继续孤立地存在着，在文学世界的任何一个角落。

就文学奖而言，再过10年，也许它已不在，但即便如此，我想，这已过的10年，也会被人记住。这已经足够。

（原载《南方都市报》2012年4月14日）

独立、创造、公正是评审的基本原则，每个人都对自己的良知负责

——首届"华语文学传媒大奖"终审评委答记者问

一、请谈谈对首届"华语文学传媒大奖"评奖结果的看法

程文超（著名学者，中山大学中文系教授，博士生导师）：对评奖结果我觉得很满意。在年度杰出成就奖的 3 个提名中，我们一致认为应该给史铁生。现在全票通过，我觉得这个奖就没有遗憾了。《病隙碎笔》里写了人生的方方面面，尤其对生与死的感悟。他时时与死神交锋，所以悟得很透。他的这些感悟远远超过了一般文学作品所能达到的深度，甚至上升到了哲学、宗教的高度。

马原（著名小说家，同济大学中国文学中心教授）：我特别看重年度杰出成就奖，因为我们这个华语传媒大奖是首届。我很看重"首届"的意义，因为我们提倡什么，反对什么，将会通过首届评奖给受众一个很清晰的引导。在这个意义上说，散文集《病隙碎笔》无疑是最没有争议的——我们全部选择了史铁生，这应该说名至实归，而且是众望所归。

我对评奖结果稍嫌不足的一点就是我们这个奖是"华语文学传媒大奖"，获奖人里面却没有大陆以外的作家。在大陆以外有数以千万计的华人，各地华人都有自己喜欢的作家。在我们的选择里面，因为出版、发行等原因，有一些作家在评委的视野之外。有两位港台散文家入围，但没能有一个最终获奖，可以说是一个小小的缺憾。在以后的评奖中，我们会进一步关注海外的华语作家群体，关注海外华语创作。

林建法（著名编辑，《当代作家评论》主编）：评奖结果好像跟我预料的差不多。单从文学评论来讲，从我个人角度，我更倾向于选王尧。因为他对"文革"文学的研究在国内是填补空白的。他以新的史料和研究方法，在断裂的历史中发现了历史的联系，可以说是改写了当代文学史的构架。

陈朝华（诗人，《南方都市报》副主编）：我觉得整个评奖结果还是实至名归。所有获奖作品都非常纯正，非常厚重，非常明亮，非常凝练，应该说是年度华语文学的一次非常独到的盘点，也是一次对读者非常有激情的重新提醒：这些都是非常优秀的华语文学作品。

谢有顺（文学评论家，"华语文学传媒大奖"评委会秘书长）：基本上比较满意。因为它体现了我们独立、创造和公正的原则。所谓独立，就是没有任何文学以外的因素来干预我们的评奖。我们不属于哪一个文学机构，也不属于哪一个人情的圈子，我们的视野、评价和遴选的标准都是非常开阔的。虽然是《南方都市报》评的奖，但很重要的一点，它并不是评《南方都市报》自己发表和出版的东西，所以这个平台给我们的空间是非常大的。所谓创造，是指我们非常崇尚真正在文学领域有所创造的作家作品。过去的文学评奖很容易受知名度和

媒体反应的影响,而我们的奖体现了对创造的推崇。比如这次获大奖的《病隙碎笔》,在评奖以前,可能没有太多人会给这部作品这么高的评价。——发现别人所没有发现的,推崇别人所忽略的作品,这一直是我们这个奖努力的方向。至于公正,我一再强调不存在绝对的公正,也不存在一个让所有人都满意的公正。所谓的"公正",只能说每个人都对自己的艺术良知负责。如果说有什么缺憾的话,也是由于我们艺术良知和审美标准的局限性所导致,并不是我们有意用私心和人情去破坏这种公正。

二、担任"华语文学传媒大奖"评委,你们最大的感受是什么?

程文超:没有任何干预。我们这个大奖完全是按照评委对于文学的理解,对作品阅读的真实感受以及文学作品本身的成就来投票表决的。这一点我们可以保证。这是一个比较纯粹的文学大奖。

马原:非官方色彩。我感受最深的就是这一点。

林建法:首先这个奖突出的是文学真正的品格,再就是评奖过程真正体现了评委的公正性。

陈朝华:所有的读者,文坛参与者,包括推荐评委和终审评委,都对我们南方都市报主办这样一个活动充满热情。我既是一个读者,也是一个和文坛有点关联的人,又是主办方的负责人,对此感到由衷的欣慰。说明我们做了一件大家都觉得应该做而且非常有价值的事情。

谢有顺:我最大感受就是在这个时代还是有一帮人真正从内心里对文学存着深厚的感情,愿意为文学这个精神的事业做一些很实在的事情。这帮人不单包括我们的评委,也包括读者和知道这个奖以后对我们表示支持的作家。从操作层面讲,也给我一个很深的感受,就是面对文学的时候,我们是可以找到一种方式,一个平台,把文学做得很专业,很纯粹,很认真,并且忠实于自己的艺术良心的——它使我对文学会更加郑重,更加虔诚,不敢轻易地亵渎它。

三、如何看待"华语文学传媒大奖"对于华语文学的意义?

程文超:我们不能用是否留下传世之作来衡量一个大奖,甚至不能用传世之作来衡量一个时代。因为每个时代都有每个时代的特色。由传媒来举办这么一个全国性的文学大奖是有开创性意义的,南方都市报这样一个大众传媒能这么关注文学,用实际行动来推动文学的发展,这才是它的意义所在。传媒在关注文学,说明文学从创作到被接受,都开始在发生一种变化。

马原:"华语文学传媒大奖"是一个大众传媒做的事情。在现今这个传媒时代,大众传媒的影响力是显而易见的。通过它来做这么一个奖,能够在很大范围内引起更多人的关注,这对文学发展来讲,无疑是个很好的事情。

林建法:如果从近的意义来看,我认为它是别的同类评奖所不可取代的。从远的意义来看,我估计它可能对华语文学的整个创作和批评都能起到一定的推动作用。再远一点我就谈不上了,我觉得还需要时间来进一步检验它。

陈朝华：终极意义并不重要，重要的是传媒有这样一个自觉，希望通过自己在传播方面的影响力，唤起所有读者对文学这一神圣的、代表人类文化传承的最本质表现形式的关注。

谢有顺：首先是让人知道，在这样一个消费主义的时代，的确还有人在为纯粹的文学贡献自己的力量。文学并没有衰落和边缘化。第二，可以让大家认识到文学评奖也可以做到比较专业和认真。就现在的文学评奖的环境来讲，我觉得并不理想，被许多因素所制约。这样一个奖出来之后，以比较客观的、专业的、公正的方式来遴选华语文学年度的优秀作家作品，会给关心华语文学发展的人留下一个良好印象。第三，能让大家认识到文学已经不仅仅是文学自身的事情。"华语文学传媒大奖"中的"传媒"两个字，目的就是为了拓展文学发展的平台——我们这个奖最后说话的并不是传媒本身，最后说话的是文学。但我们可能找到了一种更强势或更有力的推广平台，这对文学的发展绝对是一件好事情。

四、如何看待媒体在文学发展中的作用？"华语文学传媒大奖"给了我们怎样的启示？

程文超：这个时代诱惑太多，人们要关注的事情太多，文学往往处于一个比较边缘的位置，现在出现了一个由大众媒体主办的大奖，应该会使文学的影响范围更广，引起人们关注的程度更大。

马原：现代文学的传播就需要通过媒体，但是大众媒体与文学的关系跟传统媒体，比如图书、杂志不大一样。这些东西只存在文学本身，而大众媒体的特殊意义除了存在文学本身以外，还在更宽的范围里面让那些阅读文学和不阅读文学的人同样对文学发展产生关注。而这个关注刚好是处于低谷的文学真正需要的。

林建法：以前有的批评家讲到媒体炒作问题，我个人觉得其实有两种情况。如果是炒作的，肯定不能真正反映文学本身，如果不是一种炒作，媒体的介入能与文学产生互动作用。这就是我们通常所说的文学的导向。我认为媒体参与也可以体现一种文学的导向。这个文学的导向就是能反映社会历史跟民众声音的导向。媒体的介入，做得好能达到后面这种效果。

陈朝华：这个问题我也一直在思考，特别现在广东也在呼唤建设文化大省。我觉得真正的文学是发自内心的，在整个社会比较浮躁的环境下，传媒应该承担起社会良知的职责。作为社会良知的先行者，它对文学的关注代表了或者希望代表整个社会的普遍群体对文学的关注和敬意。

谢有顺：文学和传媒在过去一直被认为是对立的关系。给人的感觉文学是精神的，传媒是炒作的，或者文学是比较小圈子的，比较纯粹的，传媒是比较大众的，比较世俗的。传媒确实有狰狞的一面，比如恶意炒作，夸张，故意制造事端来提高某一部作品的销量，等等，试图把文学转化成一些外在的冲突、恶俗的看点，而忽略了文学内在的精神。但是，媒体也有很好的一面，如果把传媒看作现代社会最重要的交往平台的话，我觉得文学就没有理由忽视传媒的存在，更没理由敌视传媒。而且，一个有责任的传媒在面对文学的时候，也能够找到一种尽可能契合文学精神本性的方式，为文学做很多的事情。把文学当作一种精神产品的创造，很纯粹地来做，这是一件非常好的事情，但当这种产品生产出来之后，媒体就可以发挥它的用武之地了。落实到我们这个"华语文学传媒大奖"，我知道很多人可能有顾虑，觉得它是不是会被传媒的狰狞性改造、影响、甚至异化文学本身。事实上,他们忘了,媒体和文学打交道,获利的不一定是媒体,尤其是《南方都市报》,它其实是真心想为文学做些事情。在广州这样一个完全商业化、文学力量相对比较微弱的城市里,你说文学能为《南方都市报》这样的强势媒体带来多少东西?至少不像别人想象的那么多吧?因此,说到底,最终在此事中获益更多的还是文学本身。

五、"华语文学传媒大奖"有哪些地方需要完善,请对它的未来做一个展望。

程文超:这个奖是第一次办,在一些具体操作方面,可能还需要做一些调整和改善,比如我觉得被推荐评委忽略的优秀作家作品,终审评委可以联合推举,使其进入终选名单。这个奖虽然是一个大众传媒办的,但它的确体现了一个文学评奖的公正性,我觉得我们评出的奖是能服众的。这样的话,它就会引起更多人的关注,有更大的权威性,这个奖是很有前途的。

马原:我建议还可以增加两个终审评委,增加一些层面。现在我们有纸质媒体的负责人,也可以有电视、网络的代表。有人觉得评委太专家化,我想可以设一个公众奖,或者叫最受读者欢迎奖。比如有一个叫安妮宝贝的网络写手,可能不是太入评委的眼,但在中学生中影响特别大。"新概念"作文大赛中那些孩子经常引用她的话,这种现象不能轻视啊,我们不能忽略孩子的眼睛。还有,单项奖里缺了剧本。现在在很多期刊把剧本这个栏目给剔掉了,但舞台剧现在以新的方式"活"起来了。我想把现在生长起来的小剧场和音乐剧,加上传统话剧的剧本提出来,增加一个年度剧作家奖。还有,现在是法制社会,如果文学不从法制出发,经常不能服众。以往的奖多少带有官方色彩,会有官僚意志,这次我们在法制框架中评奖,希望这种好的东西能够持续下去。

林建法:我的建议是提名过程要长一点,那样到终评的时候,缺憾会少一点。在本年度漏掉的,希望下一次可以有措施补救,不要在 10 年以后发现我们其实漏掉了一部最重要的作品。

陈朝华:我希望以后的第二、三届,我们的整个准备工作能够更提前,做得更全面一点,能够关注到海外坚持用汉语创作、思考问题、观察世界的那一批作家以及他们的作品。我们希望通过这么一个大奖能够把所有华人的精神世界真正连接起来。这一点是以后华语文学大奖要办出更具广泛性和影响力必须扎扎实实去做的一个基础工作。

谢有顺:从长远来看,文学的存在和流传始终来自于文学本身的伟大力量。这是任何商业的、操作性的东西都不能改变和左右的。在以后的评奖里,我们要更多看见、发现和尊重文学内在的力量,要多倾听各个层面的人的意见,尽可能多地发现一些别人所没发现的好作品,尽可能地找出一些被别人忽略,或者说被现有的文学秩序所遮蔽的那些优秀的作品——客观上,人的阅读量也是有限的,如何用一些更有效的方式把各个层面真正好的作品发现出来,进入我们评奖的视野,这还需要努力。至于操作层面的技术性的细节改进,下一届肯定可以做得非常好。作为终审评委,其实我们比任何人都渴望看见真正好的作品,比任何人都渴望有潜质的新人从我们这个平台走出来。我们将努力突破自己视野的局限性,把这个大奖做得更好。未来是需要时间来慢慢打造的,最怕的是中断和夭折,这会使我们在前面所说的所有东西都付诸东流。这个文学奖如果能在现有的基础上,每年做下去的话,按我的估计,只要三到五年,最多五到八年,每年对当年的华语文学做一次艺术检阅,影响必定会非常大。这个奖大有前景。这个前景不仅仅是因为它会成为华语文学当年度的重要发布,更重要的是,它会重新建立起人们对艺术和文学的信心——文学并没有没落,而且永远不会没落。我对这个奖抱有很高的期望。

(原载《南方都市报》2003 年 4 月 18 日)

曲终人不散,四方评说华语文学传媒大奖

第二届"华语文学传媒大奖"4月18日在北京现代文学馆举行了颁奖典礼。现在做一番总结和反思恰逢其时。比如收获与缺憾,比如优点与缺点,比如掌声与嘘声……4位作者身份各不同但他们共同的特点是都在关注着中国文学,都是中国文学的在场者。

一、推荐评委谈:本届评奖过于沉稳

◎杨克(诗人,推荐评委)

作为推荐评委,个人希望在以后的评奖中,应该有真正的新人新作出现。因为文学奖本质上是评给作品的,而不是给人的,更不是为了授予隐在的等级和秩序。

——杨克

把本年度杰出成就奖授予莫言,我不知道是不是众望所归,因为另外两位获得提名的都是德高望重的作家,也有极高的文学成就。但是,这个奖项授予莫言从文学在场来理解是最合适的。尽管这些年莫言的写作达到了相当高度,但从《红高粱》到《檀香刑》再到《四十一炮》,莫言最值得称道的是他的写作依然没有丝毫大师的做派,他一直保持了那种最初的叙事动力,就像一个初学写作的人那样,保持生命的激情,张狂的语言炫技和超凡的想象力。他的每次写作都是一次重临,给阅读者带来惊喜,他的文字带有很强的穿透力,让我们可以从中捕捉他那种全身心的投入。他的一系列长篇,代表了当代中国文学的最高水准。而《四十一炮》无疑也是本年度最好的小说之一。

把年度小说奖授予韩东,很可能既出一些读者意料又在文学常识的情理之中。因为韩东的小说《扎根》并不吻合常态中的"好小说"的模式,无论是情节的展开、人物的塑造、叙事的方式都有别于这几十年来中国现实主义或现代主义小说。他的小说的模式更像他的诗歌,平淡地、冷静地、不动声色地呈现,所以一般的阅读者难免会觉得他的小说寡淡。但把这个奖授予韩东,恰恰体现了华语传媒大奖评委们独到的眼光。因为我们是把这个奖项授予了一个真正具有原创性的作家,正是在这个意义上,韩东为我们献上了一部杰出的文本。

20多年来,王小妮无疑是最杰出的女诗人之一。她一直是我个人最敬佩的女作家,她有一种韧性和耐力,保持了对生存和写作的敏感,以及旷日持久的勤奋,持续性地在不同时期和不同阶段拿出让人眼睛一亮的诗作。这些年间,中国诗坛不乏那种明星似的诗人,而王小妮是沉默的。我们在各种喧嚣的话语场域里很少听到她的声音。她一直以坚实的作品获得诗歌界的称誉。她此次的获奖组诗可谓神来之笔,轻逸灵动而韵味醇厚。从1985年至今,王小妮在广东已经居住了19年,体制内的文学活动和评奖几乎跟她无丝毫瓜葛。但正是这种不参与感和写作的非功利性,对艺术发自内心的本真挚爱,使她的写作保持了一种轻松、自在的状态。把年度诗歌奖授予王小妮,是对她这些年来锲而不舍写作的肯定。就像当

年的梁宗岱,当我们突然回头就会发现,这位跟广东诗歌界似乎不搭界的诗人,才是广东和中国最重要的诗人之一。

把散文奖授予诗人余光中也许再恰当不过了,如果说曾经有过一个"诗歌中国"的话,我以为散文在汉语写作里比在其他语种曾获得更充分的展现。在古代文学里,散文是最发达的文体,因为它的成熟和自足,一百年来它在艺术形式上未像诗歌、小说那样发生太大的变化,这表明散文这种文体的恒定性。余光中的散文体现了诗意和非常深厚的中国文化的底蕴,几千年的文字魅力与他的现代观念浑然天成。在他的散文里,最充分地体现了中国文学传统的悠远和浩荡。

本年度评论奖授予王尧,一种对话文本。或许想强调批评和写作的沟通在当下的迫切性。因为批评家和作家这两种互动关系久远的"文学人"近年分道扬镳的态势已很明显。

在获得提名"最具潜力"的几个新人里,须一瓜写作的数量比较大,作品水准也很整齐,况且她的这部小说十分出色,她的作品是一般的读者和评委都可以接受和认可的,所以这个奖授给她很正常。尽管我个人更看重陈希我的小说,因为他的小说有一种尖锐的、撞击人心的东西在里面,他小说中的性描写和激进的探索自然容易遭到非议,但我想陈希我选择这样的写作姿态,也就选择了在特定语境里不获奖的命运。

从总体上看,本届"华语文学传媒大奖"的评奖过于沉稳,授予的绝大多数都是已获定评的作家,不会有多少议论,也没给人任何兴奋,使这个本来具有民间立场的奖项和官方评奖界限的区别模糊不清,这难免让人郁闷,若只是在中国多打造一个文学奖,不是此奖设立的初衷和本义。作为推荐评委,个人希望在以后的评奖中,应该有真正的新人新作出现。因为文学奖本质上是评给作品的,而不是给人的,更不是为了授予隐在的等级和秩序。

二、文学教授谈:一面是自由,一面是限制
◎陈骏涛(中国社科院研究生院文学系教授)

(一)获奖者老的少的,都是异数

获得"年度杰出成就奖"的莫言,是文坛的一个奇才、一个异数。莫言堪称当代最具有创造力、最能出奇制胜的作家。他的出奇制胜不是靠小动作、玩技巧,而是靠创新。从《红高粱》开始,他以民间化的视点表现历史,使历史以一种迥异于往常的面貌出现于读者面前。他说:"我心目中的历史,我们所了解的历史、或者说历史的民间状态是与红色经典中所描写的差别非常大的。"这当然也并非没有可议之处,但毕竟应该允许作家在这方面有所探索,有探索才能有创新。在探索的路上出示种种"禁行"的路牌,将使人们裹足不前。莫言还是一个狂放恣肆、具有丰富的艺术想象力和鲜明的艺术个性的作家。像《金发婴儿》《丰乳肥臀》中的象征,像《檀香刑》中对那种骇人听闻的酷刑的想象性描绘,都不能不使人佩服其想象力之奇崛与超常。这在许多文学作品都满足于直观地摹写生活,缺乏丰富的艺术想象力的今天,是特别值得注目的。总之,莫言不是一个平庸的作家,而是一个风格化的作家,是将奇崛想象与本土经验结合得非常出色的作家,正因此,他的作品最容易引起争议。2003年,莫言也取得了不菲的成绩,除了《四十一炮》,他还修改、增补、再版了《丰乳肥臀》——这个在10年以前就引人瞩目的作品。因此,莫言获得"年度杰出成就奖"是当之无愧的。

获得"最具潜质新人奖"的须一瓜,也是一个异数。她是个视野开阔、悟性颇高的女性作者。虽然须一瓜从20世纪80年代中期就开始文学创作,但其间却中断了10年,只有到了2000年她重操旧业之后才引起人们的注意,2003年则是她文学命运的重大转折年。这一年,这位据说是写"尾条新闻"的记者,一下子成了发表"头条小说"的作家,有4个中篇小说——《雨把烟打湿了》(小中篇)、《蛇宫》、《淡绿色的月亮》、《第三棵树是和平》——引起文坛内外的广泛瞩目和评说。记者的生涯使须一瓜能够广泛接触社会生活的方方面面,给她提供了也许比专职作家更多的生活资源,但倘若没有作为小说家的发现生活和表现生活的激情和慧眼,这些生活资源可能就会白白流失。须一瓜把这二者结合得很好。她把她作为记者、特别是政法记者的所见所闻,撷取其中最能激起自己写作冲动的素材,演绎出一篇篇小说。

其他几位获奖者,我就不一一屡述了。当然,任何一项评奖都难免有遗珠之憾,"华语文学传媒大奖"也不例外。尽管这些得主都是当之无愧的,但是不是有比他们更强、更优秀、更合适的对手被错过了?这就见仁见智了。"华语文学传媒大奖"的终审评委毕竟只有5个(显然少了一些),而且举办地的广州就占了3个(比例显然大了一些),这样的终审评委的组成,不能不带来评判中的某种局限,最后的决断也未必就万无一失。

(二)评奖者既有民间性,又有专业性

不过,不管怎么说,从入围的名单和最后的得主以及他们在2003年的代表作来看,还是能够反映出当今中国文学的最高水平和中国作家在文学艺术上的不懈追求的。尽管人们在不断地慨叹文学的不景气、边缘化,甚至正在走向衰落、濒临穷途末路等等,但这显然都不能准确地反映文学发展的实际。事实是,在文学的每一个门类中,每年都仍然有为数不少的好作品问世,这些作品的作者有老作家,更有文学新人。文学过去是、如今依然是许多人——不管是年轻人还是老年人——以身相许的事业。文学并没有衰落,她依然存活着、发展着,只是变换了一个环境、变换了一身装扮、变换了一副面相罢了。"华语文学传媒大奖"的终审评委说得好:"当许多人都在哀叹文学已被边缘化、甚至庆幸文学正在走向没落的时候,我们没有成为这曲哀歌的合奏者,而是试图为文学的发展尽一点绵薄之力。哀叹并不能解决问题,唯有有效的文学实践才能为文学走出困境助跑。我们不愿成为文学发展的悲观主义者,相反,我认为,文学从未在中国真正衰落过。"可以说,"华语文学传媒大奖"的设置就是为文学助跑的一次有效的实践。

"华语文学传媒大奖"以它新的评奖理念和评奖实践,对旧有的文学评奖的体制化和独断性的积弊做了一次冲决。主办方提出的"反抗遮蔽,崇尚创造,追求自由,维护公正"的评奖宗旨,是对旧有的评奖秩序的突破。由官方主办,改变由传媒主办,这使"华语文学传媒大奖"能够排除长官意志,具有更多的民间色彩。文学传媒是文学与大众联结的纽带,在大众传媒对社会文化生活越来越具有举足轻重的影响力的今天,传媒之介入文学评奖,无疑将强化评奖的民间色彩。由全国(包括海外)30余家颇具实力和威望的文学报刊,组成一个两级(推荐评委和终审评委)的评委架构,也是一种比较合理的评委组合。由于这些报刊的负责人都是既有文学组织工作经验,又有专业创作或文学批评实践的专门人才,因此这样的组合也能体现文学评奖的专业性特点。民间性和专业性的结合,既可以避免无视大众的孤芳自赏,又可以避免放弃艺术原则的盲目从众。当然,这也并非"华语文学传媒大奖"的独家发明,比如中国小说学会首届中国小说大奖就提出过"三性"——艺术性、专业性、民间性相接合的评奖立场。不过,"华语文学传媒大奖"在程序上可能做得更为完善,比如公开讨论、引进国家公证员现场监票、评委记名投票等等,一方面是自由,坚持评奖不受外界各种非文学因素干扰的自由;另一方面是限制,为了防止评委的大意和徇私的限制。

我是"华语文学传媒大奖"的局外人,没有参加过任何一次评奖活动,甚至连推荐选票都没有写过,因此我不敢说在评奖的整个过程中就没有出现过任何纰漏。但我想,改变沿袭数十年的旧有的文学评奖机制,需要一个探索的过程,只要是真心诚意在做这种探索的,我们就应该给予支持。这对于推进文学评奖的民主化、学术化、艺术化进程,激励那些真正具有艺术创造力的作家、评论家及其精品佳作,把华语文学创作推向更新的境界,都是极有裨益的!

三、文学评论家谈:真诚地面对文学说话
　　◎洪治纲(文学评论家,中国当代文学研究会理事)

(一) 评奖过程确立了自身的独立原则

在这个越来越缺乏真诚的时代,让文学保持必要的真诚品质,并促使那些热爱文学的人永远真诚地面对文学,已具有非同寻常的意义。我之所以这样认为,是基于这样两个事实:一是越来越多的作家开始不断地将文学作为谋取功利的手段,他们要么有了快感就乱喊,要么没有快感也狂叫,文学沦为作家兜售矫情或滥情的道具;二是各种文学活动、文学评奖虽在不断增多,却有相当一部分带着强烈的游戏意味,组织者和评审者神神秘秘,评选结果总喜欢让人大跌眼镜,获奖者也不见得有多少神圣感。由此而导致的结果是,文学越来越失去了它的真诚禀赋——不仅对生命、对艺术、对存在的敬畏之情日渐稀薄,而且对苦难、对生活、对灵魂的承担勇气和悲悯情怀也鲜有彰显。

我不想就这一问题进行过多的阐释,这并非本文的任务,而是我在面对"华语文学传媒大奖"的评选过程及其结果时所产生的一种强烈的对比性感受——当很多作家开始拒绝真诚的时候,当很多评奖有意识地回避真诚的时候,"华语文学传媒大奖"却以明确的姿态回应文学的真诚品质。

我这样说,不是想吹捧这个文学奖有多么非凡,而是基于我对文学的真诚之心。作为一个以文学为职业的人,如果我乐于选择某种违心的矫情来面对文学说话,我认为那只是在亵渎文学本身,而且也在亵渎自己的灵魂。正是在这种朴素情感的引导下,我发现,这个文学奖是个非常有特色的奖——它的每一招每一式,都试图针对中国文学奖中被常人非议最多、也最易导致评奖不公的某些部位,采取完全不同的合理化方式,恢复它们的科学性和公正性,从而展示出组织者和评审者对文学的真诚态度和执着情怀。

何以言之?从该奖的评选来看,我觉得它的最突出之处,首先在于确立了自身的独立原则。独立是公平和公正的前提。——事实上,很多文学奖之所以让人觉得暧昧异常,就在于它们无法有效地确保自身的独立原则,而是或多或少地受制于某些财团或者意识形态的干预,而这个奖依靠自己的经济实力,又带有鲜明的民间立场,因此,其独立性不容置疑。其次,他们所确立的初选评委和终审评委都是站在第一现场的专家、作家和编辑。这些人对整个文坛非常熟悉,拥有良好的职业信誉和对作品的审美判断力,具备公认的权威性。再者,

从评奖过程来看，它具有很强的透明度，甚至引进了现场公证的法律程序，摆脱了暗箱操作的嫌疑。

（二）评奖结果这是创作现实制约的结果

在"年度杰出成就奖"的提名中，我个人觉得虽有一定的局限性，但是如果要我提出更合理的名单，好像也非常困难。这无疑是一种创作现实制约的结果。按我的理解，评定"年度杰出成就奖"需要具备两个条件：一是这个作家应该在中国文坛上具有非常突出的文学史地位，甚至对中国文学的发展有着不可忽略的意义。二是他在当年度还应该为文坛提供了某些起决定性作用的作品，并在作品中体现出某种艺术与思想上的突破性和开拓性。而像杨绛的《我们仨》，在我看来其实就是现在流行的口述历史的一种表现方式，所不同的只是它融入了更多的历史苦难和伦理亲情。它的历史见证价值显然大于审美价值。王蒙的《青狐》显然带着更多的炒作意味，但他在2003年推出的23卷《王蒙文存》却不容忽视，可以见证作家在中国文学发展史中的地位。莫言是一位非常优秀的作家，他对新历史小说的最早开拓，已成为无法回避的历史事实。尽管2003年的《四十一炮》对他来说并不是一部重要的作品，但是新版的《丰乳肥臀》依然突出了作家的深邃思想和恣肆奔放的叙事魅力。而最终的评选结果是莫言，这让我颇感快慰。

在"年度小说家"的提名中，无论是阎连科、韩东、张炜，还是林白和魏微，在2003年度都有不俗的表现。就我个人而言，我更看重阎连科和林白。阎的《受活》超越了作者以往作品对苦难的单一性思考，而将叙事目标直指意识形态深处，并以喜剧性的形态充分反映了中国乡村社会中的悲剧根源，体现出十分丰沛的思想内涵以及独特的艺术手法。而《万物花开》也是林白创作生涯中一次非常成功的转型，妖娆狂放，诗性翻飞。倒是韩东的《扎根》我觉得并不突出，它所反映的"文革"下放生活，相对于同类题材的其他作品，并没有什么本质上的超越，只是在细节处理中颇见功力而已。但韩东最终却摘取了这项桂冠，我觉得有些遗憾。

在"文学评论家"的提名中，南帆、王尧、李敬泽、郜元宝、李静都是实力派的中坚人物，他们的研究各有侧重，思考方式也各有特点，但都富有创见。像南帆的《四重奏：文学、革命、知识分子与大众》以异常广博的理论视野，对20世纪八九十年代的文学思潮变迁轨迹和特点进行深入、细致、透彻的梳理，极具启发意义。王尧在2003年与韩少功、李锐、莫言等实力派作家的对话，既有丰实的理论内蕴，又有广阔的人文背景，而且为当下的批评家与作家之间建构了一种科学理想的对话关系。郜元宝的研究向来深入文本肌理，尤其是近年来对文学语言的系统性探讨，更是独具匠心。李敬泽的评论短小精悍，鲜活准确，一语中的。李静的评论则更多地质疑一些创作的潜在不足，让人很受启迪。他们无论是谁获奖，对我来说都是名至实归。

此外，像"年度诗人奖"中的王小妮，"年度散文奖"中的余光中、韩少功、张承志，"最具潜力新人奖"中的麦家和须一瓜，在我的心目中都是以绝对的真诚拥抱文学的人，也都是值得获奖的人选。因此，无论谁最终获奖，都不会让我感到缺憾。——当然，获不获奖，对于一个真正视文学为生命的人来说，也许并没有多少特殊的意义。但对于评奖组织者来说，却意味着对文学秩序的一种重新梳理和审定，也意味着对文学中某些基本品质的明确首肯。因此，坦白地说，我非常敬重"华语文学传媒大奖"。它以真诚的姿态直面文学的真诚，同时也体现了现代传媒面对文化建构的良知与勇气、胆识与胸怀。

四、本报读者谈：越来越鲜明的独立姿态

◎絮姬（书评人，博士生）

作为一个读者，一个有空时读读小说、散文、诗歌的文学读者与一个在吃早饭坐地铁时看看《南方都市报》的报纸读者，我认为这个叫"华语文学传媒大奖"的评奖活动与我是相关的。

在报纸上看到一位叫陈朝华的评委说："只想在庙堂标准之外为读者提供另一种可能的价值参照，我们不是关注文坛，而是关注读者。"首先我要先对"关注读者"这四个字词提一点批评意见：这四个字太空泛模糊了。评委先生到底是关注读者什么呢？读者在读什么书？想读什么书？会买什么书？还是应当读什么书？总而言之，我希望对于读者的"关注"能够落到实处上来，而不仅仅是一句甜言蜜语（我心里头相信不是）。至于我对这个奖的关注，是非常实心实意的。我关注的是：1. 评的是什么奖？2. 谁评奖？3. 评出了什么奖？4. 奖金多少？以下一一说来。

（一）评的是什么奖？

这个问题初看上去有点笨，因为奖的全称明明白白朗朗上口，叫作"华语文学传媒大奖"。按我的理解："华语"的意思是向母语致敬，中国对于全世界文明的贡献，不仅在于造纸术、雕版术、活字印刷术，还在于贡献了一种独特的、美好的、有生命力的语言文字，这种文字经历了竹简、布帛、蔡侯纸，往事越千年，最后也落到了一份《南方都市报》上。——语言、文学艺术与传媒三者之间的关系，原本就源远流长，只是传媒作为物质性与精神性的共同体，其精神性的自觉，是非常晚近的事。但随着信息时代的到来，传媒在面对大众时获得了前所未有的生命力，相对于经济基础与意识形态，在思想与审美上，都有了越来越鲜明的独立姿态。"华语文学传媒大奖"是这种独立性的展现，也意味着在文化权力的角逐中，新兴力量的加入。——作为一个读者，有着更多的力量参与到文化建设中来，带来多元化的文化生态，物种多样，生机蓬勃，那是一件大好事。

（二）谁来评奖？

从报纸上得到的信息，我了解到"华语文学传媒大奖"的评奖程序是先由各地文学期刊的主编推荐，得到一份初选名单，然后由5位评委投票。5位评委里有两个教授、两个主编、一个批评家。评委马原是同济大学中国文学中心教授，他发言说："我对'华语文学传媒大奖'最称道的是它的民间性，它的终评委是作家、评论家、学者，推荐评委是各个文学期刊的主编，都体现了极强的民间色彩。"——说句实在话，我不懂得作家、评论家、学者如何就体现了"极强的民间色彩"了，如果说"民间"是与"官方"对应的，那这些人，都还在文化体制之内，如果说"民间"意味着"草根性"，那这些人，统统都还是文化精英啊。所以，我建议"民间"这个词，不要随随便便当个好使的广告用语，倒是在评奖过程中，能不能有一个读者的参与程序，真正地加强它的"民间性"。

（三）评出了什么奖？

"华语文学传媒大奖"每年评一次，评一个年度杰出成就奖，一个年度最具潜力新人奖，这两个奖一听就明白，前一个给武林前辈，后一个给少年豪杰。今年的杰出成就奖评给了莫言——比起另外两个候选人，杨绛与王蒙，莫言在他的文学事业上，显得更为认真与专心。新人奖评给了须一瓜，去年的新人奖记得是盛可以——都是女作家，女作家一片新气象。单项奖根据文体分出 4 个：小说、散文、诗歌与文学评论。得奖的是韩东、余光中、王小妮与王尧。单项奖的评选，一份名单实在不能说明什么，韩东一定写得比林白好？余光中一定写得比龙应台好？这肯定不见得。这个名单，不能要求它"众望所归"，只能要求它不要冒出个"众怒难犯"的。评委谢有顺自己也说："任何评奖都是一种妥协的成果。"只要是评委之间的审美倾向、审美趣味的妥协结果，也是可以理解的事。

（四）奖金多少？

我最后的这个关注点是不是有点太俗气了？不过"华语文学传媒大奖"在奖金问题上，倒是有一种坦荡荡的态度，事先就标清了额度。想找个对照，我上网去查了一份《茅盾文学奖评奖条例（修订稿）》，只看到一句"评选结果由中国作协统一发布，并隆重召开颁奖大会，向获奖作品的作者颁发奖状（证书）、奖牌和奖金"。不得其详，十分纳闷。"华语文学传媒大奖"的年度杰出成就奖 10 万元，单项奖 2 万元，对于中国作家来说，不算是小数目，也不至于大到让人心跳加速，还是有相当的象征性。换一个角度再谈谈钱：这个奖和商业有关吗？评委们斩截地说：完全无关！——这一点作为一个读者来说，也觉得大可不必。评奖的目的不是为了赚钱，但是评出了一个有公信力的奖，让好书卖得多，多赚钱——这是艺术、传媒与商业的良性互动，也说不上是什么坏事。诺贝尔奖一评出来，库切的《耻》马上重新进入印刷厂，如果"华语文学传媒大奖"有一天能够做到这一步，那它就真正成功了！

（原载《南方都市报》2004 年 4 月 27 日）

华语文学奖七年之痒

洪　鹄

尘埃落定。阿来订好了机票,他即将去广州参加今年的"华语文学传媒大奖"颁奖典礼。6 卷本的《空山》终于封笔,这场漫长的写作为他带了至高荣誉——年度杰出作家。

第 7 届华语文学传媒大奖谜底揭晓,除阿来之外,散文家李西闽、诗人臧棣、评论家耿占春以及文学新人塞壬分获他们各自领域的年度单项奖,而年度小说家奖,由于一些意外的原因,首次出现空缺。

今年是华语文学奖的第 7 个年头。而电话里,80 岁的李国文还能清晰地回忆起 7 年前的春天,他来了一趟广州,带了 6 个口罩。

史铁生的太太陈希米客气地拒绝了记者的采访要求,史铁生的身体一直不好,接受采访很吃力。但她还是好心地提示记者:"7 年前的事了,你去问问谢有顺吧,还有当年采访过铁生的那位记者,他们说不定还记得。"

2003 年春天,空气中弥漫着非典的味道。广州街头,人们戴着口罩行色匆匆。73 岁的李国文和坐在轮椅上的史铁生,从北京飞到了广州,带着谨慎、口罩甚至少许的惶恐。他们来领取一个新生的文学奖,它叫作"华语文学传媒大奖",这年 4 月,刚刚诞生。

那是 2003 年 4 月 18 日,阳光灿烂。对于许多人来说,这或许是个再普通不过的春日。然而对于中国文学界来说,却不容忘记。

一、传媒办起了文学奖

2002 年 10 月的一个傍晚,谢有顺从省作协下了班,打车来到广州大道的潮皇酒家。酒家就在《南方都市报》旁边。这天晚上,时任《南方都市报》总编辑程益中、副总编庄慎之、副总编陈朝华等人都在,还有文坛的几个朋友。大家叫了几瓶酒,边喝边聊各种文坛现状,酒过三分,在座的都有些感慨。

程益中看看庄慎之和陈朝华,说不如我们南都自己拿钱,办个全国性的文学大奖。

庄慎之和陈朝华都表示赞同,在座的几位作家也很兴奋,借助大众传媒来正式地推广文学,在国内还是个新思路。谢有顺却有些疑虑。他身在文学界,知道办一个文学奖要牵扯到很多复杂的事情,尤其是在中国。

"曾经有人出钱给韩少功,要以他的名办一个文学奖。韩少功知道评奖是个吃力不讨好的事情,很聪明地拒绝了。"谢有顺说了这么个事。

谢有顺最终被说服了,他同意在座的观点,文学单单有圈子里的关注是不够的,南都作为一个新锐的、有强大影响力的大众媒体,有责任也有能力来操办一个全国性的文学奖。何况有南都牵头做这件事,还会引起更多大众媒体的关注。

犹豫了几天后,谢有顺终于决定投身这件事情。"实践比空谈更重要。为文学,总要有人去做些事情才行,无论成功不成功。"

此时,南都设立的华语音乐与华语电影传媒大奖已运作了2年。但这两个奖颁的都是单纯的荣誉,并没有奖金。而新设立的"华语文学传媒大奖",南都却决定自己拿出15万来颁奖。其中一个单项大奖的奖金就高达10万元,为全国最高。

有地产商找过报社,想出钱来冠名文学奖。"我们拒绝了。奖金的钱肯定是我们报纸自己出,而且这个会坚持下去。我们办这个文学奖,不允许它属于任何利益和权威。它必须是崭新的,民间的,公正的。"陈朝华说。

2003年2月,"华语文学传媒大奖"正式启动。和15万的高额奖金一起公布的,还有程文超、马原、林建法、谢有顺、陈朝华5个终审评委的名字,学者、作家、编辑、青年评论家、传媒负责人各1名。

消息在国内引起了很大反响。在文学遭到漠视的今天,一家南方的媒体来做这么一件推广文学的事,本身已显得不可思议,何况自掏腰包以15万的高价来奖励文学。"传媒有资格来颁文学奖?""大奖造就不了文学繁荣",议论扑面而来。

解释这个奖一度成了谢有顺的主要工作。"事实上这个奖只是传媒来搭建平台,评委都是文学的专业人士,唯一一位媒体人陈朝华他本人也是个诗人,所以并非传媒评的文学奖。"而对于大奖造就不了文学繁荣的质疑,谢有顺简单地回应:不评奖、不作为,同样造就不了文学繁荣。

"我们要做中国的诺贝尔文学奖。"时隔7年,华语文学奖新任秘书长黄兆晖仍记得程益中接受采访说这句话时的表情:认真,同时充满豪情。而那时的黄兆晖,还是一名年轻的文化记者。

而当年,南都并没有为这个奖配备多少人马,秘书长谢有顺是个光杆司令,一手包办包括制定章程、联系评委、买机票、报销、接机、安排吃饭等所有杂务。除了5位终审评委,谢有顺还邀请了20余位国内文学杂志的主编组成推荐委员会,负责给每个奖提名3个候选人。

2003年3月30日,在广州凯旋华美达一间小型会议室里,5个终审评委每人在纸上写下了自己的选择,并签上了自己的名字。来自广东省公证处的方静红、梁向京就坐在他们身旁。

《人民文学》副主编李敬泽说:"华语文学奖在程序上的公正性有目共睹。"而程序正义是结果正义的必要保证。

在概括文学奖宗旨时,谢有顺提了"反抗遮蔽,崇尚创造,追求自由,维护公正",将反抗遮蔽放在了第一条。

"伤害文学奖公正的致命要素有3个,利益、人情和思想压迫。"谢有顺说。第一届的时候,他和陈朝华都挡掉了不少朋友的暗示和求情。"南都作为一份影响巨大的报纸,不可能花钱办一个有失公正的损害自身名誉的奖项的,这是常识。"陈朝华解释得很务实。

二、许多作家的第一次

2003年3月31日,谢有顺给史铁生打电话,告诉对方他获得了第一届"华语文学传媒大奖"杰出作家奖。"铁生老师很高兴。"

谢有顺小心翼翼地提及在广州举办的颁奖典礼。当时,史铁生身体状况很不好,每周都要去医院做透析。何况当年正是 SARS 肆虐,而广州在人们眼里是风暴的正中心。

太太陈希米非常担心。谢有顺也觉得没底,史铁生免疫力差,一旦被传染,后果不堪设想。告诉史铁生颁奖礼的事是想征求他意见,完全做好了他不来的准备。没想到史铁生坚决地表示要来,"我要支持这个奖"。

史铁生坐着轮椅来到广州,在广州的 3 天里,还去医院做了 1 次透析。

颁奖那天,当宣布史铁生获得杰出作家奖时,一下子伸出 10 多双手抢着去抬他的轮椅。如雷的掌声响起,捧着水晶奖杯的史铁生望着主席台下发言致谢,陈希米则在角落里远远地望着他。

史铁生获得了他 10 万元的奖金。隐居山林偶回城市的韩少功、温和而睿智的古稀老人李国文、来自昆明的光头诗人于坚、儒雅而雄辩的北大教授陈晓明,以及戴一顶棒球帽的文学女青年盛可以则分别获得各个年度单项奖,每人奖金 1 万元。

第二、三届华语文学奖移师北京,颁奖典礼在中国当代文学馆里举行。第二届的年度小说家韩东就是在这里拿到属于自己的 2 万元的——税前。第三届则是林白。两人的共性是"从来没想过有个奖会颁给我"。

韩东的写作一直处于半明半暗中,"我不在文坛混,各种圈子各个评委都不熟",写作 20 多年,他已经习惯了永恒性地被所有文学奖项遗忘。而林白说,她小时候曾幻想自己得奖,"就像小孩子跑步到终点,总幻想有人来对你说声真棒"。但从 1977 年发表第一首诗到现在,她从来没得过奖,已经放弃得奖的念头了。"文学的奖项有许多,但其实价值取向都很统一,我知道它们都跟我没关系。"

林白和韩东都属于真正有创造精神、但在文学性格上显示出异端色彩的作家。在国内传统的文学评奖中,他们似乎永远不可能得奖。

"这样的名字还有很多,像多多,徐晓,格非,一大批优秀作家,他们在获得华语文学奖之前从来没有得过其他奖项,你相信吗?这就是我们今天的文学现实。"谢有顺告诉记者。"华语文学奖表彰了一大批在正统文学秩序里不可能得奖的优秀作家,从这个角度说,真正的作家需要这么一个文学奖。"

2008 年有些特别,随着第六届华语文学奖开幕的,还有首届华语传媒文学周。前五届的获奖者被悉数邀请到场,诗人余光中、王小妮,小说家麦家、格非等一一走进校园,举办讲座沙龙,与年轻的文学爱好者们聊天恳谈。

文学周得到了一家名为方圆地产的企业全程赞助。"是赞助文学周,和文学奖的奖金不沾边。文学奖我们会一直保证它的纯粹的。"谢有顺不厌其烦地向人们解释,有文化理想的企业愿意赞助文学活动,是好事儿。

三、"七年之痒"

4 月 10 日,第七届华语文学传媒大奖颁奖礼即将在广州举行。终评结果显示,根据票数,本届年度杰出作家为阿来,他刚刚完成了 6 卷本的《空山》。年度小说家毕飞宇,作品《推拿》。年度诗人臧棣,年度散文家由地震生存纪实作品《幸存者》作者李西闽获得,年度评论家耿占春,新人奖得主则是有着海妖名字的东莞工厂女孩塞壬。

意外的是,毕飞宇拒绝了这项奖。

他写信给华语文学传媒大奖今年新任的秘书长黄兆晖表示,他想放弃这个奖。他补充道:"请相信,我对《南方都市报》没有一丝一毫的恶意。在中国,办好一份报纸很难,而《南都》不只是办好了一份报纸,它业已建立起了自己健康的文化。"仅仅是出于个人的原因,他放弃这个奖。

华语文学传媒奖7年的历史上,这还是第一次。

对于毕飞宇的拒领谢有顺表示理解:"我们理应尊重一个作家的个性,并尊重一个作家自愿放弃获奖的自由。"他指出这个奖和茅盾文学奖、鲁迅文学奖的区别之一就是,它不是作家本人或所属团体申报的,而是直接由提名委员会提出的,评奖时评委是不顾及作家本人意愿的,那么必然有可能出现勉强作家获奖的情况发生。

"有人拒绝领奖是一件好事情,表明我们的作家越发的有个性、有坚持了。假如更多的作家能超然于文学奖之外,对中国文学绝对是一件好事情。"

依照程序,同时尊重评委会的工作和作家本人意愿,今年的"华语文学传媒大奖"年度小说家奖按得票数为毕飞宇获奖,而毕飞宇本人拒领,则此奖项空缺,不再补选。

在第七个年头到来之前,一些变革也在华语文学奖内部酝酿。新的提名委员会制代替了之前沿用6年的推荐委员会制,具体来说,是由9位来自各大高校的现当代文学专业青年博士取代之前30多位文学杂志主编组成推荐团队。"他们的视野更新,更广,见识更年轻。"

"阅读一年中出版的各种新书本来就是我们的本职工作,因此谈不上负担。"提名委员之一、广东外语外贸大学的当代文学博士申霞艳说。

第一届的评委程文超是申霞艳读硕士时的导师。"非常非常好的人,和蔼,宽厚,善解人意,特别热情。"程文超教授参与了两届华语文学奖的评选,第二届的时候,他已被食道癌折磨得厉害。评委林建法回忆,第二届的终评,是在程文超教授的家里进行的。当时程教授鼻子里插着输液管,大家挤在他家客厅里,5个评委,1个记者,以及2个公证员,在场的人无不为程老师的敬业感动。半年后,程文超教授去世。

第三届补了洪子诚教授当评委,谢有顺觉得甚至有这个原因——洪子诚曾是程文超的老师。由于洪子诚教授年事已高,从第四届起,评委由3届元老谢有顺、马原、林建法加上补进的苏州大学教授王尧以及《人民文学》副主编李敬泽等人组成,终评委员会为终身制,从此稳定下来。

评委会里也会有不同的意见。林建法认为"反对遮蔽"是这个奖的核心精神,他曾建议投票不仅要采用实名制以及公布票数,还应该把每个评委到底投了谁的票公布出来。"反对遮蔽就要反对得彻底。"清瘦的林建法是《当代作家评论》杂志的主编,平日看上去温和而健谈,观点则相当坚持。"认识我的人都知道我的脾气,找我说情是绝对没用的。"他讲到一件趣事,方方的小说《水在时间之上》是今年被提名的年度小说之一,3月初方方有事想找林建法,是关于湖北作协的事,但想到这时正是华语奖评奖之时,都不敢在那段时间打电话给林,怕他误会是要他帮华语奖的忙。

林建法今年3月在德国参加了莱比锡书展,"这个书展的奖是在颁奖前一小时才评出来的,所有被提名候选人都来,到时候才知道到底谁获奖"。他认为这样的方式能更好地彰显透明。

林建法还有个观点和诗人出身的小说家韩东不谋而合——7届华语文学奖评下来,杰出成就奖全部都是小说家,没有一位诗人。"这 30 年诗的成就太大了,杰出成就没有诗,这明显是种遗漏。"韩东说。今年的杰出成就奖提名中,有西川和翟永明 2 位诗人。但在最后的终审投票中,2 位诗人分散了票数,最终未敌小说家阿来。

韩东还表示了对于这些年华语文学奖价值取向的忧虑:"这几年的奖,开始越来越和茅盾文学奖、鲁迅文学奖不谋而合。华语文学奖是从提倡独立和创造力出发的,现在会不会走向一种新的权威?"

（原载《南都周刊》2009 年总第 306 期）

华语文学传媒大奖：为公共精神加冕

李 言

　　文学与传媒,具有天然亲近的关系,却长期被分隔两地,或者即便能够幸免,也常常被理解为同一族群中的贵族与平民,在阳春白雪与下里巴人的路径上永远平行。这个状态必须被改变,而且也正在被改变,文学家已经将笔触伸向了媒体,而媒体更将极大的兴趣投向了文学——由《南方都市报》与《新京报》联合主办的第二届"华语文学传媒大奖"2004年4月18日在北京中国现代文学馆颁奖。这一由《南方都市报》首创的文学评奖,当初因为奖金金额居国内之冠而备受关注,又因"第一个吃螃蟹"而遭受质疑。如今已过一秋而梅开二度,诸般更上一楼,其存在的价值与前行的空间,正在充盈、丰满。

　　作为一项不言自明的共识,新闻报道是媒体的"首业";但更重要的一点,或许并不广为人知——媒体的精神在于公众性。媒体承载信息的传递,正是因为信息本身具有公众性,同时,媒体传递信息这一动作本身也是一项公众行为。传播学巨匠麦克卢汉对此敏锐地指出:媒体的主动能够反作用于信息,决定着信息的清晰度与结构方式。媒体组织文学评奖,背后的逻辑与前瞻的价值,只有与媒体积极进取的公众精神对上密码,方能获得最活跃的生命力。

　　因此,"华语文学传媒大奖"的横空出世与二度花开,最大的看点,并不在于传媒与文学联姻的形成,而在于它的这一番动作对于公共精神的具体表达。

　　中国文学囿于圈内,"高雅文学"已经成为一个自我循环的事实;而民众的文学渴求在这种状态下,其实被迫处于一种无法突围的困境。媒体作为触角无所不及的公器,自然既不能回避文坛,更不能无视读者。为这一问题出力,当年金庸先生以报纸为阵地,推出武侠文学的新形式,是一种赤膊上阵的路数;以桥路之态居中策应,通过媒体对文化资源的敏感优势与受众对媒体的敏感现实,对文学工作者与读者提供双向的增值服务,更是值得大力探索的领域。"华语文学传媒大奖"的推出演进,就是对后者的呼应。通过这种媒体、文学与受众的互动,文学资源得到优化,这是公共精神的自有之意。

　　然则这并不是全部,事实上,无论"华语文学传媒大奖"的具体操作如何,它的出现与坚持——正如有评委一再强调的,这个评奖的价值,越坚持下去就越大——是对文学评奖体制的矫正。文学是精神创作与精神消费,一如那句著名的"一千个观众心中,有一千个哈姆雷特",单一的评判,哪怕正确无比,也只会减损文学的活力与魅力。在这个意义上,不仅文学作品需要评判竞选,文学评判竞选本身也需要评判竞选。当然对于后者并不需要安排什么评委会,只要竞争的态势形成、展开,影响力的轻重自然会做出评判——就像如今国际社会丰富多彩的电影节一般。

　　因此,正如组织者曾经概括的,基于对华语文学这一我们共同精神骨血的珍视,大众媒体也不能固定机构专美于文学的评介。因为专美,往往意味着不由分说的霸权。参与在于消解,消解则在于拓展公共自由。在这个意义上,"华语文学传媒大奖"要加冕的对象,并不是文学——超越了简单对具体文学家的致敬,更不是某家媒体本身——谁第一个吃螃蟹,起到的是示范的功能。各方合力所指,凸显对公共精神的关注与景仰,它才是至高无上的王者。

(原载《当代作家评论》2004 年第 4 期)

大奖造就不了繁荣

冯雪梅

日前,中国年度奖金最高的纯文学大奖——"华语文学传媒大奖"正式启动。该奖项每年颁发一次,奖金总额 15 万元,设奖的目的是"留存每个年度最重要、最有价值的文学记忆","立志要为华语文学的发展找到新的出路"。

在我的印象中,这是第一家由媒体斥资设立的文学大奖。《南方都市报》的报道说:"现在的文学奖虽然很多,但它们的局限性非常明显,要么受制于腐朽的思想强迫,要么受制于人情和关系,要么受制于评委们平庸的眼光,还有的,因为是一个杂志社或地方性的奖项,多半就成了利益圈的产物。这个时候,《南方都市报》在没有任何商业、人情或思想压力的情况下进行文学评奖,荟萃专家眼光和传媒影响,其公正性能得到较好的保证,而公正造就权威。"

也就是说,"华语文学传媒大奖"将是一项具有权威性的大奖。

暂且不说这种权威性是否可靠,因为我看不出没有任何商业、人情或思想压力和权威之间有什么必然联系,仅凭一个权威大奖就能为华语文学的发展找到新路? 我不相信。

权威是什么样一个概念?"茅盾文学奖""老舍文学奖"够不够权威? 如果这两项大奖的评委们的眼光还显平庸,那"诺贝尔文学奖"呢? 瑞典皇家学院的那些资深学者们,该不会受制于人情和关系而评出一个利益产物的文学奖吧! 既然有那么多大奖了,中国的文学依然出不了传世之作,想必不是奖项不够好,而是别的什么原因。

之所以这么说,是觉得仅靠一个文学奖就能造就文学的繁荣,为文学的发展找条新路,完全是想当然的事情。若能如此,那么再设几个什么数学奖、物理学奖、科技奖,我们的自然科学、社会科学的发展也就随之蒸蒸日上,用不着辛辛苦苦地下十几年、几十年的工夫了。

一项大奖的设立有它的作用,它至少给从事这项事业的人以激励。但是奖项的作用毕竟有限。好的文学作品、好的作家不是奖金制造出来的。在《诗刊》《人民文学》《收获》发行数十、上百万份的年代,也没那么多的文学大奖,可依然有那么多文学爱好者,有那么多在贫寒中不为所图,固守着文学梦想的作家、诗人。问问现在 30 多岁的这群人,有几个不知道顾城、北岛,有几个没读过"黑夜给了我黑色的眼睛,我用它来寻找光明"的诗句?

文学的繁华盛景如今不再。让更多人热爱文学,让打动人心的文字留存下来,是很多人的愿望。但一个奖项,无论如何担不起如此的重任。依我看,奖项设立所带来的舆论影响,远胜过它对文学本身的影响,这恐怕才是奖项层出不穷的真正理由。媒体设奖,再凭借自己得天独厚的优越条件进行宣传,也不算过分。可是读读宣传品中的那些词句,总让人感觉不舒服,很难不让人对奖项的公正、权威产生怀疑。

设奖的媒体负责人认为,设立"华语文学传媒大奖"就是想恢复人们对纯粹的汉语文字的敬畏之心。我不知道这敬畏作何理解。想要文字存留人心,唯有对它热爱。而这种热爱,远不是设个什么奖,在媒体上热炒一番就能有的。它只能在心气浮躁、急功近利的尘埃落定之后,慢慢显现出来。

（原载《中国青年报》2003 年 3 月 6 日）

五　郁达夫小说奖

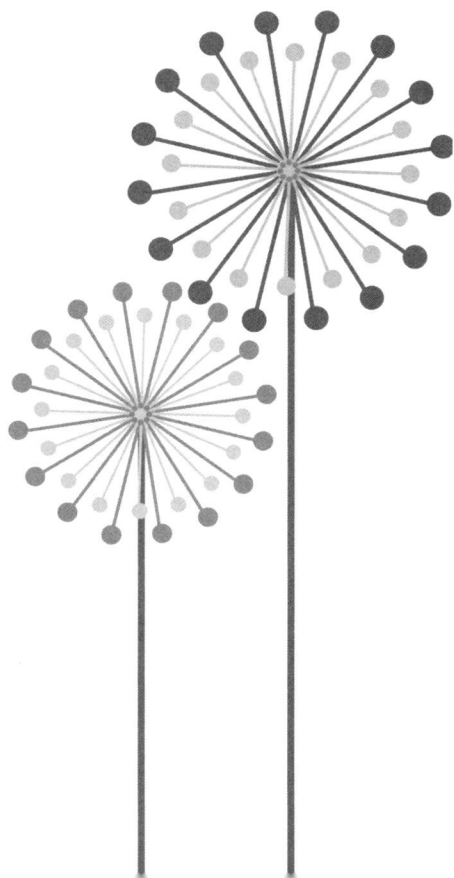

郁达夫小说奖评奖条例

　　郁达夫小说奖是以浙江籍现代杰出作家郁达夫命名的小说类文学奖项,以弘扬郁达夫文学精神为主旨,鼓励浪漫诗意的性情写作,注重汉语叙事传统的继承和创新。

　　郁达夫小说奖由浙江省作家协会《江南》杂志社主办,富阳市人民政府协办。郁达夫故乡富阳为永久颁奖地。

一、评奖理念

　　郁达夫小说奖的评选,侧重郁达夫式的创作追求和审美风格,力推浪漫放达、感性丰盈、感时忧国、富有鲜明个性的优秀之作。

二、评奖范围

　　1. 郁达夫小说奖为 2 年 1 届。

　　2. 郁达夫小说奖的评选范围为中、短篇小说。

　　3. 评奖规定的期限内,凡在我国大陆、香港特别行政区、澳门特别行政区和台湾地区以及海外各地公开发表的汉语小说作品,均可参评。因为评委语言的局限,用我国少数民族语言创作的小说作品,须以汉语译本参加评奖。

三、评奖标准

　　1. 参评作品应有利于体现民族精神,促进社会进步,提升情感境界,抚慰人类心灵,富有鲜活气息。

　　2. 注重作品的文学品位,鼓励那些想象力饱满、叙事灵动飞扬、呈现锐气与才情的丰美润泽之作。

　　3. 坚持作品的艺术纯粹性,重视在大时代冲击下发出的个人内心的声音。在同等水准下重视文学新人的发现。

四、评奖机构

　　1. 成立郁达夫小说奖组织委员会(下称组委会)和郁达夫小说奖评选委员会(下称评委会)。组委会指导和监督评奖工作的运行。评委会具体负责作品的评选。

　　2. 评委会由组委会邀请海内外著名作家、学者和文学界重要刊物主编组成,成员为 9 名,其中主任 1 名,委员 8 名。评委及主任名单产生后,向社会公示并报请有关主管部门备案。

　　3. 评委会成员基本固定,除遇特殊原因可微调外,一般不作变动,以保持评奖风格的延续性。

4. 组委会下设评奖办公室,负责具体事务。

五、评奖程序

1. 参评作品征集。征集工作由评奖办公室负责进行。办公室应在开评前公布本《评奖条例》,并以多种方式向社会发出通知,在规定的工作期限内征集符合评奖要求的参评作品。同时,由组委会聘请熟悉当代小说创作的若干评论家、作家和编辑家组成郁达夫小说奖审读委员会(下称审读委),审读委成员分别推荐一定数量的参评作品。

2. 备选作品。审读委对推荐作品和征集作品在广泛阅读讨论的基础上进行实名投票,提出不超过 20 篇的作品作为终评备选篇目。

3. 经由 2 名以上评委联合提名,并获得 1/2 以上评委表决赞同,可在审读委推荐的篇目以外,增添终评备选篇目,增添数量不超过 5 篇。

4. 进入终评的 20 篇备选篇目以及评委增补篇目应予公示,同时公布评语。

5. 投票产生获奖作品。评委会在认真阅读全部备选作品的基础上,参考来自各界的反馈意见,经充分酝酿与讨论后,以实名投票方式产生获奖作品,评委评语公开。郁达夫小说奖作品需获得评委总票数 2/3 以上,郁达夫小说奖提名奖作品需获得评委总票数 1/2 以上。

6. 获奖作品的数量。郁达夫小说奖为中、短篇小说各 1 篇。郁达夫小说奖提名奖为中、短篇小说各 3 篇。原则上不予空缺。

7. 评奖揭晓。评奖结果经组委会审核后,在相关媒体上发布。颁奖活动在郁达夫故乡富阳举行,向获奖作品的作者颁发证书和奖金,同时向获奖作品的发表刊物和责任编辑颁发证书。

8. 获奖作品宣传。《江南》杂志重刊获奖作品并发表获奖作者的新作,同时负责对获奖作品和作者进行宣传。

六、评奖纪律

1. 为确保评奖的权威性、公正性,评委会和审读委要坚持评奖标准,实行终评备选篇目公示、评委会和审读委成员名单以及评语公开制度。

2. 评委会、审读委及评奖办公室成员,不得有任何可能影响评奖结果的不正当行为,一旦发现此种行为,参与评奖工作的资格将被取消,有关参评作品的资格也将予以取消。

3. 评委会委员、审读委成员以及评奖办公室成员的作品不参评。

4. 在评奖过程中若发现有违反评奖纪律行为,将予以严肃查处。

七、评奖经费

郁达夫小说奖评选活动经费由浙江省委宣传部拨款及接受社会赞助等方式解决。

八、附则

本条例由浙江省作家协会《江南》杂志社负责修订、解释。

(原载《江南》2010 年第 3 期)

"郁达夫小说奖"论证会纪要

2009年5月16日至17日,《江南》邀请部分著名作家、评论家、出版家就"郁达夫小说奖"的相关议题,在郁达夫的故乡杭州富阳举行论证会,恳切听取各方意见和建议。与会专家对"郁达夫小说奖"的设立给予了充分肯定,并对这一奖项评选的具体条例、细则及其价值取向,进行了深入细致的讨论,提出许多宝贵意见、建议、希望和完善措施,现将专家们的发言摘要如下:

袁 敏(《江南》杂志主编):

我觉得有几个词可以表达我和《江南》杂志社全体同仁现在的心情:

第一,高兴。因为设立一个既能进一步促进刊物水准,又能在全国各类文学评选中具有独特效应的奖项,是《江南》一直以来的愿望。今天这个愿望在各方面的努力下马上就要实现,所以很高兴。

第二,感动。这么多文坛的专家、大腕在百忙之中聚会富春江畔,为"郁达夫小说奖"出谋划策。尤其是陈建功书记专程从甘肃灾区远道赶来,不仅作为中国作协的领导,同时也是资深小说家和专家,在从机场过来的路上,他就给我们提了很好的建议,我内心很感动。我对各位专家充满了敬意和感谢。

第三,期待。在座的各位都是活跃在文坛一线的资深专家,我真心地期待着大家的真知灼见。

陈建功(中国作家协会副主席、书记处书记):

参评范围可以扩展到海外华人华语写作

浙江省作家协会、《江南》杂志在省委省政府以及富阳市委市政府的支持下,决定开创"郁达夫小说奖"。大家聚会在这里论证"郁达夫小说奖",本身就证明了奖项设置者对待这件事的严肃性和严谨性。今天大家展开坦诚讨论,对指导思想、评选标准、评选程序乃至评选纪律,都会提出很多很好的意见。所以,我觉得这对于以后评选中把握正确的方向,践行公开、公平、公正的原则,严肃评选纪律,以增加奖项的权威性,发挥奖项的实质性作用,会产生很好的影响。所以,我主要代表中国作家协会书记处对论证会的召开、对"郁达夫小说奖"的设置进行祝贺。

评选活动事关文学事业的导向,因此,明确评选的指导思想至关重要。我看了一下,评奖条例已经非常清晰,这些指导思想都很好。"郁达夫小说奖"的评奖标准坚持思想深度和艺术高度的原则,另外,还根据奖项创立的特点设立了一些标准,这些都很好,我对这些都没有意见。

作为一个抛砖引玉的意见,我想就目前看到的评奖当中一些做法提出建议。

第一个建议,可以把参评范围扩展到海外华人华语写作。既然形势已经这样要求了,再加上郁达夫的作品很多是在海外写出来的,所以,我觉得应该改成"在评奖期间,凡用华语创作的作品都可参评"。我觉得应该不分国籍、不分地区,这样既有助于团结海外华人作家,也有助于扩大奖项的世界性影响。

第二个建议,我觉得评奖程序中采用的征集性办法,是"茅盾文学奖"和"鲁迅文学奖"最为苦恼的办法。我觉得"郁达夫奖"没有必要这样,因为通常最后征集来之后,一大堆作品摆在那里,最后评选出来的还是专家认可的作品。这给征集工作会带来很大的麻烦和很大的工作量。同时,作为《江南》这样的杂志,有没有这样的感召力,让全国各地都报这个奖?所以,全国性的征集,我觉得这种征集办法不大适用。

我个人建议,要用新的评选程序,让中国文坛觉得很新鲜。这个奖有特点,又符合艺术规律,又符合郁达夫的文学精神。我觉得评奖程序上还可以再多想点子,以灵动的精神来设置评奖程序。譬如,是否可以搞成书评人奖?实际上,我对文艺评论界的状态有点不太满意,太多的"面子批评""熟人批评",叫"红包批评"不太准确,因为读稿子给一点审读费还是可以的,但是人情的面子太大。我一直希望,重要的报纸能设立书评专栏,能非常坦诚地说出哪本书好,哪本书不好,不是简单的吹捧、简单的骂人,而是有良好的书评作风。如果来的每家刊物设置一个书评专栏,每个专栏聘请两三位好的书评家,不断推出作品评论;再选出一些公正的人,从书评家当中选十几个人做评委,在两年内,评委每个人推几个中篇短篇,然后放在一起评,这就是"郁达夫小说奖"。我觉得这种方式既吸引人,而且评委又简单,还借助于杂志的影响力把它推出去,有利于推动杂志和报纸建立一种新的批评风气,有可能形成文坛的正气。

我觉得"郁达夫小说奖"的设立,不仅对文学有很好的推动作用,对地方的经济文化建设也有很好的推动。我希望奖项的设置、程序,包括舆论的宣传,都要以"灵动式"的思路来进行。奖项设置要独特、新颖,不要像"茅盾文学奖""鲁迅文学奖"的样子。这个奖要比它们更有特点,所以,思路还要打开一点。一个核心思想是:把"郁达夫小说奖"办得更有特色,使之成为具有公信力和权威性的奖项。

王安忆(中国作家协会副主席、著名作家):

以非市场化为评选对象(书面发言)

一、一定要坚持。奖项的重要与否在相当程度上取决于时间,比如诺贝尔文学奖、芥川奖、普利策奖、龚古尔奖,而我们的奖往往开创时轰轰烈烈,现身几届便结束了,不免可惜。

二、面向要清楚。在我看来,市场以需求规律给予文学评定的标准,奖项则是以平衡这一规律为侧重,所以,我建议"郁达夫奖"应担起这一评定义务,以非市场化为作品评选的对象。

三、初选者应该对作品有全面阅读,方才能为评委提供丰富的选拔对象,否则,如现在这样,所有的奖项都只是在一些既定的名字之间徘徊,有失片面。

曹文轩(北京大学教授、著名作家)：

要发掘出更多捕捉心灵幽微的诗化作品(书面发言)

郁达夫是我个人一直景仰和喜爱的作家。在现代文学史上，郁达夫的才情禀赋，难有几人与其比肩。他的创作烂漫放达，感性丰盈。他的小说具有浓重的浪漫主义气息，富于鲜明的个性。自叙性是郁达夫小说的又一显著特点，大胆的剖白与直露的锋芒经由浪漫主义的叠合而显出惊心动魄的味道，这种对大时代中个人际遇的敏感、对底层小人物惺惺相惜的同情亦是郁达夫的文学精神。它鼓励我们倾听来自内心的声音，尊重个人遭逢的困惑，发出属于自己的别样"呐喊"。

郁达夫散文的声名起于小说之后，颇具诗化意味。相比于小说与社会现实的肌肤相亲，郁达夫那些脱开潮流的散文创作与我们分享了更为广泛的人生况味，文字也更见真醇。

郁达夫始终是非常感性的，敏感而狂狷、闲淡而从容。他说过，"我不是一个战士，我只是一个文人"。郁达夫文学奖之生逢其时，正在于对这种朴素文学立场的坚持。长久以来，现实主义一直占据着中国当代文学创作的主流，对客观性、真实性的极端和机械性强调，压抑了文学多样化，以至于中国当代文学对油米酱醋的迷恋已成癖好。郁达夫文学奖设立的重要性与必要性大概就在于，有利于打破现有单一的、缺乏想象力和诗性的文学格局。郁达夫文学奖将使我们重返传统、湿润的抒情现场，增添人生飞扬的一面。希望此奖在郁达夫文学精神的影响下，发掘出更多捕捉心灵幽微、性情摇曳、气韵生动的诗化作品，为当下日渐干涸的文学现场注入丰美、润泽的诗之气息。

李敬泽(《人民文学》主编、著名评论家)：

不要做成"茅奖""鲁奖"的山寨版

"郁达夫小说奖"不要做成"茅盾文学奖""鲁迅文学奖"的"山寨版"。现在各地以各种名目办了很多奖，但是我发现"茅盾文学奖""鲁迅文学奖"的评奖条例几乎是全国通行的，所有的奖都参照这个条例，指导思想、宗旨都是直接套用的。我觉得问题是很大的。如果仅仅按照现在的构想，很有可能作品评出来之后，和"鲁迅文学奖"的范围差不多，这个奖的特点恐怕就无以彰显。而且办起来之后，没有特点就没有影响力，媒体也不关注，别人想关注也找不出什么词。

所以，我想这个论证会首先是论证"郁达夫小说奖"的特点，它的特点应该是什么？相对于"鲁迅文学奖""茅盾文学奖"以及其他现有比较有影响的各种文学奖项，我们的特点、立足点是什么？

第一，它是"郁达夫小说奖"，既然是以郁达夫命名的小说奖，肯定要慎重地研究郁达夫的文学精神。比如只评中短篇，我觉得也对。郁达夫一辈子没写过长篇，如果我们一定要评一个长篇，那是在气老人家。在考虑特点时，包括评选标准，我觉得要适当向具有郁达夫文学精神的作品倾斜。

第二，现在办任何奖都想面向全国，是全国性的奖，我看这个奖也是全国性奖的设计，架子也是这样的架子。我觉得全国性的奖和地方性是不排斥的，某种程度上，要有地方性才有全国性。《江南》在奖项林立的情况下设立这个奖，不应该避讳地方性。郁达夫首先是浙江作家，他深爱浙江，鲁迅不让他回杭州，他一定要回；然后，他也是中国人最早走到海外去，写出了中国人在海外的疼痛、痛处的作家，他是中国文学史上少有的死在海外的作家。所以，我很赞成把海外作家吸纳进来，这与郁达夫的文学经历、文学背景非常契合。

如果"郁达夫小说奖"设 3 个，我们可以开宗明义规定，3 个里必须有 1 个是浙江作家——我觉得这个奖应该有地方性，浙江办一个奖，如果年年都评不出 1 个浙江作家来，弄得大家很没意思，很扫兴。3 个里还必须有 1 个是海外的华文作家。改革开放以来，有大批作家出去，出去之后接着写，他们所谓的"海外华文文学的写作"实际上与我们当代文学的谱系是一脉相承的，也给中国现有的文学经验提供了很多新的因素，我甚至觉得这可能是当代文学新的生长点。在这样的意义上说，我们立足地方，放眼海外，放眼世界，有 1 个浙江作家，有 1 个海外华文文学作家，还有 1 个是国内其他地方的作家，我觉得 3 个人这样分配，相对的特点要突出一些。

至于到底是评作品还是评人，也要仔细斟酌。说老实话，两年一届，又是评中短篇小说，我就想这要评出个什么宝贝来！恐怕数量越少，大家最后达成共识的作品可能就越平庸。没办法，总共就两三个作品，有 15 个评委，起码 2/3 要对这两三个中短篇进行认可，我觉得是极其难做的，而且评起来也极其成问题。所以，不一定要具体落到单篇的作品上，倒可以评这两年里在中短篇小说创作上有成就的作家。甚至，我觉得未尝不可以考虑就评这两年的中短篇小说集，它的衡量尺度也会宽一些。当然，这里面需要加很多限定，比如说鲁迅的中短篇小说集就不要参评了，必须是新作。

我也特别同意建功讲的，组织架构庞大，又有评委办公室，又有推荐备选作品，我觉得真的没有太大的必要。我们可能就需要职业读者的精悍的小班子，到时候承担起初选的责任就可以了。因为我们还是要信任专业性，我自己参加了很多评奖，很多评奖公开性搞过头了，最后就搞成评奖的专业性崩溃。

所以，我觉得没有必要搞这么复杂的结构，包括像评委会成员，15 个人太多，架构太多以后，人越多达成共识越难，或者说达成共识以后选择的结果，肯定是四平八稳的。我觉得整个架构，第一需要精简，第二要尊重和强调评委的专业性和专业判断，第三，那些直接套用"鲁迅文学奖"和"茅盾文学奖"的规定没有必要。比如说"每届评委会更新 1/2"等等，像这些对"鲁迅文学奖""茅盾文学奖"是绝对必要的。但我们是地方性、相对较小的文学奖，有必要保证评委的一致性、趣味性，如果两届换一拨评委，说实在，这也是全世界文学奖里面闻所未闻的。

还有"评出获奖作品一部"，这真的需要认真考虑。评中短篇，只评一部，这真的是要命了，我觉得不知道要评什么了。这都需要认真地论证，我也是抛一个小砖，引一个大玉。反正，我认为要办一个不同于"鲁迅文学奖""茅盾文学奖"，有自己的特色、自己的志向、独树一帜的奖。

另外再提几小点实际的事：

第一，时间要定死，郁达夫的诞辰是几月几日，每届到那个日子一定要颁奖，不要说这届 1 月份，下届又想起来了是 8 月份，这样就不好了。

第二，章程里面要定明不可空缺。

第三，关于人，如果要评一个人，我很担心变成了中短篇大家们"排排坐，吃果果"，今年是这个"大家",明年是那个"大家",再后年又是一个"大家",我觉得这就没意思了。我想,甚至可以规定加以限制,比如说"茅盾文学奖""鲁迅文学奖"得主不在考虑之列。当然,我说极端了,但是,我觉得应该有这样的限制,不要造成"大家们""排排坐,吃果果",如果等到"大家"都排完了,十几年都不行。

第四,初选。1. 我觉得初选首先责任要落实到人,不要面向机构,要落实到你信得过的人。2. 我觉得毕竟是刊物办的奖,它甚至应该和两年里的各个文学刊物的编辑挂上钩,比如说我们定了6—7个评委,就在这6—7个评委里,在2年里,《江南》杂志隔3个月请其中一位评委辛苦一点,选这3个月里的中短篇小说,依据他对郁达夫文学精神的理解,写一篇3000—4000字的文章,选三五篇认为最好的、最符合郁达夫文学精神的。陆续评下来,然后,评委之间开评委会。我觉得这也是好事,不一定要分初选、终选。还有,终评不能跳出初评,这不妥,就相当于这锅菜端上来,终评委只能吃这锅菜,只能在这5个菜里挑2个菜吃,要想另外炒菜就不行了。其实,这也不是金科玉律,在我们这个奖里,也未尝不可以改一下。

贺绍俊(沈阳师范大学教授、著名评论家):

有争议就有意思

首先,我觉得办"郁达夫小说奖"非常必要。《江南》要开这样一个论证会,说明他们有远见卓识,要办一个不同于别省的、一般的文学奖,我觉得他们的雄心壮志非常值得肯定。

第二,我觉得他们的选择也是对的,选择中短篇。我觉得中短篇相对于长篇小说而言,应该是最能体现当代文学精神的一种文体。我们要强调这种文学性。文学性和市场有一种对立性,所以,小说既然要强调文学性,选在中短篇小说也比较准确。当然,中短篇小说怎么评,可能有很多的想法。我倒是赞成还是评作品,因为这样连续性的奖,评作品更有意思。评作家,一次、两次还可以,如果传延下去,有可能这次是他最有成就,下一次还是他拔尖,难道还要让他得第二次吗?我觉得评作品更能看到发展,作品更能体现这种新鲜的、动感的东西。刚才敬泽说,如果是评一个作品怎么评啊?的确不好评,有争议。我觉得有争议就有意思。当然,也可以考虑一个或两个,还有一个提名奖,提名本身就是一种认可。我倒希望每次评出来有一个争议,争议本身就是个话题,可以延续"郁达夫小说奖"后效应。

今天的论证,重要的是这个奖如何办得有独特性,在所有的文学奖当中独树一帜,我也想表达一些想法:

就目前的形势来看,在程序上要更加有特色一些。推选可以让当代文学理论批评刊物进行,而不是由文学作品杂志进行。比如说确定十大文学理论批评刊物,《文艺报》《文学报》《文学评论》《文学自由谈》《当代作家评论》《小说评论》《南方文坛》《当代文坛》《文艺争鸣》等。每一个刊物推荐5—10篇,就在这个基础上进行评选。

我觉得更重要的问题是对小说本身的内涵做一些准确的定位。"郁达夫小说奖"是以一个现代文学史上很著名的作家命名的,这种方式很多,比如说"鲁迅文学奖""茅盾文学奖""老舍文学奖"等等,几乎所有有名的现代小说家都被冠名了。那么,我想"郁达夫小说奖"能不能给它一种实质性的意义,不仅仅是冠名。实际上,我感觉《江南》有这样的想法,因为从他们的表达当中可以看出,他们希望把这个小说奖做成更注重艺术性的小说奖。我觉得这个思路是正确的。

实际上,在评奖中就要强调郁达夫的特点,他的特点在哪里? 在现代文学中,他非常注重艺术性。我觉得敬泽讲得很好,他说了郁达夫的文学精神。我想文学精神不能太强调实际,因为郁达夫的文学意境就是强调浪漫主义、感伤,那么,我们是不是就指定浪漫主义、感伤之类的作品呢? 没有必要这么具体。要强调郁达夫是追求艺术性,我们的小说就是要发扬郁达夫为代表的现代文学传统。这是个什么传统? 就是打造现代汉语小说的艺术品质。

这个小说奖的目的是要打造现代汉语小说的品质,这个小说奖要有重写文学史的雄心壮志,过去的文学史是建立在启蒙思想基础上的一个现当代小说史,当然,这种建构并没有错,我只是强调它的侧重点是在启蒙思想的基础之上。我们以现代汉语的艺术为基础来重构文学史的版图,这种重构文学史的版图,所以要把郁达夫强调出来。也就是"郁达夫小说奖"要不断强调郁达夫在现代文学史中的应有位置,强调对他的艺术性追求的肯定。所以,我想一方面在宗旨中要强调对艺术性的重视,这是主要的标准。另外,在具体的程序上,还可以不断地突出这一点。因此,是否可以在评奖完之后,在颁奖完毕之后,再组织一次"郁达夫与汉语小说艺术的研讨会"? 每一次评奖完之后,都有这样一次关于汉语小说艺术的研讨会,实际上,就是强调以现代汉语为基础的现当代文学的传统,就是对它的艺术品质的重视,在这个过程中,不断研究郁达夫的历史地位。

张燕玲(《南方文坛》主编、著名评论家):

应该以评作品为主

关于评奖范围,实际上,一句话就可以表达了,就是"评奖期内凡在我国大陆地区公开发表的华语中短篇小说作品"。因为第一可以扩大到海外作品,另外一条就可以除却后面所说的用少数语言创作的小说作品。

还有,我觉得这个奖两年评一届非常好。实际上,在评奖上,我有一个建议,是不是可以叫"郁达夫小说双年奖"? 这就很明晰了,包括时间范围和小说都提到了。还有一点就是刚才敬泽提到的评作品还是评作家的问题,其实,还是应该以评作品为主。

我觉得在这个放眼全国、放眼海外的奖项里面,完全没有必要用终评委去否定初评委。其实,就可以在初评委推荐的篇目里面评出获奖作品,这样更好一些。还有初评的问题,刚才贺教授提到了让批评杂志去做推荐,我觉得这不太合适。

草案提到初评主要在浙江专家文学库里面产生,其实,既然是全国性的评奖,那么,初评时就应该注意全国性了,比如说有多少是浙江的专家,有多少是外面的专家,在初评时这样办可以避免很多麻烦。还有,草案提到"郁达夫小说奖从 2009 年起",实际上,从这里就可以评 2008 年到 2009 年这两年的,因为今年毕竟要做这件事。"均以其当年最具影响力的作品",我觉得这个"当年"很容易误解,就好像说是 2009 年,可以改成"均以其年度内最具影响力的作品",尽可能用这样一些准确的语言。

孟繁华(中国文化与文学研究所所长、著名学者):

要评与郁达夫创作风格有相似性的作品

任何一个奖都有它的意识形态,我们要强调它的权威性和公正性,事实上是做不到的。

甚至连诺贝尔文学奖评委自己也讲,在诺贝尔文学奖的上空笼罩着一层挥之不去的阴云,它几乎不授给共产主义国家的作家。所以,强调任何奖的公正性,能做到这点很难。

但是,"郁达夫小说奖"从现在的草案说明里面,已经有它的一些独特性了。比如说它授专项奖,就只评中短篇小说,"茅盾文学奖"是评长篇的,"鲁迅文学奖"除了中短篇之外,还有散文、杂文、评论等等,而"郁达夫小说奖"就是中短篇,我觉得这是它的独特性。有些条例,我觉得可能太中规中矩,比如说"推出具有思想性、审美性、叙事方法完美和谐的小说作品",这说得都对,但是,这样的作品实际上是不存在的。"郁达夫小说奖"能不能评出与郁达夫本人的创作风格有相似性的作品?比如说浪漫的、感伤的,写作上比较癫狂的、风格鲜明的作品。

在推荐过程中,绍俊提出以理论批评刊物为主进行推荐,我觉得这实施起来非常困难。如果让刊物来推荐的话,更应该是由发表中短篇作品的刊物进行推荐,比如说《人民文学》《收获》《作家》《山花》《上海文学》《北京文学》等。这些文学刊物的编辑和主编对中短篇小说的了解肯定比理论批评刊物对中短篇小说的理解要深一些。另外,我觉得任何一个奖项都是专家奖项,刚才说能不能搞一个书评人奖,事实上,专家都是书评人。这个奖肯定还得专家评。

格　非(清华大学教授、著名作家):

奖项要有选择性、倾向性

如果觉得这个奖就是把最好的作品评选出来,我觉得这本身是可疑的,不存在这样的评选过程。因为文学本身就是神秘的经验,这个经验被科学化、合理化是 18 世纪之后的事情,过去的文学就是一个个人的问题,基本上,我觉得文学就是偏见,评奖就是一帮人对文学的某种趣味加以肯定。哪怕把机制、体制引进来,也不能保证对作品的选择可以达成一致。《江南》有这样一个奖是很好的事情。

昨天,我跟朋友聊天也说到,国外很多的奖就是一些完全不懂文学的人评的,比如说一个养奶牛的人有了一笔钱要进行评奖,就请一批专家,自己很肯定这些人的道德、信誉,然后,就开始评了,评完了就可以了,他不管其他,就只管钱。我觉得这样很好,文学的公正性可以通过不同的奖项来显示,而不是通过一个奖。某一个奖肯定是代表这个奖的设计,比如说诺贝尔奖和芥川奖都有自己的设计,所以,我觉得《江南》这个奖在宗旨里面讲得非常笼统,就是你评给谁,你的选择性、倾向性是什么,如果我偏重创新性,那就很简单,我就把奖给有创新性的作品,别的不管,就把这个给他就可以了。再者要奖励年轻作者的创作。我觉得王安忆的发言里面提到的一点也很重要,这个社会对文学的肯定除了评奖之外,还有很多方式,比如说媒体。媒体对一个文学作品的挑选功能比评文学奖要大很多,比如说《文学批评》,国家有很多的选择机制,如果一个奖要评奖的话,要区别于这个机制,就是说有自己一定的看法,这是我说的总体考虑,要凸现为什么要评奖、评给谁,这个观点要鲜明一点。

我觉得应当减少评委的人数,或者怎么样操作能使这个奖尽可能保有它的特点,不要最后变成评出貌似大家都达到一致意见的作品,我觉得恐怕与国内现在很多的奖没有区别,我觉得奖评出来要让别人有陌生感。

盛子潮（浙江文学院院长、著名评论家）：

在全国范围内找 100 个人推荐作品

首先，谈谈评奖的标准，"郁达夫小说奖"的核心点是在评奖的标准上，现有的这点肯定是模糊的，上面就是一些"人民性、可读性"的东西。我觉得这个奖与"鲁奖""茅奖"不一样的地方，就在于它的纯粹性，这个评奖标准可能应当突出强调作品的艺术纯粹性。还有，在投票方面，评委要少数服从多数，评选作品不一定就要 2/3 评委通过。

第二是作品推荐的方式问题。不妨尝试，启动时在全国范围内找 100 个人推荐作品，推荐上来的作品进入初选的，给予推荐人一定的奖励，推荐的作品获得了终评的再另给奖励。

另外，由于郁达夫是在五十几岁的时候去世的，那么，在年龄上是不是要有所限制？七八十岁的老人是否可以来参评？这也要有一点考虑的。还有一点，应当把中短篇小说分开评。

施战军（鲁迅文学院副院长、著名评论家）：

奖项要给身体和欲望以艺术上的正名

第一，评选的范围，我赞成扩大到整个汉语小说的范围。

第二，具体怎么评，我还是赞成孟老师的专家评奖，最后肯定得是专家评奖。但是，怎么推选？我觉得刚才盛子潮老师提出来的初选方式也挺好，可以扩大评奖的效应。当然，最后奖项的重点推荐还是要落实到专家身上，要落实到个人。

第三，我觉得每两年的获奖者里，一定要有一到两张陌生的面孔。别出来以后，一看都是格非、苏童、王安忆等等。一定要有新面孔出现，不管多大年龄，这个人需要是专家很看好，把奖给了这样的人，对他今后的创作能起到真正的推动作用。

第四，关于郁达夫文学精神的界定。郁达夫起码是以率性气质、以性情文字为胜的作家。他作品里面最重要的因素是，比如说成长、情感、身体、欲望，我们这个奖就是给这些东西，给它艺术上的正名，因为这些年我们妖魔化了身体和欲望，好像一旦接触到身体和欲望全是下三烂。不是这样的，身体和欲望也可以产生经典，郁达夫在现代文学史上给我们树立了这样的典范。我们在今天是否需要这样的典范，欲望同样可以体现文学的纯粹性。那么，我们的郁达夫奖能否侧重以成长为依托、以个人的成长经历或情感经历为选材的作品？这与郁达夫本身的文学气质有关系。因为现在的小说几乎消灭了抒情性，觉得越冷静客观越复杂，是小说的最高品质。其实，未必是这样。可能单纯一点、纯粹一点、性情一点，这样的文字感染力更强。

郁达夫最感动我的作品就是长篇散文《一个人在途上》，我可以把很多的文字都背下来，它就是写得漂亮，写得好。现在这样的文字多吗？无论是小说创作还是散文创作，可以把你的心揪得紧的，真的很少。我们看到即使有这样的文字，也都是煽情、做作的。而真正从性情里流淌出来的文字不多，如果真的能鼓励这样的作品出来，可能对中国文学往前的演进起很大的作用。它是对当前文学史的某种矫正，这个奖很多的意义就可以真正地实现。

陈子善（华东师范大学教授、郁达夫研究专家）：

奖项应更多关注年轻作家

首先，我想对奖项的名称提一点建议，我觉得叫"郁达夫文学奖"更契合郁达夫的文学贡献。实际上，如果从现代文学史的角度来看，郁达夫的散文创作并不亚于他的小说。当然，目前，评奖范围可定为中短篇小说，以后条件更具备时，可以有"郁达夫诗词奖"，有"郁达夫散文奖"。

第二，为什么要设立这个奖，奖励给谁，这很重要。到底奖给谁？对那些已经成名、有贡献的作家，我觉得不必锦上添花。相对来说，年轻一代作家更应该受到关注。这点也和郁达夫精神相符合。因为郁达夫当年就经常扶持帮助年轻作家。对参评的作者就限制在 40 岁或 45 岁以下写中短篇小说的。

第三，我很赞成陈建功先生一开始说的，不仅限于大陆，还要包括台湾、香港的作家，只要用中文写的，都可以参加。但是，还要限于大陆地区发表。大陆还有一个刊物是《港台文学选刊》，它是专门选登台湾、香港的作品，它选的作品不是第一次发表，而是再一次发表，这样的作品要不要选？是否要纳入入选的范围？这个要讨论一下。

至于评选的标准和规则，我也主张少数服从多数，不要 2/3 通过，比如 13 个人投 7 票就可以过了。因为文学的评奖，评委有各自的眼光，很难达成共识。本来就是一个评奖，只要能够多数同意就可以通过，这样便于操作。

另外一个建议就是评出的作品除了在《江南》上重新发表之外，我倒主张再出单行本，就是每一届的获奖作品出单行本，因为在《江南》杂志上刊登，相对来讲影响有限。此外，我还主张奖项设 2 个第一名，1 个短篇，1 个中篇。

程永新（《收获》副主编、资深编辑家）：

个人化的推荐更靠谱一点

评奖归根到底还是要评作品，评出来的好作品给人家留下深刻的印象。我觉得作品还是最根本的。我也非常同意各位专家、学者讲到的，要给年轻人更多的机会，而且也符合郁达夫愿望。奖励一种原创精神，奖励情感叙事，奖励幻想性的叙述，我觉得这比较重要，能够与国内的其他奖项拉开差距，有它自己的独特性。评奖办法等可以讨论，人数可以少一点，评委可以少一点，推选的办法可以个人化一点，我也赞成敬泽说的如果让杂志来推荐不是很合适，因为它往往不会太重视，我觉得个人化的推荐更靠谱一点。所以，作品很重要，如果坚持两三届评出来的作品口碑比较好，一定会有影响的。

任芙康（《文学自由谈》主编、著名评论家）：

该奖将是"郁达夫热"的一次预热

我觉得通过大家这样的论证，最后做出一个非常符合刚才建功强调的灵动、飞扬的条例，进而打造一个灵动、飞扬的奖，这是非常有希望的。

现在做什么项目都讲究资质,不具资质的人和团体想做事是干不出名堂来的。这一回,《江南》杂志社和富阳市人民政府合力创办"郁达夫小说奖",其文化意义不同凡响。《江南》、富阳、郁达夫,三个品牌,三足鼎立,相互辉映,铿锵作响,这是典范的强强联合,可喜可贺。作为个人,我喜欢郁达夫的小说,喜欢郁达夫的散文;喜欢郁达夫的沉稳,喜欢郁达夫的张扬;喜欢郁达夫的精神,喜欢郁达夫的气节。因此,自己有幸参与"郁达夫小说奖"这项盛举,我一定尽其所能,添砖加瓦,以不负举办者的信任,以不辱郁达夫的盛名。

凡是有历史记忆的人,凡是有信仰记忆的人,凡是有文学记忆的人,都永远不会忘记郁达夫。可以相信,"郁达夫小说奖"的设立将是"郁达夫热"的一次预热。可以相信,"郁达夫小说奖"一定能以其令人信服的权威,以其广泛的影响独步中国文坛。

洪治纲(暨南大学教授、著名评论家):

把郁达夫文学精神放进指导思想

我感觉今天坐下来大家都非常关心几个大问题,一个是将郁达夫文学精神、文学追求,怎样进行科学的定位。我觉得这个定位要放在指导思想里面。草案中的这个指导思想太公文化,没有体现这个奖的总方向,之所以冠名"郁达夫文学奖"或"郁达夫小说奖",我觉得要有一句很明确的话,要证明浪漫、诗性,可以体现文学唯美的诸如此类的话,能够准确地让别人感到与郁达夫的创作精神比较契合的东西。比如说他的浪漫、他的唯美,又有一定颓废的,怎样表达,我还没想清楚。我觉得指导思想里面"三个代表"可以用一句话概括,按照社会主义文学,要突出或侧重什么,同时,又要关注年轻人。这样把总思想分为3个部分,把整个思想基调定好,这比较重要。这可能是需要我们讨论比较多的地方,就是把思想定准确。

第二个比较重要的问题就是标准问题,标准是我们操作的具体规范。我想讲几点,我比较赞成陈老师的说法,改称"郁达夫文学奖",叫"小说奖",总感觉是过于门类化了。

第三个是作品的评选范围,我个人倾向于单篇、原创。还有个问题就是陈建功老师提到的中国籍问题,我倾向于"在大陆地区首次公开发表的汉语言小说"。

第四个,我比较赞成子潮提出的初选意见,这个征集方式有一些特色,专家和征集相结合。再结合刚才有人提到的每个评委轮着定期3个月或5个月综述评选的方式。初选的征集工作不要放到具体对象当中,要放到随时跟踪的对象当中,如果确定一批征集来的读者推荐作品,再加上另外部分读者,这两年当中贯穿的话,我觉得可能在效果上会好一点。

投票原则问题,我还是比较倾向于少数服从多数。另外奖项应每届评一个中篇一个短篇,可以把奖金标准降低一点,我觉得5万在国内也是很多了。

最后是回避原则,我觉得越严格越好,因为这不仅仅是我们操作的问题,还要在一些媒体上发布,所以,评奖原则还是越严格越好,这是核心的东西。另外条例中指导思想的方向性要进一步地明确,把虚幻的东西去掉,还是要倾向于体现郁达夫的文学追求的作品。我觉得这很重要,刚才有老师说我们现在的文学过度关注油盐柴米,而郁达夫恰恰是不太关注油盐柴米的人,是关注内心体验的。浪漫是他文学最核心的东西,这个要重点强调,这个特色很重要,要把它体现出来,具体原则再细化一下。

李国平(《小说评论》主编、著名评论家)：

奖项叫"郁达夫文学奖"更好

我觉得奖项名称改成"郁达夫文学奖"更好。文学奖可以设小说奖,也可以再设一个散文奖,这样范围会更广一点,留的余地也大。文学奖是评给两年度的某一部或某一篇作品,比如涉及散文时,散文只有四千字,但写得非常好,它也是能承载这个奖的。

另外,我觉得评委个人还是很重要的,并且是件严肃的事情,直接关系到这个奖最后的认定,如果找职业书评人,我感觉他们比较关注文化时事思想类的作品,大部分书评人瞧不起小说,让他们做评委可能不大合适。

吴天行(浙江省委宣传部副部长、浙江省作家协会党组书记)：

首先,听了大家的发言以后,非常感动。在座的各位专家对浙江的文学发展,长期以来,给予了极大的关注和支持。

第二,因为我刚从深圳的"文博会"回来,讲一点在会议上的感受。在那里我们参加了中欧文化产业的论坛,欧盟的高级文化官员以及国内的一些专家对话,都反映了这样的一个信息:在全球经济不景气的背景下,无论是国际社会还是国内,对文化都有了一种新的认识,对文化的重视达到了空前的高度。所以,我觉得我们在这个时候来讨论设立一个非常纯粹的文学奖项,时机把握得很有意义。在经济社会发展当中,当越来越缺乏人文关怀时,我们逆势而动,设立一个这么纯粹的文学奖,在抚慰人们的心灵、鼓舞人们的信心方面,可以发挥独到的作用。

关于"郁达夫小说奖"的论证,我想到以下几点:

一、《江南》是省作协主办的刊物,也是浙江唯一一个大型的文学刊物。设立这个奖项也是浙江文学事业当中的一件大事,往大里说,我想通过我们的努力,通过各位专家的支持,通过全国热心文学读者的参与,我们能够对中国的文学有所贡献。所以,我认为设立这样的奖项,是一件值得重视、值得花力气去培育的事情。

二、就浙江现在对文化的重视、对文学工作的重视,我们现在有条件来办这样的一件事情。浙江文化大省的建设,从省委省政府到省委宣传部都高度重视。不敢说不差钱这样的话,但是,必要的物质支持应该没什么问题,而且打造一个具有品牌的文学奖对浙江的文化大省建设也是非常有利的一项具体工程。

三、《江南》也有这样的能力,自从袁敏当主编以来,发展方面尤其是战略发展方面有很大的推进,刊物的发行量也在逐步提高。刊物的队伍建设,这一两年也有了改善,所以,有能力做这件事情,这也是基本的条件。

四、有众多在座的专家给我们支持,这也是一个很重要的保证。听了下午的发言,我对搞好"郁达夫小说奖"更有信心了。我希望这个奖项要有自己的个性,要有自己的特点,不要混同于一般的文学奖项。我个人的意见,叫"郁达夫小说奖",更纯粹一点,更专业一点,更有个性一点。因为只有有个性才会有影响,这个影响才会对刊物的影响力、传播力,对浙江文学的影响力、传播力,大至对中国小说的影响力、传播力都起到一定的作用。我赞成大家的说法,这是个地域性奖项,它要立足浙江,但要有国际视野,放眼世界。一个奖项真正可以受到业内的肯定,不在于地方大小,也不在于刊物大小,而在于是否具有自己的个性。

因为确实还没有很深入地研究,希望下一次修订之后,省作协党组、主席团做一些讨论和研究。总之,希望"郁达夫小说奖"从孕育阶段到出生、成长的整个过程中,都能得到各位一如既往的关心和支持。在这里,我再次向各位专家表示衷心的感谢!

本文由《江南》社提供

（原载《首届郁达夫小说奖获奖作品集》,浙江文艺出版社 2010 年版）

《江南》主编袁敏就首届郁达夫小说奖答记者问

首届郁达夫小说奖评奖活动已经拉开帷幕，并引起社会关注。日前，记者就评奖过程中的有关问题，采访了主办方浙江作家协会《江南》杂志社主编、郁达夫小说奖组委会成员袁敏。

1. 你能否简单介绍一下郁达夫小说奖评选的进展情况？

答：自 2009 年 5 月在浙江省富阳市召开郁达夫小说奖论证会后，该奖项的创立和评奖进程受到文学界高度关注。现在，由多位评论家和编辑家组成的审读委员会已经进入工作状态，最终将通过投票提出不超过 20 篇的作品进入终评备选篇目。之后评选委员会在认真阅读全部备选作品的基础上，票决产生获奖作品。郁达夫小说奖大奖为中、短篇小说各 1 篇，郁达夫小说奖提名奖为中、短篇小说各 3 篇，原则上不能空缺。获奖结果今年 10 月前公布。

2. 郁达夫小说奖与国内其他文学奖项有什么区别？ 其意义何在？

答：与其他奖项相比，郁达夫小说奖为两年一届，并且只评中、短篇小说。当然，最大的区别是"实名投票，评语公开"。郁达夫小说奖的意义在于：弘扬郁达夫的文学精神，鼓励浪漫诗意的性情写作，注重汉语叙事传统的继承和创新。

我认为，浙江是个文学大省，中国现代文学史上杰出的浙籍文学大家如鲁迅、茅盾等人之名，皆已被用以设立国家级奖项。同样作为现代文学大家的浙籍作家郁达夫，有着独特的创作追求和审美风格，以他的名字设立郁达夫小说奖不仅能体现浙江文学的传承与发展，而且有可能为当下的中国文坛带来一股新风。长期以来，现实关注一直占据着当代文学的主流，而郁达夫小说奖旗帜鲜明地力推烂漫放达、感性丰盈、富有鲜明个性的优秀作品，这有利于倡导文学创作中浪漫抒情和人性灵动的一面。

3. 参评作品需要什么条件？ 个人如何推荐自己的作品参评？

答：评奖规定的期限内，凡在我国大陆地区，香港、澳门特别行政区和我国台湾地区以及海外各地公开发表的汉语小说作品，均可参评。此次首届郁达夫小说奖的参评作品，应是在 2008—2009 年间公开发表的中短篇小说。

参评作品的征集将采取专家推荐和社会采集相结合的方式。一方面重视专家的专业性，由熟悉当代小说创作的审读委成员每人推荐一定数量的参评作品。同时，评奖办公室会以多种方式向社会包括主要文学刊物发出征集作品的通知。作家个人也可以通过浙江作家网推荐自己的作品，将参评作品及作品简介的电子版文本发至指定的邮箱。

4. 郁达夫小说奖把评奖范围扩展到了海外，这出于怎样的考虑？

答：郁达夫小说奖虽然设于浙江，但不会局限于地方性的格局，就是说，郁达夫小说奖的定位很明确——地域性奖项、全国性影响、国际性眼光。

郁达夫生命的后期在国外度过，直至去世。以他名字设立的奖项，把评奖对象扩展到海外用汉语创作的作家，真是非常恰当，同时相对国内其他文学奖项也是个新的突破。目前，海外华语作家有很好的创作势头，形成了一个新的文学热点，郁达夫小说奖评奖范围的扩大，正好又是对这种态势的呼应。

5. 请问郁达夫小说奖为什么要实行"实名投票，评语公开"？

答："实名投票，评语公开"是郁达夫小说奖独树一帜、与国内其他文学奖项相比有所突破的一个标志。评奖过程很透明，媒体可旁听，初评、终评均实行具名投票，对每部入围作品都必须亮出公开发表的评语。

之所以这样做，是希望最大程度杜绝人情票、面子票，避免外界对评奖过程的猜测和质疑。同时，这也对审读委和评委会成员提出了更高的要求，他们对自己的一票和评语会更加负责。我们希望，郁达夫小说奖在评奖机制方面做一些尝试和探索，在推动中国文学发展繁荣的同时，也为文学奖项评审工作引入新的风气。

6. 那么评奖过程如何确保在透明中进行？

答：为了保证透明性和公正性，评奖办公室会在开评前公布《评奖条例》；终评备选作品选出后，会进行篇目公示；最后投票产生获奖作品的规定也清晰明确。最重要的是，会将评委会和审读委成员实名投票的情况以及他们对作品的评语在《江南》杂志和有关网站上公布。整个评奖过程将通过媒体进行跟踪式报道，并接受公众的监督。

7. 郁达夫文学精神在评奖过程中会得到怎样的体现？

答：郁达夫小说奖设定了作品的评奖标准，一是有利于体现民族精神，提升情感境界，抚慰人类心灵；二是注重文学品位，鼓励那些想象力饱满、叙事灵动飞扬、呈现锐气与才情的作品；三是坚持作品的艺术纯粹性，重视在大时代冲击下发出的个人内心的声音。这些标准正是从郁达夫文学精神和审美取向中延伸出来的，相信在评奖过程中会得到很好的贯彻。

8. 请问网络作品纳入评奖范围吗？

答：我们非常关注网络文学作品，但我们在这方面准备得还不够，暂时不把网络文学作品纳入首届郁达夫小说奖的评选范围。

9. 中篇小说与短篇小说的区分怎样界定的？

答：对中篇小说和短篇小说的区分，我们基本按平时的认知习惯来判定。在评奖过程中为了便于操作，一般把 2 万字以内的小说视为短篇小说；把 2 万字以上、8 万字以内的小说视为中篇小说。

10. 郁达夫小说奖强调了关注新人，这是为什么？

答：我们一直非常关注名家名作，同时也特别注意不断涌现的年轻作家的作品。强调关注新人，是希望把我们的眼界放得更宽，是希望没有遗珠之憾，而不是把这个奖办成名家的座次排序。当年，郁达夫对年轻作家的扶持和帮助已是文坛佳话，所以这一点也符合郁达夫精神。

11. 在去年的论证会上，有专家建议将奖项改名为郁达夫文学奖，去掉"小说"二字，这次公布为什么坚持保留了郁达夫小说奖的名称？

答：去年在浙江省富阳市召开的论证会上，几位专家提出将郁达大小说奖改名为郁达夫文学奖，想法很好，但因为设这个奖的着眼点是为了推动中短篇小说的创作，同时这个命名也符合郁达夫在文学上的主要成就，经过组委会与专家论证，决定还是保留郁达夫小说奖的名称。

12. 这个奖既然由《江南》主办，是否对在该刊发表的作品有所倾斜？

答：近年来我们刊物特别关注中、短篇小说，并且关注文学新人的作品，但在评奖过程中，审读委和评委会一定会完全按照评选标准一视同仁，公平竞争。

13. 获奖作品的奖金是怎样设置的？

答：郁达夫小说奖中篇小说得主奖金为 10 万元，短篇小说得主奖金为 5 万元，提名奖得主奖金均为 1 万元。

14. 评选活动的经费如何解决？

答：《评奖条例》规定，郁达夫小说奖评选活动经费由浙江省委宣传部拨款及接受社会赞助等方式解决。作为评奖活动的协办方，浙江省富阳市政府也将为评奖和颁奖活动提供支持。同时我们也非常欢迎企业、团体、个人对该项评奖活动予以赞助和支持。

15．请问颁奖的时间和地点？

答：郁达夫小说奖颁奖的时间初步定在郁达夫诞辰纪念日，即 12 月 7 日。颁奖地为郁达夫故乡浙江省富阳市。

（本文由《江南》杂志社提供）

郁达夫小说奖基本背景和评选过程

一、郁达夫小说奖的基本背景

郁达夫小说奖是以浙江籍现代杰出作家郁达夫命名的小说类文学奖项,由浙江省作家协会《江南》杂志社主办,富阳市人民政府协办。

郁达夫小说奖虽设于浙江,但不局限于地方性格局,其定位是:地域性奖项、全国性影响、国际性眼光。

郁达夫小说奖为 2 年 1 届。本届郁达夫小说奖设中篇小说奖 1 篇、中篇小说提名奖 3 篇;短篇小说奖 1 篇、短篇小说提名奖 3 篇。评选范围为 2008—2009 年在我国大陆,香港、澳门特别行政区和台湾地区以及海外各地用汉语公开发表的中短篇小说。

郁达夫小说奖评奖标准非常明确,以弘扬郁达夫文学精神为主旨,一是有利于体现民族精神,提升情感境界,抚慰人类心灵;二是注重文学品位,鼓励那些想象力饱满、叙事灵动飞扬、呈现锐气与才情的作品;三是坚持作品的艺术纯粹性,重视在大时代冲击下发出的个人内心的声音。评奖过程中,强调既关注名家的作品,又重视陌生、年轻作家的作品。

与国内其他文学奖项相比,郁达夫小说奖有着鲜明的特点:首先,强调浪漫诗意的性情写作,注重汉语叙事传统的继承和创新。长期以来,现实关注一直占据着当代文学的主流,而郁达夫小说奖旗帜鲜明地力推烂漫放达、感性丰盈、富有鲜明个性的优秀作品,这有利于倡导文学创作中浪漫抒情和人性灵动的一面。其次,评奖范围扩大至海外。郁达夫生命的后期在国外度过,直至去世,以他名字设立的奖项,把评奖对象扩展到海外用汉语创作的作家,非常恰当,同时相对国内其他文学奖项也是个新的突破。目前,海外华语作家有很好的创作势头,形成了一个新的文学热点,郁达夫小说奖评奖范围的扩大,正好是对这种态势的呼应。再次,实行"实名投票,评语公开"。这种评奖方式是郁达夫小说奖独树一帜并有所突破的一个标志。评奖过程相当透明,媒体可旁听,初评、终评均实行具名投票,评委对每部投票同意的作品都必须亮出评语并在媒体上公开发表。通过这些尝试和探索,旨在推动中国文学发展繁荣的同时,也为文学奖项评审工作引入新的风气。

郁达夫小说奖中篇小说得主奖金为 10 万元,短篇小说得主奖金为 5 万元,提名奖得主奖金均为 1 万元。

郁达夫小说奖颁奖的时间一般定在郁达夫诞辰纪念日,即 12 月 7 日。郁达夫故乡浙江省富阳市为永久颁奖地。

二、郁达夫小说奖的评选过程

2009年5月,《江南》杂志社邀请国内部分著名作家、评论家、出版家在杭州富阳举行郁达夫小说奖论证会。与会专家对郁达夫小说奖的设立给予了充分肯定,并对这一奖项评选的价值取向和具体条例进行了深入细致的讨论,提出了许多重要的意见和建议。自此开始,郁达夫小说奖的创立和评奖进程一直受到文学界的高度关注。

经过一段时间的筹备,今年1月,郁达夫小说奖评选工作机构成立。评选工作机构设组委会、终评委、审读组及评奖办公室,其成员分别由省作协领导、著名作家评论家、《江南》杂志社和浙江文学院有关人员组成。其中终评委主任为陈建功(中国作家协会副主席,作家),成员为王安忆(中国作家协会副主席,复旦大学教授,作家)、王德威(美国哈佛大学东亚系教授,学者、评论家)、迟子建(黑龙江省作家协会副主席,作家)、李敬泽(中国作家协会书记处书记,《人民文学》杂志主编,评论家)、袁敏(浙江省作协副主席,《江南》杂志社主编)、格非(清华大学教授,作家)、曹文轩(北京大学教授,学者、作家)、程永新(《收获》杂志执行主编,评论家)。组成审读委的9位评论家是孟繁华(沈阳师范大学教授)、贺绍俊(沈阳师范大学教授)、施战军(鲁迅文学院副院长)、洪治纲(暨南大学教授)、任芙康(《文学自由谈》主编)、李国平(《小说评论》主编)、张燕玲(《南方文坛》主编)、吴秀明(浙江大学中文系系主任)、盛子潮(浙江文学院院长)。

今年3月12日至14日,郁达夫小说奖审读委第一次会议在杭州召开,9位审读委成员悉数到会,这标志着郁达夫小说奖的评选活动正式拉开帷幕。在会上,大家对《郁达夫小说奖评奖条例》草案进行了热烈深入的讨论,提出了许多修订意见。会议还确定,郁达夫小说奖与国内以往所有文学奖项不同,将首开透明评奖先河,初评终评实行具名投票,评委对每部入围的作品都将写出具体评语,并公之于众;整个评奖过程将进行跟踪式的报道,接受公众的监督。

之后,评奖办公室在《江南》杂志、中国作家网、浙江作家网上公布了《郁达夫小说奖评奖条例》,同时启动参评作品的征集工作。此次作品征集采取专家推荐和社会采集相结合的方式:一方面,重视专家的专业性,由熟悉当代小说创作的审读委成员每人推荐一定数量的参评作品;另一方面,以多种方式向社会包括主要文学刊物发出征集作品的通知,作家个人也可以通过浙江作家网推荐自己的作品。通过两个多月的多渠道征集,收到了众多作品。随后,评奖办公室依据《郁达夫小说奖评奖条例》对这些作品进行了审核,从中遴选出30篇中篇小说和31篇短篇小说作为终评备选作品的候选篇目。这些候选作品基本上汇集了2008—2009年最优秀的汉语中短篇小说。

6月11日至13日,9位审读委成员再次聚集杭州,举行审读委第二次会议。专家们在广泛阅读和深入讨论的基础上,对候选作品进行实名投票。经过3轮激烈的投票,产生中篇小说终评备选篇目15篇和短篇小说终评备选篇目15篇。随后,这些终评备选篇目和审读委评语在《江南》杂志和中国作家网等媒体上公布。

6月底,评选工作进入终评阶段。评奖办公室先将列为终评备选篇目的15部中篇小说和15部短篇小说提供给终评委成员。在20天时间里,9位终评委对这些终评备选篇目进行了认真的阅读,之后进入紧张的投票程序。考虑到各位终评委工作繁忙,集中一起进行现场投票比较困难,加之 7、8 月杭州正值酷暑时节,为减少评委们奔波劳累,终评以邮件方式投票。

7 月 20 日,终评委对中篇小说奖和短篇小说奖进行实名投票。根据《郁达夫小说奖评奖条例》的规定,获奖作品需获得终评委总票数的 2/3,即 6 票或 6 票以上。通过此次投票,短篇小说《伊琳娜的礼帽》获得 6 票,已达到短篇小说奖所要求的票数。中篇小说则相对比较分散,需要进行再次投票。在随后几天里,对中篇小说奖又进行了 2 次投票,票数逐次集中,最后《黑白电影里的城市》脱颖而出。7 月 28 日,终评进入第二轮即评选中篇小说奖提名奖和短篇小说奖提名奖的阶段。由于《郁达夫小说奖评奖条例》规定,提名奖作品需获得评委总票数 1/2 即 5 票或 5 票以上,因此又先后经过 2 次投票,终选出中篇小说奖提名奖和短篇小说奖提名奖各 3 篇。

至此,经过整整 1 个月的紧张工作和 2 轮 5 次的实名投票,终评工作顺利结束,首届郁达夫小说奖获奖作品全部产生。获奖篇目是:中篇小说奖为《黑白电影里的城市》(陈河),中篇小说提名奖为《豆汁记》(叶广芩)、《最慢的是活着》(乔叶)、《特蕾莎的流氓犯》(陈谦);短篇小说奖为《伊琳娜的礼帽》(铁凝),短篇小说提名奖为《睡觉》(毕飞宇)、《第四十三页》(韩少功)、《陪夜的女人》(朱山坡)。

需要说明的是,王安忆、迟子建 2 位评委的作品已被审读委列入终评备选篇目中,但因评奖条例规定评委的作品不能参评,现经 2 位评委同意,她们的作品不参与此次评奖。

(本文由《江南》杂志社提供)

关于评奖,看看江南

马敔绦

众所周知,当下的文学评奖已成为一道社会难题:不仅各种奖项多得数不胜数,而且许多奖项的公信度也成为众矢之的。曾经被认为逐渐边缘化的中国文学,甚至因了备受争议的文学奖项而成为社会热点,而如何把文学奖评得纯洁公正也成为热门话题。

12月7日,由浙江省作协《江南》杂志社主办的"首届郁达夫小说奖"颁奖典礼,在郁达夫故乡富阳市隆重召开。短篇小说奖得主铁凝、中篇小说奖得主陈河(加拿大华人作家),提名奖获得者毕飞宇、乔叶、朱山坡等走上领奖台受奖(韩少功、叶广芩、陈谦因故未到),数十家媒体到场见证了这一盛典。一周以来,各家媒体消息陆续面世,全部是褒扬,没有一条负面消息;特别值得注意的是,几乎所有记者的报道文章,全都重点涉及了此次的评奖方式。

首届郁达夫小说奖以"实名投票、评语公开"为旗帜,首创透明的评奖方式,为文学奖的纯净做出了积极的探索和努力。该奖由熟悉当代小说创作的 9 位评论家、编辑家组成审读委员会,在评奖办公室遴选出的 30 篇中篇小说和 31 篇短篇小说中,投票各选出 15 篇作品提交终评委员会;又由陈建功、王安忆、王德威、李敬泽、迟子建、袁敏、格非、曹文轩、程永新 9 位终评委每人写出投票理由(即评语),经过激烈交锋、多轮投票,最终评出了获奖者。至此还未完,评委们的投票、评语、票数全部公开,白纸黑字印行在《江南》杂志和《首届郁达夫小说奖获奖作品集》中,继续接受更加广大的读者们的检验。

对于这样做的理由,《江南》杂志社主编袁敏说:希望最大程度杜绝人情票、面子票,避免外界对评奖过程的猜测和质疑。同时,也是对评奖成员的考验。她还特别强调:"我们希望,郁达夫小说奖在评奖机制方面做一些尝试和探索,在推动中国文学发展繁荣的同时,也为文学奖项评审工作引入新的风气。"

说得真好,做得真漂亮,令人由衷钦佩。这样的评奖,真正做到了每个文学评奖都宣布要做到、却越来越难做到的"公开、公正、公平"三原则。这也就是数十家媒体进行正面报道、迄今为止也未见有社会人士出来"挑刺"的原因所在——毕竟,中国的广大公众心存善良,希望中国文学健康发展。不应一见批评就指责人家"不怀好意",或者干脆就指斥为"别有用心闹事""唯恐天下不乱"之类。

说到文学评奖,由于受到权、钱交易的侵袭、腐蚀和裹胁,早就开始上演悲喜剧——某些人的文学水平不高但诗外功夫高超,某些评奖的不公正是秃子头上的虱子,某些"文学评奖"更直接就是卖钱的项目,君不见当下中国的一大奇观是,哪个稍涉文墨者家里都摆着一摞摞各种名目的获奖证书。这些,都已被我们屡见不鲜,懒得再说了。笔者要说的是,在当今的社会条件下,在文学评奖的确可以带来高额回报(包括高达数十万元的各级叠加奖金、仕途升迁、荣誉、官位、职务等)所形成的高额利润的挤压下,文学评奖还要不要搞? 还怎样搞?

真正属于文学的、具有纯正公信度的文学评奖,还能否回到我们的社会生活中来?

毋庸讳言,文学评奖当然还要搞下去,这是激励文学繁荣发展的手段之一,不会因为有所偏颇就全盘否定。人们也应该相信,太阳每天早上都要升起,真正属于文学的评奖也一定会回到我们身边。那么,就需要我们的每位文学工作者,在具有文学责任心和坚持一身正气的前提下,发挥高度智慧,摸索出一套行之有效的评奖机制,使得评奖也能做到客观化、科学化、公正化、完善化、完美化。我相信,只要是真正出以公心,办法肯定是有的,比如此次的《江南》评奖,把一切程序都展开在光天化日之下,不就得到了各界的一致肯定吗?

另外,把评奖机制制度化,还关涉下一步接续的问题。有许多文学评奖,第一届、第二届往往都评得不错,但后来就难以为继,有的干脆就偃旗息鼓了。为什么?可想而知乃初评期往往不被人所知,受到的干扰少,后来就抵挡不住钱和权、公与私的强大攻势了。江南虽好,但要保持住"旧曾谙"的风景,肯定也还要经历磨难和曲折。让我们期待,届届评奖"日出江花红胜火";让我们祝福,前头事事"春来江水绿如蓝"!

(原载《光明日报》2010 年 12 月 17 日)

不把奖给"铁主席"才显得操作

——实名制下的首届郁达夫小说奖（节选）

朱又可

一、王安忆没投铁凝

……

12月6日，铁凝提前结束了她在日本的活动回国，她要在12月7日赶到郁达夫的故乡浙江富阳接受"首届郁达夫小说奖"。这是她2006年当选中国作协主席之后，不多的几个"体制外"奖项，她给自己立了规矩，不参加中国作协的任何评奖。郁达夫小说奖相对于鲁奖、茅奖等中国作协主办的奖来说，是"民间奖"，她说她不掩饰她获奖的高兴。如果不去领奖，显得不够尊重。颁奖日期是郁达夫的诞辰，不可挪动，这与她的日本行程冲突。

铁凝能不能出席颁奖礼，对于组织评奖的浙江《江南》杂志社来说，一直是最看重的一件事，也让主办者心绪为之跌宕起伏。直到最后几天，铁凝调整她的日本之行计划，提前回国，主办方才松了一口气，活动因"铁主席"到场而规格隆重了几分。"铁凝出席"比"铁凝获奖"似乎更具新闻热点。

在郁达夫小说奖颁奖的程序册中，从浙江省领导到富阳市领导，从作协到评委到获奖作家们以及媒体，阵容相当可观。

给不给铁凝评奖，或者给予什么等级的奖，也曾令主办者和评委会煞费苦心和几经推敲。

"把奖给予铁凝，一开始是有两个担心，一是有巴结之嫌，一是我觉得更应该扶持文学新人。"《江南》杂志社主编袁敏说，作为终审评委，她最初没有投铁凝的票。

郁达夫小说奖的评奖过程从一开始就在《江南》杂志和中国作协的网站上公开，网友跟帖评论，媒体全程参与。"实名投票，评语公开"的评奖机制，让评委们感到"很大胆"，"有压力"。

终评时第一轮投票，铁凝的短篇小说《伊琳娜的礼帽》的得票是8票，按照评选程序，没有必要进行第二轮投票，直接胜出。

《伊琳娜的礼帽》写了这样一个故事：俄罗斯少妇伊琳娜母子行李太多，在飞机上得到前排瘦高男子的帮助，把礼帽盒放进行李仓。瘦高男子与伊琳娜暧昧调情，抵达目的地时，伊琳娜遗忘了礼帽盒，瘦高男子追去时，伊琳娜正和前来接机的丈夫拥抱……

收到获奖通知后，铁凝注意到，终审评委王安忆并没有投她的票。她觉得这是可以理解并值得尊重的，"王安忆是对着作品说话的"。广西作家朱山坡的短篇小说《陪夜的女人》在几轮投票中都获得了王安忆的1票。

"评委会曾经不打算把短篇小说奖给铁凝,只给她1个提名奖,这样既能借助铁凝的知名度和地位帮这个奖推出新人,又避免了有意示好的嫌疑。但如果这样做,恰恰显得操作的痕迹太明显,也显得做作。"写过《铁凝评传》的批评家贺绍俊是郁达夫小说奖的初选评委,他参与了这次评奖的过程,也知道其中的一些幕后争议。

二、鲁奖、茅奖也实名?

以郁达夫和鲁迅、茅盾这三个浙江籍现代作家命名的文学奖,却有了"国家级"和"省级"的分野。"郁达夫奖"只单薄地定位为"小说奖",也仅局限于中短篇小说,不跟茅奖争长篇小说的天下。除了避免大而全和面面俱到外,还透露着稍许的谦卑与低调。但奖金不算太低调,中篇奖10万元,加拿大华人作家陈河以《黑白电影里的城市》获得,铁凝获得了5万元的短篇奖。

自己领导的中国作协下的鲁迅文学奖、茅盾文学奖这些年饱受质疑和争议,铁凝却获得了被誉为透明、干净、她自己也赞为"开风气之先"的郁达夫小说奖,这对铁凝和郁达夫奖的主办方来说,都不能不构成某种焦点。

在12月7日颁奖当天的"江南遇到郁达夫"文学论坛上,不管是评委们还是获奖作家们,都热烈地比较起"郁奖"与"鲁奖""茅奖"的得失、贤愚不肖来。"郁达夫奖评委名单中还有一个人,他是郁达夫。"评委、《人民文学》主编李敬泽说。比起国家级文学奖"太和殿"的鲁迅文学奖以鲁迅命名却与鲁迅精神没有多少关系,郁达夫小说奖的评奖宗旨却直接关乎郁达夫精神。"郁奖"直指"艺术",有意和传统上一直标举的"现实主义"创作方法拉开距离,郁达夫小说奖的挑选眼光是张扬屡屡遭受打压的"浪漫主义"的文学传统。

国家级文学奖往往强调的是题材,"重大题材"每每摘奖,"郁奖"不是题材决定论。有评委们说,这次"郁奖"作品如毕飞宇的《睡觉》、陈谦的《特蕾莎的流氓犯》、朱山坡的《陪夜的女人》,甚至铁凝的《伊琳娜的礼帽》,单凭标题和题材,就不太像获鲁奖的样子。"鲁奖、茅奖非常有可能考虑采纳这种公开、实名的评选方法,但评价宗旨和规则的改变不是我一个人说了算。对于中国作协体制质疑的声音我一直都能听到,一个61年历史遗存的体制,比我的年龄都大,它的存在肯定有它的道理,但这不等于说可以不听批评意见,可以不改革。"获奖后回到北京的铁凝说。

(原载《南方周末》2010年12月30日)

江南遇到郁达夫

——首届郁达夫小说奖论坛（节选）

2010年12月7日，《江南》杂志社主办的首届"郁达夫小说奖"在颁奖典礼的同一天，举行了"'江南遇到郁达夫'——首届郁达夫小说奖"论坛，就"文学奖项的公信度和生命力""郁达夫精神和当下文学"这两个议题进行探讨。到会的评论家、作家和获奖者就议题做了精彩的发言，现将论坛发言摘录如下：

袁敏："'江南遇到郁达夫'——首届郁达夫小说奖论坛"今天在富阳召开，首先我想代表郁达夫小说奖组委会对富阳政府不遗余力的支持表示深切的感谢。一直以来我们《江南》希望设立一个有特色有影响的奖项，我们希望以中国现代文学史上又一位卓越的文学大师郁达夫的名字来命名这个奖项。

"郁达夫小说奖"在今年9月份已经揭晓了评奖结果，今天在郁达夫的诞辰，我们举办"郁达夫小说奖"颁奖典礼，在这里再次与走远的郁达夫先生约会，希望对首届郁达夫小说奖走过的每一步，出现的得与失，和今后的发展进行深入的研讨，希望在座的朋友畅所欲言，我们相信你们所发表的真知灼见，会使这个奖项走得更加久远，走得更加稳健。今天的研讨会请"郁达夫小说奖"的终评委主任陈建功先生来主持。

陈建功：我们的话题结合"郁达夫小说奖"的评选工作，提出"如何健全完善我们的评奖机制，增强评奖的公信力""如何把郁达夫精神加以传承"这两个话题，今天有很多来自全国的有影响的作家以及在浙江和富阳本地有丰富的创造成就的作家们，希望你们踊跃发言。

李敬泽：我记得上一次也是在这个会议室开的"郁达夫小说奖"的论证会，当时郁达夫小说奖还是在筹划阶段，那时候就谈到我们现在在中国到底有多少文学奖？除了"鲁奖""茅奖"这样的全国性文学奖之外，有我们各地的作协，有我们的文学期刊，有我们的媒体，乃至有各种机构设立的文学奖项，我估计一年也有上百个之多。这么多的文学奖，按说应该有利地推动了我们文学生态的多样化，推动文学生态形成百花齐放这样生机勃勃的生态环境。但是还是感到，文学奖这么多，大家还是有很多的不满意，我记得一年半以前就谈到过这个问题。我个人不觉得一个文学奖或者任何一个文学奖都一定要做多么大的题目，都得公正、公平、公开，文学的公正意味着什么？文学的公正可能意味着10个人在这提着同一杆秤来称去说好。文学奖需要特定的观念，需要有一点个性，甚至我们的每一个文学奖与其说是在追求所谓的公正，不如说是在追求它自身的特性，当然有的情况不一样。比如"鲁奖""茅奖"这样的全国性文学奖需要追求公正，但是我们不能光有太和殿没有四合院没有小巷，这样就失去了丰富性。也许我们其他各种这么多的奖项都应该努力追求自己的个性，都应该努力追求自己对于文学的一种独特的判断，给自己找一个独特的角度，都要在文学上在审美上真正地有所倡导，在这个意义上说我想郁达夫文学奖在某种程度上可以说是我所见到的这么多文学奖中最有个性的一个。我们看到它的评奖章程很正规，它的宗旨很明确，而我们有很多奖项的宗旨模糊不清,或者说这个宗旨是放到哪都成。在这个意义上说我觉得郁达夫小说奖这个宗旨是我所看到的很多文学奖中最清晰的一个,看到这个宗旨,作为评委我心里就踏实了,我就知道我应该选什么作品,也许还有别的作品好甚至更好,但是我不选,因为它不一定符合这个奖的宗旨。如果说每一个奖都有各自的特点,有各种各样的可能性,都能够得到鼓励和肯定,那么从整体上来看加在一起会形成一个很丰富的文学生态。

我前几天接受《钱江晚报》采访时,他们问我作为评委有什么特别的看法、观点、判断?依据什么作出判断?我说有判断,我说我这个判断很简单,我们的评委会主任是我们的建功主席,还有一位荣誉主任是郁达夫先生,就是说任何一部作品要选择它、判断它、投它票的时候我都得和郁达夫先生商量一下,我会想象一下郁达夫先生喜不喜欢这个作品,郁达夫先生对这个感不感兴趣,我如果认为这个作品很好,但是如果郁达夫先生不喜欢这个作品,我就不投它的票。如果我们这个奖一届一届地办下去,我们一届一届的评委都能严格按照这个宗旨,我们都听郁达夫先生的,我想这样的奖项在中国一定是特立独行、独树一帜的,一定能够在我们这样的文学生态中为一种独特文学写作的可能性开辟一条道路。

郁达夫先生本身就是我们现代文学史上一位非常重要的大师,我觉得他当初开辟了很多可能性,在后来的现代文学和当代文学中,都还远远没有穷尽,直到现在比如在陈河这样的作者身上,在他们的写作中,我们依然能够鲜明地感觉到他们和郁达夫先生是一脉相承的,他们是在同一条道路上,某种程度上讲也许他们主观意识不是那么清晰,也许没有想到这个问题,在旁观者看来他们都是在有力地回应着郁达夫先生在我们现代文学开端的时候所开辟的可能性,所打开的经验领域。所以在这个意义上说,我想尽管还没有颁奖,我们今天已经可以充满信心地预测"郁达夫小说奖",当它有如此鲜明个性的时候,它肯定会有长久的经得住考验的顽强的生命力。谢谢!

贺绍俊:我觉得"郁达夫小说奖"强调浪漫主义非常好,实际上浪漫主义在中国当代文学发展过程中属于一个弱势群体,是处在一种隐退压抑的状态中间,所以我觉得《江南》杂志创办"郁达夫小说奖",通过这个小说奖来推动浪漫主义创作,这个绝对是对当代文学有贡献的。我们中国应该有很大的浪漫主义的思想资源,但是没有充分地运行。浪漫主义是和革命连在一起的,比如浪漫主义思潮的兴起实际上和法国大革命那个大的思潮非常有关系,中国的现代文学实际上和中国现代革命是相伴相生的,一百年来这种革命资源应该是我们浪漫主义很重要的土壤,但是我们一直没有很好地开掘这么一个革命资源,革命叙事是很强大的一脉,有很多很多的作品,但是我们的革命叙事到现在来看应该说成绩都不是非常大,为什么呢?因为我们没有浪漫主义的姿态和浪漫主义的精神。其实西方的浪漫主义随着现代文学的兴起,很早就传到中国来了,现代文学兴起也是非常倡导浪漫主义的,包括茅盾最开始都在大喊新浪漫派,认为新浪漫派是新文学必然的出路,但是很快他们就抛弃浪漫主义了,甚至连最浪漫主义姿态的郭沫若都把浪漫主义叫作反革命文学,中国革命实际上我觉得其实不是真正的群众组织起来的革命,所以对待浪漫主义的态度好像也让我们非常奇怪。后来我们的主流文学基本上都在强调现实主义,浪漫主义实际上处在一种压抑的状态,这大大影响了我们认识世界的方式,把握世界的方式,也影响了文学叙述的突破,所以我感觉在今天虽然各种各样文学奖项很多,像"郁达夫小说奖"这样宗旨明确的,意义会不一样,作用也会不一样,我相信假如《江南》能够坚定不移执行这样一个宗旨,有力地通过一种文学奖项推动当代文学的浪漫主义思潮、精神、叙事,一定会对当代文学发展起到一种积极的作用。

我非常赞成《江南》的这样一种做法。

……

曹文轩：我刚才一直在看会标。关于"郁达夫小说奖"的论坛，如果要说"郁达夫小说奖"的话，还是应该先说一说郁达夫，如果连郁达夫都说不清楚，那么"郁达夫小说奖"也说不清楚了。我想用这样几个词来解说郁达夫：一个叫"干净"，一个叫"价值"，一个叫"生命"，一个叫"质地"，一个叫"孤傲"。先说"干净"。郁达夫无论对自己还是世界都希望是干净的，他的诗文之所以是这样就是因为跟他自身有关，他是很喜欢干净的人，他对日本的看法很分裂，他仇恨日本野心，他又对日本人的风尚非常欣赏，欣赏的重要原因就是日本干净。日本人人都要清洁，要沐浴，唯有沐浴才能使人干净。《源氏物语》中，总是看到写王公贵族和大家闺秀要上汤，这不但给日本人清洁，还给他们一个好心情，一代一代汤成了他们不可或缺的仪式。1995 年日本阪神大地震，好端端一个城几乎被摧毁，记者赶到现场问站在废墟上的日本人你们现在最需要的是什么，几乎所有人异口同声说汤。于是政府派了几个特大的船，日夜兼程，从海上开过去，船上安装了洗澡的设备，解决洗澡问题，那些绝望的日本人沐浴之后，意气风发，认为汤挽救了他们，我为那份干净感动。郁达夫对当时我们那个社会的愤懑，也就是因为那个社会不是很干净，他会因此而发脾气，甚至愤怒。炎热的夏天他没有关系，没有很好的条件冲洗自己，他就很愤怒，一个干净的人才会有思想，郁达夫容忍"丑"但不容忍"脏"，"丑"和"脏"不是一个概念，一个很丑的人，甚至可能是一个很干净的人，郁达夫讲干净，于是我们有了像浴室一般的《迟桂花》。

接下来我们说"价值"这个词，鲁迅的价值绝对不会倒下，郁达夫也是如此，无论看起来是多么的平民化，但是他是有价值的，他的语言永远是高雅的，他觉得自己还是一个漂流者，但他是孤傲的。这是郁达夫人生的一个形象。现代文学与当代文学相比，研究的题材广泛，主题开放，可是我好几年前就有了判断，当代文学也有输给现代文学的地方，就是在语言质地上，当时提倡白话的人，都是在古文文言环境中长大的，他们的语言之所以有那样的质地，是因为他们有深厚的旧学功底，他们是吃饱了，然后说吃饱了撑着对身体不利，后来者也跟着喊吃饱了撑的对身体不利，那就不一样了。

我最后讲一个话题是"风景"，鲁迅、沈从文和郁达夫的小说里是有很多风景的，风景描写成了他们小说重要的方面。郁达夫对自然很崇拜，郁达夫写风景是在浪漫主义形势下进行的，也许有废墟、枯山、老水，无论哪一种，浪漫主义在写这些风景的时候完成了一个美的提炼过程，美是浪漫主义选择风景的唯一的依据。还有一个特殊的印象，就是自然是具有神性的，读一读郁达夫的《沉沦》我们就知道。

文学史是由浪漫主义和现实主义共同创造的，中国文学史离不开郁达夫，同样离不开很多的艺术家，我们要以浪漫主义和现实主义共同建起文学史可能才是完整的，也是理想的，中国文学太现实了，总喜欢在灰色的大地上，不能有片刻的仰望，片刻的抒情，只剩下叙事，如此的格局我不知道是否是一个完善的格局。

任芙康：今天这个会实际上有两个议题，其一个是"郁达夫精神与当下文学"。当下人在许多层面，创作的起因，创作的心态，创作的目的等，都已经与郁达夫先生相距甚远，如果将二者相结合会起到一定的效果，正因为如此我倒觉得《江南》杂志可以开设一个栏目专门讨论这个议题，因为它可以展开，会有很多的新鲜话题，每一个话题可以细化出不少实际内容，这样有针对性考核，对文学自身的前景一定会功德无量。

另一个研讨的议题是"文学奖项的公信度和生命力",我建议在今后国内许多文学评奖能够效仿"郁达夫小说奖"的方式,首先是申报的方式,"郁达夫小说奖"采取的是审读委推荐,而不是自我申报。眼下一些作协奖是作者自己申报的,如果由个人申报,最终限于在自我申报者中来领取,其结果如同窗户纸,一捅就漏。从未得过奖的会以满腔的激情去拥抱,已经获奖的人也难以适可而止、见好就收。而统一题材的多篇申报,给人感觉处处设防,步步维艰,正因为首届"郁达夫小说奖"的获奖者都不是自己申报的,所以他们的得奖含着独特的光荣和尊严,大家也都感到很轻松很安静,真心诚意地希望郁达夫小说奖能够被文学奖所借鉴。

陈建功:前几天电视台采访我们的时候也说,评委都是知名的,投票公开会不会有压力。按照你们所想可能会有压力,实际上我们作为评委很好,我们很坦诚,获奖作家里有我们熟悉的人都无所谓,有好说好,有坏说坏,这个评奖也是开创了文学批评恢复本来面貌的很好的风气。

何志云:对《江南》这5年一直比较关注,所以有很多感慨,《江南》5年来除了整个刊物的改版和一步一个脚印的编辑出版以外,又创办了一个文学奖,我有几个感慨的地方。第一个,我觉得浙江真是有福,鲁迅先生、茅盾先生、郁达夫先生还有一大批别的文人,整个中国近现代文学史,浙江籍的作家撑起半壁江山。《江南》杂志非常不易,杭州这片土壤很大程度上主导了浙江文学精神的表达,刚才我和敬泽书记也说到,休闲的地方容易产生休闲的文学,所以《江南》以这样的一种气势,以全球化的眼光来办这个奖是不一般的气魄。我曾经在有的会上说过,我们会议非常顺理成章地说一个地方的某一件事情,包括办一本杂志,说我们要从浙江走向全国,这句话说久了也很顺了,常常一个事情的做成就要反过来说,常常立足于全国乃至全世界经营浙江。我觉得"郁达夫小说奖"和郁达夫精神联系起来,这是一个非常好的举动。

第二个,我想说一说文学中的诚实问题。中国文学现当代史在意识形态的评价之外还有很多可能性,现在也多起来了,如果过于纠结历史形态和党派斗争,对于这样的文化传统理解就有困难,郁达夫的一生是中国现代文学史上一段荡气回肠的历史,郁达夫的散文、诗词也是荡气回肠,刚才曹老师提到对郁达夫的理解问题,我想提一个东西,我觉得郁达夫是一个诚实的作家,郁达夫无论处在一个什么境遇当中,面对一个什么样的环境,什么样的社会问题和人生课题,他都是诚实的,这种诚实构成了他作品的浪漫主义基调,郁达夫的小说很多时候语言都是率真、率情的,但他的诚实一以贯之,中国文学可以从不同的角度去分析他,研究他。

"郁达夫小说奖"公开透明的实名制的评审和实名制的评语公开,首先要求诚实,如果评委们没有一点诚实的基本态度,大概不大可能坦然地投出和面对这一票。所以我希望我们的文学,包括"郁达夫小说奖"都能在诚实的态度上来建构我们的价值观、我们文学的基本构成和它的质地,尤其是在当下社会不够诚实的境况之下,这点非常重要。所以我在会议上提倡一句,我希望中国、中国的文学能够在整个现代化进程当中,以诚实为基础来重构缺失的一切,这是一件很好的事。

程永新:在参与评选"郁达夫小说奖"的过程中,我阅读了许多本来可能不太会读到的作品,给我的印象非常的好,"郁达夫小说奖"最后评奖的结果非常的纯粹,因为在评奖的宗旨里面非常清楚地表明了对这样一个文学奖项的态度,就是在一个健康向上的前提下强调文学作品的艺术性。郁达夫对今天的创作还是具有非常重要的意义,他身上展现的艺术品质、独立人格,在当代文学中不是多了而是少了。所以在整个的评奖过程中,我觉得"郁达夫小说奖"就是更要注重作品中的艺术性。我们评奖的作品中陈河的《黑白电影里的城市》确实写得好,我心服口服,把一个时代的黑白电影——我们都从那个年代经历过来——刻画得非常准确;而像《伊琳娜的礼帽》,铁凝把礼帽这个道具运用得非常生动,把整个小说推到一种极致的境界;而像毕飞宇的《睡觉》,没有一句话是废话,你要拿掉一句话非常困难,这是非常厉害的写实的功夫,这样的一个涉及小三的题材不太适合"鲁奖",但在"郁达夫小说奖"里面非常合适;像其他的一些获奖作品我也是非常喜欢。

我们今天这个论坛名字也起得非常好,"江南遇到郁达夫",这里就很有艺术气息。中国的作家我觉得应该多一点艺术气息,因为文学艺术本身就是和艺术联系在一起的,但比较遗憾的,我所感觉的艺术气息还是比较少。我们以前强调生活,文学要和生活紧密相连,这肯定是对的,我们如果说每一个写作者都变成农民,都去种田,也不一定是对的。张贤亮说过一句话:作家每一个人的生活,无论你是公务员,无论你在任何一个地方生活,任何一个地方工作,其实它的每一种生活都是他写作的资源。如果铁凝没有经常出国的经历,她也写不出这样优秀的小说。我想强调的是对于今天,我觉得我们中国作家应该多一点艺术的气息和独立的人格,在骨子里面要有一种坚持,有一种要求,有一种梦想。

……

施战军:我觉得首先应该很好地感谢一下《江南》杂志,它能够把"郁达夫小说奖"运行起来,把开始的初衷坚持到现在,非常不容易,评奖是一个受人关注的事项,"郁奖"这种评奖是非常透明、非常真实的。所有这些过程,细到讨论一个评奖规则,都是暴露在媒体面前,甚至把我们说过的一些话都暴露在读者面前,这是一个检验,也是一个考验,这个事情做得非常漂亮,这是我说的第一个话题。

第二个话题关于刚才我听到好多的老师的发言,感受很深,我们借郁达夫之名评这个奖,在我的认识里比较简单,我们文学评奖里面缺一个以艺术为核心追求的这样的一个奖项,这个奖项以郁达夫先生的名字命名,非常地契合。郁达夫这样的文人,作为一个作家是一个带有非常鲜明的文人气质的现代作家,他的作品里面无一例外凸显的是他个人的性情,个人性情又不是一个真空里面存在的,连带着很多东西,他突出意境和艺术。郁达夫在创作方面,他的古诗词都是有口皆碑,散文写得也非常棒。郁达夫的作品主要是小说,他的文学作品,人们把它命名为现代文学作品当中浪漫主义的代表,我们是这样看待的,郁达夫小说里面除了浪漫以外,每一部作品都有现实的精神指向,这种指向和我们认为国外的浪漫主义文学大师是一样的,比如说雨果的《巴黎圣母院》,他的浪漫主义情怀是非常明显,他还有《1993年》这样现实精神非常强大的作品,雨果作为一个堪称伟大或者杰出的作家给我们的结论是:无论我们以什么样的情感态度介入文学,文学都有一个最终的指向,这个最终的指向是什么,就是人性的澄明。而我们看到很多的人的创作,在这一点上非常不自觉,我们很多创作是在通往澄明的道路中途就停了下来,就是止于混乱,我们现在的作品写混乱状态的,从内容上分析,或者状态上比比皆是,找这样的作品太容易了,我们所谓介入社会矛盾、介入当下生活,在介入的时候写了一些社会的乱象,到最后忘了我们的创作还有一个处境,雨果和郁达夫给我们留下了先例,无论是现实主义和浪漫主义都要有一个最终的体现,中国文学现在是现实主义、浪漫主义、现代主义、后现实主义的一个混生体,从创作艺术类型上对它进行分类,这个非常之难,比如说托尔斯泰,我们不能单纯说(他的作品)是某种现实主义,在《复活》的文本内部,他和雨果所谓的忏悔意识,他们之间有非常相近的一种指向,这种指向都是通向一种人性的澄明。"郁达夫小说奖"今年的评奖基本上体现了郁达夫的文学精神,这种筛选同时也是对终极指向的提示。

……

（原载《江南》2011 年第 11 期）

六 《萌芽》新概念作文奖

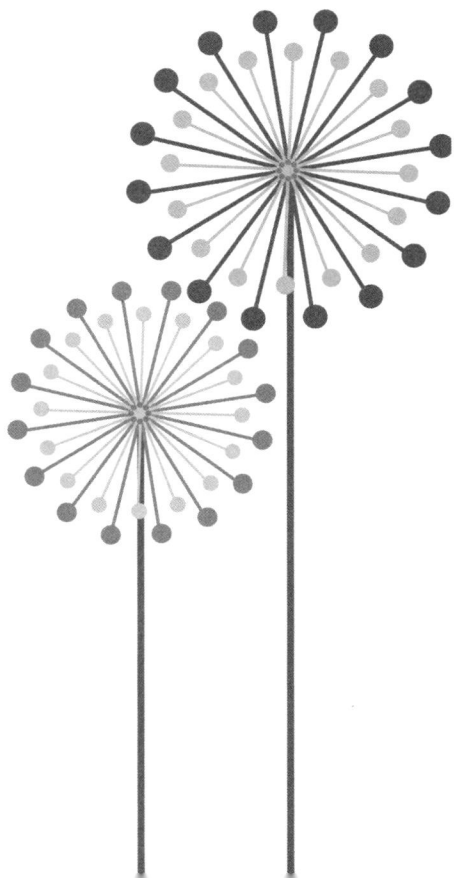

在"新概念"作文大赛的讲话

王 蒙

各位朋友,各位老师,各位家长,各位同学:

　　"新概念"这个作文大赛进行到第六届了,我个人也已经多次在这个房间里头参加这个评奖会。显然这个活动的发展和举办,以及它的影响,是处在一个急剧上升的势头上,所以让人非常高兴。我先向第六届获奖的、入围的和所有在场的这些同学,表示热烈的祝贺,也向《萌芽》杂志和有关的老师,和支持赞助的单位,表示热烈的祝贺。

　　我觉得刚才王老师讲得非常好,任何一件事情它做得越好,有时候这种好,它也会变成对我们的一个限制,或者一个误导。我隐隐约约有这种感觉。譬如刚才获奖的同学代表讲话里也讲到了,破除这种作文的八股,我觉得非常的好,非常的对。提起作文的八股,我有些例子,我的感觉可用4个字表达:"痛不欲生。"〔鼓掌〕但是,有时候我又有点害怕,我怕就是过于求新求怪求另类。我已经从一些考试、一些命题上感觉到这么一点苗头,也可能是由于我自己年事已高,已不能适应这个与时俱进的社会了,我常常看到一些高考的作文命题后,一身冷汗,这怎么写呀,这没法写呀,这题目本身就够我们费一会儿劲啊? 起码是经过一个阶段以后,才能够把这个血压恢复正常。〔鼓掌〕所以就是我的那个老观点,"新概念"里头其实也包含着旧概念,有很多旧概念是不可以改变的。譬如中国人讲修辞立其诚。我们不管怎么修辞,我们的目的是最诚恳、最如实地把这个东西讲出来。譬如我们说言为心声,譬如说我们主张言之有物,我们不主张无病呻吟。另外写文章呢,我们也不主张用力太过,雕琢造作,这都是不值得提倡的。我想很多东西都是历久而弥新的,是不会改变的。所以我觉得我们特别是做这个工作的,可以总结这方面的经验。文无定法,如果说什么时候,这个"新概念"作文大赛被别人总结出一些窍门,一些捷径,一些秘法或秘诀,总结出什么葵花宝典哪,〔笑声〕连城诀来,那一天就是"新概念"作文大赛的忌日。〔鼓掌〕

　　文如其人,人心不同,各如其面,它是多种多样的,它应该是非常宽阔的,决不能让人摸着咱们的脉,摸着咱们的筋。这样的文章好,那样的文章也是好的。很理性的,论述的,条条有理的,都是我们所喜欢的。多少带点直感的、直觉的,而且有点让你抓不住、摸不着的,我们也是喜欢的。非常清晰,非常质朴,有一说一,有二说二,一点夸张都没有的文章,我们也是喜欢的。我想,我们这个"新概念"作文大赛应该是一个不会成为任何窍门、任何捷径的作文大赛。

　　第二呢,我建议,我们这些年轻的参赛的朋友,你们当然是对作文有兴趣,对文学有兴趣,你们在作文大赛中得到了优胜以后呢,也受到一些高等学校的文科教育,特别是和文学有关的,譬如说中文系的青睐,这都是值得祝贺的。但是毕竟多数人还年轻,对特例我不发表意见。有时候我经常到各地去,别人告诉我,哪个12岁的孩子写了一本什么书,美国已经用50万美元买了去了,我说很好,很值得祝贺。一般地说,12岁的孩子写不成,但是对特例我没有资格表态。甚至现在有 9 岁的,最近有 6 岁的,还有 5 岁的都出了诗集了。这些超出我的经验范围,我一律采取致敬的态度,我不干涉。但是我的孙子才 5 岁,我绝不允许他写书,我怕影响他玩游戏〔笑声,鼓掌〕或者有损健康。

我们还是要扩大我们的知识面。过去我也常常讲,文学本身并不能产生文学。如果你一辈子就是喜欢文学,就是读文学的书,就是管文学的事,就关心文学,别的什么事都不管,那就变成单性繁殖啊,单性繁殖,只有插条,它不开花,没有雄蕊也没有雌蕊,所以它没有变异,没有竞争,也没有进展,它变成单性繁殖,单性繁殖的结果就是退化。

我有时候还到一些地方,别人跟我讨论一个问题。这是我没资格谈的一个问题。他们讲,双语教育影响了我们母语的学习。具体的时间上,学英语、学日语、学韩语,放在学外语上应该有多少时间,多少课时,多少自修的时间,放在学母语上应该多少时间。我一句话没有,没有资格反对。但是从理论上说,我不认为学外语会影响学习母语。我觉得多数我见到的例子都是相得益彰。辜鸿铭外语最好,那个人的中文也最好,至于他思想保守那是另外的问题,他没有生活在今天这个时代,如果他生活在今天这个时代,当"新概念"作文的评委的话,那辜鸿铭也不见得坚持他原来的那种观点。钱锺书外语那么好,但钱锺书的中文也绝不是洋泾浜啊,是不是啊,钱锺书的中文是最地道的中文,是古色古香的中文,是不是啊,是老牌中文。林语堂甚至还入了外国籍,是不是啊,被我们骂成什么香蕉人啊,其实人家不香蕉,林语堂的那个中文也是非常漂亮的,地地道道的,原汁原味的,至少比我的中文好得多,你查我的中文绝对有那个翻译的句子和句法,但是林语堂那里头没有。还有很多都是这样。事实证明,你学了外语以后,你才能知道中文的妙处和中文的特点。反过来说,你中文都说不清楚,你能把英语学好,这不可能的嘛。你本国的语言,你跟你爸爸说话都不清楚,你跟什么美国专家、美国教授、美国物理学家能把话说清楚? 根本不可能!

科学也是这样,所以我们要学外语,学科学,还要学政治,是不是啊,那些你越是不感兴趣的东西,越是要好好学。不要作茧自缚,不要用文学把自己圈起来。文无定法,学问要从宽处来做,相得益彰。

这就是我今天在这儿随便讲的几句话。祝贺大家。

(本文根据王蒙 2004 年 1 月 19 日讲话录音记录,记录者陈村,
未经讲话者审阅)

(原载《文学自由谈》2004 年 2 期)

从《萌芽》杂志 50 年历史谈起

赵长天

2006 年 7 月,《萌芽》杂志创刊 50 周年。一本 50 年历史的老杂志,能够保持它的青春风貌,在市场竞争激烈的今天,依然兴旺发达,关键就在于适应时代发展,不断改革创新,维护老品牌,创造新品牌。回顾历史,我觉得有很多值得思考的理论和实践问题可供探讨。

一、建立市场条件下的品牌意识

创刊于 1956 年 7 月的《萌芽》杂志是新中国第一本青年文学杂志,刚一创刊,就获得广大读者的欢迎。创刊号发行 3600 册,一年不到就达到 20 万册,在文学界和青年读者中产生了很大影响。许多著名作家的处女作或代表作,如已故中国作协副主席陆文夫的代表作、短篇小说《小巷深处》就发表在《萌芽》上。可以说,在 20 世纪五六十年代,《萌芽》就已经形成了品牌。只不过在计划经济时代,办杂志的人较少品牌经营的自觉意识。

1981 年,经历了"文革"厄运的《萌芽》重新复刊,很快就获得读者的欢迎,在 80 年代发表了许多优秀作品,如湖南青年作家彭见明的小说《那山那人那狗》等,在全国就很有影响。这一时期的《萌芽》,被誉为"青年作家的摇篮"。曾经有过这样的例子,一位农村业余作者,因为作品获得"萌芽奖",竟解决了城市户口,调到县文化馆工作。到 90 年代,当文学遭遇边缘化的时候,《萌芽》的品牌依然存在。90 年代的《萌芽》继续发表了大量优秀作品,《萌芽》杂志还获得了中国作协颁发的"庄重文文学奖"。但和很多别的文学刊物一样,作品质量不错的《萌芽》这时却已经失去了广大读者。1995 年《萌芽》杂志发行量只剩下 1 万多份。当时面临的问题是,继续维持原有形态的品牌,还是在原有品牌的基础上,根据文学和市场的双重要求,分析文学市场,调整刊物定位,进行品牌创新。

文学刊物有不同的类型。有的致力于文学形式和内容的探索,有的承担培养新作者的任务,也有的是用文学手段来生产具有教育和娱乐功能的文化产品。所以,有的文学刊物,可能读者永远也不会多,就是小圈子的刊物。这样的刊物虽然没有广大的市场,却是社会文化发展所需要的,这就需要社会各方面的支持,比如政府或者各种基金会的支持等等。但是,不能将多数文学刊物都变成"小众刊物"。文学要有尽可能广大的读者,才有生命力。从文学需要读者,从文学需要对社会具有影响力来看,文学和市场并不是完全对立的。

对于《萌芽》,从一开始的定位就是一本青年文学杂志。它是面向青年的,它是做文学普及工作的,不是一本象牙塔里的刊物。如果《萌芽》只有 1 万多发行量,那就绝对无法完成它的既定宗旨。

因此,我们首先要完成办刊人自我定位的转变:从读者有求于你的"文学圣殿"到走进市场,"把读者看成上帝"。这是一个艰难的过程,却是一个必须完成的过程。我们开始做市场调查。先是从邮局调查我们的订户。当时,我们的读者主要是邮局订户。邮局来的信息让我们很沮丧,因为发现我们的订户主要是中年人,就是过去留下来的《萌芽》的"铁杆粉丝"。他们开始读《萌芽》时是青年,读了10来年以后,已经变成中年人了。

我们又去大学中学开了很多座谈会,结果也一样。年轻人几乎都不知道《萌芽》,听也没听过。倒是问到中老年人,都说知道,年轻时读过。

我们对这样的现状做了分析。过去《萌芽》的口号是"青年作家的摇篮",这个口号曾经很有号召力,因为在过去的年代,想当作家的年轻人太多了,就像王蒙同志讲的"千军万马过独木桥"。现在,时代变化了,年轻人的选择很多,吸引他们的东西也很多。同时,在商品经济的大潮下,当时许多作家都在纷纷下海,文学界的人都悲观地以为文学已经后继无人了。加之社会竞争日趋激烈,学校的应试教育倾向也越来越严重。语文课把课文中的文学作品肢解成死板的题目,学生对文学的魅力越来越没有感觉。但是,文学教育、文学修养其实是非常重要的。我们一定要把年轻人拉回到文学身边来,同样,也只有有了一定数量的文学爱好者,才有可能出现优秀的文学写作者。

基于这样的分析,我们把刊物的定位从"青年作家的摇篮"调整为"修养类的青年文学刊物",着眼于提高青年人的文学修养。"人人都想当作家"固然是不正常的,社会不需要那么多作家。但我们可以说,人人都应该具有一定的文学修养,文学修养是人的基本素养的基础。所以,从"培养作家"到"提高文学修养",就大大拓展了《萌芽》的读者面。

但是,对于一本杂志来说,既需要拓展读者面,又不能企望你的读者包罗万象。在那么多的杂志并存的情况下,每本杂志都要有细分的读者对象。"青年",还是一个太笼统的概念。经过分析和实践,最终把"我们的读者"定位为以高中生为主体的爱好文学的青年读者。因为一般人对文学的爱好,都是从中学开始萌发的;中学生有理想,有热情,历来都是文学最忠实的朋友。

为了让《萌芽》杂志办得更受青年读者的欢迎,我们委托复旦大学社会学系办的一家调查公司,在北京、上海、武汉、广州、兰州5个城市,通过抽样调查的方式,做了非常详细的"青年人阅读取向"调查,这使我们的改版更有了针对性和目标感。

二、《萌芽》创立市场品牌的过程

(一)寻找文学和市场的结合点

办刊方针重新确定以后,一切从零开始。1996年1月开始的改版指导方针是摸索文学和市场的切合点。在当时青年学生对《萌芽》一无所知的情况下,我们首先考虑的是怎么吸引他们的眼球。在杂志最醒目的位置,我们不像以前通常所做的,放最好的小说,而是刊登学生关心的热点纪实作品,比如当时非常热门的申花足球明星的报道等等。读者可能是为了看自己关心的热点而买《萌芽》的,买来后,或许他们会再看看别的内容,比如小说、散文、诗歌。我们只有通过这样的方式来吸引青年读者接近文学。当时我们的感觉是,在从头开始做文学的启蒙工作。

在这期间,我们特别注意读者的反馈。杂志社从主编开始,每人承包自己家附近的几个书报摊,出了新杂志亲自送去代销,经常去询问销售情况,了解读者的反馈。平时,我们要求杂志社全体同仁按照"顾客是上帝"的要求来对待读者,包括回复读者来信,接听电话的态度,等等。经过 1 年的努力,刊物销量上升了 1 倍。但是,2 万多的发行量,离我们的目标还是很远。我们经过调查和分析,发现主要原因是杂志刊登的文章,作者基本都是中年人,这些文章和我们期待的读者的兴趣有距离。或者说我们的作者和我们的读者有代沟。我们应该多刊登年轻人自己写的文章。

但在当时,《萌芽》每天来稿用麻袋装的黄金时代已经过去了。不多的一些来稿都是中年人写的。我们能约到的也是中年作家的稿子。我们不知道我们所要的年轻作者在哪里。我们的感觉是,年轻人都不喜欢文学了,远离文学了。我们去中学找到语文老师,希望他们推荐一些好的文章,好的作者。可是推荐来的,都是应试作文,很八股的,杂志根本没法用。我们也把这些作文给学生看,问他们喜欢不喜欢。他们说,这是给老师看的,我们不要看。

那么,学生喜欢看的文章在哪里呢? 1998 年,社会上开始对中学的语文教育,包括应试作文,提出批评意见。我们杂志的编辑对此也深有感触。我们好几个编辑的孩子都在读小学、中学,他们给孩子辅导作文,越辅导作文成绩越差。这些都是有经验的老编辑,自己也都是作家。他们可以对作家的作品提出修改意见,却不能对自己孩子的作文提意见。从我们约稿的情况看,现在中学的作文教育,至少是不符合文学写作要求的。有编辑就提出,我们能不能发起一个作文比赛,让青少年学生写出自己真正的心里话,写出他们真心想写的文章。——"新概念"作文大赛由此而来。

(二)"新概念作文大赛"品牌的诞生

但是,《萌芽》杂志当时在中学生中没有任何号召力,靠我们自己单独来举办作文大赛,很难吸引广大学生参加。于是我们去找对中学生最有吸引力的大学。对于"新概念作文大赛"提倡"新思维""新表达""真体验",提倡写作要有真情实感、要有想象力和创造性等这些理念,各个大学都很认同。我们去和大学领导以及中文系的教授商讨时,几乎一拍即合。当时,一些重点大学为了加强文科基础教育,都设有"文科基地班",可以自主招生,但他们苦于通过传统的高考,发现不了最拔尖的文科人才。所以从选拔人才的角度,他们也很需要有一条新的途径。于是,北京大学、复旦大学、南京大学等 7 所著名高校和《萌芽》一起成为"新概念作文大赛"的发起单位和联合主办单位。这些名牌大学使得这个比赛具有了足够的权威性和影响力。以王蒙为主任,以全国最著名的一些作家和教授组成的阵容强大的大赛评委会,又进一步加强了"新概念作文大赛"的亲切感和可信度。

虽然当时的杂志在经济上还相当困难,但我们很明确,要保持"新概念作文大赛"的公益性形象,不能以盈利为目的。我们不收 1 分钱报名费,相反,当第一届"新概念作文大赛"复赛时,发现有些入选的学生因为经济困难而没有来参赛,我们从第二届开始就承担了经济困难学生的旅费。

我们还特别注意建立和完善比赛的各种条例制度,严格维护程序公正。所以,举办 8 届以来,没有发生过影响大赛声誉的任何丑闻。

第一届大赛的作品质量之优秀,让我们也让评委非常吃惊。没想到现在的年轻人能写出这么好的文章。获奖作品选集在作家出版社出版后,立刻在全国学生中引起强烈反响。《首届新概念作文大赛获奖作品选》发行了 60 多万套。许多学生来信说,没想到作文原来是可以这样写的! 没想到文学这么有意思。因为北京大学等名校破格录取了一些得奖者,也因为大赛涌现出韩寒等一大批全国知名的青年作家,新概念作文大赛8年来始终被社会和媒体高度关注。除上海本地外,《人民日报》《中国青年报》《羊城晚报》《南方日报》等中央和地方的重要报纸,都以整版篇幅刊登过大赛的报道。中央电视台也多次做过专题节目。日本、新加坡等海外媒体也有过相当大篇幅的报道。"新概念作文大赛"成了公认的最有影响的青年文学比赛。

许多学生通过"新概念作文大赛"了解了《萌芽》杂志,喜欢上了《萌芽》杂志。"新概念作文大赛"和《萌芽》杂志两个品牌形成互动,产生了巨大的文学市场效果。实际上,世界上许多杂志,都举办过影响力巨大的活动,如评选"财富500强",举办"世界财富论坛",评选"时代人物",等等。这些活动的影响甚至都超过了杂志本身。

(三)品牌的维护和经营

除了影响最大的"新概念作文大赛",《萌芽》还举办过很多其他活动,吸引媒体的注意,树立杂志的形象,扩大杂志的影响。如"萌芽一日"征文、"萌芽诗歌朗诵会"、"向贫困地区赠送刊物"、"萌芽奖评选"、"招聘特约撰稿人"、举办"代际沟通论坛"、"50年走进50所中学"全国文学巡回讲演活动等等。这些活动都取得了很好的效果。在"新概念作文大赛"获得成功的基础上,我们接着创办了"刊中刊"《惊奇》。所谓"刊中刊"就是每期拿出16个页面,给学生自己来编一本刊物,从选题、约稿、编辑、排版,都由学生完成。编辑部指派一名编辑组织指导。这本"刊中刊"使得杂志更具青春气息,更让学生有一种亲近感,极受欢迎。

2000年《萌芽》网站开通。当时办网站的主要目的是加强读者、作者和编辑的交流互动,使编辑更了解年轻读者的欣赏口味,在和读者的互动中,保持刊物稳定的质量。6年来,网站已经发展到60万注册会员,BBS社区最高每天发帖量达到2万多,是一个人气很旺的网站。或许,我们的萌芽网站会成为一个新的优质品牌。

我们还利用《萌芽》的作者资源优势,与多个出版社合作,编辑出版"萌芽书系"。"萌芽书系"现已出版50多种,发行量达到100多万册,也已经成为一个出版物的品牌。

1991年创立"上海市萌芽实验中学"。创办的初衷是想在"新概念作文大赛"和《萌芽》杂志来稿中,发现写作能力特别突出的初三学生,利用萌芽杂志和文化界的广泛联系,组织一支力量雄厚的专职和兼职的师资队伍,办一所文科特色中学。虽然由于政策的限制,没有达到文科特色学校的预期目标,但现在初中部的质量已经在浦东新区名列前茅(2005—2006学年期末考试中,萌芽实验中学初二总分及优良率均位居整个浦东新区第一,初一优良率位居全区第三,预备班优良率位居全区第一、总分位居第二)。

这样,杂志、大赛、书系、网站、学校已经初步形成了一个"萌芽"产业链。

2005年,《萌芽》杂志获得第三届国家期刊奖,被列为百种重点期刊。同年,萌芽杂志社被评为上海市宣传系统第一届文明单位。

但是,在杂志媒体市场竞争越来越激烈的今天,在传统媒体越来越受到新技术带来的新媒体挑战的今天,我们有着非常强烈的危机感。目前杂志本身和所处的体制机制,与市场的要求还很不适应。我们对文学事业和市场竞争的关系,也没有完全理清楚。书籍和杂志出版发行的整体形势其实都很严峻。怎样在原来的起点上,寻找新的增长点,摸索新的管理体制,是我们一直在思索的问题。

三、关于文学和市场关系的思考

(一) 文学必须面对市场、进入市场

现在仍有不少搞文学的人,不愿面对市场、正视市场;有的甚至根本不屑于将文学与市场联系起来,以为市场就等同于或近似于低俗。这起码是对文学与市场关系的一种误解。

其实文学就起源于大众,起源于民间,起源于市井,起源于大众、民间、市井为主体形成的社会市场。而目前文学创作存在的很多问题,暴露出来的现象是边缘化、是失去读者、是对社会影响力的减弱。对此,人们多把原因归结为市场化的影响。但我以为,主要原因恰恰是文学的自我放逐。市场的选择,本质上是读者的选择。作家也好,杂志也好,都没有资格、没有理由轻视读者的选择。因为读者的需求是多样的,所以不同的文学作品都应该有不同的读者需要。问题在于我们能不能找到这些读者。寻找读者的过程,就是文学在细分的市场中找到自己位置的过程。

(二) 文学标准并不等同于市场标准

文学有多重的功能和价值标准,比如消遣功能。消遣功能很重要。消遣是人的正常需要。好看、可读性强、令人放松的作品并不容易写好,需有独特的才能,没有理由轻视。金庸能在全球华人中拥有那么大量的读者,能够形成一种文学模式,实在是很了不起的。再如所谓政治性的文学作品。文学不能从属于政治,文学也不能完全脱离政治。我们有时是从一个极端走向了另一个极端。实际上,政治是大众的事情。作家关心政治不是关心教条,也是关注大众所关心的事情。这样的作品其实是很有市场的,许多还是畅销书。当然,好的文学作品并不一定都有市场,特别是很可能没有当代市场。所以以市场作为文学的唯一标准,显然也是片面的。文学有自身发展的需要。那些实验性、探索性的作品,那些相对"纯粹"的文学作品,对于文学的发展有着很重要的作用和价值。任何事情都是在探索中前进的,所以必须给予文学以市场之外的发展空间。

(原载《文艺争鸣》2007 年第 4 期)

新概念作文大赛"如何"萌芽

孙　悦

《萌芽》杂志在中国青年文学期刊中的成就与辉煌是有目共睹的,它每个月四十几万份的发行量就是一个有力的佐证,而且能够保持这么长时间,确实是一个奇迹。虽然主编赵长天谦虚地称"具有很大的偶然性",但你从它一步一步的发展来看,这个"偶然性"其实是用无数的智慧、勇气和辛劳铺垫出来的,对其他杂志来说显然难以复制但极具启迪意义的。

曾经有家著名的期刊,它在改革开放初期也有过月发行几百万份的辉煌,后来一落千丈,发行量跌到只有几万份。关于如何拯救这个杂志的研讨会开了 N 次,收效甚微,社长最后下了死命令,叫编辑部拿出一个类似于《萌芽》"新概念作文大赛"的妙招出来,并强调不换脑子就换人!我想这个社长是聪明的,至少他明白办好一本杂志需要一个好的思路,但他不明白好思路不是一蹴而就的。为什么有的刊物短短几年就有起色,有的刊物却多年徘徊不前,区别就在于思路。一个好的思路正是眼下许多杂志孜孜以求的。

作为《萌芽》杂志曾经的一员,我对它的每一点变化、每一个进步都是非常关注的。虽然我在 1998 年 8 月就离开《萌芽》了,但对它的两次变化(指 1996 年的改版和"新概念作文大赛"推出之前的工作)却记忆犹新。我不赞成有的文章将"新概念作文大赛"的初衷理解成只是为了摆脱市场的困境。第一,它不是盲目跟市场跑的,在关注市场并努力与之结合的同时,它有自己的主心骨。从 1996 年的广告口号"用一本杂志来体验青春,用一本杂志来感受文学"到两年后推出"新概念作文大赛"时所倡导的"新思维""新表达""真体验"来看,《萌芽》的个性是非常鲜明的。1996 年它要探索的是一条文学与市场如何有机结合的道路。两年后探索方向转到了还语文教育以应有的人文性和审美性的道路上去了,切入口小了,但给杂志以纵深发展的张力。

在国际上,刊物品牌一般有个 20 年发展的周期律,也就是说,刊物的发展经过 20 年左右的时间就会显出疲态,会衰退,假如不变革、不进取的话,就不可能持续发展,这也是西方期刊界在长期发展中所积累的经验。

《萌芽》杂志自从 1981 年复刊以来,有过非常辉煌的岁月,复刊第一年发行量就一路攀升,创造了月发行 34 万份的历史纪录。但《萌芽》疲态的出现也是比较早的,当它走到复刊后的第 15 年头时,杂志已经跌到 16500 本的低谷了。

1995 年 8 月,赵长天来《萌芽》主持工作。他点的第一把火就是说动有关领导牵线搭桥,使《新民晚报》伸出了援助之手,答应在 3 年内每年支持《萌芽》30 万元钱,解了《萌芽》的燃眉之急。但 3 年之后怎么办?大家心中都明白。不改变现状是不行的,因此有了第二把火——1996 年的改版。

改版是慎重的,除了在上海的大中学校召开一次次座谈会,广泛听取意见外,还以"青年的阅读取向"为题在北京、上海、武汉、广州、兰州等 5 座城市做定量的市场抽样调查,取得了大量的第一手资料。经过对调查结果的分析发现,《萌芽》的读者主要是一批钟情于文学、希望成为作家却又一直没有如愿的中年人。所谓"青年文学刊物"其实已经徒有虚名。《萌芽》决定重新回到青年中去,并把杂志的性质从"以培养青年作家为目标的文学刊物"改为"以提高学生文学修养为目标的文学刊物"。改版就是在这个基础上推出的。除了内容上的变化,形式上也进行了大变动,把原本标准 16 开本改为国际流行的大 16 开。定价由原来的 4.5元改为 6 元。如果你翻一翻那一年的杂志,就会发现与前几年有很大的不同,首先是好看了,封二是青年人喜欢的明星人物照,内容则大量采写当时的热点人物或事件,以增强杂志的可看性。

还有一个重要的改变就是编辑思路的改变,这一点很重要。原本《萌芽》的组稿方式是以阅读来稿为主,然后从大量的来稿中挑选出好的稿件发表,有时候看一个月的来稿就能编发半年的刊物。编辑的压力不大。赵长天彻底打破了这个局面,他要求编辑、行政人员,当然也包括他自己,都要去跑市场,每人领 50 本杂志去学校或书摊推销,多推有奖。他的理念是你在推销的过程中能够了解读者的口味,而了解了读者的口味才能编出他们爱看的杂志。

这种推销活动取得了一定的效果。那就是拉近了杂志与中学之间的关系。编辑在推销杂志的同时,积极地与中学社团联系,为他们讲课,编发文学社团推荐的优秀文章,同时还举办一系列带有宣传和娱乐性质的活动,比如邀请范志毅、申思等球星签售《萌芽》杂志;举行有孙道临、丁建华、乔榛等艺术家参与的"青春与激情"诗歌朗诵会;每一期杂志出版前都要在《新民晚报》上详细介绍一番。确实也动足了脑筋,但效果还是不理想。虽然杂志的发行量明显有所回升,影响似乎也在扩大,但离预期月发行 3 万份的目标还是有距离。

赵长天召集大家一次次开会分析原因,试图找出问题的症结。在这当中又发现了一个问题,即社会上并不缺乏这类时效性和娱乐性俱强的文章,读者从别的途径也能读到,换句话说,人家干吗非要买你的杂志呢? 那么,《萌芽》的读者究竟喜欢看哪一类文章呢? 这才是一个困扰人的问题!

转眼已是 1997 年的年底,改刊也将近 2 年了。大家在讨论新一年的选题时,不约而同地对社会上出现的有关中学语文教育的议论产生了浓厚的兴趣,并敏锐地意识到这里面有文章可做。提起中学语文教育,大家的话匣子一下就打开了,对中学语文教育的种种问题各抒己见,特别讲到作文这个问题时,一位资深编辑苦恼地叹道:我能判断和指导一些作者的写作,却无法辅导自己孩子的作文。

有人还举了一个例子,讲一个小学生看图写话。老师给出的图是一个孩子在扫地,让小学生根据这幅图的意思写一句话,小学生写道:"小牙在扫地。"作业交上去后老师判错,扣了他一分,并把"小牙"改成"小明"。在这个老师看来,小学课本里出现的小明、小红、小强等孩子名字才是标准答案,而像"小牙"这一类名字就非标准答案了。

大家的情绪都无一例外地激动了起来,认为这应付考试的观念已作怪到令人看不懂的地步了。讨论到最后,大家一致认为中学语文教育存在着这样一种现状,即把充满人性美与生活趣味的语文变成了机械枯燥的应试训练。

1998 年 6 月号的《萌芽》杂志,以醒目的位置推出了"教育怎么办?"这个问题(以后又连续讨论了 3 次)。从一系列文章中可以看出,中学语文教育已经面临很大的危机,并远远不能够适应时代的需要。有一位高中生致编辑部的信,颇能代表当时学生的现状:"……有很多学生其实是很有自己的想法的,但老师填鸭式的教育和高考严峻的形势使他们敢想而不敢写,他们只能用别人说过的或写过的东西来敷衍了事。"

这又回到了编辑部先前讨论的问题上去了,即现在的语文教育重视把一切语文知识加以解构和量化,却忽略了从文本和人本的整体角度高屋建瓴地培养学生的语文能力。在这种模式下,语文教学应有的情感教育、高尚情操的培养以及审美情趣的熏陶等等被忽略就在所难免了,代之而起的是抽象、概括、提炼和死记硬背。这种讨论将一些云遮雾障、不甚明了的问题像剥橘子一样剥开了,结果发现,在这种几乎令人窒息的应试教育环境中,学生们缺少的是一种宣泄的渠道,而报刊、文艺作品所反映出来的东西,又与他们的生活经验和知识结构有很大的距离。同时还理清了一个问题:成年作家和十几岁的孩子确实有着难以弥合的代沟,《萌芽》杂志的作者队伍必须以年轻人为主。

那么,是不是可以搞一个类似于大赛性质的征文活动,把目标锁定在思维活跃、想象力丰富、精力充沛的中学生,尤其是高中生身上,鼓励他们以不拘一格的形式来写自己的生活呢?这个想法一经提出立刻引来了一片叫好声,在编辑部那张既是乒乓台又是会议桌的桌子上,人人脸上露出了兴奋的神色,仿佛看见了黎明的曙光。大方向定下来后就是给这个活动取一个什么样的名称了。当时新概念英语正红,有编辑提出干脆叫"新概念作文大赛",这个名称也得到了大家的一致认可。

然而这个"新概念"究竟新在哪里呢?

反观1996年的改版,可以看出当时对杂志定位思路还是比较粗糙的。第一,读者对象不够细化,还是笼统地定在大中学生上;第二,内容方面既要有文学性又要市场化,这个结合点在哪里?现在看来没有真正找到。大家一条一条地捋,思路愈来愈清晰。首先把读者对象定位在高中生身上,其次把要倡导的理念清晰地表达出来,即:"新思维"——创造性、发散型思维,打破旧观念、旧规范的束缚,打破僵化保守,提倡无拘无束;"新表达"——不受题材、体裁限制,使用属于自己的充满个性的语言,反对套话,反对千人一面、众口一词;"真体验"——真实、真切、真诚、真挚地关注、感受、体察生活。

接下来要解决的问题是读者会不会关注"新概念作文大赛",这个问题延伸开去其实就是"新概念作文大赛"究竟能为参与者带来哪些好处。利用刊物出名?写一些标新立异的文章?这些是理由,但好像少了些底气。

"假如我们与高校联合起来办这个大赛。使获奖者能够免试或者加分进入高校,这个吸引力可能就大了。"

有人提出了这样的设想,但大家的反应基本上都认为是在开玩笑,因为你用什么去说服人家高校加入?这在许多人看来无异于"天方夜谭"。然而就是这个看起来不可能完成的难题被《萌芽》攻破了。北京大学、复旦大学、华东师范大学、南京大学、南开大学、山东大学、厦门大学等7所全国重点大学同意和《萌芽》杂志共同主办"新概念作文大赛",大赛的优秀者可免试进入上述大学。

这一招很厉害,事实证明,由于这些大学的加盟,极有力地推动了"新概念作文大赛"的发展。比如第一、二届"新概念作文大赛"的获奖者能得到保送上北京大学的机会。尽管后来北大调整了政策,一等奖获得者能得到北大在各省区最低录取分数线下浮20分的优惠待遇,但不少家长就是冲着有高校见面会和20分的加分送孩子来参赛的。赵长天也明确表示:和高校联合举办作文大赛,是"新概念作文大赛"成功的重要原因。

那么《萌芽》说服这7所大学的"秘密武器"是什么呢?其实就是"新概念作文大赛"所提

倡的理念被这些大学认同了。大学很清楚中学语文教育存在的误区,因为通过高考机制,大学已很难找到知识面广、视野开阔、文笔灵动的优秀生源了,这个误区造成的直接负面作用就是文学与其他人文学科后备人才匮乏。而"新概念"的理念就是要让充满崇高理想和情操,充满创造力和想象力的语文学科,真正成为提高学生综合素质的基础学科。通过竞赛让一些真正具有写作能力、各方面素质都不错的高中生通过免试或加分进入高等学府进一步深造,为日后人文学科后备人才的输送起到一定的作用。因此,高校也愿意尝试一下。

1999 年"新概念作文大赛"横空出世,一篇篇才华横溢的参赛稿件,给文坛吹来了一股清新之风,也令担任评委的作家们耳目一新,并发自内心地感叹"青春的光彩谁也无法扼杀"!

从 1999 年开始的"新概念作文大赛"至今已办了 10 届,参赛人数由最初的 4000 人次逐年递增到现在的 7 万多人次,主办单位也由最初的 8 家上升到现在的 14 家(后来陆续加入的有清华大学、浙江大学、中山大学、北京师范大学、武汉大学和中国人民大学)。而由"新概念"培养出来的一批"80 后"作家,也在青少年读者群中一举成名,成为国内图书出版市场的风云人物。

总之,关于这本杂志的褒扬之词无论在报刊还是网上,都是铺天盖地的,无须我在此赘言。我想说的是,这本杂志走到今天这一步,有着它非常鲜明的特点,那就是人。虽然有人说要办好一本期刊"最重要的是经营理念,其次是人,最后才是资金"。但我认为对《萌芽》而言,第一是人,第二也是人,第三还是人,人起到了决定性的作用! 为什么这样说呢? 你看,从 1996 年的改版到"新概念"的酝酿、推出和成熟,《萌芽》人的思路一直在转变,这种转变有时候是非常痛苦的。因为你已经在从前的轨道上轻车熟路了,一下子要掉头重新探索一条新路,困难是可想而知的。而且一个人要否定自己,要抛弃多年形成的办刊思路又是多么不容易,但《萌芽》人做到了,他们通过换自己的脑筋从而达到换刊物的面貌。我们知道有些杂志的成功发展是在换人的前提下得以实现的,为什么要换人? 因为换人的背后是换思路。而《萌芽》人最突出的一点就是表现在敢于否定自身已经过时的办刊宗旨,敢于调整自身所做的工作和思路,而且这种调整是全方位的,是彻底的,他们没有瞻前顾后,小心翼翼,而是大胆想象,小心求证,一旦决定,全力以赴。

虽然现在期刊市场竞争激烈,趋同、跟风现象难以避免,但独树一帜的《萌芽》杂志以其特有的魅力傲立于青年文学期刊之首,个中三昧很值得我们细细玩味。

(原载《编辑学刊》2008 年第 4 期)

新思维新表达真体验

——新概念作文大奖赛的启示

童庆炳

上海的《萌芽》文学杂志举办以中学生为主的新概念作文大奖赛已历时5届。我于1999年和2003年2次应邀参加复赛评委工作。对于一直关心中小学语文教学改革的我来说,感受很深。大奖赛的举办理念和机制对于广大的中小学语文教师来说,也许会有一些启发。这里拉杂谈一谈。

当代文学创作现在处于最低点,完全失去了80年代初的轰动效应。但是在《萌芽》杂志编辑部却是另一番景象,仅仅2002年一年,编辑部收到全国各地来的参赛稿件达到4万多件,热气腾腾,热闹非凡。《萌芽》杂志也因为举办了新概念大奖赛,把准了读者的对象,其订数由5年前的2万份猛增到26万份。杂志社还办了一所学校。出版大奖赛作文的作家出版社累计出版大奖赛的书籍100多万册。大奖赛简直成了一种"文化产业"。在低潮中文学在这里受到如此"宠爱",真是难以想象。它是水面荡起的双桨,是莫斯科郊外的晚上,是"坐看云起时",是"柳暗花明又一村"。大奖赛参赛作文质量之高使参加初选的评委感到惊奇,一篇又一篇动人之作,每"撤"下一篇作品都要下"狠心"。获奖者那溢于言表的高兴,发奖会场之热烈,都令人感到不可思议。为什么这个大奖赛与文学的低潮,特别是与学校平日的作文状况,会形成如此巨大的反差呢?

首先是大奖赛的理念。新概念大奖赛的理念是崭新的。它标举"新思维、新表达和真体验"。"新思维"——提倡创造性、发散型思维,打破旧观念旧规范,打破僵化保守,无拘无束;"新表达"——提倡不受题材、体裁的限制,是用自己充满个性的语言,反对套话,反对千人一面、众口一词;"真体验"——提倡真实、真切、真诚、真挚地关注、感受和体验生活。这就是说写什么和怎样写都允许充分的自由。其实,道理很简单,只有在自由中,作者才能获得真正的审美体验,也才能写出优美的、阳刚的、阴柔的、豪放的、婉约的、粗犷的、细微的各种不同格调的作品来。记得1999年那一次复赛的作文题目是:1234567。参加复赛的选手,写什么的都有,怎么写的都有。有的是写7件事,有的写7个台阶,有的写人的7个10年,有的是写从星期一到星期日,有的是写音符中的1234567。真是花团锦簇,仪态万千,群芳竞妍,多姿多彩。目前中小学的命题作文的弊病之一就是"死",题目和写法规定都把学生束缚住了,学生没有审美体验的自由,硬要大家按照一定的规格写,结果学生们对作文失去兴趣是一点也不奇怪的。难道我们的中小学语文老师不可以从中受到一些启发吗?中小学作文作为语文的一个重要有机组成部分,一定要在真、活、新三个字上下一点功夫。

其次,是大奖赛的机制。大奖赛不是杂志社单独搞,他们请了北京大学、清华大学、复旦大学、北京师范大学、华东师范大学、南京大学、南开大学、武汉大学、厦门大学、中山大学10所全国重点大学联合举办。凡复赛获得一、二等奖的高中应届毕业学生,可以当时就自由与上面 10 所大学的招生办的负责人和老师见面，只要高考考分达到各省重点大学的录取线，就有优先录取的资格。这就让部分考生提前有了上重点大学的大体把握。这是他们所神往的。目前，前几届获奖学生在北大、北师大等学校学习，表现突出，有的已经出版了书籍，有的已成为学校文学文化活动的骨干，一颗颗新星冉冉升起。

大奖赛所请的评委都是国内著名的作家和教授，眼界高，水平高，对作文的评点，好处说好，坏处说坏，精彩的批语一言中的，一针见血，入木三分，力透纸背。这些批语可能影响孩子的一生，对其他的读者也有启发。

另外，大奖赛评委完全以作文论成绩，决不"走任何后门"，不论什么人，不论是谁家的孩子，在评委这里一律平等。好就是好，不好就是不好。精彩就是精彩，差劲就是差劲。谁也不能够给谁提高 0.1 分。这种机制使真正优秀的人才能够脱颖而出。可以预期的是，一批文学新人从这里起步，走向大学，走向文坛，走向他们梦想的地方。

当然，《萌芽》杂志社作文大奖赛的机制并不是一般学校所能模仿的，但是难道我们不可以从这里受到启发，从自己学校的实际情况出发，采取一些有力的措施，创造出某种氛围，让孩子们对作文有兴趣、有追求、愿意练、愿意写吗？

（原载《中国教师》2003 年第 1 期）

新概念作文大赛的花开花落

周南焱

年初开始闹腾的"方舟子、韩寒之争",各路角色轮番登场,至今仍未尘埃落定,成为龙年起始最热门的文化事件。其间,新概念作文大赛也被卷入舆论的漩涡,成为争议的焦点。已经走过 14 年的新概念作文大赛,曾经红极一时,近几年归于平淡,这次回到公众视野,却已成为被质疑的对象。如今,厘清它的来龙去脉及其文化意义,也许正是时候。

一、对中学应试作文的一种反叛

在今天读者的眼里,创办新概念作文大赛的《萌芽》是一份面向大中学生的文学杂志,校园气息浓郁。其实,这份隶属于上海市作协的杂志资格很老,创刊于 1956 年,面向青年文学爱好者,跟《青年文学》的定位完全一致。到了 20 世纪 90 年代中期,文学期刊普遍走下坡路,《萌芽》的销售量也跌到 1 万多份。

时任杂志主编的赵长天,不得不考虑开发新的市场。于是,为了求生存,编委会决定改变编辑方针,选用更多适合中学生看的作品。赵长天开始跑各个中学,请老师们推荐优秀作文。孰料,所谓的"优秀作文",基本上是"考试范文",空洞无味,几乎没有一篇能为刊物所用。而一心只为高考的中学生,对与高考无关的作文比赛也没有多大兴趣。

这反倒给赵长天带来了灵感:《萌芽》举办作文比赛,需要找大学合作。这时,大学老师对中学语文教学很有意见,很希望通过别的方式发掘人才。这样一来,赵长天和复旦大学、北京大学等几所高校一拍即合,用免试录取的条件来吸引参赛者。于是,新概念作文大赛就在 1998 年诞生了。

《萌芽》杂志副主编李其纲最近撰文回忆,20 世纪 90 年代末,语文教学面临极大危机,"最具人文性、审美性、灵活性和创造性的语文教育已变成一种纯技术性、近乎八股文式的机械训练"。新概念作文大赛就在这样一种背景下应运而生,"从诞生的那一天起,就做出了一种对八股式应试作文的反叛姿态"。曾担任近 10 届评委的复旦大学中文系教授汪涌豪说得更坦率,"一直做新概念的评委,唯一的愿望就是想解放僵化的中学语文教育"。

徐敏霞是首届新概念作文大赛一等奖获得者。"当时,我正在学校上高考补习课,看到了新概念作文大赛的征稿启事。我平时就喜欢写作文,有作文比赛都会参加。"她回忆道,她觉得这次比赛很独特,跟课堂作文很不一样,没有规定作文题目,想写什么就写什么。她精心写了一篇《站在十七岁的尾巴上》,寄了出去,没想到一举获奖。跟她一同获得首届大赛一等奖的还有陈佳勇、韩寒、宋静茹等人。

"首届新概念作文大赛的征稿启事发出后,我们忐忑不安地等待。"李其纲说,幸运的是,新概念作文一不小心打开一扇闸门,那些被应试教育之闸关押着的春潮喷涌而出。《萌芽》

的发行量也随之暴涨至几十万份,风靡中学校园。《青年文学》杂志社社长李师东认为:"《萌芽》杂志将读者群年龄放低,是一个明智的举动。新概念作文引起全社会对作文的重视,重新点燃公众对文学的热情,也为青春文学的兴起提供了一个非常好的前提。"

二、参赛者代笔、套题不乏其人

在"方韩之争"的舆论风波中,新概念作文大赛的评审机制遭到质疑。实际上,大赛规则是逐渐完善的,开始并非没有漏洞。比赛至今仍然分为初赛和复赛两部分,初赛作文是作者在家里写的,只有复赛是现场作文。"第一届新概念作文大赛只看重征文来稿,当时就想,这些文字都是在家里写的,万一作弊怎么办?"一直担任评委的作家叶兆言最近坦言,所谓复试其实只是看考生当堂作文对不对路,有没有明显差距。这也意味着复赛作品仅起一个鉴别真伪的作用。

一直担任评委的作家方方透露,如果初赛分数很高,而复赛分数很低,评委就要审核,看是否存在作弊代笔的问题。初赛作文由人代笔,这样的案例并不少见。今年年初的第 14 届比赛,就发现某参赛者有代笔嫌疑。"评委大多是有经验的作家,很容易看出是否有人作弊。"据方方介绍,为了让评审更加合理,初赛和复赛如今各占 5 分,复赛也变得很重要。复赛题目由评委们出题,大家投票选出最终考题。今年复赛的题目就是方方出的《韩寒》。

在历届新概念作文大赛中,除了各大高校的教授,还有许多知名作家担任评委。王蒙、苏童、余华等人都担任过评委,叶兆言、方方更是从首届坚持到现在,这也增加了比赛的权威性。"我们评委集中到宾馆里,六七个人一个小组,每篇作文都按平均分计算。每次比赛每人要看几十篇稿件,谁看到好的稿件,就相互推荐传阅。"方方说,思路活跃、有想象力的稿子,比较受评委的青睐。

评委们最反感的是那类套题的作文。"今年的题目本来是想看考生对韩寒现象有什么自己的看法。但很多人事先把自己写的小说准备好了,只是临时把主人公的名字改成韩寒,想蒙混过关。"汪涌豪谈到这里有点哭笑不得。他表示,自己审稿时,一般不要求写得多深刻,最希望看到的是有真情实感的作文。

评审过程都有公证处监督,评委并不能暗箱操作。"每一届评委都在宾馆里审稿大约一个星期,一个评委的报酬起初是 1000 元,后来升到 3000 元。现在干什么活动都不止 3000元啊,像我做个演讲也能拿这么多,但大家都不计较。"对于网上汹涌的质疑,方方有点委屈。"评委们大多是朋友,在一起看稿很愉快,并不是所有人都没有人格信仰。"

三、没有大学介入,新概念早完了

"上大学之前,我所在的中学是偏重理科的学校,如果不参加大赛,我可能会报考华东政法学院。我从小的理想是当律师,但新概念大赛改变了我的方向,我选择报考了复旦大学中文系。"徐敏霞说,自己的高考分数离复旦大学中文系的分数线差 1 分,但因为得过新概念作文一等奖,学校很重视,就破格录取了。

事实上,新概念作文大赛前两届一等奖得主,都有机会免试入大学。虽然第三届之后各校取消了文科保送制度,但获奖者仍然有机会被这些大学划归"自主招生"的范围内录取。

即便是近两年的一等奖得主,参加高考仍然能获得如北京大学、武汉大学等高校的加分,如果成绩过了高考分数线,便有更多机会被重点大学录取。

换言之,先后和十几所高校联合举办作文大赛,是"新概念"成功的关键。"没有大学的介入,《萌芽》杂志不可能搞起来;没有大学的吸引力,新概念作文早完了!"方方感慨,十几所大学降分录取,对中学生是多么大的事啊。叶兆言也如此感叹:"新概念当年激动人心,就是直升大学,这也可以看出,说来说去,还是高考最厉害,即使为了反对高考模式的新概念作文,也一样走不出这个魔圈。"

赵长天并不否认"新概念"的成功,是借助了北京大学、清华大学、复旦大学、中国人民大学等知名高校的名声来吸引参赛者。他曾表示,要使一个权威的作文大赛完全避免功利性是很困难的,不光是可以进名校,还有被社会承认,都是很大的吸引力。一定会有人为了这些功利目的来参加比赛,也会有人在写作时刻意模仿以前得过奖的文章。

获得第四届新概念作文一等奖的霍艳直言,当初自己参加比赛也是有功利心的。"当时我已经学了七八年的琴,但一直没有什么很突出的成绩,除了音乐学院的考级,没有什么值得称赞的。"她无意中发现自己也可以不按规矩写出"新概念"作文以后,就精心准备了4篇文章,都是利用上课时间写的,然后托同学打印成稿,寄了过去。"每天盼望复赛通知,直到快绝望了,才在传达室抽屉里发现了那封白色的挂号信,于是我就去了上海,那年我14岁。"

四、"新概念"不八股,作者形成了八股

从1998年第一届新概念作文大赛算起,14年来,这个主要面向高中生的作文比赛吸引了超过65万人次参赛,有28名优胜者获得保送北大、复旦、厦大等名牌大学的资格,更走出了韩寒、郭敬明、张悦然等一批有社会影响力的青春作家。但在2007年达到8万人参赛的高峰之后,近几年,新概念作文大赛的参赛人数回落,一直徘徊在4万左右。

从最早主要是80后参赛者,到如今渐渐变成了以90后为主,也不再出现引人关注的青春作家,这个以"新概念"命名的作文比赛,甚至被人质疑成了"新八股"。汪涌豪指出:"新概念确实遇到了瓶颈,新概念本身没有八股,是作者自己形成了八股。"最近几年,他在看稿时,发现很多穿越题材作品,武侠、盗墓之类的作文比比皆是,跟网络流行小说很相似。"没有生活素材,大多是取自网络上的东西。社会流行什么,他们就写什么,作文里漏洞百出。"

对此,方方也深有同感。"早期作文很不错,写校园恋情的特别多,写得很真实的,也会得高分,但现在少了一些。有几年参赛作文比较差,我们评委就发牢骚。"她说,90后孩子的总体水平比当年高,但也缺少突出的文章。现任《萌芽》编辑的徐敏霞更有亲身体会,她说,每次投稿很多,但想找到好稿子如大海捞针。"我们那时喜欢写家庭、校园,文风比较细腻。现在的90后更加自我,写文章好像没有耐心,表达得特别直接,也很粗糙。"

至于眼下"新概念"的困境,方方也直言不讳:"一个大赛搞了十几年,确实有些疲劳,我们都想辞职。"李师东认为,新概念作文开风气之先,此后没有其他作文大赛超过它,但再好的策划也会变得模式化,很难持续激发社会对它的热情。"新概念作文催生了'80后'这个概念,参加比赛有机会免试入高校,但现在要吸引90后,这个噱头已经不那么管用了。目前恐怕需要新的策划,只是还没有人找到这样一个创意。"

毋庸讳言,"新概念"还受到郭敬明所创办的"文学之新"作文大赛等一批同类大赛的冲

击。不过,让评委们感到欣慰的是,今年这届"新概念"参赛人数已回升到近 5 万人。一些评委觉得,不管这些人怀着怎样的目的参赛,只要对文学有兴趣,就仍然是一件好事。

五、不再看好"新概念"

"新概念"产生的最大影响,就是制造出一个"80 后"的概念。韩寒、郭敬明、张悦然、饶雪漫、周嘉宁等一大批从"新概念"走出来的作者,已成为"80 后"作家中一支重要力量。

"此前,青春文学并未受到特别关注,因为'新概念'作文大赛,一批青春作家出来,形成了一个文学热潮。"李师东说,20 世纪 80 年代文学热潮过后,文学日趋边缘化,青春文学的兴起,是一次文学的再出发。即便对于郭敬明、饶雪漫等人的商业写作,文学界批评很多,也不乏嗤之以鼻者,但文学批评家陈福民认为,"'新概念'作文大赛利用'80 后'的标记,还处于商业试探期,仍然为当时的文化反叛力量提供了一个出口,在文化意义上不可忽视"。

"早期'新概念'作文挺好的,圆了一部分青少年的文学梦,更坚定了他们走文学创作道路的决心。"但 80 后作家许多余认为,与之伴随的最大坏处是,让年轻作者过早地进入市场,根基太浅却自我轻狂,这对文学写作本身并无好处。很多人从当初参赛到现在,文学写作并没有进步,还停留在过去。霍艳也坦陈,获奖之后,没过多久她就出版了第一本书,后来欲罢不能似的接连有作品发表,但现在她意识到,自己的积累仍然不够。

由于以郭敬明、韩寒为代表的畅销书"偶像派"早早地步入成功人士行列,遮蔽了很多真正有实力的 80 后作家。"其他从'新概念'走出来的作家,像小饭、蒋峰、周嘉宁的水平都不错,但关注度并不高,这是不公平的。"许多余说,至于像自己这样没有参加过新概念作文大赛的"非萌芽"作家,走过更多的弯路,经历更加曲折。

对"非萌芽"作家或 90 后作家来说,"新概念"已没有当初的价值和意义。90 后作家陈少侠也参加过"新概念"并获奖,但他毫不客气地批评,"现在'新概念'已变成一个投机、媚俗的比赛,丧失了过去的勇气。过去评委们推举真性情,现在依然倾向于情感类作文,导致很多参赛者纷纷写爱情小说,迎合评委的心理"。他指出,"新概念"当初初生牛犊不怕虎,如今多了商业、发行上的考虑,变得越来越保守,缺少创新精神,很多有新意的文章反而入不了评委们的法眼。

陈少侠感慨地说,自己身边有很多 90 后作者,只能零星地发表作品,但没有机会冒出来,找不到一个好平台。"'新概念'作文这个平台已经疲软,没有新的突破,加上 90 后没有话语权,不可能成批冒出来。"他坦言,虽然其他文学比赛也很多,但商业味道很浓,自己喜欢从事纯文学创作,不会再参加这类比赛。

跟当初的"新概念"相比,今天的出版商根本不鼓励叛逆,商业包装只要赚钱就行。青春原创文学网站已经替代"新概念"作文大赛,以更低的门槛迅速捧红了一堆写手,使他们的作品成为畅销书。"网络公司包装写手,想方设法提高点击率,出版商再接着包装网络写手。"陈福民感叹,在网络资本的支持下,写手们陷入了被金钱奴役的僵化机制,这种网络包装纯属商业运作,不再有任何文化意义。

六、《萌芽》与"新概念"作文大赛

《萌芽》杂志创刊于 1956 年,为全国第一家青年文学刊物,也是目前国内最具影响力的原创青春文学刊物之一。《萌芽》杂志的封面刊名沿用了鲁迅办《萌芽》时所书手迹,旨在继承和发扬鲁迅办《萌芽》的传统,在文学战线造成大群新战士。

1998 年,《萌芽》杂志社策划主办了第一届"新概念"作文大赛,14 年来,这个主要面向高中生的作文比赛吸引了超过 65 万人次参赛,近 300 名获奖者取得高考加分资格。从这里踏上职业文学创作之路的文学青年超过 500 人,他们出版的图书累计销售超过 1800 万册。

每届"新概念"作文大赛结束后,获奖作品都会结集出版。《首届新概念作文大赛获奖作品选》首印 3 万册,最终销量 61 万册。粗略估计,自 1999 年第一本作品选出版至今,作家出版社已出版 11 本新概念获奖作文选,累计销量达到 400 万册。

(原载《北京时报》2012 年 3 月 8 日)

一本杂志与一代文人

张　英　张怡微

一、杂志：1 万到 40 万

在第十届"新概念作文大赛"颁奖前，《萌芽》副主编桂未明刚刚办理了退休手续。

桂未明是 1995 年来《萌芽》工作的。当时《萌芽》主编曹阳辞职，杂志发行量不到 1 万本，单位发不出工资。身为上海作协副主席和秘书长的赵长天只能自己出马兼任主编，他给自己找了个帮手，请来了在《电视电影文学》工作的桂未明担任副主编。

"我当主编第一件事是找钱发工资，当时的一位市委副书记出面找《新民晚报》做协办单位，每年给《萌芽》30 万块钱，连给 5 年。"赵长天对南方周末记者回忆，工资问题解决以后，赵长天和桂未明就忙着改版。

和上海市作协主办的《收获》《上海文学》不同，有着"青年作家摇篮"之称的《萌芽》是一本办给青少年读者的文学刊物。但调查显示，相当多大中学生并不知道《萌芽》的存在，读过《萌芽》的也觉得作品和他们的生活很遥远。即使是苏童这样的作家的作品，学生们也不是特别爱看。

于是《萌芽》尝试向中学生约稿，"希望此举能拉近和他们的距离，让学生们觉得这是一本属于他们的杂志"。桂未明说。但事与愿违，在老师推荐来的稿件中，达到发表水平的稿件并不多。

后来《萌芽》的编辑傅星建议，干脆搞个中学生作文比赛，由此发现作者和作品。另一位编辑李其纲则提出，为吸引中学生参赛，最好找大学联办。赵长天找到了北大、复旦、武大等高校，回应是热烈的——这些高校表示愿意用"保送生"的渠道，直接录取"新概念作文大赛"的获奖者。

"新概念"一经提出，就成为社会关注的焦点。

大赛聘请国内一流的文学家、编辑和人文学者担任评委，不收取任何报名费。除作品要求字数控制在 5000 字以内、参赛者年龄在 30 岁以下之外，征文题材没有任何限制。评奖均以无记名投票方式进行，并由公证处现场监督和公证。组织方如此郑重，围观者也不由得肃然。

一篇获奖作文可以进大学？在媒体的炒作下，"新概念作文大赛"就此走红。1999 年 3 月，在 4000 多封来稿中，首届"新概念作文大赛"的 7 名获奖者陈佳勇、宋静茹、王越、杨倩、吴迪、李佳、刘嘉骏分别被北京大学、南开大学、南京大学、华东师范大学免试录取，一时成为社会话题，广为人知。

"它让我们进大学多了一个通道，不必参加高考了。"陈佳勇回忆，作为一等奖获得者，他被北京大学中文系破格录取。同学们还在教室里准备高考时,陈佳勇在家里名正言顺地看着小说。

在媒体的追逐下,桂未明意识到,"新概念"火了。

第二届"新概念"开赛时,全国各地的参赛者超过了2万人,21名一等奖获奖者被保送进入大学。因为社会的关注,不仅《萌芽》杂志发行量迅猛上升,就连首届结集成书出版的《"新概念"获奖作文选》也成了畅销书,半年时间里,卖了60多万套。

"我们可以搁笔了。"王蒙欣喜地说。"新概念"的许多参赛作品让铁凝、叶兆言等作家无法相信出自中学生之手。10年中,众多年轻作者被发掘出来,众多"新概念"写手如今已经成为文坛上活跃的作家。

在《萌芽》工作的13年里,桂未明看着这本杂志慢慢红火起来。当她决定退休离开《萌芽》时,第十届"新概念作文大赛"的参赛者已经稳定在7万名左右,还增加了港澳赛区;杂志每期平均发行量已经到了40万本左右。长篇小说增刊势头看好,杂志准备进一步扩张,增出下半月刊。

二、学校:失败的"新概念"

2007年7月,在送走最后一批高中毕业生后,地处上海市浦东塘桥的萌芽实验中学关上了大门。

赵长天办中学的念头始于第二届"新概念作文大赛"。

那届大赛的获奖者里有一位中学生叫陈凯,这名来自辽宁鞍山的高中生告诉赵长天,自己刚读完二十五史。一个大学历史专业的本科毕业生都不一定能读完二十五史,一个中学生居然读完了,这令赵长天非常惊讶。后来因为获奖,陈凯进了清华大学。"中国这么大,像陈凯这样有文科特长的学生应该很多。如果我能办个学校,招收文科底子好的学生,请到最好的老师,在正常的中学教育外,对他们实施文科通识教育,再引入导师制、学分制……"赵长天当初的设想透着一股理想主义劲头。

这个想法很快得到了参加颁奖的13所大学负责人的认同。

2002年4月,萌芽实验中学通过上海市教委批准,注册挂牌成立。浦东新区拨款500万元用于学校装修,其余办学经费由《萌芽》自筹。有着北大等高校的承诺,加上"新概念"作文大赛的示范作用,萌芽实验中学招生异常红火,初中预计招收200名学生,报名的却有上千人。

出乎赵长天意料的是,等到这年9月学校正式开学时,教育部开始调整高校保送生制度,保送生数量被大大压缩,原有的文科生被排除在外。

这样的变化是赵长天始料未及的。

因为上海市高考录取分数比外地低很多,许多外地家长宁愿出高价把孩子送到上海读书,在上海参加高考。因为有经济回报,上海很多中学招收外地学生的积极性也很高,都想争夺这块肥肉。

答复赵长天的教委官员认为,外地生使用了上海的教学资源,那么就有理由向他们收费。所有的学校都想招外地学生,如果萌芽实验中学开了这个口子,其他学校怎么办?"我也很理解教委的难处。"赵长天说。不能全国招生的结果是:报考萌芽中学的学生都是上不了市重点和区重点高中。

为了争取到全国招生的权利,赵长天费尽心思,但最后未能如愿。和所有的学校一样,高考升学率成为衡量萌芽得失成败的唯一标尺。

萌芽实验中学创办 6 年,共招收过两届初中和高中生。最后,赵长天只能选择,把它还给政府。

三、写手:不一样的道路

"新概念"10 年庆典活动现场,当年的获奖者刘莉娜已经是个准妈妈的模样,她肚子里的孩子已经 9 个月了。来自湖北的她当年以描写师生恋的文章《风里密码》获得"新概念"一等奖。当时这篇文章给还在高中就读的她带来不少麻烦,全校师生都知道她暗恋那位已婚的生物老师,这使得她的日子非常难过,也给那位老师带来不少麻烦。

获奖让刘莉娜得到了进入华东师范大学中文系读书的机会。在大学里,她把师生恋变为了现实。她当年暗恋的家乡那位老师,如今也和她成了朋友,每次来上海的时候,都会约她见个面,喝茶聊天。这个故事让赵长天不禁感叹物是人非。

庆典地点,上海市青松城大酒店百花厅,韩寒、郭敬明、张悦然出场后,一些激动的粉丝冲上台索要签名,这使得原本严肃庄重的生日庆典变成了一次狂欢。不久,坐在前台的几位知名作家选择了转身离开。

郭敬明被《萌芽》的老师们称为"天皇巨星",他是唯一一个要求独辟房间化妆的嘉宾。他的要求还包括:迟到 15 分钟,提前 15 分钟离开,要找一个不太被人注意的前排位置……张悦然和韩寒到场虽有延误,但他们仍在前排就座。

10 年了,当年的青春少年如今已经长大。韩寒、郭敬明、张悦然在庆典现场的对话实在乏味,尽管私底下的风言风语不断,但在网络直播现场,他们面带微笑,相互恭维……相互都很熟悉的韩寒和郭敬明都表示,彼此"第一次见到真人"。

韩寒说郭敬明的作品"总体还不错";郭敬明则认为韩寒的作品"都很出色";张悦然坦言"更喜欢看韩寒的博客"。说到让他们成名的"新概念",韩寒觉得"这个比赛就像中学生作文竞赛",对当年自己获奖的文章《杯中窥人》,如今的他觉得"有些矫情"。郭敬明承认自己当年两次参赛是因为"参加'新概念'有保送大学的可能",能够"让人看到你的才华"。

张悦然则感慨地说,"新概念"的获奖让她可以理直气壮地写作了,原本教大学语文的父亲坚决反对她搞文学创作,因此她后来进入山东大学读了计算机系。"'新概念'带给我这么多读者,是他们的回应和支持使我重新走到写作的道路上来,成为一个专业作家。"

而更多的人没有韩寒、郭敬明、张悦然那样名利双收。同样是"新概念"得主,小饭、胡坚、苏德、周嘉宁等人还在坚持写作,但是他们的路却是孤寂的,作品发表和出版虽然不成问题,可发行量却一直上不去。

更多人已经远离了文学。同样是"新概念"的一等奖得主,艾路读的是清华大学水利系;李一粟读的是法律系,现在在北大攻读法律研究生;同时也是奥林匹克化学竞赛一等奖得主的任良,最后选择了南京大学化学系;省级数学竞赛一等奖获得者郭允,在连续两年获得"新概念"一等奖后读了哲学系;此外,还有学物理的,从军的,等等,不一而足……

《萌芽》跟踪调查结果表明，他们并不为自己放弃文学而后悔。赵长天并不失望，"毕竟，文学是一条寂寞、漫长的道路，文学跟人有关，未必跟职业有关。我在意的是，文学能否成为他们的精神家园。从这个角度出发，我希望'新概念'还能有下一个10年"。

（原载《南方周末》2008年4月17日）

新概念作文大赛

——请听一位中学生的心声

苏支超

　　我有一个建议,请把类似"新概念作文大赛"的形形色色的中学生作文大赛统统改成"校园文学大赛"。从今以后,请不要再用"作文"的名义举办这类大赛了。

　　全国中学生作文大赛评选出来的获奖作文,理所当然是全国中学生学习写作的典范。把这样的作文在报刊上刊登出来,无非是向全国的中小学生以及他们的家长和老师表明,你希望自己写出好作文吗?你希望你的孩子或学生写出好作文吗?如果希望,那么你就以这些作文为典范,努力写出这样的好作文吧!那么你就以这样的作文为典范,来培养你的孩子或学生的作文能力吧!事实上用类似"新概念作文大赛"的获奖作文作为全国中小学生学习写作的典范,希望他们都能写出这样的作文来,不仅没有必要,而且没有可能,甚至是有害的。

　　作文评奖活动的目的,无非是给广大的学生提供学习的模范作文,而学生学习这些模范作文,则又是为了获得他人的称赞。然而学生学习作文的目的原本是为了在自己有了话需要用文字表达时表达得清楚明白。当学生——须知他们都还是孩子——一旦把获得他人的肯定当作作文追求的第一目标时,他必然面临着一种危险:个性的失落和语言的扭曲。据我猜测,世界上哪一个国家特别热衷于学生作文大赛,特别热衷于出版各种作文选,哪一个国家的学生就一定特别会在作文时写假话、写套话、写大话。再则,当学生都把写出那种获奖作文当作写作能力水平高的标志时,他们必然会对写作产生一种特殊感和神秘感——因为写出那种文章确实和天赋有关,学生中能写出那样文章的人终究是少数。而当学生对写作有了这样的错觉,他们至少就有两种可能:第一,反正我将来既不打算也不可能靠写作混饭吃,我何必练习写作?第二,作文嘛,就是要认真"瞄着"流行观念编话语,至于平时写信、写通知、写笔记、作记录则可以马马虎虎。其结果是栀子花、茉莉花的话语他们固然编不好,而当他们确有思想需要用文字表达时,几句极简单极有用的话却又写不通。其实他们原本可以写得通,如果他们认为那也应当认真对待的话。说这种作文大赛甚至于有害,以上两点是明摆着的理由。马克思固然写不出《人间喜剧》,但巴尔扎克又何尝能写出《资本论》?爱因斯坦固然写不出《老人与海》,海明威又何尝能写出《相对论》呢?就像科学研究能力不等于写作能力一样,文学创作能力同样也不能等于写作能力。难道编故事能力等于写作能力?科学家和作家相比,他们的科学研究能力和文学创作能力各有高低,然而在运用书面语言完满地表达各自要表达的思想这一点上,他们的写作能力却是半斤对八两,很难说他们谁高谁低。我相信我的这个想法的确很片面。但我认为在更全面的思考中应当把这个"片面"包括进去。如果从事语文教育或者批评语文教育(包括作文教育)的人,都在脑子里给这个"片面"的想法留下一个位置,中小学作文教育以至全部语文教育则可能更贴近学生将来对写作能力以至全部语文能力的实际需要。

学校中也有一部分热爱文学创作,向往文学创作,且确有文学天赋的学生。教育,尤其是语文教育,理应给他们提供展示才华的机会。因此,举办那种大赛也是应该的。我之所以建议把比赛的名称改成"校园文学大赛",是因为改成了"校园文学大赛",则意味着向学生表明,此类写作是学生课余爱好而不是他们必修的功课。作文人人要练习,但无须人人练习文学创作。谁希望自己能写出像获奖作文那样的作品,谁尽可以朝这方面去努力,但无需为自己写不出那样的作品而自愧弗如,他照样可以信心十足地说:"我会作文——当我确有话需要用文字表达的时候。"

如果单从文体方面考虑,文学和非文学的界线是很难划定的。但是在文学写作业已成为独立的社会劳动门类,而且日益职业化的今天,如果我们把写作看成一种行为,那么文学写作和非文学写作的区别,应当说还是很明显的。首先,文学写作是独立的劳动,而非文学写作不是。教师写教案是教学劳动;企业家写生产计划写管理条例是企业管理劳动;科学家写实验报告写研究论文是科学研究劳动。其次,从行为的主体方面讲,自觉的文学写作是作者实现人生价值的方式。他写作的目的是为了满足社会公众的文学审美需求。唯其如此,他的作品才能销售出去,才意味着有价值,才意味着他的写作是有效劳动,才意味着他借此实现了自己的人生价值。而非文学写作绝对不是行为主体实现人生价值的方式,他们实现人生价值的方式是他们各自从事的职业劳动。写作仅仅是为他们生活、学习、劳动服务的一种手段而已。再次,既然文学写作是行为主体实现(或部分实现)人生价值的一种方式,那么这就意味着不论是专业的或是业余的作者们,即使当他无话(情感与认识的载体)需要写的时候,他们也要"生产"出一些适应"市场"需要的话来。否则,他就不能凭此实现自己的价值。非文学写作不是这样,有话需要写就写,没有话就不写。它不需要像文学写作那样,为了"生产"适应"市场"的话语而深入生活,而感受体验,而观察思考,而搜集积累,而在什么什么思想指导下进行分析比较,提炼加工,甚至为了保证所生产的话语能适应"市场"而进行思想改造。这种非文学写作所写出的可能被别人称为诗,如那些在民间广泛流传的民谣;可能被称为散文,如中国文学史上的那些脍炙人口的书、表、疏、奏。但这并非是作者的主观追求。

在 20 世纪末,由文化精英们发动的对于语文教育的猛烈批评之后,新的语文教材推出了。我翻阅过初中语文第一册,其中有一篇指导中学生作文的短文。题曰"作文——精神产品的独创"。且不细究什么是"精神产品"什么是"精神产品的独创",也不说用这样似通非通的话语和中学生说话是否恰当,我只是想问:中小学生作文难道是为了生产精神产品吗?现在的中小学生都是未来的公民,未来的公民人人都要会写作,而他们的写作难道都是为社会提供精神产品吗?看了这样的短文,我就知道那种宣称以提高一切人写作能力为己任,以一切写作为研究对象,以揭示一切写作的普遍规律为目标,实则全盘照搬文学概论和传统文论的"写作学"已经渗透到中小学语文教学中来了。作为语文教育的一部分,中小学作文教学中确实存在着许多问题需要深入研究,但是倘若要按照"作文——精神产品的独创"的路子,按着文学概论和传统文论的路子来思考中小学作文教学的问题,我以为其脱离中小学作文教学功能的实际,脱离中小学生将来对于自身写作能力需求的实际,则是显而易见的。我甚至认为,恰恰是那种把写文章当作"经国之大业,不朽之盛事"的古代文论——其中的许多材料都被现代的文学概论所吸收——对咱们国人的影响太深,以至我们总是对中小学作文提出许多它力不能及的要求,才使得它总是在由许多时髦名词覆盖着的散发着陈腐气息的泥沼中艰难徘徊,才使得中小学生通过作文训练学会了投合他人胃口说假话、说套话的本领。

(原载《语文教学通讯》2001 年第 18 期)

七　评奖反响和反思

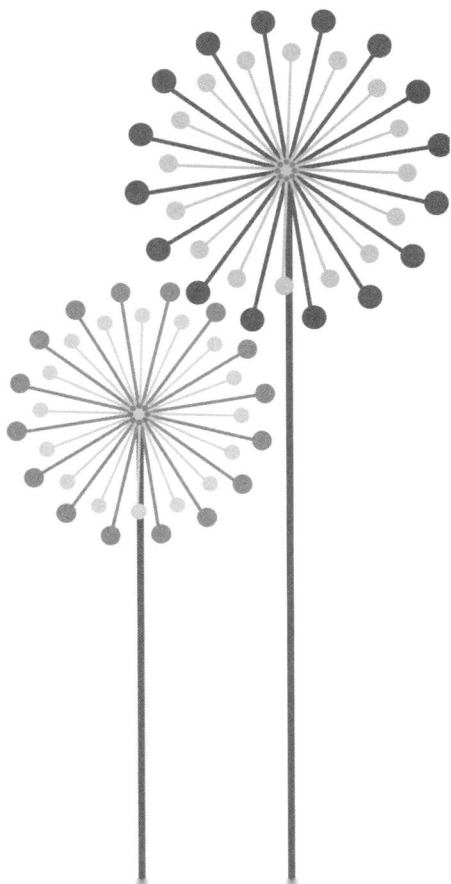

1978 年的评奖制度

孟繁华

　　1978 年以前,与文学艺术不断遭到批判和清理形成鲜明对比的是,它的奖项设立的严重匮乏。材料表明,就小说领域而言,在 1978 年全国优秀短篇小说评选之前,我国仅有 3 部小说作品获奖,它们是:丁玲的《太阳照在桑乾河上》、周立波的《暴风骤雨》,分别获"斯大林文学奖"二、三等奖;胡万春的《骨肉》,获"国际文艺竞赛奖"。它们都不是我们国家设立的文学奖。1978 年之前,其他艺术门类全国性的奖项仅有:"全国少年儿童文艺创作奖",电影的"文化部奖"和"百花奖"等少数奖项。

　　奖励制度是鼓励文学艺术创作发展繁荣的重要机制之一,也是意识形态按照自己的意图,以权威的形式对文学艺术的导引和召唤。因此,文学艺术的奖励制度具有明确的意识形态性,权力话语以隐蔽的方式与此发生联系,它毫不掩饰地表达着主流意识形态的意图和标准,它通过奖励制度显示自己的主张和原则。但是,1978 年以前,全国性文学奖项的缺乏,并不意味着文学艺术是一个"私学"的自由领域,并不意味着文学艺术家可以按照个人的美学趣味随意表达。事实上,这是一个最为敏感的领域,它几乎成了时代的晴雨表,社会上的风吹草动都可以在文学艺术中获得对应性的解释。因此,1978 年以前,文学艺术的意识形态的意图表达,不是通过国家权威奖励制度的引导实现的,个人意志、行政干预、审查制度等,都可以更为简便地实现评奖制度所能实现的所有目的。这样,评奖制度就不再重要,这是国家奖励剞度不完善、不被重视的重要原因之一。

　　然而,奖励制度的设立,毕竟体现了人类对创造性精神生产的尊重与倡导,体现了人类对文化积累和文明发展的热情渴求。"诺贝尔奖""奥斯卡奖"等重大国际奖项,对 20 世纪文学艺术的发展所起到的巨大推动作用是不能忽略的。而对文学艺术家来说,能获得这样的奖励,也是最高的荣誉。他们站在领奖台上的演说,他们所表达的对于文学艺术的理解、对人类精神困境所持有的同情和真诚抚慰的愿望等等,都被视为经典而备受重视。更重要的是,他们以自己的创造性显示了人类想象力和创造力的无限可能性。它们是以仪式的形式为人类的精神奇迹举行的庆典。

　　1978 年,《人民文学》编辑部举办了全国优秀短篇小说评选,《班主任》《神圣的使命》等25 篇作品榜上有名。就当代中国文学而言,它无疑是一个重大事件,这是新中国成立以来短篇小说的首次评奖,也是"文革"后文学成就的一次集中展示。就入选作品看,它们都是在社会上产生广泛影响的作品,都是与当下的社会现实发生密切联系的作品,"伤痕文学"构成了获奖作品的主要内容。但是,在写作风格上,可明显地觉察到对于变化的寻求和探索。《从森林来的孩子》《愿你听到这支歌》等,有很强的抒情性;《神圣的使命》则以类似侦探小说的写法,表述了一个庄重的命题;《珊瑚岛上的死光》的科幻色彩,在当时格外触目惊心。这些作品,虽然仍然受到社会主流话语的深刻影响,仍然表达了作家对历史精神的自觉追随,但它的多样性，则预示了一个新的文学时代向未来发展的基本趋向。

另一方面，这次评奖也使一批作家确立了自己在当代文学上的位置，王蒙、张承志、贾平凹、张洁、李陀、陆文夫、刘心武等，成为"文革"后文学界最为活跃的作家，他们的创作给文坛以深刻的影响，并构成这一时代文学成就的一部分。应该说，首届评奖的入选，在不同程度上也给这些作家的创作带来了影响，社会的承认和举荐，带来荣誉的同时，也无形地规约和左右了他们未来的选择。

1978年短篇小说奖的设立，其意义也许不在于评选了多少作品，更重要的是，它首次以制度化的形式确立了文学奖项。它在引导作家创作方向的同时，也表述了社会对知识分子精神生产应有的尊重。但任何奖项的设立，本身就具有意识形态性，它除了举荐和维护文学艺术自身的生产规则外，还要考虑它们在多大程度上体现了奖评标准的要求。周扬曾指出："我们评奖的目的，就是要发挥评奖的积极作用，促进我国社会主义文学艺术的发展和繁荣、促进我国的文学艺术事业在三中全会路线和四项基本原则的指引下，沿着为人民服务、为社会主义服务的正确轨道前进，实现文学创作和文学理论的真正的'百花齐放、百家争鸣'，使文学创作水平和鉴赏水平更进一步提高。"①而评奖的标准，就是"政治标准和艺术标准的统一"②。评奖的目的和标准在评奖的结果中得到了证实，历届评奖，特别是前三届，首选作品无一不是主题重大、与当下生活关系紧密的作品，《班主任》《乔厂长上任记》《西线轶事》分别荣居前三届入选作品榜首。通过这些作品，人们可以明确无误地判断出中国社会生活发生的最重要的问题和事件是什么，也正因为如此，评奖就不可能是没有遗漏的，甚至重要的遗漏也难以避免。

这一情况即便在国际性的权威评奖中也同样存在。"诺贝尔文学奖"就极具代表性。诺贝尔于1895年11月27日，也就是他逝世的前一年，郑重立下了遗嘱：

所有我留下的不动产，应以下列方式来处理：其资金将由我的委托人投资在安全证券上。成立一项基金，其利息以奖金的方式，每年赠给那些在最近几年造福人类最大的人。此项利息将平分为五份，分配如下：——一部分赠予在文学上能创作出有理想倾向的最优秀作品的人。③

这里一个重要问题就是评选标准的问题，它的关键句是："创作出有理想倾向的最优秀作品的人。"而对"理想倾向"的不同理解，使许多最优秀的作家与这一奖项无缘。首届评奖最具竞争力的左拉，虽然被认为有"惊人的创作能力及其借助强调对比和着眼下层平民达到强烈效果的写实态度"。但终因"其自然主义常流于庸俗无耻、缺乏道德精神，因而很难符合遗嘱人的心愿，不能荣获大奖"。次年，托尔斯泰在众多支持者的呐喊声中参加角逐，他被认为是"驾驭史诗巨著的艺术大师"，但他又被认为是"表现了宿命论的思想，宣扬偶然性，轻视人的主观努力"。瑞典文学院的常务秘书威尔逊也认为："这位伟大作家，从文学造诣来说，他完全有资格获奖，但他对道德表示出怀疑的态度，对宗教缺乏认识。如果把这项文学奖授给他，必然会助长他那种革命性教谕的气焰。"对于"理想"的不同理解，使左拉、托尔斯泰、勃兰兑斯、易卜生、普鲁斯特、卡夫卡、瓦莱里、马尔罗、莫拉维亚等大师均与诺贝尔奖无缘。同

①② 周扬：《按照人民的意志和艺术科学的标准来评奖作品》，载《文艺报》1981年12期。
③ 杰尔·伊斯普马克：《诺贝尔文学奖的隐秘》，张宏译，见《诺贝尔文学奖获得者散文选》，附录一，中国工人出版社1990年版。

时,瑞典文学院院士杰尔·伊斯普马克还指出:"诺贝尔文学奖不是生活在真空里,它不可能不打上政治的烙印。事实上,诺贝尔文学奖的上空一直笼罩着一层挥不去的政治阴云。"出于这种种原因,萨特拒绝了1964年授予他的诺贝尔文学奖。这一世俗社会的最高文学荣誉遭到了挑战和打击:"我的拒绝并不是什么仓促的突然行动,我一向拒绝来自官方的荣誉。"①20世纪60年代,人们发现了丹麦文学批评家勃兰兑斯的一封信,他说他为了探讨"理想"这个词的确切含义,曾走访了诺贝尔生前密友梅达·罗夫勒,后者解释说:"诺贝尔本人是个无政府主义者,对他来说,'理想'的含义是指对宗教、政权、婚姻和社会秩序等持批评谴责态度。"②而遗嘱的执行人却按自己的理解,并致力于维护现有的秩序,以正统的观念选择了获奖者。

这样的现象无非说明,任何奖项的评选,它的公正性只能限定于它所制定的标准的范畴内。1978年以后的短篇小说评奖,虽然陆续推出了优秀的作家和作品,但它的遗漏和偏颇同样无可避免。1979年,张洁的《爱,是不能忘记的》落选,但就其影响力和作品所表达出的卓然不群的艺术品格来说,它当之无愧地应属于那一年的优秀作品。但由于张洁的这部作品注目于个人的情感经验,而没有将视野放到更宽阔的社会变革大潮中,它显然不合乎评选标准。而人民文学出版社也惯例地出版了每一年度的短篇小说选,在1980年,《爱,是不能忘记的》被作为首选作品列为头题。与此相似的是汪曾祺的《受戒》,这一怀旧式的、与现实疏离的清新之作,在当年显然没有受到重视,它同样没有走进获奖作品的行列。1981年,《大淖记事》的入选表明了文学意识形态对多样化的尊重,但显而易见,在艺术上《受戒》要比《大淖记事》更成功。如果说,对上述作品存在见仁见智问题的话,那么,在新诗评奖中,叶文福的《将军,不能这样做》,得票最多,却未能获奖,则不能不引发人们对评奖的忧虑。③周扬在几次发奖大会上都表示过下述看法:

我们的评论和评奖要鼓励文艺创作沿着革命现实主义(其中也包括革命浪漫主义)的创作道路前进,要鼓励作家敢于接触和反映现实生活中各种矛盾和斗争,敢于和善于描写尖锐斗争的题材。这可能要冒一点风险。我们应该鼓励作家创新的勇气。他们在创作的探索中犯了错误,我们要给以善意的批评,帮助他们改正错误,并为他们分担一定的责任。批评要采取正确的态度和方法,要实事求是,与人为善。党的文艺政策应该帮助作家提高自觉和社会责任感,使他们心情舒畅,敢于讲话、敢于负责,而不是不敢讲话,不敢负责。④

后来,周扬又多次重复了这样的看法,在首届茅盾文学奖授奖大会上,他说:"旧时代的优秀作家常常是批判现实主义者,对旧社会采取批判态度,有时甚至是十分激烈的。现在我们的作家也批评我们社会的缺点和阴暗面,但是根本立场不同,出发点不同,我们不是要否定这个社会,而只是要不断改善它,改革它。……所以对作家要十分慎重地对待,要关怀他们。使他们有一个良好的环境,需要有一点灵感和热情,你不能破坏他的情绪,使他根本不

---

① 尤西林:《阐释并守护世界意义的人》,河南人民出版社1996年版,第165页。

② 杰尔·伊斯普马克:《诺贝尔文学奖的隐秘》,张宏译,见《诺贝尔文学奖获得者散文选》,中国工人出版社1990年版,附录一。

③ 谢冕:《文学的绿色革命》,贵州人民出版社1988年版,第53页。

④ 周扬:《按照人民的意志和艺术科学的标准来评奖作品》,载《文艺报》1981年第12期。

想动笔了。"①周扬还鼓励要有"真正艺术家的勇气","要不回避社会矛盾,反映尖锐重大的斗争,没有创造性和积极性,没有'真正艺术家的勇气'是不行的"。② 他还强调要保护作家的这种积极性,不能挫伤它。周扬的这些看法,体现了一个领导者和文学理论家对艺术规律和功能的深刻理解。他鉴于历史的经验和教训,强调文学艺术的社会批判功能,并对作家予以保护,无疑具有重要的现实针对性。然而,他所倡导的这一切,在现实中却难以全部付诸实施。

事实上,那些有强烈的理想主义倾向的批判性作品,所表达的更多的是他们作为人文知识分子对意义世界的关怀,在现实的具体批判中体现出他们形而上的思考。青年学者尤西林曾论述过:"人文知识分子即使作为革命家激烈介入改造权力的革命,也与权力派系之争的政客或不堪压迫起来造反的民众有深刻的区别:他是为意义世界而战的理想主义者,而并非特定现实政治经济利益的代表。"③他援引了武汉军校女生在广州起义时高喊"世界革命万岁"而饮弹身亡,以及红卫兵同工人造反队的区别,旨在说明,恪守意义世界的知识分子是以怎样的方式诉诸理想的。周扬虽然没有这样表述他对文学的社会批判功能的理解,但他的表述里显然含有对人文知识分子守护意义世界的深刻理解。

因此,任何社会性的奖励制度,都可能与知识分子守护的人文意义不同程度地构成矛盾,如果奖励具有支配性的影响,或者成为一种价值尺度,它的世俗性就会沦为人格的控制力量。它使作家屈服于这种控制,甚至放弃对意义世界的守护和表达。因此,当萨特拒绝了诺贝尔文学奖时,显然也表达了他对来自世俗荣誉诱惑的高度警觉,他超越了自身之外的评价尺度。与此不同的是,1978年以来的评奖制度,虽然产生了广泛的影响,获奖作品在一定程度上具有了"典范"意义(获奖者参加的授奖仪式以及1985年以前重复出版的"获奖作家创作经验谈"之类的书籍,都表明了社会对"典范"的认同与举荐),但相对宽松的社会环境同时还允许其他不同的选择标准的存在。社会流行的各种选本表明了不同标准的自由表达和竞争,因此,权威的奖评制度并没有形成对于创作的规约,它的影响也日益具有相对性。

这也从另一侧面反映了当代作家精神独立所能达到的程度。获奖,并不是他们追逐的目标,包括许多获奖作家,对于创作困惑的真实陈白,也同样说明这些作家对文学自身的关注,并没有为获奖的满足感和"成就感"所淹没。那些获奖之初的"创作谈"之类的自信逐渐隐退,代之而起的,是不断产生的自我怀疑。困顿表达了另一向度的清醒,它同时传达了当代中国文学持续发展的可靠保证。事实亦表明,时至1980年,当代文学已以惊人的速度走向成熟。《班主任》《伤痕》等作品因非文学性的因素而产生的影响,被作家日益感知,艺术性开始普遍受到重视。就获奖作品而言,以社会重大事件为题材的作品相对减少,而日常生活中人的情感领域逐渐成为文学表达的主要对象。理论家们将其概括为"向内转":

一种文学上的"向内转"竟然在我们80年代的社会主义中国显现出一种自生自发、难以遏止的趋势。我们差不多可以从近年来任何一种较为新鲜、因而也必然存有争议的文学现象中找到它的存在。④

论者鲁枢元以"三无小说"和"朦胧诗"作为具体现象分析说:这些作品,"其实并不是没

① 周扬:《在茅盾文学奖授奖大会上的讲话》,载《文艺报》1983年第3期。
② 周扬:《要有"真正艺术家的勇气"》,载《人民日报》1984年5月7日。
③ 尤西林:《阐释并守护意义世界的人》,河南人民出版社1996年版,第153页。
④ 鲁枢元:《论新时期文学的"向内转"》,载《文艺报》1986年10月18日。

有'情节''人物'和'主题',而只是在割舍了情节的戏剧性、人物的实在性、主题的明晰性之后,换来了基调的饱满性、氛围的充沛性、情绪的复杂性、感受的真切性。这类小说,成就高下不一,但共同的特点是:它们的作者都在试图转变自己的艺术视角,从人物的内部感觉和体验来看外部世界,并以此构筑起作品的心理学意义的时间和空间。小说心灵化了,诗化了,音乐化了。小说写得不怎么像小说了,小说却更接近人们的心理真实了。新的小说,在牺牲了某些外在的东西的同时,换来了更多的内在的自由"①。而在诗歌创作中,"诗人以个性的方式再现感情真实的倾向加强了,诗歌的外在宣扬,让位于内向的思考,诗歌的重心转向了内在情绪的动态刻画。主题的确定性和思想的单一性让位于内涵的复杂性与情绪的朦胧性"②。谢冕也认为:"文学的向内转是对于文学长期无视和忽视人们的内心世界、人类的心灵沟通、情感的极大丰富性的矫正。心理学对于文学的介入,使新的历史时期的文学极大开掘了意识的潜在状态和广阔的领域。心灵的私语和无言的交流,人的潜意识的流动,都为文学提供了新鲜而丰富的表现可能性。可以说,文学的内向化体现了文学对于合理秩序的确认,也包含着文学一味地'向外转'的歧变的纠正。"③

这样的看法虽然引起过广泛的争议,但它作为已然的文学实践,不仅标示了文学对人的内心世界开掘的关注,同时也表达了文学对于中心的疏离,它有了更为丰富的、可以表现的第二世界,它为文学走向常态提供了必要的断裂性的过渡。因此,1978年前后的文学,也为它的自由做了最大的努力和争取。《春之声》《大淖记事》《爬满青藤的木屋》《种苞谷老人》《条件尚未成熟》《祸起萧墙》《哥德巴赫猜想》《关于入党动机》《呼声》《请举起森林般的手,制止!》《双桅船》《你不可改变我》《继续操练》《塔铺》等作品的获奖,表明了文学主流意识形态对多样化的有限度的认同与支持,对于文学来说,这毕竟是值得庆幸的。

1978年前后的文学,充满了跌宕起伏和悲喜交加,它的整体形象与百年中国文学融为一体,给人一种鲜明的悲壮感。因此,那是一个人文激情奔涌的大时代,它思考和表达的几乎都是与国家、民族、社会、时代等息息相关的大问题,作家和他们的读者,都对文学寄予厚望,使文学超出了它的承受力,也使文学奇迹般地承受了这一切。在后来的文学实践中,我们很少再见到这样动人的景观,它是特殊时代的特殊现象,也是中国独有的现象。无论如何,我们为有过这样的文学景观并亲历了它而感到荣幸和自豪,后来的这一切,都与那个年代息息相关,于是,我们对1978年前后的文学便分外的珍视并且怀念。

(原载《南方文坛》1997年第6期)

① 鲁枢元:《论新时期文学的"向内转"》,载《文艺报》1986年10月18日。
② 鲁枢元:《论新时期文学的"向内转"》,载《文艺报》1986年10月18日。
③ 谢冕:《向内转体现反拨精神》,见《文学的绿色革命》,贵州人民出版社1988年版。

无边的质疑

——关于历届茅盾文学奖的二十二个设问和一个设想(节选)

洪治纲

一、二十二个设问

......

设问 3：从四届茅盾文学奖的 18 部获奖作品上看，它们是否体现了我国新时期以来长篇小说创作在艺术上的"高峰走线"？为什么？

显然没有。如果仅仅从这些获奖作品来认定新时期以来长篇小说的艺术成就，那么我们只能用"贫乏"两个字来进行总结。因为除了《白鹿原》《白门柳》以及《少年天子》等极为有限的长篇有着一定的艺术深度之外，大多数获奖作品还处在平面化的叙事状态，无论是作家对生活的认知方式、对人性的体察深度，还是对叙事艺术的探索动向、对长篇小说审美内蕴上应有的丰富性的开掘程度，都没有获得突破性进展。而相比之下，另有一些未能获奖的作品却以自身较高的艺术水准证明着新时期以来长篇小说所取得的成就。

为了便于说明这种情况，我们有必要对新时期以来的长篇小说整体走势进行一番粗略的考察(限于最后一届评奖时间截止于 1994 年，我们也只考察到此时间段)。因为只有这样，我们才能在纵向比较中看出某一时段长篇小说创作在艺术上的"高峰"状态。

新时期的长篇小说虽说发轫于 1976 年，但由于长篇小说创作需要较长时间的心理准备，写作过程、发表或出版周期也较为缓慢，所以真正地进入较为成熟的创作阶段是 20 世纪 80 年代。从审美格局上看，新时期以来的长篇小说基本上是沿着这样三种艺术程式在发展：传统现实主义，新历史主义，现代主义。但并不是所有的作家都只是严格遵照其中的一种审美原则进行叙事，很多人都积极采用多元融汇的方法，试图将各种审美原则有机地结合在一起，追求多元互补的审美理想。

传统现实主义无疑是长篇小说创作的主流，尤其在作品的数量上占有绝对的优势。从早期的《第二次握手》开始，一直到《白门柳》，至少有 2/3 以上的长篇都是现实主义的产物。它们在叙事中追求的是对生活本来面目的真实再现，强调典型人物、典型事件的塑造，力图通过对现实生活各种信息的及时把握和对历史事件的准确推衍来表现自己的审美理想。但是，由于我们的现实主义审美原则长期以来一直受到各种意识形态观念的不断篡改，在表现形态上常常成为一种庸俗社会学的创作方法，即以社会现实信息遮盖人物的生命情怀、以历史事件的宏阔性取代历史人物的命运悲剧，使创作主体的社会学观念上升为话语的核心，人物真实的生命状态、人性潜在的欲望动向、精神本源上的困顿与伤痛……常常被淡漠、忽视，成为屈从于表现各种社会表象的铺垫。在这种被异化了的现实主义原则指导下,创作不可避免地出现艺术上的失误,典型人物常常隐含在典型环境里,人物自身的话语力量被创作主体的理性所钳制,作家的叙事无法激活人的生命特质,无法洞穿社会现实的本质,而只是对社会和历史面貌的某个方面的外在集纳。

就表现对象而言,这些现实主义作品基本上是针对当下的生存现实和针对真实的历史事件。在反映当下生活的作品中,又尤以表现社会发展动态性过程为主,强调对生活面貌的全景式概括、对各种生存观念的理性表达、对现实社会矛盾的及时披露,如《沉重的翅膀》《许茂和他的女儿们》《钟鼓楼》;在推衍真实历史事件的作品中,它们注重对历史宏大事件的捕捉,企图以事件本身的重要性和人物自身显赫的历史地位,获得艺术上的某种"史诗"品位,如《李自成》《皖南事变》《曾国藩》等。如果站在今天的时空境域中再来重新回顾这些作品,我们不难发现,绝大多数作品早已逃离了人们的记忆,无法再重新勾起人们的阅读欲望,其艺术生命力的孱弱令人震惊。倘若要真正地从艺术的"高峰走线"上看(这种"高峰走线"只是相对于此一阶段的现实主义创作实绩而言,并非具备经典意义),可能只有古华的《芙蓉镇》、张炜的《古船》、贾平的《浮躁》、杨绛的《洗澡》、路遥的《平凡的世界》、铁凝的《玫瑰门》、陈忠实的《白鹿原》、凌力的《少年天子》以及刘斯奋的《白门柳》可以权作代表。

作为一种对所谓的"真实历史观"的艺术反拨,新历史主义的崛起首先是从中短篇小说开始的。以莫言的"红高粱"系列、冯骥才的"怪世奇谈"系列等为标志的一批小说在将叙事指向以往的历史时空时,不再注重历史事实的可堪证性,也不讲究历史事件的宏大性,而只是借用过去的生活背景,来表达自己对传统文化制约下人的生命情态的认识。这种新历史主义艺术观,非常有效地排斥了一切先在的历史观念对叙事的干扰,使小说能够从容地向生活开放,向人的生命内层开放,向自由灵活的话语时空开放,能够充分地表达创作主体的种种审美理想。所以,它几乎一出现就赢得了大量作家的积极尝试,并在长篇创作中也形成了一种不可忽视的审美动向。刘震云的《故乡天下黄花》、格非的《敌人》和《边缘》、苏童的《我的帝王生涯》和《米》、成一的《泥日》等都是这种审美方式的代表性作品。

尽管现代主义作为一种文学思潮被中国作家大面积地袭用是在 20 世纪 80 年代中期以后,但是以王蒙、高行健等为代表的思想敏锐者早在 70 年代末和 80 年代初就已经对此表示了高度的热情,并以自身的创作实践进行了许多富有成效的努力。然而,由于"左"倾思想的长期影响以及意识形态领域的文化封闭所致,现代主义思潮一直像精神癌症一样在相当长的时间里让人谈之色变,直到改革开放全面深入之后,它才得以跟在外资的后面悄悄地来到中国大陆,并在一群具有前沿意识的作家心中找到了着陆点。今天,重温它在文学领域中登陆的艰难性也许并没有多少意义,但它的历史作用却是无可估量的。它不仅完成了文学在形式上的彻底革命,还对现实主义一统天下的创作思潮进行了合理的补充以及有效的反拨,使人们清楚地看到自身艺术思维的单一性、自身创作与世界文学发展总体水平的巨大失衡。更为重要的是,它还从根本上动摇并改变了我们的审美观念,为大量作家及时调整了艺术理想和创作目标。就长篇而言,它带来的直接影响便是作家对一些所谓"典型化"理论的自觉规避,使叙事彻底地从"五老峰"(老题材、老主题、老人物、老故事、老手法)和"三突出"(突出主题、突出人物、突出环境)的潜在阴影中解放出来,而在真正意义上开始直面人类鲜活的生命、人性的种种本质潜能以及人自身在存在境域中的种种困顿和忧思。虽然这种努力在具体的文本中还带有某些模仿的痕迹,但也产生了不少颇具审美价值且赢得广泛关注的作品,如王蒙的《活动变人形》、张承志的《金牧场》、残雪的《突围表演》、马原的《上下都很平坦》、张抗抗的《隐性伴侣》、张贤亮的《习惯死亡》以及余华的《在细雨中呼喊》、孙甘露的《呼吸》等。

从上述回顾中我们可以看出,四届茅盾文学奖的十余部获奖作品根本没能较为完整地体现 1994 年以前的新时期长篇小说创作在艺术上的"高峰走线",它们充其量只是对现实主义这一种创作思潮的成果做了有限的总结。

……

设问 5：也许任何一种评奖都不可能十全十美,也不可能反映出每一个人的审美愿望。茅盾文学奖当然也不例外。从历届评奖结果来看,其局限性何在?

纵观 18 部获奖作品,我认为其局限性主要在于四个方面：对小说叙事的史诗性过于片面地强调；对现实主义作品过分地偏爱；对叙事文本的艺术价值失去必要的关注；对小说在人的精神内层上的探索、特别是在人性的卑微幽暗面上的揭示没有给予合理的承认。当然还有很多其他的局限,譬如对主流意识的过分迎合,对长篇小说审美特征缺乏科学的认知等,但这些局限都源于上述四个方面。所以,我觉得有必要对这四个局限做些细致的分析,以避免本人有"胡言乱语"之嫌。

对小说史诗品性的强调本身并没有错误,从雨果、巴尔扎克到托尔斯泰、马尔克斯等等许多世界一流的作家,都是以史诗性的长篇巨著而享誉文坛的。史诗虽不是长篇小说必不可少的一种特质,但也是长篇走向经典的一种重要途径。庞大的叙事时空、丰繁的文本结构、深邃的艺术思想以及繁复的人物形象都为长篇向史诗品格靠拢提供了有利的客观条件。但是,并不是每一个作家都能写出史诗性的作品,也不是每一个事件都具有史诗意义。史诗在本质上体现为一种思想层面上的博大与精深,它是创作主体对某个历史过程中精神主流延绵性的精确把握和生动的艺术再现,是寄寓于庞大的形式结构之中同时又超越于形式之上、具有多方位隐喻功能的审美指归。从叙事表层上看,一切重大的、影响人类生活和历史走向的事件都有可能成为长篇小说走向史诗的有力依托,但作家必须拥有洞察这种历史深度的感知能力,要能够真正地沉入到这种历史本质之中,击穿它的种种表象,抓住它的主脉,找到作家自身独有的审美发现,并以高超的心智在叙事上驾驭它,使它在凝重的话语流程中展示出来,即"史"与"诗"的和谐结合。"史诗"是一个具有神性品质的艺术境界,是经典中的经典,它的产生必然决定了它的作者是一位不折不扣的大师。坦白地说,除了《白鹿原》具有一点史诗的迹象之外,所有获奖作品都毫无史诗的气息。但是,我们注意到,很多人却非常轻率地使用"史诗"这个词来表达自己对某些作品的看法,譬如对《李自成》《东方》《黄河东流去》《第二个太阳》《战争和人》等作品。其实,这些作品只不过是在取材上选择了一些重大历史事件和人物,即具有"史"的意味或者说是沾了一点"史"的便宜,而并没有完成"诗"的升华。它们的叙事仍带着明确的理性指使,有的甚至带着阶级论的偏狭观念(如《李自成》),创作主体没有从根本上激活历史生活,也难以体会到对这种历史过程的深刻思考,充其量只是按照公众既定的史观将历史事件进行了一些必要的艺术拼接而已,不少作品还明确地呈现出对主流意识的攀附姿态。它们看起来都"很厚重",不少作品还是多部头的,但那仅仅是一种表象,而在审美内蕴上并没有丰富的意旨,无法负载史诗所应具备的广阔的阐释空间。不错,像《战争和人》《白门柳》等作品也具有一定的艺术成熟性,但我认为它还停留在对人性的复苏、对历史事件生活化的真正还原上,它们充其量还只是运用了一种史诗的写法,离真正的史诗品质还有相当的距离。而将这些作品冠之以"真正的史诗"在每一届茅盾文学奖中大力推举,显然是一种对史诗过于简单的理解而又片面追求的粗率行为。

现实主义审美原则在历届茅盾文学奖中占据着绝对垄断的地位,这已是一个不争的事实。所有获奖作品,除了极少数有一些零星的现代叙事手法介入(如《白鹿原》中使用了一些魔幻手法,《钟鼓楼》中也运用了极少的变形手法),其余均为纯粹的现实主义之作。如果说这种评奖结果仅出现在前两届还可自圆其说,因为那时的确也没什么成熟的现代主义之作,但在后两届仍出现这种倾向,这在我看来无论如何都是一种失误。这种失误并非因为大量优秀的现代派作品遭到了不公正的待遇,失去了一次次证明自身艺术价值的机会,而是评委们审美眼光的偏狭,缺乏对小说艺术中一些基本常识的维护。其最根本的不幸,还是导致了人们对这项全国性大奖失去应有的敬重。我这样说,不是否认现实主义本身的价值,它作为长期承传下来的重要创作方法,曾产生过大量的经典之作并且还将产生大量的不朽之作。但是,过分地偏爱它,甚至独宠它而偏废其他创作方法,这无疑会使它在过度被溺爱的环境中走向变异,从而失去它自身应有的艺术力量。

也许正是对现实主义过分强调的缘故,重温历届茅盾文学的获奖作品,我们还深深地感受到,这一奖项对叙事文本自身的审美价值缺乏积极的关注。由于现实主义在本质上注重的只是"写什么",强调的是对现实生活真实状态的临摹和再现,对生活本质的发掘与表达,所以评委们在这种现实主义审美定势的制约中,自然而然地更看重小说"写了什么",即它的思想含量(而且这种思想含量还更多地归服在庸俗社会学的层面上,归服在主题的明确性、导向性上),而对长篇小说"怎么写",即它在文本上的种种探索失去了兴趣。

的确,就叙事技巧的复杂性而言,长篇与中短篇相比要淡漠些,因为庞大的时空构架、繁杂的事件组合以及众多的人物纠葛本身已给作家驾驭话语带来了巨大的挑战性,也给读者的接受心理形成了一定的潜在压力,如果再在话语运作过程中像创作短篇小说那样大量地、频繁地使用一些不断颠覆人们阅读习惯的现代手法,势必会导致文本自身的艰涩,影响接受过程中的流畅性。但这并不意味着长篇创作对形式的要求就很简单。一部优秀的长篇总是要向人们提供多向性的审美意蕴,它应该拥有巨大的理解空间,可以让审美接受超越故事本体延展到社会、人生、历史和生命的各个领域,它的故事也许并不一定复杂,但它的审美触角利用长篇固有的多重结构和各种事件可以向不同方向延伸。要获得这种艺术境界,仅仅运用一般的客观性叙述显然是不够的。作家必须动用一切合理的叙述手段在时间、空间、结构、语言、视角等各个方面激活形式自身的审美功能,使之摆脱单一的意义传达,在"陌生化"过程中成为多种信息的承载体。犹如俄国形式主义理论家什克洛夫斯基所说,"艺术之所以存在,就是为使人恢复对生活的感觉,就是为使人感受事物,使石头显出石头的质感。艺术的目的是要使人感觉到事物,而不是仅仅知道事物。艺术的技巧就是使对象陌生,使形式变得困难,增加感觉的难度和时间的长度,因为感觉过程本身就是审美目的,必须设法延长"[①]。我们无意于对形式的重要性再做更多的阐释,历经了80年代的文本革命,无论是理论界还是创作实践中对此都已有了清醒的认识。但茅盾文学奖并没有对这种文本自身的重要价值给予必要的重视,表明了评委们对叙事艺术的一些基本特质缺乏科学的体察。

撇开这种对小说叙事形态学上认识的局限性,如果仅仅从主题学角度来审度它的历次

---

① 转引自张隆溪:《二十世纪西方文论述评》,北京三联书店1986年版,第75—76页。

获奖作品,我们还惊人地看到,他们对人类内在精神的丰厚性也进行了刻意的回避,尤其是对那种向人性的困厄状态和丑陋状态、精神的伤痛状态和焦灼状态、生存的荒谬状态和虚无状态进行必要追问的回避。他们更多地关注主题的"积极性""健康性",致使大量获奖作品的主旨仅仅停留在庸俗社会学层面上,停留在人的现实性状态上,像《李自成》之类所谓的"史诗性"作品。即使有些作品看似触及了人物内在的精神困顿,但这种困顿只是源于人物与社会之间的抵牾,是一种外在于生命的痛苦,是生活性的,不是存在性的,并不具备生命内在的原创性,像《沉重的翅膀》《钟鼓楼》等(只有《白鹿原》是个例外)。我始终认为,一部长篇小说如果要获得某种永恒性的审美价值,必须要通过对生命的鲜活展示,表达出人类精神的原创性痛苦,表达出人在现实境域中所遭遇到了存在的不幸与尴尬,像《堂吉诃德》《局外人》《百年孤独》等等。只有鲜活的、具有难以言说的精神伤痛感的生命形象,才能构成长篇小说穿越时间的长久艺术基质。一个作家或者说一个优秀的作家,他的全部存在意义不是为了表达自己对现实生活的某种认识,而必须通过有效的艺术手段、充满智性的话语方式在现实生存的内部,感受并表达出人在存在意义上的悲悯。它在塑造各种人物形象时,不是以作家的理念来安排人物的生命际遇,而是通过他们在生存的诸种冲突中自然而然地打开生命的风景。长篇小说由于拥有充足的文本空间和自由的叙事领域,在对人类精神痛苦性的探索上无疑可以更深入、更细腻、更全面。实际上,只要我们认真地回顾一下 20 世纪中期以来世界上所有具有经典意义的长篇小说,都可以清楚地看到这一点。回避对人类生命中种种不幸、丑陋、悖悖状态的揭示,实际上是回避小说向精神深度挺进,回避作家对存在之域的严肃审视,它导致的结果是让作家永远驻足在对现实表层状态的抚摸上。

设问 6:从当时的创作实际出发,有不少人认为第一届茅盾文学奖的评奖结果还是令人满意的,这种看法能否成立?

这种认识是对历史的不负责任,也包含着某种圆滑的献媚倾向。今天再审视这届评奖,至少有两点失败:一是获奖面过宽;二是过于追求"全景式"的史诗品格。在评奖的准备阶段,作为评委会主任的巴金就曾委托孔罗荪转述了自己的意见,要"少而精","宁缺毋滥"。① 这不仅说明巴金对当时长篇小说创作的总体水平有着清醒的认识,还说明他对茅盾文学奖权威性的极为注重。他心里非常清楚,一旦获奖作品过多过滥,必然会导致人们对这一全国性大奖失去信心。但是,评委们对巴金这一重要意见却没有给予足够的重视,他们满怀激情、充满乐观地一下子评出了 6 部获奖作品。众所周知,从 1977 年到 1981 年作为中国社会特定的历史转折时期,很多人的思想观念包括艺术观念根本还没有完全校正过来,长篇小说的整个创作数量也并不多,更何况是在艺术上的成熟之作!实践证明,10 多年后的今天,还有谁会愿意重读这些长篇?也许我们有理由认为,评委们是基于大力繁荣当时长篇小说创作的良好愿望,可是他们却让茅盾文学奖在权威性上做出了巨大的牺牲。如果要从艺术性上看,我觉得有《李自成》和《芙蓉镇》2 部就足够了,这既体现了这一奖项的慎重性,也表明了它对叙事艺术品质的维护。

另外,本次获奖的 6 部作品,只有《芙蓉镇》反映的是普通人的普通生活,其余作品都是涉及宏大事件的历史叙事。《许茂和他和女儿们》是"反映了 10 年内乱带给农民的灾难,和

---

① 参见顾骧:《我所知道的中国茅盾文学奖》,《中华读书报》1997 年 8 月 20 日第 5 版。

农民热爱党的忠贞感情";《东方》是"艺术地概括了抗美援朝的面貌";《将军吟》是"通过三个将军不同命运的描述,反映了部队'文化大革命'的面貌";《冬天里的春天》是"通过对历史的回溯和对现实的描写,把抗日战争、十七年的社会主义建设、十年内乱和当前现实这四个时期的社会生活融合起来,交叉、对比地加以描绘,表现了四十年的斗争生活"①。当然,我并非是在此否定长篇小说对宏大历史事件的关注姿态,我想说明的是,小说的艺术价值在本质上并不是以事件本身的重要性与否来决定的,我们可以从《静静的顿河》《古拉格群岛》品味艺术的丰厚性,也同样可以从《喧哗与骚动》《城堡》感受艺术的不朽,其中的关键在于作家是否穿透了这些事件的本质,是否对这些历史事件有着超越于一般史学定论的审美发现,是否把这种历史的宏大事件真正地化解到了人物的精神世界中,以生动而真实的生命形象来表现出来,就如劳伦斯所言:"除了生命之外,没有任何重要的东西。至于我本人,除了有生命的东西之内,我在其他地方根本看不到生命。用大写的字母 L 写的生命只表示活的有生命的人。甚至雨中的白菜也是活的有生命的白菜。一切有生命的活的东西都是令人惊异的。一切死亡了的东西都是为活的东西服务的。活狗胜过死狮,当然活狮比活狗更好。"②小说在本质上就是要作家动用自己的经验和想象塑造出种种鲜活的生命,作家只有把自己对历史事件的独到认识渗透到人物的精神深处,让他们以真实的生命活力折射出来,才能够获得深厚的艺术价值。但从这一届的 5 部获奖作品来看,离这种要求显然相距较远,它们大多只是对那些历史定论进行了一些形象的注释而已。评委们对这些作品的重视,导致了此后类似作品不断进入获奖之列,严重曲解了有关"史诗"品格的科学内涵。

设问 7:与第一届相比,第二届茅盾文学奖的获奖作品减少到 3 部,这是否意味着评委们对这一奖项的权威性开始有了较清醒的认识? 或者说是更加关注作品的艺术质量?

我不这么认为。从客观上看,减少获奖作品的数量,可以有效地遏止一些平庸作品进入获奖行列,以确保某一奖项的权威性,这是当今世界上很多著名文学奖都采用的通常做法,即使诺贝尔文学奖也不例外。但是,某一奖项的权威性,并非仅靠限制获奖作品的数量就能实现,关键还在于获奖作品的艺术质量。即使只有一部作品获奖,如果它仍是一般的平庸之作,也不可能让人们对它的权威性有多少信服。只要我们认真地读一下本届的 3 部获奖作品,不难发现它们在总体艺术质量上同第一届相比并没有多少提高。《黄河东流去》明显地带着阶级定性在操纵叙事话语,使人物简单地被划分成好人与坏人。尤其是下半部,以物质财富的拥有量来决定人性的善恶,将富裕的认定为坏人,贫穷的认定为好人,这无疑是一种带着早期无产者的政治哲学来图解历史生活,不仅使得小说中的人物关系变得平面化、简单化,还使人物自身的个性欲望、价值观念都变得一元化。所以,尽管这部小说在对农民文化心理的描写上不时地露出精彩之处,但它总体叙事的平庸性不言而喻。

《沉重的翅膀》作为一个社会问题小说,明显地带着社会学的眼光从政治体制的先在观念出发,用作家自己的政治敏锐性和超前的社会体察,来虚构一种平面化的现实冲突。这种冲突仅仅驻足在生存经验上,无法进入精神存在的部位,即,它们还只是一种合理性与不合理性的简单冲突,未能深入到合理性与合理性之间的、超越逻辑理性的精神对垒。创作主体

① 见《首届"茅盾文学奖"获奖的六部长篇小说及其作者简介》,《人民日报》1982 年 12 月 16 日。
② 见《英国作家论文学》,北京三联书店 1985 年版,第 509 页。

的艺术心灵无法彻底地放开,或者说被现实矛盾缠绕得无法走得更远,诚如林为进先生所说:"《沉重的翅膀》着力于政治角度的描写,却没能深入到文学的内核,也就无法真正表现出中国政治的特色及内涵,而仍然只能算一种表层现象的扫描。……从社会学的角度看,《沉重的翅膀》固然不乏一定的价值和意义,但用小说的标准去衡量时,却又让人觉得它过于粗糙,难以忍受阅读的痛苦。没有生动精彩的情节营构,也没有具备性格内蕴的艺术形象。"①

《钟鼓楼》作为一部表现普通北京市民生活的小说,在文本结构上的确进行了一些颇有意义的尝试。作品围绕着薛家办喜事,写了各色人等在这一天中的活动轨迹,并以此辐射出各种生活矛盾。"不过,刘心武从来不是一个艺术感觉细腻的作家。他的创作历来都是侧重于社会学层面的反映,往往以提出问题的社会代言人为己任。这样,他的作品多是图解生活而不是表现生活,《钟鼓楼》同样如此。"②要准确地表现普通市民的生活质地,作家不能将自己定位在社会代言人的身份上,他必须也是生活的参与者,他的全部心智和情感都必须浸润在现实生活的角角落落,唯有如此,他才能获得极为细腻的语言感觉,才能发现极有韵致的情节演化,才能使叙事直逼生活的原相时,又以虚构的方式达到艺术的整合,像老舍写《四世同堂》那些,具有"在平凡中见不凡"的艺术效果。但《钟鼓楼》却始终停留在生活表象上,停留在现实矛盾的简单冲突上,没有捕捉到世俗生活的潜在质地,没有表达出在这种普通生活覆盖下各种人物的丰富性格以及这种性格中隐含的文化背景。

严格地说,这3部作品作为长篇小说在艺术上都不能称为成熟之作,不仅一些人物的言行都带着创作主体的理念色彩,主题都相对单一和明确,对生活的叙事处理也都处在平面化的思维程式上,而且在叙事技术上也没有取得什么成功的突破,其文本自身的丰润性、话语间的隐喻功能都没能全面放开。它们"所关心和表现的不是人的灵魂、人的精神和人的命运,而是生怕读者不明白,因此,十分通俗、十分直接地告诉读者某一时期或某一阶段,在我们这块土地上曾经发生过什么样的事情。为了达到这样的目的,一般都是以虚构的人物,成熟或不那么成熟的故事,按主观的意图,突出某种问题去解释生活"③。不过,话又说回来,如果重新审视这3年的长篇小说创作实绩,的确也没有什么更好的作品。因此,本届评奖多少也显出"巧妇难为无米之炊"的尴尬。但是,倘使能真正从"宁缺毋滥"的角度来评选,再剔除一两部获奖作品也许更为明智。

设问8:第三届茅盾文学奖与前两届相比,有何不同? 这种不同意味着什么?

第三届茅盾文学奖与前两届相比,的确出现了较大的不同:一是评选过程所费时间大大地延长了,花去了两年半;二是评委成员进行了大幅度的调整;三是在获奖作品之外,增设了"荣誉奖"。

第三届茅盾文学奖本应产生于1989年,由于受当年的"政治风波"影响,使得它的评选过程不得不推迟。这是无法预料的客观事件所导致的结果。虽然"政治风波"在较短时间内得以平息,但随之而来的是有关思想界的清查清理和必要的人事调整,这些都使得这项大奖的组织机构——中国作家协会难以按既定程序进行评奖。所以,直到1991年下半年才重新

---

① 林为进:《历史的限制与现实的选择》,《当代作家评论》1995年第2期。
② 林为进:《历史的限制与现实的选择》,《当代作家评论》1995年第2期。
③ 林为进:《历史的限制与现实的选择》,《当代作家评论》1995年第2期。

进入评奖阶段,所费时间仍是一年左右。我个人认为,它并不存在什么更复杂、更特别的意味。

关于评委会成员的大调整,在本届中显得尤为突出。前两届一直都是由中国作家协会主席巴金先生任评委会主任,而第三届没有设主任一职,以致我们无法判断仍是中国作协主席的巴金先生是否参与过本届评奖,或者说对这次评奖结果持何种态度。在具体的评委成员中,只保留了冯牧、陈荒煤、康濯和刘白羽4人,其余由玛拉沁夫、孟伟哉、李希凡、陈涌等人取而代之。从被替换的人员看,相当一部分都是1989年之后被调整了相应职务的,如谢永旺、唐达成等,这说明了茅盾文学奖评委成员的组成,不只是注重评委自身的艺术素质和对作品艺术价值的判断能力,还应具备相应的职务和权力身份。众所周知,一项大奖的产生,最终取决于评委们的投票,而评委们的艺术眼光和思想倾向直接影响评奖结果的公正与客观。第三届茅盾文学奖在评委成员上的这种调整,显然强化了评奖过程的政治要求,使本应超越于一切外在因素干扰、拥有相对独立自治空间的评奖,不可避免地带上了非文学因素的制约。

从评奖结果来看,除了5部获奖作品之外,还评出了萧克的《浴血罗霄》和徐兴业的《金瓯缺》作为"荣誉奖"。对本届设立"荣誉奖"这一颇为例外的行为,我认为可能是基于评委们对某些情况的平衡,但这种平衡实际上是弄巧成拙。因为按照茅盾文学奖的有关条例,既没有对获奖作品的数量做过限制,也没有对参评时间的上限进行严格的界定,只规定了作品发表的下限时间,所有长篇小说虽然在本次评奖过程中没有中奖,但可以在此后的任何一届中继续参与角逐。这也就是说,完全可以在正常的程序中对这两部荣誉奖作品进行评审。现在破例地设立了这样一项没有奖金的"荣誉奖",我觉得不仅不能对一些作家起到安慰作用,反而让获奖者有些尴尬。要知道,对于一个作家,以这样一种方式来慰藉意味着什么?

设问9:从第三届的5部获奖作品来看,评奖的价值取向似乎仍集中在对现实主义审美原则的维护和对"史诗性"审美品格的强调上,是不是这一阶段仍像前两届那样,并没有出现在审美价值上更为丰富、更为多元的优秀之作?

从第三届的评奖结果来看,评委们的价值取向并没有丝毫改进。但是,由于前两届的评选对象有一个客观条件的制约,即,确实没有什么审美价值上具有突破意义的作品,所以评选也只有"矮子中挑长个儿"。而在第三届茅盾文学奖评选所允许的时段内(1985—1988),正是各种审美观念的小说大会演的高峰期,并且产生了一系列相当优秀的长篇作品,如张炜的《古船》、贾平凹的《浮躁》、张承志的《金牧场》、杨绛的《洗澡》、王蒙的《活动变人形》、张抗抗的《隐形伴侣》、铁凝的《玫瑰门》等,评委们却没有给予应有的重视,这实在有点让人难以接受。只要稍稍具备一点小说审美能力的人都不难发现,如果将《都市风流》和《第二个太阳》与上述任何一部长篇进行比照,其艺术上的差距就可以清楚地判别出来。《古船》和《浮躁》在我看来是直到今天为止在反映乡村生活中仅次于《白鹿原》的长篇佳作,它们对中国乡土文化沉重性的深刻揭示、对普通人性的独到体察、对现代文明与封建文化冲撞的艺术传达,到现在仍具有一定的超前性。《金牧场》在叙事话语中所透示出来的那种高亢的民族主义激情、那种超越了庸常生活原相的英雄主义理想、那种对叙述语言诗意化的成功尝试、那种对现代都市文明与古老草原文化的双向审美梳理、那种使草原复活为艺术生命的叙事技能,都是一种极为难能可贵的探索。它鲜明地透示出艾特玛托夫式的叙事风格,是一种对浪漫主义审美原则的成功延续,在当代小说中我以为除了朱苏进之外,可能还找不到第二个。

而《洗澡》对反右运动的深刻反思、对知识分子自身的独到反省,《隐形伴侣》对以往知青题材的明显超越、对心理叙事的熟练运用,都具有深远的意义。正是在这一点上,第三届评奖的平庸性暴露得最为彻底。

设问 10:第三届获奖作品中,《第二个太阳》是在评选过程中由一名评委提议,两名评委附议的情况下进入评选程序的,并且顺利地获了奖。如果当时刘白羽不是评委成员之一,《第二个太阳》会有这种机遇吗?

这是一个涉及评奖公正性和人事纠葛的问题,作为局外人无法进行判断。但有一点我比较相信,即如果作者不是评委成员之一,恐怕没有人会想起《第二个太阳》,就像我们现在也不会记得还有这么一部长篇一样。当然从有关文章中,我们知道作者本人在评选这部作品时还是采取了回避的方法。①

其实,人们之所以对这部作品的获奖表示质疑,关键不在于刘白羽是不是当时的评委,而在于这部小说在艺术上的确没什么独到的审美价值。从整体的艺术构思上看,这部小说明显地带着"三突出"的思维痕迹:主题非常明确,正面展示我军在解放战争历史进程中的大无畏精神和锐不可当的气势;人物突出,着力表现我军高级将领秦震刚毅、沉着、果断的大将风度和超凡脱俗的英雄品格;环境鲜明,从解放战争拉开战幕、武汉战役开始直到彻底打败国民党反动派,获取全国解放的最后胜利。这种"三突出"的构思在很大程度上削平了作家对这段历史的多向度思考,将敌对双方的丰富冲突转变成我军单向的历史推进过程。

从叙事方式上看,这部小说带着创作主体自身强烈的情感宣泄倾向,这种倾向在表面上似乎是为了强化小说的诗性品质,渲染故事的叙事氛围,但从小说的叙事功能上说,它并没达到这种审美目标,反而使故事的正常节奏、人物的命运发展被人为地错断,话语的审美信息被作家的情感所覆盖,叙述者、人物以及作家之间的角色距离被严重混淆。小说最基本的叙事法则受到严重破坏,话语的统一性被肆意颠覆。而且更为严重的是,作家还在不少地方武断地插入自己的评说和议论,试图更明白地向读者交代故事的意义,实则使整个故事流程受到了人为的干涉。

从叙述语言上看,这部小说也存在着较为严重的缺陷。由于它过分强调作家自身在小说中的主导地位,不是让故事中的人物以自己的生命方式说话,而是让他们带着作家的情绪说话,所以它的语调始终处在一种高亢的抒情性上,无论情节的发展是在高潮阶段还是处于平缓时刻,它都没有必需的起伏性。通篇都是短句、诗化的语言,看似简洁、凝练,但细细读来又不时地发现叙述的失败。如第一章第四节的最后部分就有这样的叙述——"冰冷的水泥地面上敲出清脆而有节奏的皮鞋声响,说明他的脚步声是灵活而又敏捷的",显然这后半句是无须表述的废话;再如第二章的第一句——"风雨不知何时已经停息,黎明晨光正在慢慢照亮人间",将"黎明晨光"重叠在一起,无疑是犯了一个小学生式的语病。诸如此类的语言问题在这部小说中相当普遍。可是,就是这样一部小说,还被认为是"在解放战争的史诗性画廊里填补了一个空白"②,确实让人难以信服。从这里我们也可以看出本届茅盾文学奖在评审过程中的粗率性。

---

① 顾骧:《我所知道的中国茅盾文学奖》,《中华读书报》1997 年 8 月 20 日第 5 版。

② 《第三届茅盾文学奖获奖作品简介》,《人民日报》1991 年 4 月 5 日。

　　设问 11：如果说第三届评奖是因为特殊的条件制约（即 1989 年的"政治风波"）从而延长了评奖时间，那么第四届评奖应该在各方面条件都较为成熟的情况下进行的，可是竟花了三年时间才评选出来，这意味着什么？

　　一项评奖居然花了 3 年时间，说起来确实让人不可思议。遗憾的是，我们至今无法洞悉导致这种马拉松式评奖过程的真正原因。如果仅从外在条件来看，这个时期的长篇小说创作实绩是非常突出的，不存在"无米之炊"的情况；由于该奖是由茅盾先生提供的资金作为基金，因此也不存在着奖金不能落实的尴尬；整个社会形势稳定团结，没有一切不可预料的其他事件会直接影响评奖。那么，究竟是什么导致了它历时 3 年才得出结果？说实在的，只能是组织者的主观原因。但究竟是什么主观原因恐怕是任何旁观者都无从知晓的。同时我们还看到，由于评奖过程的延长，导致了参评作品的时间段也不得不延伸，从 1989 年到 1994 年，横跨了 6 年时间。这比茅盾文学奖最初规定的最长时间还超过了 1 年，破坏了评奖者自己设置的评奖条例。这无疑使这一奖项的严肃性和权威性都产生了消极影响。

　　设问 12：有人认为"第四届茅盾文学奖无论如何是历届评奖中用时最长、波折最多、最富有戏剧性的一次，也是较为成功的一次评奖。其成功的主要意义在于它比较准确地反映了 1989 到 1994 年间中国长篇小说创作取得的成就，保持了迄今为止中国当代文学最高奖项茅盾文学奖的荣誉"。[①]**　这种认识是否正确？**

　　这种认识显然不够正确。说它是"用时最长"这谁都知道，既然费时 3 年才评出此奖，多波折、富戏剧性是必然的，只不过我们无缘知晓究竟是何波折和戏剧性罢了。然而要说本次评奖是历次评奖中较为成功的一次，让人难以信服。

　　众所周知，在这段时间内，长篇小说同其他文学形式一样，虽然经历了市场经济的巨大考验，但仍以多元化的审美格局保持着上升的姿态。不仅一些老年作家在继续创作长篇，一些中青年作家也在积极地从事长篇的写作，他们以其良好的艺术素养、敏捷的艺术感觉以及对各种现代叙事方法的合理借鉴，不断地推出各具特色的长篇力作，使长篇小说出现了一个相对繁荣的局面，并产生了一系列颇具影响的作品。

　　在以传统现实主义为主要价值取向的审美追求上，出现了陈忠实的《白鹿原》、朱苏进的《醉太平》、王安忆的《纪实与虚构》、刘恒的《逍遥颂》、贾平凹的《废都》、方方的《落日》、程海的《热爱生命》等代表性作品；

　　在以传统历史主义叙事观念为基调的审美追求中，产生了王火的《战争和人》、唐浩明的《曾国藩》、二月河的《雍正皇帝》、刘斯奋的《白门柳》等广受读者关注的作品；

　　在新历史主义的审美探索上，涌现了格非的《敌人》和《边缘》、苏童的《米》和《我的帝王生涯》、高建群的《最后一个匈奴》、李锐的《旧址》、刘震云的《故乡天下黄花》、须兰的《武则天》等优秀之作；

　　在先锋叙事的积极实验中，出现了残雪的《突围表演》、孙甘露的《呼吸》、余华的《在细雨中呼喊》、张炜的《九月寓言》、北村的《施洗的河》、吕新的《抚摸》、洪峰的《东八时区》等相当成熟的作品。

　　但是，从第四届评奖结果来看，所有获奖作品都集中在传统现实主义和传统历史小说

---

　　① 　胡平：《我所经历的第四届茅盾文学奖评奖》，《小说评论》1998 年第 1 期。

中,而新历史主义和先锋小说则全军覆没。人们不能不对本届评奖的"成功性"表示怀疑。虽说新历史主义小说与传统历史小说相比,从所谓的"厚重性"上看似乎要单薄些,但它们对人物生命的真实展示、对人性本质的发掘以及给人们审美视角上的冲击都要强得多。而且从文本上看,大量的新历史小说都成功地运用了一系列现代叙事手法,使故事本身包蕴着颇为丰富的隐喻意旨,如格非的《敌人》等,在艺术性上显得更具灵性和智性。先锋小说更不例外,像《九月寓言》和《在细雨中呼喊》,无论在审美理想上还是在叙事话语的运作上,都对长篇小说发展的可能性进行了极为有效的探索。这些作品被评委们忽视,其实暴露了本届评奖同以往一样仍然存在着很大的局限性,即在审美观念上缺乏必要的艺术宽容,尤其是对各种新型审美范式没有给予公正的评定;在价值判断上缺乏对文本自身艺术质地的关注,尤其是对各种先锋文本的探索意义没有给予合理的认同;在审美内蕴上缺乏对人性阴暗面揭示的积极支持,尤其是对一些表现了人们在现代生活中种种丑陋性、绝望性和荒谬性的作品没有给予充分的重视。所以整个评奖在总体上是以守旧的姿态来进行的,无法保持真正的客观与公正。

设问 13：如果纯粹地从长篇小说的艺术价值上来评判,本届获奖作品应该是哪几部才更为公正和客观？

这是一个真正的假设,虽说历史是不可重复的,但我们还是不妨以假设的方式来重构一下合理性的文学秩序,以便最大可能地还原历史自身的客观性。

从我个人的审美眼光来看,如果对这一时段的长篇进行纯艺术的评判,获奖的应该是《白鹿原》《九月寓言》《醉太平》和《白门柳》。其中《醉太平》作为一部现实主义的小说,对现实生活内在人际关系的揭示、对人性潜在欲望的展露、对既定生存秩序的反讽,都远比《骚动之秋》来得尖锐和深刻。但倘若要真正不折不扣地贯彻本届评委会主任巴金先生"宁缺毋滥""不照顾""不凑合"的意见[①],只要评出《白鹿原》和《九月寓言》2 部作品就足够了。我相信,用这样两部作品来维护茅盾文学奖的声誉比曾经评定的 4 部更有力量。其理由如下：

第一,《九月寓言》并不是一般意义上的先锋小说,其叙事话语完全摆脱了纯粹的文本实验性,在强大的隐喻功能中暗含了作家对整个人类文明进程的深刻反思。小说将故事时空定位在一种极不确定的背景中,尽管在空间环境上似乎是在表现一个小小村庄的历史,但它在现代时间与历史时间的往返穿梭中不断地改变着自身的地域文化质地,传统文明中的那些神秘性、宗教感和现代文明中的物质技术同时交织在故事之中,使叙事不断地超越福斯特所说的"时间生活"而直入"价值生活",折射出作家对古老生存秩序和现代物质欲望的双重质疑。而且,这种审美思考不是局限于某个固定的历史时段和某个独特的事件,而是明显地带有人类共性倾向,是作家对整个人类社会发展命运的一种艺术探讨。张炜虽然没有在小说中对人类的前景做出明确的回答,但以话语自身的潜在意向表达了创作主体自身深远的艺术眼光。

第二,《九月寓言》在文本结构上彻底地颠覆了时间一维性所带来的故事走向上的平面化,并且将故事冲突有效地化为外在的社会背景冲突和潜在的细节对立。尽管这种努力使小说在审美接受上破坏了常规的阅读定势,但它加大了故事中"价值生活"的表现力度。历

---

① 胡平：《我所经历的第四届茅盾文学奖评奖》,《小说评论》1998 年第 1 期。

史、神话、现实从三种角度不断地冲击着小村庄中的生活秩序,不断地激化那里人们的生活信念。这里,历史代表着既定的生存逻辑,神话隐喻着人们对精神理想的寻求,现实涵纳了现代工业文明的强权姿态。它们一起进入叙事并负载在一个个人物的心灵中,让不同的人物之间以各种富有情趣的方式发生碰撞。但作者又有效地控制着这种碰撞程度,在一种优雅的节奏中保持着故事的内在张力,使小说摆脱了由于故事情节的大冲突、大起伏而有可能带来的理念操纵话语的尴尬。

第三,《九月寓言》在话语基调上保持了相当独特的叙述姿态——充满诗性的、平静温柔的语言质地。这种话语方式有效地激活了小说中的生存环境,使自然复活成一种极富生命质感的艺术载体,带着灵动的气息跳荡在读者的眼前,从中我们不仅可以深深地感受到作家对那种返璞归真式的田园生活充满了迷恋之情,还可以看到作家内心深处对现代文明的逃离愿望。同时,也正是这种诗性语言,将叙事上的经验与超验、现实与魔幻、事实与隐喻、纪实与象征和谐地组接在一起,获得了一种令人惊悸的审美效果。

同《九月寓言》相比,《战争和人》《白门柳》和《骚动之秋》在艺术上都稍逊一等,尤其是在叙事手法的灵活性、文本结构的丰富性和审美内蕴的多重指向上,都无法相提并论。《九月寓言》和《白鹿原》一样,实际上都是茅盾文学奖无法绕过去的作品,只不过《白鹿原》更注重现实主义叙事法则,容易被评委们接受,而《九月寓言》在叙事上更"现代派",所以遭受了无端的排斥。

设问 14:据有关文章透露,《骚动之秋》本来并未列入由读书班最后推荐的 20 部作品之列,①它的获奖是否有何更深的意味?

几乎所有的局外人都对《骚动之秋》获茅盾文学奖感到意外。我也如此。这并非是因为这部作品从问世以来就没有引起什么阅读反响,更重要的是,它在艺术上确实较为平庸。

首先,就审美旨趣而言,它还停留在对改革进程中一些外在矛盾的表述上。回顾有关改革题材的长篇,从张锲的《改革者》、张洁的《沉重的翅膀》到柯云路的《新星》、钱石昌和欧伟雄的《商界》等,它们虽曾轰动一时却又瞬间消失于人们的阅读记忆。造成如此短暂的艺术生命力,我想最主要的原因就在于这些作品都未能真正地沉入社会底部,未能发掘出那些改革矛盾中的深层冲突、观念冲突下所隐含的文化、人性以及精神本源上的缠绵与决绝的状态。《骚动之秋》虽然在这方面前进了一步,但它的基本冲突仍处在人物观念的表层,特别是主人公岳鹏程,他从一名退伍军人成了一个农民企业家,在这种漫长的社会角色转变过程中,作者试图将他放在各种矛盾的中心,让他与儿子冲突、与妻子冲突、与上级冲突、与群众冲突、与情人冲突,以一种全方位的冲突强化他的内心世界和生命个性。但是,所有这些冲突以各种方式煎熬着他的内心,却难以促动他作为一个"农民英雄"在某些精神本源上的撕裂与嬗变,他的痛苦始终是一种观念性的、道德化的,是社会理想与自身角色的不谐调造成的,本质上是守旧与创新的冲突,包含着简单的合理与不合理性。这使他的悲剧仍停止在不同观念的自我对抗上,没能像《白鹿原》那样触及观念背后的文化和人性的深处,折射出作为社会的人、文化的人、历史的人和生命的人之间无法调和的伤痛。

其次,在文本结构上,它仅仅停留于对故事时空顺延性的机械性维持上。《骚动之秋》作

---

① 胡平:《我所经历的第四届茅盾文学奖评奖》,《小说评论》1998 年第 1 期。

为一部长篇,它的所有叙事努力似乎就在于把故事说完整,让人物的"英雄形象"树立起来,使他们变得绝对的真实,而不是动用一些合理的文本技巧让叙事更充满审美内蕴。我们无意于否定小说在"真实性"上的力量,但站在20世纪末的小说发展进程中,再来看这种对生活真实的还原目标,无论如何都不能说是一种叙事的进步。《骚动之秋》的平庸性主要就在于作者对整个故事的营构没有什么创造性,一切都遵循着既定的时空顺序,完全为了交待人物命运的发展和事件的起落,没能在文本中构成应有的叙事张力,有限的话语紧张感都是来自于对各种冲突事件的安排。

第三,在叙事语言上仅仅满足于对故事的再现。《骚动之秋》的叙述虽也动用了一些方言,增加了叙事的民间性和故事的生活气息,但整个叙事语言显然不如《白鹿原》那样更具凝重感,它质朴但缺乏韵致,明净却缺少内涵,饱含生活的真实感却难以激起审美上的亲切感。

由于这些显在的艺术局限性,导致了它只进入读书班最初选定的30部小说之列,而在此后稍加精选的20部长篇中,它即遭淘汰。但是,由于读书班不具备任何法定意义上的权威性,仅仅是给评委们做一些基础工作,评委的最终裁决可以全面自由地选择任何一部他们所注意的作品,所以《骚动之秋》还是侥幸地分享到了这份"迟来的爱"。如果要说它的获奖有什么更深的意味,那只能在文学之外,艺术之外。

设问 15:《白鹿原》以"修订本"的方式在本届评奖中才得以通过,而它的"修订本"在评奖时还没有出现。这种评奖情况似乎在古今中外都还未听说过,这是不是茅盾文学奖的一个历史创举?

以"修订本"的方式来进行评奖,在张洁《沉重的翅膀》中曾出现过,不过那是以一本已经出现的"修订本"来进行的。而《白鹿原》的"修订本"还没有出现,却已经获奖了。这在我有限的阅读经验来看,的确是闻所未闻。广大读者对此也觉得非常难以理解。因为我们完全有理由设想:如果作者从自身的审美理想出发,坚持不愿意进行修订,那么《白鹿原》的奖项会不会因此取消呢?如果作家在修订过程中,并没有按照评委们的意见,而是进行了另一种审美倾向的修订呢?

当然这都是可能性之外的设想。事实是,我们终于看到了《白鹿原》的修订本,并且这个修订本是严格地按照评委们的意见进行删削的。所以一切可能会引起的尴尬得以安全地消解。但是,从中我们可以看到,对于第四届茅盾文学奖的全体评委们来说,《白鹿原》的确是一部绕不过去的作品。它的历史厚重性、内蕴丰繁性、审美的震撼性都已成为有目共睹的事实。它确实是新时期以来我国在长篇小说中出现的一部难得的精品。如果不评它,不仅有可能使人们对茅盾文学奖的权威性进一步地失去信心,还有可能导致大家对评委们最基本的审美判断力失去信任。所以评委们只好小心翼翼地走了一着不得不走的棋,让作者重新出版一本"修订本",将小说中涉及的一些宿命性和政治倾向性的言语(主要是"翻鏊子"和国共之争无是非)删去,以消除有可能导致的误读和意识形态上的误解。虽然从修订本来看整个小说的艺术性并没有受到什么大的影响,不过,我们还是感受到了这个奖项对政治导向性的严格要求。

……

设问 16：《白鹿原》为什么是一部让评委们"绕不过去"的作品？它的艺术价值究竟在哪里？

实际上已经由很多重要的评论家和作家对此发表了极为深刻的见解。作为一部十分难得、也是人们期待已久的长篇佳作，我认为《白鹿原》的重要价值在于：

它成功地改变了中国传统家族小说的叙述模式，不仅将家族作为一种故事枢纽和文化载体，而且将它深植到人类自身固有的自缚性悲剧根源上，并以此作为审视的契口，辐射出作家对中华民族近现代史的全面思考。众所周知，家族小说是中国传统长篇小说中一个最通常的叙事模式，从《金瓶梅》《红楼梦》等古典小说到巴金的《家》《春》《秋》、老舍的《四世同堂》等现代小说，都是以家族结构为故事核心来进行审美的多向度表达，但它们大多侧重于某一两个方面，或家庭伦理，或权力纠葛，或社会沧桑，而《白鹿原》"把白鹿原作为近现代历史替嬗演变的一个舞台，以白、鹿两家人各自的命运发展和相互的人生纠葛，有声有色又有血有肉地揭示了蕴藏在'秘史'之中的悲怆国史、隐秘心史和畸恋性史"①。它改变了人们对"家族"这一中国传统文化结构形态的通常认识，将人物的生命际遇投置在无法把握的广阔空间进行全方位的探讨，使小说在现实、历史、文化和人性的多种层面上都有着深刻的思考。

在历史叙事的处理方法上，它既摆脱了传统历史小说对事件真实性的过于依赖，又逃离了新历史小说对历史背景的纯虚构性。它注重大事件大背景的合理和真实，从清朝改民国、民国到解放的近 40 年里一系列重大的政治斗争，都在白鹿原这块土地上有着真实的记录，督府的课税引起的"交农"事件、军阀与国民革命军的你争我夺、国共两党的合作与分裂以及新中国成立后的一连串政治运动，都具有历史的实证性；但在内部的情节和事件的处理上又动用了想象和虚拟，将这些历史风云化解到人物的具体言行之中，化解到他们的生存命运中。这样不仅确保了整个作品对历史进程的动态反思，还充分发挥了作家的想象与虚构的能力，使作品在叙事上获得了广泛的自由度，作家的审美理想得以全面地展示。

在叙事手法上，它灵活地容纳了传统现实主义和魔幻、隐喻等现代主义的表现手段，将这些叙事方法有机地穿梭起来，使整个叙事虚实相间，在一种看似混乱、千头万绪的文本结构中将审美触角延伸到广阔的想象空间，给读者的解读和思考提供了多种向度、多种可能。从整个故事来看，它以时间的延伸为主轴，让不同的人物围绕着这根主轴不断地发生各种纠葛，没有彻底改变人们的阅读习惯。但在一些具体的细节上，它又动用了大量的虚幻手法，将宿命的、迷幻的、象征的话语引入叙述，使一些事件负载非确定性的审美信息，给读者的审美再创作设置了大量的契口。法国作家布托尔曾说："所有的伟大作品，无论多么富有智慧，多么大胆和严峻，都会以这种或那种方式与这种无穷无尽的幻想，与这种含糊不清的神话，与这些无数的触点发生关系。但是这类作品也具有全然不同的、最为重要的作用：它们改变着我们对世界的看法，改变着我们关于世界的叙述，因而可以说它们在改变着世界。"②《白鹿原》在某种意义上就具备这种审美意图。

---

① 白烨：《观潮手记》，河北教育出版社 1998 年版，第 171 页。
② 见《"冰山"理论：对话与潜对话》，工人出版社 1987 年版，第 541 页。

设问 17：茅盾文学奖至今已进行了四届，从评奖过程来看，每一届在评奖之前都设有一个"读书班"，即由一些全国重要的中青年评论家和编辑组成的审读小组，对各个地方部门报上来的长篇小说进行初选，但他们的初选又没有任何决定性作用。这种"读书班"是否有存在的必要？

有关读书班的性质和地位，曾参加过数次茅盾文学奖的评委顾骧做了这样的说明："邀请若干评论工作者、编辑组成读书班，这些同志对长篇小说有比较专门的研究，做了十分重要的筛选工作，读书班是评奖活中十分重要的一环。但是茅盾文学奖不是两级（初评、终评）评选。读书班是评委会的工作班子，任务是对各地推荐的大量作品进行筛选，提出供评委阅读的书目。读书班提出的阅读书目没有法的效力，没有荣誉意义。评奖办公室可以在读书班提出的阅读书目基础上增加书目供评委阅读（如第二届茅盾文学奖评奖活动），评委本身更可以建议增加阅读书目，只要经过评委一人提议、两人附议的程序即成（如第三届茅盾文学奖评奖活动）。"[①] 从这里我们可以看出，读书班在整个评奖过程中的确没有什么决定性作用，第二、三、四届（《骚动之秋》不在读书班最后推荐的篇目之中）的获奖作品都不是全部产生于读书班最后推荐的篇目之中。他们只是评委会的一个助理班子，为评委会减少一些阅读工作量，对评委们的最终裁决没有任何影响。如果评委们早已在心中圈定了某部作品，可以轻松地超越读书班而直接将它推入终评。

但读书班又是重要的。仅从第四届茅盾文学奖的读书班组成成员来看，他们是：蔡葵、丁临一、李先锋、胡良桂、白烨、林建法、张未民、朱晖、陈美兰、朱向前、张德祥、王必胜、盛英、周介人、陈建功、雷达、胡平、林为进、潘学清、雍文华、吴秉杰、牛玉秋。[②] 这些成员大多都是资深的评论家和编辑家，年龄结构合理，其艺术活动的经历基本上与新时期的文学发展是同步性的。他们不仅对整个文坛的态势了解全面，而且都具有良好的艺术素养和较准确的审美判断力。应该说，他们的参与，给茅盾文学奖的评选工作提供了一个重要的艺术保障，其存在的必要性是不言而喻的。从评奖结果来看也是如此。凡是超越了他们最后提供的评选篇目而获奖的作品，艺术上确确实实是较为平庸的作品，如第三届中的《第二个太阳》、第四届中的《骚动之秋》。这也反证了读书班的审美眼光。遗憾的是，由于读书班是处在一个"言不顺，名不正"的尴尬地位，"他们提出的阅读书目没有法的效力"，所以他们的存在价值就大打折扣了。

设问 18：一项文学大奖的公正如否，关键取决于评委们的审美判断力以及对自身审美判断力的有效维护上。即，他们必须站在较为客观的文学立场上，以一种容纳的姿态和开阔的视野来全面衡量、比较不同审美类型的作品，不以个人的艺术偏爱来影响评审结果。从已经产生的四届茅盾文学奖来看，评委们是否做到了这点？

评奖的公正与否无疑来自于评委们评审行为的公正与否，这种行为的公正合理不是指评委是否受到某些文学之外因素的左右，而是指他们是否能对新时期以来我国长篇小说的发展现状有着准确而清醒的把握，尤其是对多元化的艺术现实是否能够全面科学地理解。要回答他们是否做到了此点，有必要看看评委们的组成情况：

---

① 顾骧：《我所知道的中国茅盾文学奖》，《中华读书报》1997 年 8 月 20 日第 5 版。

② 胡平：《我所经历的第四届茅盾文学奖评奖》，《小说评论》1998 年第 1 期。

……

从上述这些组成成员来看,有两点值得注意：一是普遍年龄较大,除了极少数中年评论家和作家加盟其中(如第四届中的雷达和陈建功),基本上都是老龄化的评委,说明茅盾文学奖不可避免地被资历所影响;二是大多身居文学工作部门的要职,或者说是政府部门的某种代表,这无疑意味着这个奖项必须对政府部门负责,对主流意识负责。这两种特定的现实情况实际上还暗含了更深的评奖局限。因为众所周知的原因,这些老一代专家大多是在现实主义传统艺术思维的长期熏陶下成长起来的,他们的审美观念基本上固定在现实主义一元化的艺术模式中,他们的艺术素养是从长期以来我国固有的、带有明显封闭性的文学形态中积淀而成的,缺乏与世界现代艺术范式融汇的格局,这使他们无法与那些具有现代审美倾向的作品站在同一维度上进行对话,无法在审美价值上对它进行合理的评断,从而导致了他们在评审过程中对现代性叙事的本能抗拒。同时他们自身的权力身份,又规约着他们必须站在社会学的层面上,从文学的教化功能上考虑评奖结果。这种双重局限无法使他们保持纯粹的艺术至上的原则,也无法全面地、多元化地审度各种不同艺术特质的作品。

此外我们还应该注意到,这些评委成员的产生不是民主选举的结果,而是直接由"有关部门"来任命的。诚如评论家朱晖所说："似乎没有理由怀疑评委们的鉴赏能力,正像我们深信'有关部门'在选择评委的时候,并非把鉴赏力放在首先的和唯一的位置。……'有关部门'将钦定的'专家''内行'推向评选的前台,至于社会公众和没有发言权的文学艺术家们则是地地道道的看客。就此而论,第三届茅盾文学奖评选结果,无非是以夸张的形态,暴露了这种评奖方式及其权威性所固有的败笔。"[①]朱晖在这里虽然说的是第三届评奖情况,其实也是历届茅盾文学奖所暴露出来的共同弱点。

在具体评选过程中,巴金作为其中三届评委会的主任,由于身体的原因一直没能真正地参与到评奖的全过程,这也是一个巨大的遗憾。否则,我们有理由相信,以他的艺术素养和威望,以他清醒的审美判断和每次所强调的"宁缺毋滥"的评奖主张,茅盾文学奖的评选结果一定会有所不同。

设问 19：评奖标准是维持一项文学大奖的重要依据。从历届茅盾文学奖的评选结果来看,他们的标准如何？

这是一个令所有人至今仍迷惑不解的问题。茅盾先生在临终前对设立此奖的意图已做了说明,即奖励历年来"最优秀"的长篇小说,对此我们已在前面做了分析。现在的问题是,我们无法从相关的材料上找到相对具体的评奖标准。在那些较为详细的评奖条例中,只强调了评奖的程序和方法,唯独没有突出评奖标准。但是,按照我们通常的文艺评奖思路,对一切文艺作品的审定基本上是沿着两种标准来进行的;一是政治标准第一,艺术标准第二。只有作品主题符合主流意识的要求,符合一定时期内的思想倾向,具有积极的、明确的导向意味,才能进一步审度它的艺术性是否成熟、是否生动、是否完美。二是艺术标准至上,兼及政治导向性。这种情况并不普及,仅在一些小范围的评奖中还有所坚持。它强调艺术作品自身的审美价值,注重它们在艺术的创造性上是否有成功的突破,是否预示某种新的审美动向,是否向人们提供了新的思想信息和艺术信息。毫无疑问,用这种标准去审度作品更合

---

① 朱晖：《第三届茅盾文学奖之我见》,《当代作家评论》1995 年第 2 期。

理、更科学、更权威些,因为无论如何,任何一部经典的作品都是以它艺术上的审美价值而获得不朽的。

回顾历届茅盾文学奖,虽然我们无法准确地判断他们在具体执行标准中更强调哪一种规则,但从评委成员和评奖结果来看,政治的质量认证明显大于艺术的审美认证。诚如有人所言:"几十年间的经验教训告诉我们:几乎在每一个时期,所谓的政治的质量认证,标准的制定和运用,总是一目了然的,往往也是公之于众的且被不折不扣地执行的;而所谓的艺术的和审美的认证,则不幸总是居于从属的和附加的地位、标准,也往往并不取自文学发展实践及其理论形态的最新的和最高的成果,而是显出了僵化的、'外行'的或者是以偏概全的、先入为主的眼光,因而不可能不是含混不清的和经不起辨析的,往往也只能是任由可以'说了算'的那一部分人'见仁见智'地制定和执行;以致在许多文学的评奖活动和评选结果中,所谓的政治上合格而艺术上'过得去'的作家作品总是最容易被选中;而在艺术和审美上不同凡响、不拘格套的作家作品,即使侥幸不被忽略不计,充其量也不过是担当'点缀'罢了"。[①]茅盾文学奖的标准实际上仍是局限在这种思维定式中,这不仅影响了评委们以自身的审美眼光和艺术标准来评选作品的独立裁决空间,还使大量的远离政治意识的小说失去了公平的竞争机会,在本质上,也使该奖的科学性受到了动摇。

设问20:有人认为,"评奖即引导即提倡",如果从创作自身的艺术规律角度来说,这种提法是否科学? 茅盾文学奖进行到今天,是否对我国长篇小说的发展真正起到了"引导"和"提倡"的作用?

所谓的"评奖即引导即提倡"那只是评奖者一厢情愿的良好愿望或者迫切要求而已,并不符合文学创作自身的发展规律。纵观古今中外的所有经典之作,我们至今还无法确认有哪部不朽之作是在"引导"和"提倡"中产生出来的。文学创作作为作家生命律动的一种特殊形式,是一个相对独立的个体精神劳动行为,它是直接受制于作家自身审美表达的需要,是作家将自己的全部艺术感觉投放到社会生活、历史文化中,吸纳、咀嚼、思考后的一种自然结果。对于任何一个成熟的作家来说,他对自身精神独立性的要求是极为苛刻的,他的全部创作都只针对自己的心灵空间、针对自己的审美理想、针对自己的叙事欲望。只有拥有这种绝对独立的人格立场和绝对自由的精神空间,才有可能确保他的创作全面体现其自身的艺术目标。

我这样说,并不是强调作家可以逃避自己作为一个社会的人、文化的人在群体意识上所必须履行的职责,而是他的内心深处必须与生俱来地拥有这种使命意识和良知情怀。没有崇高的艺术良知和人文品质,他不可能站在人类精神的制高点上,不可能洞悉现实表象背后的深远意义,不可能触及人类生命的某些存在本质,更不可能对人们期待已久的困顿做出独到的回答。任何一个优秀的作家,其实都必须具备这样三重素质:对人类永无止境的博大之爱,对自我精神独立性的严格恪守,与生俱来的良好的艺术感觉。这三重素质都不是"引导"和"提倡"所能达到的。相反,过于提倡某种意识导向,反而会使作家失去自身的艺术个性,失去对社会、现实以及人生的独立思考能力,其结果不是出现精品,而只能产生平庸的应时之作。这样的教训,在"文革"时期已有太多的例证。

---

① 朱晖:《第三届茅盾文学奖之我见》,《当代作家评论》1995年第2期。

回顾茅盾文学奖评选以来的创作情况,我们可以看到,长篇小说的整体创作格局也并没有受到这项大奖的多少影响。这在那些具有先锋意识的作家作品中可以更清楚地得到证明。至今为止,还没有一部严格意义上的先锋小说获得过此奖,但这方面的探索却从未停止,而且不断地有一代代文学新军加盟其中。譬如像一些 60 年代出生的作家,他们在首次尝试长篇写作时,都在自觉地袭用种种现代叙事法则,进行完全属于自己审美追求的艺术实践,产生了诸如曾维浩的《弑父》、东西的《耳光响亮》、王彪的《身体里的声音》、林白的《一个人的战争》等等大量的具有全新审美倾向的长篇小说。

所以说,想用评奖的方式达到"引导"和"提倡"的目的,是有违创作规律的。这种愿望是美好的,而事实是不可能的。科学的说法应该是:评奖即鼓励,即关怀。

设问 21:能否用一句简单、直率的话来总结历届茅盾文学奖的评选情况?

公正性受到怀疑,科学性值得思考,权威性难以首肯。

设问 22:第五届茅盾文学奖的评选即将进行,如果从长篇小说自身的艺术性来看,这次评选有望获奖的作品有哪些?

这是一个绝对虚妄的假设。在第五届茅盾文学奖参评作品的发表时段内,长篇小说的整体水平是无疑有了明显提高的。作家们经过了市场经济秩序的荡涤和艺术积累的加强,无论是创作心态还是艺术水平都获得了进一步的提升,并且出现了不少不同审美特质、不同叙事风格、不同思考向度的优秀长篇。如果以我个人的审美眼光来看,我觉得能够代表这一时间段里长篇小说艺术成就的作品是:余华的《许三观卖血记》、阿来的《尘埃落定》、王安忆的《长恨歌》、刘震云的《故乡面和花朵》、贾平凹的《高老庄》、张宇的《痛疼与抚摸》、徐小斌的《羽蛇》等。其中《许三观卖血记》是一部无法绕过去的长篇精品。但是,鉴于上述的大量考察,如果本届的评奖在各个方面没有更多的改变,那我们还是不要对第五届茅盾文学奖寄寓太多的希望。

二、一种设想

当我对茅盾文学奖进行了长达 22 个设问之后,我感到我的回答充满了苦涩和复杂。作为迄今为止我国长篇小说中唯一一项大奖,从茅盾先生到巴金先生等老一辈作家都倾注了他们的大量心血,它理应在一次次评比中走向更科学、更公正,理应全面地展示新时期 20 多年来长篇小说的最佳成果,理应在中国当代的每一个作家心目中构成一种艺术的权威性,但我们伤心地看到,它却没能做到这点。

这无论如何都是一个让人难以接受的事实。

的确,从客观上说,任何一项文学奖都不可能像科学奖那样做到绝对的公正和合理,因为它无法具备科学奖在评审过程中所拥有的明确的量化标准。文学作为一种精神性产品,它的价值时常会见仁见智,但这并不意味着"茅盾文学奖"的评比结果就有其合理性,因为我们完全有理由、也有办法改变它的现有局限,更有效地增加它的权威性和公正性。

正是基于这种维护艺术良知的愿望,也是基于对茅盾先生等老一代作家良苦用心的积极回应,我觉得,在世纪末的钟声即将敲响的时刻,应该全面地反思这一奖项的评审情况了,应该重新考虑它的科学性和合理性了。我们无法对既往的历史做出补救,但我们可以在经验的积累和教训的自省中在明天做得更好。以我个人的看法,要彻底扭转这一被动局面,必须对评奖过程中一些关键性问题进行卓有成效的改革。

首先是确立明确而科学的评审标准,即艺术第一的标准。茅盾文学奖不同于政府奖,它是一项旨在提高当代长篇小说艺术水平的大奖,目的是为了忠实准确地记录长篇小说在艺术上的"高峰轨迹"。它的评审必须将长篇小说的艺术价值放在首位。这种艺术价值包括了长篇小说在审美内蕴上的深厚性、文本结构上的丰繁性、话语运作上的独创性,不能只强调一种而偏废其他。在通常意义上,人们总是将长篇小说作为一个时期和一个民族小说发展的制高点来看,这不只是因为它像巴尔扎克所说的那样具有"百科全书"的性质,还由于它拥有虚构艺术所具备的一切有利条件,可以全面地、不留余地地表现作家的叙事理想和精神深度。它在叙事上的自由组接功能十分巨大,可以同时集纳多种叙事手法的交换演绎,使作家的艺术探索能够从容地、淋漓尽致地发挥出来。只有将评审标准定位在长篇小说的这种艺术质地上,才能使评委时刻保持艺术价值的警惕性,注重小说对人的精神空间的开发,注重人物心灵的深度以及作家对存在的深度发掘,注重文本在审美表达上的独特"意味",而不只是局限在对现实生活的表层观照上。

其次是强调对多元化小说审美理想的积极推崇,尤其是对一些具有探索意义的作品给予积极的重视。任何一种真正意义上的艺术繁荣,都不是某一种审美风格的独霸天下,而是"百花齐放"、多元相融的审美格局。文学的发展同其他事物一样,都离不开对新的叙事模式的探索、对新的文本形式的实验。没有新的审美追求,就意味着文学发展的僵化和终结。正是从这个意义上说,文学的先锋精神尤其值得关注。因此我们的评奖过程尤其要对这种多元格局进行合理的维护,对那些具有先锋品质的作品进行合理的鼓励,并根据各种审美倾向的作品所应有的艺术价值进行全面比较,以一种宽广的艺术视野审视所有作品。

对于评委成员的组成,有必要进一步民主化、制度化。由于他们直接掌握着评审大权,所以他们自身的艺术素养、审美眼光都必须适应现代文学发展状况,必须能对所有形式的长篇小说进行准确的艺术质量认证。而要使每一位评委都具备这种能力,仅靠"有关部门"来圈定显然难以做到这一点,所以一个有效的办法就是采用候选人制,有关部门可以圈定数十个目前在全国颇有影响的专家,然后交给中国作家协会全体会员,由他们进行民主推选,产生出一定数量的评委会成员。

有效地提高读书班的预选权力,使它的预选具备法的效力,也是不可忽视的一个环节。这不仅能对终评委的行动进行有效的制约,还可以使更多的评论家、作家和编辑加入评审活动中,让每一部优秀的作品都能在更大范围地接受检视。

当然,这些仅仅是一种民间的期待。虽然他的心灵是诚挚的,但他的声音是非常微弱的。

(原载《当代作家评论》1999年第5期)

以文学的名义

——过去三十年中国文学评奖的反思

黄发有

　　从新中国成立一直到"文革"结束,中国只进行过一次文学评奖,中国人民保卫儿童全国委员会为促进儿童文艺创作,在 1954 年 6 月举办评奖。1962 年,在周恩来的倡议下,《大众电影》设立了"百花奖",此外不再有其他文艺评奖。在小说领域,仅有《太阳照在桑乾河上》《暴风骤雨》分别获得苏联的"斯大林文学奖"二、三等奖,胡万春的自传体短篇小说《骨肉》(发表于《文艺月报》1956 年 1 月号)在 1957 年世界青年联欢节的国际文艺竞赛中获奖。

　　从 1978 年开始,以"全国优秀短篇小说评选"为先导,全国优秀中篇小说评选,全国优秀报告文学评选,茅盾文学奖,全国中青年诗人优秀诗歌评选,全国优秀新诗(诗集)评选,全国优秀剧本评选,全国优秀儿童文学评选,全国民间文学评奖,全国少数民族文学创作奖等奖项接踵而至。这些名目繁多的全国性奖项的设置,"其初衷可能是为了对抗长期来对文学界只有打击、整肃,没有鼓励、嘉奖的恶劣现象"①。到了 90 年代,文学奖项越来越多,新设的具有官方色彩的全国性奖项有"五个一工程"奖(1991 年设立,与文学相关的为"一本好书奖"),鲁迅文学奖(1997 年设立),国家图书奖(1993 年建立,2007 年被整合为中国出版政府奖),各省市作家协会也纷纷设立省级文学大奖,报刊与出版机构设立的文学奖,民间机构举办的文学奖,商业性文学奖更是遍地开花。埃斯卡尔皮认为政府主办的文学奖是一种间接资助形式,"这种办法的好处在于国家花费不多,因为奖金本身数额不大,但却能确保得奖作者的作品有很好的销路,从而有所得益"。② 值得注意的是,90 年代以来由报刊和民间机构主办的文学评奖通过商业赞助不断提高其奖金额度,《大家》红河文学奖开巨额奖金的先河,随后的《当代》文学拉力赛,华语文学传媒大奖杰出成就奖,红楼梦世界华文文学奖都以其高额奖金引起广泛关注。

　　好的文学评奖,必须以独立的、自由的价值评判拒绝外部干预,彰显被忽略和被遮蔽的文学价值,有效地引导作家的创作,间接调节文学生产,激浊扬清是披沙拣金的文学经典化过程的重要环节。而坏的文学评奖,往往以追逐利益为首要目的,屈服于权势,金钱,人情的压力,指鹿为马,丧失了公信力,流毒深远。21 世纪以来,围绕文学评奖的争议与日俱增,迫切需要对文学评奖的深层机制进行深入反思。

---

① 丹晨:《关于 1985—1986 年中篇小说获奖作品的答问》,《当代作家评论》1995 年第 3 期。
② [法]罗贝尔·埃斯卡尔皮:《文学社会学》,符锦勇译,上海译文出版社 1988 年版,第 57 页。

一、话语权的博弈

反观新时期以来的全国性文学评奖,感觉总是受艺术标准以外的因素影响太多,而艺术标准在政治、商业、时潮、读者舆论、宗派与圈子等种种声音的夹击下,往往成为最早被牺牲的代价。正因如此,名目繁多的评奖往往都不能坚持独立的艺术判断,使艺术标准成为其他更加强势的文学评价体系的附庸。正如王彬彬所言:"影响文学奖的非文学因素,可就太多了。……这种种'规则',首先决定着谁能当评委谁不能当评委,首先保证着谁'必须是''评委'谁'决不能'是评委;其次,才决定着谁能获奖谁不能获奖,才保证着谁'必须'获奖谁'决不'获奖……其结果呢?其结果就是文学奖非但在社会上毫无影响,即便在文坛上,也少有人关心。许多人听说谁获了奖,哪怕是'大奖',也像听说邻居的猫下了崽一样漠然。所以,在咱们这边,文学奖是组织者、评委和获奖者的一次自助餐。"①文学评奖过程,是权力、商业、人情等各种力量犬牙交错、相互博弈的过程。布尔迪厄在讨论"场"时谈道:"场作为各种力量所处的地位之间的客观关系的一种结构,加强并引导了这种策略,这些地位的占据者通过这些策略个别地或集体地寻找保护或提高他们的地位,并企图把最优惠的等级体系化原则加到他们自己的产品上去。"②权力与金钱是控制文学场的最重要的干预性力量,也是对文学评奖的最为关键的影响因素。

尽管新时期文学逐渐摆脱"工具论"的笼罩,但具有官方色彩的文学评奖不能不成为政治环境的晴雨表。1981年,由于白桦的剧本《苦恋》和据此拍摄的电影《太阳和人》引起的批评和争议,为此召开了一次全国思想战线问题座谈会,提出了"反对资产阶级自由化"的问题。在当年的短篇小说评奖中,张光年认为"1981年短篇创作的情况是:写矛盾不深刻,有一点回避重大社会矛盾。矛盾不尖锐,影响到新人形象的塑造,就不那么生动"。魏巍在评委会上发言:"思想与艺术都应该考虑,特别是在思想战线座谈会后,更应该保证思想上健康,艺术上有一定水平。"③在1979—1980年全国中青年诗人优秀诗歌评奖中,叶文福的《将军,不能这样做》(发表于1979年8月的《诗刊》)得票最高却没有获奖,1981年11月以后,不少文章予以尖锐批判,认为该诗的小序是"捕风捉影,以假乱真",为了"蛊惑人心而'胡乱编造',起了挑拨官兵关系和破坏军民关系,破坏安定团结的有害作用",诗中"歪曲我军将军的形象",是对"我们党,国家和社会的本质,进行放肆的诋毁"。④ 1985—1986年的短篇小说,中篇小说,报告文学,新诗评奖本应在1987年秋天之前完成,但由于开展"反对资产阶级自由化",直到1988年4月才确定获奖篇目。1987—1988年的文学评奖,由于受"政治风波"的影响,评奖没能按照原来方式进行。1989年第7期的《小说选刊》发布了"关于举办1987—1988年优秀中短篇小说评奖的启事",其中有言:"为了检阅我国小说创作成果,推荐小说佳作,中国作家协会举办过多次优秀中短篇小说评奖。为保持这项评奖的连续性,经与中国作

① 王彬彬:《文学奖与"自助餐"》,《文学报》2004年11月25日。
② [法]布尔迪厄:《文化资本与社会炼金术——布尔迪厄访谈录》,包亚明译,上海人民出版社1997年版,第147页。
③ 崔道怡:《喜看百花争妍——短篇小说评奖琐忆》(三),《小说家》1999年第3期。
④ 潘旭澜主编:《新中国文学词典》,江苏文艺出版社1993年版,第906页。

家协会议定,此项活动将由《人民日报》文艺部和《小说选刊》杂志社联合部分名企业承担。为此,我们将在近期内举办 1987—1988 年全国优秀中短篇小说奖。"1989 年 10 月的《小说选刊》公布了获奖名单①。在崔道怡的"短篇小说评奖琐忆"②系列文章和洪治纲的《权威的倾斜——对新时期以来全国历次短篇小说奖的巡回与思考》③和《回眸:灿烂与忧伤——对新时期以来全国历次中篇小说奖的回顾与思考》④中,都没有提到这次评奖,认为 1987—1994 年间全国中短篇小说评奖空缺。崔道怡还有这样的表述:"1987—1988 年的短篇小说评奖,就该在 1989 年内举办。但是,由于众所周知的原因,评奖活动未能进行,而且从此休眠十年。"⑤他还提到《小说选刊》举办的 1987 年短篇小说评奖⑥,并评述道:"这次评奖,毕竟是由《小说选刊》主办的,只选该刊所转载的作品;尽管自有特殊意义,却难以说成是中国作家协会主办全国优秀文学作品评奖的接续。"事实上,《小说选刊》同时举办了 1987 年中篇小说评奖⑦。《小说选刊》创刊于 1980 年 10 月,茅盾撰写的"发刊词"中有言:"为评奖活动之能经常化,有必要及时推荐全国各地报刊发表的可作年评奖候选的短篇佳作。因此,《人民文学》编委会决定编辑部增办《小说选刊》月刊。"1983 年 10 月,《小说选刊》与《人民文学》分离,独立建制。1989 年 12 月,该刊停刊。因此,中短篇小说评奖中断的年份应该是 1989—1994 年,一直拖到 1997 年 5 月,第一届鲁迅文学奖才浮出水面,对 1995—1996 年间的中短篇小说进行评奖。再譬如茅盾文学奖,第三届读书班原计划于 1989 年 6 月 7 日举办,受"政治风波"影响,评奖工作中止,1990 年 7 月才再次启动,1991 年 3 月颁奖。在这一届评奖中,5 部获奖长篇和 2 部获得荣誉奖的作品不是现实主义题材就是历史题材,而在获奖年度内的《古船》《浮躁》《活动变人形》《金牧场》《玫瑰门》等在新时期文学中堪称经典的作品纷纷落马,这与当时的政治形势不无关系。更为有趣的是,按照常规应该 3 年评选 1 次的奖项,第四届一再拖延,直到 1995 年中国作协党组主要负责人更替后才予启动,不得已将评选年度延伸为 1989 年至 1994 年,跨度为 6 年。⑧ 人事环境对评奖的影响,由此可见一斑。

从 90 年代以来,商业力量对于文学评奖的控制日益加强,这尤其体现在那些依靠商业赞助作为资金支持的文学评奖中。正如杨扬所言:"文学评奖在近些年慢慢在变化,它正脱离原有的推举优秀作家作品的轨道,而成为包装某些作家作品的图书推销方式。……那些

---

① 短篇小说获奖作品为杨咏鸣的《甜的铁,腥的铁》,雁宁的《牛贩子山道》,马烽的《葫芦沟今昔》,周大新的《小诊所》,陆文夫的《清高》,谢友鄞的《马嘶·秋诉》,朱春雨的《陪乐》,刘震云的《塔铺》,陈世旭的《马车》,柏原的《喊会》,阿成的《年关六赋》;中篇小说获奖名单为王星泉的《白马》,池莉的《烦恼人生》,方方的《风景》,刘琦的《去意徊徨》,苗长水的《冬天和夏天的区别》,谌容的《懒得离婚》,李晓的《天桥》,叶兆言的《追月楼》。

② 连载于《小说家》1999 年第 1—4 期。

③ 载《小说家》1999 年第 1 期。

④ 载《小说家》1999 年第 2 期。

⑤ 崔道怡:《春兰秋菊留秀色　雪月风花照月明——短篇小说评奖琐忆》(四),《小说家》1999 年第 4 期。

⑥ 获奖作品为朱春雨的《陪乐》,陆文夫的《清高》,陈世旭的《马车》,谢友鄞的《马嘶·秋诉》,林和平的《腊月》,王蒙的《来劲》,郑万隆的《古道》,刘震云的《塔铺》,杨咏鸣的《甜的铁,腥的铁》,雁宁的《牛贩子山道》。

⑦ 获奖作品为方方的《风景》,池莉的《烦恼人生》,何士光的《苦寒行》,谌容的《献上一束夜来香》。

⑧ 胡平:《我所经历的第四届茅盾文学奖》,《小说评论》1998 年第 1 期。

'文学'奖的出资人与其说是赞助文学评奖,还不如说是借文学来投资。"①曾经有传媒集团组织文学评奖,评委的选票还没有寄出,结果却已经公布了。近几年,圈子化的诗歌评奖呈现出泛滥的势头,有些诗歌奖,评委挨个获奖之后,评奖就没有下文了;而一些网络诗歌比赛的评委居然不懂诗歌。不少投资人尤其是书商毫不掩饰地操纵评奖结果,把文学评奖当成了物美价廉的商业广告。1997 年 11 月,"布老虎"丛书在两年期限内以 100 万元的天价征集一部"金布老虎爱情小说"书稿,共征得来稿 678 部,其中专业作家来稿 61 部,编辑部在审读后认为仅有皮皮的《比如女人》比较接近标准,其余作品均存在不同程度的偏差。② 2000 年又爆出铁凝的《大浴女》获得百万大奖的传闻。趋之若鹜的作者愿意为巨奖而接受出版商的严格限制,甚至以牺牲个性为代价。有趣的是,这个悬赏的巨奖最后居然不了了之。另一方面,随着主旋律文学在商业上的成功,文学评奖被视为资本化运作的重要环节,商业资本对于重要的文学奖项尤其是官方文学奖项的渗透也呈现出日益加强的趋势。隆重加冕带来的象征资本所具有的潜在商业价值,成为推动图书销售的无形力量,根据获奖作品改编的影视也能借梯上树,获取超额的商业回报。比如张平的《抉择》原载《啄木鸟》1997 年第 2、3、4 期,由群众出版社出版后获"五个一工程"奖,建国 50 周年十大献礼小说和第五届茅盾文学奖,被改编为电影《生死抉择》后更是在全国范围内产生强力震动,引发了猖狂的盗版潮流。这还带火了由作家出版社出版的《十面埋伏》,仅 2000 年就销出了 27 万册。作家出版社出版的长篇小说《中国制造》获得 1999 年国家图书奖,中宣部"五个一工程"奖,并被推举为"共和国五十年全国十部献礼优秀长篇小说",当年发行数也高达 8 万册。③ 文学评奖成为一种商业工具,投资人以商业经营的思维操纵文学评奖,这是市场化语境中文学评奖最值得警惕的文化蜕变。

在日益商业化的过程中,读者口味对于文学创作的反制作用越来越大。但是,除了在《小说月报》"百花奖"等极少数奖项中,普通读者在文学评奖中的话语权不断被削弱,甚至完全丧失了发言权。在 1978 年至 1982 年的短篇小说评奖中,群众选票从中起了决定性作用。1978 年全国优秀短篇小说评奖当选作品的前 5 篇——《乔厂长上任记》《小镇上的将军》《剪辑错了的故事》《内奸》《李顺大造屋》,"它们既是得'票'最多的,又是受到评委一致赞赏的切近现实社会课题之作"。刘白羽在评议中说:《乔厂长上任记》得了那么多票,说明人民的渴望,对文学关怀而且有要求。"④1980 年的当选作品,"大部分是得'票'最多和较多的。按得'票'顺序排列的前 12 名,只有 1 篇没能入选。其原因,也只是考虑到对蝉联三届者应有更高的要求"⑤。选票代表了"人民"的愿望,这就使评奖有一种从众倾向,这在那个文学齐声合唱的年代里,也有一定的合理性。有趣的是,90 年代后期以来,群众选票成了摆设和废纸,譬如第二届老舍文学奖,就在不少媒体刊登了读者选票,但在新闻发布会上,组委会人士公开承认读者选票在终评中不会起作用。群众选票从"人民的渴望"到"花瓶"的两极震荡,也

① 杨扬:《文学评奖与商业炒作》,《文学报》2003 年 4 月 17 日。
② 张景勇:《"金布老虎爱情小说"重奖征稿已两年大奖至今无得主》,新华社北京 1999 年 12 月 25 日晚报专电。
③ 李春林、秦晋:《作家出版社坚持正确导向大力推进改革成为传播先进文化的生力军》,《作家文摘》第 403 期,2000 年 10 月 24 日。
④ 崔道怡:《春花秋月系相思——短篇小说评奖琐忆》(一),《小说家》1999 年第 1 期。
⑤ 崔道怡:《第三个丰收年——短篇小说评奖琐忆》(二),《小说家》1999 年第 2 期。

折射出文学和文学评奖从广场撤退到小圈子的历史过渡。为此,80年代的获奖作品多为当时产生重大社会影响的作品,但这种创作对于时势的屈服,缺乏独立的审美追求,大多数都只能成为速朽的时文;而鲁迅文学奖开评之后,一些作品连从事当代文学研究与批评的专家都没听说过,在获得报告文学奖的作品中,甚至有一些是被宣传单位掏钱买版面、开研讨会的广告文学。看到这样的"帮忙"或"帮闲"文字获得了以自己名字冠名的文学奖,鲁迅还活着的话,不知有何感想?

　　文学评奖是不同的政治倾向、审美判断、文化趣味相互撞击的过程,评委们在求同存异的妥协中,往往牺牲了那些艺术特色最鲜明,形式探索最激进的作品,成全了那些四平八稳的,能被普遍接受的作品,因而,中庸趣味的作品往往能最终胜出。不妨来看看1980年短篇小说的评奖过程,冯牧认为《西望茅草地》"写得很偏激","消极作用大于积极作用",主张"加上《最后一个军礼》";草明认为《被爱情遗忘的角落》"强调生理本能,表现性欲冲动,会在青年人中起不好的作用";唐弢认为《被爱情遗忘的角落》"意图好,但效果不好";严文井支持《西望茅草地》;王蒙认为《被爱情遗忘的角落》"不是黄色,完全不牵涉到性不可能",认为《西望茅草地》"优点非常突出,但又存在很大缺点。选不选,我犹疑"。主持评奖的张光年(时任《人民文学》主编)在妥协中求得平衡:"民主讨论,互相补充。我吸收大家的意见,重新回到原来的立场,对《被爱情遗忘的角落》,愿把问号改成圈儿。《西望茅草地》可以加进去,但妥协的办法是把《最后一个军礼》也加进去。《空巢》如能当选,则20、30、40年代的作家济济一堂,可称文坛佳话。"① 崔道怡回忆:"汪曾祺的《受戒》,在评1980年度奖时,虽被某些评委心中默许,却还未敢明确而公开地指认该作理应获奖。及至评1981年度奖时,据我所知,有些评委是怀着补偿的心情,坚持要评上汪曾祺的另一篇别致佳作《大淖记事》的。"② 就艺术个性而言,《受戒》显然要更加出色。但《大淖记事》的获奖也是费尽周折,草明认为它"没什么艺术性,是猎奇。……那地方妇女强悍,但性关系不好。'号长'实际上是强奸,巧云也不抵抗,舆论也不谴责"。唐弢也认为"《大淖记事》也不理想,40年代我编刊物就发过他的东西,他学沈从文,文笔淡淡的"。葛洛也认为"《大淖记事》作为艺术品我赞赏,但其思想内容我不赞成"。幸亏有严文井和冯牧支持他,严文井认为《大淖记事》有"艺术性",即"小说的散文化,诗歌化,寓言化";冯牧认为它"独树一帜","缺的是如何进一步从思想上对其题材加以提炼。……在作家群中有这么一个,在评奖中就应该有这么一篇"。③ 再看看1983年的评奖,王蒙"呼吁给《除夕夜》和《旋转的世界》投票,虽不深刻,但亮色足"。邓友梅与之形成呼应:"我盲从王蒙,也投了《旋转的世界》一票,但我真不希望有更多这样的小说。"④ 由此可以看出,评委要坚持自己的艺术立场,绝不容易,甚至违心地支持自己不欣赏的作品。事实上,每个评委说话的分量是不一样的,有一言九鼎的,有说话不算数的,充当一种凑数的摆设。

　　再反思一下茅盾文学奖,尽管第四、五届的评奖差强人意,但依然具有妥协、游戏的特

---

　　① 崔道怡:《第三个丰收年——短篇小说评奖琐忆》(二),《小说家》1999年第2期。
　　② 崔道怡:《春兰秋菊留秀色　雪月风花照月明——短篇小说评奖琐忆》(四),《小说家》1999年第4期。
　　③ 崔道怡:《喜看百花争妍——短篇小说评奖琐忆》(三),《小说家》1999年第3期。
　　④ 崔道怡:《春兰秋菊留秀色　雪月风花照月明——短篇小说评奖琐忆》(四),《小说家》1999年第4期。

征。巴金一贯主张"宁缺毋滥""不照顾""不凑合",从这样的角度来说,就没必要非评上一部贴近现实生活的作品来凑数不可,这样的鼓励无异于纵容平庸。评奖条例中有言:"弘扬主旋律,提倡多样化,坚持导向性、公正性、群众性、注重鼓励关注现实生活、体现时代精神的创作,推出具有深刻思想内容和丰厚审美意蕴的长篇小说。……对于深刻反映现实生活,较好地体现时代精神和历史发展趋势,塑造社会主义新人形象的作品,尤应重点关注。"从这样的指导思想出发,我们以纯粹的艺术原则来评价茅盾文学奖,无异于缘木求鱼。按照思想优先性原则,评委会要求陈忠实以修订的承诺来换取几位评委的投票,也就变得顺理成章。《白鹿原》的责编和终审何启治在接受笔者的访谈时说:"在中国的国情之下,在关键时刻作适当的妥协,可以达到更重要的目的,而且对中国当代文学的繁荣有好处,我认为是可以接受的。不要过多去苛求或责难作者,应该说陈忠实修改《白鹿原》,比柳青修改《创业史》要好得多了。他比柳青幸运。"[①]我们没必要苛求陈忠实的妥协,却有必要质疑这种以"改写"为前提的评奖游戏。一种权威性奖项是对它所严格奉行的价值和审美标准的弘扬,作为一种追求完美的文学理念实在是无可非议,但如果它必须让获奖的"不完美"的作品付出"改写"自己的代价,缺乏必要的包容度,那么它就会抑制文学发展所必需的多元性和丰富性。幸好,时间才是最好的筛选者,大奖的光环既能够提升真正的好作品的艺术地位,也能够把那些"幸运者"的瑕疵反衬得更加刺目。

历届全国性评奖的落选作品中,仅就小说而言,诸如短篇中的宗璞的《鲁鲁》,汪曾祺的《受戒》,阿城的《遍地风流》,郑万隆的《老棒子酒馆》,韩少功的《归去来》,张承志的《绿夜》和《残月》,林斤澜的《溪鳗》,徐星的《无主题变奏》,苏童的《桑园留念》和《拾婴记》,余华的《十八岁出门远行》等作品,中篇中的礼平的《晚霞消失的时候》,王润滋的《鲁班的子孙》,贾平凹的《商州初录》,韩少功的《爸爸爸》,张承志的《黄泥小屋》,莫言的《透明的红萝卜》,马原的《冈底斯的诱惑》,朱文的《尖锐之秋》,苏童的《一九三四年的逃亡》,余华的《一九八六年》等作品,长篇中的《古船》、《九月寓言》、《玫瑰门》、《在细雨中呼喊》、《心灵史》、《日光流年》、《檀香刑》等作品,我个人以为更经得起时间的考验。有趣的是,评委似乎总是把艺术性作为陪衬,而且故意要遮蔽那些具有鲜明艺术个性与审美冲击力的作品,使评奖显得老成持重,缺少活力。非常值得注意的是,在迄今为止的官方评奖中,先锋作家和新生代作家差不多是群体缺席,尽管叶兆言的《追月楼》成为点缀其中的一抹亮色,先锋文学也有其局限性,但评奖结果和这些作家的创作实绩实在是不相称,甚至构成一种反讽式的对比。而且,叶兆言是具有较为扎实的传统写实功底的作家。由此可以看出褊狭的现实主义趣味已经积重难返。这当然和评委组成的超稳定性以及老年评委主宰局面有密切关系,保守的成见与偏见使单一的趣味成为普遍的衡量标准,文学发展过程的丰富多彩的、生机勃勃的、多元共生的局面被熟视无睹。难怪韩东、朱文的"断裂"问卷中会设置这样一个问题:"对于茅盾文学奖,鲁迅文学奖,你是否承认它们的权威性?"黄梵说:"它们的腔调是从流水线上下来的。"于坚说:"谈不上承认不承认,它评它的,我写我的。事实上它们并不是为文学设立的。"徐江这样回答:"奖并没有权威性。世上最有说服力的东西在有些人眼里永远只是两种:权和钱。"[②]

---

① 根据 2003 年 9 月 16 日笔者与何启治的访谈记录,修订稿以《用责任点燃艺术》为题发表于《文艺研究》2004 年第 2 期。

② 《断裂:一份问卷和五十六份答卷》,《北京文学》1998 年第 10 期。

二、为获奖而写作

有生命力的文学奖总是要倡导一种具有普遍意义的文学价值,譬如诺贝尔文学奖始终不渝地推举文学的理想主义品格,强调作家必须以永远的怀疑精神挑战权威和传统。但是,如果一种文学奖所倡导的价值定于一尊,排斥异己,甚至要求作家完全屈从于自己的标准,逼迫他们为获奖而写作,其确立自己权威的代价是牺牲了文学的审美创造的丰富性与复杂性,使文学生态丧失了多元互动的活力,在一体化的进程中陷入异口同声,以表面繁荣掩盖灵魂平均化的沉寂。在中国的文学奖项中,茅盾文学奖的影响最大,对作家最具有诱惑力,其价值导向对于作家的改塑也最为典型,也确实催生了不少为获奖而写作的长篇小说。在80 年代的获奖文本中,张洁的《沉重的翅膀》的经历可谓一波三折。作品在《十月》1981 年第4、5 期连载后,产生巨大反响,批评意见也接踵而至,“当时来自上面的批评意见就多达一百四十余条,有的批评很严厉,已经上纲到‘政治性错误’”,编辑家韦君宜反复劝说作者进行必要的修改,“又很有耐心地亲自找胡乔木、邓力群等领导同志,为这部长篇小说做必要的解释和沟通工作”。这样,1984 年出版的第四次修订的《沉重的翅膀》,已经是“大改百余处,小改上千处”,并以此获得了第二届茅盾文学奖。① 到了 90 年代,《白鹿原》为了获奖而修订则是另一个经典案例。作者在第四届茅盾文学奖评委会的要求下做了修改,对此,《白鹿原》的责任编辑和终审之一何启治说:“评委会的主要修订意见是‘作品中儒家文化的体现者朱先生这个人物关于政治斗争翻鳌子的评说,以及与此有关的若干描写可能引起误解,应以适当的方式廓清。另外与表现思想主题无关的较直露的性描写应加以删改’。目前来看,删去的文字主要集中在两段,前后加起来只有两千多字,所以不存在‘面目全非’。”②有意思的是,修订本当时还没有出版,陈忠实却以此获得第四届茅盾文学奖。不妨来看看陈忠实自己对“改写”的回答:“没有人直接建议我改写,我不会进行改写,那是最愚蠢的办法。我知道过去有人这么做过,但效果适得其反,而且《白鹿原》在读者心目中已经有了基本固定的印象,后面再改也很困难。”③一种权威性奖项是对它所严格奉行的价值和审美标准的弘扬,作为一种追求完美的文学理念实在是无可非议,但如果它必须让获得这一奖项的不完美的作品付出“改写”自己的代价,那么它就与文学发展所必需的宽容性和丰富性背道而驰。一种审美标准如果沾染了“改写”别人的冲动,它与权力意志的距离也就形同虚设了。

对于茅盾文学奖的史诗情结,洪治纲的《无边的质疑》和王彬彬的《史诗情结的阴魂不散》都提出了尖锐的质疑。但我个人倾向于认为,茅盾文学奖不仅钟情于史诗风格的作品,而且其获奖作品大多体现出宏大叙事的旨趣。不管是历史题材的还是现实题材的,都追求大场面、大气象,强调高屋建瓴的总体把握,力求揭示历史规律与时代精神,在思维路向上强调概括和归纳,注重对必然性、最高法则、绝对真理的形象化阐释,却忽略了对复杂性和差异性的审美观照。因为一味求大,多数作品都不无理念化倾向,教化和认识价值的膨胀削弱了作品的审美感染力,对于社会意识的敏感遮蔽了对于人性和灵魂的洞察。求大的倾向必然

---

① 何启治:《文学编辑四十年》,人民文学出版社 2001 年版,第 57 页。
② 孙小宁:《尘埃何时落定——也谈第四届茅盾文学奖》,《中国文化报》1998 年 2 月 17 日。
③ 张英:《白鹿原上看风景——陈忠实访谈录》,载《文学的力量》,民族出版社 2001 年版,第 205 页。

导致鸿篇巨制的盛行,反观历届的茅盾文学奖,系列化或多部头创作的获奖比例是惊人的——《李自成》《黄河东流去》《平凡的世界》《金瓯缺》《战争与人》《白门柳》和《茶人三部曲》,而且《李自成》《白门柳》和《茶人三部曲》都是以"未完成"的形式参评并获奖。第六届获得读书班提名的宗璞的《东藏记》是其系列小说《野葫芦引》的第二部,熊召政的《张居正》洋洋洒洒140万字。追求规模效应是新时期长篇创作的一种发展走势,这和茅盾文学奖的倡导不无关系。90年代以来,长篇小说大都追求对历史的整体把握,对一个时代的艺术概括,对人类生存的人性反思。在"史诗性""纪念碑""传世之作"等宏伟目标的召唤下,许多作家都陷入大而无当的尴尬。陈忠实就说:"因为文坛有一条不成文的惯例,作家如果没有长篇就好像在文坛上立不住脚,所以有'长篇一举顶功名'的说法。正是因为这种原因致使有些作家不顾作品的质量而追求篇幅的大小。"①由于在生命体验、知识储备、思想境界等方面的欠缺,观念先行成为长篇创作中的一大痼疾;以一个特殊家族的兴衰沉浮来揭示民族的历史演进,更是成为众多长篇结撰情节的枢纽;在表现形式上,生硬的模仿和翻新的赶潮大行其道,许多长篇大同小异,题材和艺术手法都缺乏创新;在叙事结构上,文气不连贯,内在的断裂常常造成虎头蛇尾的草率。获得茅盾文学奖的系列化创作,几乎无一例外地越写越糟,这实在是耐人寻味的。

作家对于"系列"的偏爱显示了创作题材的狭窄和风格的过分成熟,将自己限定在一块自留地上造成了叙事情感的自恋。同时,作品在故事结构、人物关系、价值判断、情感表达等方面也存在雷同化倾向,不少作品的场景、对话和结局几乎如出一辙。确实,系列化创作要求风格的基本一致,但不意味着缺乏变化。在我个人看来,长篇创作的系列化倾向,在很大程度上是作家对自身的精神资源进行过度开掘的表征,也是传媒的市场化运作将写作引入机械化、规模化的结果。有些评委分析长河小说《第二十幕》之所以败给《茶人三部曲》,就是因为前者是完整的作品,写到后面已经显露出疲态,而后者以前两部参评,水平显得比较整齐。这种解释暴露了程序上的漏洞,修订前的评奖办法规定,"多卷长篇小说,一般应在全书完成后参加评选,但个别艺术上已相对完整,能独立成篇的多卷本中之一卷,亦可单独进入评选",这就使系列化写作进退自如,既可以单篇作品参评,也可以未完成的整体参评。事实上,《茶人三部曲》的第三部《筑草为城》以"文革"为背景,作家在叙述时仅仅把当时的文化灾难与茶文化拼凑在一起,呈现出相互游离的状态,作品结尾写到中国茶文化博物馆的建立,更是狗尾续貂。王火的《战争和人》的第一部《月落乌啼霜满天》就曾经被送进第三届读书班。经过修订的评奖条例中增加了这样的内容:"评选年度以前发表或出版的,经过时间考验的优秀之作,也可由有关单位慎重推荐参评,通过初选审读组筛选认同并以无记名投票方式获得评委会半数以上委员的赞同后,亦可列入评委会备选书目。"这一规定意在亡羊补牢,可也会导致一些作品经过反复"修订",不断地被提交到评奖会上,就像封建时代落榜的举子,屡败屡战,文学评奖成了赶场游戏。

茅盾文学奖的获奖作品,不仅"史诗性"的写作追求宏大气象,现实题材的作品同样热衷于表现重大矛盾冲突,进行全景式的扫描。刘心武的《钟鼓楼》是获奖作品中第一部反映城市普通市民生活的作品,但过于强烈的"问题"意识淹没了人物的个性与活力,无节制地为社会代言的热情,使作品酷似新闻报刊上一度泛滥的"大特写"。尽管取材于平民琐碎而平凡

---

① 张英:《白鹿原上看风景——陈忠实访谈录》,载《文学的力量》,民族出版社2001年版,第196页。

的生活,但作家的笔触依然流露出以小见大的宏愿,试图从生活和现实的一角提炼出全局性的历史感。遗憾的是,这种将小事放大的写法,使作品的叙述走马观花,缺乏深度开掘,变成了"问题"的堆积。最为关键的是,作者站在生活的外部,以居高临下的姿态,先入为主的态度表现高于生活的判断,导致了种种牵强附会的隔膜。《抉择》就更类似于硬新闻,表现与人们切身利益密切相关的政治、经济、军事、文化等方面变动的消息,题材重大,行文较为严肃和庄重。现实题材的作品多数站在历史与现实的交汇点上,力图揭示时代精神的深层内涵,像刘玉民的《骚动之秋》就让农民企业家岳鹏程置身于矛盾的旋涡之中,表现中国农民从传统走向现代的艰难过程,过度戏剧化的冲突使人物成为观念的附庸。我一直感到纳闷的是,这些获奖作品的中心人物为什么总是被塑造成具有"类"的特征的符号?为什么非要让他们成为时代精神的缩影?为什么不让他们成为鲜活的、不可替代的"这一个"?通过一个人或几个人去诠释、浓缩时代精神,这不就把时代精神看得太简单了吗?时代精神从来就充满了内在的冲突,具有复杂的内涵与内在的差异性,将它定于一尊不仅会削弱其活力,这也使以表现时代精神为己任的现实主义文学呈现雷同化趋向。这些作品并没有解决好"十七年文学"遗留下来的"大而空"的问题,在预设的框架中填充平面化的人物形象和失真的细节,在观念上也常常陷入历史决定论、目的论和道德优先论的陷阱。大多是越写越拖沓,越写越匠气,叙事节奏缺乏必要的节制和紧张,在套路和模式的泥潭中难以自拔。作家王兆军有篇文章《八十年代的做大与九十年代的做小》,他认为80年代的文学力争做大,而90年代的文学力争做小。这个说法有点绝对化,至少在长篇创作领域,90年代的多数作家依然痴迷于"做大"。文学作为人学,必须体现出对人的尊重,而生命个体都是卑小的,对于"小"的尊重中恰恰体现出一种大境界。而我们的作家,总是倾向于表现"类"的关怀,并以此为理由漠视了"小"的权利,如此的"大"架势与"大"关怀,在某种意义上是虚构出来的,也是虚伪的,这也是他们的创作格局变得越来越小的症结所在。

综观前几届茅盾文学奖的获奖作品,几乎每届都兼顾历史题材和现实题材,但很少有作品能抵达人性与灵魂的深处。也就是说,这些作品大都重视对外部世界的概括,却忽略了对内在世界的无限可能性的开掘。"做大"并不是跑马占地,只注重架势的铺排而没有深度,更不是只注重对社会表层和外部世界的描述,忽略了对内心思想、人物性格、心理现实等"看不见的生活"的深层表现。"做小"也不是两耳不闻窗外事的封闭式的审美表现,应该从小的视点中体现具有历史深度的开阔视野。余华的《许三观卖血记》之所以落选,或许正因为其"小",篇幅不大,主人公也不是什么英雄人物,甚至揭示了人性中卑琐阴暗的一面,但作家在"小"的视点中贯注着大视野,遗憾的是这样的"大"不如大而化之的表面文章来得直观,也就常常被漠视。

三、找回失去的尊严

反思过去30年的文学评奖,批评的主要矛头都指向评奖的程序和规则的混乱。各种评奖都没有建立健全的规章制度,缺乏必要的程序公正,评奖过程具有随意性与偶然性。在选择评委时,几乎没有哪个评奖能够始终如一地贯彻回避机制。譬如80年代的短篇小说评奖,冰心的《空巢》(冰心曾表示不要选她)、王蒙的《悠悠寸草心》《春之声》都在作者担任评委的年度获奖。鲁迅文学奖之所以没有确立自己的权威性,首先是评奖程序和评奖规则本身就不稳定。在奖项设置上,中国作家协会在设立这一奖项时,其规划包括两年评选一次的单项奖和四年评选一次的"鲁迅文学大奖",结果"鲁迅文学大奖"不了了之,而第五届又增设青年作家奖;在评奖的时间范围上,第一届为1995—1996年,第二届为1997—2000年,第三届为2001—2003年,第四届为2004—2006年,评奖年限居然有2年、3年、4年等3种,可谓变动不居;在评奖规则上,第一届各种单项奖实行包干制,分别承包给中国作家协会直属的《人民文学》《小说选刊》《中国作家》《文艺报》等报刊,主评报刊对于评奖结果具有操纵作用,加上获奖数量泛滥,仅报告文学就有15篇获奖作品,其公正性称得上一败涂地;回避机制不健全则是争议的焦点,譬如在第二届鲁迅文学奖评审中,铁凝是短篇小说评选的主任,其《永远有多远》获得中篇小说奖,这篇作品写得比较生动和用心,但就程序合法的角度而言,铁凝应该回避;在第三届鲁迅文学奖中,陈超是诗歌奖的评委,却获得优秀理论评论奖;而2007年举办的第四届评奖更是有4名终评评委最终获奖,虽然获奖评委参评的是其他奖项,但其程序漏洞造成的公正性问题,却是无法回避的事实。在评奖的透明度上,如果说是暗箱操作失之偏颇的话,那么,说这些评奖是灰箱操作应该不算过分。要是没有那些评奖的见证人在回忆文章中披露一些内幕,公众根本无从知道评奖的过程与细节,只能通过评奖的结果去猜测和揣摩过程中的种种冲突与妥协。问题在于,历次的评奖结果总会有沧海遗珠和鱼目混珠的遗憾,半明半暗的灰色状态就更容易引发舆论的质疑,这样的评奖不可能体现程序公正,而程序的错乱也必然无法实现实质正义。

近年,对于"茅盾文学奖"的批评多了起来。这当然是一种进步,是文化环境日渐宽松的精神表征,批评的舆论监督也有利于克服评奖的局限性。第五届的评委有一半多是新聘任的,平均年龄也有所降低,第六届开始吸纳北京以外的评委,这些改进都是值得肯定的。但是多数的评说者都不敢对它寄予太高的期望,甚至把种种不合理视为常态,吴秉杰连续参加了几届初选,并当选第五届评委,他在《评奖的偶然性》中认为:"倘若获奖的作品中有你心目中的出类拔萃的好作品(不是全部),还有的作品也是你所认为的中上水平之作,你就不用抱怨了。"[①]这似乎暗合了管理学中经常提到的墨菲定律:如果坏事有可能发生,不管这种可能性多么小,它总会发生,并引起更大可能的损失。人类不可能不犯错误,可悲的是在意识到错误的可能性后,仍然没有程序上的防范,防止偶然发生的人为失误导致灾难和损失。茅盾文学奖饱受诟病的是其经过1名评委提议、2名评委附议就可以随时增加候选篇目的规则,《第二个太阳》《骚动之秋》《英雄时代》的获奖都得益于这一条款。刘白羽的《第二个太阳》获得茅盾文学奖,也是在作者担任评委的年度,尽管作者在评选自己的作品时采取了回避态度,但这种回避实在是暧昧的。有趣的是,评奖规则始终保持这一条款,意在避免遗珠之憾。事实上,这一条款成了劣币驱逐良币的特殊通道,也使读书班的努力受到深深的嘲弄,更使终评委的权力缺乏必要的约束与监督。我个人认为,终评时要增加候选篇目,至少应该得到一半以上评委的附议,否则,只会给种种私愿大开方便之门。每次评奖之前,圈内人士和众多媒体似乎都对即将公布的结果心存疑虑,甚至会觉得真正公平的结果反而是不正常的。在这样的氛围下,茅盾文学奖就很难真正地确立其权威性。在第六届评奖过程中,《羊的门》和《沧浪之水》的"主动"退出,柳建伟的《英雄时代》、周梅森的《绝对权力》、关仁山的《天高地厚》、马晓丽的《楚河汉界》、吕雷和赵洪合作的《大江沉重》、潘婧的《抒情年代》等6部作品由

---

① 吴秉杰:《评奖的偶然性》,《钟山》2001年第2期。

3名或3名以上的评委联名推荐,被增补列入备选作品名单,都使其公信力遭到质疑。更有趣的是,一次评奖居然可以拖了一年多还没公布结果,这样的难产实在是耐人寻思。评奖年度外的《马桥词典》也被联名推荐,它和入围读书班初选名单的王蒙的《活动变人形》、周大新的《第二十幕》、阎连科的《日光流年》一起,被提交评委会进行投票表决,均未获得半数以上的票选。按《条例》规定,非评奖年度内的作品参评,必须获得1/2以上评委同意,方可获得参评资格。为了确保公平起见,这一条例和3名或3名以上评委联名推荐可以增补候选篇目的条款,都应当废止。徐林正在《茅盾文学奖背后的矛盾》一文中介绍,评委会的阅读量大大低于读书班,即使是经过大幅度年轻化的第五届评委。评奖办公室的负责人也承认,有一半的评委阅读"读书班"推荐的25部作品有困难。白烨在《评文学评选与评奖》中认为,要真正改变茅盾文学奖的现状,只能采取这样的办法:"作协在评委中淡出,代之以茅盾文学奖基金会作为主办单位,以民间的方式予以运作,以年富力强的评论家、研究家、编辑家为主组成评委会。"①其实这并非问题的关键所在,如果没有程序上的完善与监督,民间的评奖同样无法免俗,引起巨大争议的"长江读书奖"就是前车之鉴。

在当前的国情下,要求文学评奖完全站在艺术至上的立场上,是不现实的。官方奖项要求获奖作品必须贯彻"二为方向""双百方针"等主旋律法则,追求"思想性与艺术性的统一",这种或浓或淡的意识形态色彩几乎是难以避免的。正如邵燕君所言,这类评奖"只能是在'历史的限制'中的'现实的选择'"②。而那些具有商业背景的文学评奖,要一边看投资人的脸色,一边寻求评判的独立,也只能是在夹缝中首鼠两端。一些民间的文学评奖以为权威性来自高额奖金的诱惑力,这实在是大错特错。法国的龚古尔文学奖的奖金才50法郎,在新世纪欧洲实行欧元货币制之后改为10欧元,但它依靠长期不懈的努力建立起来的权威性却得到了普遍认同。因此,文学评奖要找回失去的尊严,必须坚守自己的独立品格,拒绝把评奖当成追逐现实功利的工具。捍卫文学尊严的文学评奖都具有共同的特性:其一,文学评奖要确立文学的尊严,重要的前提是要独立于权力与金钱的压力之外。具有理想品格的文学奖项,必须长期捍卫爱与美的普适性价值,发现苦难中人性的闪光,反抗冷漠与奴役,尊重个体的自由权利。其二,公正的评奖一定要有完善的评奖规则,规则制定后不能轻易更改,在评奖的程序上要做到公开透明,将参评对象的要求、评委的遴选范围、评奖的价值标准、评审的具体过程、得票情况都公之于众,接受舆论的监督,而不是只公布评审结果。其三,建立严格的回避机制,避免人情因素的干扰。诺贝尔文学奖一共有7位瑞典作家获奖,为此而饱受质疑,但1974年2位瑞典作家的获奖成为最后一次自家人的"关门作业",从此本国人士绝迹,只能问鼎地域性的北欧文学奖,诺贝尔文学奖的地域色彩因此而淡化,巩固了奖项的权威性。其四,必须有长期规划,确保其规范性、连续性和稳定性。诺贝尔文学奖之所以举世瞩目,很大程度上来自于其周而复始的坚持,除了1914、1918、1940—1943年因为两次世界大战和1935年没有达成决议未能颁奖外,从未中断。

对于文学创作而言,要确立自己的尊严,必须拒绝为获奖而写作,不管是诺贝尔文学奖还是茅盾文学奖,都注定只能成为失去主体性的傀儡。被奖项所控制,意味着以事先规定的程式限制了自己的创作自由,作家和文学的灵魂都只能在戴着镣铐的舞蹈中逐渐枯萎,使文

---

① 白烨选编:《2000中国年度文坛纪事》,漓江出版社2001年版。
② 邵燕君:《倾斜的文学场》,江苏人民出版社2003年版,第209页。

学观念机械化、艺术形式八股化。正如康德所说:"属于天才本身的领域是想象力,因为它是创造性的,并且比别的能力更少受到规则的强制,却正因此而更有独创性。"①独立、自由、创造是文学创作的生命,失去了这些,再重要的奖项都无法抵挡时间的无情淘洗,而像托尔斯泰、卡夫卡、乔伊斯、哈代、博尔赫斯、易卜生、普鲁斯特、契诃夫、里尔克、高尔基、左拉、瓦雷里、布莱希特、斯特林堡、曼杰什坦姆、阿赫玛托娃等被诺贝尔文学奖遗漏的大师,其作品依然历久弥新,因为它们创造性地从人的内心唤醒那些一直沉睡的审美冲动,就像一束强光照亮被长期遮蔽的漆黑的心灵世界。正如卡尔维诺所说:"经典是每次重读都像初读那样带来发现的书。……即使我们初读也好像是在重温的书。"②而一些速朽的获奖作品带给我们的却是:即使我们初读也好像是似曾相识,而每次重读都是一次精神折磨。这类写作注定为获奖而生,也为获奖而死。

(原载《社会科学》2009 年第 3 期)

---

① 康德:《实用人类学》,邓晓芒译,上海人民出版社 2002 年版,第 125 页。
② [意]卡尔维诺:《为什么读经典?》,黄灿然译,译林出版社 2006 年版,第 3-4 页。

中国当代文学评奖的制度性之辩

——关于茅盾文学奖、鲁迅文学奖等"国家文学"评奖(节选)

吴 俊

一、国家文学奖的特殊政治性:茅盾文学奖体现的权力意志和制度设计特点

如何看待茅奖?连同如何看待几个所谓国家级文学奖项?须先认清另一个更加基本的问题,即如何看待当代中国文学的基本性质?

从宏观角度看,我把当代中国文学的基本特点和性质界定为国家性,当代文学首先即为国家文学。何谓国家文学?最简洁的释义就是,(受制于)国家权力支配的文学就是国家文学;国家文学就是国家权力意志的代言或表达。这里的国家,指的是国家政治权力(国家政权)。[①]

对此,或有两个基本质疑:一、当代中国文学中是否存在着国家文学之外的文学?即国家文学是否能够涵括全部的当代中国文学?二、国家文学是否能够解释全部的当代中国文学历史?如果"十七年""文革"时期的文学在某种程度上可以称为国家文学的话,新时期、改革开放以来的文学还是否可被认作国家文学呢?

释疑一,国家文学当然不能够涵括全部的当代中国文学:任何一种概括性的文学(特点),即便在宏观面上,也都不可能囊括一个时代文学的全部(特性)。但是,这并不能构成对一种历史宏观特点进行概括观点的关键性质疑;最重要的应该是,这样一种宏观判断能否担当解释历史的基本使命,即是否可能对历史研究提供一种有效的学术阐释观念、方法或视角。国家文学之于当代文学,或是一种意识形态的自觉主导——这是当然的,或是一种政治手段或策略——文学生存必须获得政治正确的前提,这两种现象无疑构成了当代文学历史中的基本主流;否则,当代中国文学的政治性质就会被悬疑。所以,宏观或主流之外的文学(现象)存在,并不能构成对此宏观或主流文学特征的否定。只能由此得到一个判断,在国家文学以外,当代中国文学生态仍有其相当的丰富性乃至一定程度上的多元性(丰富性并非定然关涉价值观,但多元性则是对多种价值观取向存在的一种表达)。国家文学概念所要解释

---

① 关于国家文学的释义和探讨,请见笔者的下列作品《国家文学的想象和实践》(合著,上海古籍出版社 2007 年版)、《向着无穷之远》(吉林出版集团 2009 年版)、《〈人民文学〉与"国家文学"》(《扬子江评论》2007 年第 1 期)、《中国当代"国家文学"概说》(《文艺争鸣》2007 年第 2 期)、《文学的政治:国家、启蒙、个人》(《南方文坛》2008 年第 6 期)、《当代中国文学的历史境遇》(《当代作家评论》2009 年第 3 期)、《以政治为核心:现实与文学的关系》(《当代作家评论》2010 年第 3 期)、《〈人民文学〉的政治性格和"文学政治"策略》(《文艺争鸣》2009 年第 10 期)、《文学的权利博弈:国家文学与文学批评》(《当代作家评论》2011 年第 1 期)等。

的就是当代中国文学的基本性质、历史走向、生态格局等宏观问题。它不仅较为明显地涉及"十七年"到"文革"的文学史,而且也贯穿当下的文学现状。这就与第二个质疑,连同本文的写作旨趣相关了。

释疑二,"文革"后的文学历史迄今仍然未改当代中国文学主流的基本性格,即国家文学仍然是新时期以来文学主流的宏观政治特征。从表面上看,好像有诸多现象和事实可以证明近30年来中国文学"多元"发展的历史现状。但从根本上看,文学的"多元"生态所依赖的还是权力(政治)的策略默许。不一定是文学变了,恐怕是政治本身有了变化。所谓当代文学,自始至今,真有偌大改变吗?称得上大改变的关键只能是中国政治,或文学与权力的关系。文学有底线,国家政治即底线。政治改变了文学,文学只因政治之变而变。曾经有过文学对政治的挑战,但这种现象从未发生在当代中国文学的宏观生态中。不仅文学从未真正颠覆过政治,而且批判政治的文学也几乎无一例外地只能成为个例。这些个例直到现在也还不足以成为可与国家文学相提并论的对于文学宏观政治特性的一种概括或描述。有限的量变或数量意义还远不足以构成对于文学宏观性质的有效判断依据。

当代中国文学的宏观政治特点何以至此不变?原因无他,即从国家层面看,中国文学的存在生态首先是一种制度安排或政治设计,文学按其政治意识形态的功利性程度而获得国家资源的分配——许多人看到了中国体育举国体制的问题,却一直没有发现或重视举国体制之大者,实则莫过于当代中国文学制度:它保障了参与者既获得了国家资源的配给和分享,同时还名正言顺地成为文学商品市场的获利者。只要国家层面的文学制度观念不做根本改变,国家文学的特性就永远会是中国文学的一种基本生态政治现实。认识和理解茅盾文学奖应该也可由此路径进入。

如果说宏观上看当代文学的生态格局是中国政治的一种制度设计,那么茅奖就是这种制度设计系统中的一个具体环节或构成部分。在特定的历史阶段,相似功能的策略环节或手段,当然非止茅奖一种或一类。之所以这样说,主要就是因为茅奖之类设计的地位、权利(权威、权力和利益)及有关特殊性是由国家权力所保障和保证的,当然它同时也就是国家权力的意识形态或文学的特定表达。前者关乎茅奖或国家文学的权利地位,后者则体现茅奖或国家文学的责任和义务。

茅奖的这种国家权力和国家政治性——在文学上就是我所谓的国家文学性质,可以说是一目了然的。迄今为止,在国家层面的文学制度或规定上,合法的、被政府允许且认可的,也就是受到国家权力保障的可称作"全国性"的文学奖项,只有4种,即茅盾文学奖、鲁迅文学奖、少数民族文学"骏马奖"、全国优秀儿童文学奖。也就是说,只有这4种文学奖项才能称为当代中国的国家文学奖(或称当代中国文学的政府奖)。再稍加释义,茅奖之类既是彰显政治性导向的文学奖,又是文学专业领域中的一种政治权利待遇。而且,这种政治和文学的双重奖励经由国家最高权力的认可与颁布,成为国家制度意义上的最高即国家文学的代表或典范。

有关"全国性"奖项的这种制度性规定,同时也就意味着凡是未经政府批准的其他文学奖项,在制度上都不具有全国性或者说"国家级别"的资格;最高文学奖项的正统性和合法性,须获得国家权力的授权或任命。这种制度规定或者说文学评奖的政治性,也保证了能够从反面阻止国家文学奖的地位不会受到意外的挑战。从权利资源和等级政治的角度看,这项规定也杜绝了,或不允许国家文学利益及资源的分散或"滥用"。形象点说,文学领域中的多头政治、政出多门的弊端由此得以遏制——这在宏观政治上，文学评奖实质上就成为中国当代文学活动中的一种集权政治现象。

但是说来也非常奇怪，行使国家最高文学权力的机构并非国家政府部门，而是一个"人民团体"和"社会力量"，即中国作家协会。中国作协"章程"开宗明义即其自身定位是"人民团体"。而茅盾文学奖评奖条例则明确中国作协为其主办者，且自称"是中国具有最高荣誉的文学奖项之一"。这里就有两点可以商榷：一个人民团体何以能够行使国家权力（即代行政府职能）？一个人民团体何以能够将自己主办的奖项命名为国家最高奖（或即茅盾文学奖自命为国家最高文学奖的依据何在）？

对此的法理探讨留待他人，仅就政治方面来说，唯一的理解——也是必需的理解——只能是中国作协获得了国家权力的授权，也就是说，中国作协在现实的政治操作和制度实践中，不仅是一个专业的人民团体，而且更符合一个"文学政府"（国家机构）的特点和性质。简言之，中国作协也就是我所谓的国家文学的专业行政领导机构。

这本来并非秘密或需讳言的话。之所以强调这些"秃子头上明摆着"的话，主要就在彰明现在讨论茅奖之类话题的一个症结所在：所有关于茅奖、鲁奖等的质疑和批评（包括误解），均须从制度设计、制度实践方面才能得到合理解释；换言之，无法解释的部分也不只是技术问题或程序问题，而是根本的制度问题。

二、问题症结："国家文学"评奖的制度瓶颈

每届茅奖、鲁奖评选下来，几乎都有争议。争议现象本身并不必然构成质疑奖项的问题，诺贝尔奖结果出炉也会有歧见和争议，甚至有人弃奖不要。不过，以我有限的见闻，好像没有过质疑诺奖程序性问题或评奖过程的技术性问题的情况；人们争议的主要是评奖结果，即得奖者是否名副其实，是否足堪最优秀者。这样一比较就看出问题来了，历来争论茅奖、鲁奖的问题，多不在或基本无涉作者、作品的优秀性方面，而几乎都在评奖的程序性问题或其他技术性问题上。与此相应，相关奖项的评奖条例的多次修改，也都在程序性和技术性方面，比如最新一届茅奖评选所采用的实名制和大评委制等，也是如此。

这说明了什么呢？从批评者角度看，至少是很在乎，甚至看重茅奖之类的国家文学大奖，同时却又对其评选方式、评选过程、评选标准不予信任。[①] 而从评选者，主要是主办方来看，正因其政治责任重大，同时又要取信于人（社会），所以才不厌其烦，长期、持续地修改、完善评奖条例。就此而言，对主办方的"主观恶意"的批评显然难以成立。那么，在这种明显的努力之下，有关茅奖之类的社会争议何以仍主要围绕着程序、技术问题呢？

双方都无法解决的其实是同一个问题，就是国家文学的制度问题。表面上争议的是技术、程序问题，其实不仅于此，争议的关键其实应该是制度或制度实践问题；或者说，技术、程序问题体现的实质就是制度、制度实践问题。技术、程序问题归根结底是制度和制度实践问题，制度实践——而非理论上的明文制度——才是制度性质的最重要、最主要的判断依据。

---

① 这种不信任的质疑有：入选者、作品身份大多是作家协会主席、副主席，网络作品的选取和淘汰，每轮入选作品的排名戏剧性变化，选票的集中化程度，《你在高原》的阅读和评审问题，究竟是奖作家还是奖作品问题，回避制度问题，等等。

关于制度实践问题,或者说关于国家文学奖项如茅奖、鲁奖之类中的根本问题,也或可称瓶颈性的问题,可以择要做些具体讨论。

根据中国作家协会所属的"中国作家网"资料介绍,中国作协现有团体会员44个,个人会员9301人(这是2009年的数据,2011年已逾万人)。团体会员囊括了全国各省、直辖市和自治区的地方作协,还包括了国家水、电、煤、石油、国土和新疆建设兵团各系统的作协。除直属会员以外,各地方和系统的作协会员人数当更庞大;此外,许多省辖市还各有其所属的作协(文联)组织——究其覆盖全国的各级作协机构及其成员的庞大数量而言,中国的作协组织可谓典型的"全民作协"。可以领导全民作协的只能是具备政府功能的一种"文学政府"机构。这从中国作协的组织机构设置中可以看得很清楚,基本仿照政府机构的行政构架。除了基本的政府机构行政构架外,同时还设有众多、庞大的专业部门或单位,分为直属单位、主管社团、专业委员会等,其中包括了中央级、全国性的制度等级最高的报刊出版社等传媒单位,各门类文学学会或研究会,各门类领域的专门委员会等。[①] 可以这样说,凡国家权力所及之处的文学存在、文学事务、文学活动,中国作协都有可能、有理由、特别是有(政治)责任介入和领导。全民作协、文学政府,此之谓也。

不过也有一点不同,或者存在是特定的模糊。虽然作协组织机构介绍中有中国作协党组,但在"中国作家协会组织机构图"中,却并无作协党组的具体位置。而且,在中国作协的章程中,也没有关于作协党组的说明,甚至都没提到"党组"字样。[②] 作为实际领导组织的作协党组何在呢?党组的明文定位为何如此暧昧?这种制度设计或者就是体现中国作协能够自如游移在"人民团体"和"政府机构"之间的政治智慧?不管你信不信,反正我是信了:将中国作协完全理解为政府机构恐怕未必十分恰当,而将中国作协仅视为人民团体,则显然是太天真了。

有关制度设计的政治智慧的核心或目标是什么?其核心与目标都一样,就是最大限度地保证设计者对最高权力的拥有权和支配权——区别或主要只在对"最高权力"的解释、理解和界定,由此也直接决定了制度实践的方式、过程和特点。因此,凡属技术、程序的或大或小的任何改变,其真实目的都不会,也不可能是对既有权利的削弱甚或放弃,而是相反,只能是基于对权利的更充分使用的动机,或更加机智、有效地使用权利的策略手段。换言之,只是这种主要停留在技术层面的改变或改进,无助于关键问题或根本问题的解决,即无助于解决制度难题和制度瓶颈衍生出来的一系列问题,并且,结果招来的往往又会是对于易见的技术程序问题的批评和责难——制度问题只能从制度层面上才能获得有效解决。制度解决的方案也只能在制度实践中才能获得真正落实。但这在现在显然还做不到。

一旦想通了这些,也就应该明白:主要在技术层面讨论、批评、责难茅奖的评选程序或其他相关问题,其实没有实际意义;一切意见只能是隔靴搔痒,没抓住关键点。对于评奖相关的技术、程序等问题,必须费心设计、专门负责的,只有,也只能是主办方,主办方是唯一的责任者。原因无他,因为只有它才是"文学政府",并且,还是一个"无限责任政府"。

这个"政府"的负担和困境——也就是制度瓶颈——在哪里?一方面,也是最主要的方面是要为国家权力负政治责任,这是它的存在,也包括茅奖、鲁奖之类评奖意义和价值的首

---

① 有关中国作家协会的资料来源,俱见"中国作家网"。

② 见"中国作家网"中"作协机构"栏等资料。

要（政治）前提。另一方面，它必须履行作为"全民作协"，特别是"文学政府"的社会义务（包括服务功能），在最广泛的范围中确立政府为社会服务的公信力，具体之一即为文学评奖的公信力。这就需要调和"政府"利益（国家权利）与社会权利之间的关系，最低限度是不能使"政府"行为（主要即评奖的技术和程序过程）因严重伤害社会利益而导致两者的对立（至少会因之产生或加剧社会情绪对"文学政府"的严重不信任）；最高理想则是能够引导社会利益接受、认同"政府"利益（国家权利），甚至能够将之同时也作为自身的利益——达到这种政治目标的难度可想而知，在当今（文学）社会基本无此可能。这个"文学政府"的困难还不尽如此，除了政治责任、社会责任外，它理所当然还须承担中国文学现状发展的专业责任。从最低限度言，政治责任是底线，社会责任是形式，专业责任则是其基础（也或基本特征）。也就是说"文学政府"的理想目标应该是最大限度地兼顾甚或完成政治、社会和专业的三重责任。而其基础也即特殊性或基本特征，则应该是对于当代中国文学的专业责任；"文学政府"在此应又可称作"文学专业政府"。如果说政治责任和社会责任还是一种更显普遍性的广义范畴，非独文学政府为然，那么文学的专业责任就应该是"文学政府"担当其政治责任和社会责任的一种特定必备条件或规定途径。应该或必须通过文学责任的完成而达到政治和社会责任的担当——"无限责任政府"的有限性，也就是制度瓶颈，就此便暴露无遗了：在意识形态领域，政治正确、政治责任、政治利益永远凌驾于任何专业标准、专业责任、专业利益之上；在国家文学评奖中，文学质量是否属于首要考虑和评价的对象其实并不一定。换言之，这样的"文学政府"事实上不可能兼顾、完成它的无限责任使命，它只能有所放弃；在放弃和坚持中，可以认识它的真面目。当然同时，当今的中国文学其实也早已不可能受其制约或支配了。扩大一点观察面，在国家政治层面上，当代中国的政治实践也已经对"无限责任政府"模式的失败有过历史证明，只是意识形态系统的制度革新步骤还是远落在中国当代制度改革潮流之后。

如果制度性质或系统不可能改变，那只有局部改进制度策略或手段了。于是，国家文学奖的意义和价值在此就特别重要地体现出来了：作为一种由国家权力树立、确认和保障的最高文学标杆，茅奖、鲁奖的评选就是一种主要从事并彰显政治、社会、文学专业三者统一的文学典范的生产机制。为了确立、达到这个目标，评奖的文学价值观当然重要，技术程序也同样重要——否则这一制度设计就会因公信力问题而变得没有价值，完全违背了设计目标和宗旨。所谓程序正义的意义就在于此。这同时也就是茅奖之类评选技术程序一再修改的深层原因。

但也就是在这种程序正义的意义上，对茅奖、鲁奖的任何重大质疑，都足以威胁奖项的正当性和公信力，而其累积效应都有可能成为压垮奖项主办方的政治责任、社会责任和文学专业责任的最后那根稻草，即技术程序也会是致命的。可以再次重申前文旧话，所有的技术和程序问题归根到底都是制度问题。技术程序可以从正面改进制度，也能从反面彻底瓦解制度本身。

最明显的一个问题就是，茅奖由中国作协主办，中国作协既是评奖领导（"文学政府"），又是评奖者（评委会的组织者），同时还是参评者（被评者与中国作协有直接隶属关系）——这就构成了直接的利益相关方。也就是说，从制度实践上看，这个"文学政府"实际主办的是一个自我评选、自行分配利益的奖项，既如政府公务员同时担任商业公司首脑谋取红利，也有点像是上市公司内部利益输送的关联交易，所有参与方之间都存在着明显直接的利益关联。这种利益分配的(政治)伦理如果成立的话,就需要一种前提,即其中无关、无涉任何社会利益(包括文学利益)。否则,就涉嫌滥用政府权力而侵害社会利益。国家文学在履行其政治责任的时候,是否涉嫌侵害了当代中国文学的社会利益?这是应当可以检讨的一个问题。"全民作协"的组织构架和政治权力是真实的,但同样确凿的是,即便是全民作协也并不能取代或代表全社会的文学利益。犹如政府以外还有社会的存在。这就是问题的关键。要不然干脆将"中国作协文学"代替"中国当代文学"算了。

但这是个制度瓶颈问题。国家文学制度决定了文学政府不可能改变甚至退出对整个社会文学利益的最大程度的占有、支配和利用——这在评奖技术程序上,就使得最能体现程序正义的所谓回避制度形同虚设。为什么需要回避?最基本的一点就是为了保证评奖的公正和公平,必须回避利益相关方介入评选权力。但现在的茅奖评选制度设计,回避的只是旁枝末节,最需要回避的直接利益相关方却非但无须回避,甚至还直接同时成为评奖的主办方/领导者、评委会主要构成者、直接参评的候选者/机构——在强调个人利益关系回避的同时,机构组织的利益权力介入则毫无回避。这样的回避制度有什么意义呢?程序公平、公正的正义又如何体现呢?无须个人担责的貌似公正的回避制度,掩护的是制度不公。这也就是国家文学评奖的制度脆弱性,它不是技术程序的改进所能改变和完善的。

再说实名制和大评委会制度。这是这届茅奖评选的制度程序"亮点",但这两个"亮点"非但无法改进、遮掩茅奖的制度问题,反而再次将制度问题凸显出来。先说实名制。循世界各国成例,评奖实名与否,皆各有其例,本无涉程序正义因素。茅奖的实名制也一样无须非议,尽可视为用公开化的方式监督评委行为的措施。但是,实名制的一个最大弊端却也不能不指出,任何个人意志会因此受到集体/社会意志的最大可能的干扰。就评委的个人意志自由而言,匿名制显然胜于实名制。如果说匿名制会使得评委更方便"行私"投票,那么谁又能说实名制就是公正的保证呢?如果实名制更能体现程序正义,世界各国成例何不一律采用实名制呢?实名、匿名,其实是个无须费心的随机采用形式罢了,真不是个能够体现程序正义的必然要素。

再说大评委制。据说这是为防止有人"行贿""搞定"评委而采取的手段。大评委制显然增加了"有人"行贿、搞定的难度和成本,甚至使之变得不可能。不过假如真没有人有能力、有可能搞定评委的话,程序公平公正的正义不就在眼前看着实现了吗?可惜,在集权者看来这却是危险的——自己的权力不也同时被剥夺了吗?别人搞不定"我"还能搞定吗?于是,结果就是只有"我"才能搞定了。现行的策略就是除保证中国作协直接聘请的评委人选外,大评委会里增加的人选主要采用了组织推荐制——就是由各省级作协"推荐"一名评委;此外是所谓"专家库"抽选人选(形式上也由中国作协书记处聘请)。试问,这样的大评委制有程序公正意义吗?别人的行私固然由此可能杜绝,但主办者的权力却变相得到了更大的保障——因其同时部分地直接介入了参评候选。这种制度设计和制度策略难道不是对制度程序正义和制度权力诚信价值观的最大颠覆和瓦解吗?!这种制度不公难道不正是给制度腐败开启了极大的方便之门吗?!

因此,从大评委制的这种构成角度看,与其说实名制是为社会监督评委行为,不如说是为"权力"更容易地监控评委。真是太高明了——这届茅奖的实名制和大评委制,从制度角度分析,实在并无可能增强评委独立、公正行使权力的必然性,但形式上追求制度公平、公正的努力却因此变得有目共睹且振振有词——同时倒是无碍、甚至强化了"文学政府"的实际主导权和利益分配权。这正是国家文学权力的性格和策略。

制度决定技术程序而非相反,技术程序是制度性质的体现。国家文学评奖的制度和程序都决定、保证了这种评奖不可能产生意外。但话说太满了也会诱发意外,制度实践的过程中毕竟存在着不确定性。最大的不确定就是执行力问题:制度执行中的专业水平和一般道德水平。这里的专业水平是指文学优劣的判断力,这是因人而异的。道德水平则主要是指执行者是否可能因切己私利而损害、牺牲其他更重要的利益——严格说是国家文学利益。专业水平有失可说是客观、无心之过,道德水平被一己私利绑架则属主观、故意的行为,其严重性如犯罪。

每个评委也会受到相同考验。故举这届茅奖引发的一个突出争议问题为例,有人(包括高校文学教授、权威文学刊物知名编辑等专业人士)质疑张炜《你在高原》以高票获奖,但到底有几位评委真有可能读完了这部长达450万字的作品呢?这一质疑得到的评委回答各异,各位都想把答案措辞装修得圆满一些。更多的人则沉默。沉默是金。[①] 作为同行,我想到的是:用道德诚信作为权宜之策的代价是否值得?如果一种制度形同逼迫个人只能放弃道德坚守,那在无奈的堕落之余,作为个人是否还有可能尝试一点制度问题的思考和批判?

所有关于茅奖、鲁奖的争议都要在,也能在国家文学奖项的制度之辨中寻求答案,也可以从程序正义的追究中开始。虽然制度问题、制度弊端不能怪罪于任何人,个人不可能承担制度之责,在某种程度上这也就是制度改革之难的原因所在。但是,改革制度弊端不能不是我们每个人、整个文学界乃至全社会的一种觉悟,尤其是在近年政府领导人多次在世界面前高调宣示国家政治制度改革的时势下,包括茅奖、鲁奖在内的国家文学评奖制度和广义的国家文学制度,应该也有了根本性改革的理由。笔者参加过茅奖、鲁奖的评选,深感评奖制度关系到全体社会利益和我们每个人的利益,如果认为这还是一件值得严肃对待的事,文学批评就应该首先担当起责任和使命。本文宗旨在此。

(原载《当代作家评论》2011 年第 6 期)

---

① 从制度建设角度上说,应该正式、严格地建立、加强和完善茅盾文学奖、鲁迅文学奖等国家文学奖的官方发言人制度,既披露信息,也须回应社会质疑——最重要的是,用了纳税人的钱,也就无权沉默。

附一：诺贝尔文学奖

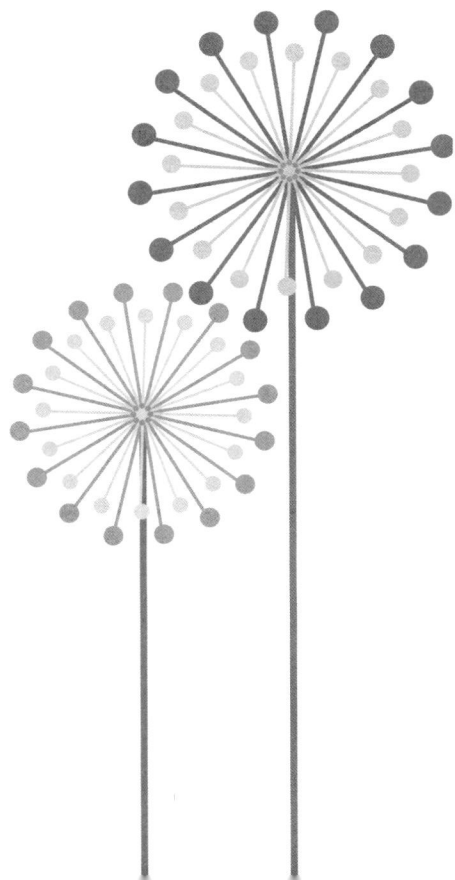

2012 年诺贝尔文学奖

以下内容按时间顺序编排：从 2012 年 10 月 11 日"诺奖"得主的宣布，到 2012 年 12 月 7 日莫言在瑞典文学院所作的演讲"讲故事的人"，到 2012 年 12 月 10 日"诺奖"颁发典礼上授奖辞的宣读，再到 2012 年 12 月 10 日诺贝尔奖宴会上莫言所作的致辞。为力求信息的准确性，保留了英语版的原始资料。

Announcement of the 2012 Nobel Prize in Literature
2012 年诺贝尔文学奖揭晓

（斯德哥尔摩时间 2012 年 10 月 11 日 13 时）

【Announcement of the 2012 Nobel Prize in Literature to Mo Yan，presented by Professor Peter Englund，Permanent Secretary of the Swedish Academy，on 11 October 2012. 2012 年 10 月 11 日，瑞典文学院常务秘书彼得·英格伦教授宣布 2012 年诺贝尔文学奖得主为莫言。】

The 2012 Nobel Prize in Literature was awarded to Mo Yan who with hallucinatory realism merges folk tales，history and the contemporary.

2012 年的诺贝尔文学奖颁发给莫言，他将幻觉的现实主义的手法与民间故事、历史和当代融合在一起。

讲故事的人

（2012 年 12 年 7 日，莫言在瑞典文学院的演讲）

【Mo Yan delivered his Nobel Lecture on 7 December 2012，at the Swedish Academy，Stockholm. He was introduced by Kjell Espmark，member of the Nobel Committee for Literature. The lecture was delivered in Chinese. 2012 年 12 月 7 日莫言在斯德哥尔摩的瑞典文学院作了获奖演讲。诺贝尔文学奖委员会委员贝谢尔·埃斯普马克对莫言进行了介绍。演讲是用中文进行的。】

尊敬的瑞典学院各位院士，女士们、先生们：

通过电视或网络，我想在座的各位，对遥远的高密东北乡，已经有了或多或少的了解。你们也许看到了我的 90 岁的老父亲，看到了我的哥哥、姐姐、我的妻子、女儿和我的一岁零四个月的外孙，但是有一个此刻我最想念的人，我的母亲，你们永远无法看到了。我获奖后，很多人分享了我的光荣，但我的母亲却无法分享了。

我母亲生于1922年,卒于1994年。她的骨灰,埋葬在村庄东边的桃园里。去年,一条铁路要从那儿穿过,我们不得不将她的坟墓迁移到距离村子更远的地方。掘开坟墓后,我们看到,棺木已经腐朽,母亲的骨灰,已经与泥土混为一体。我们只好象征性地挖起一些泥土,移到新的墓穴里。也就是从那一刻起,我感到,我的母亲是大地的一部分,我站在大地上的诉说,就是对母亲的诉说。

我是我母亲最小的孩子。

我记忆中最早的一件事,是提着家里唯一的一把热水壶去公共食堂打开水。因为饥饿无力,失手将热水瓶打碎,我吓得要命,钻进草垛,一天没敢出来。傍晚的时候我听到母亲呼唤我的乳名,我从草垛里钻出来,以为会受到打骂,但母亲没有打我也没有骂我,只是抚摸着我的头,口中发出长长的叹息。

我记忆中最痛苦的一件事,就是跟着母亲去集体的地里捡麦穗,看守麦田的人来了,捡麦穗的人纷纷逃跑,我母亲是小脚,跑不快,被捉住,那个身材高大的看守人扇了她一个耳光,她摇晃着身体跌倒在地,看守人没收了我们捡到的麦穗,吹着口哨扬长而去。我母亲嘴角流血,坐在地上,脸上那种绝望的神情我终生难忘。多年之后,当那个看守麦田的人成为一个白发苍苍的老人,在集市上与我相逢,我冲上去想找他报仇,母亲拉住了我,平静地对我说:"儿子,那个打我的人,与这个老人,并不是一个人。"

我记得最深刻的一件事是一个中秋节的中午,我们家难得包了一顿饺子,每人只有一碗。正当我们吃饺子时,一个乞讨的老人来到了我们家门口,我端起半碗红薯干打发他,他却愤愤不平地说:"我是一个老人,你们吃饺子,却让我吃红薯干。你们的心是怎么长的?"我气急败坏地说:"我们一年也吃不了几次饺子,一人一小碗,连半饱都吃不了!给你红薯干就不错了,你要就要,不要就滚!"母亲训斥了我,然后端起她那半碗饺子,倒进了老人碗里。

我最后悔的一件事,就是跟着母亲去卖白菜,有意无意地多算了一位买白菜的老人一毛钱。算完钱我就去了学校。当我放学回家时,看到很少流泪的母亲泪流满面。母亲并没有骂我,只是轻轻地说:"儿子,你让娘丢了脸。"

我十几岁时,母亲患了严重的肺病,饥饿、病痛、劳累,使我们这个家庭陷入了困境,看不到光明和希望。我产生了一种强烈的不祥之兆,以为母亲随时都会自寻短见。每当我劳动归来,一进大门就高喊母亲,听到她的回应,心中才感到一块石头落了地。如果一时听不到她的回应,我就心惊胆战,跑到厨房和磨坊里寻找。有一次找遍了所有的房间也没有见到母亲的身影,我便坐在了院子里大哭。这时母亲背着一捆柴草从外面走进来。她对我的哭很不满,但我又不能对她说出我的担忧。母亲看到我的心思,她说:"孩子你放心,尽管我活着没有一点乐趣,但只要阎王爷不叫我,我是不会去的。"

我生来相貌丑陋,村子里很多人当面嘲笑我,学校里有几个性格霸蛮的同学甚至为此打我。我回家痛哭,母亲对我说:"儿子,你不丑,你不缺鼻子不缺眼,四肢健全,丑在哪里?而且只要你心存善良,多做好事,即便是丑也能变美。"后来我进入城市,有一些很有文化的人依然在背后甚至当面嘲弄我的相貌,我想起了母亲的话,便心平气和地向他们道歉。

我母亲不识字,但对识字的人十分敬重。我们家生活困难,经常吃了上顿没下顿。但只要我对她提出买书买文具的要求,她总是会满足我。她是个勤劳的人,讨厌懒惰的孩子,但只要是我因为看书耽误了干活,她从来没批评过我。

有一段时间,集市上来了一个说书人。我偷偷地跑去听书,忘记了她分配给我的活儿。

为此，母亲批评了我，晚上当她就着一盏小油灯为家人赶制棉衣时，我忍不住把白天从说书人听来的故事复述给她听，起初她有些不耐烦，因为在她心目中说书人都是油嘴滑舌、不务正业的人，从他们嘴里冒不出好话来。但我复述的故事渐渐地吸引了她，以后每逢集日她便不再给我排活，默许我去集市上听书。为了报答母亲的恩情，也为了向她炫耀我的记忆力，我会把白天听到的故事，绘声绘色地讲给她听。

很快的，我就不满足复述说书人讲的故事了，我在复述的过程中不断地添油加醋，我会投我母亲所好，编造一些情节，有时候甚至改变故事的结局。我的听众也不仅仅是我的母亲，连我的姐姐，我的婶婶，我的奶奶都成为我的听众。我母亲在听完我的故事后，有时会忧心忡忡地，像是对我说，又像是自言自语："儿啊，你长大后会成为一个什么人呢？难道要靠耍贫嘴吃饭吗？"

我理解母亲的担忧，因为在村子里，一个贫嘴的孩子，是招人厌烦的，有时候还会给自己和家庭带来麻烦。我在小说《牛》里所写的那个因为话多被村子里厌恶的孩子，就有我童年时的影子。我母亲经常提醒我少说话，她希望我能做一个沉默寡言、安稳大方的孩子。但在我身上，却显露出极强的说话能力和极大的说话欲望，这无疑是极大的危险，但我说故事的能力，又带给了她愉悦，这使她陷入深深的矛盾之中。

俗话说"江山易改、本性难移"，尽管我有父母亲的谆谆教导，但我并没有改掉我喜欢说话的天性，这使得我的名字"莫言"，很像是对自己的讽刺。

我小学未毕业即辍学，因为年幼体弱，干不了重活，只好到荒草滩上去放牧牛羊。当我牵着牛羊从学校门前路过，看到昔日的同学在校园里打打闹闹，我心中充满悲凉，深深地体会到一个人，哪怕是一个孩子，离开群体后的痛苦。

到了荒滩上，我把牛羊放开，让它们自己吃草。蓝天如海，草地一望无际，周围看不到一个人影，没有人的声音，只有鸟儿在天上鸣叫。我感到很孤独，很寂寞，心里空空荡荡。有时候，我躺在草地上，望着天上懒洋洋地飘动着的白云，脑海里便浮现出许多莫名其妙的幻象。我们那地方流传着许多狐狸变成美女的故事，我幻想着能有一只狐狸变成美女与我来做伴放牛，但她始终没有出现。但有一次，一只火红色的狐狸从我面前的草丛中跳出来时，我被吓得一屁股坐在地上。狐狸跑没了踪影，我还在那里颤抖。有时候我会蹲在牛的身旁，看着湛蓝的牛眼和牛眼中的我的倒影。有时候我会模仿鸟儿的叫声试图与天上的鸟儿对话，有时候我会对一棵树诉说心声。但鸟儿不理我，树也不理我。许多年后，当我成为一个小说家，当年的许多幻想，都被我写进了小说。很多人夸我想象力丰富，有一些文学爱好者，希望我能告诉他们培养想象力的秘诀，对此，我只能报以苦笑。

就像中国的先贤老子所说的那样，"福兮祸之所伏，祸兮福所倚"，我童年辍学，饱受饥饿、孤独、无书可读之苦，但我因此也像我们的前辈作家沈从文那样，较早地开始阅读社会人生这本大书。前面所提到的到集市上去听说书人说书，仅仅是这本大书中的一页。

辍学之后，我混迹于成人之中，开始了"用耳朵阅读"的漫长生涯。两百多年前，我的故乡曾出了一个讲故事的伟大天才——蒲松龄，我们村里的许多人，包括我，都是他的传人。我在集体劳动的田间地头，在生产队的牛棚马厩，在我爷爷奶奶的热炕头上，甚至在摇摇晃晃地行进着的牛车里，聆听了许许多多神鬼故事、历史传奇、逸闻趣事，这些故事都与当地的自然环境、家庭历史紧密联系在一起，使我产生了强烈的现实感。

我做梦也想不到有朝一日这些东西会成为我的写作素材，我当时只是一个迷恋故事的孩子,醉心地聆听着人们的讲述。那时我是一个绝对的有神论者,我相信万物都有灵性,我见到一棵大树会肃然起敬。我看到一只鸟会感到它随时会变成人,我遇到一个陌生人,也会怀疑他是一个动物变化而成。每当夜晚我从生产队的记工房回家时,无边的恐惧便包围了我,为了壮胆,我一边奔跑一边大声歌唱。那时我正处在变声期,嗓音嘶哑,声调难听,我的歌唱,是对我的乡亲们的一种折磨。

我在故乡生活了21年,其间离家最远的一次是乘火车去了青岛,还差点迷失在木材厂的巨大木材之间,以至于我母亲问我去青岛看到了什么风景时,我沮丧地告诉她:什么都没看到,只看到了一堆堆的木头。但也就是这次青岛之行,使我产生了离开故乡到外边去看世界的强烈愿望。

1976年2月,我应征入伍,背着我母亲卖掉结婚时的首饰帮我购买的四本《中国通史简编》,走出了高密东北乡这个既让我爱又让我恨的地方,开始了我人生的重要时期。我必须承认,如果没有30多年来中国社会的巨大发展与进步,如果没有改革开放,也不会有我这样一个作家。

在军营的枯燥生活中,我迎来了80年代的思想解放和文学热潮,我从一个用耳朵聆听故事,用嘴巴讲述故事的孩子,开始尝试用笔来讲述故事。起初的道路并不平坦,我那时并没有意识到我20多年的农村生活经验是文学的富矿,那时我以为文学就是写好人好事,就是写英雄模范,所以,尽管也发表了几篇作品,但文学价值很低。

1984年秋,我考入解放军艺术学院文学系。在我的恩师、著名作家徐怀中的启发指导下,我写出了《秋水》《枯河》《透明的红萝卜》《红高粱》等一批中短篇小说。在《秋水》这篇小说里,第一次出现了"高密东北乡"这个字眼,从此,就如同一个四处游荡的农民有了一片土地,我这样一个文学的流浪汉,终于有了一个可以安身立命的场所。我必须承认,在创建我的文学领地"高密东北乡"的过程中,美国的威廉·福克纳和哥伦比亚的加西亚·马尔克斯给了我重要启发。我对他们的阅读并不认真,但他们开天辟地的豪迈精神激励了我,使我明白了一个作家必须要有一块属于自己的地方。一个人在日常生活中应该谦卑退让,但在文学创作中,必须"颐指气使","独断专行"。我追随这两位大师两年后,即意识到,必须尽快地逃离他们,我在一篇文章中写道:他们是两座灼热的火炉,而我是冰块,如果离他们太近,会被他们蒸发掉。根据我的体会,一个作家之所以会受到某一位作家的影响,其根本是因为影响者和被影响者灵魂深处的相似之处。正所谓"心有灵犀一点通"。所以,尽管我没有很好地去读他们的书,但只读过几页,我就明白了他们干了什么,也明白了他们是怎样干的,随即我也就明白了我该干什么和我该怎样干。

我该干的事情其实很简单,那就是用自己的方式,讲自己的故事。我的方式,就是我所熟知的集市说书人的方式,就是我的爷爷奶奶、村里的老人们讲故事的方式。坦率地说,讲述的时候,我没有想到谁会是我的听众,也许我的听众就是那些如我母亲一样的人,也许我的听众就是我自己,我自己的故事,起初就是我的亲身经历,譬如《枯河》中那个遭受痛打的孩子,譬如《透明的红萝卜》中那个自始至终一言不发的孩子。我的确曾因为干过一件错事而受到过父亲的痛打,我也的确曾在桥梁工地上为铁匠师傅拉过风箱。当然,个人的经历无论多么奇特也不可能原封不动地写进小说,小说必须虚构,必须想象。很多朋友说《透明的红萝卜》是我最好的小说,对此我不反驳,也不认同,但我认为《透明的红萝卜》是我的作品中最有象征性、最意味深长的一部。那个浑身漆黑、具有超人的忍受痛苦的能力和超人的感受能力的孩子，是我全部小说的灵魂，尽管在后来的小说里，我写了很多人物，但没有一个人物，比他更贴近我的灵魂。或者可以说，一个作家所塑造的若干人物中，总有一个领头的，这个沉默的孩子就是一个领头的，他一言不发，但却有力地领导着形形色色的人物，在高密东北乡这个舞台上，尽情地表演。

自己的故事总是有限的，讲完了自己的故事，就必须讲他人的故事。于是，我的亲人们的故事，我的村人们的故事，以及我从老人们口中听过的祖先们的故事，就像听到集合令的士兵一样，从我的记忆深处涌出来。他们用期盼的目光看着我，等待着我去写他们。我的爷爷、奶奶、父亲、母亲、哥哥、姐姐、姑姑、叔叔、妻子、女儿，都在我的作品里出现过，还有很多我高密东北乡的乡亲，也都在我的小说里露过面。当然，我对他们，都进行了文学化的处理，使他们超越了他们自身，成为文学中的人物。

我最新的小说《蛙》中，就出现了我姑姑的形象。因为我获得诺贝尔奖，许多记者到她家采访，起初她还很耐心地回答提问，但很快便不胜其烦，跑到县城她儿子家躲起来了。姑姑确实是我写《蛙》时的模特，但小说中的姑姑，与现实生活中的姑姑有着天壤之别。小说中的姑姑专横跋扈，有时简直像个女匪，现实中的姑姑和善开朗，是一个标准的贤妻良母。现实中姑姑晚年生活幸福美满，小说中的姑姑到了晚年却因为心灵的巨大痛苦患上了失眠症，身披黑袍，像个幽灵一样在暗夜中游荡。我感谢姑姑的宽容，她没有因为我在小说中把她写成那样而生气；我也十分敬佩我姑姑的明智，她正确地理解了小说中人物与现实中人物的复杂关系。

母亲去世后，我悲痛万分，决定写一部书献给她。这就是那本《丰乳肥臀》。因为胸有成竹，因为情感充盈，仅用了 83 天，我便写出了这部长达 50 万字的小说的初稿。

在《丰乳肥臀》这本书里，我肆无忌惮地使用了与我母亲的亲身经历有关的素材，但书中的母亲情感方面的经历，则是虚构，取材于高密东北乡诸多母亲的经历。在这本书的卷前语上，我写下了"献给母亲在天之灵"的话，但这本书，实际上是献给天下母亲的，这是我狂妄的野心，就像我希望把小小的"高密东北乡"写成中国乃至世界的缩影一样。

作家的创作过程各有特色，我每本书的构思与灵感触发也都不尽相同。有的小说起源于梦境，譬如《透明的红萝卜》，有的小说则发端于现实生活中发生的事件——譬如《天堂蒜薹之歌》。但无论是起源于梦境还是发端于现实，最后都必须和个人的经验相结合，才有可能变成一部具有鲜明个性的、用无数生动细节塑造出典型人物的、语言丰富多彩、结构匠心独运的文学作品。有必要特别提及的是，在《天堂蒜薹之歌》中，我让一个真正的说书人登场，并在书中扮演了十分重要的角色。我十分抱歉地使用了这个说书人的真实姓名，当然，他在书中的所有行为都是虚构的。在我的写作中，出现过多次这样的现象，写作之初，我使用他们的真实姓名，希望能借此获得一种亲近感，但作品完成之后，我想为他们改换姓名时却感到已经不可能了，因此也发生过与我小说中人物同名者找到我父亲发泄不满的事情，我父亲替我向他们道歉，但同时又开导他们不要当真。我父亲说："他在《红高粱》中，第一句就说'我父亲这个土匪种'，我都不在意你们还在意什么？"

我在写作《天堂蒜薹之歌》这类逼近社会现实的小说时，面对的最大问题，其实不是我敢不敢对社会上的黑暗现象进行批评，而是这燃烧的激情和愤怒会让政治压倒文学，使这部小说变成一个社会事件的纪实报告。小说家是社会中的人，他自然有自己的立场和观点，但小说家在写作时，必须站在人的立场上，把所有的人都当作人来写。只有这样，文学才能发端事件但超越于事件,关心政治但大于政治。

可能是因为我经历过长期的艰难生活,使我对人性有较为深刻的了解。我知道真正的勇敢是什么,也明白真正的悲悯是什么。我知道,每个人心中都有一片难用是非善恶准确性的朦胧地带,而这片地带,正是文学家施展才华的广阔天地。只要是准确地、生动地描写了这个充满矛盾的朦胧地带的作品,也就必然地超越了政治并具备了优秀文学的品质。

喋喋不休地讲述自己的作品是令人厌烦的,但我的人生是与我的作品紧密相连的,不讲作品,我感到无从下嘴,所以还得请各位原谅。

在我的早期作品中,我作为一个现代的说书人,是隐藏在文本背后的,但从《檀香刑》这部小说开始,我终于从后台跳到了前台。如果说我早期的作品是自言自语,目无读者,从这本书开始,我感觉到自己是站在一个广场上,面对着许多听众,绘声绘色地讲述。这是世界小说的传统,更是中国小说的传统。我也曾积极地向西方的现代派小说学习,也曾经玩弄过形形色色的叙事花样,但我最终回归了传统。当然,这种回归,不是一成不变的回归,《檀香刑》和之后的小说,是继承了中国古典小说传统又借鉴了西方小说技术的混合文本。小说领域的所谓创新,基本上都是这种混合的产物。不仅仅是本国文学传统与外国小说技巧的混合,也是小说与其他艺术门类的混合,就像《檀香刑》是与民间戏曲的混合,就像我早期的一些小说从美术、音乐、甚至杂技中汲取了营养一样。

最后,请允许我再讲一下我的《生死疲劳》。这个书名来自佛教经典,据我所知,为翻译这个书名,各国的翻译家都很头痛。我对佛教经典并没有深入研究,对佛教的理解自然十分肤浅,之所以以此为题,是因为我觉得佛教的许多基本思想,是真正的宇宙意识,人世中许多纷争,在佛家的眼里,是毫无意义的。这样,一种至高眼界下的人世,显得十分可悲。当然,我没有把这本书写成布道词,我写的还是人的命运与人的情感,人的局限与人的宽容,以及人为追求幸福、坚持自己的信念所做出的努力与牺牲。小说中那位以一己之身与时代潮流对抗的蓝脸,在我心目中是一位真正的英雄。这个人物的原型,是我们邻村的一位农民,我童年时,经常看到他推着一辆吱吱作响的木轮车,从我家门前的道路上通过。给他拉车的,是一头瘸腿的毛驴,为他牵驴的,是他小脚的妻子。这个奇怪的劳动组合,在当时的集体化社会里,显得那么古怪和不合时宜,在我们这些孩子的眼里,也把他们看成逆历史潮流而动的小丑,以至于当他们从街上经过时,我们会充满义愤地朝他们投掷石块。事过多年,当我拿起笔来写作时,这个人物,这个画面,便浮现在我的脑海中。我知道,我总有一天会为他写一本书,我迟早要把他的故事讲给天下人听,但一直到了2005年,当我在一座庙宇里看到"六道轮回"的壁画时,才明白了讲述这个故事的正确方法。

我获得诺贝尔文学奖后,引发了一些争议。起初,我还以为大家争议的对象是我,渐渐的,我感到这个被争议的对象,是一个与我毫不相关的人。我如同一个看戏人,看着众人的表演。我看到那个得奖人身上落满了花朵,也被掷了石块、泼了污水。我生怕他被打垮,但他微笑着从花朵和石块中钻出来,擦干净身上的脏水,坦然地站在一边,对着众人说:对一个作家来说,最好的说话方式是写作。我该说的话都写进了我的作品里。用嘴说出的话随风而散,用笔写出的话永不磨灭。我希望你们能耐心地读一下我的书,当然,我没有资格强迫你们读我的书。即便你们读了我的书,我也不期望你们能改变对我的看法,世界上还没有一个作家,能让所有的读者都喜欢他。在当今这样的时代里,更是如此。

尽管我什么都不想说,但在今天这样的场合我必须说话,那我就简单地再说几句。

我是一个讲故事的人,我还是要给你们讲故事。

上世纪 60 年代,我上小学三年级的时候,学校里组织我们去参观一个苦难展览,我们在老师的引领下放声大哭。为了能让老师看到我的表现,我舍不得擦去脸上的泪水。我看到有几位同学悄悄地将唾沫抹到脸上冒充泪水。我还看到在一片真哭假哭的同学之间,有一位同学,脸上没有一滴泪,嘴巴里没有一点声音,也没有用手掩面。他睁着大眼看着我们,眼睛里流露出惊讶或者是困惑的神情。事后,我向老师报告了这位同学的行为。为此,学校给了这位同学一个警告处分。多年之后,当我因自己的告密向老师忏悔时,老师说,那天来找他说这件事的,有十几个同学。这位同学十几年前就已去世,每当想起他,我就深感歉疚。这件事让我悟到一个道理,那就是:当众人都哭时,应该允许有的人不哭。当哭成为一种表演时,更应该允许有的人不哭。

我再讲一个故事:30 多年前,我还在部队工作。有一天晚上,我在办公室看书,有一位老长官推门进来,看了一眼我对面的位置,自言自语道:"噢,没有人?"我随即站起来,高声说:"难道我不是人吗?"那位老长官被我顶得面红耳赤,尴尬而退。为此事,我洋洋得意了许久,以为自己是个英勇的斗士,但事过多年后,我却为此深感内疚。

请允许我讲最后一个故事,这是许多年前我爷爷讲给我听的:有八个外出打工的泥瓦匠,为避一场暴风雨,躲进了一座破庙。外边的雷声一阵紧似一阵,一个个的火球,在庙门外滚来滚去,空中似乎还有吱吱的龙叫声。众人都胆战心惊,面如土色。有一个人说:"我们八个人中,必定有一个人干过伤天害理的坏事,谁干过坏事,就自己走出庙接受惩罚吧,免得让好人受到牵连。"自然没有人愿意出去。又有人提议道:"既然大家都不想出去,那我们就将自己的草帽往外抛吧,谁的草帽被刮出庙门,就说明谁干了坏事,那就请他出去接受惩罚。"于是大家就将自己的草帽往庙门外抛,七个人的草帽被刮回了庙内,只有一个人的草帽被卷了出去。大家就催这个人出去受罚,他自然不愿出去,众人便将他抬起来扔出了庙门。故事的结局我估计大家都猜到了——那个人刚被扔出庙门,那座破庙轰然坍塌。

我是一个讲故事的人。

因为讲故事我获得了诺贝尔文学奖。

我获奖后发生了很多精彩的故事,这些故事,让我坚信真理和正义是存在的。

今后的岁月里,我将继续讲我的故事。

谢谢大家!

(转自人民网 http://culture.people.com.cn/n/
2012/1208/08742—19831536.html)

2012 年诺贝尔文学奖授奖辞

(2012 年 12 月 10 日)

【在 2012 年 12 月 10 日的诺贝尔文学奖颁奖典礼上,瑞典文学院"诺奖"委员会主席帕·瓦斯特伯格在斯德哥尔摩音乐大厅宣读了授奖辞】

尊敬的国王和皇后陛下,尊敬的诺贝尔奖得主们,女士们,先生们:

莫言是一个撕下程序化宣传海报,将凡夫俗子一个个推上台面的诗人。他以冷嘲热讽的笔致抨击历史及其作伪,以及剥夺的行为和政治伪装。他戏谑地揭示了人生境遇中最阴暗的方面,漫不经心地塑造出极富象征力的形象。

高密县(今高密市)东北乡体现了中国的民间故事和历史,不通过此类故事,你几乎很难脚踏实地地进入一个驴吼猪叫淹没了党政领导声音的国度,在那里,爱和恶的呈现已达到超自然的程度。

莫言的想象飞掠整个的人生境遇。他是描绘自然的能手;有关饥饿的方方面面,他几乎全都熟知。中国在20世纪经历的暴虐无道,也许还从未如此直白地被他描写在他那些英雄、恋人、施虐者、强盗,特别是坚强无畏的母亲的故事之中。他向我们呈现了一个没有真理、缺乏常识或同情心的世界,其中的人群都显得鲁莽、无助而荒诞。

中国历代反复出现的人相食现象就是这一悲惨世界的证据。在莫言的笔下,它还呈现为毫无节制的消费,大肆铺张,胡说八道,食色之乐,以及种种难以言说的欲望,唯独莫言能够冲破所有的禁忌限制,试图将那一切阐述出来。

……

莫言的故事富有神话和讽喻的旨趣,所有的价值在这些故事中都全然改观。在莫言的笔下,毛时代的中国众生相绝非那种常见的模式化理想人物,他们全都显得生气勃勃,为充分发挥他们的生命力和打破那囚禁他们的命运和政治牢笼,他们的行事甚至采取了非道德的步骤和方式。

莫言所描写的过去那些年代与中共所印行的那些宣传画中的历史呈现有所不同,他使用夸张和戏仿的笔法,以及取材神话和民间故事的内容,对以往那50年的宣传做出了可信而严苛的修正。

《丰乳肥臀》是最引人注目的一部小说,书中整个地贯穿了女性视角,对“大跃进”和1960年的大饥荒做出了令人锥心的细节描述。他挪揄妄图拿公兔给母羊配种的革命派伪科学试验,而在当时,凡对此类事情表示怀疑的人都会被打成右派。小说以新资本主义勃兴的90年代作结,那时候某些靠出售美容品发了大财的骗子们仍妄图通过杂交的方法养出凤凰。

莫言大笔淋漓,勾绘出一个被遗忘的农民世界,其中的一切都被写得活灵活现,即便它的氛围乌烟瘴气,也弥漫着肉欲的气息,其中虽充斥惊人的残忍,却仍浸润着欢快的无私;读起来从不让人感到枯燥乏味。各种手工艺,铁匠活,盖房,挖渠,养殖,土匪伎俩——所有这一切他无所不知,无所不写,人世间的一切几乎都被他罗列笔下。

继拉伯雷和斯威夫特以及当今的加西亚·马尔克斯之后,还很少有人能像莫言这样写得妙趣横生,惊世骇俗。他那辛辣的文笔是麻辣味的。他勾绘了近百年中国的历史长卷,其中并无麒麟呈祥和少女欢跃的景象。但那里面的猪圈生活却让他描绘得令人难以忍受,却又欲罢不休的地步。意识形态和改革运动尽管搞来搞去,人们的唯我意识和贪心始终都革除不掉。所以莫言要为保护藐小的个人而抗拒一切不公正的行为——从日本侵华直到今日疯搞生产的狂热。

在莫言的家乡,富饶的德行一直都在与最邪恶的残忍交战,对那些有勇气闯进去一窥其究竟的人士来说,所面临的将是一次步履艰难的文学历险之旅。中国,乃至世界的其他地方,又何曾经受过这样一种史诗春潮的波澜冲击?在莫言的作品中,“世界文学”发出了让众多的当代人倾倒折服的声音。

瑞典文学院祝贺你。恳请你从国王手中接过2012年诺贝尔文学奖。

英文授奖辞

Award Ceremony Speech

Your Majesties, Your Royal Highnesses, Esteemed Nobel Laureates, Ladies and Gentlemen:

Mo Yan is a poet who tears down stereotypical propaganda posters, elevating the individual from an anonymous human mass. Using ridicule and sarcasm Mo Yan attacks history and its falsifications as well as deprivation and political hypocrisy. Playfully and with ill-disguised delight, he reveals the murkiest aspects of human existence, almost inadvertently finding images of strong symbolic weight.

North-eastern Gaomi county embodies China's folk tales and history. Few real journeys can surpass these to a realm where the clamour of donkeys and pigs drowns out the voices of the people's commissars and where both love and evil assume supernatural proportions.

Mo Yan's imagination soars across the entire human existence. He is a wonderful portrayer of nature;he knows virtually all there is to know about hunger, and the brutality of China's 20th century has probably never been described so nakedly, with heroes, lovers, torturers, bandits and especially, strong, indomitable mothers. He shows us a world without truth, common senses or compassion, a world where people are reckless, helpless and absurd.

Proof of this misery is the cannibalism that recurs in China's history. In Mo Yan, it stands for unrestrained consumption, excess, rubbish, carnal pleasures and the indescribable desires that only he can attempt to elucidate beyond all tabooed limitations.

......

Mo Yah's stories have mythical and allegorical pretensions and tum all values on their heads. We never meet that ideal citizen who was a standard feature in Mao's China. Mo Yan's characters bubble with vitality and take even the most amoral steps and measures to fulfil their lives and burst the cages they have been confined in by fate and politics.

Instead of communism's poster-happy history, Mo Yan describes a past that, with his exaggerations, parodies and derivations from myths and folk tales, is a convincing and scathing revision of fifty years of propaganda.

In his most remarkable novel *Big Breasts and Wide Hips*, where a female perspective dominates, Mo Yan describes the Great Leap Forward and the Great Famine of 1960 in stinging details. He mocks the revolutionary pseudo-science that tried to inseminate sheep with rabbit sperm, all the while dismissing doubters as right-wing elements. The novel ends with the new capitalism of the '90s with fraudsters becoming rich on beauty products and trying to produce a Phoenix through cross fertilisation.

In Mo Yan, a forgotten peasant world arises, alive and well, before our eyes, sensually scented even in its most pungent vapour, startlingly merciless but tinged by joyful selflessness. Never a dull moment, the author knows everything and can describe everything, all kinds of handicraft, smithery, construction, ditch-digging, animal husbandry, the tricks of guerrilla bands. He seems to carry all human life on the tip of his pen.

He is more hilarious and more appalling than most in the wake of Rabelais and Swift—in our time, in the wake of Garcia Marquez. His spice blend is a peppery one. On his broad tapestry of China's last hundred years, there are neither dancing unicorns nor skipping maidens. But he paints life in a pigsty in such a way that we feel we have been there far too long. Ideologies and reform movements may come and go but human egoism and greed remain. So Mo Yan defends small individuals against all injustices, from Japanese occupation to today's production frenzy.

For those who venture to Mo Yan's home district, where bountiful virtue battles the vilest cruelty, a staggering literary adventure awaits. Has ever such an epic spring flood engulfed China and the rest of the world? In Mo Yan's work, world literature speaks with a voice that drowns out most contemporaries.

The Swedish Academy congratulates you. I call on you to accept the 2012th Nobel Prize for Literature from the hand of His Majesty the King.

莫言获奖致辞

（2012 年 12 月 10 日）

【Mo Yan's speech at the Nobel Banquet, 10 December 2012. 2012 年 12 月 10 日莫言在诺贝尔奖宴会上的致辞】

尊敬的国王、王后、各位王室成员，女士们、先生们：

我的讲稿忘在旅馆了，但我记在脑子里了。

我获奖以来发生了很多有趣的事情，由此也可以见证到，诺贝尔奖确实是一个影响巨大的奖项，它在全世界的地位无法动摇。我是一个来自中国山东高密的农民的儿子，能在这样一个殿堂中领取这样一个巨大的奖项，很像一个童话，但它毫无疑问是一个事实。

我想借这个机会，向诺贝尔奖基金会，向支持诺贝尔奖的瑞典人民，表示崇高的敬意。也向瑞典皇家学院那些坚守自己信念的院士表示崇高的敬意和真挚的感谢。

我还要感谢那些把我的作品翻译成了世界很多语言的翻译家们。没有他们的创造性的劳动，文学只是各种语言的文学。正是因为有了他们的劳动，文学才可以变为世界的文学。

当然我还要感谢我的亲人、我的朋友们。他们的友谊、他们的智慧，都在我的作品里闪耀光芒。

文学和科学相比较确实没有什么用处。但是文学的最大的用处，也许就是它没有什么用处。

谢谢大家！

顾彬谈莫言

（一）莫言讲的是荒诞离奇的故事

德国汉学家顾彬（Wolfgang Kubin）撰写的《中国二十世纪文学史》被视为一部权威性著作。在诺贝尔委员会宣布将今年的文学奖授予中国作家莫言后，德国之声记者对在北京的顾彬进行了电话采访。

德国之声：瑞典诺贝尔奖委员会将文学奖授予莫言。您认为莫言是理应荣获这一最高文学奖项的世界一流作家吗？

顾彬：我一直不停地公开批评莫言。他简直就是我批评得最多的中国作家。因此，首先我要说，我为他感到高兴，为中国感到高兴，为中国文学感到高兴。但我的批评依然是有道理的。

人们在莫言那儿读到了什么？必须说，莫言有本事写出畅销小说。在中国有许多更好的作家，他们不那么著名，是因为他们的作品没有被翻译成英文，也没有遇见葛浩文（Howard Goldblatt）这样一位杰出的美国翻译家。葛浩文采用一种非常巧妙的方式翻成英文。他不是逐字、逐句、逐段翻译，他翻的是一个整体。这是欧洲大约从 18 世纪以来流行的翻译方法。也就是说，葛浩文对作者的弱点知道得一清二楚。他把一切都整理好，然后翻成英文，语言比原来的中文更好。他多年来一直这样做，因而在翻译市场上取得了令人瞩目的成就，也因为如此，这些中国作家的作品被从英文翻译成德文，而不是从中文翻译成德文。

德国之声：您批评莫言的核心是什么呢？

顾彬：他讲的是荒诞离奇的故事，用的是 18 世纪末的写作风格。作为中共党员，他只敢进行体制内的批评，而不是体制外的批评。他讲的是整个故事，而自普鲁斯特（Proust）和乔伊斯（Joyce）以来，写现代小说就不能这么写了。公平起见，我现在必须说，世界上没有受众，德国也没有受众还接受詹姆斯·乔伊斯。受众希望的是荒诞离奇的故事，是人们说的传奇，里面有祖父，之后是父亲，然后是孙子，一讲就是三四十年。现代小说是以比如说几年前荣获毕纳西文学奖的奥地利作家瓦尔特·卡帕赫（Walter Kappacher）这样的作家为代表。他讲了一个人的 11 天，集中讲一个人物。而中国小说家却不这样，因为这里的受众——德国受众现在也一样——希望眼前就像在放一部电影，而不是集中描写单独一个中国人的心理。

德国之声：莫言被批评——您刚才也谈到，他只是提出体制内的批评。有的批评家还指责他说，和共产党也靠得太近了。

顾彬：看过《红高粱》的人就知道，里面出现了极力对中共加以赞美的人物，这非常令人难堪。不过，先不说这个。莫言的主要问题是，他根本没有思想。他自己就公开说过，一个作家不需要思想，他只需要描写。他描写了他自己痛苦经历过的 50 年代的生活以及其他，并采用宏伟壮丽的画面。但我本人觉得这无聊之至。

德国之声：您认为为什么诺奖委员会会把文学奖授予莫言？

顾彬：公平而言，必须说，过去一再有根本不应该得这项奖的人得了奖。或者一段时间过去后，我们会说，这些获奖者也许并没有特别到应该得这项特别的奖。我想，也许是某种政治正确起了作用。他们想,这一次应该是一个"真正"的中国人才行,而不是比如说优秀得多,具有更多代表性的北岛,因为他现在拿的是美国护照。

德国之声:您认为这个奖会对中国作家产生影响吗?

顾彬:只是从坏的方面。因为那些小说家——除了为数不多的好的小说家外——讲的都只是荒诞离奇的故事。莫言的主要问题是:他在80年代是一个先锋派作家。在我80年代的杂志和文字中,我也是这么介绍他的。但作为先锋派作家却无法盈利。自从市场在中国完全占主导地位以来,人们想的就是,什么可以在中国卖得好,在西方卖得好。然后人们认识到,如果回到经典的、传统的中国叙事手法,就像过去三四百年流行的那样,就有受众。也就是说,回到那种叙述者无所不知的叙述手法,不是以一个人为中心,而是以数百人为中心,翻来覆去讲男人女人,离奇的故事,性与犯罪这些话题,就能够成功。现在,不仅是中国市场,连美国和德国的市场也被这样的小说家左右。他们相应地也就代表了中国文学。但其实也有完全不同的、好得多的中国文学。不过,那是另外一回事。

(二)喜欢80年代的先锋莫言 重新考虑评价标准

对莫言,我要重新考虑

搜狐文化:您在莫言获得诺贝尔文学奖后接受媒体采访时,对莫言的作品仍持以往的批判态度,您不认可诺奖对莫言的选择么?

顾彬:关于莫言的问题,我需要重新考虑,有一些问题我感到自己还没有构思好,我需要一些时间再去与中国的作家、评论家们探讨。

搜狐文化:是什么原因导致了您观点的变化呢?

顾彬:现在研究莫言、翻译莫言的都说他是一流作家,而且德国最有名的小说家 Marfun 也说莫言是世界上最好的作家之一,这位作家已经80多岁,一直坚持写作。当然,也有人说 Marfun 和莫言做朋友,但我怀疑,他们一个不会汉语、一个不会德语,根本语言不通。Marfun 非常重视莫言,曾经在公开场合法兰克福书展上说,莫言是世界上最好的作家之一,也可能他说的是"莫言是最好的叙事者"。Marfun 对莫言如此重视和认可让我开始怀疑我自己的观点。而且如果我老是重复老一套,也很无聊。这些天我一直在思考的是,我们应该重新思考一下关于"文学标准"的问题,是不是他们的标准和我的不一样,他们是从哪里看?

搜狐文化:德国文学与传媒界对莫言获诺奖如何评论?

顾彬:在德国有两种观点。多数人是歌颂莫言的,这其中包括汉学界和我们国家最有名的作家;另外一部分人,比如德国的高级记者们,最近我一直在接受他们采访,这些记者水平非常高,他们都认为莫言的小说是通俗文学,不应该把诺奖给他,我猜测这些记者跟我一样主张精英的文学水准。

当德国汉学界都歌颂莫言的时候,我决定重新思考关于莫言的问题。我应该重视德国作家、同行们的意见,到底汉学界的标准是对的,还是我和记者们的标准是对的? 所以我打算沉默、思考几个月之后,再来谈莫言。明年一月我会在德国波恩大学做一个报告,关于莫言问题,我想到那时候我应该会有新的看法吧。

搜狐文化:莫言的作品在德国的接受度如何?

顾彬:德国有一些大学的教授研究莫言,一位女教授还专门写了一本研究莫言的书,有

400页。不过,在德语国家真正代表中国当代文学的都是你们的诗人,他们的地位非常高。你们的小说家在德国只有普通大众会看,真正的文人、知识分子和作家都把他们的作品看成通俗文学,包括莫言的小说。

搜狐文化:您还谈到过莫言的小说毫无思想性。

顾彬:"小说家不需要思想",这是莫言自己说的。作家当然需要思想,不然我们为何要看他的作品? 还有人曾对我说过:"莫言通过小说表达对生活的恨,没有爱。"这让我想起了我非常喜欢的一位中国香港作家也斯,他的小说、诗歌、散文里到处都有对生活的爱。

为什么是莫言,为什么不是王安忆?

搜狐文化:莫言获得诺奖在您意料之中吗? 中国当代作家中,您认为还有谁的实力能与莫言相当?

顾彬:其实很早时候在美国和德国就有人注意到了莫言。国外的汉学界普遍认为莫言有一天会获诺奖,所以我并不感到意外。

有一个问题我最近在考虑:"为什么是莫言,为什么不是王安忆?"王安忆的小说比莫言好得多,诺奖给了王安忆的话,应该没人会觉得奇怪。我想其中一个最重要的原因就是翻译问题。莫言在英语国家有一个非常好的译者葛浩文,可以说,葛浩文这个名字就是一个商标,是一种保证,他非常有名,翻译得非常好,在国外,不管他翻译谁的作品,都会引来出版社和读者的盲目跟风。

跟莫言相比,王安忆的译者虽然有三个,但没一个是好的。国外的读者很少会去思考,他们更相信翻译,相信译者的文学眼光。

搜狐文化:关于莫言获奖,国内的争议聚焦在他的亲体制行为,您如何看?

顾彬:人是人,作品是作品,不该混为一谈。德国也有位作家因为政治倾向问题受到过质疑,但你在他的作品里看不到任何法西斯主义的思想。

对莫言的评价需要建立新的文学标准

搜狐文化:您刚才谈到了文学标准问题。

顾彬:对,这是最近困扰我的问题。我的观点更多受了欧洲现代主义的影响,是一种精英的标准,主张美(特别是语言应该美),还主张文学应该远离群众,是属于专家和文学爱好者的,所以文学的标准很高。

莫言,可能更多受了后现代主义的影响,他们主张打破藩篱,将文学由精英、贵族推向了大众、平民。后现代主义的口号有"anything goes"(一切都可)、"everything is flat"(所有东西都是平庸的),他们主张平庸,不再讲究语言美。莫言的语言就非常随意。

所有的艺术最初都是从宗教而来,文学作品最初是有崇拜感的,我怀疑如果像后现代主义那样接受了平庸,没有了信仰,没有必要去找寻某种东西的深邃性,所有的词语也没有了象征意义,艺术品也会失踪吧。

但这只代表我个人的观点,而且现在看来是少数人的观点,我还说过莫言讲故事手法落后,可从目前的形势看来,人需要故事,读者还是喜欢看讲故事的小说。"不讲故事"是现代主义的写法。到底谁的观点是对的呢?

莫言的小说我看到 50 页就看不下去了

搜狐文化：最后一个问题，想问您是否看过莫言的全部作品呢？

顾彬：没有，莫言的小说我看到 50 页就看不下去了。

搜狐文化：那您如何得出结论？

顾彬：我的观点是，无论谁的书，50 页还没看进去，可以不看。当然，对莫言的小说，这 50 页我是认真精读过的，发现在 50 页的内容里，全部都是过时的、落后的、没有什么意思的东西，我的时间有限，实在没有必要看完全书，50 页里已经感到没有价值。

搜狐文化：但是我们对作品的评价应该建立在精读全文的基础上，才比较有说服力吧。

顾彬：我会看别人的评论文章，也会和别人讨论，交换意见，但我不是莫言专家，我的精力有限，不可能也没那么多时间把他的全集全部看下来。

我还是喜欢 80 年代的莫言，那时候他是先锋。几十年前他有两部作品我是看完了的，《透明的红萝卜》和《红高粱》。

搜狐文化：既然您决定重新考虑对莫言的评价，这段时间您是否会重新开始阅读莫言的作品呢？

顾彬：我会去尝试，但我害怕结果是一模一样的。

（转自 http://book. sina. com. cn/cul/c/2012－10－12/
1111345045. shtml）

诺贝尔奖颁给莫言评委几无争议
——与马悦然谈莫言

在莫言获得 2012 年度诺贝尔文学奖后，外界最想听到的声音，除了莫言本人，就是诺贝尔文学奖终身评委、瑞典著名汉学家马悦然。作为诺贝尔文学奖 18 名评委中唯一精通中文的评委，马悦然被公认为中国文学和这个著名奖项之间最直接、最重要的联系人。

昨天，88 岁高龄的马悦然与夫人陈文芬现身上海。虽然他此行的主要目的是向中国读者推介去年的诺贝尔文学奖获得者、瑞典诗人托马斯·特朗斯特罗姆，但在昨天下午的记者见面会上，话题始终围绕莫言、诺奖和中国文学展开。

据马悦然透露，在今年的文学奖评选过程中，评委们对于将这一奖项颁给莫言几乎没有争议，这与往年情况颇为不同。

曾经模仿莫言写作小说

记者：能不能讲讲您跟莫言的交往，您是什么时候开始喜欢莫言的作品的？

马悦然：头一次跟莫言见面是在香港中文大学，我在那里当客座教授。有一天莫言来了，那个下午我们聊了几个小时。第二天他回内地去了，为什么呢？因为要分房子，我一点儿也不知道分房子是什么意思，后来听说没有分到。第二次见面是在台北，他跟几个大陆作家访问台湾，有一天晚上，其他人出去看热闹，莫言不想去，跟我在饭店里喝威士忌、聊天。第三次见他是 2005 年，他到斯特林堡参加戏剧节。我们没有多少机会见面，但是常通信。

记者：您这次访华的主要任务是介绍瑞典诗人托马斯·特朗斯特罗姆，他在去年获得了诺贝尔文学奖，莫言今年得了奖。您对这两个人的喜欢有没有共性？您到底喜欢莫言什么？

马悦然：我喜欢莫言就是因为他非常会讲故事。托马斯·特朗斯特罗姆不讲故事，他写诗。他俩有一个相同的地方，托马斯·特朗斯特罗姆 60 岁的时候写了《记忆看见我》，他写他小时候的活动。莫言也写了很多关于他小时候的事情。托马斯·特朗斯特罗姆最喜欢去的地方是一个博物馆，他十一二岁时到博物馆去看动物，他对动物很感兴趣。他住在一个海岛，那里的虫子很多，他就找那些虫子，给它们分类。莫言也同样对自然界非常感兴趣，他找的不是虫子，而是找吃的东西，他分析的是能吃的和不能吃的，因为"大跃进"那几年他肚子总是很饿。但是他们对自然界的兴趣是相同的，这也许是他们唯一相同的地方。

陈文芬（马悦然夫人）：你以前不是讲过，莫言的小说写得太长了？

马悦然：我觉得他真的写得太长了，2004 年上海文学刊登了他的《小说九段》，非常短，我觉得非常好，马上翻译成瑞典文。从那时起我开始对微型小说感兴趣，开始自己写。

陈文芬：马悦然从那时候开始改变了对莫言的看法，觉得他对文字的掌握能力很好。他喜欢莫言以后，就开始模仿莫言的《小说九段》写微型小说。2009 年，莫言还给马悦然模仿他创作的作品写了序言。（转身对马悦然）你认为他的短篇任何一个字都不必改了，是吧？

马悦然：对。

记者：作为评奖的参考资料，需要翻译作家的作品。您给瑞典学院翻译过莫言的哪些作品？您个人最喜欢的是哪一部？

马悦然：在我翻译的作品中，我觉得写得最好的是《透明的红萝卜》，另外一个幽默感非常强的作品叫《30 年前的一次长跑比赛》，还有一些我也喜欢，像《会唱歌的墙》和《姑娘翱翔》。

记者：您如何看待莫言与一些中外作家之间的影响关系，比如马尔克斯。

马悦然：你读莫言就会想到中国古代那些会讲故事的人，像写《水浒传》的，写《西游记》的，写《聊斋》的，莫言讲故事的能力是从这些人那里学来的。当然也有外国作家的影响，比如福克纳和马尔克斯，但是我们不要太注重这种影响。莫言看了福克纳和马尔克斯之后很惊讶，他说在我们高密，这样的故事很多。他真的比得上，他不需要模仿。

记者：您对莫言未来的创作有什么样的期待？

马悦然：有的人得了诺贝尔奖之后就停止写作了，不知道为什么，就完了。我想莫言肯定不是这样的人，他内心很强大，非讲故事不可，他会继续写。

唯一的标准是文学质量

记者：莫言获奖后，也有一些批评的声音，说他是一个体制内的作家，您怎么看这些争议？

马悦然：我对现在一些媒体有些意见。瑞典学院公布莫言得奖，就有媒体说莫言是一个体制内的作家，是作协副主席，这样的人怎么能得奖？但是这些批评莫言的人，他们一本莫言的书都没有读过，他们不知道作品的质量是什么，所以他们不应该"开枪"，这个让我非常生气。著作是最重要的，他是体制内作家，这跟他的写作一点关系都没有。评选诺贝尔文学奖的唯一标准就是文学质量，对于作者的政治立场，我们一点都不管，文学质量是唯一标准。

记者：莫言早年接受采访时曾说，伟大的文学一定是超越政治的，不能把控诉作为最大的目标，而是要反思、拷问灵魂。您怎么看？

马悦然：我读过莫言的很多作品，我也读过很多当代小说家的作品，但是没有一个作家比得上莫言，像他那样敢批评社会黑暗、不公平的现象。我觉得有些批评是非常不公平的。

今年评委意见比较一致

记者：对于中国的读者来说，他们知道诺贝尔文学奖是个很高的奖项，因此觉得有些神秘，能否给我们介绍一下这个奖是怎么评出来的？

马悦然：每年 2 月 1 日之前，推荐者要将被推荐作家的作品寄给瑞典学院，之后诺贝尔文学奖的 15 人小组要从这些人（每年大约 250 个）中选出三四十人，介绍给瑞典学院的院士们（即评委）。三四月份，这个名单范围逐渐缩小，到 5 月底只剩 5 个人。

瑞典学院每年夏天开始看这 5 个人的作品。9 月中旬开始讨论这 5 个人的作品到底是谁应该得奖，马上投票，投好几次，每个人一定要把自己的想法讲出来。最后的投票是在 10 月初，最终决定谁能得奖。

记者：有一种说法，莫言的推荐者是日本作家大江健三郎，是这样吗？

马悦然：这个我不能说。

记者：莫言获奖是否出现过激烈争论？说服其他评委是一个很艰难的工作吗？

马悦然：我们每一次争论都很激烈的，但今年不太激烈，今年评委意见比较一致。

记者：您曾经说过有很多中国作家联系您，希望得到您的推荐，是这样吗？作为评委，您怎么确保公正？

马悦然：我每个月都会收到不少信和稿子，他们让我把稿子翻译成瑞典文，让他们得诺贝尔文学奖，但是这些人不是作家，或者说不是什么好的作家。有一个山东的文化干部，半年间给我寄了不知有多少信，还送礼物，很多他自己画的画，还有古书。我都给他送回去了。

陈文芬：后来他就不送你，送别的评委了。

马悦然：他说他的钱很够了，不需要那个奖金，他说奖金你可以留着，但是名誉归他。不过没有一个我认识的作家、没有一个我读过（他作品）的作家敢给我写这样的信。

诺奖不是一个世界冠军

记者：有人说莫言获奖将改变中国文学在世界文学中的"边缘"地位，您如何评价这种说法？

马悦然：中国文学早就进了世界文学，早就该进世界文学。但是因为翻译成外文的著作太少，所以有的中国作家非常好的，也有世界水平的，有的也是超过世界水平的作家没有获奖，因为很少有外国人能看中文。世界文学是什么呢？瑞典学院以前的常务秘书说世界文学是翻译，他说得很对，没有翻译就没有世界文学。莫言可能是中国作家中作品被译成外文最多的一个，莫言的获奖非常有助于中国文学走向世界文学。

记者：在莫言获奖之前，有几位中国作家获得过诺贝尔文学奖的提名，和他同时代的作家中，像余华、苏童等人也都非常优秀。您认为莫言获奖是否意味着他的文学成就和造诣超过了其他的中国作家？如果答案是肯定的，莫言作品在哪些方面实现了超越？如果答案是否定的，为何中国作家之前与诺贝尔文学奖百年无缘？

马悦然：诺贝尔文学奖不是一个世界冠军，这个奖只是颁发给一个好的作家，莫言是一个好的作家，世界上好的作家可能有几千个，但是每年只能颁发给一个。今年我们选的是莫言，明年选另外一个。至于什么是好的文学？这是非常主观的。其实我不能说莫言是一个好的作家，我能说的是我认为莫言是一个好的作家。你没有什么客观的根据说 A 是一个很好的作家，B 是一个不好的作家，这是很主观的。

记者：您刚才提到，一个作家要为外界所知，翻译是很重要的环节，您个人如何选择翻译作品？

马悦然：我不能够把我所有喜欢的中国文学作品全部翻译成瑞典文，我需要选择。我选的不是个别作品，而是一个作家的著作。比如说我非常欣赏闻一多先生的作品，我就把闻一多的诗集翻译成瑞典文。我喜欢艾青的诗，喜欢沈从文、李锐、曹乃谦、莫言，另外还有很多台湾的诗人。

记者：您这么喜欢中国诗歌，也翻译过很多当代诗人的作品，为什么诺奖没有颁给一位中国诗人？

马悦然：明年看吧。

（原载《京华时报》2012 年 10 月 22 日）

2000 年诺贝尔文学奖授奖辞

尊敬的国王和王后陛下、殿下，女士们和先生们：

高行健的作品包括 18 部戏剧，3 部长篇小说，和其他数量可观的中短篇小说。他出生于 1940 年，早在 60 年代，他就开始了他的作家生涯。他的作品本应更多，但在六七十年代"文化大革命"的情形下，他被迫烧毁了所有的手稿。80 年代，他对中国小说和戏剧的形成与影响的研究做了十分重要的贡献。他的著作为文学奠定了心理学基础一样，在关于文学形式与结构方面也开创了一片新的天地。

小说《灵山》（1990）是 20 世纪中国文学最杰出的代表之一。高行健为这部小说构建了一种存在主义的两难境地：出于人性本能的驱策，试图在同渴望他人（可能是他或她）施与温存与交情的欲念做着孤独的抗争中，保存一种绝对的独立。但尽管如此，这种日益增进的共同关系却仍然威胁到个体存在的完整性，除非破裂，否则，势必会以某种权势的相争而告终。

作者在 80 年代早期深入中国南方及西南部地区……在那里，至今仍保存着原始文化与远古萨满教仪式的痕迹，以及道教的遗风。在对这些文化的描述中，往往又充实着他从传统说书人那听来的荒诞而又异想天开的故事。……

在通往灵山的朝圣路上，他希冀能够找到关于人生与人类境遇的终极真谛。因为不甘寂寞，作者不得不创造出一个"你"，一个自我的写照；但是，尽管如此，"你"与"我"依然未能摆脱寂寞的侵袭，于是"她"诞生了。这些众多的人物莫不都是作者自我的写照。借由这些代词，作者成功地审视了人与人之间的一系列关系及其作为个体存在的最终结局。

小说《一个人的圣经》（1999）被高行健看作是《灵山》的姊妹篇，是作者对自己在"文革"期间扮演的三种不同类型角色的反思：一个造反派领袖、一个受迫害者以及一个冷静的审视者。他再一次运用代词"你"和"他"，以突显两种不同程度的疏远："你"代表着流亡此地的作者，"他"意味着"文革"彼时的自我。在这些穿插着对作者现时流亡状态的叙述的篇章中，作者如实地袒露他在"文革"中所呈现出不同身份的角色的种种亲历及其所作所为；正是这些篇章，才使得作者能够将他的视野置于人类存在的意义、文学的本质属性以及作品本身的状态之上——更为重要的是，纪实与虚构并重的手法使作者的这些观点变得更为令人信服。

高行健的先锋创举源自其以一名剧作者的身份，于 80 年代上半期在当时被公认为全国最优秀的剧院——北京人艺担任艺术顾问、导演和编剧的时候。尽管高行健的戏剧以其独创性著称，但无疑地，他的戏剧受到西方现代主义与中国传统戏曲的影响，而他的成功之处正在于糅合了这些原本迥异的戏剧手段，从而创造出一种全新的戏剧理念。

亲爱的高行健，您未曾空着手离开中国。当您离开这个对您而言真实而又现实的国家的时候，随同您而来的母语业已深刻地影响了您。且让我代表瑞典学院，赠予您以无上的荣光，并向您致以最热烈的祝贺。现在，就请您从国王陛下手中接受本年度的诺贝尔文学奖。

英文版授奖词

Your Majesties, Your Royal Highnesses, Ladies and Gentlemen,

Gao Xingjian's literary output comprises eighteen plays, two great novels, and a number of stories, which all fit in one volume. Born in 1940, he began his career as a writer as early as in the sixties. His production would certainly have been much larger had not the conditions of life during the Cultural Revolution forced him to burn all his manuscripts of the sixties and the seventies. He also made very important contributions to the theoretical debate concerning the structure and functions of drama and the novel in China during the eighties. His work as a breaker of new ground relates to the form and structure of a literary work as well as to its psychological foundations.

The novel called *Soul Mountain* (1990) stands out as one of the foremost works in twentieth-century Chinese literature. Among many other things Gao Xingjian deals in it with an existential dilemma: man's urge to find the absolute independence granted by solitude conflicts with a longing for the warmth and fellowship which can be given by "the other", be it he or she. At the same time, however, this enriching companionship threatens the individual's integrity and, without fail, ends in some kind of struggle for power.

The author's vivid sense of alienation in a politics-ridden society made him, in the early eighties, go in search for hidden-away parts of southwestern and southern China, where there still existed traces of primitive cultures, age-old shamanistic rites and Daoist notions. In his portrayal of these cultures, replete with fantastic cock-and-bull stories which bring to the reader's mind the repertoires of traditional storytellers, ...

In the course of his pilgrimage to *Soul Mountain*, where he hopes to find the ultimate truth about the meaning of life and the human condition, the author's ego is stricken by loneliness and is forced into creating a you, a projection of itself, which, in turn, hit by the same loneliness, creates a she. The numerous he figures that make their appearance in the novel are likewise projections of the author's ego. With the help of these pronominal projections, the author manages to investigate a wide range of human relationships and their consequences for the individual.

The novel entitled *One Man's Bible* (1999), which Gao Xingjian himself looks upon as a companion novel to *Soul Mountain*, is a novel of confession in which he mercilessly lays bare the three different parts he played during the Cultural Revolution: as a leader of a rebel faction, as a victim and as a silent observer. Again he makes use of the pronouns you and he in order to distinguish between two different degrees of alienation: you stands for the exiled author here and now, he is the author there and then, in the China of the Cultural Revolution. The framing chapters, which describe episodes in the author's exiled existence, are as factual and personally revealing as those dealing with his different roles during the Cultural Revolution. It is these framing chapters that enable the author to give his view on the meaning of human existence, the nature of literature, the conditions of authorship and，first and foremost，on the importance of remembering and of imagination for the author's view of reality.

The foundation for Gao Xingjian's pioneering activity as a dramatist was laid in the first half of the nineteen-eighties when he worked as artistic advisor，director of plays and playwright at the People's Art Theatre in Peking，at that time considered to be the country's foremost stage. Gao Xingjian's plays are characterized by originality，in no way diminished by the fact that he has been influenced both by modern Western and traditional Chinese currents. His greatness as a dramatist lies in the manner in which he has succeeded in enriching these fundamentally different elements and making them coalesce to something entirely new.

Dear Gao Xingjian：You did not leave China empty-handed. You have come to look on the native language which you brought with you when you left China as your true and real country. It gives me great joy to offer you，on behalf of the Swedish Academy，our warmest congratulations. I will ask you now to receive，from the hands of His Majesty the King，this year's Nobel Prize for Literature.

文学的理由
——在诺贝尔文学奖颁奖会上的演讲
高行健

我不知道是不是命运把我推上这讲坛，由种种机缘造成的这偶然，不妨称之为命运。上帝之有无且不去说，面对这不可知，我总心怀敬畏，虽然我一直自认是无神论者。

一个人不可能成为神，更别说替代上帝，由超人来主宰这个世界，只能把这世界搅得更乱，更加糟糕。尼采之后的那一个世纪，人为的灾难在人类历史上留下了最黑暗的纪录。形形色色的超人，号称人民的领袖、国家的元首、民族的统帅，不惜动用一切暴力手段造成的罪行，绝非是一个极端自恋的哲学家那一番疯话可以比拟的。我不想滥用这文学的讲坛去奢谈政治和历史，仅仅借这个机会发出一个作家纯然个人的声音。

作家也同样是一个普通人，可能更为敏感，而过于敏感的人也往往更为脆弱。一个作家不以人民的代言人或正义的化身说的话，那声音不能不微弱，然而，恰恰是这种个人的声音倒更为真实。

这里，我想要说的是，文学也只能是个人的声音，而且，从来如此。文学一旦弄成国家的颂歌、民族的旗帜、政党的喉舌或阶级与集团的代言，尽管可以动用传播手段，声势浩大，铺天盖地而来，可这样的文学也就丧失本性，不成其为文学，而变成权力和利益的代用品。

这刚刚过去的一个世纪，文学恰恰面临这种不幸，而且较之以往的任何时代，留下的政治与权力的烙印更深，作家经受的迫害也更甚。文学要维护自身存在的理由而不成为政治的工具，不能不回到个人的声音，也因为文学首先是出自个人的感受，有感而发。这并不是说文学就一定脱离政治，或是文学就一定干预政治，有关文学的所谓倾向性或作家的政治倾向，诸如此类的论战也是上一个世纪折腾文学的一大病痛。与此相关的传统与革新，弄成了保守与革命，把文学的问题统统变成进步与反动之争，都是意识形态在作怪。而意识形态一且同权力结合在一起，变成现实的势力，那么文学与个人便一起遭殃。

20世纪的中国文学的劫难之所以一而再，再而三，乃至于弄得一度奄奄一息，正在于政治主宰文学，而文学革命和革命文学都同样将文学与个人置于死地。以革命的名义对中国传统文化的讨伐导致公然禁书、烧书。作家被杀害、监禁、流放和罚以苦役的，这百年来无以计数，中国历史上任何一个帝制朝代都无法与之相比，弄得中文的文学写作无比艰难，而创作自由更难谈及。

作家倘若想要赢得思想的自由，除了沉默便是逃亡。而诉诸言语的作家，如果长时间无言，也如同自杀。逃避自杀与封杀，还要发出自己个人的声音的作家不能不逃亡。回顾文学史，从东方到西方莫不如此，从屈原到但丁，到乔伊斯，到托马斯·曼，到索仁尼辛……这也是诗人和作家还要保持自己的声音而不可避免的命运。

在中国那些特殊年代里，却连逃亡也不可能。曾经庇护过封建时代文人的山林寺庙悉尽扫荡，私下偷偷写作得冒生命危险。一个人如果还想保持独立思考，只能自言自语，而且得十分隐秘。我应该说，正是在文学做不得的时候我才充分认识到其所以必要，是文学让人还保持人的意识。

自言自语可以说是文学的起点，借语言而交流则在其次。人把感受与思考注入语言中，通过书写而诉诸文字，成为文学。当其时，没有任何功利的考虑，甚至想不到有朝一日能得以发表，却还要写，也因为从这书写中就已经得到快感，获得补偿，有所慰藉。我的长篇小说《灵山》正是在我的那些已严守自我审查的作品却还遭到查禁之时著的，纯然为了排遣内心的寂寞，为自己而写，并不指望有可能发表。

回顾我的写作经历，可以说，文学就其根本乃是人对自身价值的确认，书写其时便已得到肯定。文学首先诞生于作者自我满足的需要，有无社会效应则是作品完成之后的事，再说，这效应如何也不取决于作者的意愿。

文学史上不少传世不朽的大作，作家生前都未曾得以发表，如果不在写作之时从中就已得到对自己的确认，又如何写得下去？中国文学史上最伟大的小说《西游记》《水浒传》《金瓶梅》和《红楼梦》的作者，这四大才子的生平如今同莎士比亚一样尚难查考，只留下了施耐庵的一篇自述，要不是如他所说，聊以自慰，又如何能将毕生的精力投入生前无偿的那鸿篇巨制？现代小说的发端者卡夫卡和20世纪最深沉的诗人费尔南多·毕索瓦不也如此？他们诉诸语言并非旨在改造这个世界，而且他们深知个人无能为力却还言说，这便是语言拥有的魅力。

语言乃人类文明最上乘的结晶，它如此精微，如此难以把握，如此透彻，又如此无孔不入，穿透人的感知，把人这感知的主体同对世界的认识联系起来。通过书写留下的文字又如此奇妙，令一个个孤立的个人，即使是不同的民族和不同的时代的人，也能得以沟通。文学书写和阅读的现时性同它拥有的永恒的精神价值也就这样联系在一起。

我以为，现今一个作家刻意强调某一种民族文化总也有点可疑。就我的出生、使用的语言而言，中国的文化传统自然在我身上，而文化又总同语言密切相关，从而形成感知、思维和表述的某种较为稳定的特殊方式。但作家的创造性恰恰在这种语言说过了的地方才开始，在这种语言尚未充分表述之处加以诉说。作为语言艺术的创造者没有必要给自己贴上个现成的一眼可辨认的民族标签。

文学作品之超越国界，通过翻译又超越语种，进而越过地域和历史形成的某些特定的社会习俗和人际关系,深深透出的人性乃是人类普遍相通的。再说,一个当今的作家,谁都受过本民族文化之外的多重文化的影响,强调民族文化的特色,如果不是出于旅游业广告的考虑,不免令人生疑。

文学之超越意识形态,超越国界,也超越民族意识,如同个人的存在原本超越这样或那样的主义,人的生存状态总也大于对生存的论说与思辨。文学是对人的生存困境的普遍关照,没有禁忌。对文学的限定总来自文学之外,政治的,社会的,伦理的,习俗的,都企图把文学裁剪到各种框架里,好作为一种装饰。

然而,文学既非权力的点缀,也非社会时尚的某种风雅,自有其价值判断,也即审美。同人的情感息息相关的审美是文学作品唯一不可免除的判断。诚然,这种判断也因人而异,也因为人的情感总出自不同的个人。然而,这种主观的审美判断又确有普遍可以认同的标准,人们通过文学熏陶而形成的鉴赏力,从阅读中重新体会作者注入的诗意与美,崇高与可笑,悲悯与怪诞,与幽默与嘲讽,凡此种种。

而诗意并非只来自抒情。作家无节制的自恋是一种幼稚病,诚然,初学写作时,人人难免。再说,抒情也有许许多多的层次,更高的境界不如冷眼静观。诗意便隐藏在这有距离的关注中。而这关注的目光如果也审视作家本人,同样凌驾于书中的人物和作者之上,成为作家的第三只眼,一个尽可能中性的目光,那么灾难与人世的垃圾便也经得起端详,在勾起痛苦、厌恶与恶心的同时,也唤醒悲悯、对生命的爱惜与眷恋之情。

植根于人的情感的审美恐怕是不会过时的,虽然文学如同艺术,时髦年年在变。然而,文学的价值判断同时尚的区别就在于后者唯新是好,这也是市场的普遍运作的机制,书市也不例外。而作家的审美判断倘若也追随市场的行情,则无异于文学的自杀。尤其是现今这个号称消费的社会,我以为恰恰得诉诸一种冷的文学。

10 年前,我结束费时 7 年写成的《灵山》之后,写了一篇短文,就主张这样一种文学:

文学原本同政治无关,只是纯然个人的事情,一番观察,一种对经验的回顾,一些臆想和种种感受,某种心态的表达,兼以对思考的满足。

所谓作家,无非是一个人自己在说话,在写作,他人可听可不听,可读可不读,作家既不是为民请命的英雄,也不值得作为偶像来崇拜,更不是罪人或民众的敌人,之所以有时竟跟着作品受难,只因为是他人的需要。当权势需要制造几个敌人来转移民众注意力的时候,作家便成为一种牺牲品。而更为不幸的是,弄晕了的作家竟也以为当祭品是一大光荣。

其实,作家同读者的关系无非是精神上的一种交流,彼此不必见面,不必交往,只通过作品得以沟通。文学作为人类活动尚免除不了的一种行为,读与写双方都自觉自愿。因此,文学对于大众不负有什么义务。

这种恢复了本性的文学,不妨称之为冷的文学。它之所以存在仅仅是人类在追求物欲满足之外还需要一种纯粹的精神活动。这种文学自然并非始于今日,只不过以往主要得抵制政治势力和社会习俗的压迫,现今还要对抗这消费社会商品价值观的浸淫,求其生存,首先得自甘寂寞。

作家倘从事这种写作,显然难以为生,不得不在写作之外另谋生计,因此,这种文学的写作,不能不说是一种奢侈,一种纯然精神上的满足。这种冷的文学能有幸出版而流传在世,只靠作者和他们的朋友的努力。曹雪芹和卡夫卡都是这样的例子。他们的作品生前甚至都未能全部出版,更别说造成什么文学运动,或成为社会的明星。这类作家生活在社会的边缘和夹缝里，埋头从事这种当时并不指望报偿的精神活动，不求社会的认可，只自得其乐。

冷的文学是一种逃亡而求其生存的文学，是一种不让社会扼杀而求得精神上自救的文学，一个民族倘若容不下这样一种非功利的文学，就不仅是作家的不幸，也该是这个民族的悲哀。

我居然在有生之年，有幸得到瑞典文学院给予的这巨大的荣誉与奖赏，这也得力于我在世界各地的朋友们多年来不计报酬，不辞辛苦，翻译、出版、演出和评介我的作品，在此我就不一一致谢了，因为这会是一个相当长的名单。

我还应该感谢的是法国接纳了我，在这个以文学与艺术为荣的国家，我既赢得了自由创作的条件，也有了我的读者和观众。我有幸并非那么孤单，虽然从事的是一种相当孤独的写作。

我在这里还要说的是，生活并不是庆典，这世界也并不都像 180 年来未有过战争如此和平的瑞典，新来临的世纪并没有因为经历过上世纪的那许多浩劫就因此免疫。记忆无法像生物的基因那样可以遗传。拥有智能的人类并不聪明到足以吸取教训，人的智能甚至有可能恶性发作而危及到人自身的存在。

人类并非一定从进步走向进步。历史，这里我不得不说到人类的文明史，文明并非是递进的。从欧洲中世纪的停滞到亚洲大陆近代的衰败与混乱乃至 20 世纪两次世界大战，杀人的手段也越来越高明，并不随同科学技术的进步，人类就一定更趋文明。

以一种科学主义来解释历史，或是以建立在虚幻的辩证法上的历史观来演绎，都未能说明人的行为。这一个多世纪以来对乌托邦的狂热和不断的革命如今都尘埃落定，得以幸存的人难道不觉得苦涩？

否定的否定并不一定达到肯定，革命并不就带来建树，对新世界的乌托邦以铲除旧世界作为前提，这种社会革命论也同样施加于文学，把本是创造的园地变为战场，打倒前人，践踏文化传统，一切从零开始，唯新是好，文学的历史也被诠释为不断的颠覆。

作家其实承担不了创世主的角色，也别自我膨胀为基督，弄得自己精神错乱变成狂人，也把现世变成幻觉，身外全成了炼狱，自然活不下去了。他人固然是地狱，这自我如果失控，何尝不也如此？弄得自己为未来当了祭品且不说，也要别人跟着牺牲。

这 20 世纪的历史不必匆匆去下结论，倘若还陷在某种意识形态的框架的废墟里，这历史也是白写的，后人自会修正。

作家也不是预言家，要紧的是活在当下，解除骗局，丢掉妄想，看清此时此刻，同时也审视自我。自我也一片混沌，在质疑这世界与他人的同时，不妨也回顾自己。灾难和压迫固然通常来自身外，而人自己的怯懦与慌乱也会加深痛苦，并给他人造成不幸。

人类的行为如此费解，人对自身的认知尚难得清明，文学则不过是人对自身的关注，观审其时，多少萌发出一缕照亮自身的意识。

文学并不旨在颠覆，而贵在发现和揭示鲜为人知或知之不多，或以为知道而其实不甚了了的这人世的真相。真实恐怕是文学颠扑不破的最基本的品格。

这新世纪业已来临，新不新先不去说，文学革命和革命文学随同意识形态的崩溃大抵该结束了。笼罩了一个多世纪的社会乌托邦的幻影已烟消云散，文学摆脱这样或那样的主义的束缚之后，还得回到人的生存困境上来，而人类生存的这基本困境并没有多大改变，也依然是文学永恒的主题。

这是个没有预言没有许诺的时代,我以为这倒不坏。作家作为先知和裁判的角色也该结束了,上一个世纪那许许多多的预言都成了骗局。对未来与其再去制造新的迷信,不如拭目以待。作家也不如回到见证人的地位,尽可能呈现真实。

这并非说要文学等同于纪实。要知道,实录证词提供的事实如此之少,并且往往掩盖酿成事件的原因和动机。而文学触及真实的时候,从人的内心到事件的过程都能揭示无遗,这便是文学拥有的力量,如果作家能如此这般地去展示人生存的真实状况而不胡编乱造的话。

作家把握真实的洞察力决定作品品格的高低,这是文字游戏和写作技巧无法替代的。诚然,何谓真实也众说纷纭,而触及真实的方法也因人而异,但作家对人生的众生相是粉饰还是直陈无遗,却一眼便可看出。把真实与否变成对词义的思辨,不过是某种意识形态下的某种文学批评的事,这一类的原则和教条同文学创作并没有多大关系。

对作家来说,面对真实与否,不仅仅是个创作方法的问题,同写作的态度也密切相关。笔下是否真实同时也意味下笔是否真诚,在这里,真实不仅仅是文学的价值判断,也同时具有伦理的含义。作家并不承担道德教化的使命,既将大千世界各色人等悉尽展示,同时也将自我袒呈无遗,连人内心的隐秘也如是呈现,真实之于文学,对作家来说,几乎等同于伦理,而且是文学至高无上的伦理。

哪怕是文学的虚构,在写作态度严肃的作家手下,也照样以呈现人生的真实为前提,这也是古往今来那些不朽之作的生命力所在。正因为如此,希腊悲剧和莎士比亚戏剧永远也不会过时。

文学并不只是对现实的摹写,它切入现实的表层,深深触及现实的底蕴;它揭开假象,又高高凌驾于日常的表象之上,以宏观的视野来显示事态的来龙去脉。

当然,文学也诉诸想象。然而,这种精神之旅并非胡说八道,脱离真实感受的想象,离开生活经验的根据去虚构,只能落得苍白无力。作者自己都不信服的作品也肯定打动不了读者。诚然,文学并非只诉诸日常生活的经验,作家也并不囿于亲身的经历,耳闻目睹以及在前人的文学作品中已经陈述过的,通过语言的载体也能化为自己的感受,这也是文学语言的魅力。

如同咒语与祝福,语言拥有令人身心震荡的力量,语言的艺术便在于陈述者能把自己的感受传达给他人,而不仅仅是一种符号系统、一种语义建构,仅仅以语法结构而自行满足。如果忘了语言背后那说话的活人,对语义的演绎很容易变成智力游戏。

语言不只是概念与观念的载体,同时还触动感觉和直觉,这也是符号和信息无法取代活人的言语的缘故。在说出的词语的背后,说话人的意愿与动机,声调与情绪,仅仅靠词义与修辞是无法尽言的。文学语言的含义得由活人出声说出来才充分得以体现,因而也诉诸听觉,不只以作为思维的工具而自行完成。人之需要语言也不仅仅是传达意义,同时是对自身存在的倾听和确认。

这里,不妨借用笛卡儿的话,对作家而言,也可以说:我表述故我在。而作家的这个我,可以是作家本人,或等同于叙述者,或变成书中的人物,可以是他,也可以是你,这叙述者主体又一分为三。主语人称的确定是表达感知的起点,由此而形成不同的叙述方式。作家是在找寻他独特的叙述方式的过程中实现他的感知。

　　我在小说中，以人称来取代通常的人物，又以我、你、他这样不同的人称来陈述或关注同一个主人公。而同一个人物用不同的人称来表述，造成的距离感也给演员的表演提供了更为广阔的内心的空间，我把不同人称的转换也引入到剧作法中。

　　小说或戏剧作品都没有也不可能写完，轻而易举去宣布某种文学和艺术样式的死亡也是一种虚妄。

　　与人类文明同时诞生的语言有如生命，如此奇妙，拥有的表现力也没有穷尽，作家的工作就在于发现并开拓这语言蕴藏的潜能。作家不是造物主，他既铲除不了这个世界，哪怕这世界已如此陈旧；他也无力建立什么新的理想的世界，哪怕这现实世界如此怪诞而非人的智力可以理解，但他确实可以多多少少做出些新鲜的表述，在前人说过的地方还有可说的，或是在前人说完了的地方才开始说。

　　对文学的颠覆是一种文学革命的空话。文学没有死亡，作家也是打不倒的。每一个作家在书架上都有他的位置，只要还有读者来阅读，他就活了。一个作家如果能在人类已如此丰盛的文学库存里留得下一本日后还可读的书该是莫大的慰藉。

　　然而，文学，不论就作者的写作而言，还是就读者阅读而言，都只在此时此刻得以实现，并从中得趣。为未来写作如果不是故作姿态，也是自欺欺人。文学为的是生者，而且是对生者这当下的肯定。这永恒的当下，对个体生命的确认，才是文学之为文学而不可动摇的理由，如果要为这偌大的自在也寻求一个理由的话。

　　不把写作作为谋生的手段的时候，或是写得得趣而忘了为什么写作和为谁写作之时，这写作才变得充分必要，非写不可，文学便应运而生。文学如此非功利，正是文学的本性。文学写作变成一种职业是现代社会的分工并不美妙的结果，对作家来说，是个十足的苦果。

　　尤其是现今面临的这时代，市场经济已无孔不入，书籍也成了商品。面对无边无际、盲目的市场，别说孤零零一个作家，以往文学派别的结社和运动也无立足之地。作家要不屈从于市场的压力，不落到制作文化产品的起步以满足时兴的口味而写作的话，不得不自谋生路。文学并非是畅销书和排行榜，而影视传媒推崇的与其说是作家，不如说是广告。写作的自由既不是恩赐的，也买不来，而首先来自作家自己内心的需要。

　　说佛在你心中，不如说自由在心中，就看你用不用。你如果拿自由去换取别的什么，自由这鸟儿就飞了，这就是自由的代价。

　　作家所以不计报酬还写自己要写的，不仅是对自身的肯定，自然也是对社会的某种挑战。但这种挑战不是故作姿态，作家不必自我膨胀为英雄或斗士，再说英雄或斗士所以奋斗不是为了一个伟大的事业，便是要建立一番功勋，那都是文学作品之外的事情。作家如果对社会也有所挑战，不过是一番言语，而且得寄托在他作品的人物和情境中，否则只能有损于文学。文学并非愤怒的呐喊，而且还不能把个人的愤慨变成控诉。作家个人的情感只有化解在作品中而成为文学，才经得起时间的损耗，长久活下去。

　　因而，作家对社会的挑战不如说是作品在挑战。能经久不朽的作品当然是对作者所处的时代和社会一个有力的回答。其人其事的喧嚣已荡然无存，唯有这作品中的声音还呼之即出，只要有读者还读的话。

　　诚然，这种挑战改变不了社会，只不过是个人企图超越社会生态的一般限定，做出的一个并不起眼的姿态，但毕竟是多多少少不寻常的姿态，这也是做人的一点骄傲。人类的历史如果只由那不可知的规律左右，盲目的潮流来来去去，而听不到个人有些异样的声音，不免令人悲哀。从这个意义上说,文学正是对历史的补充。历史那巨大的规律不由分说施加于人之时,人也得留下自己的声音。人类不只有历史,也还留下了文学,这也是虚妄的人却也还保留的一点必要的自信。

尊敬的院士们,我感谢你们把诺贝尔这奖给了文学,给了不回避人类的苦难,不回避政治压迫而又不为政治效劳独立不移的文学。我感谢你们把这最有声誉的奖赏给了远离市场的炒作不受注意却值得一读的作品。同时,我也感谢瑞典文学院让我登上这举世瞩目的讲坛,听我这一席话,让一个脆弱的个人面对世界发出这一番通常未必能在公众传媒上听得到的微弱而不中听的声音。然而,我想,这大抵正是这诺贝尔文学奖的宗旨。谢谢诸位给我这样一个机会。

(转联合早报网 http://www.zaobao.com/Special/newspapers/2000/pages5/zb081200.html)

高行健莫言风格比较论

刘再复　刘剑梅

一

　　刘剑梅：现在我正在给 20 名研究生开讲"中国当代文学"课程。没想到刚开设不久，就传来莫言获得诺贝尔文学奖的大喜讯，从汉语写作的角度上说，高行健是第一个诺贝尔文学奖获奖者，莫言是第二个诺贝尔文学奖获奖者。"国籍"并不重要，"语言"才重要，我早已加入美国国籍，但我又是汉语写作者，虽然我也用英语写作，但您恐怕不会否认我是一个中国学人与中国文学批评者吧。

　　刘再复：你说得很对。高行健和莫言都为我们的母亲语言（汉语）争得巨大的光荣，都为中国当代文学在世界精神价值创造的史册上写下辉煌的一页。我们应当丢开任何政治意识形态的计较，衷心地祝贺他们的天才得到历史性的评价。

　　刘剑梅：您曾说过，高行健和莫言在您心目中都是"天才"，所以您对他们两人的文学成就都给予高度的评价，而且是在他们获奖之前就都给予毫无保留的评价。您在十几年前就说莫言是"黄土地上的奇迹"，国内还有人批判您关于"奇迹"的这一判断。

　　刘再复：莫言不仅是中国"黄土地上的奇迹"，而且是我们这个地球"蓝土地上的奇迹"！他属于全世界。

　　刘剑梅：我在莫言获奖之前，也认真读过他的小说，他还给我寄过电子版的小说。关于高行健的论文，倒是在他得奖后写的。无论如何，高行健与莫言都是我重要的研究对象。所以我特别希望您能说说这两位作家的区别或相同点。

　　刘再复：比较一下高行健与莫言，是个很有意思的题目。高行健的与莫言一样，都是真正的作家、文学家，他们俩最突出的相同点都是把"文学"视为自己的第一生命，绝对生命。他们在动荡复杂的历史境遇中也表达过政治性态度甚至是政治性行为，这只是他们为了保护自身文学事业不得不表现出来的姿态而已。莫言谈论三岛由纪夫的剖腹自杀行为时说，三岛的行为绝不是为了"天皇"，而是为了文学。说得很有见地，莫言的一些被非议的行为，也是如此。只要认真读一读莫言的作品，就会明白这一点。

　　刘剑梅：您说高行健最具"文学状态"。其实，莫言也很具"文学状态"。他们俩都是彻头彻尾的文学中人，全部生命都投入文学。莫言当上"作协副主席"，其实是作协需要莫言，而不是莫言需要作协。但莫言挂上这顶小乌纱帽，倒是保护了自己的文学。

　　刘再复：许多很有才华的作家，写作时才华横溢，纵横天下，但在政治上却很幼稚，他们在政治压力面前往往不知所措。我们不应当苛求作家。我认为，对于天才人物，应当格外珍惜,格外保护,从根本上说,就是应当忽略天才的弱点,谅解天才的"幼稚",让天才充分发光发热。因为天才的某些"多余"行为而扼杀天才,乃是一个民族的不幸。

刘剑梅:高行健和莫言确实都以文学为第一生命。您在谈论福楼拜的时候,说福楼拜把文学当作"第一恋人",高、莫也是如此,他们的第一爱恋正是文学。所以他们拼命写作,拼命创造,一部接一部,"一炮接一炮"。如果不是把全部生命投入文学,哪能取得这么高的文学成就。

刘再复:高、莫的相同处,除了都以文学为绝对生命之外,还有一个共同点,是他们的作品都具有高度的原创性和独创性。地球上那么多人从事文学写作,但多数走不出自己的路来。我一再说,伟大作家共同的"文本策略"只有一个,那就是把自己的发现、自己的手法、自己的风格、自己的思想情感推向极致。能推向极致,才能摆脱平庸。所有的天才都是怪才。四平八稳既是诗歌的死敌,也是小说的死敌。莫言说,文学便是"在上帝的金杯里撒尿",也就是说,文学最重要的精神就是敢于冲破权威、冲破禁忌、冲破金科玉律的原创精神。高行健的《灵山》,以人称代替人物,以心理节奏代替故事情节,这是破天荒的小说创造,他的《生死界》,把不可视的"心想"展示为可视的舞台形象,也是破天荒。他的水墨画,不表现"色",而表现"空",又是一绝。而莫言的成名作《透明的红萝卜》,其主人公(黑孩)塑造得那么凄楚动人,短短一部中篇却凝聚着一个可怜的时代,社会内涵那么丰富,主角却始终不说一句话。这部小说艺术极为完整,绝对是前所未有。这之后莫言的 11 部长篇小说,每一部都不重复自己,原创性极强。关于"现代化"刺激下的欲望疯狂病,有哪部小说像《酒国》表现得如此淋漓尽致? 关于 20 世纪下半叶中国农民的苦难,有哪一部小说像《天堂蒜薹之歌》表现得如此让人心痛、心酸从而心泪不能不为之滴落? 谁能想到,《生死疲劳》中一个地主分子(西门闹)的生命苦旅再加上想象的生命轮回,会把一个时代的大荒诞全部端出? 又有谁能想到,一部《蛙》却写尽中国万千生命尚未降生就已惨遭种种劫难的悲喜剧?

刘剑梅:您曾说过,天才之法乃是"无法之法"。高行健、莫言只抓住文学的基本法(您说的"心灵、想象力、审美形式"等三要素),其余的便自由发挥,自由想象,不拘一格。文学是最自由的领域,他们真把自由情感、自由想象发挥到极致了。

刘再复:原创,包括创造内容和创造形式,更为重要的是创造形式。高行健在戏剧上创造了很多形式。莫言在小说写作中也创造了很多形式。情感的充沛、饱满和大气象也是形式,这是莫言的形式。康德定义的天才是天才不仅要有"发现",而且必须有"发明"。所谓"发明",就是创造形式。文学艺术天才正是把自己的"发现"转化为审美形式的巨大才能。

二

刘剑梅:让我们再讨论一下莫言、高行健的区别,就我的直觉而言,觉得两人的风格完全不同。高行健善于内化,莫言善于外射。还有更为突出的一点是,莫言善于讲故事,正如您对《南方人物周刊》记者卫毅说的,莫言"满肚子都是故事"。而高行健的小说几乎没有故事,尤其是《灵山》。《一个人的圣经》虽有些故事,但也是故事附属于思想。

刘再复:莫言不仅是满肚子故事,而且满肚子幽默,他的幽默很有批判力度,可以说是"恶毒的幽默"。他不是一般地讲故事,而是讲出大气魄、大气象、大情思、大结构、大悲悯。尤其是他的长篇小说,讲故事讲出荷马似的史诗性大叙述,讲出巴尔扎克似的历史性大叙述,甚至讲出托尔斯泰似的宗教性的大同情心。你刚才说的总感觉没有错,以小说创造而言,莫言的故事性极强,高行健的故事性不强。《灵山》竟然以心理节奏代替故事情节,这简直是对故事的放逐,大约正是这样,所以许多人进入不了《灵山》世界。可以,莫言的读者比高行健的读者多得多。

刘剑梅:除了我的这一"直觉"之外,您以为他们两人还有什么根本区别?

刘再复:高行健与莫言的区别很大。可以说,这是完全不同的两种文学风格,两种完全不同的文学类型。我曾把高行健和鲁迅做过比较,认为鲁迅是"热文学",高行健是"冷文学"。这一说法也可以用于高和莫。莫言显然属于热文学,而高行健则是冷文学。所谓热文学是指热烈地拥抱社会现实,热烈地拥抱社会是非。不管作家自己是否意识到,他实际上是参与社会的热情很高,甚至是充满改造社会的激情。莫言正是这样的作家,莫言自己也承认深受鲁迅影响。不过,鲁迅始终未写出长篇小说,而莫言则写了11部,真了不起。莫言特别喜欢鲁迅的《铸剑》,这部神奇小说显然给莫言的艺术创造带来许多启迪,但从总体上说,莫言的"热"状态,与鲁迅相似。而所谓冷文学,则拒绝热烈地拥抱社会是非,更不干预社会生活,它只冷观社会,见证人性。冷文学不是冷漠,而是把热情凝聚于内心,然后"冷眼向洋看世界"(毛泽东语)。而热文学则是这一诗句的下联,即"热风吹雨洒江天"。高行健属于冷文学,然而,他并非没有关怀,只是先把自己从现实是非中抽离出来,然后用哲学家的眼光审视这些是非,他更强调文学的超越性。无论是热文学还是冷文学,都需要有真实的内心,都应当正视真实的历史与现实社会。

刘剑梅:这两种不同风格、不同类型的文学都有很高的价值,不必褒此抑彼。文学应该是多元的,既有入世的,又有出世的;既有土地精神、农民精神的再现,又有知识分子往内心探寻的思索。

刘再复:在日本,大江健三郎属热文学,川端康成属冷文学;在法国,巴尔扎克属于热文学,福楼拜则躲到一边推敲他的作品,语言极为节制,但巴尔扎克与福楼拜都是法国文学的巅峰。

刘剑梅:高行健确实不同于莫言,他的笔调十分冷静,我在《庄子的现代命运》一书中以"高行健:现代庄子的凯旋"作结束,觉得高行健就是典型的现代庄子,他把大逍遥、大自在精神发挥到极致。莫言与庄子则毫不相干,但也不能用"儒"来描述他,我觉得他是中国当代文学中的大侠,甚至是变幻无穷的孙悟空。

刘再复:前不久,我听雷铎(莫言在解放军艺术学院读书时的同学)说,莫言可称为"伟大作家",也可称为"文学魔术师"。这一说法与你感悟到的"孙悟空"相通。莫言的确是个变幻无穷的魔术师,语言的魔术,情节的魔术,主题的魔术,手法的魔术,都发挥到惊人的程度。但他的内里却有一种大关怀、大悲悯,我读他的作品,常被他的大同情心、大慈悲心感动得五脏动摇。

刘剑梅:读莫言作品,确实会感到他浑身热血沸腾,尤其是他早期的作品。后期的作品,即《檀香刑》《生死疲劳》《蛙》等,似乎冷静一些,但还是可以感受到他的强烈跳动的脉搏。莫言天生是"热"作家,凡是热血自由挥洒的作品,都特别动人,而那些刻意追求写作技巧的作品,如《十三步》,倒是不那么成功。

刘再复:作家的心理往往很脆弱,往往太在意外界的评语。《十三步》也许是听别人批评"莫言缺乏技巧",所以就刻意玩玩的技巧,但是,真玩起来就无法"天马行空",无法充分展示自己的内心感受了。

刘剑梅：也许因为莫言的作品拥有高度的热量与热能，所以总有很大的冲击力与震撼力。

刘再复：震撼力也是一种美。这是力的美，热的美。二三十年来，莫言的作品我几乎每部都读。现在回想一下，觉得莫言给了我三次"冲击波"。第一次是 80 年代中期的《透明的红萝卜》《红高粱》及之后的《酒国》和《天堂蒜薹之歌》；第二次是 90 年代中期的《丰乳肥臀》等；第三次是近十年的《檀香刑》《生死疲劳》和《蛙》。仅第一个冲击波就把我冲击得拍案叫绝，不能不为之呐喊，所以我就写了《中国大地上的野性呼唤》《黄土地上的奇迹》来表达自己的狂喜。莫言自己并不认为《天堂蒜薹之歌》是最好的作品，甚至说过"小说不能这么写"的话，但是，我却被这部作品震动得不知所措。小说的故事发生在"天堂县"，书名叫作天堂，但展示的恰恰是"地狱"，人间地狱。在这个地狱中，中国底层农民是那么贫穷，那么可怜，那么卑微，那么悲惨，那么屈辱，那么无助；而统治这些底层农民的小官僚则是那么冷酷，那么虚伪，那么残忍，那么无耻，读了这部小说，我就明白莫言具有怎样的心灵。没有大慈悲是写不出来这样的作品的。

刘剑梅：莫言读过鲁迅所译的日本厨川白村所著的《苦闷的象征》。《天堂蒜薹之歌》既是莫言大苦闷的象征，又是人间大苦难的象征。这部长篇，蓄满中国人民的苦汁，每一节故事都催人泪下。太苦了，读后不能不感动，不能不反省。我读后真是"深受教育"。不过从文学表现手法来看，这部作品更接近现实主义传统，超现实主义色彩少一些。

刘再复：我读这部小说时哭了好几回。热文学由于情感充分燃烧，所以语言上就难以节制。相比之下，高行健的语言显得更精粹，更有内在的情韵。

三

刘剑梅：除了"热文学"与"冷文学"的大区分之外，高行健与莫言还有什么大的不同？

刘再复：与冷、热这一基本区别相关的是高行健作品体现的是"日神"精神，而莫言体现的则是"酒神"精神。尼采在其名著《悲剧的诞生》中提出"日神"和"酒神"这两大概念。"日神"精神的核心是"静穆"，"酒神"精神的核心则是狂欢。鲁迅在《且介亭杂文二集》中批评了朱光潜先生所喜爱的"静穆"之境，这正是"日神"精神。

刘剑梅："日神"精神偏于理性，"酒神"精神偏于感性。

刘再复：不错，莫言很明显是重感性，甚至是重野性，所以我评价他的第一篇文章叫作《中国大地上的野性呼唤》。他不是一般的感性，而是强烈的野性，敢于冲破任何教条的野性，敢于使用"动物语言""野兽语言"的野性。他笔下的情爱，多半是"野合"。从《红高粱》的"我爷爷"（余占鳌）和"我奶奶"的"野合"开始，《天堂蒜薹之歌》中的高马与金菊的情爱也只能在"野合中实现"。《丰乳肥臀》和《四十一炮》中也有许多野合故事。莫言认定文学就是在"上帝的金杯里的撒尿"，他让母亲表述的理想是"我要一个真正站着撒尿的男人"（《丰乳肥臀》）。即使《天堂蒜薹之歌》中最懦弱的高羊他在少年时代也被迫进行喝尿比赛（喝自己的尿），电影《红高粱》在酒里撒一泡尿，这也是典型的莫言细节。高行健讲究汉语的"纯正"，甚至讲究汉语的音乐性，而莫言则挥洒自如，满篇"浑浊"，人话、鬼话、神话、牛话、猪话、狗话、狐话、醉话皆备于我。这是人类文学中从未有过的最为驳杂也最为丰富的狂欢语言，酒神语言。莫言也有一些篇章语言较为节制,例如《透明的红萝卜》《白狗秋千架》《师傅愈来愈幽默》等,长篇《四十一炮》《蛙》也雅些,但其他浩浩荡荡的震撼力极强的长篇,皆野性磅礴,酒神十足。

刘剑梅:《酒国》干脆就写酒城、酒市、酒民、酒官、酒蛾、酒鬼,整个城市酒气弥漫,虽然写的是现实世界的大荒诞,却也有酒的大狂欢。这是批判性的狂欢,非常精彩。

刘再复:莫言的作品中有真情的狂欢,有堕落的狂欢,有荒诞的狂欢,甚至还有"吃人"的狂欢,《酒国》时原吃"婴儿餐",就是吃人的狂欢,令人惊心动魄。

刘剑梅:台湾选择了高行健的《母亲》《朋友》等作品作教材,其实,《灵山》的许多章节都是中学语文课极好的教材,语句简洁,语法规范,宜于文本细读和文本分析,而莫言的作品则较难作为中学教材,但有些作品如《透明的红萝卜》《白狗秋千架》《粮食》等,也是大学生与中学生可以好好阅读的文学范本。

刘再复:高行健是个艺术型的思想家,善于形而上思索,作品中充满理性精神。但他的思想不是概念,不是教条,而是血肉的蒸气,如同化入水中的盐。他的戏剧其实是哲学戏,许多剧本都是对存在的思辨,或者说,是对荒诞的思辨。他的戏也有表现现实社会的荒诞属性的,如《车站》,但多数戏剧是对荒诞的思辨。而莫言则完全没有思辨,他只写现实社会的荒诞属性,《酒国》《生死疲劳》《蛙》等长篇把荒诞属性表现得极为精彩。在我国当代文学中,能与《酒国》比肩的、描写现实社会荒诞属性的长篇,恐怕要数阎连科的《受活》和余华的《兄弟》。

刘剑梅:您把荒诞文学区分为两类,一类重在描述现实社会的荒诞属性;一类重在表现对荒诞存在的思辨。前者如《车站》《酒国》《受活》《兄弟》;后者如《生死界》《周末四重奏》《叩问死亡》等。这一划分,给我很大的启发。最近我读了薛忆沩的《遗弃》,便明白这是一部典型的对荒诞存在的思辨,是一部哲学小说,他的整体创作风格近似高行健,与莫言的路子完全不同。

刘再复:20世纪的西方文学,荒诞戏剧与荒诞小说占有极重要的地位。卡夫卡扭转了文学乾坤,把18、19世纪文学的写实基调、浪漫基调、抒情基调扭转为荒诞基调,创作出具有破天荒意义的《变形记》《审判》《城堡》。之后又出现了萨特、加缪、贝克特、热奈、高行健、品特这些"荒诞作家"。就加缪而言,他的《局外人》描写了现实社会的荒诞属性,而他的《西西弗神话》,则是对荒诞存在的思辨。贝克特的《等待戈多》更是对荒诞的思辨。

刘剑梅:薛忆沩在《遗弃》中说他(主人公)"对饥饿没有感觉,对荒诞很有感觉",这句话也可以用来阐释莫言与高行健的区别。莫言是对"饥饿"大有感觉、特有感觉、把饥饿表现得惊天动地的作家,而高行健则是在"吃饱了肚子"之后对荒诞存在展开思索。这是人类温饱解决了之后也是精神精致化之后的写作现象。

四

刘再复:这就涉及高、莫风格的第三大区别。简要地说,高行健更多地体现了"欧洲高级知识分子的审美趣味"(这一说法是李欧梵教授最先道破的),而莫言则更广泛地体现本土(中国)大众与小众的综合趣味。也可以说,高行健属于高雅文学,而莫言则属于"雅俗共赏"文学(不是简单的俗文学与大众文学)。在高行健的作品中,我们可以闻到许多"洋味",而莫言的作品中则可以闻到许多"土味"——泥土味。高行健的《周末四重奏》,在法国喜剧院演出时,座无虚席,法国高级知识分子闻之如痴如醉,但要是放在中国演出,恐怕没几个人看得懂。这部戏表现吃饱喝足之后的"现代人"在人生最苍白的瞬间的所思所想,两对情侣在周末相聚,讲的几乎全是"废话",却淋漓尽致地展示了心灵虚空的内在景象。

刘剑梅:高行健创作,尤其是戏剧创作,首先是被欧洲所接受,然后再为全世界所注目。

刘再复:不过《绝对信号》《车站》《彼岸》《野人》首先还是在中国演出,也为同胞们所接受。只是出国后那些更加内向、更加形而上化的戏剧作品,就只能是具有"高级审美趣味"的欧洲精英们才能"喜闻乐见"了。

刘剑梅:前不久我到台湾参加"第二次文学高峰会",会下曾和阎连科谈及莫言,他的一句话对我很有启发。他说,"高行健更多哲学味,莫言则更接近地气"。这个说法既形象又准确,也很传神。郑培凯教授的总结我也很赞成,他说,"高行健代表中国知识分子向内心探寻的传统,莫言则是中国民间文化传统的最好的代表"。的确,高行健属于曲高和寡,向内心探寻,具有很深刻和丰富的禅意,没有一定的东西方文化修养恐怕很难读懂他的作品,而莫言显然与故乡的山川土地连接得更紧密,也与故国的工农大众连接更紧密。高与莫正好代表了中国文化传统中的两大重要脉络。莫言作品的"地域性"极强,他笔下的高密家乡是他创造的灵感和源泉,既承接了中国"乡土文学"的传统,又给这一传统带来了狂欢和魔幻的色彩;而高行健作品更侧重于"漂流性",他的主人公是世界公民,永远都在漂流,不认同任何地理意义上的国家民族观念,也不认同任何主流文化,在漂流中向内心追寻和感悟。

刘再复:莫言是高密的赤子,也是中国大地的赤子。他的作品有一个大"气场",这个气场中有泥土气,有侠气,有豪气,也有天地元气。我喜欢莫言,正是喜欢他作品中磅礴的大气,不是只会卖弄的才子气、文人气、小作家气,更不是八股气、教条气、痞子气。莫言是现代中国最伟大的乡土作家,但他又超越乡土,见证普遍人性,从而赢得很高的普世价值。

刘剑梅:与莫言的"地气"相比,高行健让我感受到的更多是"心气",也可以说是"灵气"。用您的语言表述,高行健与莫言这两位大作家都不是用头脑写作,而是用"心灵"写作或用"全生命"写作。相比之下,高行健更多地表现出"心灵写作"的特点,莫言则更多地体现"全生命写作"的特点,"全生命"包括潜意识。

另外,我也想谈谈高行健和莫言作品中不同的女性视角和关怀。高行健《灵山》中的"她"其实是一个个与"我"有性爱关系的女子,她们的面目其实是模糊的,只是叙述者"我"以色悟空、通过男女情爱来进行禅悟的中介。莫言的女性视角在《丰乳肥臀》中表现得比较鲜明,妈妈的角色代表了中国这块土地被无数次政治暴力蹂躏后仍然顽强存在的土地精神,女儿们也比妈妈唯一的儿子上官金童更有血性,敢爱敢恨,不过这些女性还主要传播了她们丈夫们的意识形态,自己的声音还不够鲜明。不过,我喜欢莫言在他的笔下总想赐予女性一双会飞的翅膀,比如《翱翔》中的女性在逃离包办婚姻时居然飞翔了起来,尽管最后还是被制服了;而《丰乳肥臀》中的念弟成了鸟仙,有特殊的预言能力——这些都是独特的具有女性视角和女性关怀的描写,在中国当代小说中都很少见。在《蛙》的最后一节,叙述者"我"对陈鼻——被借肚子生孩子的女性——的同情和负疚之情也是他忏悔意识的一部分,体现了莫言不同于高行健和其他男性作家的女性关怀。总的来说,莫言对女性的关怀比高行健更具体,也更广博。高行健的女性是他禅悟的中介,通过她们寻找灵山,寻找内心的大自由。

刘再复:你最近把研究重心从古代文学、现代文学转向当代文学,我支持你。有些人以为古典研究才有学问,瞧不起当代研究,其实,当代文学研究更难,它除了需要大量的阅读功夫之外,还需要敏锐的"艺术感觉"。没有艺术感觉,什么都谈不上。我已"返回古典",醉心于《红楼梦》,但还是放不下对当代文学的喜爱。我从高行健与莫言这两位作家身上学到许多东西,得到许多启迪。我真感谢这两位天才朋友

2012 年 12 月 5 日
香港科技大学

（原载《华文文学》2013 年第 1 期）

天高地厚

—— 读高行健先生受奖辞的随想

陈映真

一、现代主义

凡稍许知道西洋文学的人,读高行健的作品和他的文学主张《文学的理由》,都很容易看到高行健明显地受到 50 年代中期法国"新小说"(Nouveau Roman)和"荒谬剧场"运动的影响。

被萨特说成"反小说"(Anti-roman)的法国"新小说"一派的主张,概括地说,是要反对传统现实主义的创作方法。他们反对作家在小说中表现社会关怀,不主张小说要有完整、合逻辑的情节与结构,反对小说家以全知的观点去刻画和分析人物的心理面貌。他们要表现二次世界大战以后荒废紊乱的生活和世界。他们的小说没有清晰的主题和意义。他们刻意破坏叙述的逻辑秩序。他们反对客观、精确的、对于客体世界的描写。"新小说"公开反对有意义、有道德的或价值判断的主题。当然,他们也憎恶明确的政治或社会倾向。

反小说强调描写和表现人的心灵的、心理的"内在世界",因此不注重人物的外在的可辨认性。他们也不费心描写人物的职业、地点背景和形容。他们专心于表现人物内心世界的意识的混沌和片断,只描写人物在当下、即时的生存状态。

然而,熟悉西方"现代主义"创作方法的人都知道,所谓"新小说"的这些主张,其实就是 20 世纪初叶"现代主义"诸派的文学艺术主张的综合。表现主义就反对描写客观世界的外部形貌,而主张表现晦涩的、心灵的、事物"内在的真实"。表现主义文学作品的人物,也没有鲜明的个性与面目。未来主义也反对现实主义,主张表现人的潜意识。抽象、幻觉和想象是未来主义文艺的关键词。超现实主义主张文学上极端的个人主义,主张文艺创作不受任何美学、道德、利害的羁绊。

只要理解西方现代主义的创作方法,理解法国"新小说"的主张,就容易看透高行健文学创作实践和文学主张之所从来,就知道高行健的文学是 20 世纪初到 20 世纪 50 年代中期的西方的文学思想,似新实旧,若有独创的玄机,而实际上大部分是前人的老词。

因此,高行健说文学"从来""只能是个人的声音",而写作是为了个人"排遣"其"寂寞","为自己而写",说"文学是人对自己的关注"。他说文学在作家抛弃"为什么写作""为谁写作"的提问时,这写作才成为"必要",而文学于是诞生。象征派的诗人马拉美就说"文学完全是个人的",说"诗人只是一个为自己掘墓的孤独者"。事实上,现代主义文艺思想的共同特色,是否定文学的社会性,强调文学的极度的个人性。

各派别的现代主义都反对现实主义,反对作品有明确主题,反对故事性,反对情节与结构。高行健的小说和戏剧莫不如此。现代主义文学不强调人的社会和历史脉络,面貌模糊,不可辨识,而强调人的没有社会与历史逻辑的"当下"性和"现时性"。高行健也说"人活在当下"。他侧重"此时此刻"和当下现时的"自我"。高行健的文学极端个人主义,是和西方现代主义思想保持一致的。

反对文学表现现实中的生活与人,反对意识,反对叙事结构,也就是反对文学艺术作品的思想和感情的内容。而内容的消解,相对地造成形式的夸大化。因此形式和技巧上的"先锋性""实验性"成为现代主义文艺的共同特色。高行健的作品不单于寻求语言、形式(小说和戏剧)的实验,强调文学不外寻找"新鲜的表述",强调作家的工作是去"发现"和"开拓语言蕴藏的潜能"。

现代主义各派不承认可知、可见、可感的客观现实,而极力主张表现主观的、心灵的"内在的现实"。高行健反对"现实的摹写",主张要触及"现实的底蕴"。他主张文学作品之故事性、人物和情节的重要性,还不如语言的艺术。高行健的文学思想,其实早在 20 世纪 50 年代到 80 年代,风行于台湾地区,于今却很少留下重要的作品。

二、深沉的怆痛与绝望

但是出生于中国大陆的高行健的现代主义精神实质,与 20 世纪前半期西方的现代主义精神颇有不同。

西方的现代主义文艺思潮,是西方的资本主义生产方式进一步发展到垄断资本主义阶段时的文化现象。由于资本主义生产力的进一步发展,人被卷入快速、无情、紧张和高度商品化、物化的社会运转中,使人的精神和心灵受到深刻的创伤。人与人之间,人与自然之间,人与他自己之间,人和社会环境之间产生了深刻的异化和矛盾。这个精神与心灵的危机,正是垄断资本主义阶段的社会经济危机的反射,使人们陷于彷徨、孤单、惊慌、恐惧、绝望和痛苦。人生失去了意义。生活中没有理想,生命失去了展望和希望。生存显得虚无而又荒谬。处在高度发达的资本主义下的现代人,对强大无情的生产体制产生强烈的愤懑、憎恶和无力感,但另一方面,由于种种原因,又对革命和改造也彻底失去了信心。现代人失去了一切的依恃、寄托与归宿。异化、疏离、虚无、绝望至深而又无法疗愈的怆痛支配着现代的灵魂。而各派别的现代主义文艺,正是这受创的现代人心灵的反映。

因此,西方现代派杰出作家如卡夫卡、乔伊斯、艾略特和福克纳,确实深刻地表现了现代人深沉的怆痛与绝望,震人心弦。

在高行健的精神思想中,80 年代末期从发展中经济"逃亡"到高度发达的法国,毋宁对于法国物质上的现代生活是钦羡、崇慕多于批判的。他移居法国的心情,毋宁是幸福感远多于异化的怆痛。他在受奖辞中说,"感谢法国接纳了我。在这个以文学为荣的国家,我取得自由创作的条件,拥有读者与观众"。这虽然是高行健为个人"自由创作的条件"的颂谢,但也可以理解成高行健对资本主义物质文明对人类心灵的戕害缺少或没有体会。高行健的现代主义中,基本上没有高度工业化下现代人深沉的苦痛与孤绝,没有现代资本主义的深刻批判的人文质素。

那么,高行健的现代主义的根源在哪里呢?

和台湾的现代主义根源不是在 50 年代的台湾尚未完全资本主义化的社会,而是根源于外来的文化意识形态一样,高行健的现代主义来自 1979 年以来,大陆文化界对于其前几十年极"左"思想和文化的反动,表现为 80 年代初,大陆知识分子向西方五花八门的文学创作方法张开了惊异的眼光,对马克思主义以外的各种思潮产生了浓厚的兴趣。现代主义的创作方式,以朦胧诗为代表,对中国青年的文坛发生了影响。可以估计高行健也在这个时期透过法国文学接近了现代主义。这外来的现代主义,缺少了西方现代主义中优秀作品的深沉的怆痛,乃是极自然之事,但也不免失于既轻且薄。

三、意识形态和文学

高行健对现代主义的选择,极大部分是对大陆在 1979 年以前,尤其是极"左"路线的反感而来。中国在极"左"年月中的经验与错误,不仅是中国的,也是全世界的无产阶级运动中共同的经验教训,应该深刻、科学、深入地总结。但由于复杂的原因,至今正确的左翼——代表进步的、正义的、民主主义的、改造的思想与实践,与极"左"的、错误的——唯心主义的、封建法西斯的、官僚主义的、绝对化的阶级论的路线与实践混淆不清,从而使真正进步、正义、民主和改造的思想和运动被涂黑,而资产阶级的、个人主义的、反对改造的甚至是腐朽的东西却反而被披上了前进、新颖的外衣。在今日,大陆社会科学、文艺批评等领域,资产阶级的自由主义已逐渐成为霸权性论述。知识分子无不敏感地避免自己的思想与研究同马克思主义、同左派联系到一起。"左派"变成了骂人的脏话。在文学上,批判现实主义的创作方法,基本上被看成"保守""过时"的。因此,高行健的选择也就是完全可以理解的了。

所以,尽管高行健不断强调文学的个人性,强调文学的非政治性和脱离意识形态,但他的现代主义选择的根源仍不能不带有显明的政治性。他控诉政治和意识形态对文学的戕害,他反对"文学革命和革命文学",他反对民族主义——反对文学的民族认同与民族忠诚。这样的思想,占去了他的受奖辞的很大一部分。法国对他的受奖辞的反应恰恰是说其"政治性"很浓厚。

文学是社会意识形态中重要的组成部分。作家依其在社会存在中的不同地位,在他的文学作品中艺术地反映社会生活,形象地表现了作者对人与生活的态度——即反对、鞭挞、否定什么,又支持、赞扬、宣传和肯定什么,从而集中表现了作者的思想和感情,即表现了作者的意识形态倾向。

因此,主张"文学仅仅是个人的声音";"文学一旦成为国家的颂歌、民族的旗帜、阶级或集团的代言,文学就失去其本性";主张当"政治主宰了文学"文学就被置于死地;"文学只为排遣寂寞,只为自己而写";说文学家强调作品的民族性是"可疑"的;文学超出国界、超出民族意识和意识形态;主张文学对大众"不负有任何义务";反对革命、反对乌托邦……这一切,本身其实就是一种鲜明昭著的意识形态,一种鲜明昭著的政治倾向。在文学问题上,高行健的受奖讲话,充满了这些具体的、赞否的主张,亦即充分地表现了他的意识形态和政治选择。这与主张文学为被压迫人民代言;主张文学应该干涉生活;主张文学应该揭露生活中所存在的矛盾,让人民知道这矛盾的本质,从而鼓舞改造的意志;主张文学应该给被侮辱的人以雪耻的勇气,给伤痛的人以安慰,给被压迫的人以反抗的力量,给幸福的人以同心的喜乐……一样地是一种意识形态,甚至也是一种政治倾向。而且即便是在现代主义内部,毕加索曾以他前卫的技法表现了对于韩战中美军集体屠杀韩国普通百姓的强烈抗议和对西班牙内战中的左翼的同情与支持。诗人阿拉贡放弃了现代主义，参加了革命，回到现实主义，公开主张文学为无产阶级政治服务的布莱希特、肖洛霍夫、法捷耶夫、奥斯特洛夫斯基、高尔基、鲁迅、茅盾和音乐家肖斯塔科维奇都留下了西方世界无法否定的伟大光辉的作品。因此，文学超出意识形态，文艺脱离政治的说法，只能是一种神话。

四、"逃亡"的不同姿势

其次也说一说作家的"逃亡"。高行健说，当政治主宰文学，作家便陷于死地。为了获得思想的自由，作家只能"沉默和逃亡"。沉默意味着"自杀"与"被封杀"，因此作家必须逃亡。逃亡是争取思想自由的作家的命运。

获得诺贝尔文学奖的作家加缪在法国被法西斯占领的时代毅然参加由法共领导的地下抵抗运动，没有逃亡；获得却拒绝接受诺贝尔文学奖的萨特，也在二战中参加了反法西斯的地下战线，没有逃亡。身处反法西斯斗争的严峻的极限处境，对两人的哲学与文学作品产生了深刻影响。在国民党法西斯统治和日帝侵凌下的极限中，如果中国作家全都逃亡以换取"思想自由"，中国三四十年代的文学就要空白一片，台湾也就没有赖和、杨逵等作家。马奎兹和聂鲁达都在军事法西斯压迫下被迫"逃亡"，但他们在逃亡中不断地战斗。逃亡没有使他们主张文学只是作家个人排遣寂寞的工具，是作家对自己的喃喃自语。

而高行健的反民族主义，他的某种"国际主义"，其实和他这个"逃亡"的理论是有密切联系的。这突然使我想起另一种"逃亡"，另一种"流亡"。400多年的殖民主义历史，造成了几代被殖民地人"流寓"（Diaspora）于宗主国的状况。他们之中有一部分人受到完整的宗主国精英教育，在宗主国文化环境中生活、成长。这些人当中曾有极力要按照宗主国的文化改造自己，却往往碰到无法超越的冷墙，无法为西方所接纳。另一方面，其中也有人又从西方前宗主国的文化论述中，经过一番反省，看见大量的对于自己本民族——"东方"——的复杂、根深蒂固的歧视和成见。从"东方"因殖民主义历史过程而流寓、漂泊于西方的东方知识分子，对这些歧视与成见、偏见的批判，成为萨伊德的《东方论》，成为后殖民文化批评的骨干思想，为寻求西方现代性而从殖民地母国向西方宗主国"逃亡"（流亡，流寓），经过一番反省和批判的思维，回顾去抵抗和批判西方对东方的、殖民主义的文化偏见，进一步批判当前西方对东方的文化帝国主义，是民族主义意识的辩证的复归。这又与高行健的"逃亡"、他的放弃民族主体认同、他的文学的"国际主义"之缺少深刻的批判与自省，就很不一样了。

五、天高地厚

如前文所指出，现代主义的各派，基本上是极端个人主义和唯心主义的，因此，其各派在20世纪二三十年代发表的宣言，也充满了非逻辑的、理性以外的思辨。如果人们把高行健的受奖宣言当作他的文学论、文学宣言，也同样会发现不少相互矛盾之处。例如高行健既认为真相、真实难以知晓，又说真实是文学"颠扑不破的、最基本的性格"。既说文学不为谁、不为什么而创作，又说文学表现"人类生存的基本困境"；说审美的标准因人而异，但也说这主观的审美判断又"确有普遍可以认同的标准"。说文学只为排遣个人的寂寞，又说文学作品是"对于社会的挑战",如此等等,不一而足。

自高行健得诺贝尔文学奖之后,报章杂志上不免有诠释高行健、解读高行健的文章,我也读到了一些。我就觉得,任何作品,只要批评家、学者、知识分子读者在主观上都以同样的专注、绞尽脑汁去品味一个特定作品的好处和微言奥义,则任何作品都能扯出这样那样的启发甚至感动。这使我想起了我第一次吃狗肉的往事,吃完了一大碗狗肉,朋友问我,香也不香。那确实香。后来我问到狗肉的做法,朋友告诉我不但加了许多香料,而且烹煮手续和过程无不讲究。那时我心中就想,烹煮任何肉要都这么讲究,则无肉不香了。

从50年代起台湾现代主义文艺大大泛滥的时代,当我面对一首现代主义诗,面对一幅现代主义绘画,听现代派音乐演奏,我就觉得,如果这些作品引不起我们审美的感动和欢悦,我们就应该诚实地、充满自信地说这不是好作品。慑于一些思想空白的现代派作品之不可理解,以强辞曲说来压制我们审美素养的排拒情感,这是对于自己审美素养和本能的屈辱。对待高行健的作品,我也持这种比较客观的态度。特别是有一定审美训练和素养的人,一定要勇于对一些威名在外的,事实上却并非杰作的作品直率地说个"不好"。

黄春明兄说过一句很有启发的话。他说,一个作家最大的荣耀与喜悦,首先是自己民族广泛人民的赞赏与爱读,"国际"的肯定是其次的。

虽然有众所周知的政治的、历史的极限性,应该说,诺贝尔文学奖是一个相对有威望的文学奖,选择过举世钦仰的文学泰斗。但是诺贝尔文学奖毕竟无法加添原先没有的光荣,许许多多获奖的文学家并不曾因获奖而特别闪亮,得奖后仍无藉藉之名;诺贝尔文学奖也无法剥夺一个大作家原有的光荣,托尔斯泰、鲁迅、高尔基等世所公认的大文豪没有得奖,却无损于他们的成就。

很有一段时期,海峡两岸的文坛都为了中国作家何时获得诺贝尔奖热情议论。据说鲁迅先生在世时,曾有一度盛传要推荐他得诺贝尔文学奖。听了这风声的鲁迅先生,却期期以为不可,理由是"中国人要得了诺贝尔文学奖,会让中国人从此不知天高地厚"。

初读这一番话,我还只以为这是典型"鲁迅式"的讽喻。今天想来,却似乎更深地体会了个中精髓,而对这位在我出生前一年逝世的伟大作家又增添了一份敬重。

2000 年 12 月 20 日

(原载《文艺理论与批评》2001 年第 2 期)

附二：斯大林文学奖

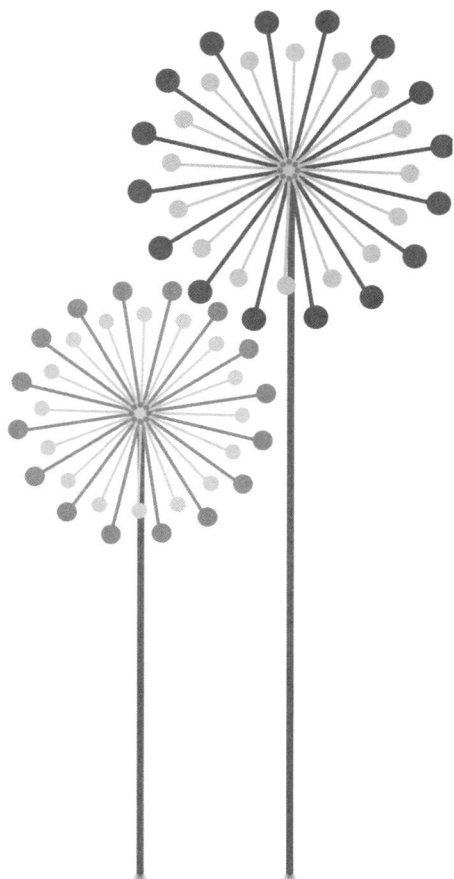

丁玲就荣获斯大林奖金发表讲话

据新华社 14 日消息：苏联各报本月 15 日发表了苏联部长会议关于以斯大林奖金授予 1951 年文学艺术方面有卓越成绩者的决定。

中国作家荣获奖金的有：丁玲的小说《太阳照在桑乾河上》(二等奖)、周立波的小说《暴风骤雨》(三等奖)、贺敬之、丁毅的歌剧《白毛女》(二等奖)。

《真理报》在 15 日就外国作家荣获斯大林奖金发表评论说：中国作家丁玲、周立波、贺敬之、丁毅，匈牙利作家阿捷雨和法国作家斯提雨，都忠实地描写了他们本国劳动人民的生活及其争取自由与幸福的斗争。中国、匈牙利、法国的作家获得斯大林奖金，这个显著的事实再次证明了苏联文化和外国进步文化之间的联系日益加强。

不久前为参加俄罗斯伟大作家果戈理逝世 100 周年纪念仪式去莫斯科访问的我国作家丁玲，就她的小说《太阳照在桑乾河上》荣获斯大林奖金事，对新华社记者发表谈话如下："我是一个很渺小的人，只做了很少很少的一点工作，从来不敢有什么幻想。我爱斯大林，我爱毛泽东。当我工作的时候，我心里常常想到他们，好像他们站在我的面前一样。这样，我就尽力按照他们的思想，他们所喜欢、所憎恶的意思去工作，就怕把工作做坏。但是，我从来连做梦也不敢想到斯大林的名字、毛泽东的名字能和我丁玲这两个字连在一起。而今天，我光荣地获得了文学方面的斯大林奖金二等奖。这个光荣是多么想不到的落在我的头上。这个意外的光荣是多么震动了我。我欢喜，却又夹杂着巨大的不安：我无法形容现在的复杂心情。我要重复这句话：我是一个很渺小的人，只做了很少很少的一点工作。可是我却得到了无数次和无法计算的从人民那里来的报酬和鼓励。尤其使我感动的，是苏联人民对于我的鼓励和帮助。我的书在苏联被译出后，印了 50 万本普及本，陆续得到各方面来的鼓励，现在更承苏联部长会议宣布授予斯大林奖金。这个光荣是中国所有作家的，是中国人民的。这是对全体中国人民和作家的鼓励。一切光荣归于中国人民，归于中国人民的伟大领袖毛泽东。我衷心感激苏联人民，苏联部长会议给我这个极大的荣誉和鼓励。我一定要更加努力，为中国人民的建设，为世界和平尽所有的力量，并提高工作效率，以无愧于斯大林奖金的获得，无愧于毛泽东主席给我的教育。"

(原载《文艺报》1952 年 6 月号)

《太阳照在桑乾河上》与丁玲、周扬的恩怨[*]

一、《陈企霞谈丁玲：真诚坦白的心灵》(节选)

《太阳照在桑乾河上》脱稿后，她请我看了看。我被这部作品吸引住了。这是她根据自己不久前参加土改的经历而创作的一部长篇小说。作品描写了华北桑干河地区暖水屯在一个月时间里所经历的伟大变化。暖水屯实际就是丁玲去过的河北涿县(今涿州市)温泉屯。在小说中，对整个土改斗争，从工作组进村发动群众、组织斗争，到分配地主的财物，及农民为保卫胜利果实而参军，都有真实而生动的描写。这是根据地作家写的第一部正面反映土改的杰出作品。

1947 年夏天，丁玲写完了《太阳照在桑乾河上》。照理说，这样及时地反映现实生活的作品，在当时是很需要的，但由于作品刺痛了某些人，他们便指责作品反映的是富农路线，致使作品在华北未能出版。作品被拒绝后，丁玲见到我不由得流泪，我也很替她难受。要知道，这部作品来之不易呵！它是丁玲深入实际的产物，聚集了她的心血和爱憎。

我只好安慰她说，你不如到东北去，换个地方，或许还有出版的希望。听了我的劝告，她果真到了东北。有价值的作品，它的光辉决不会因非议而被埋没。在东北，《大阳照在桑干河上》很快就出版了，并且受到读者的热烈欢迎。有人甚至赞扬它是一部"史诗似的作品"。后来，华北也出版了这部书。对华北的读者来说，读这部书就更有亲切感了。

时隔不久，《太阳照在桑乾河上》荣获 1951 年度斯大林文艺奖，成为驰誉国际的名作。顺便提一句，丁玲得奖后，将五万卢布的奖金全部捐赠给了妇联儿童部。这也可以说是一次真诚的奉献吧！

原载《瞭望周刊》1986 年第 11 期

二、《〈太阳照在桑乾河上〉与丁玲的创作个性》(节选)

这里，我还想顺便说清楚《太阳照在桑乾河上》获斯大林文艺奖是否与周扬或中宣部有关这一问题。在上世纪整个 50 年代，我都以为 1952 年 3 月苏联宣布将斯大林文艺奖二等奖授予丁玲的《太阳照在桑乾河上》是中共中央宣传部推荐的结果。1962 年秋(记不清是 10月下旬还是 11 月初)，恰好在中央党校举行唐 X 主编的《中国现代文学史》提纲讨论会(连续

---

* 题目为编者加。

三天），邀请了周扬（他当时是中宣部常务副部长兼那几年全国文科教材编写工作的"帅"）和林默涵、邵荃麟、张光年、何其芳、冯至、杨晦、吴组湘、蔡仪、王燎荧、朱寨、何家槐、叶以群等十几位文艺界领导和文学史研究专家出席。连同《中国现代文学史》几名责任编委，共有 20 多人。在会议中间休息的时候，我向周扬提了一个问题：当初中共中央宣传部是怎样向苏联推荐《太阳照在桑乾河上》获 1951 年度斯大林文艺奖的？周扬的回答却使我感到非常意外。他说："我们中宣部从来没有推荐过《太阳照在桑乾河上》去评斯大杯文艺奖。我们当初推荐的是赵树理。但苏联人和我们的看法不一样，他们说赵树理的小说太简单了，不合适。于是，苏联方面提出：丁玲的《太阳照在桑乾河上》可不可以候选？我们只能同意。但我们又补充推荐了几个作品。经过几个来回，双方才取得比较一致的意见。"也许因为丁玲被打成右派分子后王燎荧已经发表文章批判《太阳照在桑乾河上》，最后，周扬又重申了一句："我们中宣部确实没有推荐过《太阳照在桑乾河上》，那是由苏联人自己提名的。"到这时，我才终于恍然大悟。

原载《北京大学学报》2008 年第 2 期

三、《是谁整丁玲——陈明访谈》

邢：陈老师，以前我就一些有关丁玲的问题向您请教过。今天我主要想与您探讨，1955 年把丁玲打成"丁陈反党集团"，到底是谁发动的？现在学术界有两种意见：一种认为发动者与打击者是周扬；一种认为"丁陈问题"是出在毛泽东那里，如果没有毛泽东的指示，周扬是不能给丁玲这么重要的人物定"反党"性质的。对此，您怎么看？我曾拜读过您的《丁玲在推迟手术的一年里》（《新文学史料》1991 年 1 期）、《丁玲在延安》（《新文学史料》1993 年 2 期），最近又看到一篇采访您的文章《有关丁玲生平的几个问题》（《百年潮》2001 年 1 期）。我的感觉，您一直在强调丁玲遭受那么多的磨难，不是由于个人恩怨所致，和毛泽东的关系也不大，"根子还在于历次政治运动中'左'的错误和党内文艺界长期存在的宗派主义倾向"。我觉得，就具体人具体事而言，您这样说，还是很含糊。希望就这个问题，您再进一步谈谈好吗？

陈：徐庆全的文章《丁玲历史问题结论的一波三折》（《百年潮》2000 年第 7 期）出来后，我不同意。但我不怪他。他年轻，不了解情况，听了片面之词。另外，就是周扬为了维护他的一贯正确，制造舆论，一直到现在还有影响。《百年潮》社长朱地同志，希望我从正面给《百年潮》写一篇关于丁玲和周扬关系的文章。多少年来，不少人对这个问题有疑问，有看法，认为他们之间有不可解的怨仇。最近还有人造谣说：丁玲在国外，外国人问到丁玲，丁玲说，"我死也不会原谅他（周扬）"。丁玲根本没说过这种话。周扬自己在文章中曾说过，干嘛让后代人看去，好像我们生死不饶人？让后人好笑。这么说，倒像是丁玲对人不依不饶。我认为，绝对不是这么一回事。所以，我在《百年潮》那篇"访谈录"里讲了过去在上海、在延安，他们交往的一些事实。但那天讲得很累，有些话还没有说完。今天和你谈，就算我那次谈话的继续，也算是那篇"访谈录"的后半部吧。

1948 年夏，中央派丁玲随中国妇女代表团出国。周扬闻讯，即劝丁玲留在华北，担任华北文委的领导,并动员丁玲自己向中央提出来。丁玲就老老实实向中央领导同志说了。中央领导同志没有同意,还笑说:你在华北两三年没有工作,现在要出国就有工作了?! 1949年3月,全国文代会筹备会成立时,丁玲在东北,中央打电报让她到北京参加筹备工作。丁玲一心搞创作,拖到6月才到北京。文代会后,周扬一再说服她留在北京,让她担任全国文协的日常领导工作。丁玲向他解释:来京前已和东北局宣传部的领导李卓然、刘芝明同志谈定,文代会后回东北,到鞍钢深入生活,从事创作。周扬最后说了心里话:"对其他几个老同志,我是有些戒心的。而你呢? 你比较识大体,有原则,顾大局。"丁玲只好放弃原来的计划,留在了北京。周扬所说的"其他几个老同志"是谁呢? 当时我们推测,第一个是萧三,这位老同志是通天的,他害怕;第二个是柯仲平。柯是老文化人了,到延安较早,而且深入农村,他朗诵自己写的诗《边区自卫军》,毛主席听过;柯仲平口直,当面骂过周扬。周扬对丁玲也不是没有戒备心,但丁玲比较顾大局,也不会不照顾他的面子。

邢:他对冯雪峰不戒备吗?

陈:对冯雪峰,他不怕,因为冯长期不在中央工作。

邢:您的意思是,作为文艺界的领导人,当然应该是资历比较深、名气较大的作家。但周扬与这些人共事,一方面他自己心虚不好领导;一方面从影响力讲,老同志对他是一种潜在的威胁?

陈:可以这样理解。周扬让丁玲留在北京,愿意让丁玲在他领导下工作,不愿意让丁玲搞创作。因为丁玲搞创作,影响也会不一样。

邢:您是说丁玲作品产生的影响大。他会有心理的不平衡和某种不安?

陈:这是可能的,也是自然的。当年他对丁玲的《太阳照在桑乾河上》的态度就是一例。丁玲写完这部书稿,复写了两份,一份自留,一份送给周扬看。周扬当时是华北局宣传部副部长。事后不久,在一次晋察冀土改工作会议上,彭真同志做报告说:"农村土改要注意反对干部当中的地富思想。农村干部、地方干部有地富思想,我们的作家有没有地富思想啊? 我看作家也有地富思想嘛。写雇农家里如何如何脏,地主家里怎么怎么漂亮。"丁玲、萧三都在台下听着。觉得他是有所指的。会后,一位叫蔡树藩的部队老干部就问萧三:"丁玲怎么写这种东西?"他和萧三是好朋友。萧三说:"没有啊,她的书稿我看过,她写的时候我们住在一个村。"蔡问萧时直接说出了"丁玲"的名字,可见他已经知道丁玲写了这么一本书。但是这部书稿除了萧三,还有谁看过呢? 只有周扬。丁玲想,彭真说作家有地富思想,显然就是指她。彭真的印象从何而来? 肯定不是萧三,无疑就是周扬了。那个时候,周扬与首长们或打扑克,或在谈笑中随便说那么一句话,首长就会留下印象。1948年6月,丁玲出国参加世界妇女代表大会路过华北局所在地,向周扬要回了书稿,周扬一句话都没说。丁玲心慌:稿子压在你这儿几个月了,总该说点印象吧? 但你只向领导说,不向作者说,我也就不问。丁玲到了西柏坡中央局,当然就把书稿给乔木、艾思奇等几位同志看,希望听到意见,得到支持。乔木、艾思奇、陈伯达都看了书稿。丁玲对乔木同志说:"这次妇女代表团出国,团员中有劳动模范,有战斗英雄。我是以中国作家名义参加妇女代表团的,是不是要有一本著作带去较好呢?"乔木说:"可以,你到东北出版吧。"这本书就这样出版了。周扬后来说,丁玲到中央告了他的状。这怎么是告他的状呢? 新中国成立后,周扬让柯仲平选编人民文艺丛书,开始没有选《太阳照在桑乾河上》。丁玲见到柯仲平就问他:"《太阳照在桑乾河上》为什么没有选啊？"柯仲平没有说话，但后来还是选进去了。1951 年，选斯大林文艺奖，据朱子奇回忆文章说，当时国内的权威意见是不选送《太阳照在桑乾河上》的。那么权威能有谁呢？就是周扬嘛。朱子奇当时给在苏联养病的任弼时同志当秘书，苏联的同志问朱子奇，中国为什么没有推荐《太阳照在桑乾河上》？朱子奇问弼时同志，弼时同志说，那书写得不错嘛，不能要求作品十全十美，可以给送去评选。后来就评上了。举行斯大林奖颁奖仪式时，周扬在会上讲《太阳照在桑乾河上》怎么好怎么好。他这是言不由衷。说到这里，我想起一件事：在延安时，丁玲发表了《我在霞村的时候》。周扬给丁玲写信，说看了这篇作品感动得流泪。可是反右时，他又说这是叛徒作品。我谈这些，是想说明：关于《太阳照在桑乾河上》从完稿到出书、到评奖的整个过程中，尽管周扬那样，丁玲却没有说过周扬一句什么；关于评奖，事前她一无所知，也从来没有和别人争。而周扬为什么是那种态度？他那时是一种什么样的心情？很值得人们玩味。

……

（原载《黄河》2001 年第 6 期）

周立波获斯大林文学奖的历史回顾

李明滨

周立波从延安时期开始讲授俄罗斯文学,到苏联时代荣获苏联国家奖斯大林文学奖,直至后来成为享誉国际的作家,是一段美好、光彩的历史回忆。

一、早期宣讲俄罗斯文学,培养现代文学青年

著名作家周立波逝世不久,我应约协助整理出版周立波在延安鲁艺的讲稿,是出自我对周立波这位名作家素来的崇敬。中学时代读过他的小说《暴风骤雨》,那是新中国作家首次荣获苏联(也是外国)的国家奖——斯大林奖金(1951 年同批得奖的还有丁玲的小说《太阳照在桑乾河上》,贺敬之、丁毅的歌剧《白毛女》)。进了北大俄文系以后,我又常接触到这些获奖作家的俄文人名和书名,发现周立波的创作极受苏联的注意并得到好评。他们几乎跟踪翻译了立波同志的新作。1951 年翻译出版《暴风骤雨》俄文第一版(鲁得曼和卡林诺科夫译并序,莫斯科),1952 年俄文第二版(同译者,舒普列佐夫序,莫斯科)。1957 年译出《铁水奔流》(伊凡科译,阿凡纳西耶夫序,莫斯科),1960 年译出《山乡巨变》正篇(俄译本书名为《春到山乡》,克里弗佐夫译并序,莫斯科),1962 年译出《山乡巨变》续篇(俄译本书名《清溪》,克立弗佐夫译并序,莫斯科)。此外,1953 年出《中国短篇小说集》俄译本(卡拉谢夫编)也收入周立波的小说。而且周立波的名字早已收入苏联 20 世纪六七十年代的百科全书了。

周立波是苏联人民欢迎的作家,也是中俄学术界研究两国文学关系中很受注意的个案。立波同志 1940—1942 年在延安鲁迅艺术文学院讲授"名著选读"课时陆续写下的手稿,系用印有方格的各色油光纸竖行写成,纸张有大有小,有的是简要的讲稿,有的是讲课提纲,有的仅列篇名或章节名,还有的是残稿,字迹辨认起来相当困难。那种久违了的油光纸,我在抗战时期上小学时用过,质地发脆,正面光滑,背面布满小小的纸颗粒,用铅笔写时要小心躲开小颗粒,以免划破纸面,足见延安时期物质条件的困难。据说,周立波讲课用的名著有《阿 Q 正传》《红楼梦》等中国作品,多数则为外国文学。有许多手稿已丢失,仅存的有蒙田、莱辛、歌德、司汤达、巴尔扎克、梅里美、莫泊桑、纪德、普希金、莱蒙托夫、果戈理、屠格涅夫、陀思妥耶夫斯基、托尔斯泰、契诃夫、高尔基、绥拉菲摩维奇、班台莱耶夫、涅维洛夫,法捷耶夫等人的名著,在所有 22 讲手稿中(包括残稿共约 10 万字),俄国部分占了 2/3。

周立波的讲课具有外国文学的全面系统知识,甚至有文学史的脉络。他讲的虽是"名著选读",实际上已经涵盖欧洲文学史的各个时期,以俄国古典文学为例,历来讲到文学史上的六大名作家,即普希金、果戈理、屠格涅夫、陀思妥耶夫斯基、托尔斯泰、契诃夫,他都列入。至于苏联文学,至 20 世纪 30 年代大的名作家,高尔基、绥拉菲摩维奇、法捷耶夫等在 40 年代初也及时选入,这与我在 20 世纪 80 年代参编的《欧洲文学史》(杨周翰主编)和《俄国文学

史》（曹靖华主编）可以说也吻合，足见《讲稿》具有当代性。同时说明延安培养的文艺骨干也具有外国文学方面很高的素养，绝非有人误以为的那种"土包子"。

《讲稿》还表明，延安时期很注重现当代文艺理论的引进和宣传教育，欧洲古今的文艺学说，尤其苏联当代文学理论，包括别林斯基的现实主义文论，车尔尼雪夫斯基的美学观，《讲稿》都有涉及。苏联当代文艺家巴赫金在20世纪30年代初提出的"复调小说"理论，分析陀思妥耶夫斯基小说的一个特点是：让各种人物汇集在一起，对同一问题发表各自的见解，观点互不相同，互相对立，而作者只做客观的描述，不加评论，也不加干预，造成作者与人物、人物与人物之间的"平等对话"关系。此之谓"多声部"，或称"复调"。巴赫金此论提出甚早，但在我国正式全面翻译和推介则是20世纪80年代的事。可是立波同志在40年代初就已敏感地认识到这个特点。他在讲陀氏的《罪与罚》时，说陀的作品"在俄国文学中有特别的地位，正常传统以外的一个"特点："维持兴趣的是他对于对话的把握，对话多……对话中的抑扬和节奏可以看出个性……用'独白'写成的作品。"

周立波还用别的作家作对比：（普希金）"在整个小说中，人物说着作者的言语……不是人物独立的说话……（女主人公）她的演说构造不会比古代的演说家差。17岁的姑娘是分析的天才。"从这里看出，周立波文艺观的敏锐，如果不说他的文艺批评超前，至少可以说他与文艺观点独到的巴赫金理论遥相呼应。

从《讲稿》出发，我们还敬佩周立波的文艺天才：他集创作、评论和翻译于一身。即以外文而言，稿中使用多种语言，所引英、德、法文都有。所译作品甚至包括俄国古典文学作家普希金的《杜布罗夫斯基》（20世纪40年代出版，1981年群众出版社再版）。至于周立波译的苏联名著肖洛霍夫小说《被开垦的处女地》更是闻名遐迩。该书转译自英译，新中国成立后已据俄文本校译过，1950年三联书店出版，1954年人民文学出版社再版，可谓经典名译，无人超越。小说的译名业已广泛传开，已为学界习用。20世纪80年代有后起的译者以书名《新垦地》出了新译本（安徽人民出版社，1984年），倒使人感到不习惯了。其实对于原书名来说，两种译法相比，显然前者（周译名）更贴切，更形象，也更抽象，不仅雅致，而且还富于哲理意味，而后者（新译名）则失之于具体化，太俗而不利于想象。也许新译者出于好意，用心在不与前译者雷同，但从中看出其文艺性之不同。周立波毕竟是有文艺创作经验和修养的老作家，其翻译水平也是和创作水平相匹配的。

《讲稿》后来收入《周立波文集》第五卷（上海文艺出版社，1985年）。

二、20世纪50年代初两次荣获俄罗斯国家奖

新中国成立初期，1951年苏联政府就将斯大林文学奖金颁授5位中国作家——丁玲、周立波、贺敬之、丁毅、刘白羽。1949年9月，莫斯科高尔基电影制片厂导演格拉西莫夫和苏联中央文献纪录片电影制片厂导演瓦尔拉莫夫率队来和我国合拍《解放了的中国》和《中国人民的胜利》两部大型影片，1950年10月完成。1951年两片荣获苏联国家奖斯大林文艺奖金一等奖。担任两片文学顾问的周立波和刘白羽以及音乐顾问、助理导演、摄影师等我方人员均获奖。

其中一位奖金得主刘白羽，1950年在莫斯科与苏联电影工作者一起创作电影剧本《中国人民的胜利》，以中俄两种语言问世。索罗金和艾德林评论刘白羽的"描写人民英雄主义

的小说"，夸赞"他的作品自然、朴素、真实"。其他几位作家则以文学作品获奖，一部是女作家丁玲的长篇小说《太阳照在桑乾河上》，另一部作品由作者贺敬之、丁毅执笔，集体创作的歌剧《白毛女》。

周立波的情况比较特殊，他获奖有两项，一项是 1950 年俄中合拍的电影《解放了的中国》。他作为编剧和文学顾问，在创作过程中起了重要作用。再一项是长篇小说《暴风骤雨》，在国内外影响很大。1951 年，莫斯科外国文学出版社首先出版长篇小说《暴风骤雨》（鲁德曼译），第二年再版。1953 年该社又出了一部《中国短篇小说集》（卡拉谢夫编选），其中收录了周立波的短篇小说。这样，继《暴风骤雨》后，周立波的其他三部大部头著作《铁水奔流》、《山乡巨变》正篇、《山乡巨变》续篇，分别于 1957、1960、1962 年出版俄译本。

对周立波的评论和介绍文字，自俄译本出现后就持续不断。最集中和有代表性的是索罗金和费德林合著的《中国文学简编·20 世纪 40 年代的中国人民文学》(1962)、索罗金的论文《中国作家短篇小说俄译本序》(1959) 和鲁德曼、舒普列佐夫分别为《暴风骤雨》俄译本第一版(1951)和第二版(1952)作的序言。

舒普列佐夫认为，"反映土改的第一部巨著，就是天才的中国作家周立波的长篇小说《暴风骤雨》"。而土地改革，是解放中国生产力，保障中国经济、政治独立的基础，也是创建独立的人民共和国十分必要的条件，所以，它是当代中国文学的一个"中心主题"。索罗金和艾德林在论及反映这一"中心主题"的作品时也指出：首先应该提到共产党员作家周立波的长篇小说《暴风骤雨》。它以其激动人心的题材的宽广与丰富，明显地区别于中国描写土改生活的其他作品。

概括他们的论述，小说的特点有以下三个。第一，是写新人，尤其写新人的形成历程。苏联学者认为：土改的主题，它在当时能最充分地展示人民中的新人的形成历程。舒普列佐夫说："周立波并未局限于描写农民反对使他们陷入贫困与饥饿的封建土地所有制的斗争，他集中描写的主题是展现新人的诞生和成长的历程。"第二，是成功地塑造了"一系列农村典型人物。"如鲁德曼所说"一系列农村典型人物"，"党的智慧与良知的体现者"肖祥，"农民的领头人"赵玉林，老雇农郭全海，还有"色彩鲜丽的人物"白玉山和白大嫂形象，等等。"但作者决不仅限于此，他同时还描写出了中国农村先进人物的形成和思想发展的典型的当代国画卷。"第三，是人民通俗易懂的艺术形式，鲁德曼认为《暴风骤雨》这部作品正是从艺术形式到语言运用都是广大人民群众通俗易懂的长篇小说，才受热烈的欢迎。所以，索罗金和艾德林如此总结《暴风骤雨》的成就："具有高度思想性与艺术性相结合的特点，描写了当代从未发生过的历史变革。"

苏联学者非常重视 20 世纪 40 年代周立波翻译肖洛霍夫《被开垦的处女地》，这是部描绘苏联农业的集体化的小说，认为该作品"对周后来的所有文学创作产生了很大影响"。他们从文学影响学的角度，运用比较文学研究方法，分析研究周立波作品的人物。鲁德曼认为周立波自觉地赋予其众多人物以肖洛霍夫人物的特点，最突出的例子就是赶车人老孙头；不过周立波绝不是单纯地模仿，而是具有深刻的原创性。他说："这里要特别说明，任何模仿或机械借用当然是绝对不可以的，长篇小说《暴风骤雨》的人物形象决非如此，而是具有深刻的独特风格的原创性就像养育他的环境那样，具有独特的风格和不可模仿性。"

三、20 世纪 60 年代作为"乡土文学"能手

备受俄方赞誉的《山乡巨变》俄译者——克里弗佐夫在译序中详细说明周立波的创作有几个特点。第一，是学习苏联文学的现实主义精神，创造了全景式的文学作品。他发现，周立波是苏联文学的热情宣传者。周立波曾表示："我们把苏联文学当作我们的最好的先生"，"我们文艺工作者从苏联文学里学习了最进步的创作方法。这种方法教导着我们要有深刻的思想性，要紧紧和人民联结在一起，要踏实的表现劳动人民的战斗和生活。"(《我们珍爱苏联的文学》,《人民文学》,1949 年,第 1 期),所以"周立波的创作乃至全部生活都密切联系人民，积极干预生活……善于在作品中描绘广阔的令人难忘的人民生活的画面"。

译者详细阐明："《暴风骤雨》的故事发生在中国东北农村，而《春到山乡》的事件，则发生在中国华南山乡。但从作品庞大的结构来看，就其反映中国农民的命运而言，《春到山乡》正是《暴风骤雨》的续篇，它展示了中国革命发展的一个崭新的，更高的阶段。"因而周立波的创作具有全景式的特色，描绘中国农村从 20 世纪 40 年代到 60 年代的图景。"如果说《暴风骤雨》中描绘了农民反对封建土地占有制，实现土地改革的斗争，那么在这里，读者则看到了中国农民在共产党领导下废除了统治数千年之久的土地私有制，将其变为新的社会主义的集体所有制。"

"但作者成功地表现了清溪乡的合作化并不是一个孤立的事件，而是一场席卷全国的、规模宏大的社会主义改造运动。""1955 年是中国农民走向社会主义道路的决定性的一年。就其历史影响而言，这是许多世纪以来中国农村制度的一次最伟大的变革，它在周立波的这部新的长篇小说中得到了艺术的再现。"

第二，译者说明，"周立波这部新长篇小说的特点是结构极为单纯、朴实、自然"。"深谙中国人民的生活和心理，以其永不改变的幽默感，创作了众多难忘的典型形象，其中既有体现合作化运动中党的领导作用的农村带头人，也有代表农村各社会阶层的普通农民。同时，他们中的每一个人物都具有自己的，往往是复杂的性格；具有自己独特的，属于他'那一个'所固有的特征。"其中有"邓秀梅这个言辞激越泼辣、性格倔强、善于思考的 22 岁的年轻女共产党员"，农村青年干部陈大春和盛淑君，刚刚萌发爱情的一对老实人刘雨生和盛佳秀。尤其有塑造得极为成功的两个贫农形象：外号"亭面糊"的盛佑亭和讷于言词的陈光晋。在小说的续篇中，周立波还写到这些人物随着农村的变化而进步。这些人物形象反过来又说明"清溪乡已经发生巨变"，"中国大地上已经出现春天的气息"。

第三，译者夸赞周立波深入农村实际的生活态度。这里并以苏联名作家肖洛霍夫做比照。肖氏不像有的作家成名之后就调到莫斯科，或进作家协会，或入中央政府去做官，而是一辈子坚守故乡农村，创作出《静静的顿河》等众多的作品，一生著作等身，永远是顿河草原的歌手。周立波也一样，出名之后就从北京回农村故乡，住了十几年。

"事实上，在北京，在作家协会或在《人民文学》——他是该杂志的创刊人和编辑之一的编辑部里你很难碰见他。不，在他的家乡湖南省益阳县(今益阳市)桃花仑，你却能很快地找到他，他在那里担任乡党委副书记已经两年有余了。任何一个孩子把你领到田里，你都能在那里的农民中间找到这位被湖南的烈日晒得像农民一样黧黑的作家，他戴一顶宽檐的斗笠，着一件蓝色夏布裤子，裤管绾到膝盖以上。或许，只有那副遮住他那虽然近视却具有惊人的

洞察力的眼睛的硕大角制眼镜,才能使你将他同其他人区别开来。

"作者(周立波)十分熟悉他所写的对象;他每天都同他的小说的主人公们在一起,或在田里,或在决定农村命运的喧闹的群众大会上,或在某个老乡的饭桌旁。不正因为如此,他的长篇小说才给我们展现了一幅独具中国画风的风俗画,他的作品中的农民形象如此绚丽多姿,他们的语言才这样闪烁着劳动人民无比的幽默吗?"

正因如此,《山乡巨变》这部小说洋溢着中国农村的乡土气息,散发着山中盛开的茶子花的幽香,周立波才能成为"乡土文学"的能手。

以上概括自俄译者莫斯科大学教授克里弗佐夫的评论,颇具代表性。他长期研究中国历史、文化与民俗,曾作为外交官在 1951 至 1966 年间来中国住了十几年,不但了解中国的情况,而且亲历过中国社会、农村的变革,他的评论很有见地,也反映了俄国汉学家们的认识水平。

(原载《湖南城市学院学报》2008 年第 6 期)

附三：中国当代文学评奖
史料编目

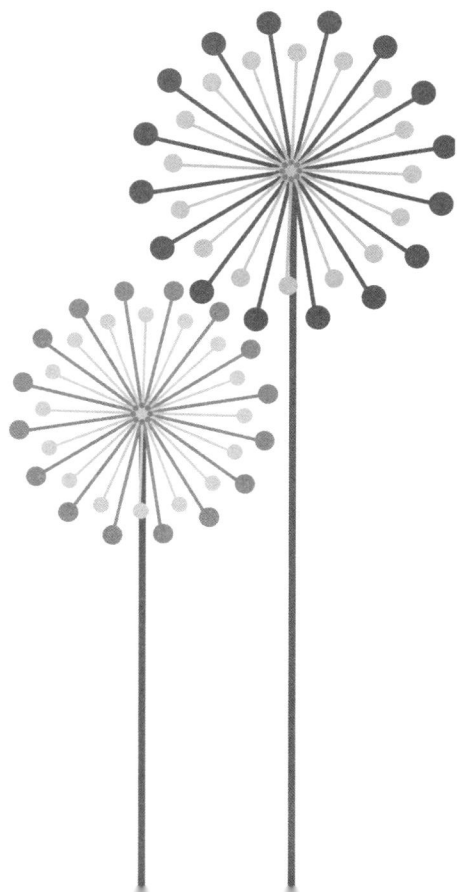

中国当代文学评奖史料编目

一、茅盾文学奖

文章名	作　者	出　处
浅谈第三届茅盾文学奖获奖作品的不足	卢敦基	浙江学刊　1992 年第 3 期
历史的限制与现实的选择 ——重评第二届茅盾文学奖获奖作品	林为进	当代作家评论　1995 年第 2 期
历史转折期的艺术见证 ——重读首届茅盾文学奖获奖小说	於可训	当代作家评论　1995 年第 2 期
茅盾文学奖背后的矛盾	徐林正	陕西日报　2000 年 6 月 23 日
茅盾文学奖有遗珠之憾	高　昌	中国文化报　2000 年 2 月 24 日
茅盾文学奖是怎样评选出来的？	贾　佳	文学报　2000 年 11 月 16 日
第五届茅盾文学奖的评选尺度	李运抟	湖北日报　2000 年 12 月 2 日
我们在裁判作品，社会在裁判我们	王国平	光明日报　2001 年 8 月 17 日
充满矛盾的文学大奖 ——历届"茅盾文学奖"论略	钟正平	固原师专学报　2002 年第 1 期
茅盾文学奖笔谈	王庆生　樊 星等	湖北社会科学　2002 年第 3 期
茅盾文学奖应该怎样评	魏雅华	人民法院报　2003 年 9 月 16 日
世纪末文学现象个案反刍 ——"茅盾文学奖"二题	钟正平	朔方　2002 年第 2 期
茅盾文学奖评选作改革	江胜信	文汇报　2003 年 8 月 7 日
茅盾文学奖：风向何方吹？ ——兼论现实主义文学的创作困境	邵燕君	粤海风　2004 年 2 期
透明严谨是本届茅盾文学奖的特色	梁若冰	光明日报　2005 年 4 月 18 日
透视茅盾文学奖	李向红　杨小玲	陕西日报　2005 年 4 月 22 日
第六届茅盾文学奖评委谈获奖作品	胡殷红	文艺报　2005 年 4 月 14 日
寻找有价值的作品，打磨推广给读者 ——访第六届茅盾文学奖获奖作品的责任编辑	武翩翩	文汇报　2005 年 5 月 12 日

续　表

文章名	作　者	出　处
攀向高峰的艰难 ——评世纪之交长篇小说高潮与第六届茅盾文学奖	张　炯	文学评论　2005 年第 4 期
阅读怀旧年 ——关于茅盾文学奖的另类的纪念	樊尼莫	出版广角　2005 年第 8 期
茅盾文学奖背后的利益角逐	吴小曼　付艳霞	财经时报　2005 年 5 月 30 日
在差异中比较：第六届茅盾文学奖解析	范国英	当代文坛　2006 年第 1 期
茅盾文学奖有软肋	南　台	山西文学　2006 年第 2 期
真相、局限及意图实践的可能性 ——关于茅盾文学奖的“思想标准”及其他	任东华	延安大学学报　2007 年第 2 期
论完善茅盾文学奖评奖的合理性问题	范国英	廊坊师范学院学报　2008 年第 3 期
茅盾文学奖的失落	康　慨	中国新闻周刊　2008 年第 43 期
茅盾文学奖，缘何“冷落”南方	王　磊	文汇报　2008 年 10 月 31 日
论完善茅盾文学奖评奖的合理性问题	范国英	廊坊师范学院学报　2008 年第 3 期
遗珠之憾与标准缺失	李　钧	名作欣赏　2009 年第 3 期
茅盾文学奖评委笔谈	赖大仁	百花洲　2009 年第 1 期
“茅奖”，你何时不再矛盾 ——关于茅盾文学奖“无边的质疑”的深层探询	张丽军	艺术广角　2009 年第 1 期
孰是孰非“茅盾文学奖”	徐　富	深圳商报　2009 年 9 月 17 日
依然如此的茅盾文学奖	王春林	小说评论　2009 年第 1 期
平常心看“茅奖”	吴义勤	名作欣赏　2009 年第 3 期
第七届茅盾文学奖：困境的展示与平庸的抉择	杨经建	文艺评论　2009 年第 3 期
我所经历的第七届茅盾文学奖	胡　平	小说评论　2009 年第 3 期
“群英荟萃”还是“萝卜开会” ——漫说第七届“茅盾文学奖”	王彬彬	名作欣赏　2009 年第 3 期
评茅盾文学奖的“现实主义审美领导权”	任美衡	小说评论　2009 年第 1 期
茅盾文学奖：新时期文学制度现代化探索的必然结果	范国英	湖南文理学院学报　2009 年第 1 期
“茅奖”，你何时不再矛盾？ ——关于茅盾文学奖“无边的质疑”的深层探询	张丽军	艺术广角　2009 年第 1 期

文章名	作　者	出　　处
良心、经典与通俗 ——第七届茅盾文学奖侧记	曹万生	名作欣赏　2009 年第 3 期
以和为贵，主旋律重居主导 ——小议茅盾文学奖评奖原则的演变	邵燕君	名作欣赏　2009 年第 3 期
简谈第七届茅盾文学奖评选背后的文化选择	谭五昌	名作欣赏　2009 年第 3 期
中国文学的精神危机与茅盾文学奖的休克治疗	肖　鹰	天津社会科学学报　2010 年第 4 期
"茅盾文学奖"亟须应对当代中国文学的复杂处境	张颐武	探索与争鸣　2011 年第 10 期
"文学评奖就像一场充满刺激和偶然的足球赛"	李　舫	人民日报　2011 年 8 月 13 日
茅盾文学奖评选首度"实名" ——网络文学落地成书纳入评奖标准	赵　玙	光明日报　2011 年 3 月 23 日
茅盾文学奖给我们轻蔑的理由了吗	老　愚	中国经济日报　2011 年 8 月 26 日
评奖体现的是评委的集体意志	水　美	山西日报　2011 年 9 月 5 日
答关于"茅盾文学奖"获奖三问	潘凯雄	出版广角　2011 年第 11 期
第八届茅盾文学奖读书札记	於可训	文学与文化　2011 年第 4 期
初秋时节的收获 ——第八届茅盾文学奖巡视	王春林	山西文学　2011 年第 11 期
第八届茅盾文学奖引发的思考	徐兆寿	光明日报　2011 年 8 月 29 日
茅盾文学奖，顺势而变	任珊珊	人民日报　2011 年 7 月 21 日
茅盾文学奖与当代文学史现场	吴景明	文艺争鸣　2011 年第 2 期
第八届茅盾文学奖：为什么是"50 后"	孟繁华	文学与文化　2011 年第 4 期
茅盾文学奖获奖作品接受状况调查	张学军	中国现代文学研究丛刊　2012 年第 8 期
矛盾的权衡与象征的失落 ——茅盾文学奖评选的文化分析	陈舒劼	学术评论　2012 年第 1 期
"明迎暗拒" ——论茅盾文学奖对于网络文学的姿态	禹建湘	学术评论　2012 年第 1 期
十进五的游戏 ——关于第八届茅盾文学奖的随想	贺绍俊	天津师范大学学报　2012 年第 1 期
"拨乱反正"宏大叙事的大合唱 ——我看首届茅盾文学奖	贺绍俊	新文学评论　2012 年第 2 期

续 表

文章名	作 者	出 处
不同寻常的第八届茅盾文学奖	胡 平	小说评论 2012 年第 3 期
瘦尽灯花又一宵 ——第八届茅盾文学奖评奖日记摘抄	哈若蕙	朔方 2012 年第 4 期
史诗的沉浮 ——漫谈《黄河东流去》及"茅盾文学奖"评奖	刘新锁	新文学评论 2012 年第 3 期
历史的见证与价值的回顾 ——以《钟鼓楼》为例看第二届茅盾文学奖	李 伟	新文学评论 2012 年第 3 期
论茅盾文学奖存在的问题及其发展	赵 蕊	青年文学家 2012 年第 7 期
茅盾文学奖的危机论	吴婷婷	青年文学家 2012 年第 8 期
茅盾文学奖的核心价值与评价导向 ——从第八届茅盾文学奖的评选说开去	蔚 蓝	新文学评论 2012 年第 10 期
生逢其时的"另一种史诗" ——从《尘埃落定》看第五届茅盾文学奖	何 瑛	新文学评论 2013 年第 2 期
作为艺术评价的茅盾文学奖评奖标准探析	李 娜 秦良杰	浙江海洋学院学报 2013 年第 3 期

二、鲁迅文学奖

文章名	作 者	出 处
向前拓展的中篇小说 ——第二届鲁迅文学奖中篇获奖小说之我见	傅 活	文艺报 2001 年 10 月 20 日
时代的写照与深邃的探索 ——第二届鲁迅文学奖中篇小说作品透视	李 敏	重庆工学院 2003 年第 6 期
人间有好诗 ——第三届鲁迅文学奖诗歌评奖述评	包明德	诗选刊 2005 年第 2 期
脸生的鲁迅文学奖	萨支山	瞭望新闻周刊 2005 年第 2 期
他们凭什么获鲁迅文学奖？ ——鲁迅文学奖散文杂文奖述评	王剑冰	海燕 2005 年 10 月
鲁迅文学奖：集体的突围还是整体的衰落	陈 亮	中国教育报 2007 年 11 月 3 日
关注当下,倡导创新 促进和谐 ——第四届鲁迅文学奖理论评论奖评委眼中的"文学现场"	刘秀娟	文艺报 2007 年 11 月 29 日

文章名	作　者	出　处
短篇：喜悦还是忧虑 ——从第四届"鲁迅文学奖·短篇小说奖"说起	汪　政	北京文学　2007 年第 12 期
有收获,也有遗憾 ——第四届鲁迅文学奖散文杂文奖审读随感	张守仁	北京文学　2008 年第 1 期
何谓好小说 ——关于第四届鲁迅文学奖·中篇小说奖及其他	李建军	小说评论　2008 年第第 1 期
新文学背景下文学创作的民间性 ——鲁迅文学奖获奖短篇小说透视	马建梅	小说评论　2009 年第 3 期
文学评奖：丧失了公信力	赵亦冬	工人日报　2010 年 10 月 29 日
鲁迅文学奖参评网络作品仅占 3％	周南焱	北京日报　2010 年 5 月 21 日
关于第五届鲁迅文学奖的四个话题	桃　桃	中国文化报　2010 年 10 月 26 日
鲁迅文学奖咋成少数人的狂欢	蓝恩发	沈阳日报　2010 年 11 月 13 日
从鲁迅文学奖管窥当代文学奖	张　健　王立言	人民日报　2010 年 10 月 26 日
鲁迅能不能得鲁迅文学奖	羽　戈	山西青年　2010 年第 11 期
积极看待"鲁奖"的争议	铁　凝	人民日报　2010 年 11 月 1 日
力求视野开阔　关注创作实践 ——评委点评第五届鲁迅文学奖文学理论评论获奖作品	王　杨	文艺报　2010 年 11 月 8 日
从诗人车延高获鲁迅文学奖谈起 ——论鲁迅文学奖的价值和影响	郭　琨	青年文学家　2012 年第 25 期
道义书写的精神力量 ——第五届鲁迅文学奖报告文学奖获奖作品阅读札记	包中华	常熟理工学院学报　2012 年第 1 期
网络文学整合的可能性与现实困境 ——对《鲁迅文学奖评奖条例》修改的症候阅读	王小英	海南大学学报　2011 年第 1 期
鲁奖,"元艺术"与文学精神天空的未来——关于第五届鲁迅文学奖的对话	张丽军　董　蕾	艺术广角　2011 年第 1 期
散文诗独立性与鲁迅文学奖	徐成森	青岛文学　2011 年第 11 期

三、1978 年以来全国优秀短篇小说、中篇小说、新诗、报告文学评奖

文章名	作 者	出 处
一九七九年优秀短篇小说评选近况		人民文学　1979 年第 12 期
在一九七九年全国优秀短篇小说评选发奖大会上的讲话	巴　金	人民文学　1980 年第 4 期
关于近年来文学创作的主流及其他 ——在一九七九年获奖短篇小说座谈会上的发言	冯　牧	上海文学　1980 年第 5 期
断丝碎缕录 ——学习 1979 群众评选的全国优秀短篇小说札记	秦兆阳	文学评论　1980 年第 3 期
一九七九年全国优秀短篇小说评选获奖作品述评	肖　地 文　荣	语文学习　1980 年第 6 期
按照人民的意志和艺术科学标准来评奖作品	周　扬	文艺报　1981 年第 12 期
喜看百花争妍 ——记一九八一全国优秀短篇小说评选活动	《人民文学》记者	人民文学　1982 年第 4 期
如何能获得创作的自由 ——在一九八一年全国优秀短篇小说发奖大会上的讲话	丁　玲	人民文学　1982 年第 5 期
社会主义文学的新进展 ——在四项文学评奖大会上的讲话	张光年	人民文学　1983 年第 4 期
第三个丰收年 ——短篇小说评奖琐忆（二）	崔道怡	小说家　1999 年第 2 期
喜看百花争妍 ——短篇小说评奖琐忆（三）	崔道怡	小说家　1999 年第 3 期
春兰秋菊留秀色　雪月风花照月明 ——短篇小说评奖琐忆（四）	崔道怡	小说家　1999 年第 4 期
权威的倾斜 ——对新时期以来全国历次短篇小说奖的巡回与思考	洪治纲	小说家　1999 年第 1 期
回眸：灿烂与忧伤 ——对新时期以来全国历次中篇小说奖的回顾与思考	洪治纲	小说家　1999 年第 2 期
文学制度的现代化探索 ——论 1978 年的文学评奖	范国英	西南民族大学学报　2007 年第 7 期

文章名	作　者	出　　处
对新时期文学的一种历史性反思 ——以 1978 年文学评奖的运作机制为视点	范国英	西北农林大学学报　2008 年第 6 期
1978 年文学评奖：新时期文学制度的重要面向	范国英	廊坊师范学院学报　2011 年第 2 期

四、华语文学传媒大奖

文章名	出　　处
独立、创造、公正是评审的基本原则,每个人都对自己的良知负责 ——华语文学传媒大奖终审评委答记者问	南方都市报　2003 年 4 月 18 日
我们不是关注文坛,而是关注读者	南方都市报　2004 年 1 月 6 日
纯粹的立场,透明的程序	南方都市报　2004 年 3 月 2 日
八问华语文学传媒大奖评委	南方都市报　2004 年 4 月 18 日
传媒界集体为文学举杯	南方都市报　2004 年 4 月 27 日
第二届华语文学传媒大奖专辑	当代作家评论　2004 年第 4 期
一切都在走向成熟,华语文学传媒大奖历史回顾	南方都市报　2005 年 4 月 9 日
因为纯粹,所以珍惜 ——“华语文学传媒大奖”终审评委和获奖者感言	南方都市报　2005 年 4 月 11 日
因为热爱,所以骄傲 ——“华语文学传媒大奖”主办方领导感言	南方都市报　2005 年 4 月 11 日
第三届华语文学传媒大奖专辑	当代作家评论　2005 年第 3 期
让真正的文学站出来发言 ——“华语文学传媒大奖”组委会秘书长谢有顺谈本届提名工作	南方都市报　2006 年 3 月 17 日
推荐纯粹的汉语写作 ——专访华语文学传媒大奖组委会副主任陈朝华	南方都市报　2006 年 4 月 18 日
第四届华语文学传媒大奖专辑	当代作家评论　2006 年第 3 期
第五届华语文学传媒大奖启动	南方都市报　2007 年 3 月 14 日
我们仍在坚持文学的信念 ——谢有顺谈本届的提名工作	南方都市报　2007 年 3 月 18 日
“华语文学传媒大奖”七位终审评委简历和感言	南方都市报　2007 年 3 月 18 日

续　表

文章名	出　处
真正的文学温暖人心 ——专访"华语文学传媒盛典"组委会副主任陈朝华	南方都市报　2007 年 3 月 18 日
尊重规则,尊重良心 ——第五届华语文学传媒大奖终评会议实录	南方都市报　2007 年 4 月 8 日
第五届华语文学传媒大奖隆重颁奖	南方都市报　2007 年 4 月 9 日
第五届华语文学传媒大奖专辑	当代作家评论　2007 年第 3 期
现在是坚持理想的时候了 ——"华语文学传媒大奖"组委会秘书长、中山大学教授谢有顺谈提名工作	南方都市报　2008 年 3 月 16 日
它将成为南中国的文学节日	南方都市报　2008 年 3 月 16 日
"华语文学传媒盛典"终评结束	南方都市报　2008 年 4 月 1 日
首届华语传媒文学周今日开幕	南方都市报　2008 年 4 月 10 日
实践比空谈更重要 ——谢有顺专访	南方都市报　2008 年 4 月 13 日
第六届华语文学传媒大奖专辑	当代作家评论　2008 年第 3 期
没有人情压力,只有艺术和良心为准则 ——专访"华语文学传媒大奖"组委会秘书长、中山大学教授谢有顺	南方都市报　2009 年 1 月 20 日
我们追求专业性和人文性的完美结合 ——专访"华语文学传媒大奖"组委会副主任崔向红	南方都市报　2009 年 1 月 20 日
第七届华语文学传媒大奖提名名单揭晓	南方都市报　2009 年 3 月 1 日
第七届华语文学传媒大奖评审结束	南方都市报　2009 年 3 月 25 日
这个奖的影响力还在发酵中	南方都市报　2009 年 4 月 12 日
华语文学:为时代保存苦难记忆	南方都市报　2009 年 4 月 12 日
第七届"华语文学传媒大奖"终评会议实录	南方都市报　2009 年 4 月 12 日
第七届华语文学传媒大奖专辑	当代作家评论　2009 年第 3 期
第八届华语文学传媒大奖终评结束	南方都市报　2010 年 3 月 24 日
第八届华语文学传媒大奖终评综述	南方都市报　2010 年 4 月 8 日
赴这场文学盛宴	南方都市报　2010 年 4 月 9 日
第八届华语文学传媒大奖专辑	当代作家评论　2010 年第 4 期
坚持评奖公开、透明是我们一直的原则	南方都市报　2011 年 5 月 5 日
第九届华语文学传媒大奖颁奖	南方都市报　2011 年 5 月 8 日
第九届华语文学传媒大奖终审综述	南方都市报　2011 年 5 月 8 日

文章名	出　　处
到了重申文学理想的时候了 ——"华语文学传媒大奖"组委会秘书长、中山大学教授谢有顺专访	南方都市报　2011 年 5 月 8 日
迈进十年，我们重新开始 ——专访"华语文学传媒大奖"组委会副主任崔向红	南方都市报　2012 年 4 月 6 日
一切以自己的艺术良心为准则 ——第十届"华语文学传媒大奖"终评会议实录	南方都市报　2012 年 4 月 14 日
认同不同类型的优秀写作 ——专访华语文学传媒大奖组委会副主任崔向红	南方都市报　2013 年 4 月 27 日
在崇尚变化的时代里，强调文学的本来价值 ——第 11 届"华语文学传媒大奖"终评会议实录	南方都市报　2013 年 4 月 28 日
我们不守旧，也不盲目追新 ——专访华语文学传媒大奖评委会召集人、中山大学博士生导师谢有顺	南方都市报　2013 年 4 月 28 日
一切以自己的艺术良心为准 ——第十二届华语文学传媒大奖终评会实录	南方都市报　2014 年 4 月 27 日
这个奖不仅有现在，也有历史 ——专访华语文学传媒大奖评委会召集人，中山大学教授谢有顺	南方都市报　2014 年 4 月 27 日

五、郁达夫小说奖

文章名	出　　处
首届郁达夫小说奖终评备选篇目确定	江　南　2010 年第 4 期
郁达夫小说奖·中篇小说终评备选篇目及审读评委评语	江　南　2010 年第 4 期
郁达夫小说奖·短篇小说终评备选篇目及审读评委评语	江　南　2010 年第 4 期
首届郁达夫小说奖评选结果产生	江　南　2010 年第 5 期
首届郁达夫小说奖终评委公示	江　南　2010 年第 5 期
郁达夫小说奖透明评奖无惧争议	青年时报　2010 年 3 月 14 日
郁达夫小说奖审读委二届一次会议暨专家策划会	江　南　2011 年第 6 期
第二届郁达夫小说奖终评备选篇目诞生	江　南　2012 年第 4 期

续　表

文章名	出　处
第二届郁达夫小说奖·短篇小说终评备选篇目及审读评委评语	江　南　2012 年第 4 期
第二届郁达夫小说奖·中篇小说终评备选篇目及审读评委评语	江　南　2012 年第 4 期
第二届郁达夫小说奖终结果和评语	江　南　2013 年第 1 期

六、新概念作文大赛

文章名	作　者	出　处
我看"新概念作文"	及树楠	天津师范大学学报　2000 年第 2 期
新概念作文"导向何处"	刘家骥	写　作　2001 年第 6 期
从"新概念作文"到"萌芽书系" ——《萌芽》杂志主编赵长天访谈	尚　飞	编辑学刊　2005 年第 3 期
概念可以新,底线却必须坚持	俞天白	文汇报　2006 年 7 月 12 日
《萌芽》:五十年的传奇	陈　洁	中华读书报　2006 年 10 月 18 日
"新概念作家群"向何处去	张振胜	躬　耕　2006 年第 5 期
专访赵长天:九岁的"新概念"老了吗	文　丽	中华读书报　2007 年 8 月 8 日
为中国文学的未来圆梦	吴　俊	文汇报　2007 年 8 月 18 日
从新概念作文发展轨迹看其辉煌与失落	周　怿	语文教学通讯　2007 年第 5 期
论"80 后"文学	江　冰	天津师范大学学报　2007 年第 3 期
体制与市场变奏下的文化逻辑 ——"新概念作文大赛"生产机制的研究	徐　海 魏家川	贵州社会科学　2008 年第 5 期
新概念"十年之痒"	王　坤	中学语文　2008 年第 11 期
文学史的视角:新媒介·亚文化 ——兼以《萌芽》新概念作文的个案为例	吴　俊	文艺争鸣　2009 年第 9 期
《萌芽》的转型与郭敬明的出现	李　阳	当代作家评论　2011 年第 1 期
张悦然的"文学性"	李丹梦	南方文坛　2011 年第 1 期
"80 后"小说的历史地位	高　玉	学术月刊　2011 年第 12 期

七、评奖反响及反思

文章名	作者	出处
文学评奖中的遗憾	毕 倪	文艺理论与批评 1996 年第 3 期
对文学评奖的新期望	石 湾	文学自由谈 1998 年第 4 期
评奖引出的话题	王必胜	人民日报 2001 年 9 月 18 日
文学评奖与商业炒作	杨 扬	文学报 2003 年 4 月 17 日
文学评奖呼唤真诚公正	洪治纲	北京日报 2005 年 1 月 11 日
文化消费语境中的评奖	杨剑龙	扬子江评论 2007 年第 3 期
喧嚣之后：反思文学评奖	张冬梅	文艺争鸣 2009 年第 6 期
文学评奖机制改革与新时期文学	张丽军	小说评论 2010 年第 6 期
文学评奖被"小圈子"垄断了	陈熙涵	文汇报 2011 年 5 月 20 日
近三十年茅盾文学奖审美经验反思	任美衡	小说评论 2011 年第 3 期
多元博弈的文学评奖 ——"新世纪文学反思录"	何言宏 汪 政等	上海文学 2011 年第 11 期
给文学评奖以尊严	李洪华	光明日报 2012 年 2 月 14 日
当代文化语境中的多元博弈 ——从茅盾文学奖看新时期的文学评奖制度	常世举	名作欣赏 2012 年第 31 期
评奖的功与过	段崇轩	社会科学论坛 2009 年第 9 期
中国文学评奖的制度架构	霍纪超	重庆社会科学 2013 年第 8 期
当代语境中文学评奖及其社会接受	张海燕	重庆社会科学 2013 年第 8 期
新时期以来文学评奖的主流导向	张立群	重庆社会科学 2013 年第 8 期
论审美文化产品评价元素的内在张力 ——以新时期文学评奖为例	高文强	江汉论坛 2013 年第 10 期
"场域"理论视野下文学评奖的价值意蕴	林进桃	重庆社会科学 2013 年第 8 期
中国鲁迅研究会应独立评选民间鲁迅文学奖 ——兼谈中国当下文学评奖的乱象	李春林	文化学刊 2014 年第 2 期

八、诺贝尔文学奖

文 章 名	作 者	出 处
诺贝尔文学奖的评选	乔治·斯坦纳 樊淮生 张 凌	译 林 1985 年第 2 期
诺贝尔文学奖有世界意义吗	资中筠	读 书 1996 年第 7 期
诺贝尔文学奖获奖内幕	谢尔·埃斯普马克 李之义	出版广角 1996 年第 3 期
百年诺贝尔文学奖和中国作家的缺席	刘再复	北京文学 1999 年第 8 期
诺贝尔文学奖标准的嬗变	张 薇	外国文学动态 2001 年第 3 期
诺贝尔文学奖的政治标准与审美标准	张 薇	文艺理论与批评 2001 年 6 月
诺贝尔文学奖：20 世纪文学全球化的样本	陈春生	外国文学研究 2003 年第 3 期
艺术的高蹈与政治的滞累 ——高行健两部小说评论	姚新勇	海南师范学院学报 2004 年第 1 期
百年回眸诺贝尔文学奖	鲍 娴	中国读书报 2005 年 4 月 20 日
近十年诺贝尔文学奖的评奖取向	王辽南	当代外国文学 2005 年第 4 期
诺贝尔文学奖与中国当代文学	黄发有	天津社会科学学报 2008 年第 2 期
中国作家为什么无缘诺贝尔文学奖	马悦然	名人传记 2009 年第 3 期
华文文学与诺贝尔文学奖	黄维梁	文艺争鸣 2010 年第 11 期
诺贝尔文学奖的性质与评选过程	高建平	文艺争鸣 2011 年第 9 期
打折扣的诺贝尔文学奖	欧阳昱	华文文学 2012 年第 6 期
中国文学的世界性起点 ——关于莫言获诺贝尔文学奖的思考	张 玥	红 岩 2012 年第 3 期
莫言获诺贝尔文学奖的意义和隐忧	杨剑龙	社会科学 2013 年第 1 期
中国魅力与人类命题 ——有感于莫言获诺贝尔文学奖	陈国恩	武汉大学学报 2013 年第 1 期
诺贝尔文学奖于中国：从鲁迅到莫言	高旭东 孙 郁等	山东社会科学 2013 年第 2 期
新历史主义立场和"作为老百姓写作" ——莫言获诺贝尔文学奖的深层原因探析	李 钧	山东师范大学学报 2013 年第 2 期
诺贝尔文学奖及其意义	莫 言	文艺报 2013 年 4 月 12 日
文学经典中的"他者" ——以诺贝尔文学奖为例	王雅琴	求是学刊 2013 年第 3 期
莫言与"诺贝尔文学奖"	朱栋霖	中国现代文学研究丛刊 2013 年第 4 期

续　表

文章名	作　者	出　处
与莫言获诺贝尔文学奖相关的几个问题	全炯俊　李大可	文艺争鸣　2013 年第 4 期
谈谈诺贝尔文学奖的价值观	谢有顺	小说评论　2013 年第 5 期
四星高照　何处灵山 ——2004 年读高行健	李泽厚	华文文学　2013 年第 5 期
诺贝尔文学奖与当代中国文学	孙佳山	文艺理论与批评　2013 年第 10 期
热文学与冷文学：中华传统的两种现代形态 ——莫言、高行健创作比较谈	黄　一	东岳论丛　2013 年第 11 期

（由本卷编者整理）

图书在版编目(CIP)数据

中国当代文学史料丛书. 文学评奖史料卷/吴秀明主编;傅异星本册主编. —杭州:浙江大学出版社,2017.9
ISBN 978-7-308-16612-6

Ⅰ. ①中… Ⅱ. ①吴… ②傅… Ⅲ. ①中国文学—当代文学—文学史—史料 Ⅳ. ①I209.7

中国版本图书馆 CIP 数据核字(2017)第 008194 号

中国当代文学史料丛书 · 文学评奖史料卷

主　　编　吴秀明
本册主编　傅异星

策 划 者　袁亚春　黄宝忠　曾建林　宋旭华
责任编辑　宋旭华
文字编辑　唐妙琴
责任校对　周语眠　杨利军
封面设计　续设计
出版发行　浙江大学出版社
　　　　　(杭州市天目山路 148 号　邮政编码 310007)
　　　　　(网址:http://www.zjupress.com)
排　　版　杭州林智广告有限公司
印　　刷　浙江海虹彩色印务有限公司
开　　本　787mm×1092mm　1/16
印　　张　24.5
字　　数　392 千
版 印 次　2017 年 9 月第 1 版　2017 年 9 月第 1 次印刷
书　　号　ISBN 978-7-308-16612-6
定　　价　65.00 元